FARFALLE

Stieg Larsson

La regina dei castelli di carta

traduzione di Carmen Giorgetti Cima

Marsilio

Editor Francesca Varotto

Titolo originale: *Luftslottet som sprängdes*
© Stieg Larsson 2007
First published by Norstedts, Sweden, 2007
Published by agreement with Pan Agency

© 2009 by Marsilio Editori® s.p.a. in Venezia

Prima edizione: gennaio 2009
Terza edizione: gennaio 2009

ISBN 978-88-317-9677

www.marsilioeditori.it

Realizzazione editoriale: Silvia Voltolina

LA REGINA DEI CASTELLI DI CARTA

Parte prima

Intermezzo in un corridoio
8 - 12 aprile

Si calcola che circa seicento donne prestarono servizio nella guerra civile americana. Si erano arruolate travestendosi da uomo. Al riguardo, Hollywood si è lasciata sfuggire un pezzo di storia della civiltà – o forse l'argomento è troppo spinoso sul piano ideologico? Difficilmente i libri di storia si occupano di donne che non rispettano i confini sessuali, soprattutto in tema di guerra e uso delle armi. Dall'antichità fino all'epoca moderna, si sono tuttavia conservati numerosi racconti di donne guerriere – le amazzoni. Gli esempi più noti trovano posto nei libri di storia perché le donne vi compaiono come "regine", ovvero rappresentanti della classe dominante. La successione politica, per quanto possa suonare sgradevole, a intervalli regolari mette infatti una donna sul trono. Siccome le guerre scoppiano anche quando a capo della nazione c'è casualmente una donna, ci sono regine guerriere che necessariamente compaiono alla stregua di un Churchill, uno Stalin o un Roosevelt qualsiasi. Semiramide di Ninive, che creò il regno assiro, e Boadicea, che guidò una delle rivolte inglesi più sanguinose contro l'impero romano, sono solo un esempio. La seconda, fra parentesi, è immortalata in una statua che decora il ponte sul Tamigi di fronte al Big Ben. Fatele un saluto, se vi capita di passarle davanti.
Invece, i libri di storia parlano molto poco delle donne guerriere che, come soldati comuni, si esercitano nell'uso delle armi, fanno parte delle truppe e vanno in battaglia contro gli eserciti nemici alle stesse condizioni dei loro colleghi maschi. Eppure sono sempre esistite. Non c'è guerra che sia stata combattuta senza partecipazione femminile.

1.
Venerdì 8 aprile

Il dottor Anders Jonasson fu svegliato dall'infermiera Hanna Nicander. Mancavano pochi minuti all'una e mezza di notte.

«Che c'è?» domandò confuso.

«Elicottero in arrivo. Due pazienti. Un uomo anziano e una giovane donna. La donna ha ferite d'arma da fuoco.»

«Aha» fece Anders Jonasson stancamente.

Si era appisolato una mezz'oretta e aveva ancora sonno. Stava facendo il turno di notte al pronto soccorso dell'ospedale Sahlgrenska di Göteborg. Era stata una serata alquanto faticosa. Da quando era entrato in servizio alle sei di sera, l'ospedale aveva accolto quattro persone reduci da uno scontro frontale subito fuori Lindome. Una era in gravi condizioni e di un'altra era stato constatato il decesso subito dopo l'arrivo. Il dottore aveva anche curato una cameriera con un'ustione a una gamba conseguente a un incidente nelle cucine di un ristorante dell'Avenyn, il corso principale di Göteborg, e salvato la vita a un bambino di quattro anni, che era arrivato con un blocco respiratorio dopo aver ingerito la ruota di una macchinina giocattolo. Inoltre, aveva fatto in tempo a medicare un'adolescente finita in una buca con la bicicletta. La manutenzione stradale aveva scelto opportunamente di piazzare lo scavo all'uscita di una pista ciclabile, e qualcuno aveva buttato i cavalletti di avvertimento dentro lo scavo. La ragazza era stata ricucita con quattordici punti in faccia e avrebbe avuto bisogno di due incisivi nuovi. Jonasson aveva poi riattaccato un pezzo di pollice che un entusiasta falegname della domenica si era mozzato con la pialla.

Verso le undici il numero delle urgenze era diminuito. Aveva fatto il giro per controllare lo stato dei pazienti ricoverati e poi si era ritirato nel suo studio per riposarsi un po'. Era di turno fino alle sei e non aveva l'abitudine di dormire, anche se non arrivavano emergenze, ma proprio quella notte si era appisolato quasi subito.

Hanna Nicander gli allungò una tazza di tè. Non aveva ricevuto altri dettagli sui due casi in arrivo.

Anders Jonasson sbirciò fuori dalla finestra e vide che al largo sul mare era tutto un susseguirsi di lampi. L'elicottero aveva fatto veramente appena in tempo. D'improvviso cominciò a piovere a dirotto. Il temporale era arrivato su Göteborg.

Mentre era in piedi accanto alla finestra, sentì il rombo del motore e vide l'elicottero barcollare nella burrasca verso la piattaforma di atterraggio. Trattenne il respiro quando il pilota parve avere qualche difficoltà a mantenere il controllo. Poi il velivolo sparì dal suo campo visivo e si sentì il motore che calava di giri. Bevve un sorso di tè e mise da parte la tazza.

Anders Jonasson accolse le barelle all'ingresso del pronto soccorso. La collega Katarina Holm si fece carico del primo paziente che fu portato dentro – un uomo di una certa età con estese ferite al viso. Toccò invece al dottor Jonasson occuparsi dell'altro paziente, la donna con ferite d'arma da fuoco. Fece un rapido controllo e constatò che all'apparenza si trattava di un'adolescente, tutta insudiciata e sanguinante, con gravi ferite. Sollevò la coperta che il personale di soccorso le aveva avvolto intorno al corpo e notò che qualcuno aveva chiuso le ferite all'anca e alla spalla con del largo nastro adesivo argentato, iniziativa che giudicò insolitamente intelligente. Il nastro teneva lontani i batteri e fermava la fuoriuscita di sangue. Una pallottola aveva colpito l'anca penetrando attraverso il tessuto muscolare. Le sollevò la spalla e localizzò il foro d'ingresso nella schiena. Non c'erano fori d'uscita, il che significava che la pallottola era ancora da qualche parte dentro la spalla. Sperava che non avesse forato il polmone, e siccome non rilevò la presenza di sangue nella cavità orale della ragazza, trasse la conclusione che probabilmente non era successo.

«Radiografia» ordinò all'infermiera. Non c'era bisogno di spiegare altro.

Infine tagliò la fasciatura con la quale il personale di soccorso le aveva avvolto il cranio. Si raggelò quando con le dita sentì il foro d'ingresso e si rese conto che la ragazza era stata colpita anche alla testa. Neppure lì c'erano fori d'uscita.

Anders Jonasson si fermò un secondo a osservarla. D'improvviso si sentiva scoraggiato. Da lui arrivavano ogni giorno persone in condizioni molto diverse ma con un unico scopo – ricevere aiuto. Signore di settantaquattro anni che si erano afflosciate al centro commerciale di Nordstan per un arresto cardiaco, ragazzi di quattordici con il polmone sinistro perforato da un cacciavite, ragazze di sedici che avevano rosicchiato pasticche di ecstasy e ballato per diciotto ore di fila per poi crollare con la faccia cianotica. Vittime di incidenti sul lavoro e di maltrattamenti. Bambini aggrediti da cani da combattimento

11

in Vasaplatsen e uomini in gamba che dovevano soltanto segare qualche asse con il Black & Decker e avevano finito quasi per amputarsi una mano. Anders Jonasson stava fra il paziente e le pompe funebri. Era la persona che stabiliva cosa era necessario fare. Se prendeva la decisione sbagliata, il paziente poteva morire o essere condannato all'invalidità. Il più delle volte faceva la cosa giusta, il che dipendeva dal fatto che la grande maggioranza dei pazienti aveva un problema specifico evidente. Una coltellata in un polmone o una frattura in conseguenza di un incidente automobilistico erano fenomeni comprensibili. Il paziente sopravviveva a seconda della natura del danno e di quanto lui era stato abile.

Ma c'erano due tipi di lesioni che Anders Jonasson detestava. Le ustioni gravi, le cui conseguenze, a prescindere dalle misure che avesse adottato, si sarebbero protratte per tutta la vita. E le lesioni alla testa.

La ragazza che aveva di fronte poteva vivere con una pallottola nell'anca e una pallottola nella spalla. Ma una pallottola da qualche parte nel cervello era un problema di tutt'altro ordine di grandezza. D'un tratto sentì che Hanna stava dicendo qualcosa.

«Prego?»

«È lei.»

«Lei chi?»

«Lisbeth Salander. La ragazza cui stanno dando la caccia per il triplice omicidio di Stoccolma.»

Anders Jonasson guardò il viso della paziente. Hanna aveva perfettamente ragione. Era la sua foto che lui e tutti gli altri svedesi avevano visto sulle locandine fuori da ogni edicola nei giorni di Pasqua. E adesso l'assassina era stata a sua volta colpita, il che costituiva forse una sorta di poetica giustizia.

Ma la cosa non lo riguardava. Il suo lavoro era salvare la vita dei suoi pazienti, che fossero pluriomicidi o premi Nobel. O tutte e due le cose allo stesso tempo.

Quindi scoppiò il caos efficiente che caratterizza un pronto soccorso. Il personale della squadra di Jonasson si mise all'opera con consumata abilità. Gli indumenti rimasti addosso a Lisbeth Salander furono tagliati con le forbici. Un'infermiera riferì la pressione sanguigna, cento e settanta, mentre il dottore poggiava lo stetoscopio sul petto della paziente e auscultava un battito che sembrava relativamente regolare e un respiro che non lo era altrettanto.

Il dottor Jonasson non esitò a classificare immediatamente le condizioni di Lisbeth Salander come critiche. Le ferite alla spalla e all'anca per il momento potevano aspettare, tamponate con un paio di compresse di garza o anche con gli stessi pezzi di nastro che qualche anima ispirata ci aveva messo sopra. L'importante era la testa. Il dottor Jonasson ordinò che fosse fatta una tac, con l'apparecchiatura nella quale l'ospedale aveva investito la sua parte di tasse.

Anders Jonasson era biondo con gli occhi azzurri, ed era originario di Umeå. Lavorava da vent'anni al Sahlgrenska e all'Östra Sjukhuset alternativamente come ricercatore, patologo e medico del pronto soccorso. Aveva una peculiarità che sconcertava i colleghi e rendeva il personale orgoglioso di lavorare con lui: nessun paziente doveva morire nelle mani della sua squadra, e in qualche modo miracoloso era effettivamente riuscito a mantenere a zero il numero dei decessi. Alcuni dei suoi pazienti erano morti, è vero, ma era sempre accaduto nel corso dei trattamenti successivi o per cause del tutto diverse dai suoi interventi.

Jonasson aveva una visione talvolta poco ortodossa della medicina. A suo parere, alcuni dottori tendevano a trarre conclusioni senza fondamento e di conseguenza si arrendevano troppo in fretta. Oppure dedicavano troppo tempo a individuare con esattezza il problema del paziente per procedere a un trattamento corretto. Certamente era il metodo suggerito dal manuale, il problema era che il paziente rischiava di morire mentre i medici erano ancora lì a riflettere.

Ad Anders Jonasson però non era mai capitato in precedenza qualcuno con una pallottola in testa. Qui probabilmente c'era bisogno di un neurochirurgo. Si sentì inadeguato, ma d'un tratto si rese conto di essere forse più fortunato di quanto non meritasse. Prima di lavarsi e infilarsi il camice gridò a Hanna Nicander: «C'è un professore americano che si chiama Frank Ellis e lavora al Karolinska a Stoccolma, ma in questo momento è a Göteborg. È un noto studioso del cervello e un mio buon amico. È all'Hotel Radisson, sulla Avenyn. Puoi trovarmi il numero di telefono?»

Mentre Anders Jonasson aspettava le radiografie, Hanna Nicander tornò con il numero del Radisson. Jonasson diede un'occhiata all'orologio, l'una e quarantadue, e alzò la cornetta. Il portiere era assolutamente contrario a passare qualsiasi chiamata a quell'ora di notte e il dottor Jonasson fu costretto a usare qualche parola molto dura prima che la sua chiamata fosse inoltrata.

«Buon giorno, Frank» disse quando la cornetta fu finalmente sollevata. «Sono Anders. Ho sentito che eri a Göteborg. Avresti voglia di venire su al Sahlgrenska per assistermi in un intervento al cervello?»

«*Are you bullshitting me?*» si sentì dall'altra parte del telefono. Nonostante Frank Ellis abitasse in Svezia ormai da anni e parlasse correntemente lo svedese – pur con ac-

14

cento americano – la sua lingua rimaneva l'inglese. Jonasson parlava in svedese ed Ellis rispondeva in inglese.

«Frank, mi dispiace di aver perso la tua conferenza, ma pensavo che avresti potuto darmi qualche lezione privata. Ho qui una giovane donna alla quale hanno sparato in testa. Foro d'ingresso subito sopra l'orecchio sinistro. Non ti telefonerei se non avessi bisogno di una *second opinion*. E mi è difficile immaginare una persona più adatta a cui chiederla.»

«È una cosa seria?» domandò Ellis.

«Si tratta di una ragazza sui venticinque anni.»

«E le hanno sparato alla testa?»

«Foro d'ingresso, nessun foro d'uscita.»

«Però è viva?»

«Battito debole ma regolare, respiro meno regolare, pressione cento e settanta. Inoltre ha una pallottola nella spalla, e una nell'anca. Ma quelli sono due problemi che posso trattare io.»

«Sembra incoraggiante» disse il professor Ellis.

«Incoraggiante?»

«Se una persona ha una pallottola in testa ed è ancora viva, la situazione dev'essere considerata incoraggiante.»

«Mi puoi assistere?»

«Devo ammettere che ho passato la serata in compagnia di buoni amici. Sono andato a letto all'una e ho probabilmente un tasso alcolico impressionante...»

«Sarò io a prendere le decisioni e ad agire in concreto. Ma ho bisogno di qualcuno che mi assista e mi dica se sto facendo qualche idiozia. E, detto sinceramente, un professor Ellis ubriaco fradicio è probabilmente molto meglio di me quando si tratta di giudicare dei danni cerebrali.»

«Okay. Arrivo. Però mi devi un favore.»

«C'è un taxi che ti aspetta fuori dall'albergo.»

15

Il professor Frank Ellis si spinse gli occhiali sul naso e si grattò la nuca. Focalizzò lo sguardo sullo schermo del computer che mostrava ogni angolo del cervello di Lisbeth Salander. Ellis aveva cinquantatré anni, i capelli di un nero corvino spruzzati d'argento e la barba scura, e sembrava uno che recitasse una parte secondaria in *E. R. - Medici in prima linea*. Il suo corpo lasciava capire che trascorreva un certo numero di ore alla settimana in palestra. Frank Ellis si trovava bene in Svezia. Era andato lì come giovane ricercatore ospite alla fine degli anni settanta e si era fermato per due anni. Poi c'era tornato in ripetute occasioni, finché gli era stato offerto un posto di professore al Karolinska. A quel punto era già un nome noto e rispettato a livello internazionale.

Anders Jonasson conosceva Frank Ellis da quattordici anni. Si erano incontrati a un seminario a Stoccolma e avevano scoperto di essere entrambi appassionati di pesca sportiva; così Anders aveva invitato Frank ad accompagnarlo in un tour di pesca in Norvegia. Negli anni si erano tenuti in contatto e i tour di pesca si erano ripetuti. Ma non avevano mai lavorato insieme.

«I cervelli sono un mistero» disse il professor Ellis. «Ho dedicato vent'anni allo studio del cervello. Anche di più.»

«Lo so. Scusami se ti ho disturbato, ma...»

«Lascia perdere.» Ellis agitò una mano per chiudere l'argomento. «Ti costerà una bottiglia di Cragganmore la prossima volta che andiamo a pescare.»

«Okay. Me la cavo con poco.»

«Ebbi una paziente qualche anno fa quando lavoravo a Boston, scrissi di quel caso sul *New England Journal of Medicine*. Si trattava di una ragazza della stessa età di questa. Stava andando all'università quando qualcuno la prese di mira con una balestra. La freccia penetrò al margine esterno del sopracciglio sinistro, attraversò tutta la testa e uscì quasi al centro della nuca.»

«E lei sopravvisse?» domandò Jonasson stupefatto.

«La situazione sembrava disperata quando arrivò al pronto soccorso. Tagliammo le parti sporgenti della freccia e le infilammo la testa in un tomografo. La freccia attraversava tutto il cervello. Secondo ogni ragionevole stima avrebbe dovuto essere morta o in ogni caso avere un trauma così esteso da essere in coma.»

«Com'erano le sue condizioni?»

«È sempre stata cosciente. Non solo. Ovviamente era terrorizzata, ma perfettamente lucida. Solo, aveva una freccia che le attraversava la testa.»

«Cosa hai fatto?»

«Be', presi una pinza e tirai fuori la freccia e poi applicai dei cerotti sulle ferite. All'incirca.»

«Se la cavò?»

«Non sciogliemmo la prognosi per alcuni giorni, è ovvio, ma detto onestamente avremmo potuto mandarla a casa subito. Non ho mai avuto un paziente più in buona salute.»

Jonasson si chiese se non lo stesse prendendo in giro.

«D'altro lato» continuò Ellis, «qualche anno fa a Stoccolma ebbi un paziente di quarantadue anni che aveva battuto la testa contro lo stipite di una finestra riportando una leggera commozione. Si era sentito male e l'avevano portato in ambulanza al pronto soccorso. Quando arrivò da me era privo di conoscenza. Aveva un piccolo bernoccolo e una piccolissima emorragia. Ma non si riprese mai e morì dopo nove giorni di terapia intensiva. Ancora oggi non so quale sia stata la causa del decesso. Nel referto autoptico scrivemmo emorragia cerebrale post-traumatica, ma nessuno di noi era soddisfatto di quella conclusione. L'emorragia era estremamente circoscritta, e dalla posizione non avrebbe dovuto avere alcuna influenza su nulla. Eppure fegato, reni, cuore e polmoni smisero a poco a poco di funzionare. Più divento vecchio, più mi sembra una specie di roulette. Personalmente credo che non scopriremo mai esattamente come funziona il cervello. Ora cosa pensi di fare?»

Picchiettò con una penna sull'immagine che compariva sullo schermo.

«Speravo che me l'avresti detto tu.»

«Sentiamo il tuo giudizio.»

«Be', anzitutto sembra trattarsi di una pallottola di piccolo calibro. È entrata all'altezza della tempia e si è fermata circa quattro centimetri all'interno del cervello. Poggia contro il ventricolo laterale e in quel punto c'è un'emorragia.»

«Misure?»

«Per usare la tua terminologia, prendere una pinza e tirare fuori la pallottola per la stessa strada per cui è entrata.»

«Ottima idea. Ma io userei la pinzetta più sottile che hai.»

«Così semplice?»

«In questo caso, cos'altro possiamo fare? Possiamo lasciare la pallottola lì dove sta, e lei forse continuerà a vivere fino a cent'anni, ma anche questo è un rischio. La paziente potrebbe avere problemi di epilessia, emicrania, ogni genere di disturbo. E una cosa che nessuno vorrebbe fare è trapanarle il cranio fra un anno quando la ferita sarà guarita. La pallottola si trova a una certa distanza dalle grandi arterie. In questo caso raccomanderei che tu la estraessi, ma...»

«Ma cosa?»

«Non è la pallottola in sé che mi preoccupa. È questo l'aspetto affascinante delle lesioni al cervello, se è sopravvissuta al fatto di avere una pallottola in testa, allora è segno che sopravviverà anche se gliela togliamo. Il problema è piuttosto qui...» indicò sullo schermo «... intorno al foro d'ingresso c'è una quantità di frammenti ossei. Posso vederne almeno una dozzina di lunghi qualche millimetro. Alcuni sono penetrati nel tessuto cerebrale. Ecco quello che potrebbe ucciderla, se non operi con la dovuta cautela.»

«Questa parte del cervello è associata all'uso della parola e alle capacità matematiche.»

Ellis alzò le spalle.

«Bah. Non saprei dire a cosa servano nello specifico queste cellule grigie. Tu puoi soltanto fare del tuo meglio. Sei tu quello che opera. Io guarderò da sopra la tua spalla. Posso prendere un camice e lavarmi da qualche parte?»

Mikael Blomkvist diede un'occhiata all'orologio e vide che erano da poco passate le tre del mattino. Era ammanettato. Chiuse gli occhi un secondo. Era mortalmente stanco ma l'adrenalina lo teneva sveglio. Riaprì gli occhi e guardò furibondo il commissario Thomas Paulsson che ricambiò l'occhiata con un'espressione sconvolta. Sedevano al tavolo della cucina di una casa contadina bianca in un posto nei pressi di Nossebro che si chiamava Gosseberga e del quale Mikael aveva sentito parlare per la prima volta in vita sua meno di dodici ore prima.

La catastrofe era un dato di fatto.

«Idiota» disse Mikael.

«Mi stia un po' a sentire...»

«Idiota» ripeté Mikael. «L'avevo detto, accidenti, che era estremamente pericoloso. L'avevo detto che dovevate trattarlo come una bomba a mano senza sicura. Ha ucciso minimo tre persone, è fatto come un carro armato ed è capace di ammazzare a mani nude. E lei manda due poliziotti di paese a prelevarlo, come fosse un ubriacone del sabato sera.»

Mikael chiuse di nuovo gli occhi. Si domandò cos'altro sarebbe andato storto nel corso di quella nottata.

Aveva trovato Lisbeth Salander poco dopo mezzanotte, gravemente ferita. Dopo aver chiamato la polizia era riuscito a convincere il pronto intervento sanitario a inviare un elicottero per trasportarla al Sahlgrenska. Aveva descritto dettagliatamente le sue ferite e il foro da pallottola in testa ricevendo supporto da qualche persona saggia e intelligente che si era resa conto che la ragazza aveva bisogno di cure immediate.

Eppure era trascorsa più di mezz'ora prima che l'elicottero arrivasse. Mikael era uscito e aveva recuperato due automobili dalla vecchia stalla, che fungeva da garage, e accendendone i fari aveva marcato una sorta di pista d'atterraggio illuminando il campo davanti alla casa.

Il personale dell'elicottero e due operatori sanitari al seguito avevano agito con esperienza e professionalità. Uno dei sanitari aveva prestato a Lisbeth Salander i primi soccorsi mentre l'altro si occupava di Alexander Zalachenko, conosciuto anche come Karl Axel Bodin. Zalachenko era il padre di Lisbeth Salander e il suo peggior nemico. Aveva cercato di ucciderla, ma aveva fallito. Mikael l'aveva trovato parecchio malridotto nella legnaia, con una brutta ferita da accetta alla testa e una frattura alla gamba.

In attesa dell'elicottero, Mikael aveva fatto quel che aveva potuto per Lisbeth. Recuperato un lenzuolo pulito da un armadio, l'aveva tagliato improvvisando una fa-

20

sciatura di fortuna. Dato che il sangue si era coagulato formando una sorta di tappo sul foro d'ingresso nella testa, era rimasto incerto se bendare o meno. Infine aveva annodato il lenzuolo intorno alla testa della ragazza senza stringere troppo, più che altro perché la ferita non rimanesse esposta a batteri e sporcizia. Aveva fermato il sangue che usciva dalle ferite all'anca e alla spalla nella maniera più semplice che gli fosse venuta in mente. In un armadietto c'era un rotolo di largo nastro adesivo argentato e l'aveva usato per chiudere le ferite. Poi le aveva inumidito il viso con un asciugamano bagnato, cercando di rimuovere alla bell'e meglio lo sporco.

Infine era andato nella legnaia e aveva soccorso Zalachenko. Ma nel suo intimo aveva constatato che onestamente non gliene importava un fico secco.

Mentre aspettava il pronto intervento sanitario aveva anche telefonato a Erika Berger per spiegarle la situazione.

«Tu stai bene?» volle subito sapere Erika.

«Io sto bene» rispose Mikael. «È Lisbeth che è ridotta male.»

«Povera ragazza» disse Erika. «Ho letto l'inchiesta di Björck per la Säpo, i servizi segreti, durante la serata. Come gestirai questa faccenda?»

«Non ho nemmeno la forza di pensarci» disse Mikael.

Mentre parlava con Erika stava seduto sul pavimento e teneva un occhio vigile su Lisbeth Salander. Le aveva tolto le scarpe e sfilato i pantaloni per poterle medicare la ferita all'anca e gli capitò di mettere la mano sui pantaloni che aveva buttato per terra accanto al divano. Sentì che c'era qualcosa dentro una tasca e tirò fuori un Palm Tungsten T3.

Corrugò le sopracciglia e osservò pensieroso il palmare. Quando sentì il rumore dell'elicottero se lo infilò nella tasca interna della giacca. Quindi – mentre ancora era solo – si chinò e frugò in tutte le tasche di Lisbeth. Trovò un mazzo di chiavi dell'appartamento di Mosebacke e un passaporto intestato a Irene Nesser. Infilò velocemente il tutto in uno scomparto della borsa del computer.

La prima macchina con Fredrik Torstensson e Gunnar Andersson della polizia di Trollhättan arrivò qualche minuto dopo che l'elicottero del pronto intervento sanitario era atterrato, seguita da quella del commissario in servizio esterno, Thomas Paulsson, che assunse immediatamente il comando della situazione. Mikael si era fatto avanti e aveva cominciato a spiegare cosa fosse successo. Paulsson gli sembrò subito un sergente maggiore presuntuoso e ottuso. Dopo il suo arrivo, le cose avevano cominciato ad andare per il verso sbagliato.

Paulsson non diede nessun segno di aver capito di cosa stesse parlando Mikael. Sembrava stranamente intimorito e l'unico fatto che recepì fu che la ragazza malridotta stesa per terra davanti alla cassapanca della cucina era la super-ricercata triplice omicida Lisbeth Salander, e che si trattava quindi di una cattura particolarmente importante. Paulsson aveva chiesto tre volte all'occupatissimo operatore del pronto intervento se la ragazza poteva essere arrestata sul posto. Alla fine il paramedico si era alzato e aveva urlato a Paulsson di tenersi a distanza di un braccio.

Quindi Paulsson si era concentrato sul martoriato Alexander Zalachenko e Mikael l'aveva sentito riferire alla radio che Lisbeth Salander aveva cercato di ammazzare un'altra persona.

A quel punto Mikael era così arrabbiato con Paulsson, il quale evidentemente non ascoltava una sola parola di quanto cercava di dirgli, che aveva alzato la voce intimandogli di chiamare immediatamente l'ispettore Jan Bublanski della polizia di Stoccolma. Si era offerto di fare lui stesso il numero con il proprio cellulare. Paulsson non si era mostrato affatto interessato.

Dopo di che Mikael aveva commesso due errori.

Aveva spiegato con decisione che il vero triplice omicida era un uomo di nome Ronald Niedermann che era una specie di robot anticarro, soffriva di una malattia denominata analgesia congenita e al momento era legato come un salame in un fosso lungo la strada per Nossebro. Mikael spiegò come localizzare Niedermann e raccomandò che la polizia mobilitasse un plotone di militari con armi di rinforzo per andare a prenderlo. Paulsson aveva domandato come avesse fatto Niedermann a finire nel fosso e Mikael aveva ammesso apertamente che era stato lui a sistemarlo in quel modo, minacciandolo con un'arma.

«Minacciandolo con un'arma?» aveva chiesto il commissario Paulsson.

A quel punto Mikael avrebbe dovuto rendersi conto che Paulsson era un imbecille. Avrebbe dovuto prendere il cellulare e chiamare lui stesso Jan Bublanski, pregandolo di intervenire per diradare la nebbia in cui Paulsson sembrava immerso. Invece aveva commesso l'errore numero due cercando di consegnare l'arma che aveva nella tasca della giacca – la Colt 1911 Government che ore prima aveva trovato nell'appartamento di Lisbeth Salander a Stoccolma, con l'aiuto della quale aveva tenuto a bada Ronald Niedermann.

Il gesto aveva indotto Paulsson a fermarlo su due piedi per porto abusivo di arma da fuoco. Paulsson aveva quindi dato ordine agli agenti Torstensson e Andersson di dirigersi verso il punto della strada per Nossebro che

Mikael aveva indicato, e di controllare se ci fosse qualcosa di vero nella storia secondo cui c'era una persona in un fosso, legata a un cartello con scritto *Attenzione alci*. Se così effettivamente era, gli agenti avrebbero dovuto ammanettare la persona in questione e portarla da lui al podere di Gosseberga.

Mikael aveva immediatamente protestato, spiegando che Ronald Niedermann non era un soggetto che si potesse semplicemente prendere e ammanettare – era un pericolosissimo assassino. Quando Paulsson aveva mostrato di ignorare le sue proteste, la stanchezza aveva fatto valere i propri diritti. Mikael aveva dato a Paulsson del somaro incompetente, urlando che Torstensson e Andersson non dovevano assolutamente liberare Ronald Niedermann senza prima chiamare rinforzi.

Il risultato della stanchezza era stato che Mikael era finito in manette sul sedile posteriore della macchina di Paulsson, dalla quale aveva guardato imprecando i due agenti allontanarsi con la loro automobile. L'unico bagliore di luce nelle tenebre era che Lisbeth Salander era stata trasportata all'elicottero ed era sparita sopra le cime degli alberi in direzione del Sahlgrenska. Mikael si sentiva del tutto impotente e lontano dal flusso delle informazioni e poteva solo sperare che Lisbeth finisse in mani competenti.

Il dottor Anders Jonasson eseguì due profonde incisioni fino all'osso e ripiegò la cute intorno al foro d'ingresso. Usò delle graffe per fissarla. Un'infermiera introdusse con cautela una cannula per drenare il sangue. Poi arrivò la terribile fase in cui il dottor Jonasson utilizzò un trapano per allargare il foro nell'osso. Il tutto si svolse con una lentezza snervante.

Alla fine il dottore ottenne un foro sufficientemente largo perché il cervello di Lisbeth Salander diventasse accessibile. Infilò con cautela una sonda e allargò il canale della ferita di qualche millimetro. Quindi introdusse una sonda più sottile e localizzò la pallottola. Dalla radiografia della scatola cranica poté constatare che formava un angolo di quarantacinque gradi rispetto al canale della ferita. Usò la sonda per raggiungere la pallottola e dopo una serie di tentativi falliti riuscì a muoverla un po' e a portarla nella posizione giusta.

Infine introdusse una sottile pinza chirurgica con le estremità scanalate. Le strinse forte intorno alla base della pallottola e la afferrò saldamente. Poi tirò indietro la pinza. La pallottola la seguì quasi senza opporre resistenza. Jonasson la sollevò un secondo in controluce e constatò che sembrava intatta, dopo di che la fece cadere in una bacinella.

«Pulire» disse, e l'ordine fu subito eseguito.

Diede un'occhiata all'elettrocardiogramma che mostrava che la sua paziente aveva ancora un'attività cardiaca regolare.

«Pinza.»

Abbassò una lente a forte ingrandimento e la puntò sulla zona messa a nudo.

«Piano» disse il professor Frank Ellis.

Nel corso dei successivi quarantacinque minuti, Anders Jonasson recuperò non meno di trentadue minuscoli frammenti ossei intorno al foro d'ingresso. Il più piccolo era praticamente invisibile a occhio nudo.

Mentre Mikael Blomkvist, frustrato, cercava di recuperare il proprio cellulare dal taschino della giacca – operazione che si dimostrò impossibile con le mani legate –, arrivarono a Gosseberga diverse automobili con poliziotti e tecnici della scientifica. Il commissario Paulsson ordinò loro di mettere al sicuro le prove nella legnaia e di ispezionare a fondo la casa dove erano già state messe sotto sequestro parecchie armi. Mikael osservò rassegnato le loro manovre dal sedile posteriore della macchina di Paulsson.

Fu solo dopo un'ora circa che il commissario parve accorgersi che gli agenti Torstensson e Andersson non erano ancora tornati. Tutto d'un tratto assunse un'aria preoccupata e portò Mikael in cucina chiedendogli di fornire nuovamente una descrizione della strada.

Mikael chiuse gli occhi.

Era ancora seduto in cucina in compagnia di Paulsson quando la squadra inviata per dare man forte a Torstensson e Andersson tornò a fare rapporto. L'agente Gunnar Andersson era stato trovato morto, con il collo spezzato. Il suo collega Fredrik Torstensson era ancora vivo ma era stato percosso selvaggiamente. Entrambi erano stati rinvenuti nel fosso accanto al cartello *Attenzione alci*. Le loro armi di servizio e la macchina della polizia erano sparite.

Da una situazione pressoché sotto controllo, il commissario Thomas Paulsson si ritrovò d'improvviso a fronteggiare l'omicidio di un poliziotto e la fuga di un uomo disperato e armato.

«Idiota» ripeté Mikael Blomkvist.

«Insultare la polizia non è di nessun aiuto.»

«Su questo punto siamo d'accordo. Ma io la inchioderò per negligenza in servizio fosse l'ultima cosa che faccio. Sarà descritto come il poliziotto più stupido di tutto il paese in tutti i giornali svedesi.»

La minaccia di essere esposto al pubblico scherno era evidentemente l'unica cosa che toccava Thomas Paulsson sul vivo. Assunse un'aria inquieta.

«Cosa suggerisce?»

«Esigo che telefoni all'ispettore Jan Bublanski della polizia di Stoccolma. Adesso.»

L'ispettore Sonja Modig si svegliò di soprassalto quando il suo cellulare, che era in carica dall'altra parte della camera da letto, cominciò a suonare. Guardò la sveglia sul comodino e vide turbata che erano passate da poco le quattro del mattino. Quindi diede un'occhiata a suo marito, che continuava beatamente a russare. Sarebbe stato capace di andare avanti a dormire anche sotto un attacco di artiglieria. Sonja si alzò barcollando dal letto e trovò il tasto rispondi sul cellulare.

Jan Bublanski pensò. *Chi altri.*

«È scoppiato l'inferno giù dalle parti di Trollhättan» esordì il suo capo senza tante formalità. «L'X2000 per Göteborg parte alle cinque e dieci.»

«Cosa è successo?»

«Blomkvist ha trovato Lisbeth Salander, Niedermann e Zalachenko. Lui è stato fermato per oltraggio a pubblico ufficiale, resistenza e porto abusivo di arma da fuoco. Lisbeth Salander è stata trasportata al Sahlgrenska con una pallottola in testa. Zalachenko anche ma con un'accetta nel cranio. Niedermann è a piede libero. Ha ucciso un poliziotto.»

Sonja Modig batté le palpebre due volte e avvertì la stanchezza. Più di ogni altra cosa avrebbe voluto infilarsi di nuovo sotto le coperte e prendersi un mese di vacanza.

«L'X2000 delle cinque e dieci. Okay. Cosa devo fare?»

«Chiama un taxi per la stazione centrale. Jerker Holmberg verrà con te. Prenderete contatto con un certo commissario Thomas Paulsson della polizia di Trollhättan, che chiaramente è responsabile di buona parte del tumulto di

27

stanotte e che a detta di Blomkvist è, cito testualmente, un imbecille di proporzioni galattiche, fine della citazione.»

«Hai parlato con Blomkvist?»

«A quanto pare è agli arresti in catene. Sono riuscito a convincere Paulsson a reggergli la cornetta per un attimo. Io sto andando alla centrale a Kungsholmen e cercherò di fare chiarezza su quello che sta succedendo. Ci teniamo in contatto col cellulare.»

Sonja Modig guardò ancora una volta l'ora. Quindi chiamò il taxi e si infilò sotto la doccia per un minuto. Si lavò i denti, passò un pettine fra i capelli, indossò un paio di pantaloni neri e una T-shirt nera. Infilò l'arma di servizio nella borsa a tracolla e scelse una giacca di pelle rosso scuro da mettere sopra. Quindi svegliò il marito scuotendolo piano e gli disse che stava andando via e che avrebbe dovuto pensare lui ai bambini. Uscì dalla porta nell'attimo stesso in cui il taxi si fermava fuori in strada.

Non ebbe bisogno di cercare il suo collega, l'ispettore Jerker Holmberg. Dava per scontato che sarebbe stato nel vagone ristorante, e poté constatare che era proprio così. Aveva già ordinato caffè e tramezzini anche per lei. Restarono seduti in silenzio cinque minuti mentre consumavano la colazione. Alla fine Holmberg spinse da parte la tazza del caffè.

«Forse basterebbe cambiare lavoro» disse.

Alle quattro del mattino un certo ispettore Marcus Erlander della polizia di Göteborg, sezione reati contro la persona, era finalmente arrivato a Gosseberga e aveva assunto il comando delle indagini, sollevando l'occupatissimo Thomas Paulsson. Erlander era un uomo sui cinquant'anni, tondo e con i capelli brizzolati. Uno dei suoi primi provvedimenti fu di liberare Mikael Blomkvist dalle manette e di portargli delle brioche e del caffè da una caraffa termica. Poi andarono a sedersi in soggiorno per un colloquio a quattr'occhi.

«Ho parlato con Bublanski a Stoccolma» disse Erlander. «Ci conosciamo da diversi anni. Sia lui che io deploriamo l'accoglienza di Paulsson.»

«È riuscito a far ammazzare un poliziotto, stanotte» disse Mikael.

Erlander annuì. «Conoscevo di persona l'agente Andersson. Prestava servizio a Göteborg, prima di trasferirsi a Trollhättan. Ha una bambina di tre anni.»

«Mi dispiace veramente. Ho cercato di mettere in guardia...»

Erlander annuì di nuovo.

«L'ho capito. Ha alzato la voce ed è per questo che l'hanno ammanettata. È stato lei a inchiodare Wennerström, vero? Bublanski dice che è un diavolo di giornalista e un detective privato scriteriato, ma che probabilmente sa di cosa parla. Le dispiacerebbe mettermi al corrente del quadro in una maniera un po' più comprensibile?»

«Questo è l'epilogo degli omicidi dei miei amici Dag Svensson e Mia Bergman a Enskede, e dell'omicidio di una terza persona che invece non era un mio amico... l'avvocato Nils Bjurman, che era il tutore di Lisbeth Salander.»

Erlander assentì.

«Come sa, la polizia ha dato la caccia a Lisbeth Salander fin dai giorni di Pasqua. Era sospettata di triplice omicidio. Tanto per cominciare dovrà avere ben chiaro che Lisbeth Salander non è colpevole. Anzi, in questo contesto è una vittima.»

«Non ho avuto assolutamente nulla a che fare con il caso Salander, ma dopo tutto quello che hanno scritto i giornali il fatto che sia perfettamente innocente è un po' duro da digerire.»

«Ciò nonostante, è proprio così che stanno le cose. Lei è innocente. Punto. Il vero assassino è Ronald Niedermann, quello che ha ucciso il suo collega Gunnar Andersson stanotte. Lavora per Karl Axel Bodin.»

«Quel Bodin che adesso sta al Sahlgrenska con un'accetta piantata nel cranio.»

«Tecnicamente l'accetta non è più piantata nel cranio. Suppongo che sia stata Lisbeth a inchiodarlo. Il suo vero nome è Alexander Zalachenko. È il padre di Lisbeth ed è un ex sicario dei servizi segreti militari russi. Disertò negli anni settanta e quindi lavorò per la Säpo fino alla caduta dell'Unione Sovietica. Dopo di che si mise in proprio come gangster.»

Erlander studiò pensieroso la figura sul divano di fronte a lui. Mikael Blomkvist era lucido di sudore e appariva congelato e stanco morto. Fino a quel momento aveva ragionato in maniera razionale e coerente, ma il commissario Thomas Paulsson – alle cui parole però Erlander non prestava alcuna fede – l'aveva messo in guardia sul fatto che Blomkvist farneticava di agenti segreti russi e di sicari tedeschi, il che non rientrava esattamente nella routine della polizia giudiziaria svedese. Blomkvist era evidentemente arrivato al punto della storia sul quale Paulsson aveva tagliato corto. Ma c'erano un agente morto e un altro agente gravemente ferito sul ciglio del fosso lungo la strada per Nossebro, ed Erlander era più che disposto ad ascoltare. Tuttavia non poté impedire che un'ombra di diffidenza s'insinuasse nella sua voce.

«Okay. Un agente russo.»

Blomkvist fece un pallido sorriso, palesemente consapevole di quanto suonasse assurdo il suo racconto.

«Un ex agente russo. Posso documentare tutte le mie affermazioni.»

«Continui.»

«Negli anni settanta Zalachenko era una spia di altissimo livello. Disertò e ottenne asilo dai servizi segreti svedesi. Da quanto ho potuto capire, non è un caso unico nella scia della disgregazione dell'Unione Sovietica.»

«Okay.»

«Come ho detto, non so esattamente cosa sia accaduto qui stanotte, ma Lisbeth ha rintracciato suo padre che non incontrava da quindici anni. A suo tempo lui picchiò così pesantemente la madre di Lisbeth, che la donna più tardi ne morì. Ha cercato di uccidere anche sua figlia ed è coinvolto negli omicidi di Dag Svensson e Mia Bergman. Inoltre è responsabile del rapimento dell'amica di Lisbeth, Miriam Wu. Ricorderà certamente il famoso match per il titolo di Paolo Roberto a Nykvarn.»

«Se Lisbeth Salander ha colpito suo padre in testa con un'accetta, non mi sembra esattamente innocente.»

«Lisbeth ha tre pallottole in corpo. Credo che si potrà ipotizzare un tentativo di difesa. Mi domando...»

«Sì?»

«Lisbeth era talmente impastata di terra che i suoi capelli erano un'unica crosta di fango seccato. Sotto i vestiti era piena di sabbia. Sembrava fosse stata sepolta. E Niedermann ha una certa abitudine a sotterrare gente. La polizia di Södertälje ha trovato due sepolture nel terreno intorno a quel magazzino di proprietà del Motoclub Svavelsjö dalle parti di Nykvarn.»

«Tre, in effetti. Ne hanno trovata un'altra nella tarda serata di ieri. Ma se Lisbeth Salander è stata colpita e poi

31

sepolta, che ci faceva in piedi con in mano un'accetta?»

«Io non so cosa sia successo, ma Lisbeth è un tipo pieno di risorse. Ho cercato di convincere Paulsson a far portare qui dei cani...»

«Stanno arrivando.»

«Bene.»

«Paulsson l'ha fermata per oltraggio.»

«Mi oppongo. Io l'ho chiamato idiota, incompetente e stupido. Nessuno di questi epiteti costituisce un oltraggio, nel contesto.»

«Mmm. Però lei è anche accusato di porto abusivo di arma.»

«Ho commesso l'errore di cercare di consegnargli un'arma da fuoco. Ma non voglio pronunciarmi su questa faccenda prima di aver parlato con il mio avvocato.»

«Okay. Accantoniamola. Abbiamo cose più importanti di cui parlare. Cosa sa di questo Niedermann?»

«È un assassino. È una strana creatura; è alto più di due metri e ha la struttura di un robot anticarro. Domandi a Paolo Roberto che ha tirato di boxe con lui. Soffre di analgesia congenita. È una malattia che fa sì che la trasmissione nervosa non funzioni, e lui di conseguenza non può sentire il dolore. È tedesco, è nato ad Amburgo e in gioventù è stato uno skinhead. È pericolosissimo ed è a piede libero.»

«Ha qualche idea di dove potrebbe essere diretto?»

«No. So soltanto che era lì pronto per essere preso in custodia quando quell'idiota di Trollhättan ha assunto il comando della situazione.»

Poco prima delle cinque del mattino il dottor Anders Jonasson si tolse i guanti di lattice lordi e li gettò nel cestino dei rifiuti. Un'infermiera applicò delle compresse di garza alla ferita all'anca. L'operazione era durata tre ore. Il dottore guardò il capo malconcio di Lisbeth Salander, che era già stato impacchettato nel bendaggio.

Avvertì un improvviso senso di tenerezza del genere che sperimentava spesso di fronte a pazienti che aveva operato. Secondo i giornali Lisbeth Salander era una psicopatica pluriomicida, ma ai suoi occhi aveva piuttosto l'aria di un passerotto ferito. Scosse la testa e spostò lo sguardo sul dottor Frank Ellis che lo stava osservando divertito.

«Tu sei un ottimo chirurgo» disse Ellis.

«Posso offrirti la colazione?»

«È possibile avere delle crêpe alla marmellata da qualche parte qui?»

«Cialde» disse Anders Jonasson. «A casa mia. Fammi telefonare a mia moglie per avvisarla e poi prendiamo un taxi.» Si fermò e guardò l'ora. «Tanto vale che lasciamo perdere la telefonata.»

L'avvocato Annika Giannini si svegliò di soprassalto. Si voltò verso destra e vide che mancavano due minuti alle sei. Aveva un appuntamento con un cliente già alle otto. Si voltò verso sinistra e diede un'occhiata a suo marito, Enrico Giannini, che dormiva tranquillo e nel migliore dei casi si sarebbe svegliato intorno alle otto. Batté ripetutamente le palpebre, poi si alzò e andò ad accendere la macchina del caffè prima di infilarsi sotto la doccia. Se la prese comoda in bagno, quindi si vestì con pantaloni neri, una polo bianca e una giacca rossa. Fece tostare due fette di pane e le guarnì con formaggio, marmellata di arance e fette di avocado e si portò la colazione in soggiorno in tempo per il notiziario delle sei e mezza alla tv. Bevve un sorso di caffè. Aveva appena aperto la bocca per dare un morso al pane quando sentì i titoli di testa.

Un poliziotto ucciso e un altro gravemente ferito. Dramma nella notte durante la cattura della super-ricercata Lisbeth Salander.

All'inizio ebbe difficoltà a capire il contesto, dal momento che le era parso che fosse stata Lisbeth a uccidere il poliziotto. La notizia era stata riferita in modo molto sommario, ma a poco a poco capì che la persona ricercata per l'omicidio del poliziotto era un uomo. Era stato emesso un avviso di ricerca su tutto il territorio nazionale per un trentacinquenne del quale non era ancora noto il nome. Lisbeth Salander era ricoverata in gravi condizioni al Sahlgrenska di Göteborg.

Annika passò sull'altro canale ma non riuscì a farsi un'idea più chiara di cosa fosse successo. Andò a prendere il cellulare e digitò il numero di suo fratello, Mikael Blomkvist. Le fu comunicato che l'abbonato al momento non era raggiungibile. Avvertì una fitta di paura. Mikael le aveva telefonato la sera prima mentre era in viaggio per Göteborg. Stava seguendo le tracce di Lisbeth Salander. E di un assassino di nome Ronald Niedermann.

Quando si fece chiaro, un poliziotto particolarmente attento notò delle tracce di sangue sul terreno dietro la legnaia. Un cane poliziotto seguì le tracce fino a una fossa scavata in una radura circa quattrocento metri a nordest del podere di Gosseberga.

Mikael accompagnò l'ispettore Erlander. Studiarono attentamente tutta la zona e non tardarono a scoprire una gran quantità di sangue nella fossa e tutto intorno.

Trovarono anche un portasigarette malridotto che palesemente era stato usato a mo' di paletta per scavare. Erlander infilò l'oggetto in un sacchetto da reperti e lo etichettò. Raccolse come reperto anche qualche grumo di terra insanguinata. Un agente in uniforme gli fece notare un mozzicone di Pall Mall senza filtro a qualche metro di distanza dalla fossa. Anche quello fu infilato in un sacchetto ed etichettato. Mikael si ricordò di aver visto un pacchetto di Pall Mall sul bancone della cucina nella casa di Zalachenko.

Erlander sbirciò verso il cielo e vide nubi gravide di pioggia. Il temporale che durante le prime ore della notte aveva imperversato su Göteborg stava evidentemente passando a sud della zona di Nossebro, ma era solo questione di tempo prima che cominciasse a piovere. Si rivolse a un poliziotto in uniforme e lo pregò di procurare un telo impermeabile con cui coprire la fossa.

«Credo che lei abbia ragione» disse alla fine Erlander rivolto a Mikael. «Un'analisi del sangue probabilmente confermerà che Lisbeth Salander è stata lì dentro e scommetto che troveremo le sue impronte digitali sul portasigarette. La ragazza è stata colpita e sepolta ma in qualche modo deve essere sopravvissuta ed è riuscita a tirarsi fuori e...»

«... e ha fatto ritorno alla fattoria dove ha calato l'accetta sul cranio di Zalachenko» completò Mikael. «È proprio una testa dura.»

«Ma come ha fatto a gestire Niedermann?»

Mikael alzò le spalle. A quel riguardo era sconcertato tanto quanto Erlander.

2.
Venerdì 8 aprile

Sonja Modig e Jerker Holmberg arrivarono alla stazione centrale di Göteborg poco dopo le otto. Bublanski aveva telefonato dando nuove istruzioni; potevano lasciar perdere Gosseberga, e prendere invece un taxi per la centrale di Ernst Fontell Plats, vicino allo stadio Nya Ullevi, che era la sede della polizia giudiziaria provinciale del Västra Götaland. Aspettarono quasi un'ora prima che l'ispettore Erlander arrivasse da Gosseberga in compagnia di Mikael Blomkvist. Mikael salutò Sonja Modig che aveva già incontrato in precedenza e strinse la mano a Jerker Holmberg. Quindi un collega di Erlander si aggiunse a loro con un aggiornamento sulla caccia a Ronald Niedermann. Fu un resoconto breve.

«Abbiamo un gruppo investigativo sotto la guida della polizia provinciale. L'allarme ovviamente è stato esteso a tutto il territorio nazionale. Abbiamo trovato l'auto della polizia ad Alingsås alle sei di stamattina. Lì le tracce per il momento si interrompono. Sospettiamo che il ricercato abbia cambiato veicolo ma non abbiamo ricevuto nessuna denuncia di furti d'auto.»

«I media?» domandò Sonja, dando un'occhiata di scusa a Mikael Blomkvist.

«Si tratta dell'omicidio di un poliziotto e siamo in piena

37

mobilitazione. Terremo una conferenza stampa alle dieci.»

«C'è qualcuno che abbia qualche notizia sulle condizioni di Lisbeth Salander?» chiese Mikael. Si sentiva curiosamente disinteressato a tutto ciò che aveva a che fare con la caccia a Niedermann.

«È stata operata durante la notte. Le hanno estratto una pallottola dal cranio. Non si è ancora risvegliata.»

«C'è una prognosi?»

«A quanto mi è parso di capire, non si può sapere nulla finché non si sarà svegliata. Ma il medico che l'ha operata dice di avere buone speranze che sopravviva se non insorgono complicazioni.»

«E Zalachenko?» domandò Mikael.

«Chi?» chiese il collega di Erlander, che non era stato messo ancora al corrente di tutti gli intricati dettagli della vicenda.

«Karl Axel Bodin.»

«Ah ecco, sì, anche lui è stato operato nel corso della notte. Aveva una brutta ferita alla testa e un'altra subito sotto il ginocchio. È malridotto ma non si trattava di lesioni mortali.»

Mikael annuì.

«Lei ha l'aria stanca» disse Sonja Modig.

«Altroché. Questo è il mio terzo giorno quasi senza dormire.»

«In effetti si è addormentato in macchina durante il tragitto da Nossebro» disse Erlander.

«Se la sente di ricapitolare tutta la storia dal principio?» chiese Holmberg. «Si ha l'impressione di essere sul tre a zero fra investigatori privati e polizia.»

Mikael fece un pallido sorriso.

«Questa è una battuta che vorrei sentire da Bublanski» disse.

Si sedettero alla caffetteria della centrale per fare colazione. Mikael impiegò una mezz'ora a spiegare passo passo come fosse riuscito a mettere insieme il puzzle della storia di Zalachenko. Quando ebbe terminato i poliziotti restarono immersi in un pensieroso silenzio.

«C'è qualche falla nella sua storia» disse alla fine Jerker Holmberg.

«È probabile» disse Mikael.

«Non ha spiegato come sia venuto in possesso di questo rapporto secretato della Säpo su Zalachenko.»

Mikael annuì.

«L'ho trovato ieri a casa di Lisbeth Salander dopo che finalmente avevo scoperto dove si nascondeva. A sua volta lei l'aveva presumibilmente trovato nella casa di campagna dell'avvocato Nils Bjurman.»

«Lei ha scoperto il nascondiglio di Lisbeth Salander» disse Sonja.

Mikael fece cenno di sì.

«E?»

«Ve lo dovrete trovare da soli. Lisbeth ha fatto molta fatica a procurarsi un indirizzo segreto e io non ho nessuna intenzione di far trapelare l'informazione.»

Sonja Modig e Holmberg si rabbuiarono un po'.

«Mikael... si ricordi che questa è un'indagine per omicidio» disse Sonja.

«Lei non ha ancora esattamente capito che Lisbeth Salander è innocente e che la polizia ha violato la sua privacy in un modo che non ha eguali. Gruppo satanista lesbico. Dove diavolo ve le andate a pescare certe cose? Se lei vorrà dirvi dove abita, lo farà.»

«Ma c'è un'altra cosa che non riesco esattamente a capire» insisté Holmberg. «Come entra Bjurman nel quadro, in generale? Lei dice che è stato lui a mettere in mo-

to l'intera vicenda contattando Zalachenko per chiedergli di uccidere Lisbeth... ma perché l'avrebbe fatto?»

Mikael esitò.

«La mia supposizione è che abbia incaricato Zalachenko di togliere di mezzo Lisbeth Salander. Lo scopo
era che finisse in quel famoso deposito a Nykvarn.»

«Bjurman era il suo tutore. Che motivo avrebbe avuto
di toglierla di mezzo?»

«È una faccenda complicata.»

«Si spieghi.»

«Bjurman aveva un ottimo motivo. Aveva fatto qualcosa di cui Lisbeth sapeva. Lei era una minaccia per il suo
futuro e la sua tranquillità.»

«Cos'è che aveva fatto?»

«Credo sia meglio lasciare a Lisbeth stessa l'onere di
spiegare.»

Mikael incontrò lo sguardo di Holmberg.

«Mi faccia indovinare» disse Sonja. «Bjurman aveva
fatto qualcosa ai danni della sua protetta.»

Mikael annuì.

«L'ha esposta a qualche forma di abuso sessuale?»

Mikael alzò le spalle e si astenne da ogni commento.

«Lei sa del tatuaggio sul ventre di Bjurman?»

«Tatuaggio?»

«Un tatuaggio da dilettanti costituito da un messaggio
che gli attraversava tutto il ventre... IO SONO UN SA-
DICO PORCO, UN VERME E UNO STUPRATORE.
Ci siamo lambiccati il cervello a cercare di capire di cosa
si trattasse.»

Tutto d'un tratto Mikael scoppiò a ridere.

«Che succede?»

«Mi domandavo cosa avesse fatto Lisbeth per vendicarsi. Ma state a sentire... questo non lo voglio discutere

con voi, per gli stessi motivi di prima. Si tratta della sua privacy. È Lisbeth a essere stata vittima di un reato. È lei la vittima. È lei che dovrà decidere cosa vi vorrà raccontare. Spiacente.»

Aveva quasi l'aria di volersi scusare.

«Gli stupri si devono denunciare alla polizia» disse Sonja Modig.

«Sono d'accordo. Ma questo stupro ha avuto luogo due anni fa e Lisbeth non ne ha ancora parlato con la polizia. Il che lascia pensare che non era intenzionata a farlo. Posso non essere d'accordo, ma è lei che decide. Inoltre...»

«Sì?»

«Lei non ha grandi motivi per confidarsi con la polizia. L'ultima volta che ha cercato di spiegare che razza di porco fosse Zalachenko, l'hanno chiusa in manicomio.»

Il responsabile delle indagini preliminari Richard Ekström si sentiva nervoso quando la mattina del venerdì subito prima delle nove invitò il responsabile dell'inchiesta Jan Bublanski ad accomodarsi all'altro lato della scrivania. Ekström si sistemò gli occhiali e si passò la mano sul pizzetto curato. Per lui la situazione era confusa e minacciosa. Per un mese intero era stato il responsabile delle indagini preliminari e aveva dato la caccia a Lisbeth Salander. L'aveva descritta in lungo e in largo come una pericolosa psicopatica. Aveva fatto trapelare informazioni che gli avrebbero giovato in un futuro processo. Tutto sembrava così ben combinato.

Nei suoi pensieri non c'era mai stato nessun dubbio che Lisbeth Salander fosse veramente colpevole del triplice omicidio e che il processo sarebbe stato una passeggiata, un autentico spettacolo di propaganda con lui stesso nel ruolo principale. Poi era andato tutto storto e d'improvviso si ritrovava con un assassino completamente diverso, in un caos che non sembrava avere fine. *Dannata Salander.*

«Sì, è proprio un bell'imbroglio quello in cui siamo finiti» disse. «Cosa hai scoperto in queste ore?»

«È stato emesso un avviso di ricerca sul territorio nazionale per Ronald Niedermann, ma lui è tuttora a piede libero. Per il momento è ricercato solo per l'omicidio dell'agente Gunnar Andersson, ma suppongo che dovremo aggiungere i tre omicidi qui a Stoccolma. Forse potresti organizzare una conferenza stampa.»

Bublanski abbozzò questa proposta per puro dispetto. Ekström detestava le conferenze stampa.

«Credo che dovremmo aspettare con le conferenze stampa, per ora» fu rapido a replicare Ekström.

Bublanski fece bene attenzione a non sorridere.

«In fondo questa è in primo luogo una cosa che riguarda la polizia di Göteborg» chiarì Ekström.

«Be', abbiamo Sonja Modig e Jerker Holmberg sul posto a Göteborg e abbiamo dato l'avvio a una collaborazione...»

«Aspettiamo, finché non ne sapremo di più» tagliò corto Ekström con voce aspra. «Quello che voglio sapere è fino a che punto sei sicuro che Niedermann sia veramente implicato negli omicidi di qui.»

«Come poliziotto sono convinto. Ma non siamo messi granché bene sul fronte delle prove. Non abbiamo testimoni del delitto e non esiste nessuna prova veramente solida. Magge Lundin e Sonny Nieminen del Motoclub Svavelsjö si rifiutano di parlare e fingono di non aver mai sentito nominare Niedermann. Che finirà comunque dentro per l'omicidio dell'agente Gunnar Andersson.»

«Proprio così» disse Ekström. «È l'omicidio del poliziotto a essere interessante in questo preciso momento.

Ma dimmi... c'è qualcosa che lasci supporre che Lisbeth Salander sia comunque implicata in qualche modo negli omicidi? Si può ipotizzare che siano stati lei e Niedermann insieme a commetterli?»

«Ne dubito. E io non formulerei pubblicamente questa teoria.»

«Ma in che modo è coinvolta, allora?»

«Questa è una storia estremamente complicata. Proprio come Mikael Blomkvist sosteneva fin dall'inizio, si tratta di quel Zala... Alexander Zalachenko.»

Al sentir menzionare Mikael Blomkvist, il procuratore Ekström trasalì visibilmente.

«Zala è un sicario russo disertore e senza scrupoli dei tempi della guerra fredda» continuò Bublanski. «Venne qui negli anni settanta e diventò il padre di Lisbeth Salander. È stato protetto da una parte della Säpo che ha sempre insabbiato i suoi reati. Un agente della Säpo fece anche in modo che Lisbeth fosse chiusa in una clinica psichiatrica, quando aveva tredici anni e minacciava di far saltare il segreto su Zalachenko.»

«Tu capisci che questa storia è un po' dura da digerire. Non è esattamente qualcosa che possiamo sbandierare. Se ho capito bene, tutte le informazioni relative a questo Zalachenko sono secretate.»

«Eppure, questa è la verità. Ho la documentazione.»

«Posso darci un'occhiata?»

Bublanski spinse verso di lui la cartella con l'inchiesta della polizia del 1991. Ekström osservò pensieroso il timbro, che dichiarava che il documento era segreto, e il numero di protocollo, che non ebbe difficoltà a identificare come relativo ai servizi segreti. Sfogliò rapidamente il malloppo di quasi cento pagine e lesse qualcosa a casaccio. Poi lo mise da parte.

«Dobbiamo cercare di abbassare un po' il tono in modo che la situazione non ci sfugga di mano. Lisbeth Salander fu chiusa in manicomio perché aveva cercato di uccidere suo padre... questo tale Zalachenko. E adesso gli ha conficcato un'accetta nel cranio. In ogni caso dev'essere incriminata per tentato omicidio. E va anche fermata per aver sparato a Magge Lundin a Stallarholmen.»

«Tu puoi fermare chi ti pare, ma io procederei in modo molto cauto, se fossi in te.»

«Ma scoppierebbe uno scandalo di dimensioni enormi, se questa faccenda della Säpo dovesse trapelare.»

Bublanski alzò le spalle. Il suo compito consisteva nell'indagare sui crimini, non nel gestire gli scandali.

«Questo tizio della Säpo, Gunnar Björck. Cosa sappiamo del suo ruolo?»

«Lui è uno degli attori principali. Attualmente è in malattia per un'ernia del disco, sta giù a Smådalarö.»

«Okay... teniamo la bocca chiusa sulla Säpo. Per ora si tratta dell'omicidio di un poliziotto e nient'altro. Il nostro compito è di non creare confusione.»

«Sarà difficile mettere tutto a tacere.»

«Cosa vuoi dire?»

«Ho mandato Curt Svensson a prelevare Björck per un interrogatorio.» Bublanski guardò l'ora. «Dovrebbe essere in corso proprio adesso.»

«Cosa?»

«In realtà avevo programmato di avere io stesso il piacere di andare a Smådalarö, ma poi si è intromesso questo nuovo omicidio.»

«Io non ho dato nessuna autorizzazione a prelevare Björck.»

«È vero. Ma non si tratta di un fermo. Lo voglio qui solo per fargli qualche domanda.»

«Questa cosa non mi piace.»

Bublanski si chinò in avanti e assunse un'aria quasi confidenziale.

«Richard... le cose stanno così. Lisbeth Salander è stata oggetto di una serie di prevaricazioni da parte della giustizia fin da quando era bambina. Io non ho intenzione di lasciare che si ripeta. Tu puoi decidere di togliermi la responsabilità delle indagini, ma in questo caso mi vedrei costretto a scrivere un tagliente rapporto sulla faccenda.»

Richard Ekström assunse l'aria di uno che ha inghiottito qualcosa di aspro.

Gunnar Björck, capodivisione aggiunto della sezione stranieri della Säpo in malattia, aprì la porta della casa di Smådalarö e alzò gli occhi su un omone robusto, capelli biondi cortissimi e giacca di pelle nera.

«Cerco Gunnar Björck.»

«Sono io.»

«Curt Svensson, polizia giudiziaria provinciale.»

L'uomo gli mostrò il tesserino di riconoscimento.

«Sì?»

«È pregato di seguirmi a Kungsholmen per collaborare con la polizia nell'inchiesta su Lisbeth Salander.»

«E... dev'esserci un errore.»

«Nessun errore» disse Curt Svensson.

«Lei non capisce. Sono un poliziotto anch'io. Dovrebbe controllare questa cosa con il suo capo.»

«È proprio il mio capo a voler parlare con lei.»

«Devo telefonare e...»

«Potrà chiamare da Kungsholmen.»

Gunnar Björck avvertì d'improvviso un senso di rassegnazione.

È successo. Verrò coinvolto. Dannato maledettissimo Blomkvist. Dannata Salander.

«Sono in arresto?»

«Per il momento no. Ma possiamo senz'altro provvedere, se è questo che vuole.»

«No... no, è ovvio che vengo. È chiaro che voglio collaborare con i colleghi.»

«Ottimo» disse Curt Svensson, seguendo Gunnar Björck dentro casa. Lo tenne d'occhio mentre prendeva il soprabito e spegneva la macchina del caffè.

Alle undici del mattino Mikael Blomkvist poté constatare che la sua auto a noleggio era ancora parcheggiata dietro un fienile dalle parti di Gosseberga, ma anche che era talmente esausto da non avere la forza di percorrere al volante un tragitto relativamente lungo senza costituire un pericolo per il traffico. Chiese quindi consiglio all'ispettore Marcus Erlander, che fece portare indietro la macchina da uno dei tecnici della scientifica di Göteborg.

«La consideri una compensazione per come è stato trattato stanotte.»

Mikael annuì e chiamò un taxi per il City Hotel di Lorensbergsgatan, vicino alla Avenyn. Prese una singola per una notte per ottocento corone, andò immediatamente in camera e si spogliò. Si sedette nudo sul letto e tirò fuori il Palm Tungsten T3 di Lisbeth Salander dalla tasca della giacca, soppesandolo nella mano. Era ancora stupefatto che il piccolo computer non gli fosse stato sequestrato quando il commissario Thomas Paulsson l'aveva perquisito, ma doveva aver dato per scontato che fosse suo, e in pratica lui non era stato messo agli arresti. Rifletté un attimo e poi lo mise nello scomparto della borsa del computer dove conservava il cd di Lisbeth, *Bjurman*, anch'esso sfuggito a Paulsson. Era consapevole che, da un punto di vista strettamente tecnico, stava sottraendo materiale di prova, ma si trattava di oggetti che Lisbeth con ogni probabilità non voleva finissero in mani sbagliate.

Accese il cellulare, vide che le batterie si stavano scaricando e le mise in carica. Poi chiamò la sorella, l'avvocato Annika Giannini.

«Ciao sorellina.»

«Cosa hai a che fare con l'omicidio dell'agente di questa notte?» domandò lei senza preamboli.

Lui le spiegò brevemente ciò che era accaduto.

«Okay. Lisbeth Salander dunque è in terapia intensiva.»

«Esatto. Non sapremo quali danni ha riportato finché non si sveglierà, ma di sicuro avrà bisogno di un avvocato.»

Annika rifletté un momento.

«Credi che mi vorrà?»

«Probabilmente non ne vorrà proprio sapere di un avvocato. Non è il tipo che chiede aiuto a qualcuno.»

«A quanto pare avrebbe bisogno di un penalista. Fammi dare un'occhiata alla documentazione che hai.»

«Parla con Erika e chiedigliene una copia.»

Non appena ebbe terminato la conversazione con Annika, Mikael telefonò a Erika Berger. Non rispondeva al cellulare, così fece il suo numero alla redazione di *Millennium*. Fu Henry Cortez a rispondere.

«Erika è fuori da qualche parte.»

Mikael gli spiegò brevemente cos'era successo e lo pregò di trasmettere le informazioni a Erika.

«Okay. Che facciamo noi?» chiese Henry.

«Per oggi niente» disse Mikael. «Io ho bisogno di dormire. Verrò su a Stoccolma domani, se non capitano imprevisti. *Millennium* darà la sua versione nel prossimo numero e manca ancora quasi un mese.»

Chiuse la conversazione e si infilò sotto le coperte, addormentandosi nel giro di trenta secondi.

Il capo aggiunto della polizia provinciale Monica Spångberg picchiettò con una penna l'orlo del bicchiere d'acqua minerale chiedendo silenzio. Dieci persone erano sedute intorno al tavolo da riunioni nel suo ufficio alla centrale. Tre donne e sette uomini. Erano presenti il capo della sezione reati contro la persona, il direttore aggiunto della stessa, tre ispettori della polizia giudiziaria fra cui Marcus Erlander, e l'addetto stampa della polizia di Göteborg. All'incontro erano stati invitati anche la responsabile delle indagini preliminari Agneta Jervas, dell'ufficio del procuratore, e gli ispettori Sonja Modig e Jerker Holmberg di Stoccolma. Questi ultimi erano stati chiamati per dimostrare la volontà di collaborare con i colleghi della capitale, e forse anche per far vedere come si conduce una vera inchiesta di polizia.

Monica Spångberg, cui capitava spesso di essere l'unica donna in un contesto tutto maschile, aveva fama di non perdere tempo in formalità e amabili convenevoli. Spiegò che il capo della polizia provinciale era in viaggio di lavoro per una conferenza dell'Europol a Madrid. Aveva interrotto il viaggio quando era stato informato dell'uccisione di un agente, ma non si prevedeva sarebbe rientrato prima della tarda serata. Quindi si rivolse direttamente al capo della sezione reati contro la persona, Anders Pehrzon, e lo pregò di riassumere la situazione.

«Al momento sono trascorse circa dieci ore da quando il collega Gunnar Andersson è stato ucciso sulla strada per Nossebro. Conosciamo il nome dell'assassino, Ronald Niedermann, ma ci manca ancora un'immagine del soggetto in questione.»

«Noi abbiamo una sua fotografia vecchia di circa vent'anni, a Stoccolma. L'abbiamo avuta da Paolo Roberto, ma è quasi inutilizzabile» disse Jerker Holmberg.

«Okay. Com'è noto, l'auto della polizia di cui si era impossessato è stata ritrovata questa mattina ad Alingsås. Era parcheggiata in una strada secondaria a circa trecentocinquanta metri dalla stazione ferroviaria. Non abbiamo ricevuto nessuna denuncia relativa a furti d'auto nella zona durante la mattinata.»

«Situazione delle indagini?»

«Teniamo sotto controllo i treni che arrivano a Stoccolma e Malmö. Abbiamo diffuso l'allarme sul territorio nazionale e informato la polizia di Norvegia e Danimarca. In questo momento abbiamo circa trenta poliziotti che lavorano direttamente all'inchiesta e naturalmente tutti quanti teniamo gli occhi aperti.»

«Nessuna traccia?»

«No. Non ancora. Ma una persona con l'aspetto particolare di Niedermann non dovrebbe essere difficile da individuare.»

«C'è qualcuno che sa come sta Fredrik Torstensson?» chiese uno degli ispettori.

«È ricoverato al Sahlgrenska. È malridotto, grossomodo come per un incidente automobilistico. È difficile credere che un essere umano abbia potuto causare lesioni simili a mani nude. Oltre a fratture multiple e costole rotte ha una vertebra cervicale incrinata e c'è il rischio che possa rimanere parzialmente paralizzato.»

Tutti meditarono sulle condizioni del collega per qualche secondo prima che Monica Spångberg prendesse nuovamente la parola rivolgendosi a Erlander.

«Cosa è successo a Gosseberga?»

«È successo Thomas Paulsson.»

Un gemito collettivo sfuggì ai partecipanti alla riunione. «Qualcuno non potrebbe mandarlo in pensione? Quello è un'autentica catastrofe ambulante.»

«Conosco molto bene Paulsson» disse Monica Spångberg seccamente. «Ma non ho più sentito lamentele su di lui negli ultimi... ecco, saranno due anni.»

«Il capo della polizia lassù è un vecchio amico di Paulsson e deve aver cercato di aiutarlo tenendolo sotto la sua ala protettrice. Con le migliori intenzioni, si capisce, e questa non vuole essere una critica nei suoi confronti. Ma stanotte Paulsson si è comportato in una maniera così stravagante che diversi colleghi si sono sentiti in dovere di riferirlo.»

«In che senso?»

Marcus Erlander guardò con la coda dell'occhio Sonja Modig e Jerker Holmberg. Era palesemente imbarazzato a dover mettere in mostra delle deficienze nell'organizzazione di fronte ai colleghi di Stoccolma.

«La cosa più bizzarra è stata senz'altro mettere un uomo della scientifica a fare un inventario di ciò che c'era nella legnaia dove abbiamo trovato quel Zalachenko.»

«Un inventario della legnaia?» si stupì Monica Spångberg.

«Sì... dunque... voleva sapere esattamente quanti ciocchi di legno ci fossero lì dentro. In modo che il rapporto risultasse corretto.»

Un silenzio pregnante si diffuse intorno al tavolo prima che Erlander riprendesse a parlare.

«Questa mattina si è saputo che Paulsson assume almeno due psicofarmaci, Xanor ed Efexor. In realtà avrebbe dovuto essere in malattia ma ha tenuto nascoste le sue condizioni di salute ai colleghi.»

«Quali condizioni?» domandò Monica Spångberg con voce tagliente.

«Di cosa soffra esattamente non lo so. Il medico, com'è ovvio, è tenuto al segreto professionale. Ma gli psicofarmaci che prende sono potenti. Durante la scorsa nottata era semplicemente strafatto.»

«Santo dio» disse Monica Spångberg con enfasi. Somigliava al temporale che era passato su Göteborg durante le prime ore del mattino. «Voglio qui Paulsson per un colloquio. Adesso.»

«Sarà un po' difficile. Stamattina è crollato ed è stato portato all'ospedale per sovraffaticamento. Abbiamo avuto semplicemente la grande sfortuna che fosse di turno proprio lui.»

«Posso fare una domanda?» disse il capo della sezione reati contro la persona. «Paulsson ha arrestato Mikael Blomkvist durante la notte?»

«Ha consegnato un rapporto e sporto denuncia per oltraggio e resistenza violenta a pubblico ufficiale e porto abusivo di arma.»

«Cosa dice Blomkvist?»

«Ammette l'oltraggio ma sostiene che era più che motivato. A suo dire la resistenza è consistita in un duro tentativo verbale di impedire che Torstensson e Andersson andassero a prendere Niedermann da soli e senza rinforzi.»

«Testimoni?»

«Torstensson, ovviamente. Lasciatemi dire che non credo affatto alla resistenza violenta. È una contromisura tipica, per parare future lamentele da parte di Blomkvist.»

«Ma Blomkvist aveva sopraffatto quel Niedermann da solo?» domandò il procuratore Agneta Jervas.

«Minacciandolo con un'arma.»

«Quindi Blomkvist aveva un'arma. Perciò il suo arresto in ogni caso avrebbe un senso. Dove se l'era procurata, quell'arma?»

«Su questo punto Blomkvist non vuole pronunciarsi senza prima avere parlato con un avvocato. Ma Paulsson lo ha ammanettato mentre stava cercando di consegnare l'arma alla polizia.»

«Posso fare una proposta informale?» disse Sonja Modig con cautela.

Tutti la guardarono.

«Ho incontrato Mikael Blomkvist in diverse occasioni nel corso delle indagini e il mio giudizio è che è una persona assennata, benché sia un giornalista. Suppongo che sia tu a dover decidere se incriminarlo o no...» Guardò verso Agneta Jervas che annuì. «In tal caso questa faccenda dell'oltraggio e della resistenza è solo una sciocchezza, per cui suppongo che la archivierai automaticamente.»

«È probabile. Ma la detenzione abusiva di armi è un po' più grave.»

«Propongo che tu ti tenga pronta ad agire. Blomkvist ha messo insieme questa storia per conto suo e ci precede di parecchie lunghezze. Ci è molto più utile mantenerci in buoni rapporti con lui e collaborare piuttosto che lasciarlo libero di giustiziare tutto il corpo di polizia attraverso i mass-media.»

Sonja tacque. Dopo qualche secondo Marcus Erlander si schiarì la voce. Se aveva il coraggio di esporsi lei, lui non voleva essere da meno.

«Sono d'accordo. Anch'io giudico Blomkvist una persona assennata. Gli ho anche chiesto scusa per il trattamento cui è stato sottoposto stanotte. Sembra essere disposto ad appianare le cose. Inoltre dimostra una sua integrità. È riuscito a scoprire il domicilio di Lisbeth Salander ma si rifiuta di rivelare dove sia. Non ha paura di intavolare una discussione pubblica con la polizia... e naturalmente si trova in una posizione in cui la sua voce avrebbe sui media lo stesso peso di qualsiasi denuncia da parte di Paulsson.»

«Però si rifiuta di passare informazioni su Lisbeth Salander alla polizia.»

«Dice che possiamo interrogare Lisbeth direttamente.»

«Che tipo di arma aveva?» domandò Jervas.

«Una Colt 1911 Government. Il numero di serie è sconosciuto. Ho mandato l'arma alla scientifica ma ancora non sappiamo se sia stata usata in qualche contesto criminale qui in Svezia. Se così fosse, allora la cosa prenderebbe una piega diversa.»

Monica Spångberg alzò la penna.

«Agneta, decidi tu se vuoi avviare un'indagine preliminare contro Blomkvist. Ma io propongo di aspettare il rapporto della scientifica. Andiamo avanti. Questo tale, Zalachenko... cosa ci potete raccontare di lui, voi di Stoccolma?»

«Il fatto è che fino a ieri pomeriggio non avevamo mai sentito parlare né di Zalachenko né di Niedermann» rispose Sonja Modig.

«Credevo che steste dando la caccia a un gruppo satanista lesbico lassù a Stoccolma» disse uno dei poliziotti di Göteborg. Qualcuno stirò la bocca in un accenno di sorriso. Jerker Holmberg si studiò le unghie. Fu Sonja a dover affrontare la domanda.

«Detto fra noi, posso forse affermare che abbiamo anche noi il nostro Thomas Paulsson a Stoccolma, e questa storia del gruppo satanista lesbico è piuttosto una pista secondaria.»

Sonja e Holmberg impiegarono quindi circa mezz'ora a raccontare ciò che era risultato dall'inchiesta.

Quando ebbero terminato, intorno al tavolo si diffuse un lungo silenzio.

«Se questa storia di Gunnar Björck dovesse risultare vera, la Säpo finirà in pessime acque» dichiarò alla fine il capo della sezione reati contro la persona.

Tutti annuirono. Agneta Jervas alzò una mano.

«Se ho ben capito, i vostri sospetti si basano in gran parte su indizi e supposizioni. Come procuratore ho qualche dubbio sulle prove effettive a carico.»

«Ne siamo perfettamente consapevoli» disse Holmberg. «Crediamo di sapere ciò che accadde a grandi linee, ma ci sono un bel po' di punti interrogativi da risolvere.»

«Mi sembra di capire che siete ancora impegnati a scavare a Nykvarn, dalle parti di Södertälje» disse Monica Spångberg. «Di quanti omicidi si tratta, in tutto?»

Jerker Holmberg batté le palpebre, con aria stanca.

«Abbiamo cominciato con tre omicidi a Stoccolma, quelli per cui è stata ricercata Lisbeth Salander, ossia l'avvocato Bjurman, il giornalista Dag Svensson e la dottoranda Mia Bergman. Intorno al deposito di Nykvarn abbiamo finora trovato tre sepolture. Abbiamo identificato un noto spacciatore e ladruncolo fatto a pezzi dentro la prima, e trovato una donna ancora non identificata nella seconda. E non abbiamo ancora completato lo scavo della terza. Questa sembra essere più vecchia. Inoltre Mikael Blomkvist ha fatto un collegamento con l'assassinio di una prostituta a Södertälje avvenuto qualche mese fa.»

«Perciò con l'agente Gunnar Andersson a Gosseberga si tratta di almeno otto omicidi... un numero davvero impressionante. E di tutti è sospettato questo Niedermann? Quest'uomo dovrebbe essere un completo squilibrato pluriomicida.»

Sonja Modig e Jerker Holmberg si scambiarono un'occhiata. Si trattava di decidere in quale misura condividere quelle asserzioni. Alla fine Sonja Modig prese la parola.

«Anche se mancano prove concrete, io e il mio capo, l'ispettore Jan Bublanski, propendiamo a credere che Mikael Blomkvist abbia assolutamente ragione quando sostiene che i primi tre omicidi sono stati commessi da Niedermann. Questo significherebbe che Lisbeth Salander è innocente. Per quanto concerne Nykvarn, Niedermann è collegato con il luogo per via del rapimento dell'amica di Lisbeth Salander, Miriam Wu. Non esiste alcun dubbio che quest'ultima fosse destinata a occupare una quarta fossa. Ma il deposito è di proprietà di un parente del presidente del Motoclub Svavelsjö, e probabilmente dovremo aspettare di essere riusciti a identificare i resti per trarre delle conclusioni.»

«Quel piccolo criminale che avete identificato...»

«Kenneth Gustafsson, quarantaquattro anni, noto spacciatore e soggetto problematico fin dall'adolescenza. Spontaneamente sarei propensa a credere che si tratta di un regolamento di conti di qualche genere. Il Motoclub Svavelsjö è coinvolto in ogni sorta di reati, fra cui lo spaccio di metamfetamina. Potrebbe dunque trattarsi di un cimitero per gente che è venuta in contrasto con il Motoclub. Ma resta il fatto che...»

«Sì?»

«Quella prostituta uccisa a Södertälje... si chiamava Irina Petrova, ventidue anni.»

«Okay.»

«L'esame autoptico ha mostrato che aveva subito percosse molto pesanti e presentava lesioni del genere che di solito si riscontra su gente uccisa a colpi di mazza da baseball o simili. Ma le lesioni erano dubbie e il patologo non è stato in grado di indicare quale specifico oggetto fosse stato usato. Blomkvist ha fatto un'osservazione piuttosto acuta. Potevano essere state provocate anche solo con le mani...»

«Niedermann?»

«È una supposizione plausibile. Però mancano ancora le prove.»

«Come procediamo adesso?» chiese Monica Spångberg.

«Io devo parlare con Bublanski, ma un prossimo passo sarà interrogare quel Zalachenko. Da parte nostra siamo interessati a sentire cosa sappia degli omicidi di Stoccolma, per voi invece si tratta di catturare Niedermann.»

Uno degli ispettori di Göteborg alzò un dito.

«Posso chiedere... cosa abbiamo trovato in quel podere di Gosseberga?»

«Molto poco. Abbiamo rinvenuto quattro armi da fuoco. Una Sig Sauer sul tavolo della cucina, smontata e pronta per essere oliata. Una P-83 Wanad di fabbricazione polacca per terra accanto alla cassapanca della cucina. Una Colt 1911 Government, che è la pistola che Blomkvist aveva cercato di consegnare a Paulsson. E infine una Browning calibro 22, che rispetto alle altre è quasi una pistola giocattolo. Sospettiamo che sia quella l'arma con cui hanno sparato a Lisbeth Salander, dal momento che la ragazza è ancora viva pur essendosi presa una pallottola nel cervello.»

«Qualcos'altro?»

«Abbiamo posto sotto sequestro una borsa contenente circa duecentomila corone. Era in una stanza al primo piano che era occupata da Niedermann.»

«Siete sicuri che fosse proprio la sua camera?»

«Be', lui porta la XXL. Zalachenko avrà al massimo una M.»

«Esiste qualcosa che leghi Zalachenko a qualche attività criminosa?» domandò Jerker Holmberg.

Erlander scosse la testa.

«Dipende ovviamente da come vogliamo interpretare la presenza delle armi. Ma a parte le armi e il fatto che Zalachenko aveva un sistema di sorveglianza molto sofisticato alla fattoria, non abbiamo trovato nulla che distingua il podere di Gosseberga da qualsiasi altro. Si tratta di una casa ammobiliata in modo molto spartano.»

Poco dopo mezzogiorno un agente in uniforme bussò alla porta e consegnò un foglio a Monica Spångberg. Lei alzò un dito.

«Abbiamo ricevuto la segnalazione di una scomparsa ad Alingsås. Un'infermiera di ventisette anni che lavora in uno studio dentistico, Anita Kaspersson, ha lasciato la sua abitazione alle sette e mezza del mattino. Ha portato il figlio all'asilo e sarebbe dovuta arrivare al lavoro prima delle otto. Ma non è mai arrivata. Lavora da un dentista che ha lo studio a circa centocinquanta metri dal luogo in cui è stata ritrovata l'automobile della polizia rubata durante la notte.»

Erlander e Sonja Modig guardarono contemporaneamente l'orologio.

«Dunque ha quattro ore di vantaggio. Di che auto si tratta?»

«Una Renault blu scuro del 1991. Ecco qui il numero di targa.»

«Diffondiamo immediatamente l'avviso di ricerca della macchina. A questo punto Niedermann può essere in qualsiasi posto fra Oslo, Malmö e Stoccolma.»

Terminarono la riunione stabilendo che Sonja Modig e Marcus Erlander avrebbero interrogato insieme Zalachenko.

Henry Cortez corrugò le sopracciglia e seguì Erika Berger con lo sguardo mentre usciva dal suo ufficio e attraversando diagonalmente il corridoio spariva nel cucinino. Qualche secondo più tardi ne uscì con in mano una tazza di caffè e sparì di nuovo nel suo ufficio, chiudendosi la porta alle spalle.

Henry Cortez non riusciva esattamente a mettere a fuoco cosa ci fosse che non andava. *Millennium* aveva una redazione del genere che porta i collaboratori a conoscersi piuttosto bene. Lui lavorava part-time al giornale da quattro anni, e in quell'arco di tempo aveva vissuto fenomenali tempeste, non ultimo il periodo in cui Mikael Blomkvist aveva scontato tre mesi di prigione per diffamazione e il giornale era stato sul punto di fallire. Era passato attraverso l'assassinio del loro collaboratore Dag Svensson e della sua compagna Mia Bergman.

Durante tutte le tempeste Erika Berger era stata la roccia che nulla sembrava in grado di far vacillare. Non era sorpreso che Erika gli avesse telefonato svegliandolo all'alba per mettere al lavoro lui e Lottie Karim. L'affare Salander si era riempito di crepe e Blomkvist era stato coinvolto nell'omicidio di un agente a Göteborg. Fin qui era tutto chiaro. Lottie si era parcheggiata alla centrale della polizia per cercare di ottenere qualche notizia sensata. Henry aveva dedicato la mattinata a fare telefonate cercando di mettere insieme i pezzi di ciò che era successo durante la notte. Blomkvist non rispondeva al cellulare, ma grazie a una serie di fonti Henry aveva un'immagine relativamente precisa di quanto doveva essere successo durante la notte.

Erika tuttavia era stata distratta e assente per tutta la mattinata. Era un fatto estremamente raro che chiudesse la porta del suo ufficio. Succedeva quasi esclusivamente quando aveva visite o lavorava intensamente a qualcosa. Quel mattino non aveva avuto nessuna visita e non stava lavorando. Quando lui in qualche occasione aveva bussato per riferire delle novità, l'aveva trovata nella poltroncina accanto alla finestra, immersa nei suoi pensieri, lo sguardo all'apparenza puntato svogliatamente sulla folla che passava giù in Götgatan. Ascoltava le sue relazioni solo distrattamente.

C'era decisamente qualcosa che non andava.

Il campanello interruppe le sue elucubrazioni. Andò ad aprire e si trovò davanti Annika Giannini. Henry Cortez aveva incontrato la sorella di Mikael Blomkvist già diverse volte in precedenza, ma non la conosceva bene.

«Salve Annika» disse. «Mikael oggi non c'è.»

«Lo so. Vorrei parlare con Erika.»

Erika Berger alzò lo sguardo e si ricompose velocemente mentre Henry faceva entrare Annika.

«Salve» disse. «Oggi Mikael non c'è.»

Annika sorrise.

«Lo so. Sono qui per il rapporto sulla Säpo di Björck. Micke mi ha chiesto di darci un'occhiata per assistere eventualmente Lisbeth Salander come avvocato.»

Erika annuì. Si alzò e andò a prendere una cartella dalla scrivania.

Annika esitò un attimo, mentre già stava per uscire. Cambiò idea e andò a sedersi di fronte a Erika.

«Okay, si può sapere cos'hai?»

«Smetterò di lavorare qui a *Millennium*. E non sono ancora riuscita a dirlo a Mikael. Lui è rimasto così coinvolto in questa storia di Lisbeth che non ce n'è mai stata l'occasione, e io non posso dirlo agli altri prima di averlo detto a lui, ed è per questo che sto da cani.»

Annika si mordicchiò il labbro inferiore.

«E adesso invece lo stai raccontando a me. Cosa andrai a fare?»

«Diventerò caporedattore dello *Svenska Morgon-Posten*.»

«Wow. In tal caso sarebbero più adatte le congratulazioni, e non pianto e stridore di denti.»

«Ma non era così che avevo pensato di chiudere con *Millennium*. Nel bel mezzo di un maledetto caos. Questa cosa è arrivata come un fulmine a ciel sereno e non posso dire di no. Voglio dire, è un'occasione che non si ripeterà mai più. Ma ho ricevuto l'offerta proprio poco prima che Dag e Mia fossero uccisi, e qui c'è stato un tale subbuglio che ho preferito tacere. E adesso mi sento una coscienza sporca che ti lascio immaginare.»

«Posso capire. E a questo punto hai paura di raccontarlo a Micke.»

«Non l'ho detto a nessuno. Credevo che non sarei passata allo *Svenska* prima della fine dell'estate e che ci fosse ancora tempo per parlarne. Ma ora vogliono che cominci il prima possibile.»

Tacque e guardò Annika, quasi con le lacrime agli occhi.

«Questa in pratica sarà la mia ultima settimana a *Millennium*. La settimana dopo sarò via e poi... ho bisogno di una settimana di stacco per caricare le batterie. Ma l'1 maggio comincerò all'*Smp*.»

«E cosa sarebbe successo se fossi stata investita da una macchina? Sarebbero rimasti senza caporedattore senza un minuto di preavviso.»

Erika alzò gli occhi.

«Ma io non sono stata investita da una macchina. Ho consapevolmente nascosto la notizia per settimane.»

«Capisco che sia una situazione difficile ma ho la sensazione che Micke e Christer e gli altri sapranno trovare una soluzione. Penso che dovresti metterli al corrente senza ulteriori indugi.»

«Certo, ma il tuo dannato fratello è a Göteborg oggi. Sta dormendo e non risponde al telefono.»

«Lo so. Poche persone sono così brave a evitare di rispondere al telefono come Mikael. Ma qui non si tratta di te e di Micke. So che avete lavorato insieme per vent'anni o giù di lì e che la vostra storia è un po' complicata, ma devi pensare a Christer e agli altri della redazione.»

«Ma Mikael di sicuro andrà...»

«Micke andrà su tutte le furie, sì. Certamente. Ma se non è capace di accettare che tu dopo vent'anni pensi un po' a te stessa, allora non vale tutto il tempo che gli hai dedicato.»

Erika sospirò.

«Datti una mossa adesso. Chiama qui Christer e gli altri della redazione. Subito.»

Christer Malm restò sconvolto per qualche secondo dopo che Erika ebbe radunato tutti i collaboratori di *Millennium* nella piccola sala. La riunione era stata indetta con solo qualche minuto di preavviso, proprio mentre lui stava meditando di lasciare l'ufficio un po' prima del solito, essendo venerdì. Guardò con la coda dell'occhio Henry Cortez e Lottie Karim che erano sorpresi quanto lui. Nemmeno la segretaria di redazione Malin Eriksson sapeva alcunché, così come la reporter Monica Nilsson e il direttore marketing Sonny Magnusson. L'unico assente era Mikael Blomkvist, che al momento si trovava a Göteborg.

Santo dio, Mikael non ne sa niente pensò Christer Malm. *Mi chiedo come reagirà.*

Quindi si rese conto che Erika aveva finito di parlare e che nella sala riunioni era sceso un silenzio di tomba. Scosse la testa, si alzò in piedi e andò ad abbracciare Erika stampandole un bacio sulla guancia.

«Congratulazioni, Ricky. Caporedattore dell'*Smp*. Non è certo un piccolo passo, da questa misera barchetta» disse.

Henry Cortez si riscosse e fece partire un applauso spontaneo. Erika alzò le mani.

«Stop» disse. «Non merito nessun applauso oggi.»

Fece una breve pausa e scrutò i collaboratori nella piccola redazione.

«Sentite... mi dispiace terribilmente che sia andata in questo modo. Volevo parlarvene diverse settimane fa, ma la cosa è affogata nel caos degli omicidi. Mikael e Malin hanno lavorato come ossessi e non è mai stato il momento. Ecco perché siamo finiti a questo punto.»

Malin Eriksson si rese conto con spaventosa chiarezza di quanto la redazione fosse effettivamente a corto di personale e di che vuoto terribile si sarebbe creato senza Erika. Qualsiasi cosa succedesse o qualsiasi caos scoppiasse, lei era stata la roccia alla quale Malin si poteva appoggiare, inamovibile nella tempesta. Be'... niente di strano che il "drago del mattino" l'avesse reclutata. Ma cosa sarebbe successo adesso? Erika era sempre stata un personaggio chiave di *Millennium*.

«Ci sono alcune cose che dobbiamo chiarire. Capisco che questo creerà dell'inquietudine in redazione, e non era davvero nelle mie intenzioni, ma ora purtroppo la situazione è questa. Primo: non abbandonerò *Millennium* completamente. Rimarrò come socia e come membro del consiglio d'amministrazione. È ovvio che però non avrò più nessuna influenza sul lavoro redazionale, per non creare dei conflitti d'interesse.»

Christer Malm annuì pensieroso.

«Secondo: cesserò formalmente di lavorare l'1 maggio, ma oggi sarà in pratica il mio ultimo giorno lavorativo. La prossima settimana come sapete sarò via, era una cosa programmata da tempo. E ho deciso che non tornerò per dare ordini a bacchetta nei pochi giorni prima di andarmene.»

Tacque per un momento.

«Il prossimo numero è già pronto. Ci sono da sistemare solo delle piccole cose. Sarà il mio ultimo numero. Poi dovrà pensarci un altro caporedattore. Vuoterò la mia scrivania stasera.»

Il silenzio era compatto.

«Chi sarà a prendere il mio posto come caporedattore è una decisione che dev'essere discussa in seno al consiglio d'amministrazione. Ma dev'essere discussa anche fra voi della redazione.»

«Mikael» disse Christer Malm.

«No. Mikael mai. Lui è senza paragoni il peggior caporedattore che potreste scegliere. È perfetto come direttore responsabile e bravissimo a sistemare testi impossibili rendendoli pubblicabili. Ma il caporedattore dev'essere quello che affronta l'offensiva. Mikael inoltre ha la tendenza a seppellirsi nelle sue storie e a essere del tutto assente per settimane, talvolta. Dà il meglio di sé quando la situazione si fa rovente, ma è notoriamente un disastro nel lavoro di routine. Questo lo sapete tutti.»

Christer Malm annuì.

«*Millennium* ha funzionato perché tu e Mikael vi siete compensati a vicenda.»

«Ma non solo per questo. Ricorderete certamente quando Mikael si ostinò a restare su a Hedestad per quasi un intero, dannatissimo anno. Allora *Millennium* funzionò senza di lui, proprio come dovrà funzionare adesso senza di me.»

«Okay. Qual è il tuo piano?»

«La mia scelta sarebbe che tu prendessi il mio posto come caporedattore, Christer...»

«Mai e poi mai.» Christer Malm agitò le mani davanti a sé come a respingere risolutamente l'ipotesi.

«... ma siccome so che diresti di no, ho un'altra soluzione. Malin. Tu entrerai in carica come caporedattore pro tempore a partire da oggi.»

«Io?!» disse Malin.

«Proprio tu. Sei stata in gambissima come segretaria di redazione.»

«Ma io...»

«Provaci. Io libererò la mia scrivania stasera. Puoi prendere il mio posto da lunedì mattina. Il numero di maggio è quasi pronto, ci abbiamo già lavorato fin troppo. In giugno c'è il numero doppio e poi siamo liberi per un mese. Se non funziona, il consiglio d'amministrazione potrà trovare qualcun altro in agosto. Henry, tu potrai entrare a tempo pieno e sostituire Malin come segretario di redazione. Poi dovremo reclutare qualche nuovo collaboratore. Ma questa sarà una scelta vostra e del consiglio.»

Tacque un momento e osservò pensierosa l'assemblea.

«Ancora una cosa. Io vado a lavorare a un altro giornale. *Smp* e *Millennium* non sono certo concorrenti sotto il profilo pratico, ma non voglio sapere un pelo più di quanto so già circa il contenuto del prossimo numero. A partire da questo momento, di tutte le questioni relative dovrete parlare con Malin.»

«Come ci comportiamo con questa faccenda di Lisbeth Salander?» chiese Henry Cortez.

«Parlatene con Mikael. Io so di Lisbeth, ma metterò tutto da parte. All'*Smp* non arriverà niente.»

Erika provava d'improvviso un enorme sollievo.

«È tutto» disse, concludendo la riunione. Si alzò e ritornò nel proprio ufficio senza altri commenti.

Sulla redazione di *Millennium* scese il silenzio. Fu solo un'ora più tardi che Malin Eriksson bussò alla porta di Erika.

«Uh-uh...»

«Sì?» domandò Erika.

«Il personale vuole dirti qualcosa.»

«Cosa?»

«Qui fuori.»

Erika si alzò e andò alla porta. Avevano apparecchiato con torta e caffè.

«Penso che dovremo fare una festa come si deve per salutarti» disse Christer Malm. «Ma per ora ci possiamo accontentare di questo.»

Per la prima volta in quella giornata Erika sorrise.

3.
Venerdì 8 aprile - sabato 9 aprile

Alexander Zalachenko era sveglio da otto ore quando Sonja Modig e Marcus Erlander arrivarono in visita verso le sette di sera. Era stato sottoposto a un intervento chirurgico piuttosto esteso durante il quale una parte consistente dello zigomo era stata ricostruita e fissata con viti al titanio. La sua testa era talmente impacchettata che si vedeva solo l'occhio sinistro. Un medico aveva spiegato che il colpo di accetta aveva rotto lo zigomo e danneggiato l'osso frontale, oltre ad aver asportato buona parte della carne sul lato destro del viso dislocando l'orbita dell'occhio. Le lesioni gli causavano molto dolore. Gli erano state somministrate forti dosi di analgesico ma era discretamente lucido e in grado di parlare. La polizia però non doveva stancarlo.

«Buona sera, signor Zalachenko» lo salutò Sonja Modig. Poi presentò se stessa e il collega Erlander.

«Mi chiamo Karl Axel Bodin» disse Zalachenko a fatica attraverso i denti serrati. La sua voce era tranquilla.

«So esattamente chi è lei. Ho letto il suo curriculum alla Säpo.»

Il che non era del tutto vero, dal momento che i servizi segreti non avevano ancora consegnato una sola carta su Zalachenko.

«È stato molto tempo fa» disse Zalachenko. «Adesso io sono Karl Axel Bodin.»

«Come si sente?» continuò Sonja Modig. «È in grado di sostenere un colloquio?»

«Io voglio denunciare un reato. Sono stato vittima di un tentativo di omicidio da parte di mia figlia.»

«Lo sappiamo. Quella faccenda sarà presa in esame a tempo debito» disse Erlander. «Ma al momento abbiamo qualcosa di più importante di cui parlare.»

«Cosa può essere più importante di un tentato omicidio?»

«Vogliamo sentirla a titolo informativo a proposito di tre omicidi a Stoccolma, almeno tre omicidi a Nykvarn e un rapimento.»

«Non so di cosa stiate parlando. Chi è stato ucciso?»

«Signor Bodin, abbiamo il fondato sospetto che il suo socio, il trentacinquenne Ronald Niedermann, sia colpevole di questi crimini» disse Erlander. «La scorsa notte ha assassinato anche un poliziotto di Trollhättan.»

Sonja Modig rimase un po' sorpresa che Erlander lo accontentasse chiamandolo Bodin. Zalachenko voltò leggermente la testa in modo da poter guardare Erlander. La sua voce si ammorbidì leggermente.

«Mi... mi dispiace. Io non so niente di quello che fa Niedermann. Io non ho ammazzato nessun poliziotto. Sono stato io stesso vittima di un tentato omicidio.»

«Ronald Niedermann è ricercato. Ha qualche idea di dove potrebbe nascondersi?»

«Non so in quali ambienti si muova. Io...» Zalachenko esitò qualche secondo. La sua voce si fece confidenziale. «Devo riconoscere... detto fra noi... che certe volte sono stato preoccupato per via di Niedermann.»

Erlander si chinò lievemente in avanti.

«Cosa intende?»

«Ho scoperto che è capace di essere molto violento. In effetti, ho paura di lui.»

«Vuole dire che si è sentito minacciato da Niedermann?» si stupì Erlander.

«Esattamente. Io sono un vecchio. Non sono in grado di difendermi.»

«Può spiegarmi la sua relazione con Niedermann?»

«Io sono handicappato.» Zalachenko indicò il proprio piede. «Questa è la seconda volta che mia figlia cerca di ammazzarmi. Ho cominciato a servirmi di Niedermann come assistente molti anni fa. Credevo che potesse proteggermi... ma in realtà si è impossessato della mia vita. Va e viene come gli pare, io non ho più voce in capitolo.»

«E in cosa l'aiuta?» si intromise Sonja. «In quello che lei non riesce a fare?»

Zalachenko le diede una lunga occhiata con l'unico occhio visibile.

«Mi sembra di aver capito che sua figlia lanciò una bomba incendiaria dentro la sua automobile una decina di anni fa» disse Sonja. «Può spiegarmi cosa la spinse?»

«Questo lo deve chiedere a lei. È malata di mente.»

La sua voce era nuovamente ostile.

«Vuole dire che non riesce a immaginare nessun motivo per cui Lisbeth la aggredì nel 1991?»

«Mia figlia è malata di mente. C'è un'ampia documentazione al proposito.»

Sonja piegò la testa di lato. Si era accorta che Zalachenko rispondeva in modo molto più aggressivo e ostile quando era lei a porre le domande. Si rese conto che anche Erlander aveva notato la stessa cosa. *Okay... Good cop, bad cop.* Alzò la voce.

«Non crede che la sua reazione potesse essere collegata al fatto che lei aveva percosso sua madre così brutalmente da provocarle danni permanenti al cervello?»

Zalachenko la fissò con espressione tranquilla.

«Queste sono solo stronzate. Sua madre era una puttana. Probabilmente fu qualcuno dei suoi clienti a conciarla per le feste. Io capitai lì solo per caso.»

Sonja inarcò le sopracciglia.

«Perciò lei sarebbe del tutto innocente?»

«È ovvio.»

«Zalachenko... mi faccia capire se ho inteso correttamente. Lei dunque nega di aver percosso l'allora sua compagna Agneta Sofia Salander, madre di Lisbeth, nonostante questo fatto sia oggetto di una corposa inchiesta secretata, redatta dal suo referente dell'epoca presso i servizi segreti, Gunnar Björck.»

«Io non sono mai stato condannato per alcunché. Non sono mai stato nemmeno incriminato. Non è colpa mia se qualche imbecille dei servizi segreti scrive fantasie nei suoi rapporti. Se fossi stato sospettato, avrebbero almeno dovuto interrogarmi.»

Sonja non ebbe di che replicare. Zalachenko parve sogghignare sotto le bende.

«Desidero sporgere denuncia contro mia figlia. Ha cercato di uccidermi.»

Sonja sospirò.

«Comincio a capire perché Lisbeth abbia sentito il bisogno di calarle un'accetta sulla testa.»

Erlander si schiarì la voce.

«Scusi, signor Bodin... forse dovremmo tornare su quello che sa sulle attività di Ronald Niedermann.»

Sonja telefonò all'ispettore Jan Bublanski dal corridoio.

«Niente» disse.

«Niente?» ripeté Bublanski.

«Ha sporto denuncia contro Lisbeth Salander per lesioni aggravate e tentato omicidio. Sostiene di non avere nulla a che fare con gli omicidi di Stoccolma.»

«E come spiega che Lisbeth sia stata sepolta viva nel suo podere di Gosseberga?»

«Dice che era raffreddato e aveva passato quasi tutto il giorno a letto a dormire, e che se hanno sparato a Lisbeth a Gosseberga dev'essere stata un'idea di Ronald Niedermann.»

«Okay. Cosa abbiamo?»

«Hanno sparato alla ragazza con una Browning calibro 22. È per questo che è ancora viva. Abbiamo trovato l'arma. Zalachenko ammette che è sua.»

«Aha. In altre parole, sa che troveremo le sue impronte sulla pistola.»

«Esatto. Ma dice che l'ultima volta che l'ha vista era nel cassetto della sua scrivania.»

«Dunque Ronald Niedermann si è probabilmente impossessato dell'arma mentre Zalachenko dormiva e ha sparato a Lisbeth. Siamo in grado di dimostrare il contrario?»

Sonja Modig rifletté qualche secondo prima di rispondere.

«È ferrato nella legislazione svedese e nei metodi della polizia. Non ammette niente e ha Niedermann come capro espiatorio. Effettivamente non so cosa siamo in grado di dimostrare. Ho detto a Erlander di mandare i suoi abiti alla scientifica per vedere se ci sono tracce di polvere da sparo, ma probabilmente lui sosterrà di aver fatto delle esercitazioni di tiro con quell'arma un paio di giorni prima.»

Lisbeth Salander sentiva un profumo di mandorle ed etanolo. Le pareva di avere in bocca del liquore e cercò di deglutire ma scoprì che la lingua era come paralizzata. Cercò di aprire gli occhi senza riuscirci. Sentì una voce lontana che sembrava parlarle ma non era in grado di afferrare le parole. Poi la sentì più chiaramente.

«Credo che si stia svegliando.»

Percepì che qualcuno le sfiorava la fronte e cercò di allontanare la mano invadente. Nello stesso istante avvertì un dolore lancinante alla spalla sinistra. Si rilassò.

«Mi senti?»

Vattene via.

«Riesci ad aprire gli occhi?»

Chi è il maledetto idiota che parla?

Alla fine aprì gli occhi. Inizialmente vide solo dei bizzarri puntini luminosi, poi al centro del suo campo visivo comparve una figura. Cercò di metterla a fuoco, ma si sottraeva in continuazione. Le sembrava di essere ubriaca fradicia, e che il letto si inclinasse continuamente all'indietro.

«Strn» disse.

«Cosa hai detto?»

«Diot» disse lei.

«Okay. Puoi aprire gli occhi di nuovo?»

Lei aprì gli occhi a fessura. Vide un volto sconosciuto e ne memorizzò ogni dettaglio. Un uomo biondo con gli occhi azzurrissimi e un viso spigoloso a poca distanza dal suo.

«Salve. Mi chiamo Anders Jonasson. Sono un medico. Adesso ti trovi all'ospedale. Sei stata ferita e ti stai svegliando dopo un'operazione. Ti ricordi come ti chiami?»

«Schalandr» disse Lisbeth Salander.

«Okay. Puoi farmi un piacere? Conta fino a dieci.»

«Uno due quattro... no... tre quattro cinque sei...»

Poi si riaddormentò.

Il dottor Jonasson però era soddisfatto del risultato che aveva ottenuto. La ragazza aveva detto il proprio nome e cominciato a contare. Questo indicava che le sue facoltà intellettive erano ancora discretamente intatte e che non si era ridotta a un vegetale. Annotò l'ora del risveglio, le nove e sei minuti, circa sedici ore dopo che aveva terminato l'intervento chirurgico. Aveva dormito per gran parte della giornata ed era tornato al Sahlgrenska verso le sette di sera. In realtà non era in servizio ma aveva del lavoro burocratico da sbrigare.

E non aveva potuto fare a meno di passare in terapia intensiva a dare un'occhiata alla paziente nel cui cervello era andato a frugare alle prime luci dell'alba.

«Lasciatela dormire ancora un po', ma tenete d'occhio il suo elettroencefalogramma. Temo che possano verificarsi delle emorragie cerebrali. Sembrava avvertire un forte dolore alla spalla quando ha cercato di muovere il braccio. Se si sveglia potete somministrarle due milligrammi di morfina l'ora.»

Mentre usciva dall'ingresso principale del Sahlgrenska si sentiva curiosamente euforico.

Mancavano pochi minuti alle due del mattino quando Lisbeth Salander si svegliò di nuovo. Aprì lentamente gli occhi e vide un cono di luce sul soffitto. Dopo diversi minuti voltò la testa e si rese conto di avere un collare. Sentì un sordo mal di testa e un forte dolore alla spalla quando cercò di spostare il peso del corpo. Chiuse gli occhi.

Ospedale pensò immediatamente. *Cosa ci faccio qui?*

Si sentiva completamente sfinita.

All'inizio ebbe difficoltà a mettere a fuoco i pensieri. Poi i ricordi riaffiorarono in immagini sconnesse.

Per qualche secondo fu colta dal panico quando si sentì invadere il cervello da frammenti di ricordi di come, scavando, si era tirata fuori da una fossa. Strinse forte i denti e si concentrò sul respiro.

Constatò di essere viva. Non era del tutto sicura se fosse un bene o un male.

Lisbeth Salander non ricordava di preciso cosa fosse successo, ma le ritornò alla mente un nebuloso mosaico di immagini da una legnaia con lei che faceva roteare furiosamente un'accetta colpendo in testa suo padre. Zalachenko. Non sapeva se fosse vivo o morto.

Non riusciva a ricordare esattamente cosa ne fosse stato di Niedermann. Aveva la vaga sensazione di essersi meravigliata che fosse scappato a gambe levate e non capiva perché.

D'improvviso le tornò in mente di aver visto *Kalle Dannato Blomkvist*. Forse lo aveva solo sognato, ma ricordava una cucina – doveva essere stata la cucina di Gosseberga – e le sembrava di averlo visto avvicinarsi a lei. *Devo aver avuto delle allucinazioni.*

Gli avvenimenti di Gosseberga sembravano già molto lontani o addirittura un sogno assurdo. Si concentrò sul presente.

Era ferita. Questo non c'era bisogno che glielo dicesse nessuno. Sollevò la mano destra e si toccò piano la testa. Scoprì che era tutta bendata. Poi d'improvviso ricordò. Niedermann. Zalachenko. Anche il vecchio maledetto aveva una pistola. Una Browning calibro 22. Che a confronto con quasi tutte le altre armi da fuoco era da considerarsi relativamente innocua. Ecco perché era ancora viva.

Sono stata colpita alla testa. Potevo infilare il dito nel foro d'ingresso e toccarmi il cervello.

Era sorpresa di essere ancora viva. Notò che stranamente non le importava nulla. Se la morte era il vuoto nero dal quale si era appena svegliata, allora non era niente per cui angustiarsi. Non avrebbe mai notato la differenza.

Con questa riflessione metafisica chiuse gli occhi e si addormentò nuovamente.

Aveva sonnecchiato solo per qualche minuto quando avvertì un movimento e aprì le palpebre in una sottile fessura. Vide un'infermiera in camice bianco chinarsi su di lei. Chiuse gli occhi e finse di dormire.

«Credo che tu sia sveglia» disse l'infermiera.

«Mmm» fece Lisbeth Salander.

«Ciao, io mi chiamo Marianne. Capisci quello che dico?»

Lisbeth cercò di annuire ma si rese conto che la sua testa era immobilizzata nel tutore.

«No, non cercare di muoverti. Non devi aver paura. Sei stata ferita e ti hanno operata.»

«Posso avere dell'acqua?»

Marianne le diede da bere dell'acqua con una cannuccia. Mentre Lisbeth beveva, registrò che un'altra persona era comparsa alla sua sinistra.

«Salve Lisbeth. Mi senti?»

«Mmm» rispose Lisbeth.

«Io sono la dottoressa Helena Endrin. Lo sai dove ti trovi?»

«Ospedale.»

«Sei all'ospedale Sahlgrenska a Göteborg. Sei stata operata e ti trovi nel reparto di terapia intensiva.»

«Mmm.»

«Non devi aver paura.»

«Mi hanno sparato in testa.»

La dottoressa Endrin esitò un secondo.

«Esatto. Ti ricordi cosa è successo?»

«Il vecchio bastardo aveva una pistola.»

«Eh... sì, è così.»

«Calibro 22.»

«Davvero? Questo non lo sapevo.»

«Quanto sono grave?»

«Hai una buona prognosi. Eri molto malridotta ma crediamo che tu abbia buone prospettive di guarire completamente.»

Lisbeth valutò l'informazione. Quindi puntò gli occhi sulla dottoressa Endrin. Notò che vedeva un po' annebbiato.

«Che ne è stato di Zalachenko?»

«Chi?»

«Il vecchio bastardo. È ancora vivo?»

«Vuoi dire Karl Axel Bodin.»

«No. Voglio dire Alexander Zalachenko. È il suo vero nome.»

«Di questo io non so niente. So che il signore di una certa età che è stato ricoverato contemporaneamente a te è malconcio ma fuori pericolo.»

Lisbeth si sentì sprofondare il cuore. Rifletté sulle parole della dottoressa.

«Dov'è adesso?»

«È nella stanza qui accanto. Ma adesso non devi pensare a lui. Devi solo concentrarti sulla tua guarigione.»

Lisbeth chiuse gli occhi. Valutò per un attimo se avrebbe avuto la forza di alzarsi dal letto, trovare un'arma passabile e portare a termine ciò che aveva cominciato. Poi allontanò quei pensieri. Non riusciva quasi neanche a tenere aperte le palpebre. In altre parole aveva fallito nel suo proposito di uccidere Zalachenko. *Finirà per cavarsela di nuovo.*

«Vorrei visitarti. Poi potrai dormire» disse la dottoressa Endrin.

Mikael Blomkvist si svegliò di colpo e senza motivo. Per qualche secondo non seppe dove si trovava, poi si ricordò di essere al City Hotel. La camera era immersa in un buio totale. Accese la lampada sopra il letto e guardò l'orologio. Le due e mezza del mattino. Aveva dormito senza interruzione per quindici ore.

Si alzò e andò in bagno a orinare. Poi si fermò un attimo a riflettere. Sapeva che non sarebbe riuscito a riprendere sonno, quindi si mise sotto la doccia. Poi si infilò i jeans e una felpa color vinaccia che avrebbe avuto bisogno di fare un giro in lavatrice. Aveva una fame da lupi e telefonò alla reception per chiedere se poteva ordinare un caffè e un tramezzino a quell'ora di notte. Nessun problema.

Calzò un paio di mocassini e si mise la giacca, dopo di che scese alla reception a ritirare il caffè e un panino integrale con formaggio e pâté di fegato che si portò su in camera. Mentre mangiava avviò il suo iBook e si collegò. Andò sul sito dell'*Aftonbladet*. La cattura di Lisbeth Salander era, poco sorprendentemente, la notizia di maggior rilievo. La cronaca era ancora piuttosto confusa, ma almeno si muoveva sul binario giusto. Il trentacinquenne Ronald Niedermann era ricercato per l'uccisione di un agente. La polizia voleva anche interrogarlo in relazione agli omicidi di Stoccolma. Non si diceva nulla sulle condizioni di Lisbeth, e di Zalachenko non veniva fatto il nome. Era indicato solo come un uomo di sessantasei anni residente a Gosseberga, ed era chiaro che i media erano ancora dell'idea che potesse essere una vittima.

Quando ebbe terminato di leggere, Mikael aprì il cellulare e vide che aveva venti nuovi messaggi. Tre erano di Erika Berger. Due di Annika Giannini. Quattordici erano messaggi di colleghi di diversi giornali. Uno di Christer Malm che gli scriveva: *Faresti meglio a prendere il primo treno possibile per casa.*

Mikael corrugò la fronte. Era un messaggio insolito per Christer. L'sms era stato inviato alle sette della sera precedente. Soffocò l'impulso di telefonare e svegliare qualcuno alle tre del mattino. Invece controllò gli orari dei treni in rete e vide che il primo per Stoccolma partiva alle cinque e venti.

Aprì un nuovo documento Word. Poi accese una sigaretta e restò seduto immobile tre minuti a fissare lo schermo vuoto. Infine sollevò le dita e cominciò a scrivere.

Il suo nome è Lisbeth Salander e la Svezia ha imparato a conoscerla attraverso le conferenze stampa della polizia e gli articoli dei giornali della sera. Ha ventisette anni ed è alta un metro e cinquanta. È stata descritta come psicopatica, assassina e lesbica satanista. Non c'è limite alle fantasie che sono state vendute al pubblico su di lei. In questo numero Millennium racconta la storia di come dei funzionari statali abbiano cospirato contro Lisbeth Salander per proteggere un assassino psicopatico.

Scriveva lentamente e fece poche modifiche alla prima bozza. Lavorò concentrato per cinquanta minuti e produsse circa due pagine, che erano un riepilogo dei fatti della notte in cui aveva trovato Dag Svensson e Mia Bergman e del perché la polizia si fosse concentrata su Lisbeth Salander come omicida. Citò i titoli dei giornali della sera sulle lesbiche sataniste, che lasciavano intendere il clima di attesa di solleticanti dettagli sadomaso.

Infine diede un'occhiata all'orologio e chiuse rapidamente il suo iBook. Scese alla reception a saldare il conto. Pagò con la carta di credito e chiamò un taxi per la stazione centrale di Göteborg.

Mikael Blomkvist raggiunse immediatamente il vagone ristorante e ordinò caffè e tramezzini. Poi aprì di nuovo il suo iBook e rilesse il testo che aveva fatto in tempo a scrivere nelle prime ore del mattino. Era talmente immerso nella composizione della storia di Zalachenko che non si accorse dell'ispettore Sonja Modig finché lei non si schiarì la voce chiedendogli se poteva fargli compagnia. Mikael alzò gli occhi e spense il computer.

«Torna a casa?» domandò Sonja.

Lui annuì.

«Anche lei, mi pare di capire.»

L'ispettore fece cenno di sì.

«Il mio collega si ferma ancora un giorno.»

«Ha notizie delle condizioni di Lisbeth? Da quando ci siamo separati non ho fatto altro che dormire.»

«Si è risvegliata solo ieri sera. Ma i medici pensano che se la caverà e che potrà guarire completamente. Ha avuto una fortuna incredibile.»

Mikael annuì. Tutto d'un tratto si rese conto che non era stato in ansia per lei. Aveva dato per scontato che sarebbe sopravvissuta. Ogni altra ipotesi era impensabile.

«È successo qualcos'altro di interessante?» chiese.

Sonja Modig lo guardò, un po' titubante. Si domandò in che misura potesse parlare di quella storia con Mikael, che in effetti ne sapeva più di quanto non ne sapesse lei stessa. D'altro lato si era seduta lei al suo tavolo, e probabilmente almeno un centinaio di giornalisti avevano già scoperto ciò che stava succedendo alla centrale della polizia.

«Non voglio essere citata» disse.

«L'ho chiesto per interesse personale.»

Lei annuì e spiegò che la polizia stava dando la caccia a Ronald Niedermann su tutti i fronti e in particolare nell'area di Malmö.

«E Zalachenko? L'avete sentito?»

«Sì, l'abbiamo sentito.»

«E?»

«Non posso dire nulla.»

«Avanti, Sonja. Meno di un'ora dopo aver messo piede in redazione a Stoccolma saprò già esattamente di cosa avete parlato. E non scriverò una sola parola di quello che mi racconterà adesso.»

Lei esitò prima di incontrare il suo sguardo.

«Ha sporto denuncia contro Lisbeth Salander perché ha tentato di ucciderlo. La ragazza potrebbe essere fermata per tentato omicidio, o comunque per lesioni aggravate.»

«E Lisbeth molto probabilmente addurrà la legittima difesa.»

«Lo spero» disse Sonja.

Mikael la guardò con espressione dura.

«Questa non suonava come una dichiarazione della polizia» disse, in attesa.

«Bodin... Zalachenko è viscido e sfuggente come un'anguilla e ha una risposta a ogni domanda. Sono perfettamente convinta che le cose stiano più o meno come ci ha raccontato lei ieri. Ciò significa che Lisbeth è stata oggetto di un sopruso da parte della giustizia che va avanti da quando aveva dodici anni.»

Mikael annuì.

«È proprio la storia che ho in mente di pubblicare» disse.

«Non avrà molto successo in certi ambienti.»

Sonja esitò ancora un momento. Mikael aspettava.

«Ho parlato con Bublanski mezz'ora fa. Non mi ha detto granché, ma l'indagine preliminare su Lisbeth Salander per l'omicidio dei suoi amici sembra essere stata sospesa. Adesso l'interesse si è spostato su Niedermann.»

«La qual cosa significa che...»

Mikael lasciò che la domanda rimanesse a mezz'aria fra loro. Sonja Modig alzò le spalle.

«Chi si occuperà dell'inchiesta su Lisbeth Salander?»

«Non lo so. La faccenda di Gosseberga è nelle mani della polizia di Göteborg. Ma ci giurerei che qualcuno a Stoccolma sarà incaricato di mettere insieme tutto il materiale in vista di un'incriminazione.»

«Capisco. Vogliamo scommettere che l'inchiesta verrà passata alla Säpo?»

Sonja Modig scosse la testa.

Poco prima di Alingsås, Mikael si chinò verso di lei.

«Sonja... io credo che lei capisca dove si andrà a finire. Se la storia di Zalachenko diventerà pubblica, scoppierà uno scandalo di proporzioni enormi. I servizi segreti hanno collaborato con uno psichiatra per far chiudere Lisbeth in manicomio. L'unica cosa che possono fare è sostenere inflessibilmente che è davvero malata di mente e che il ricovero coatto del 1991 era legittimo.»

Sonja Modig annuì.

«Io farò tutto quello che posso per mettergli i bastoni fra le ruote. Lisbeth Salander è sana di mente come lei e me. Stramba, certo, ma le sue capacità intellettive non possono essere messe in discussione» disse Mikael.

Sonja annuì. Mikael fece una pausa e lasciò che le sue parole si sedimentassero.

«Avrei bisogno di qualcuno di cui potermi fidare» disse poi.

Lei incontrò il suo sguardo.

«Io non ho la competenza per stabilire se Lisbeth Salander è inferma di mente o meno» rispose.

«No, però ha la competenza per giudicare se ha subito un sopruso da parte della giustizia o no.»

«Qual è la sua proposta?»

«Non dico che dovrebbe fare la spia dei suoi colleghi, ma vorrei che mi informasse se scopre che Lisbeth Salander sta per subire qualche altro sopruso.»

Sonja rimase in silenzio.

«Non voglio che mi confidi i dettagli tecnici dell'inchiesta o cose del genere. Usi il suo metro di giudizio. Ma ho bisogno di sapere quali pieghe prenderà l'incriminazione contro Lisbeth.»

«Suona come un ottimo metodo per essere licenziati.»

«Lei è una fonte. Io non farò mai il suo nome e non la metterò mai nei pasticci.»

Prese un taccuino e scrisse un indirizzo di posta elettronica.

«È un indirizzo Hotmail anonimo. Se vuole raccontare qualcosa, può utilizzare questo. Ma non usi il suo indirizzo solito. Si crei un account provvisorio su Hotmail.»

Lei prese l'indirizzo e lo infilò nella tasca interna della giacca. Non fece promesse.

L'ispettore Marcus Erlander si svegliò alle sette del sabato mattina perché il telefono stava suonando. Sentì delle voci dalla tv e il profumo del caffè dalla cucina dove sua moglie aveva già dato inizio alle faccende mattutine.

Era tornato a casa nell'appartamento di Mölndal all'una di notte e aveva dormito grossomodo cinque ore. Aveva lavorato per quasi ventiquattr'ore di fila. Di conseguenza era ben lontano dal sentirsi perfettamente riposato quando si allungò per afferrare il ricevitore.

«Mårtensson, investigativa, turno di notte. Sei sveglio?»

«No» rispose Erlander. «Non ho quasi fatto in tempo ad addormentarmi. Cosa è successo?»

«Novità. Anita Kaspersson è stata ritrovata.»

«Dove?»

«Appena fuori Seglora, a sud di Borås.»

Erlander visualizzò mentalmente una carta.

«Sta andando verso sud» disse. «Si muove lungo strade secondarie. Deve aver preso la statale 180 per Borås e poi aver girato verso sud. Abbiamo allertato Malmö?»

«E anche Helsingborg, Landskrona e Trelleborg. E Karlskrona. Ho pensato anche al traghetto diretto all'Est.»

Erlander si alzò e si massaggiò la nuca.

«Ha quasi un giorno di vantaggio. Può essere già fuori dai confini nazionali. Dove è stata trovata la Kaspersson?»

«Al cancello di una villa all'ingresso di Seglora.»

«Cosa?»

«Ha bussato...»

«Ho sentito. Vuoi dire che è viva?»

«Scusami. Sono stanco e mi rendo conto di non essere molto concentrato. Anita Kaspersson è arrivata a Seglora alle tre e dieci di stamattina e ha preso a calci il cancello di una villa spaventando una famiglia che stava dormendo. Era scalza, semicongelata e aveva le mani legate dietro la schiena. Ora si trova all'ospedale di Borås dove è stata raggiunta dal marito.»

«Incredibile. Penso che tutti noi fossimo convinti che non l'avremmo trovata viva.»

«Certe volte si viene sorpresi.»

«Positivamente sorpresi.»

«E adesso veniamo alle notizie sgradevoli. Il capo aggiunto della polizia provinciale, Monica Spångberg, è qui dalle cinque di stamattina. Ti ordina di svegliarti e di recarti immediatamente a Borås per interrogare la Kaspersson.»

Siccome era sabato mattina, Mikael dava per scontato che la redazione di *Millennium* fosse deserta. Telefonò a Christer Malm mentre l'X2000 transitava sul ponte di Årstabron e gli chiese il perché del suo sms.

«Hai fatto colazione?» chiese Christer Malm.

«Quello che si può fare in treno.»

«Okay. Vieni a casa mia e ti offrirò qualcosa di più sostanzioso.»

«Di cosa si tratta?»

«Te lo dico quando arrivi.»

Mikael prese il metrò fino a Medborgarplatsen e raggiunse a piedi Allhelgonagatan. Fu il compagno di Christer, Arnold Magnusson, ad aprirgli la porta. Per quanto si sforzasse, Mikael non riusciva mai a liberarsi dalla sensazione di trovarsi davanti il manifesto pubblicitario di qualcosa. Arnold Magnusson aveva avuto un passato al Dramaten ed era uno degli attori più richiesti di tutta la Svezia. Era sempre un po' sconvolgente incontrarlo nella realtà. A Mikael di solito i personaggi famosi non facevano nessuna impressione, ma Magnusson aveva un aspetto talmente caratteristico ed era così legato a certi ruoli del cinema e della tv, in particolare al collerico ma giusto commissario Gunnar Frisk di una fortunatissima serie televisiva, che Mikael si aspettava sempre di vederlo comportarsi come un suo personaggio.

«Salve, Micke» lo salutò Arnold.

«Ciao» disse Mikael.

«In cucina» disse Arnold facendolo accomodare.

Christer Malm servì cialde appena fatte con marmellata di more artiche e caffè. Mikael aveva l'acquolina in bocca già prima di sedersi e si gettò letteralmente sul piatto. Christer chiese cos'era successo a Gosseberga. Mikael ricapitolò i dettagli. Stava mangiando la terza cialda quando finalmente si ricordò di chiedere cosa ci fosse in ballo.

«Abbiamo avuto un problemino a *Millennium* mentre tu eri a Göteborg» disse Christer.

Mikael corrugò la fronte.

«Sarebbe?»

«Niente di serio. Ma Erika Berger è diventata caporedattore dello *Svenska Morgon-Posten*. Ieri è stato il suo ultimo giorno di lavoro a *Millennium*.»

Mikael rimase con la cialda a mezz'aria. Occorsero diversi secondi prima che la notizia si sedimentasse per bene.

«Perché non me l'ha detto?» domandò alla fine.

«Voleva farlo, ma sono settimane che corri a destra e sinistra e sei inavvicinabile. Probabilmente riteneva che avessi problemi a sufficienza con la vicenda Salander. Siccome voleva dirlo a te prima che a tutti gli altri, di conseguenza non ha detto nulla nemmeno a noi, e i giorni sono passati... Be', si è trovata con una coscienza sporca da record, e stava terribilmente male. E noi non ci siamo accorti di niente.»

Mikael chiuse gli occhi.

«Cazzo» disse.

«Lo so. È andata a finire che tu sei l'ultimo della redazione a saperlo. Volevo informarti direttamente in modo che tu capisca come sono andate le cose e non creda che qualcuno abbia agito alle tue spalle.»

«Su questo non c'è problema. Ma accidenti. È grandioso che ce l'abbia fatta, se proprio vuole lavorare per l'*Smp*... ma che cavolo facciamo noi adesso in redazione?»

«Malin diventa caporedattore pro tempore a partire dal prossimo numero.»

«Malin?»

«Se non vuoi assumere tu l'incarico...»

«No, per la miseria.»

«Lo immaginavo. Dunque Malin diventerà caporedattore.»

«E chi la sostituirà?»

«Henry Cortez. È con noi da quattro anni e non è più un pivello.»

Mikael soppesò le proposte.

«Devo aggiungere qualcosa?» chiese.

«Naa» disse Christer.

Mikael fece una risata secca.

«Okay. Si faccia pure come avete deciso. Malin è in gamba ma insicura. Henry è un po' troppo impreciso. Dovremo tenerli d'occhio.»

«È quello che faremo.»

Mikael tacque. Sapeva che ci sarebbe stato un vuoto enorme al giornale senza Erika, e non era sicuro di come sarebbero andate le cose in futuro.

«Devo chiamare Erika e...»

«Naa, non credo che ce ne sia bisogno.»

«Perché?»

«Sta dormendo in redazione. Va' a svegliarla, o qualcosa del genere.»

Mikael trovò una Erika Berger profondamente addormentata sul divanoletto del suo ufficio in redazione. Aveva impiegato la notte a svuotare libreria e scrivania dei suoi effetti personali e delle carte che voleva conservare. Aveva riempito quattro scatoloni da trasloco. Mikael la guardò a lungo dalla soglia prima di entrare e andare a sedersi sul divano per svegliarla.

«Perché diamine non vai a dormire a casa mia se proprio devi dormire in città?» le disse.

«Ciao, Mikael» disse lei.

«Christer mi ha raccontato.»

Erika stava per dire qualcosa quando lui si chinò a baciarla sulla guancia.

«Sei arrabbiato?»

«Pazzescamente» disse lui in tono secco.

«Mi dispiace. Non potevo dire di no a quell'offerta. Ma ho la sensazione che sia tutto uno sbaglio, e di lasciare *Millennium* nella merda.»

«Probabilmente non sono la persona giusta per criticarti se abbandoni la barca. Due anni fa me ne sono andato io e ho lasciato te nella merda, in una situazione molto più difficile di questa.»

«Non c'entra. Tu avevi bisogno di una pausa. Io ho finito con comodo e l'ho tenuto nascosto. Mi dispiace.»

Mikael tacque un momento. Poi fece un pallido sorriso.

«Quando è il momento, è il momento.»

Erika sorrise. Erano le parole che gli aveva detto quando si era trasferito a Hedeby. Lui allungò la mano e le arruffò affettuosamente i capelli.

«Che tu voglia andartene da questa gabbia di matti lo capisco, ma che voglia diventare il capo del giornale più incartapecorito e maschilista di Svezia ci metterò un po' a digerirlo.»

«Ci sono diverse donne che ci lavorano.»

«Controlla la pagina degli editoriali. È vecchiume da cima a fondo. Devi essere proprio masochista. Andiamo a farci un caffè?»

Erika si mise a sedere.

«Devo sapere cosa è accaduto a Göteborg stanotte.»

«Sto giusto scrivendo il pezzo» disse Mikael. «Ma scoppierà una vera e propria guerra quando lo pubblicheremo.»

«Non noi. Voi.»

«Lo so. Lo pubblicheremo in contemporanea con il processo. Ma suppongo che tu non sia intenzionata a portare con te l'inchiesta all'*Smp*. Il fatto è che io voglio che tu scriva una cosa sulla vicenda Zalachenko prima di lasciare *Millennium*.»

«Micke, io...»

«Il tuo ultimo articolo di fondo. Puoi scriverlo quando vuoi. Non sarà pubblicato prima del processo, se lo si celebrerà.»

«Forse non è una grande idea. Di cosa dovrebbe trattare?»

«Morale» disse Mikael Blomkvist. «È la storia di come uno dei nostri collaboratori è stato ucciso perché lo stato non ha fatto il suo lavoro quindici anni fa.»

Non aveva bisogno di spiegare altro. Erika Berger sapeva esattamente che genere di articolo di fondo voleva. Valutò la cosa per un momento. In effetti era lei il capitano della nave quando Dag Svensson era stato ucciso. Tutto d'un tratto si sentì di umore molto migliore.

«Okay» disse. «L'ultimo articolo di fondo.»

4.
Sabato 9 aprile - domenica 10 aprile

All'una del sabato pomeriggio il procuratore Martina Fransson di Södertälje aveva riflettuto a sufficienza. Il cimitero nel bosco a Nykvarn era una triste storia, e la sezione investigativa aveva accumulato una quantità incredibile di straordinari da quando Paolo Roberto aveva combattuto il suo incontro di boxe con Ronald Niedermann nel vicino deposito. Si trattava di almeno tre omicidi, di sequestro di persona aggravato e di lesioni aggravate ai danni dell'amica di Lisbeth Salander, Miriam Wu, e infine di incendio doloso. Ai fatti di Nykvarn si collegava l'incidente di Stallarholmen, che in realtà cadeva sotto la giurisdizione del distretto di polizia di Strängnäs nel Södermanland, ma contava Carl-Magnus Lundin del Motoclub Svavelsjö tra i personaggi chiave. Al momento Lundin era ricoverato all'ospedale di Södertälje con un piede ingessato e una placca d'acciaio nella mandibola. In ogni caso tutti i reati cadevano sotto la giurisdizione della polizia provinciale, il che comportava che sarebbe stata Stoccolma ad avere l'ultima parola.

Nella giornata di venerdì si era tenuta l'udienza di fermo. Lundin era sicuramente collegato con Nykvarn. Alla fine era risultato che il deposito era di proprietà della società Medimport, che a sua volta era di una certa Anneli

Karlsson, cinquantadue anni, residente a Puerto Banus in Spagna. La donna era cugina di Magge Lundin, era incensurata e nel contesto sembrava fungere più che altro da prestanome.

Martina Fransson chiuse il fascicolo dell'indagine preliminare. Era ancora allo stadio iniziale e doveva essere completato con diverse centinaia di pagine prima che il processo potesse essere celebrato. Ma già adesso lei doveva prendere delle decisioni su alcuni punti. Guardò i colleghi della polizia.

«Abbiamo elementi sufficienti per incriminare Lundin per complicità nel rapimento di Miriam Wu. Paolo Roberto l'ha identificato come l'uomo che guidava il furgone. Lo metterò in stato di fermo anche per probabile complicità nell'incendio doloso. Aspettiamo a incriminarlo per complicità nell'omicidio delle tre persone che abbiamo rinvenuto scavando nel terreno, almeno finché non saranno tutte e tre identificate.»

I poliziotti annuirono. Era quello che si erano aspettati.

«Come procediamo con Sonny Nieminen?»

Martina Fransson scartabellò nella documentazione che aveva sulla scrivania fino a trovare la parte riguardante Nieminen.

«Questo signore ha un curriculum davvero impressionante. Rapina, detenzione abusiva di armi, violenza privata, violenza aggravata, omicidio, reati contro la legge sugli stupefacenti. È stato catturato insieme a Lundin a Stallarholmen. Sono pienamente convinta che sia coinvolto anche lui, sarebbe inverosimile che così non fosse. Ma il problema è che non abbiamo niente da imputargli.»

«Lui dice di non essere mai stato al deposito di Nykvarn, e di avere soltanto accompagnato Lundin a fare un giro in moto» disse l'ispettore che era stato a Stallarholmen per conto della polizia di Södertälje. «Sostiene di non avere la più pallida idea di cosa avesse da fare Lundin a Stallarholmen.»

Martina Fransson si chiese se in qualche modo poteva rifilare il caso al procuratore Ekström a Stoccolma.

«Nieminen si rifiuta di pronunciarsi su quanto accaduto ma nega decisamente di essere stato complice di reati» continuò l'ispettore.

«No, sembrerebbe piuttosto che lui e Lundin siano le vittime di un reato, a Stallarholmen» disse Martina Fransson, tamburellando irritata con la punta delle dita.

«Lisbeth Salander» aggiunse con voce dubbiosa. «Dunque, qui stiamo parlando di una ragazza che ha l'aria di essere entrata a malapena nella pubertà ed è alta un metro e mezzo, e che perciò difficilmente può avere la forza fisica necessaria a tenere a bada Nieminen e Lundin.»

«Se non era armata. Con una pistola avrebbe potuto compensare in buona parte la sua fragile corporatura.»

«Ma non quadrerebbe con la ricostruzione dei fatti. No. Ha usato del gas lacrimogeno, ha tirato un calcio in mezzo alle gambe a Lundin con una tale furia che gli ha spappolato un testicolo, e gli ha rotto anche la mandibola. Lo sparo al piede dev'essere arrivato dopo. Ma mi è difficile credere che fosse lei a essere armata.»

«L'Skl, il laboratorio centrale, ha identificato l'arma che ha sparato a Lundin. È una P-83 Wanad di fabbricazione polacca con munizioni Makarov. È stata rinvenuta a Gosseberga, fuori Göteborg, e reca le impronte digitali di Lisbeth Salander. Possiamo dare quasi per certo che abbia portato con sé la pistola a Gosseberga.»

«Sì. Ma il numero di serie mostra che è stata rubata quattro anni fa durante un furto in un negozio di armi a Örebro. Col tempo i ladri sono stati arrestati, ma si erano già liberati della refurtiva. Si trattava di un talento locale con problemi di tossicodipendenza che frequentava il giro del Motoclub Svavelsjö. Penso piuttosto che la pistola ce l'avessero Lundin o Nieminen.»

«Forse, semplicemente, Lundin aveva la pistola e Lisbeth Salander l'ha disarmato, e poi è partito accidentalmente un colpo che l'ha centrato al piede. Voglio dire, l'intenzione può non essere stata di ucciderlo, dal momento che è ancora vivo.»

«Oppure gli ha sparato al piede per puro sadismo. Che ne so. Ma come ha trattato Nieminen? Lui non ha nessuna lesione visibile.»

«Una lesione ce l'ha. Ha due piccole bruciature sul torace.»

«E?»

«Presumibilmente una pistola elettrica.»

«Perciò Lisbeth Salander sarebbe stata armata di pistola elettrica, gas lacrimogeno e pistola. Quanto può pesare il tutto... No, sono abbastanza sicura che Lundin o Nieminen avessero con sé la pistola e che Lisbeth gliel'abbia sottratta. Come sia andata esattamente quando Lundin è stato colpito non possiamo chiarirlo con precisione finché qualcuno dei personaggi coinvolti non comincerà a parlare.»

«Okay.»

«Lo stato attuale delle cose è dunque che Lundin è agli arresti per i motivi che ho citato prima. Ma non abbiamo un bel niente su Nieminen. Dunque ho intenzione di rimetterlo a piede libero nel pomeriggio.»

Sonny Nieminen era di pessimo umore quando lasciò la cella alla centrale della polizia di Södertälje. Aveva anche la gola così secca che la sua prima sosta fu a una tabaccheria dove comperò una Pepsi che si scolò direttamente sul posto. Acquistò anche un pacchetto di sigarette e una scatoletta di tabacco. Aprì il cellulare e controllò le batterie, dopo di che fece il numero di Hans-Åke Waltari, trentatré anni, sergente del Motoclub Svavelsjö, ossia il numero tre della gerarchia interna. Dopo quattro squilli Waltari rispose.

«Nieminen. Sono fuori.»

«Congratulazioni.»

«Tu dove sei?»

«Nyköping.»

«E che cazzo ci fai a Nyköping?»

«Abbiamo deciso di tenere un profilo basso quando tu e Magge siete stati presi, finché non avessimo saputo meglio come girava.»

«Adesso come gira lo sai. Dove sono tutti?»

Hans-Åke Waltari spiegò dove si trovavano gli altri del Motoclub Svavelsjö. La spiegazione non rese Nieminen né tranquillo né soddisfatto.

«E chi diavolo sta a bottega mentre voi vi nascondete come donnette isteriche?»

«Ora sei ingiusto. Tu e Magge ve ne andate a fare qualche dannato lavoro del quale noi non abbiamo la minima idea e tutto d'un tratto ecco che siete coinvolti in un conflitto a fuoco con quella baldracca ricercata e Magge si becca una pallottola e tu finisci dentro. Poi gli sbirri si mettono a scavare cadaveri nel nostro deposito a Nykvarn...»

«E?»

«E noi abbiamo cominciato a chiederci se tu e Magge non ci aveste per caso nascosto qualcosa.»

«E cosa cazzo dovrebbe essere? Siamo noi che portiamo il lavoro alla ditta.»

«Ma io non avevo mai saputo che il bosco intorno al deposito fosse anche un cimitero. Chi sono gli scheletri?»

Sonny Nieminen aveva una risposta pungente sulla punta della lingua ma si trattenne. Hans-Åke Waltari era ottuso, ma la situazione non era delle migliori per un litigio. Adesso si trattava di raccogliere rapidamente le forze. Dopo aver sopportato cinque interrogatori negando sempre tutto, non sarebbe stato particolarmente furbo mettersi a strombazzare quello che sapeva parlando a un cellulare a duecento metri dalla centrale della polizia.

«Lascia perdere gli scheletri» disse. «Io non ne so niente. Ma Magge è nella merda. Dovrà starsene al fresco per un po' e in sua assenza il capo sono io.»

«Okay. Cosa succede adesso?» chiese Waltari.

«Chi è che tiene d'occhio la bottega se voi vi siete tutti rintanati come conigli?»

«Benny Karlsson tiene la posizione nella sede del club. La polizia ha fatto una perquisizione lo stesso giorno che vi hanno presi. Non ha trovato niente.»

«Benny K.!» sbottò Nieminen. «Cazzo, Benny K. è un pivello che ha ancora il latte in bocca.»

«Tranquillo. È in compagnia di quel biondo che tu e Magge vedete sempre.»

Sonny Nieminen d'improvviso si sentì gelare il sangue. Si guardò intorno e si allontanò di qualche metro dalla porta della tabaccheria.

«Cosa diavolo hai detto?» domandò a bassa voce.

«Quel tale biondo che tu e Magge frequentate si è fatto vivo chiedendo aiuto per nascondersi.»

«Ma per tutti i diavoli, Waltari, quello è ricercato in tutta la stramaledettissima Svezia per aver ucciso uno sbirro.»

«Ah... era per quello allora che cercava di nascondersi. Cosa dovevamo fare? Lui in fondo è un amico tuo e di Magge.»

Sonny Nieminen chiuse gli occhi per dieci secondi. Ronald Niedermann aveva dato al Motoclub Svavelsjö un bel po' di lavoro e buoni guadagni per molti anni. Ma non era nel modo più assoluto un amico. Era un tipaccio pericoloso e uno psicopatico, e per di più uno psicopatico cui la polizia stava dando la caccia. Nieminen non si fidava per niente di Ronald Niedermann. La cosa migliore sarebbe stata senz'altro che fosse ricomparso con una pallottola in testa. L'interesse della polizia si sarebbe attenuato un po'.

«Che ne avete fatto di lui?»

«È Benny K. a occuparsene. L'ha portato da Viktor.»

Viktor Göransson era il cassiere e l'esperto finanziario del club, e abitava alla periferia di Järna. Era diplomato in economia e aveva iniziato la sua carriera come consulente finanziario di un boss jugoslavo prima che la sua banda finisse dentro per gravi reati fiscali. Aveva incontrato Magge Lundin al penitenziario di Kumla agli inizi degli anni novanta. Era l'unico membro del Motoclub Svavelsjö ad andare in giro in giacca e cravatta.

«Waltari, salta in macchina e vieni a prendermi a Södertälje. Ci vediamo fuori dalla stazione ferroviaria fra quarantacinque minuti.»

«Aha. Perché tanta fretta?»

«Perché dobbiamo recuperare il controllo della situazione il più rapidamente possibile.»

Hans-Åke Waltari guardò con la coda dell'occhio Sonny Nieminen che sedeva cupo e taciturno mentre si dirigevano verso Svavelsjö. A differenza di Magge Lundin, Nieminen non era mai un tipo facile da trattare. Era bello come un angelo e aveva un'aria molle, ma era un demonio pericoloso che s'infiammava per nulla, soprattutto quando beveva. Al momento era sobrio, ma Waltari cominciava a provare una certa inquietudine. Magge in qualche modo era sempre riuscito a indurlo ad adeguarsi. Waltari si chiese quale piega avrebbero preso le cose con Nieminen come presidente pro tempore del club.

Alla sede del club Benny K. non c'era. Nieminen fece due tentativi al cellulare senza ottenere risposta.

Si trasferirono a casa di Nieminen, una fattoria a circa un chilometro dalla sede del club. La polizia aveva effettuato una perquisizione ma non aveva rinvenuto nulla di utile per l'inchiesta relativa ai fatti di Nykvarn. Non aveva trovato la benché minima prova a sostegno di qualsiasi ipotesi di reato, ed ecco il motivo per cui Nieminen era a piede libero.

Lui fece la doccia e si cambiò mentre Waltari aspettava pazientemente in cucina. Poi si addentrarono per circa centocinquanta metri nel bosco dietro la casa e rimossero lo strato di terra che copriva una cassa contenente sei armi da fuoco, fra cui un Ak5, una gran quantità di munizioni e circa due chili di esplosivo. Era il piccolo arsenale privato di Nieminen. Due delle pistole nella cassa erano P-83 Wanad di fabbricazione polacca. Facevano parte della stessa partita dell'arma che Lisbeth Salander aveva sottratto a Stallarholmen.

Nieminen scacciò il pensiero di Lisbeth Salander. Era un argomento sgradevole. Nella cella alla centrale della polizia di Södertälje aveva ripercorso più volte la scena in cui lui e Lundin erano arrivati alla casa di campagna di Bjurman e avevano trovato Lisbeth davanti all'ingresso.

Lo sviluppo degli eventi era stato del tutto imprevedibile. Erano andati a Stallarholmen per dare fuoco alla casa dell'avvocato Bjurman. Ci erano andati su incarico di quello stramaledetto gigante biondo. E si erano imbattuti in quella stramaledettissima Salander – sola, un metro e mezzo di statura, magra come uno stecco. Nieminen si chiese quanti chili potesse pesare. Poi tutto era andato storto e si era scatenata un'orgia di violenza cui nessuno di loro due era minimamente preparato.

Lisbeth si era mossa con una rapidità incredibile. Lui aveva lottato per riuscire a tirare fuori la pistola. Lei l'aveva messo fuori combattimento con la stessa umiliante facilità con cui avrebbe scacciato via una mosca. Aveva una pistola elettrica. Aveva...

Quando si era svegliato non ricordava quasi nulla, Magge Lundin aveva un piede bucato da una pallottola ed era arrivata la polizia. Dopo un tira e molla fra Strängnäs e Södertälje, era finito in cella a Södertälje. E lei aveva soffiato la Harley-Davidson di Lundin. E aveva ritagliato il logo del Motoclub Svavelsjö dalla giacca di pelle di Sonny Nieminen – il simbolo che induceva la gente a farsi da parte nelle code. Lo aveva umiliato.

Tutto d'un tratto Sonny Nieminen si sentì ribollire di rabbia. Aveva sostenuto gli interrogatori della polizia senza aprire bocca. Mai e poi mai sarebbe riuscito a raccontare quello che era successo a Stallarholmen. Fino a quel momento, Lisbeth Salander non aveva significato un fico secco per lui. Era solo un piccolo progetto laterale del quale Magge Lundin si stava occupando – di nuovo su incarico di quel dannatissimo Niedermann. Adesso la odiava con un ardore che lo lasciava stupito. Di solito era un tipo freddo e calcolatore, ma sapeva che in futuro avrebbe avuto la possibilità di cancellare quell'onta. Però come prima cosa doveva mettere ordine nel caos che Lisbeth Salander e Niedermann avevano creato al Motoclub Svavelsjö.

Nieminen prese le due pistole polacche, le caricò e ne diede una a Waltari.

«Abbiamo un piano?»

«Ora andiamo a fare quattro chiacchiere con Niedermann. Non è uno di noi e non è mai stato arrestato dalla polizia in precedenza. Non so come potrebbe reagire a una cattura, ma se parla può farci finire in galera tutti quanti.»

«Vuoi dire che dobbiamo...»

Nieminen aveva già deciso che Niedermann andava eliminato, ma si rese conto che non era il caso di spaventare Waltari prima di arrivare sul posto.

«Non so. Ma dobbiamo tastargli il polso. Se ha un piano e può sparire all'estero veloce come il fulmine, possiamo anche dargli una mano. Ma finché rischia di essere preso dalla polizia per noi è una minaccia.»

Non c'erano luci accese nel podere di Viktor Göransson alla periferia di Järna quando al crepuscolo Nieminen e Waltari svoltarono nello spiazzo davanti alla casa. E già questo non lasciava presagire nulla di buono. Rimasero seduti in macchina e aspettarono un momento.

«Forse sono usciti» buttò lì Waltari.

«Certo. Sono andati all'osteria insieme» disse Nieminen, aprendo la portiera.

La porta d'ingresso non era chiusa a chiave. Nieminen accese le luci. Passarono di stanza in stanza. Tutto era ordinato e pulito, probabilmente per merito della donna, come diavolo si chiamava, quella con cui Göransson viveva.

Trovarono Viktor Göransson e la sua compagna in cantina, ficcati dentro un lavatoio.

Nieminen si chinò a esaminare i cadaveri. Allungò un dito e toccò la donna, di cui non riusciva a ricordare il nome. Era fredda e rigida. Ciò significava che dovevano essere morti almeno da ventiquattr'ore.

Non aveva bisogno della relazione di un patologo per stabilire com'erano morti. Il collo della donna era stato spezzato ruotandole la testa di centottanta gradi. Era completamente vestita, jeans e maglietta, e non presentava altre ferite visibili. Viktor Göransson invece aveva addosso solo le mutande. Era ridotto in uno stato pietoso, con ecchimosi su tutto il corpo. Tutte e due le braccia erano state spezzate e sembravano rami d'abete protesi disordinatamente. Era stato sottoposto a maltrattamenti, una vera e propria tortura. Infine, era stato ucciso con un forte colpo contro la gola. La laringe doveva essere completamente schiacciata.

Sonny Nieminen si alzò, salì le scale della cantina e uscì nel cortile. Waltari lo seguì. Nieminen aveva raggiunto la stalla cinquanta metri più in là. Tirò il chiavistello e aprì la porta.

Trovò una Renault blu scuro del 1991.

«Che macchina ha Göransson?» chiese Nieminen.

«Una Saab.»

Nieminen annuì. Pescò un mazzo di chiavi dalla tasca della giacca e aprì una porta sul fondo della stalla. Ebbe solo bisogno di dare una rapida occhiata intorno per capire che era arrivato troppo tardi. Il pesante armadio blindato era spalancato.

Nieminen fece una smorfia.

«Circa ottocentomila corone» disse.

«Cosa?» chiese Waltari.

«Il Motoclub aveva circa ottocentomila corone dentro quell'armadio. I nostri soldi.»

Tre persone sapevano dove il Motoclub Svavelsjö custodiva la cassa in attesa di investimenti e riciclaggi. Viktor Göransson, Magge Lundin e Sonny Nieminen. Niedermann era in fuga. Aveva bisogno di contanti. Sapeva che era Göransson a occuparsi dei soldi.

Nieminen uscì lentamente dalla stalla. La sua mente lavorava freneticamente mentre cercava di valutare la portata della catastrofe. Una parte delle risorse del Motoclub Svavelsjö era costituita da titoli dei quali lui stesso poteva disporre e un'altra parte poteva essere rintracciata con l'aiuto di Lundin. Ma una grossa percentuale degli investimenti era solo nella testa di Göransson, se non aveva dato istruzioni chiare a Magge Lundin. Cosa di cui dubitava – Magge non era mai stato un genio. Nieminen valutò a spanne che con la scomparsa di Göransson il Motoclub Svavelsjö aveva perso un sessanta per cento delle sue risorse. Devastante. Soprattutto perché i contanti erano necessari per le spese quotidiane.

«Che facciamo adesso?» chiese Waltari.

«Adesso andiamo ad avvertire la polizia di quello che è successo qui.»

«Avvertire la polizia?»

«Sì, per la miseria. In quella casa ci sono le mie impronte digitali. Voglio che Göransson e la sua troia vengano trovati il più presto possibile, in modo che il medico legale possa stabilire che sono stati uccisi mentre io ero al fresco.»

«Capisco.»

«Bene. Va' a cercare Benny K. Voglio parlare con lui. Se è ancora vivo. E poi andremo a caccia di Ronald Niedermann. Ogni contatto che abbiamo nei club di tutto il Nord dovrà tenere gli occhi aperti. Voglio la testa di quel bastardo su un piatto d'argento. Probabilmente se ne va in giro sulla Saab di Göransson. Trova il numero di targa.»

Quando Lisbeth Salander si svegliò erano le due di sabato pomeriggio, e un dottore la stava osservando. «Buon giorno» le disse. «Mi chiamo Benny Svantesson e sono un medico. Sente male?»

«Sì» disse Lisbeth.

«Fra poco le daranno degli analgesici. Ma prima vorrei visitarla.»

Cominciò a palpare il suo corpo martoriato. Lisbeth fece in tempo a sviluppare una forte irritazione prima che avesse finito, ma decise che si sentiva talmente sfinita che era meglio tacere piuttosto che iniziare il suo soggiorno al Sahlgrenska con un battibecco.

«Come sto?» chiese al dottore.

«Vedrà che si sistemerà tutto» disse lui, e scrisse qualcosa prima di alzarsi.

Come spiegazione era un po' scarsa.

Quando lui se ne fu andato, arrivò un'infermiera che aiutò Lisbeth con la padella. Poi poté tornare a dormire.

Alexander Zalachenko, alias Karl Axel Bodin, fece un pranzo a base di cibo liquido. Anche il più piccolo movimento dei muscoli della faccia gli causava dolori lancinanti alla mascella e allo zigomo e masticare non era neanche ipotizzabile.

Era comunque in grado di gestire il dolore. Zalachenko era abituato al dolore. Nulla poteva essere paragonato alla sofferenza che aveva sperimentato per mesi quindici anni prima, dopo che era bruciato come una torcia umana dentro la sua macchina in Lundagatan. Le cure postoperatorie erano state un'unica maratona di tormenti.

I medici avevano stabilito che era fuori pericolo, ma aveva subito gravi lesioni e, in considerazione dell'età, sarebbe dovuto rimanere in terapia intensiva un paio di giorni.

Nella giornata di sabato ricevette quattro visite.

Verso le dieci tornò l'ispettore Erlander. Questa volta aveva lasciato a casa quell'impertinente di Sonja Modig ed era invece accompagnato dall'assai più simpatico ispettore Jerker Holmberg. Gli fecero grossomodo le stesse domande della sera prima su Ronald Niedermann. Lui aveva la sua storia bell'e pronta e non commise nessun errore. Quando cominciarono a bersagliarlo di domande sul suo eventuale coinvolgimento nel trafficking e in altre attività criminose, negò di nuovo di saperne qualcosa. Era un pover'uomo in pensione di invalidità e non sapeva di cosa stessero parlando. Diede la colpa di tutto a Ronald Niedermann e si offrì di dare ogni aiuto possibile per localizzare il fuggitivo che aveva ucciso un poliziotto.

Purtroppo però l'aiuto che in pratica poteva fornire non era molto. Non aveva la minima idea di quali giri frequentasse Niedermann né di chi avrebbe potuto cercare per chiedere aiuto.

Verso le undici ricevette una breve visita da parte di un rappresentante dell'ufficio del procuratore che lo informò formalmente che era sospettato di concorso in tentato omicidio o in subordine di lesioni aggravate nei confronti di Lisbeth Salander. Zalachenko rispose spiegando pazientemente che la vittima era lui, che era Lisbeth Salander che aveva cercato di ucciderlo. Il rappresentante dell'ufficio del procuratore gli propose un difensore d'ufficio. Zalachenko disse che ci avrebbe pensato.

Cosa che non aveva nessuna intenzione di fare. Aveva già un avvocato e la prima cosa che aveva fatto al mattino era stata di telefonargli pregandolo di andare lì il più presto possibile. Martin Thomasson fu la terza visita che ricevette. Entrò nella stanza dinoccolato e spensierato, si passò le dita fra la criniera bionda, si aggiustò gli occhiali e strinse la mano al suo cliente. Era un falso magro dotato di grande fascino. Lo sospettavano di aver fatto il galoppino per la mafia jugoslava, è vero, e c'erano ancora delle indagini in corso, ma aveva anche fama di non perdere mai una causa.

Zalachenko aveva avuto il nome di Thomasson da un conoscente, un uomo d'affari, cinque anni prima, quando aveva avuto bisogno di riconvertire certi fondi legati a una piccola finanziaria che possedeva nel Liechtenstein. Non si trattava di somme enormi, ma l'intervento dell'avvocato era stato eccellente e gli aveva fatto risparmiare un bel po' di tasse. In seguito si era servito di Thomasson in un paio di altre occasioni. Thomasson intuiva che il denaro di Zalachenko proveniva da attività criminose, ma la cosa non sembrava preoccuparlo. Alla fine Zalachenko aveva deciso di fondare una nuova società sua e di Niedermann. Era andato da Thomasson con la proposta che l'avvocato entrasse come terzo socio per curare l'aspetto finanziario. Thomasson aveva accettato senza esitazione.

«Bene, signor Bodin, questa faccenda non mi sembra granché piacevole.»

«Sono stato vittima di gravi lesioni e di un tentato omicidio» disse Zalachenko.

«Lo vedo. Una certa Lisbeth Salander, se ho ben capito.»

Zalachenko abbassò la voce.

«Il nostro socio Niedermann, come avrà capito, si è incasinato.»

«L'ho capito.»

«La polizia sospetta che io sia coinvolto nella faccenda...»

«E naturalmente non è vero. Lei è una vittima ed è importante che facciamo subito in modo che sia questa l'immagine che i media diffonderanno. La signorina Salander da parte sua ha già avuto non poca pubblicità negativa... Me ne occuperò io.»

«Grazie.»

«Ma mi lasci subito dire che io non sono un penalista. Avrà bisogno di uno specialista. Procurerò un avvocato di cui fidarsi.»

La quarta visita della giornata arrivò alle undici del sabato sera e riuscì a superare la barriera degli infermieri mostrando il tesserino di riconoscimento e dicendo di avere una questione urgente da sottoporgli. Il visitatore fu indirizzato alla stanza di Zalachenko. Il paziente era ancora sveglio a pensare.

«Mi chiamo Jonas Sandberg» lo salutò l'uomo, e tese una mano che Zalachenko ignorò.

Era un tizio sui trentacinque anni. Aveva i capelli biondi e vestiva informalmente in jeans, camicia a quadri e giacca di pelle. Zalachenko lo studiò in silenzio per quindici secondi.

«Mi stavo giusto domandando quando qualcuno di voi si sarebbe fatto vivo.»

«Io lavoro alla sezione sicurezza della direzione della polizia di stato» disse Sandberg, mostrando il tesserino di riconoscimento.

«Non penso» disse Zalachenko.

«Prego?»

«Lei forse è impiegato presso la sezione sicurezza della direzione della polizia di stato, ma non penso che sia per loro che lavora.»

Jonas Sandberg rimase in silenzio un momento, si guardò intorno nella stanza, prese una sedia.

«Sono venuto qui a quest'ora tarda per non attirare l'attenzione. Abbiamo discusso su come possiamo aiutarla e dobbiamo cercare di definire un quadro di cosa succederà. Io sono qui molto semplicemente per sentire la sua versione e capire le sue intenzioni, in modo da elaborare una strategia comune.»

«E come se l'era immaginata lei, questa strategia?»

Jonas Sandberg fissò meditabondo l'uomo nel letto d'ospedale. Alla fine allargò le braccia.

«Signor Zalachenko... temo che ormai si sia messo in moto un processo i cui effetti negativi appaiono difficili da valutare. Abbiamo discusso la situazione. La fossa di Gosseberga e il fatto che Lisbeth Salander sia stata colpita tre volte non si possono liquidare facilmente. Ma non tutte le speranze sono perdute. Il conflitto fra lei e sua figlia può spiegare la sua paura nei confronti della ragazza e i passi così drammatici che ha fatto. Ma temo che un periodo di reclusione sarà inevitabile.»

Zalachenko si sentì improvvisamente euforico, e sarebbe scoppiato a ridere se ciò non fosse stato assolutamente impossibile nelle sue condizioni. Così produsse solo una lieve increspatura sulle labbra. Qualsiasi altra reazione gli avrebbe procurato un dolore davvero troppo intenso.

«E questa sarebbe la nostra strategia comune?»

«Signor Zalachenko, lei conosce il concetto di controllo dei danni. È necessario che coordiniamo le nostre iniziative. Noi faremo tutto ciò che è in nostro potere per appoggiarla con avvocati e via dicendo, ma abbiamo bisogno della sua collaborazione e di certe garanzie.»

«Lei avrà da me una garanzia. Ma voi dovrete fare in modo che tutto questo sparisca.» Fece un ampio gesto con la mano. «Niedermann è un capro espiatorio e io vi garantisco che non lo troveranno.»

«Ci sono prove che...»

«Infischiatevene delle prove. Tutto dipende da come viene condotta l'inchiesta e da come vengono presentati i fatti. La mia garanzia è questa... se voi non fate sparire per magia tutto, io inviterò i media a una conferenza stampa. Conosco nomi, date, fatti. Non penso ci sia bisogno di rammentarle chi sono.»

«Lei non capisce...»

«Io capisco benissimo. Lei è un galoppino. Riferisca al suo capo quello che le ho detto. Lui capirà. Gli dica anche che ho le copie di... tutto. Io vi posso affondare.»

«Dobbiamo cercare di arrivare a un accordo.»

«Questo colloquio è terminato. Se ne vada, e di corsa. E riferisca che la prossima volta mandino un uomo adulto con cui si possa discutere.»

Zalachenko voltò la testa in modo da perdere il contatto visivo con il suo visitatore. Jonas Sandberg lo studiò per un attimo. Poi alzò le spalle e se ne andò. Era quasi arrivato alla porta quando sentì di nuovo la voce di Zalachenko.

«Ancora una cosa.»

Sandberg si girò.

«Lisbeth Salander.»

«Cosa c'entra lei?»

«Deve sparire.»

«Cosa intende?»

Per un istante Sandberg assunse un'aria così angosciata che Zalachenko fu costretto a sorridere benché il dolore gli trafiggesse la mascella.

«Capisco che siete troppo sensibili per ammazzarla, e che non avete nemmeno le risorse per farlo. Chi dovrebbe occuparsene? Lei? La ragazza comunque deve sparire. La sua testimonianza dev'essere invalidata. Dovete farla chiudere in un istituto per sempre.»

Lisbeth Salander aveva sentito dei passi nel corridoio. Non era riuscita a cogliere il nome di Jonas Sandberg, e non aveva mai sentito prima quei passi. Ma la sua porta era rimasta aperta tutta la sera, gli infermieri erano passati a controllarla a intervalli di circa dieci minuti. Aveva sentito l'uomo arrivare e spiegare a un'infermiera, proprio fuori dalla sua porta, che doveva incontrare il signor Karl Axel Bodin per una questione urgente. L'aveva sentito presentare un documento ma non erano state scambiate parole che potessero fornire indizi su come si chiamasse o che genere di documento avesse mostrato.

L'infermiera l'aveva pregato di attendere mentre andava a controllare che il signor Bodin fosse sveglio. Lisbeth trasse la conclusione che il documento doveva essere convincente.

Constatò che l'infermiera si allontanava a sinistra lungo il corridoio e che dovette fare diciassette passi per arrivare a destinazione, mentre il visitatore poco dopo ne dovette fare quattordici per coprire la stessa distanza. Una media di quindici passi e mezzo. Valutò la lunghezza di un passo in sessanta centimetri, il che moltiplicato per quindici e mezzo significava che Zalachenko si trovava in una stanza a novecentotrenta centimetri sulla sinistra. Okay, diciamo pure una decina di metri. Calcolò che la larghezza della sua stanza era di circa cinque metri, il che significava che Zalachenko si trovava due porte dopo la sua.

Secondo le cifre dell'orologio digitale sul comodino, la visita era durata quasi nove minuti.

Zalachenko restò sveglio a lungo dopo che Jonas Sandberg se ne fu andato. Suppose che quello non fosse il suo vero nome, sapeva per esperienza che le dilettanti spie svedesi avevano una certa fissazione per i nomi di copertura anche quando non erano affatto necessari. In ogni caso, Jonas, o come diavolo si chiamava, era la prima indicazione che la Sezione aveva preso nota della sua situazione. Considerata l'attenzione mediatica, sarebbe stato difficile non farlo. La visita rappresentava però anche una conferma che quella situazione costituiva una fonte di preoccupazione. Il che era sacrosanto.

Valutò i pro e i contro, elencò mentalmente possibilità e rigettò alternative. Era perfettamente consapevole che le cose erano andate in malora. In un mondo migliore lui in questo momento avrebbe dovuto trovarsi nella sua casa di Gosseberga, Ronald Niedermann al sicuro all'estero e Lisbeth Salander sepolta in una fossa in mezzo al bosco. Anche se razionalmente capiva ciò che era accaduto, non riusciva affatto a concepire come diavolo fosse riuscita a uscire dalla fossa, tornare alla fattoria e distruggere la sua esistenza con due colpi d'accetta. Quella ragazza aveva delle risorse assurde.

Capiva invece molto bene cosa era successo a Niedermann e perché era fuggito invece di farla finita con Lisbeth. Sapeva che nella sua testa c'era qualcosa che non andava, che aveva visioni e vedeva fantasmi. Più di una volta era stato costretto a intervenire in occasioni in cui aveva agito in maniera irrazionale, paralizzato dal terrore.

Questo lo preoccupava. Era convinto che, non essendo stato ancora catturato, Niedermann si fosse comportato razionalmente durante la fuga da Gosseberga. Probabilmente aveva cercato di raggiungere Tallinn, per rifugiarsi da uno dei molti contatti dell'impero criminale di Zalachenko. Ciò che lo inquietava era che non riusciva mai a prevedere quando si sarebbe lasciato cogliere dalla paralisi. Se fosse successo durante la fuga avrebbe commesso qualche errore, e se ne avesse commessi troppi sarebbe caduto in trappola. Non si sarebbe mai consegnato spontaneamente. Il che comportava che sarebbero morti dei poliziotti, e che Niedermann stesso sarebbe morto.

Questo pensiero angustiava Zalachenko. Non voleva che Niedermann morisse. Niedermann era suo figlio. D'altro lato era un deplorevole dato di fatto che non doveva essere catturato vivo. Non era mai stato arrestato in precedenza e lui non era in grado di prevedere come avrebbe reagito a un interrogatorio. Temeva che non sarebbe riuscito a mantenere il silenzio. Sarebbe stato meglio se fosse stato ucciso dalla polizia. Suo figlio gli sarebbe mancato, ma l'alternativa era peggiore. Zalachenko avrebbe dovuto trascorrere il resto della sua vita in prigione.

Ma intanto erano passate quarantott'ore da quando Niedermann aveva iniziato la sua fuga, e non era stato ancora catturato. Bene. Era un'indicazione che funzionava, e un Niedermann che funzionava era imbattibile.

C'era però anche un altro motivo di inquietudine. Zalachenko si domandava come se la sarebbe cavata Niedermann da solo, senza il padre che gli faceva da guida e da sprone nella vita. Nel corso degli anni aveva notato che, se non gli impartiva istruzioni o gli dava troppa corda per decidere da sé, il ragazzo tendeva a scivolare in uno stato di indolente passività e indecisione.

Zalachenko pensò – per l'ennesima volta – che era un vero peccato e una vergogna che suo figlio avesse queste inclinazioni. Ronald Niedermann era senza dubbio un ragazzo molto dotato che possedeva delle caratteristiche fisiche che lo rendevano un individuo formidabile e temuto. Inoltre era un eccellente e freddo organizzatore. Ma mancava completamente dell'istinto del capo. Aveva sempre bisogno di qualcuno che gli dicesse cosa fare.

Comunque per il momento tutto questo era al di fuori del suo controllo. Adesso si trattava di lui stesso. La sua situazione era precaria, forse più precaria di quanto non fosse mai stata in precedenza.

La visita dell'avvocato Thomasson non l'aveva granché rassicurato. Thomasson era e rimaneva un esperto di diritto societario, e per quanto fosse efficiente in quel campo non era una solida colonna cui appoggiarsi in questo specifico frangente.

E poi la visita di Jonas Sandberg. Sandberg costituiva una cima di salvataggio ben più robusta. Ma quella cima poteva anche rivelarsi un laccio. Doveva giocare bene le sue carte e doveva recuperare il controllo della situazione. Il controllo significava tutto.

E infine, disponeva delle sue risorse personali su cui fare affidamento. Per il momento aveva bisogno di cure mediche. Ma in un paio di giorni, forse una settimana, si sarebbe ripreso. Se la situazione fosse stata portata alle estreme conseguenze, forse avrebbe avuto solo se stesso su cui poter contare. Il che significava che doveva sparire, proprio sotto il naso dei poliziotti che gli formicolavano intorno. Avrebbe avuto bisogno di un nascondiglio, di un passaporto e di contanti. A tutto questo avrebbe potuto pensare Thomasson. Ma come prima cosa doveva guarire quel tanto che bastava per avere la forza di fuggire.

All'una un'infermiera passò a dargli un'occhiata. Lui fece finta di dormire. Quando la porta fu di nuovo chiusa, si mise faticosamente a sedere e portò le gambe giù dal letto. Restò seduto immobile per verificare il proprio senso dell'equilibrio. Poi appoggiò cautamente il piede sinistro sul pavimento. Fortunatamente l'accetta era andata a colpire la gamba destra già martoriata. Si allungò per prendere la protesi che stava in un armadietto a fianco del letto e la fissò al mozzicone di gamba. Quindi si alzò. Caricò il peso sulla gamba sinistra e provò ad appoggiare la destra. Quando spostò il peso, la gamba fu attraversata da un dolore acuto.

Strinse i denti e fece un passo. Avrebbe avuto bisogno delle sue stampelle, ma l'ospedale gliene avrebbe presto dato un paio. Si appoggiò contro la parete e raggiunse zoppicando la porta. Gli occorsero diversi minuti, perché dopo ogni passo era costretto a rimanere immobile per controllare il dolore.

Si appoggiò sulla gamba sana, aprì un po' la porta e guardò fuori in corridoio. Non vide nessuno e si sporse un po' di più. Sentì un debole suono di voci sulla sinistra e voltò la testa in quella direzione. La stanza dove stavano gli infermieri del turno di notte si trovava a circa venti metri sull'altro lato del corridoio.

Si voltò verso destra e vide l'uscita in fondo al corridoio.

Nel corso della giornata si era informato sulle condizioni di Lisbeth Salander. Nonostante tutto, era pur sempre suo padre. Gli infermieri avevano evidentemente istruzioni di non parlare dei pazienti. Una però gli aveva detto in tono neutro che le sue condizioni erano stabili. E istintivamente aveva dato una breve occhiata a sinistra.

In una delle stanze fra la sua e quella degli infermieri c'era Lisbeth.

Richiuse piano la porta, tornò zoppicando al suo letto e si tolse la protesi. Era madido di sudore quando finalmente scivolò di nuovo sotto le coperte.

L'ispettore Jerker Holmberg ritornò a Stoccolma la domenica all'ora di pranzo. Era affamato e distrutto. Prese la metropolitana fino alla fermata del municipio e poi salì a piedi alla centrale della polizia, proseguendo verso l'ufficio dell'ispettore Bublanski. Sonja Modig e Curt Svensson erano già lì. Bublanski aveva convocato una riunione nel bel mezzo della domenica perché sapeva che il responsabile delle indagini preliminari, il procuratore Richard Ekström, era impegnato altrove.

«Grazie di essere venuti» disse Bublanski. «Credo che sia tempo che ci parliamo un po' per cercare di venire a capo di questa triste vicenda. Jerker, hai qualche novità da comunicarci?»

«Niente che non abbia già detto al telefono. Zalachenko non cede di un millimetro. Sostiene di essere del tutto innocente e di non poter contribuire alle indagini. Ma resta il fatto che...»

«Sì?»

«Avevi ragione tu, Sonja. Quell'uomo è l'essere più disgustoso che abbia mai conosciuto. So che suona ridicolo. Un poliziotto non dovrebbe ragionare in questi termini, ma c'è qualcosa di inquietante sotto la sua superficie calcolatrice.»

«Okay» disse Bublanski schiarendosi la voce. «Cosa sappiamo? Sonja?»

Lei fece un pallido sorriso.

«I detective privati hanno vinto questo round. Non riesco a trovare Zalachenko in nessun registro pubblico, mentre un certo Karl Axel Bodin è nato nel 1941 a Uddevalla. I suoi genitori erano Marianne e Georg Bodin. Sono esistiti davvero, ma sono deceduti in un incidente nel 1946. Karl Axel Bodin è cresciuto presso uno zio in Norvegia. Non ci sono dunque notizie su di lui prima degli anni settanta, quando torna a casa in Svezia. La storia di Mikael Blomkvist secondo cui sarebbe un agente russo del Gru che ha disertato sembra impossibile da verificare, ma credo che Blomkvist abbia ragione.»

«E questo cosa significa?»

«È evidente che gli è stata fornita una falsa identità. E che dev'essere successo con il consenso delle autorità.»

«I servizi segreti, dunque?»

«È quello che sostiene Blomkvist. Ma come sia andata esattamente non lo so. L'atto di nascita e una sfilza di altri documenti dovrebbero essere stati falsificati e immessi nei registri pubblici. Non mi pronuncio sugli aspetti legali di questi maneggi. Dipende probabilmente da chi ha preso la decisione. Ma per farlo in maniera legale la decisione dev'essere stata presa più o meno a livello governativo.»

Un certo silenzio calò nell'ufficio di Bublanski mentre i quattro ispettori valutavano le possibili implicazioni.

«Okay» disse Bublanski. «Noi siamo quattro sbirri svitati. Se il governo è coinvolto, non ho intenzione di convocarlo per un interrogatorio.»

«Mmm» fece Curt Svensson. «La cosa potrebbe anche portare a una crisi istituzionale. Negli Usa è possibile convocare dei membri del governo per un interrogatorio in un normale tribunale. In Svezia si deve passare attraverso la commissione costituzionale.»

«Potremmo chiedere al capo» disse Holmberg.

«Chiedere al capo?» domandò Bublanski.

«Thorbjörn Fälldin. Era lui il primo ministro.»

«Okay. Andiamo dove diavolo abita e chiediamo all'ex capo del governo se ha falsificato documenti di identità per un'ex spia russa. Non credo.»

«Fälldin abita a Ås nel comune di Härnösand. Mio padre è del Partito di centro e lo conosce bene. Io stesso l'ho incontrato diverse volte quando ero piccolo e anche da adulto. È una persona semplice.»

I colleghi guardarono stupefatti Jerker Holmberg.

«Tu conosci Fälldin?» disse Bublanski dubbioso.

Holmberg annuì. Bublanski sporse le labbra.

«Detto francamente» disse Holmberg, «potremmo risolvere un bel po' di problemi convincendo l'ex primo ministro a farci un riassunto della storia. Io potrei andare su a parlare con lui. Se non dice niente, pazienza. Ma se parla possiamo risparmiare un bel po' di tempo.»

Bublanski valutò la proposta. Quindi scosse la testa. Con la coda dell'occhio vide che Sonja Modig e Curt Svensson annuivano meditabondi.

«Holmberg... grazie di esserti offerto, ma mi sa che per il momento quest'idea la teniamo da parte. Torniamo al caso. Sonja.»

«Secondo Blomkvist, Zalachenko venne qui nel 1976. Per quanto ho potuto capire, c'è soltanto una persona da cui può avere avuto questa informazione.»

«Gunnar Björck» disse Curt Svensson.

«Cosa ha detto Björck a noi?» domandò Holmberg.

«Non molto. Si trincera dietro il segreto di stato e dice che non può discutere niente senza il permesso dei suoi superiori.»

«E chi sono i suoi superiori?»

«Si rifiuta di dirlo.»

«Perciò che ne facciamo di lui?»

«L'ho arrestato per violazione della legge sulla prostituzione. Abbiamo in mano un'ottima documentazione grazie a Dag Svensson. Ekström era molto turbato ma, dal momento che ho sporto denuncia, se dispone l'archiviazione dell'indagine rischia» disse Curt Svensson.

«Aha. Violazione della legge sulla prostituzione. Gli costerà un'ammenda, suppongo.»

«Probabile. Possiamo comunque convocarlo di nuovo per un interrogatorio.»

«Ma siamo sul terreno dei servizi segreti. Questo potrebbe causare una certa turbolenza.»

«Il problema è che nulla di quanto è successo sarebbe potuto succedere se la Säpo in un modo o nell'altro non fosse stata coinvolta. È possibile che Zalachenko fosse un'autentica spia russa che ha disertato e ottenuto asilo politico. È anche possibile che abbia lavorato per la Säpo come spia o come fonte, e che ci fosse motivo di fornirgli una falsa identità e l'anonimato. Ma ci sono tre problemi. Anzitutto, l'inchiesta del 1991 che portò al ricovero coatto di Lisbeth Salander è illegale. In secondo luogo, l'attività di Zalachenko da quel momento in avanti non ha avuto nulla a che fare con la sicurezza del paese. Zalachenko è un comunissimo gangster implicato molto verosimilmente in parecchi omicidi e altre attività criminali. Terzo, non c'è nessun dubbio che Lisbeth Salander sia stata ferita da colpi d'arma da fuoco e sepolta viva nel suo podere di Gosseberga.»

«A proposito, sarei estremamente curioso di leggere quella famigerata inchiesta» disse Jerker Holmberg.

Bublanski si rabbuiò.

«Ekström l'ha sequestrata venerdì scorso e quando gli ho chiesto di restituirmela mi ha detto che ne avrebbe fatto una copia, ma non l'ha mai fatto. Invece mi ha richiamato, dicendo che aveva parlato con il pm e che c'era un problema. Secondo il pm il timbro di segretezza comporta che l'inchiesta non dev'essere diffusa e nemmeno riprodotta. Ha chiesto che gli fossero consegnate tutte le copie, finché la questione non sarà esaminata. Quindi Sonja ha dovuto consegnare anche la sua.»

«Perciò non abbiamo più la documentazione?»

«No.»

«Accidenti» disse Holmberg. «Questo non mi suona affatto bene.»

«No» disse Bublanski. «Ma soprattutto significa che c'è qualcuno che agisce contro di noi e per di più lo fa in modo rapido ed efficace. L'inchiesta era proprio quello che finalmente ci aveva messo sulla traccia giusta.»

«E allora dobbiamo stabilire chi è che agisce contro di noi» disse Holmberg.

«Un momento» disse Sonja Modig. «Noi abbiamo anche Peter Teleborian. Lui ha contribuito alla nostra, di inchiesta, tracciando il profilo di Lisbeth Salander.»

«Esatto» disse Bublanski con voce cupa. «E cosa ha detto?»

«Era molto preoccupato per la sicurezza della ragazza e per il suo bene. Ma dopo tutte le chiacchiere ha detto che è molto pericolosa e che avrebbe potuto opporre resistenza. Noi abbiamo basato buona parte del nostro pensiero sulle sue affermazioni.»

«E con il suo atteggiamento ha anche incoraggiato Hans Faste» disse Holmberg. «Abbiamo sentito qualcosa da Faste, fra parentesi?»

«È in ferie» rispose concisamente Bublanski. «La questione è: come procediamo?»

Impiegarono le successive due ore a discutere le varie possibilità. L'unica decisione pratica presa fu che Sonja Modig sarebbe tornata a Göteborg il giorno dopo per sentire se Lisbeth Salander aveva qualcosa da dire. Quando la riunione si sciolse, Sonja Modig e Curt Svensson si avviarono insieme verso il garage.

«Mi è venuto in mente...» Curt Svensson si interruppe.

«Sì?» lo sollecitò Sonja.

«È che quando abbiamo parlato con Teleborian tu sei stata l'unica del gruppo a fargli domande e obiezioni.»

«Aha.»

«Sì... ecco. Un buon istinto» concluse.

Curt Svensson non era noto per spargere lodi intorno a sé ed era assolutamente la prima volta che diceva qualcosa di positivo o di incoraggiante a Sonja Modig. La lasciò a bocca aperta accanto alla macchina.

5.
Domenica 10 aprile

Mikael Blomkvist aveva trascorso la notte del sabato a letto con Erika Berger. Non avevano fatto sesso, erano stati semplicemente a parlare. Una parte sostanziale della conversazione era stata dedicata a districare la storia di Zalachenko. La confidenza fra Mikael ed Erika era tale che lui neanche per un secondo si era lasciato frenare dal fatto che lei stava per andare a lavorare alla concorrenza. Ed Erika stessa non aveva la minima intenzione di scippare la storia. Era uno scoop di *Millennium*, tutt'al più avvertiva una certa frustrazione per il fatto di non poter essere il redattore di quel numero. Sarebbe stata una bella maniera di concludere la sua collaborazione.

Parlarono anche del futuro e di cosa avrebbe comportato la nuova situazione. Erika era fermamente decisa a mantenere la sua quota e a continuare a far parte del consiglio d'amministrazione. Ma entrambi si rendevano conto che non avrebbe più potuto avere voce in capitolo nel lavoro redazionale corrente.

«Dammi qualche anno al "drago"... chi lo sa. Magari ritornerò a *Millennium* verso la pensione» disse.

E parlarono anche del loro complicato rapporto. Concordavano che in pratica nulla sarebbe cambiato al di là del fatto che naturalmente non si sarebbero incontrati proprio così spesso, in futuro. Sarebbe stato come prima di fondare *Millennium*, quando ancora non lavoravano insieme.

«Dovremo semplicemente cominciare a fissare gli appuntamenti» disse Erika con un leggero sorriso.

La mattina di domenica si congedarono velocemente prima che Erika tornasse a casa dal marito Greger Backman.

«Non so cosa pensare. Ma riconosco tutti i segnali del fatto che sei nel bel mezzo di un'inchiesta e tutto il resto ti è passato in secondo piano. Lo sai che ti comporti come uno psicopatico, quando lavori?» disse Erika.

Mikael sorrise e la strinse in un abbraccio.

Quando se ne fu andata, telefonò all'ospedale Sahlgrenska cercando di ottenere informazioni sullo stato di salute di Lisbeth Salander. Nessuno voleva dirgli alcunché. Alla fine chiamò l'ispettore Marcus Erlander che si impietosì e gli spiegò che, date le circostanze, le condizioni di Lisbeth erano buone e che i medici esprimevano un cauto ottimismo. Mikael chiese se poteva andare a trovarla. Erlander rispose che Lisbeth era agli arresti per decisione del procuratore e non poteva ricevere visite. Le sue condizioni erano comunque tali che ancora non era stato possibile interrogarla. Mikael gli strappò la promessa che l'avrebbe avvertito nel caso in cui Lisbeth fosse peggiorata.

Quando controllò il cellulare, Mikael vide che aveva quarantadue chiamate senza risposta e sms da diversi colleghi. La notizia che era stato lui a trovare Lisbeth Salander e a chiamare il pronto intervento sanitario, e che dunque era intimamente coinvolto negli sviluppi della vicenda, era stata oggetto negli ultimi giorni di vivaci speculazioni mediatiche.

Cancellò tutti i messaggi dei colleghi. Poi telefonò a sua sorella e si prenotò per il pranzo domenicale.

Infine chiamò Dragan Armanskij, amministratore delegato e capo operativo della società di sicurezza Milton Security. Lo raggiunse al cellulare nella sua casa di Lidingö.

«In ogni caso hai la capacità di provocare gran titoloni» disse Armanskij secco.

«Scusami se non ti ho telefonato prima. Ho saputo che mi avevi cercato, ma in settimana non ho avuto il tempo...»

«Abbiamo portato avanti un'indagine per conto nostro, alla Milton. E ho saputo da Holger Palmgren che avevi delle informazioni. Ma a quanto sembra eri qualche miglio avanti rispetto a noi.»

Mikael pensò un momento a come esprimersi.

«Posso fidarmi di te?» domandò.

Armanskij sembrò stupito della domanda.

«A quale riguardo?»

«Stai dalla parte di Lisbeth o no? Posso fidarmi che anche tu vuoi solo il suo bene?»

«Io le sono amico. Come saprai, non significa necessariamente che lei mi sia amica.»

«Lo so. Ma quello che vorrei sapere è se sei disposto a metterti nel suo angolo e a sostenere un match con i suoi nemici. Ci saranno un bel po' di round.»

Armanskij ci pensò su.

«Sono dalla sua parte» rispose alla fine.

«Posso passarti informazioni e discuterle con te senza dovermi preoccupare che finiscano alla polizia o a qualcun altro?»

«Io non posso essere coinvolto in nulla di illegale» disse Armanskij.

«Non è quello che ti ho chiesto.»

«Puoi assolutamente fidarti di me nella misura in cui

121

non mi rivelerai che stai conducendo qualche attività criminosa.»

«Va bene. Dobbiamo incontrarci.»

«Verrò in città stasera. A cena?»

«No, non ho tempo. Facciamo domani sera. Tu, io e forse qualche altra persona dovremmo sederci intorno a un tavolo e parlare.»

«Puoi approfittare del mio ufficio alla Milton. Ti va bene alle sei?»

«Ancora una cosa... fra due ore devo vedermi con mia sorella, Annika Giannini. Sta valutando se assistere Lisbeth, ma non può ovviamente lavorare gratis. Io posso pagare una parte della sua parcella di tasca mia. La Milton Security potrebbe contribuire?»

«Lisbeth avrà bisogno di un penalista estremamente in gamba. Temo che tua sorella non sia la più adatta, se mi permetti. Ho già parlato con l'avvocato della Milton, che mi ha promesso che ne troverà uno all'altezza. Pensavo a Peter Althin o qualcuno del genere.»

«Sbagliato. Lisbeth ha bisogno di un altro genere di avvocato. Capirai cosa intendo quando ci incontreremo. Ma puoi prendere in considerazione di mettere a disposizione dei fondi nel caso si rendesse necessario?»

«Avevo pensato che la Milton incaricasse un avvocato...»

«Significa sì o no? Io so cosa è successo a Lisbeth. So più o meno anche chi c'è dietro. So perché. E ho un piano d'attacco.»

Armanskij rise.

«Okay. Ascolterò la tua proposta. Se non mi piace, mi tiro fuori.»

«Hai riflettuto sulla mia idea di assumere la difesa di Lisbeth Salander?» domandò Mikael non appena ebbe baciato la sorella sulla guancia ed entrambi ebbero davanti i loro tramezzini e il caffè.

«Sì. E mi vedo costretta a rifiutare. Tu lo sai che non sono un penalista. Anche se adesso non è più accusata degli omicidi per cui era ricercata, ci sarà comunque una bella sfilza di capi d'accusa. Avrà bisogno di qualcuno con un peso e un'esperienza molto diversi dai miei.»

«Ti sbagli. Tu sei un avvocato e hai una competenza riconosciuta nelle questioni riguardanti i diritti delle donne. Sei esattamente l'avvocato di cui ha bisogno.»

«Mikael... non credo che tu abbia capito. Sarà una causa penale complicata, non un semplice caso di maltrattamenti o molestie sessuali. Se assumo io l'incarico di difenderla, potrebbe diventare una catastrofe.»

Mikael sorrise.

«Io credo che sia tu a non avere colto il punto. Se Lisbeth per esempio fosse stata incriminata per l'omicidio di Dag e Mia, allora avrei incaricato un avvocato tipo Silbersky o comunque un penalista di quel genere. Ma questo processo tratterà di cose completamente diverse. E tu sei l'avvocato più perfetto che mi possa immaginare.»

Annika Giannini sospirò.

«È meglio che ti spieghi.»

Parlarono per quasi due ore. Quando Mikael ebbe finito di spiegare, Annika era convinta. Mikael prese il cellulare e chiamò Marcus Erlander a Göteborg.

«Salve. Sono di nuovo Blomkvist.»

«Non ho novità» disse Erlander un po' infastidito.

«Il che suppongo voglia dire buone notizie, in queste circostanze. Ma ho io delle novità.»

«Ah sì?»

«Sì. Adesso Lisbeth Salander ha un avvocato che si

chiama Annika Giannini. È seduta qui davanti a me, ora gliela passo.»

Mikael le passò il cellulare.

«Buon giorno. Mi chiamo Annika Giannini e mi è stato richiesto di assistere Lisbeth Salander. Di conseguenza devo prendere contatto con la mia cliente in modo che possa accettarmi come suo difensore. E ho anche bisogno del numero di telefono del pubblico ministero.»

«Capisco» disse Erlander. «Da quel che so, è già stato contattato un avvocato d'ufficio.»

«Bene. Qualcuno ha chiesto a Lisbeth Salander il suo parere?»

Erlander esitò.

«A essere sinceri non abbiamo ancora avuto la possibilità di scambiare una parola con lei. Speriamo di poterle parlare domani, se le sue condizioni lo consentiranno.»

«Ottimo. Allora dico già che finché la signorina Salander non disporrà diversamente voi potrete considerarmi il suo avvocato. Non potrete interrogarla senza che sia presente anch'io. Però potrete andare da lei e chiederle se mi accetta come suo avvocato. Intesi?»

«Sì» disse Erlander con un sospiro. Era incerto su come stessero esattamente le cose dal punto di vista giuridico. Riflettè un momento. «Vorremmo chiedere a Lisbeth Salander se ha qualche informazione sull'assassino del nostro agente, Ronald Niedermann. È okay se le facciamo questa domanda anche senza che lei sia presente?»

Annika Giannini esitò.

«Okay, potete sentirla a titolo informativo, se può aiutare la polizia a localizzare Niedermann. Ma non potete farle domande relative a eventuali incriminazioni o accuse che la riguardino. Siamo d'accordo?»

«Credo di sì.»

Marcus Erlander lasciò la sua scrivania, salì direttamente al piano di sopra e andò a bussare alla porta del responsabile delle indagini preliminari Agneta Jervas. Le riferì il contenuto della conversazione che aveva avuto con Annika Giannini.

«Non sapevo che Lisbeth Salander avesse un avvocato.»

«Nemmeno io. Ma Annika Giannini ha ricevuto l'incarico da Mikael Blomkvist. Non so se la ragazza ne sappia qualcosa.»

«Ma Annika Giannini non è una penalista. Si occupa dei diritti delle donne. Ho seguito una sua conferenza una volta, è una persona intelligente e acuta ma assolutamente inadatta a questa causa.»

«In ogni modo toccherà a Lisbeth Salander decidere.»

«È possibile che io sia costretta a contestarla in tribunale, in tal caso. Per il suo bene, l'imputata deve avere un vero difensore e non un nome noto che cerca i titoli sui giornali. Mmm. Lisbeth Salander inoltre è stata dichiarata incapace. Non so come si debba procedere.»

«Come facciamo?»

Agneta Jervas rifletté un momento.

«Questa storia è un vero pasticcio. Non so chi si occuperà della causa in definitiva, magari verrà passata a Ekström a Stoccolma. Ma Lisbeth Salander deve comunque avere un avvocato. Okay... domandale se vuole questa Giannini.»

Quando tornò a casa verso le cinque del pomeriggio, Mikael aprì il suo iBook e riprese le fila del pezzo che aveva cominciato a scrivere a Göteborg. Lavorò per sette ore, finché non ebbe identificato le falle più evidenti nell'inchiesta. Rimanevano ancora da fare alcune ricerche. Una domanda alla quale non sapeva rispondere in base alla documentazione disponibile era quali altri personaggi della Säpo oltre a Gunnar Björck avessero cospirato per far chiudere Lisbeth Salander in manicomio. Allo stesso modo non aveva risolto la questione su quale relazione intercorresse esattamente fra Björck e lo psichiatra Peter Teleborian. Verso mezzanotte spense il computer e andò a letto. Per la prima volta da diverse settimane sentiva di potersi rilassare e addormentare tranquillo. L'inchiesta era sotto controllo. Per quanti punti interrogativi rimanessero, aveva già materiale a sufficienza per provocare una valanga di titoloni.

Provò l'impulso di telefonare a Erika per aggiornarla sulla situazione. Poi si rese conto che ormai non era più a *Millennium*. D'improvviso dormire divenne difficile.

L'uomo con la borsa marrone scese con cautela dal treno delle sette e mezza da Göteborg alla stazione centrale di Stoccolma e restò un attimo immobile nel mare di gente cercando di orientarsi. Era partito da Laholm poco dopo le otto del mattino dirigendosi a Göteborg, dove aveva fatto sosta per pranzare con un vecchio amico prima di riprendere il viaggio alla volta della capitale. Non ci andava da due anni, e in realtà non aveva programmato altre visite. Nonostante vi avesse abitato per gran parte della sua vita professionale, si sentiva sempre come un estraneo a Stoccolma, una sensazione che non aveva fatto che intensificarsi da quando era in pensione.

Attraversò lentamente la stazione, comperò i giornali della sera e due banane all'edicola e osservò meditabondo due donne musulmane col velo che gli passarono accanto frettolose. Non aveva nulla contro le donne che portavano il velo. Non era un problema suo se la gente voleva coprirsi. Ma lo disturbava che lo facessero in centro a Stoccolma.

Camminò per circa trecento metri fino all'Hotel Freys accanto alla vecchia sede delle poste in Vasagatan. Era l'albergo dove scendeva sempre nelle sue ormai rare visite nella capitale. Centrale e ben curato. Inoltre era a buon mercato, un presupposto importante quando doveva sostenere personalmente le spese di viaggio. Aveva prenotato la stanza il giorno prima. Si presentò come Evert Gullberg.

Appena entrato nella camera andò in bagno. Era arrivato a un'età in cui era costretto a farlo spesso. Da diversi anni non faceva più una notte intera senza svegliarsi per andarci.

Dopo la sosta, si tolse il cappello di feltro inglese a tesa stretta color verde scuro, e allentò il nodo della cravatta. Era alto un metro e ottantaquattro e pesava sessantotto chili, quindi di corporatura esile. Indossava una giacca a piccoli quadri bianchi e neri e pantaloni grigio scuro. Aprì la borsa marrone e tirò fuori due camicie, una cravatta di riserva e la biancheria intima, che sistemò nel cassettone. Poi appese il soprabito e la giacca nell'armadio dietro la porta della camera.

Era troppo presto per andare a dormire e troppo tardi per fare una passeggiata serale, un'attività che in ogni caso non avrebbe trovato piacevole. Si sedette nell'obbligatoria poltroncina da camera d'albergo e si guardò intorno. Accese la tv ma abbassò il volume in modo da non sentirla. Valutò se chiamare la reception e ordinare del caffè, ma decise che era troppo tardi. Aprì il frigobar e si versò una bottiglietta mignon di Johnnie Walker aggiungendo qualche goccia d'acqua. Aprì i giornali della sera e lesse attentamente tutto ciò che era stato scritto quel giorno sulla caccia a Ronald Niedermann e sul caso Salander. Tirò fuori un blocnotes rilegato in pelle e prese qualche appunto.

L'ex capodivisione dei servizi segreti Evert Gullberg aveva settantotto anni e ufficialmente era in pensione da quattordici. Ma è così che succede con le vecchie spie. Non muoiono mai, scivolano semplicemente nell'ombra.

Subito dopo la fine della guerra, quando aveva diciannove anni, Gullberg aveva cercato di intraprendere una carriera nella marina. Dopo il servizio militare come allievo ufficiale, era stato ammesso alla scuola ufficiali. Ma anziché essere imbarcato, come si era aspettato, era stato mandato a Karlskrona presso i servizi segreti della marina. Non aveva avuto nessuna difficoltà a capire l'importanza di quel lavoro, che consisteva nel cercare di scoprire cosa stesse succedendo sull'altra sponda del Baltico. L'occupazione gli sembrava però noiosa e poco interessante. Alla scuola interpreti della difesa poté tuttavia imparare il russo e il polacco. Tali conoscenze linguistiche furono uno dei motivi per cui nel 1950 fu reclutato nelle file della Säpo. Era l'epoca in cui l'inappuntabile Georg Thulin dirigeva la terza sezione della polizia di stato. Il budget complessivo della polizia segreta consisteva in due milioni e settecentomila corone, e il personale esattamente in novantasei addetti.

Quando Evert Gullberg andò formalmente in pensione, nel 1992, il budget della Säpo superava i trecentocinquanta milioni di corone, e lui non sapeva nemmeno quanti dipendenti avesse la Ditta.

Gullberg aveva trascorso tutta la sua vita al servizio, segreto, di sua maestà, o forse al servizio, segreto, dello stato socialdemocratico. La qual cosa era ironica, dal momento che lui a ogni elezione aveva sempre votato per i moderati, tranne nel 1991, poiché riteneva che Carl Bildt fosse una catastrofe. Quella volta aveva votato con scarso entusiasmo per Ingvar Carlsson. Ma anche gli anni di miglior governo della Svezia avevano confermato i suoi peggiori timori. I moderati erano saliti al potere in un periodo in cui l'Unione Sovietica stava collassando, e a suo parere nessun governo sarebbe stato peggio equipaggiato per cogliere le nuove possibilità politiche dell'arte dello spionaggio che si aprivano a Est. Il governo Bildt, al contrario, aveva tagliato per ragioni economiche il bureau per l'Unione Sovietica e puntato invece sulle sciocchezze internazionali in Bosnia e Serbia – come se la Serbia potesse mai minacciare la Svezia. Il risultato fu che la possibilità di installare a lungo termine informatori a Mosca sfumò, e che il giorno in cui il clima si fosse fatto di nuovo teso – cosa che secondo Gullberg era inevitabile – sarebbero state avanzate di nuovo pretese politiche assurde sulla polizia segreta e sui servizi segreti militari, quasi fossero in grado di tirare fuori agenti come per magia secondo necessità.

Gullberg aveva iniziato la sua carriera al bureau per l'Unione Sovietica della polizia di stato. Dopo due anni dietro una scrivania, aveva compiuto i suoi primi esitanti studi sul campo come addetto militare con il grado di capitano presso l'ambasciata svedese a Mosca, negli anni 1952-53. Curiosamente aveva seguito le orme di un'altra celebre spia. Qualche anno prima il suo posto era stato occupato dal noto ufficiale dell'aviazione colonnello Stig Wennerström.

Tornato in Svezia, Gullberg aveva lavorato per il controspionaggio e dieci anni dopo era uno dei più giovani agenti dei servizi segreti che, alla guida del direttore operativo Otto Danielsson, catturarono Wennerström condannandolo al carcere a vita a Långholmen.

Quando i servizi furono riorganizzati da Per Gunnar Vinge nel 1964 e diventarono la sezione sicurezza della polizia di stato, Rps/Säk, si pensò anche all'ampliamento del personale. Allora Gullberg lavorava alla polizia segreta da quattordici anni ed era diventato uno dei veterani più fidati.

Gullberg non aveva mai utilizzato la sigla Säpo per indicare la polizia segreta. Usava la sigla Rps/Säk nei contesti formali e Säk in quelli informali. Fra colleghi poteva anche riferirsi all'attività come all'Azienda o alla Ditta o molto semplicemente alla sezione – ma mai e poi mai chiamandola Säpo. Il motivo era semplice. Il compito principale dell'Azienda era stato per molti anni il cosiddetto controllo personale, vale a dire controlli e registrazioni di cittadini svedesi sospettati di nutrire idee comuniste e antipatriottiche. Per l'Azienda, "comunista" e "traditore della patria" erano sinonimi. La sigla in seguito comunemente accettata di Säpo era stata in effetti coniata dal giornale comunista e potenzialmente antipatriottico *Clarté* per definire con disprezzo quelli che nella polizia davano la caccia ai comunisti. Di conseguenza nessun veterano usava l'espressione Säpo, e Gullberg non riusciva proprio a capacitarsi del perché il suo ex capo P.G. Vinge avesse intitolato le sue memorie proprio *Il capo della Säpo negli anni 1962-70*.

Era stata la riorganizzazione del 1964 a decidere la futura carriera di Gullberg.

La creazione dell'Rps/Säk comportò che la polizia segreta di stato venisse trasformata in quella che nei rapporti del ministero della Giustizia era descritta come una moderna organizzazione di polizia. Questo significava nuove assunzioni. Ma la costante necessità di nuovo personale comportava infiniti problemi di rodaggio, e il "nemico" aveva decisamente più possibilità di piazzare agenti all'interno della sezione. Dunque anche il controllo sicurezza interno doveva essere intensificato – la polizia segreta non poteva più essere un club composto da ex ufficiali in cui tutti conoscevano tutti e il merito più comune in fase di reclutamento era quello di avere un padre ufficiale.

Nel 1963 Gullberg era stato trasferito dal controspionaggio al controllo personale, un settore che aveva visto crescere la propria importanza sulla scia dello smascheramento di Stig Wennerström. In quel periodo furono poste le basi del registro che verso la fine degli anni sessanta comprendeva circa trecentomila cittadini con simpatie politiche sconvenienti. Ma il controllo dei cittadini in generale era una cosa – la questione era come organizzare il controllo sicurezza all'Rps/Säk.

Wennerström aveva provocato una valanga di difficoltà interne alla polizia segreta. Se un colonnello dello stato maggiore della difesa poteva lavorare per i russi – un colonnello che era inoltre consigliere del governo per questioni riguardanti gli armamenti atomici e la sicurezza – si poteva forse essere certi che i russi non avessero un agente altrettanto ben piazzato all'interno dei servizi segreti? Chi poteva garantire che capi e vicecapi dell'Azienda non lavorassero invece per i russi? In poche parole: chi avrebbe spiato le spie?

Nell'agosto del 1964 Gullberg fu convocato per una riunione pomeridiana dal direttore aggiunto della polizia segreta, Hans Wilhelm Francke. All'incontro partecipavano anche due rappresentanti delle alte sfere dell'Azienda, il capodivisione aggiunto e il direttore finanziario. Prima

131

della fine della giornata, la vita di Gullberg ricevette un senso nuovo. Era stato scelto. Aveva avuto un nuovo incarico come capo di una squadra di nuova costituzione chiamata Sezione speciale, abbreviato in Ss. La sua prima mossa fu di ribattezzarla Sezione di analisi. Ci volle solo qualche minuto prima che il direttore finanziario facesse osservare che Sa non era molto meglio di Ss. Il nome definitivo dell'organizzazione divenne Sezione speciale di analisi, Ssa, comunemente Sezione, per distinguerla dall'Azienda, che si riferiva a tutta la polizia segreta.

La Sezione era un'idea di Francke. Che la definiva l'ultima linea di difesa. Un gruppo ultrasegreto che occupava posti strategici all'interno dell'Azienda ma era invisibile e non compariva in rapporti o piani finanziari e pertanto non poteva essere infiltrato. Il suo compito era di vegliare sulla sicurezza nazionale. Gullberg aveva il potere di farlo. Gli occorrevano il direttore finanziario e il capodivisione per creare la struttura nascosta, ma erano tutti soldati della vecchia scuola, amici legati da dozzine di scaramucce con il "nemico".

Nel primo anno l'intera organizzazione fu composta da Gullberg e da tre collaboratori selezionati con cura. Nei dieci anni seguenti, arrivò a contare fino a undici persone, delle quali due erano segretari amministrativi della vecchia scuola e il resto cacciatori professionisti di spie. Era un'organizzazione molto semplice. Gullberg era il capo. Tutti gli altri erano collaboratori che incontravano il capo quasi tutti i giorni. L'efficienza era premiata più del prestigio e del formalismo.

Sulla carta Gullberg era gerarchicamente sottoposto a una lunga fila di persone oltre che al capodivisione della polizia segreta, al quale doveva consegnare dei rapporti mensili, ma in realtà occupava una posizione unica con poteri straordinari. Lui, e lui solo, poteva decidere di mettere sotto la lente d'ingrandimento le sfere più alte della direzione della Säpo. Poteva, se gli andava, voltare e rivoltare come un guanto la vita dello stesso Per Gunnar Vinge – cosa che del resto fece. Poteva dare l'avvio a indagini personali o eseguire intercettazioni telefoniche senza doverne spiegare lo scopo e perfino senza doverne riferire in alto loco. Il suo modello era la leggenda americana dello spionaggio, James Jesus Angleton, che aveva una posizione molto simile all'interno della Cia e che Gullberg ebbe anche occasione di conoscere di persona.

Dal punto di vista organizzativo, la Sezione divenne una microrganizzazione, che si collocava all'esterno, al di sopra e a fianco di tutto il resto della polizia segreta. Il che ebbe anche delle conseguenze geografiche. La Sezione aveva i suoi uffici a Kungsholmen, ma per motivi di sicurezza fu in pratica trasferita fuori dalla centrale della polizia, in un appartamento privato di undici stanze a Östermalm. L'appartamento fu ristrutturato molto discretamente e trasformato in un ufficio fortificato che non era mai sguarnito, dal momento che la segretaria, vecchia persona di fiducia, Eleanor Badenbrink, fu alloggiata come inquilina nei due locali più vicini all'ingresso. Eleanor Badenbrink era una risorsa inestimabile verso la quale Gullberg nutriva una fiducia assoluta.

Sotto il profilo organizzativo, Gullberg e i suoi collaboratori sparirono da qualsiasi posizione pubblica – erano finanziati tramite un "fondo speciale" ma non esistevano da nessuna parte per la burocrazia dei servizi segreti, che rendeva conto alla direzione della polizia di stato o al ministero della Giustizia. Nemmeno il capo dell'Rps/Säk conosceva l'identità degli agenti segreti più segreti che avevano il compito di trattare le più delicate tra le questioni più delicate.

A quarant'anni Gullberg si trovò di conseguenza in una situazione nella quale non doveva rendere conto ad anima viva e poteva fare indagini su chiunque.

Fin dall'inizio gli fu chiaro che la Sezione speciale di analisi avrebbe rischiato di diventare un gruppo politicamente delicato. La descrizione del lavoro era a dir poco vaga e la documentazione scritta estremamente sommaria. Nel settembre del 1964 il primo ministro Tage Erlander firmò una direttiva che prevedeva l'accantonamento di fondi per la Ssa, che aveva il compito di trattare indagini particolarmente delicate per la sicurezza del regno. Era una di dodici questioni analoghe quella che il direttore aggiunto dell'Rps/Säk, Hans Wilhelm Francke, presentò nel corso di un incontro pomeridiano con il capo del governo. Il documento fu immediatamente secretato e inserito nell'altrettanto secretato protocollo particolare dell'Rps/Säk.

La firma del primo ministro comportava tuttavia che la Sezione era un istituto giuridicamente riconosciuto. Il primo bilancio annuale ammontava a cinquantaduemila corone, e che fosse così modesto fu giudicato da Gullberg un colpo di genio. In questo modo, la Sezione si presentava come una faccenda veramente da poco.

In senso più lato la firma del primo ministro significava che egli aveva riconosciuto il bisogno di un gruppo che potesse effettuare un controllo "interno". La stessa firma poteva però essere interpretata nel senso che il primo ministro aveva dato la sua approvazione alla creazione di un gruppo che potesse anche effettuare un controllo di "persone particolarmente sensibili" al di fuori della Säk, per esempio del primo ministro stesso. Era quest'ultima interpretazione a creare problemi politici potenzialmente seri.

Evert Gullberg constatò che il suo Johnnie Walker era finito. Non era particolarmente incline al consumo di alcolici, ma la giornata era stata lunga, il viaggio faticoso, e lui riteneva di trovarsi in una fase della vita in cui era irrilevante decidere di bere uno o due whisky, perciò poteva benissimo riempirsi di nuovo il bicchiere se ne aveva voglia. Si versò una bottiglietta mignon di Glenfiddich.

La questione più delicata tra tutte era stata naturalmente quella di Olof Palme.

Gullberg ricordava ogni dettaglio delle elezioni del 1976. Per la prima volta nella storia moderna, la Svezia aveva un governo conservatore. Purtroppo era stato Thorbjörn Fälldin a diventare primo ministro e non Gösta Bohman, che era un uomo della vecchia scuola infinitamente più adatto. Ma soprattutto, Palme era stato sconfitto. Ed Evert Gullberg poteva tirare il fiato.

L'idoneità di Palme come primo ministro era stata oggetto di più di un pranzo di lavoro nei corridoi più segreti dei servizi segreti. Nel 1969 Per Gunnar Vinge era stato messo alla porta dopo avere espresso un'opinione che molti condividevano – ossia che Palme potesse essere una sorta di agente del Kgb. L'opinione di Vinge non era isolata nel clima che regnava all'interno dell'Azienda. Purtroppo però egli aveva discusso apertamente la questione con il prefetto Ragnar Lassinantti nel corso di una visita nel Norrbotten. Lassinantti aveva inarcato le sopracciglia due volte, dopo di che aveva informato la segreteria del governo, con la conseguenza che Vinge era stato convocato per un colloquio privato.

Con indignazione di Gullberg, l'interrogativo sugli

eventuali contatti russi di Palme non aveva mai avuto una risposta. Nonostante ripetuti tentativi di stabilire la verità e scovare prove decisive, la Sezione non aveva mai trovato la benché minima conferma che le cose stessero come si pensava. Agli occhi di Gullberg però questo non significava che Palme fosse davvero innocente. Piuttosto poteva essere una spia particolarmente scaltra e intelligente che non commetteva errori già commessi da altre spie russe. Palme continuò a prendersi gioco di loro anno dopo anno. Nel 1982 la questione diventò nuovamente attuale quando tornò a coprire la carica di primo ministro. Poi ci furono gli spari di Sveavägen e la questione divenne per sempre accademica.

Il 1976 era stato un anno problematico. All'interno dell'Rps/Säk – fra le poche persone che effettivamente sapevano dell'esistenza della Sezione – era cresciuto un certo malumore. Durante i precedenti dieci anni, sessantacinque funzionari dei servizi segreti erano stati cacciati dall'organizzazione sulla base di una presunta inaffidabilità politica. Nella gran parte dei casi la documentazione tuttavia non dimostrava nulla, e nelle alte sfere qualcuno cominciò a borbottare che i collaboratori della Sezione erano teorizzatori paranoici della cospirazione.

Gullberg ribolliva ancora nell'intimo quando ricordava il caso di una persona assunta all'Rps/Säk nel 1968 dopo che lui stesso la aveva giudicata non idonea. Si trattava dell'ispettore Stig Bergling, tenente dell'esercito, che più tardi era risultato essere un colonnello del Gru, ossia dei servizi segreti militari russi. In quattro occasioni negli anni successivi Gullberg aveva tentato di far licenziare Bergling e ogni volta le sue pressioni erano state ignorate. Solo nel 1977 il vento cambiò direzione, quando Bergling divenne oggetto di sospetti anche al di fuori della Sezione. Era ora. Bergling fu il più grosso scandalo della storia dei servizi segreti svedesi.

Le critiche nei confronti della Sezione si erano moltiplicate durante la prima metà degli anni settanta, e Gullberg aveva captato diverse proposte di tagliare i fondi e perfino voci secondo cui quella spesa era inutile.

Nel complesso tali critiche misero in discussione il futuro della Sezione. In quel periodo, all'interno dell'Rps/Säk fu data la priorità alla minaccia terroristica, una triste storia che riguardava giovani confusi che collaboravano con elementi arabi o palestinesi. La grande questione all'interno dei servizi segreti era se il controllo personale avrebbe goduto di finanziamenti speciali per tenere d'occhio cittadini stranieri residenti in Svezia o se sarebbe rimasto un compito esclusivo della sezione stranieri.

Da questa discussione burocratica era nata la necessità per la Sezione di legare all'attività un collaboratore fidato in grado di rafforzare il controllo, di fatto lo spionaggio, sui colleghi della sezione stranieri.

La scelta cadde su un giovane collaboratore che lavorava all'Rps/Säk dal 1970, del quale formazione e credibilità politica erano tali da poterlo ritenere adatto a prendere posto nella Sezione. Era membro di un'organizzazione che si chiamava Alleanza democratica, definita di estrema destra dai mass-media socialdemocratici. E alla Sezione questo non era considerato un neo. Altri tre collaboratori erano membri di Alleanza democratica, e la Sezione era stata molto importante per la nascita dell'organizzazione. Contribuiva perfino in piccola parte al suo finanziamento. Fu attraverso tale organizzazione che il nuovo collaboratore fu individuato e reclutato nelle file della Sezione. Il suo nome era Gunnar Björck.

137

Per Evert Gullberg era stato un caso incredibilmente fortunato che il giorno delle elezioni politiche, nel 1976, quando Alexander Zalachenko disertò in Svezia ed entrò nel commissariato di Norrmalm a chiedere asilo politico, fosse proprio Gunnar Björck a riceverlo nella sua funzione di persona di riferimento alla sezione stranieri. Un agente che già era legato ai segreti più segreti degli agenti segreti.

Björck era sveglio. Si rese conto immediatamente dell'importanza di Zalachenko e interruppe l'interrogatorio infilando il disertore in una stanza dell'Hotel Continental. Fu a Evert Gullberg e non al suo capo formale della sezione stranieri che Gunnar Björck telefonò per dare l'allarme. La chiamata arrivò quando i seggi elettorali avevano già chiuso e tutti i pronostici lasciavano intendere che Palme avrebbe perso. Gullberg era appena ritornato nella sua stanza d'albergo e aveva acceso la tv per seguire la veglia elettorale. Da principio aveva dubitato della notizia che l'eccitato giovane collaboratore gli aveva passato. Poi era andato al Continental, che distava meno di duecentocinquanta metri dall'albergo dove si trovava, per prendere il comando dell'affare Zalachenko.

In quell'attimo la vita di Evert Gullberg era radicalmente cambiata. Il termine segretezza aveva assunto un significato e un peso totalmente nuovi. Comprese subito la necessità di creare una nuova struttura intorno al disertore.

Scelse automaticamente di includere Gunnar Björck nel Gruppo Zalachenko. Era una decisione ragionevole, dal momento che Björck sapeva già dell'esistenza del russo. Era meglio averlo all'interno piuttosto che all'esterno. Björck venne dunque trasferito dal suo posto alla sezio-

138

ne stranieri a una scrivania nell'appartamento di Östermalm.

Fin dall'inizio, Gullberg aveva scelto di informare solamente una persona all'interno dell'Rps/Säk, ossia il capodivisione che già era a conoscenza dell'attività della Sezione. Questi aveva meditato sulla notizia per diversi giorni prima di spiegare a Gullberg che la diserzione era talmente importante che era necessario informarne il direttore dell'Rps/Säk, e così pure il governo.

All'epoca, il nuovo direttore dell'Rps/Säk era al corrente dell'esistenza della Sezione speciale di analisi, ma aveva solamente una vaga idea di quale fosse la sua effettiva attività. Era entrato in servizio per fare pulizia dopo l'affare Ib, l'organizzazione segreta all'interno della difesa smascherata nel 1973, ed era già indirizzato verso un incarico più alto nella gerarchia della polizia. Nel corso di un colloquio confidenziale con il capodivisione, il direttore dell'Rps/Säk era stato informato che la Sezione era un gruppo segreto creato dal governo, che stava al di fuori dell'attività corrente e sul quale non bisognava fare domande. Siccome a quell'epoca era un uomo che non faceva assolutamente domande che potessero provocare risposte sgradevoli, il direttore aveva annuito con l'aria di capire e aveva accettato che ci fosse qualcosa, chiamato Ssa, con cui lui non aveva nulla a che fare.

Gullberg non era entusiasta dell'idea di informare il direttore su Zalachenko, ma la accettò. Sottolineò l'assoluta necessità di segretezza e fu accontentato. Fu deciso che Zalachenko sarebbe stato trattato dalla Sezione speciale di analisi.

Informare il primo ministro uscente era escluso. Per via del carosello cominciato in concomitanza con il cambio di governo, il nuovo primo ministro era occupato a tempo pieno a nominare ministri e a trattare con gli altri partiti conservatori. Fu solo un mese dopo la formazione del governo che il direttore dell'Rps/Säk si recò insieme a Gullberg a Rosenbad a informare il primo ministro Fälldin. Gullberg aveva protestato fino all'ultimo contro la decisione di informare il governo, ma il direttore era stato irremovibile – era costituzionalmente inaccettabile non farlo. Nel corso dell'incontro, Gullberg aveva messo in campo tutta la sua abilità per convincere il più eloquentemente possibile il primo ministro dell'importanza che l'informazione su Zalachenko non si diffondesse al di fuori del suo ufficio. Né il ministro degli Esteri né quello della Difesa né alcun altro membro del governo dovevano sapere alcunché.

Fälldin era rimasto turbato dalla notizia che un agente russo di prima grandezza aveva cercato asilo in Svezia. Aveva cominciato a dire che per correttezza sarebbe stato costretto ad affrontare l'argomento almeno con i capi degli altri due partiti di governo. Gullberg si era preparato a questa obiezione e aveva giocato la carta più pesante a sua disposizione. Aveva risposto spiegando in tono sommesso che così sarebbe stato costretto a dare immediatamente le dimissioni. La minaccia aveva colto nel segno. Fälldin sarebbe stato personalmente responsabile se la storia fosse trapelata e i russi avessero mandato una pattuglia della morte a eliminare Zalachenko, se la persona che rispondeva della sicurezza di Zalachenko si fosse vista costretta a dimettersi. Un fatto simile sarebbe stato per il primo ministro una catastrofe politica e mediatica.

Fälldin, ancora fresco e insicuro nel suo ruolo di capo del governo, si era piegato. Aveva approvato una direttiva, che era stata immediatamente inserita in un protocollo segreto, secondo la quale la Sezione avrebbe risposto della sicurezza di Zalachenko e dei rapporti su di lui e tutte le informazioni sarebbero rimaste confinate nell'ufficio del primo ministro. Fälldin era informato, ma non avrebbe mai potuto discutere la faccenda. In poche parole, avrebbe dovuto dimenticarsi di Zalachenko.

Il primo ministro aveva però insistito perché un'altra persona del suo gabinetto, un segretario di stato selezionato con cura, fosse informata e fungesse da contatto nelle questioni riguardanti il disertore russo. Gullberg si mostrò condiscendente. Non avrebbe avuto nessun problema a manovrare un segretario di stato.

Il direttore dell'Rps/Säk era soddisfatto. L'affare Zalachenko adesso era a posto sotto il profilo costituzionale, e questo comportava che lui aveva le spalle coperte. Anche Gullberg era soddisfatto. Era riuscito a creare una quarantena che gli consentiva di controllare il flusso di informazioni. Lui solo controllava Zalachenko.

Quando fece ritorno nel suo ufficio a Östermalm, Gullberg si sedette alla scrivania e fece un elenco delle persone che sapevano dell'esistenza di Zalachenko. L'elenco comprendeva lui stesso, Gunnar Björck, il direttore operativo Hans von Rottinger, il direttore aggiunto Fredrik Clinton, la segretaria Eleanor Badenbrink e due collaboratori che avevano il compito di raggruppare e analizzare senza interruzione le informazioni che Zalachenko sarebbe stato in grado di fornire. In totale sette persone che negli anni successivi avrebbero costituito una sezione speciale all'interno della Sezione. Pensava a loro come a un gruppo interno.

Al di fuori, la notizia era nota al direttore dell'Rps/Säk, al direttore aggiunto e al capodivisione. Oltre a questi, ne erano informati il primo ministro e un segretario di stato.

Complessivamente dodici persone. In precedenza un segreto di quel calibro non era mai stato condiviso da un gruppo così selezionato.

Poi Gullberg si rabbuiò. Il segreto era noto anche a una tredicesima persona. Björck era accompagnato da Nils Bjurman. Fare di Bjurman un collaboratore della Sezione era escluso. Bjurman non era un vero agente della polizia segreta – a dire il vero non era più che un praticante all'Rps/Säk – e non disponeva della preparazione e della competenza necessarie. Gullberg valutò diverse alternative ma alla fine scelse di estromettere cautamente Bjurman dalla vicenda. Minacciò il carcere a vita per alto tradimento se avesse detto anche solo una parola su Zalachenko, si servì di mezzi di corruzione quali promesse di futuri incarichi e adulazioni che accrebbero in Bjurman la sensazione di essere una persona importante. Fece in modo che trovasse impiego presso un rinomato studio legale e poi che ottenesse un gran numero di incarichi che lo tenessero occupato. L'unico problema era che Bjurman era talmente mediocre che non era in grado di sfruttare quelle opportunità. Lasciò lo studio legale dopo dieci anni e avviò un'attività in proprio, che alla fine diventò uno studio legale con un solo dipendente a Odenplan.

Negli anni successivi Gullberg tenne Bjurman sotto discreta ma costante sorveglianza. Fu solo al termine degli anni ottanta che smise di farlo, quando l'Unione Sovietica ormai si stava disgregando e Zalachenko non era più una questione prioritaria.

Per la Sezione, Zalachenko era stato inizialmente la promessa di un balzo in avanti nella soluzione del mistero Palme, una questione che non smetteva di occupare Gullberg. Palme di conseguenza era stato uno dei primi argomenti che Gullberg aveva proposto nel lungo debriefing.

Tuttavia le speranze erano presto sfumate, dal momento che Zalachenko non aveva mai operato in Svezia e non aveva una vera e propria conoscenza del paese. Aveva però sentito circolare delle voci su un "destriero rosso", un politico di alto rango svedese o forse scandinavo che lavorava per il Kgb.

Gullberg preparò un elenco di nomi collegati a Palme. C'erano Carl Lidblom, Pierre Schori, Sten Andersson, Marita Ulvskog e altre persone. Per il resto della sua vita, sarebbe ritornato ripetutamente su questo elenco, restando sempre debitore di una risposta.

D'improvviso Gullberg era un giocatore in mezzo ai grandi. Era salutato con rispetto nel club esclusivo dei guerrieri scelti, dove tutti conoscevano tutti e i contatti passavano attraverso l'amicizia e la fiducia personali – non attraverso i canali ufficiali e le regole burocratiche. Ebbe modo di incontrare lo stesso James Jesus Angleton e di bere whisky in un discreto club di Londra insieme al capo dell'Mi-6. Divenne uno di quelli che contano.

L'altra faccia della medaglia del suo lavoro era che non avrebbe mai potuto raccontare dei suoi successi, nemmeno in un libro di memorie postume. Ed era sempre viva la paura che il "nemico" notasse i suoi viaggi e gli mettesse gli occhi addosso – ovvero che lui stesso involontariamente conducesse i russi da Zalachenko.

Da quel punto di vista, Zalachenko era il peggior nemico di se stesso.

Nel corso del primo anno, era stato alloggiato in un anonimo appartamento di proprietà della Sezione. Non esisteva in alcun registro né in alcun documento officia-

le, e il Gruppo pensava di avere a disposizione un bel po'
di tempo prima di dover pianificare il suo futuro. Solo
nella primavera del 1978 il russo ottenne un passaporto
intestato a Karl Axel Bodin e una storia personale faticosamente costruita – un passato fittizio ma verificabile nei
registri svedesi.

Era già troppo tardi. Zalachenko era andato a scopare
quella dannata puttana di Agneta Sofia Salander nata Sjö-
lander, e si era presentato allegramente con il suo vero
nome. Gullberg si rendeva conto che non era del tutto a
posto con la testa. Sospettava che il disertore russo volesse quasi essere smascherato. Sembrava avesse bisogno
di un palcoscenico. Era difficile spiegare altrimenti il suo
comportamento così imbecille.

Le puttane, periodi di eccessivo consumo di alcol, incidenti con esplosioni di violenza, zuffe con buttafuori e
gente simile. In tre occasioni era stato arrestato dalla polizia svedese per ubriachezza e un altro paio di volte in
seguito a risse in qualche locale. E ogni volta la Sezione
doveva discretamente intervenire per fare in modo che
documenti sparissero e protocolli fossero modificati.
Gullberg affidò a Gunnar Björck il compito di fare da
bambinaia al disertore quasi ventiquattr'ore su ventiquattro. Era complicato, ma non esistevano alternative.

Tutto sarebbe potuto andare bene. Agli inizi degli anni ottanta Zalachenko si era calmato e aveva cominciato
ad adeguarsi. Ma non aveva mai mollato la puttana Salander e, peggio ancora, era diventato padre di Camilla e
Lisbeth.

Lisbeth Salander.

Gullberg pronunciò il nome con un senso di disagio.

Già quando le bambine avevano nove o dieci anni, aveva avvertito un nodo allo stomaco riguardo a Lisbeth.

Non c'era bisogno di essere uno psichiatra per capire che la ragazzina non era normale. Gunnar Björck aveva riferito nelle sue relazioni che era ribelle, violenta e aggressiva nei confronti del padre e che non sembrava avere la benché minima paura di lui. Raramente diceva qualcosa, ma segnalava in mille altri modi il suo disagio per la situazione. Era un problema in fieri, ma quanto gigantesco questo problema sarebbe diventato Gullberg non poteva immaginarlo nemmeno nelle sue fantasie più sfrenate. Temeva soprattutto che la situazione nella famiglia Salander sollecitasse un'indagine dei servizi sociali che si sarebbe concentrata su Zalachenko. Più e più volte lo implorò di rompere con loro e di sparire dalla loro vita. Zalachenko prometteva ma tradiva sempre la sua promessa. Aveva altre puttane. Ne aveva più che a sufficienza. Ma dopo qualche mese tornava sempre da Agneta Sofia Salander.

Dannato Zalachenko. Una spia che lasciava che la sua vita sentimentale fosse comandata dal cazzo non era una brava spia. Ma lui sembrava essere al di sopra di tutte le regole comuni, o quanto meno si riteneva tale. Se almeno fosse stato capace di farsi quella puttana senza doverla anche prendere a botte ogni volta che si incontravano sarebbe stato un conto, ma a quanto pareva gli era indispensabile sottoporre quella donna a pesanti maltrattamenti. Pareva perfino considerarla una sfida divertente verso i suoi sorveglianti del Gruppo, quasi la picchiasse solo per stuzzicarli e angustiarli.

Gullberg non dubitava che Zalachenko fosse un individuo malato, ma non si trovava nella situazione di poter scegliere a suo piacimento fra agenti disertori. Ne aveva uno solo, che per di più era consapevole della propria importanza.

Gullberg sospirò. Il Gruppo Zalachenko aveva assunto il ruolo di una pattuglia di spazzini. Non lo si poteva negare. Zalachenko sapeva che poteva prendersi delle libertà e che loro avrebbero gentilmente risolto i problemi provocati dal suo passaggio. E per quanto riguardava Agneta Sofia Salander sfruttava questa possibilità oltre il limite di rottura.

Gli avvertimenti non erano mancati. Appena compiuti dodici anni, Lisbeth aveva accoltellato Zalachenko. Le ferite non erano gravi ma il russo era stato portato al St. Görans e il Gruppo era stato costretto a svolgere un complesso lavoro di pulizia. Quella volta Gullberg ebbe un colloquio molto serio con Zalachenko. Mise perfettamente in chiaro che non avrebbe mai più dovuto prendere contatto con la famiglia Salander, e Zalachenko promise. Mantenne la promessa per più di sei mesi, prima di tornare a casa di Agneta Sofia e sottoporla a maltrattamenti così pesanti da farla finire in una casa di cura per il resto dei suoi giorni.

Che Lisbeth fosse una psicopatica con inclinazioni omicide capace di preparare una bomba incendiaria era tuttavia qualcosa che Gullberg non aveva immaginato. Quel giorno era scoppiato il caos. Un labirinto di inchieste si profilava all'orizzonte, l'intera operazione Zalachenko – per non dire l'intera Sezione – era appesa a un filo fragilissimo. Se Lisbeth Salander avesse parlato, Zalachenko avrebbe corso il rischio di essere smascherato. Se Zalachenko fosse stato smascherato, un lungo elenco di operazioni svolte in Europa nei quindici anni precedenti sarebbe stato vanificato e la Sezione avrebbe rischiato di essere esposta a un esame pubblico. Cosa che doveva essere impedita a ogni costo.

Gullberg era preoccupato. Se i loro archivi fossero stati aperti, sarebbero venute alla luce parecchie circostanze non del tutto in linea con la Costituzione, per non parlare della loro pluriennale sorveglianza di Palme e di altri noti socialdemocratici. Era una materia delicata, a pochi anni soltanto dall'assassinio del primo ministro. Avrebbe portato a inchieste penali contro Gullberg e diversi altri collaboratori della Sezione. Ancora peggio – giornalisti folli avrebbero formulato senza la minima esitazione la teoria che dietro l'omicidio Palme c'era la Sezione, il che a sua volta avrebbe condotto a un ulteriore labirinto di rivelazioni e accuse. Oltretutto, la direzione dei servizi segreti era cambiata così radicalmente che nemmeno il direttore dell'Rps/Säk era più a conoscenza dell'esistenza della Sezione. Tutti i contatti con l'Rps/Säk si fermavano da quell'anno sul tavolo del nuovo capodivisione aggiunto, e questi era da dieci anni un membro della Sezione.

Fra i collaboratori del Gruppo Zalachenko si era diffuso il panico. Era stato Gunnar Björck a trovare una soluzione nella figura di uno psichiatra di nome Peter Teleborian.

Teleborian aveva già collaborato con il controspionaggio dell'Rps/Säk come consulente. Stavano controllando una persona sospettata di spionaggio industriale. In una fase delicata dell'inchiesta si era reso necessario cercare di stabilire come avrebbe agito il soggetto in questione se sottoposto a stress. Teleborian era un giovane e promettente psichiatra che non diceva paroloni ma offriva consigli concreti e decisi. Questi consigli fecero sì che la Säk riuscisse a impedire un suicidio e la spia in questione venisse trasformata in agente doppio che forniva disinformazione ai suoi committenti.

Dopo l'attacco di Lisbeth Salander contro Zalachenko, Björck aveva cautamente riagganciato Teleborian come consulente straordinario della Sezione. C'era più che mai bisogno del suo aiuto.

La soluzione del problema sarebbe stata semplice. Karl Axel Bodin poteva sparire nei meandri della riabilitazione. Agneta Sofia Salander sarebbe sparita in quelli della lungodegenza, con le sue lesioni cerebrali ormai incurabili. Tutte le inchieste di polizia furono raggruppate dall'Rps/Säk e ritrasmesse alla Sezione tramite il capodivisione aggiunto.

Peter Teleborian aveva appena ottenuto un incarico come primario aggiunto alla clinica psichiatrica infantile St. Stefan di Uppsala. Tutto ciò che occorreva era una perizia psichiatrica che Björck e Teleborian compilarono insieme, corredandola con una breve e non particolarmente discutibile decisione presa in un tribunale di prima istanza. Si trattava soltanto di presentare bene la cosa. La Costituzione non c'entrava per niente. Nonostante tutto, si trattava della sicurezza del paese. Questo la gente doveva capirlo.

E che Lisbeth Salander fosse malata di mente era più che palese. Qualche anno in un istituto psichiatrico le avrebbe fatto di sicuro soltanto bene. Gullberg aveva assentito e dato il via libera all'operazione.

Tutti i pezzi del puzzle erano andati al loro posto, ed era successo in un momento in cui il Gruppo era comunque avviato verso lo scioglimento. L'Unione Sovietica aveva cessato di esistere e gli anni d'oro di Zalachenko erano entrati definitivamente a far parte del passato. Il russo aveva una data di scadenza che era già stata superata da un po'.

Il Gruppo Zalachenko aveva invece messo insieme una generosa liquidazione di fine rapporto da uno dei fondi dei servizi segreti. Avevano offerto a Karl Axel Bodin le migliori cure riabilitative possibili e immaginabili e sei mesi più tardi, con un sospiro di sollievo, lo avevano accompagnato all'aeroporto di Arlanda consegnandogli un biglietto di sola andata per la Spagna. Gli avevano anche spiegato a chiare lettere che da quel momento Zalachenko e la Sezione sarebbero andati ognuno per la propria strada. Fu una delle ultimissime incombenze di Gullberg. Una settimana più tardi era andato in pensione cedendo il suo posto all'erede al trono Fredrik Clinton. Gullberg sarebbe stato utilizzato soltanto come consulente e consigliere per le questioni più delicate. Era rimasto a Stoccolma per altri tre anni lavorando quasi quotidianamente alla Sezione, ma gli incarichi erano via via diminuiti e lui si era lentamente staccato. Aveva fatto ritorno alla sua nativa Laholm, continuando a occuparsi di un certo numero di questioni, ma a distanza. Nei primi anni andava a Stoccolma regolarmente, ma anche questi viaggi erano diventati col tempo sempre più rari.

Aveva smesso di pensare a Zalachenko. Fino al mattino in cui si era svegliato e aveva trovato la figlia di Zalachenko su ogni giornale, sospettata di triplice omicidio.

Gullberg aveva seguito i notiziari con un senso di disorientamento. Comprendeva molto bene che non poteva essere un caso che proprio Bjurman fosse stato il tutore di Lisbeth, ma non vedeva nessun pericolo immediato che la vecchia vicenda Zalachenko potesse ritornare a galla. Lisbeth Salander era malata di mente. Che avesse messo in scena un'orgia di delitti non lo sorprendeva. Non aveva nemmeno riflettuto su un possibile collegamento tra Zalachenko e la vicenda prima di ascoltare il notiziario del mattino che gli aveva servito gli eventi di Gosseberga su un piatto d'argento. Allora aveva fatto qualche telefonata, e alla fine aveva prenotato un biglietto per Stoccolma.

La Sezione si trovava a fronteggiare la sua crisi peggiore dal giorno in cui l'aveva fondata. Tutto minacciava di crollare.

Zalachenko si trascinò in bagno e orinò. Da quando l'ospedale Sahlgrenska gli aveva fornito un paio di stampelle, era in grado di muoversi. Aveva dedicato la domenica a brevi sedute di riabilitazione. La mandibola gli faceva ancora molto male e poteva assumere soltanto alimenti liquidi, ma adesso riusciva ad alzarsi e a percorrere brevi tratti.

Alle stampelle era abituato, dopo aver vissuto con una protesi per quasi quindici anni. Si esercitò nell'arte di spostarsi senza fare rumore, andando avanti e indietro per la stanza. Ogni volta che il suo piede destro sfiorava il pavimento, un forte dolore gli attraversava la gamba.

Strinse i denti. Pensò che Lisbeth si trovava in una camera nelle immediate vicinanze. Gli era occorsa tutta la giornata per scoprire che stava due porte più in là della sua.

Alle due di notte, dieci minuti dopo l'ultima visita dell'infermiera di turno, tutto era tranquillo e silenzioso. Zalachenko si alzò faticosamente e cercò a tastoni le stampelle. Raggiunse la porta e si mise in ascolto, ma non colse nessun rumore. La aprì e uscì nel corridoio. Sentì una debole musica dalla stanza degli infermieri. Si portò fino all'uscita in fondo al corridoio e aprì la porta che dava sulle scale, studiando la situazione. C'erano degli ascensori. Tornò indietro lungo il corridoio. Superata la stanza di Lisbeth si fermò a riposare sulle stampelle per mezzo minuto.

Gli infermieri avevano chiuso la sua porta quella notte. Lisbeth aprì gli occhi quando sentì un leggero rumore raschiante provenire dal corridoio. Non riusciva a identificarlo. Sembrava che qualcuno stesse trascinando piano qualcosa. Ma poi tutto tacque di nuovo e lei si chiese se non fosse stata solo immaginazione. Dopo mezzo minuto sentì di nuovo lo stesso strano rumore. Si stava allontanando. Il suo senso di disagio aumentò.

Zalachenko era lì fuori da qualche parte.

Si sentiva incatenata al letto. Avvertiva prurito sotto il collare. Aveva una gran voglia di alzarsi. Lentamente riuscì a mettersi seduta. Era più o meno tutto quello che aveva la forza di fare. Ricadde indietro e appoggiò la testa sul cuscino.

Dopo un momento cominciò a tastare il collare e trovò i ganci che lo tenevano chiuso. Li aprì e lasciò cadere il collare sul pavimento. D'improvviso respirare divenne più facile.

Avrebbe voluto avere a portata di mano un'arma o almeno avere la forza di alzarsi e liberarsi di lui una volta per tutte.

Alla fine si alzò sostenendosi su un gomito. Accese la luce notturna e si guardò intorno nella stanza. Non riuscì a scorgere nulla che si potesse usare come arma. Poi il suo sguardo cadde su un tavolino accanto alla parete a tre metri dal suo letto. Notò che qualcuno aveva lasciato una matita.

Aspettò che l'infermiera di notte avesse fatto il giro, aveva calcolato che passava circa ogni mezz'ora. Suppose che i medici avessero verificato che le sue condizioni erano migliorate rispetto ai giorni precedenti in cui passava qualcuno ogni quindici minuti e anche più spesso. Personalmente non avvertiva nessuna differenza significativa.

151

Quando fu sola raccolse le forze e si mise a sedere, portando le gambe giù dal letto. Aveva addosso degli elettrodi che registravano il suo battito e il suo respiro, ma i fili andavano nella stessa direzione della matita. Si mise cautamente in piedi e d'improvviso ondeggiò, del tutto priva di equilibrio. Per un secondo le parve di essere sul punto di svenire, ma si puntellò contro il letto e focalizzò lo sguardo davanti a sé. Fece tre passi incerti e tese la mano per prendere la matita.

Indietreggiò raggiungendo di nuovo il letto. Era esausta. Dopo un momento ebbe la forza di tirare su le coperte. Sollevò la matita e ne tastò la punta. Era una comune matita di legno. Era stata appena temperata ed era acuminata come un punteruolo. Poteva fungere discretamente da arma contro la faccia o gli occhi.

Mise la matita a portata di mano accanto all'anca e si addormentò.

6.
Lunedì 11 aprile

La mattina di lunedì Mikael Blomkvist si alzò poco dopo le nove e telefonò a Malin Eriksson che era appena entrata in redazione.

«Ciao, caporedattore» la salutò.

«Sono ancora sotto choc per il fatto che Erika se n'è andata e voi avete voluto me come caporedattore.»

«Ah sì?»

«Lei non c'è più. La sua scrivania è vuota.»

«Allora credo sia una buona idea dedicare la giornata a traslocare nel suo ufficio.»

«Non so come comportarmi. Mi sento molto a disagio.»

«Non è necessario. Sono tutti d'accordo che tu sei la scelta migliore in questa situazione. E poi sai che puoi sempre contare su me e Christer.»

«Grazie per la fiducia.»

«Lascia perdere» fece Mikael. «Lavora come al tuo solito. Affronteremo i problemi a mano a mano che sorgono.»

«Okay. Cosa volevi?»

Mikael spiegò che pensava di rimanere a casa tutto il giorno a scrivere. Malin si rese conto che la stava informando nello stesso modo in cui – presumeva – aveva sempre informato Erika Berger su cosa stesse facendo. Si aspettava che lei commentasse? O forse no?

«Hai delle istruzioni per noi?»

«Naa. Al contrario, se hai tu istruzioni per me chiamami pure. Io vado avanti a occuparmi della faccenda di Lisbeth Salander, ma per tutto il resto sei tu ad avere la palla. Prendi le tue decisioni. Io ti appoggerò.»

«E se prendo le decisioni sbagliate?»

«Se vedo o sento qualcosa verrò a parlarne con te. Ma dovrà trattarsi di qualcosa di speciale. In un caso normale non esistono scelte giuste o sbagliate al cento per cento. Quello che farai forse sarà diverso da quello che avrebbe fatto Erika. E se dovessi farlo io, avremmo una terza variante. Ma sono le tue decisioni che contano, adesso.»

«Okay.»

«Se sei un bravo capo, discuterai le questioni con gli altri. Prima con Henry e Christer, poi con me. Quelle più difficili le affronteremo nelle riunioni di redazione.»

«Farò del mio meglio.»

«Bene.»

Mikael si sedette sul divano del soggiorno con il suo iBook sulle ginocchia e lavorò senza sosta per tutta la giornata. Alla fine aveva una prima bozza di due testi per un totale di ventuno pagine. Quella parte dell'inchiesta si concentrava sull'assassinio del loro collaboratore Dag Svensson e della sua compagna Mia Bergman – di cosa si stavano occupando, perché erano stati uccisi, chi era l'assassino. Valutò a spanne che avrebbe dovuto produrre ancora una quarantina di pagine per il numero speciale dell'estate. E doveva decidere come descrivere Lisbeth Salander senza violare la sua privacy. Sapeva di lei cose che Lisbeth mai e poi mai avrebbe reso pubbliche.

Il lunedì Evert Gullberg fece colazione con una sola fetta di pane e una tazza di caffè nero alla caffetteria del

Freys. Poi prese un taxi per Artillerigatan a Östermalm. Alle nove e un quarto suonò al citofono, si presentò e fu fatto immediatamente entrare. Raggiunse il settimo piano dove fu accolto all'ascensore da Birger Wadensjöö, cinquantaquattro anni. Il nuovo direttore della Sezione.

Wadensjöö era una delle reclute più giovani quando Gullberg era andato in pensione. Non lo convinceva.

Avrebbe voluto che ci fosse ancora l'energico Fredrik Clinton. Clinton era stato il suo successore e aveva diretto la Sezione fino al 2002, quando diabete e malattie vascolari l'avevano più o meno costretto ad andare in pensione. Gullberg non riusciva a capire fino in fondo di che pasta fosse fatto Wadensjöö.

«Salve, Evert» disse Wadensjöö, stringendo la mano al suo ex capo. «Grazie di aver messo a disposizione il tuo tempo»

«Ormai non mi rimane più molto altro che il tempo» disse Gullberg.

«Sai bene com'è. Non siamo molto bravi a tenere i contatti con i vecchi servitori fedeli.»

Evert Gullberg ignorò l'osservazione. Girò a sinistra ed entrò nel suo vecchio ufficio, andando a sedersi a un tavolo da riunioni rotondo accanto alla finestra. Wadensjöö – supponeva – aveva appeso alle pareti delle riproduzioni di Chagall e Mondrian. Ai suoi tempi, Gullberg aveva alle pareti i disegni di navi storiche come la Kronan e la Wasa. Aveva sempre sognato il mare e in effetti era stato un ufficiale di marina, anche se non aveva trascorso in mare più che qualche mese durante il servizio militare. Di nuovo adesso c'erano i computer. Per il resto la stanza era quasi identica a come l'aveva lasciata. Wadensjöö servì il caffè.

«Gli altri arriveranno fra breve» disse. «Pensavo che potevamo scambiare qualche parola a quattr'occhi, prima.»

«Quanti ne sono rimasti qui, dai miei tempi?»

«A parte me, solo Otto Hallberg e Georg Nyström, qui in ufficio. Hallberg andrà in pensione quest'anno e Nyström compie sessant'anni. Per il resto sono quasi tutti nuove reclute. Ne avrai senz'altro già incontrato qualcuno in precedenza.»

«Quanti sono quelli che lavorano per te?»

«Abbiamo riorganizzato un po'.»

«Ah sì?»

«Ci sono sette collaboratori a tempo pieno qui alla Sezione. Abbiamo fatto dei tagli. Ma per il resto contiamo ben trentuno collaboratori all'interno dell'Rps/Säk. La maggior parte di loro non viene mai qui, svolge il suo normale lavoro e riceve altro lavoro da noi come discreta occupazione per il tempo libero.»

«Trentuno collaboratori.»

«Più sette. Fosti tu a creare questo sistema. Noi l'abbiamo solo limato, e oggi parliamo di un'organizzazione interna e di una esterna. Chi viene reclutato, si mette in congedo per un certo periodo e viene a scuola da noi. È Hallberg a occuparsi della formazione. Il corso base dura sei settimane. Le lezioni si tengono alla scuola della marina militare. Poi tornano alle loro normali mansioni all'Rps/Säk, ma sono in servizio per noi.»

«Aha.»

«In effetti è un sistema eccellente. La maggior parte dei collaboratori non ha idea dell'esistenza degli altri. Qui alla Sezione riceviamo soprattutto relazioni. Sono le stesse regole che erano in vigore ai tuoi tempi. Dobbiamo appianare le gerarchie.»

«Unità operativa?»

Wadensjöö corrugò la fronte. Ai tempi di Gullberg la

156

Sezione aveva una piccola unità operativa composta da quattro persone sotto il comando dell'accorto Hans von Rottinger.

«Be', non proprio. Von Rottinger come sai è morto cinque anni fa. Ora abbiamo un giovane talento che svolge una parte del lavoro sul campo, ma normalmente ci serviamo di esterni, se occorre. Inoltre è diventato più complicato organizzare un'intercettazione telefonica o penetrare in un appartamento. Ormai ci sono allarmi e fastidi dappertutto.»

Gullberg annuì.

«Budget?» chiese.

«Abbiamo circa undici milioni l'anno complessivi. Un terzo se ne va in retribuzioni, un terzo in manutenzione e un terzo è per l'attività.»

«Dunque è diminuito?»

«Abbiamo meno personale, il che significa che il budget per l'attività è aumentato.»

«Capisco. Raccontami come si configura il nostro rapporto con la Säk.»

Wadensjöö scosse la testa.

«Il capodivisione e il direttore finanziario sono dei nostri. Formalmente il capodivisione è l'unico ad avere il controllo della nostra attività. Siamo a tal punto segreti che non esistiamo. Ma nella realtà anche un paio di direttori aggiunti sono al corrente della nostra esistenza. Fanno del loro meglio per non sentir parlare di noi.»

«Capisco. Il che significa che, se sorgono dei problemi, la direzione attuale della Säpo avrà una sgradevole sorpresa. Come stanno le cose con la direzione della difesa e con il governo?»

«La difesa l'abbiamo sganciata circa dieci anni fa. E il governo va e viene.»

«Perciò siamo completamente soli, se comincia a tirare vento?»

Wadensjöö annuì.

«È il lato negativo di questa sistemazione. Il vantaggio ovviamente è evidente. Ma anche i nostri compiti sono cambiati. C'è una nuova situazione politica in Europa, da quando è caduta l'Unione Sovietica. Il nostro lavoro consiste sempre meno nell'identificare spie. Adesso si tratta di terrorismo, ma soprattutto di valutare l'idoneità politica delle persone che occupano posizioni sensibili.»

«È ciò di cui si è sempre trattato.»

Bussarono alla porta. Gullberg vide un uomo sui sessant'anni elegantemente vestito e uno più giovane in jeans e cravatta.

«Salve ragazzi. Evert, questo è Jonas Sandberg. Lavora qui da quattro anni ed è il responsabile degli interventi operativi. È di lui che ti ho parlato. E questo è Georg Nyström. Vi siete già conosciuti.»

«Salve Georg» disse Gullberg.

Si strinsero la mano. Poi Gullberg si rivolse a Jonas Sandberg.

«E tu da dove vieni?» gli chiese, scrutandolo.

«Attualmente da Göteborg» disse Sandberg. «Sono stato a trovarlo.»

«Zalachenko...» disse Gullberg.

Sandberg annuì.

«Accomodatevi, prego» disse Wadensjöö.

«Björck?» chiese Gullberg, corrugando le sopracciglia quando Wadensjöö si accese un sigaretto. Si era tolto la giacca lasciandosi andare contro lo schienale della sedia al tavolo da riunioni. Wadensjöö gli diede un'occhiata e fu colpito nel vedere come il vecchio fosse diventato spaventosamente magro.

«È stato arrestato venerdì scorso per reati contro la legge sulla prostituzione» disse Georg Nyström. «Non c'è ancora stata un'incriminazione, ma lui ha praticamente confessato e se n'è ritornato a casa con la coda fra le gambe. È a Smådalarö, in malattia. I media non l'hanno ancora scoperto.»

«Un tempo Björck era uno degli uomini migliori che avevamo qui alla Sezione» disse Gullberg. «Ha avuto un ruolo chiave nell'affare Zalachenko. Cosa ne è stato di lui dopo che sono andato in pensione?»

«È uno dei pochissimi collaboratori interni che dalla Sezione sono tornati all'attività esterna. Credo l'abbia fatto ancora ai tuoi tempi.»

«Sì, aveva bisogno di un po' di riposo e di allargare i suoi orizzonti. Rimase in congedo per due anni negli anni ottanta, riciclandosi come addetto al servizio informazioni. Aveva lavorato come un pazzo con Zalachenko, quasi ventiquattr'ore su ventiquattro, dal 1976, e io giudicai che avesse veramente bisogno di una pausa. Rimase lontano dal 1985 al 1987.»

«Smise di lavorare alla Sezione nel 1994, quando passò all'organizzazione esterna. Nel 1996 divenne capodivisione aggiunto della sezione stranieri e si trovò in una posizione difficile, essendo molto impegnato con le incombenze ordinarie. Naturalmente ci siamo sempre tenuti in contatto e posso anche dire che abbiamo avuto dei colloqui regolari circa una volta al mese fino a questi ultimi tempi.»

«Dunque adesso è malato.»

«Non è niente di serio, ma è una cosa parecchio dolorosa. Ernia del disco. Ha avuto spesso disturbi, negli ultimi tempi. Due anni fa è stato in malattia per quattro mesi. E poi è stato male di nuovo nell'agosto dello scorso anno. Avrebbe dovuto ritornare in servizio l'1 gennaio, ma il congedo è stato prolungato, e adesso sta aspettando l'intervento chirurgico.»

«Dunque ha passato il congedo per malattia andando a puttane» disse Gullberg.

«Sì, è scapolo e le sue frequentazioni di prostitute sono state una costante per molti anni, se ho ben capito» disse Jonas Sandberg, che fino a quel momento era rimasto seduto in silenzio. «Ho letto il lavoro di Dag Svensson.»

«Aha. Ma qualcuno può spiegarmi cosa sia realmente successo?»

«Per quanto abbiamo potuto capire, dev'essere stato Björck a mettere in moto tutta questa giostra. È l'unico modo per spiegare come mai l'inchiesta del 1991 sia finita nelle mani dell'avvocato Bjurman.»

«Che passava anche lui il suo tempo frequentando puttane?» domandò Gullberg.

«Questo non lo sappiamo. Il suo nome in ogni caso non ricorre nel materiale di Dag Svensson. Come saprai, era il tutore di Lisbeth Salander.»

Wadensjöö sospirò.

«Si può senz'altro dire che è stata colpa mia. Tu e Björck avevate inchiodato Lisbeth Salander nel 1991 ottenendo un ricovero forzato. Avevamo calcolato che sarebbe rimasta fuori dai piedi molto più a lungo, ma le avevano assegnato un tutore, Holger Palmgren, che riuscì a tirarla fuori. Fu sistemata presso una famiglia affidataria. All'epoca tu eri già andato in pensione.»

«Cosa successe poi?»

«La tenevamo sotto controllo. Sua sorella, Camilla, era stata nel frattempo sistemata presso una famiglia a Uppsala. A diciassette anni, Lisbeth cominciò d'improvviso a scavare nel proprio passato. Cercava Zalachenko e andò a spulciare tutti i registri ufficiali che riuscì a trovare. In qualche modo, non sappiamo bene come, ebbe l'informazione che sua sorella sapeva dove si trovava il padre.»

«Era vero?»

Wadensjöö alzò le spalle.

«Non ne ho la più pallida idea. Le due sorelle non si incontravano da diversi anni, quando Lisbeth riuscì a rintracciare la gemella e cercò di indurla a raccontare ciò che sapeva. L'incontro finì con uno spaventoso litigio e uno scontro fra le due.»

«Aha?»

«Tenemmo sotto stretto controllo Lisbeth in quei mesi. Avevamo anche informato Camilla che sua sorella era violenta e mentalmente disturbata. Fu lei a prendere contatto con noi dopo la visita improvvisa di Lisbeth, quindi intensificammo il controllo.»

«Era un tuo informatore?»

«Camilla aveva una paura folle della sorella. In ogni caso, Lisbeth attirò l'attenzione anche da altre parti. Ebbe diversi battibecchi con addetti dei servizi sociali e giudicammo che rappresentasse ancora una minaccia per l'anonimato di Zalachenko. Poi ci fu quel famoso incidente nella metropolitana.»

«La ragazza aggredì un pedofilo...»

«Esatto. Era evidente che aveva inclinazioni alla violenza ed era mentalmente disturbata. Ritenevamo che sarebbe stato meglio per tutti se fosse di nuovo sparita in qualche istituto e cogliemmo l'occasione. Furono Fredrik Clinton e von Rottinger ad agire. Si servirono nuovamente di Peter Teleborian e tramite il procuratore si batterono in tribunale per farla nuovamente ricoverare. Holger Palmgren rappresentava Lisbeth. Contro ogni previsione il tribunale sposò la sua linea, a patto che la ragazza fosse messa sotto tutela.»

«Quando venne coinvolto Bjurman?»

«Quando Palmgren ebbe l'ictus. Lisbeth Salander è ancora un argomento per il quale segnaliamo il nostro interesse quando compare in qualche registro elettronico, e io feci in modo che Bjurman diventasse il suo nuovo tutore. Lui non aveva idea che fosse figlia di Zalachenko. Il piano era molto semplicemente che se lei cominciava a vaneggiare di Zalachenko lui doveva reagire e dare l'allarme.»

«Bjurman era un idiota. Non avrebbe mai dovuto avere a che fare con Zalachenko, e men che meno con sua figlia.» Gullberg guardò Wadensjöö. «Fu un grave errore.»

«Lo so» disse Wadensjöö. «Ma allora sembrava la cosa giusta e io non avrei mai potuto immaginare...»

«Dov'è la sorella? Camilla Salander.»

«Non lo sappiamo. A diciannove anni fece le valigie e mollò la famiglia adottiva. Da allora non abbiamo più avuto nessuna notizia di lei. È sparita.»

«Okay, continua...»

«Ho una fonte nella polizia che ha parlato con il procuratore Richard Ekström» disse Sandberg. «Il responsabile dell'inchiesta, l'ispettore Bublanski, crede che Bjurman abbia violentato Lisbeth.»

Gullberg lo fissò con sincero stupore. Poi si passò pensierosamente la mano sul mento.

«Violentato?» disse.

«Bjurman aveva tatuaggio sul ventre con scritto IO SONO UN SADICO PORCO, UN VERME E UNO STUPRATORE.»

Sandberg mise sul tavolo una foto scattata durante l'autopsia. Gullberg guardò il ventre di Bjurman con gli occhi sbarrati.

«E questo dunque gliel'avrebbe fatto la figlia di Zalachenko?»

«È difficile spiegare la cosa in altro modo. Ma è evidente che quella ragazza non è un tipo innocuo. Ha conciato per le feste quei due hooligan del Motoclub Svavelsjö.»

«La figlia di Zalachenko» ripeté Gullberg. Poi aggiunse, rivolgendosi a Wadensjöö: «Sai una cosa, credo che la dovresti reclutare.»

Wadensjöö assunse un'aria talmente stupefatta che Gullberg fu costretto a precisare che stava scherzando.

«Okay. Teniamo come ipotesi di lavoro che Bjurman l'abbia violentata e che lei si sia vendicata. Altro?»

«L'unico che potrebbe dire esattamente cosa accadde è Bjurman stesso, si capisce, e sarà un po' difficile dal momento che è morto. Il punto è che lui non avrebbe dovuto avere la minima idea del fatto che lei è figlia di Zalachenko, dato che non risulta in nessun registro ufficiale. Ma in qualche modo Bjurman scoprì il collegamento.»

«Per tutti i diavoli, Wadensjöö, lei lo sapeva benissimo chi era suo padre, potrebbe averlo raccontato a Bjurman in qualsiasi momento.»

«Lo so. Noi... io ho sbagliato, in questa faccenda.»

«È stata un'imperdonabile leggerezza» disse Gullberg.

«Lo so. E mi sono preso a calci nel sedere una dozzina di volte. Ma Bjurman era uno dei pochi che sapevano dell'esistenza di Zalachenko, e preferivo che fosse lui a scoprire che lei era sua figlia, piuttosto che un altro tutore del tutto estraneo. La ragazza avrebbe potuto raccontarlo a chiunque.»

Gullberg si tirò il lobo dell'orecchio.

«Mmm... continua.»

«Tutte queste sono soltanto ipotesi» disse Georg Nyström come per mediare. «Però la nostra idea è che Bjurman abbia usato violenza a Lisbeth e che lei si sia vendicata facendogli questo...» indicò il tatuaggio sulla foto.

«È proprio figlia di suo padre» disse Gullberg. Nella sua voce c'era un tocco di ammirazione.

«Con il risultato che Bjurman prese contatto con Zalachenko perché si occupasse della figlia. Come si sa, Zalachenko ha motivo più di altri di odiare Lisbeth Salander. E così diede a sua volta in appalto l'incarico al Motoclub Svavelsjö e a quel Niedermann con cui si accompagna.»

«Ma come fece Bjurman a contattare...» Gullberg tacque. La risposta era evidente.

«Björck» disse Wadensjöö. «L'unica spiegazione di come fece Bjurman a trovare Zalachenko è che Björck gli passò l'informazione.»

«Diavolo» disse Gullberg.

Lisbeth Salander provava un crescente disagio misto a una forte irritazione. Al mattino due infermiere erano venute a rifarle il letto. Avevano trovato subito la matita.

«Oops. Come avrà fatto a finire qui?» disse una delle due, infilandosela in tasca mentre Lisbeth la fissava con sguardo assassino.

Era di nuovo disarmata e in più così debole da non avere nemmeno la forza di protestare.

Durante il fine settimana era stata male. Aveva un mal di testa terribile e le avevano dato degli analgesici molto potenti. Avvertiva un dolore sordo alla spalla che d'improvviso poteva trafiggerla come un pugnale quando si muoveva incautamente o spostava il peso del corpo. Era stesa supina con un collare. Avrebbe dovuto tenerlo ancora qualche giorno, finché la ferita alla testa non avesse cominciato a cicatrizzarsi. Nel corso della domenica la temperatura era arrivata a trentotto e sette. La dottoressa Helena Endrin aveva constatato che aveva un'infezione. In poche parole, non stava bene. Cosa che Lisbeth poteva immaginare anche senza l'ausilio di un termometro.

Era di nuovo immobilizzata in un letto dello stato, anche se questa volta mancavano delle cinghie che la tenessero ferma al suo posto. Del resto sarebbero state superflue. Non aveva nemmeno la forza di mettersi a sedere, e ancor meno di andarsene a spasso.

Il lunedì all'ora di pranzo ricevette la visita del dottor Anders Jonasson. Le sembrò un viso noto.

«Salve. Ti ricordi di me?»

Lei scosse la testa.

«Eri alquanto stordita, ma sono stato io a svegliarti dopo l'operazione. E sono stato io a operarti. Volevo solo sentire come stavi e se tutto procedeva bene.»

Lisbeth lo guardò con gli occhi sbarrati. Che non tutto andasse bene avrebbe dovuto essere evidente.

«Ho sentito che ti sei tolta il collare stanotte.»

Lei annuì.

«Non te l'avevamo messo per divertimento, ma perché tenessi la testa ferma mentre iniziava la cicatrizzazione.»

La fissò.

«Okay» disse alla fine. «Volevo solo darti un'occhiata.»

Era già sulla soglia quando sentì la sua voce.

«Jonasson, vero?»

Lui si voltò e le sorrise sorpreso.

«Esatto. Se ti ricordi il mio nome devi essere stata più sveglia di quanto avessi creduto.»

«Ed è stato lei a levarmi la pallottola?»

«Infatti.»

«Mi può dire come sto? Non riesco mai ad avere una risposta sensata da nessuno.»

Lui tornò accanto al suo letto e la guardò negli occhi.

«Sei stata fortunata. Ti hanno sparato in testa ma a quanto sembra senza danneggiare nessuna zona vitale. Il rischio che corri in questo momento è di avere delle emorragie cerebrali. È per questo che vogliamo che resti tranquilla. Hai un'infezione in corso. Sembra che il colpevole sia la ferita alla spalla. Forse dovremo operarti di nuovo, se non riusciamo a combattere l'infezione con gli antibiotici. Ti aspetta un periodo difficile. Ma da come stanno le cose adesso ho buone speranze che tu ti rimetta completamente.»

«C'è qualche rischio di danni al cervello?»

Jonasson esitò prima di annuire.

«Sì, il rischio c'è. Ma tutti i segnali indicano che te la stai cavando bene. C'è anche la possibilità che si verifichino delle crisi epilettiche o altro. Ma, detto sinceramente, questa è solo teoria. Allo stato attuale sta andando tutto bene. Stai guarendo. E se dovessero insorgere delle complicazioni, le affronteremo. È sufficientemente chiara come risposta?»

Lei annuì.

«Quanto tempo devo rimanere così?»

«Vuoi dire in ospedale? Ci vorrà comunque qualche settimana prima che ti lasciamo andare.»

«No, voglio dire quanto tempo prima di potermi alzare e di cominciare a camminare e a muovermi.»

«Non lo so. Dipende dalla cicatrizzazione. Ma calcola almeno due settimane prima che possiamo cominciare con qualche forma di terapia fisica.»

Lei lo guardò molto seria.

«Non è che per caso avrebbe una sigaretta?» disse.

Anders Jonasson scoppiò in una risata spontanea e scosse la testa.

«Spiacente. Qui dentro è proibito fumare. Ma posso farti avere dei cerotti o delle gomme da masticare alla nicotina.»

Lei rifletté brevemente prima di annuire. Poi lo guardò di nuovo negli occhi.

«Come sta il vecchio bastardo?»

«Chi? Intendi...»

«Quello che è arrivato insieme a me.»

«Non è un tuo amico, suppongo. Be', di sicuro sopravviverà e ha perfino cominciato a muoversi con le stampelle. Da un punto di vista strettamente fisico è messo peggio di te, e ha una ferita al viso molto dolorosa. Se ho ben capito gli hai calato un'accetta sulla testa.»

«Lui aveva cercato di uccidermi» disse Lisbeth con un filo di voce.

«Non è certo una bella cosa. Ora devo andare. Vuoi che venga ancora a trovarti?»

Lisbeth Salander rifletté un momento. Poi annuì brevemente. Quando lui ebbe chiuso la porta, prese a fissare meditabonda il soffitto. *Zalachenko ha le stampelle. Era quello il rumore che ho sentito stanotte.*

Jonas Sandberg, che era il più giovane della compagnia, ebbe l'incarico di uscire a procurare il pranzo. Tornò con sushi e birra leggera, che servì a tutti quelli seduti intorno al tavolo da riunioni. Evert Gullberg provò una fitta di nostalgia. Era così anche ai suoi tempi, quando qualche operazione entrava in una fase critica e si lavorava giorno e notte.

La differenza, pensò, era probabilmente che ai suoi tempi a nessuno sarebbe venuta in mente l'idea bislacca

167

di ordinare pesce crudo per pranzo. Avrebbe preferito che Sandberg avesse procurato polpette di carne con purée e composta di mirtilli rossi. D'altra parte non aveva proprio fame e poté spingere da parte il sushi senza troppi rimorsi. Mangiò un pezzetto di pane e bevve dell'acqua minerale.

Continuarono la discussione mentre mangiavano. Erano arrivati al punto in cui dovevano riassumere la situazione e decidere quali misure adottare. Si trattava di decisioni urgenti.

«Io Zalachenko non l'ho mai conosciuto» disse Wadensjöö. «Com'era?»

«Esattamente come sarà oggi, immagino» rispose Gullberg. «Spaventosamente intelligente e dotato di una memoria quasi fotografica per i dettagli. Ma, a mio parere, un autentico porco. E un po' malato di mente, direi anche.»

«Jonas, tu l'hai incontrato ieri. Quali sono le tue conclusioni?»

Jonas Sandberg mise giù le posate.

«Ha il coltello dalla parte del manico. Vi ho già riferito del suo ultimatum. O facciamo svanire per incanto tutto quanto, o lui fa saltare la Sezione.»

«Come diavolo può pensare che siamo in grado di far svanire qualcosa che è rimbalzato avanti e indietro su tutti i media?» domandò Georg Nyström.

«Non si tratta di cosa possiamo o non possiamo fare. Si tratta del suo bisogno di controllarci» disse Gullberg.

«Qual è il tuo giudizio? Lo farà veramente? Di parlare con i media?» chiese Wadensjöö.

Gullberg rispose lentamente.

«È quasi impossibile dirlo. Zalachenko non fa minacce a vuoto, e farà certamente ciò che è meglio per lui. In questo senso è prevedibile. Se gli va di parlare con i media... se può avere un'amnistia o uno sconto di pena, allora lo farà. Oppure se si sente tradito e vuol piantare grane.»

«A prescindere dalle conseguenze?»

«A prescindere dalle conseguenze. Per lui si tratta di dimostrarsi più tosto di tutti noi.»

«Ma anche se Zalachenko parla non è detto che gli credano. Per avere delle prove dovrebbero mettere le mani sui nostri archivi. E lui questo indirizzo non lo conosce.»

«Vuoi correre il rischio? Supponiamo che Zalachenko parli. Chi parlerà poi? Cosa facciamo se Björck conferma la sua storia? E Clinton con la sua dialisi... che succede se diventa un pio uomo amareggiato da tutto e da tutti? Se vuole confessare i suoi peccati? Credetemi, se qualcuno comincia a parlare, per la Sezione è finita.»

«E allora... cosa dobbiamo fare?»

Il silenzio si depositò tutto intorno al tavolo. Fu Gullberg a riprendere il discorso.

«Il problema è complicato. Sappiamo quali sarebbero le conseguenze se Zalachenko dovesse parlare. Tutta la dannata Svezia legalitaria ci salterebbe addosso. Verremmo cancellati. Scommetto che diversi collaboratori della Sezione finirebbero addirittura in galera.»

«L'attività è giuridicamente legale, noi lavoriamo su incarico del governo.»

«Non diciamo stronzate» disse Gullberg. «Sai bene quanto me che un documento formulato in maniera nebulosa a metà degli anni sessanta non vale un fico secco oggi. E scommetto che nessuno di noi vorrebbe scoprire cosa succederebbe se Zalachenko dovesse parlare.»

Ci fu di nuovo silenzio.

«Dunque il punto di partenza dev'essere di indurre Zalachenko a starsene zitto» concluse Georg Nyström.

Gullberg annuì.

«E per riuscire a convincerlo a tacere dobbiamo essere in grado di offrirgli qualcosa di sostanzioso. Il problema è che è imprevedibile. Potrebbe benissimo bruciarci per pura cattiveria. Dobbiamo pensare a come tenerlo in scacco.»

«E la sua richiesta...» disse Jonas Sandberg. «Che facciamo sparire tutto quanto e che Lisbeth Salander finisca in manicomio...»

«Lisbeth la possiamo gestire. Il problema è Zalachenko. Ma questo ci porta alla seconda parte, la limitazione dei danni. Il rapporto di Teleborian del 1991 è trapelato e rappresenta potenzialmente una minaccia grande tanto quanto Zalachenko.»

Georg Nyström si schiarì la voce.

«Non appena ci siamo resi conto che il rapporto era stato scoperto ed era finito in mano alla polizia, ho preso delle contromisure. Mi sono rivolto a Forelius, il consulente giuridico dell'Rps/Säk, che ha contattato l'ufficio del procuratore. Il pm ha ordinato che il rapporto fosse ritirato dalle mani della polizia e che non lo si potesse diffondere né riprodurre.»

«In quale misura è informato il pm?» chiese Gullberg.

«Non sa assolutamente nulla. Ha agito su richiesta ufficiale dell'Rps/Säk, si tratta di materiale secretato e il pm non ha scelta. Non poteva agire in nessun altro modo.»

«Okay. Chi ha letto la relazione, all'interno della polizia?»

«Ce n'erano due copie che sono state lette da Bublanski, dalla sua collega Sonja Modig e dal responsabile delle indagini preliminari, Richard Ekström. Probabilmente possiamo dare per scontato che altri due poliziotti...» Nyström sfogliò i suoi appunti «... un certo Curt Svensson e un certo Jerker Holmberg, almeno, siano a conoscenza del contenuto.»

«Dunque quattro poliziotti e un procuratore. Cosa sappiamo di loro?»

«Procuratore Ekström, quarantadue anni. È considerato un astro nascente. Al ministero della Giustizia si è occupato di un certo numero di cause che hanno fatto scalpore. Zelante. Attento alle pubbliche relazioni. Carrierista.»

«Socialdemocratico?» domandò Gullberg.

«Probabile. Ma non fa politica attiva.»

«Bublanski è il responsabile delle indagini. L'ho visto a una conferenza stampa in tv. Non aveva l'aria di essere a proprio agio davanti alle telecamere.»

«Ha cinquantadue anni e un curriculum di tutto rispetto, ma ha anche fama di essere un tipo irascibile. È ebreo e parecchio ortodosso.»

«E questa donna... che tipo è?»

«Sonja Modig. Sposata, trentanove anni, due figli. Ha fatto una carriera alquanto rapida. Ho parlato con Peter Teleborian che la descrive come emotiva. Contestava in continuazione tutto.»

«Okay.»

«Curt Svensson è uno tosto. Trentotto anni. Arriva dall'unità che si occupa delle bande criminali nei quartieri meridionali, ed è venuto alla ribalta un paio d'anni fa quando ha ucciso un teppista. Scagionato punto per punto dall'inchiesta. È stato lui, fra parentesi, che Bublanski ha mandato ad arrestare Gunnar Björck.»

«Capisco. Tenete a mente il morto ammazzato. Se dovesse esserci motivo di gettare l'ombra del dubbio sul gruppo di Bublanski, possiamo sempre puntare i riflettori su di lui come cattivo poliziotto. Suppongo che la Sezione abbia ancora contatti di rilievo nei media... E l'ultimo?»

«Jerker Holmberg, cinquantacinque anni. Viene dal Norrland e in realtà è uno specialista delle indagini sul luogo del delitto. Un paio d'anni fa gli è stato offerto di fare un corso per diventare commissario ma ha rifiutato. Sembra trovarsi bene con il suo lavoro.»

«Qualcuno di loro è politicamente attivo?»

«No. Il padre di Holmberg era consigliere comunale per il Partito di centro negli anni settanta.»

«Mmm. Sembra essere un gruppo tranquillo. E molto unito. Possiamo isolarli in qualche modo?»

«C'è un quinto poliziotto coinvolto» disse Nyström. «Hans Faste, quarantasette anni. Ho colto al volo che è successo qualcosa di grave fra lui e Bublanski. È una faccenda talmente seria che Faste si è messo in malattia.»

«Cosa sappiamo di lui?»

«Quando domando, ottengo reazioni contraddittorie. Ha una lunga lista di meriti e nessun appunto vero e proprio sul suo conto. Un professionista. Ma è un tipo difficile. E sembra che lo scontro con Bublanski riguardi Lisbeth Salander.»

«In che senso?»

«Faste sembra avere preso per buona la storia del gruppo satanista lesbico di cui hanno parlato i giornali. Lisbeth non gli piace per niente e ritiene un affronto personale il semplice fatto che esista. Probabilmente dietro metà di quelle voci c'è lui stesso. Ho sentito dire da un suo ex collega che ha difficoltà a lavorare con le donne in generale.»

«Interessante» disse Gullberg. Rifletté un momento. «Dato che i giornali hanno già scritto di una banda lesbica, potrebbe esserci motivo di insistere su quel tasto. Non contribuirebbe esattamente a rafforzare la credibilità di Lisbeth Salander.»

«I poliziotti che hanno letto l'inchiesta di Björck sono un problema. Possiamo isolarli in qualche modo?» chiese Sandberg.

Wadensjöö accese un altro sigaretto.

«Il responsabile delle indagini preliminari è pur sempre Ekström...»

«Però è Bublanski a dirigerle» disse Nyström.

«Certo, ma lui non può andare contro delle decisioni amministrative.» Wadensjöö assunse un'aria pensierosa. Guardò Gullberg. «Tu hai più esperienza di me, ma questa storia ha così tante ramificazioni... Mi sembrerebbe una cosa saggia riuscire a staccare Bublanski e Sonja Modig da Lisbeth Salander.»

«Bravo, Wadensjöö» disse Gullberg. «È esattamente ciò che faremo. Bublanski è responsabile delle indagini nell'inchiesta sull'omicidio di Bjurman e di quella coppia a Enskede. Lisbeth non c'entra più in quel contesto. Adesso è di scena quel tedesco, Niedermann. Dunque Bublanski e il suo team devono concentrarsi sulla caccia a Niedermann.»

«Okay.»

«Lisbeth Salander non è più affar loro. Poi abbiamo l'inchiesta su Nykvarn... tre omicidi. E c'è un collegamento con Niedermann. Al momento se ne occupano a Södertälje, ma dovrebbe diventare un'inchiesta unica. Dunque Bublanski avrà parecchio da fare per un po'. Chissà... magari riuscirà anche a prendere quel Niedermann.»

«Mmm.»

«Questo Faste... lo si può convincere a ritornare in servizio? Sembrerebbe una persona molto adatta a sviluppare i sospetti contro Lisbeth Salander.»

«Capisco cosa stai pensando» disse Wadensjöö. «Si tratta di indurre Ekström a separare le due questioni. Ma ciò presuppone di controllare Ekström.»

«Non dovrebbe essere un problema così grosso» disse Gullberg. Guardò con la coda dell'occhio Nyström che annuì.

«Di Ekström posso occuparmi io» disse Nyström. «Scommetto che vorrebbe non aver mai sentito parlare di Zalachenko. Ha mollato il rapporto di Björck non appena la Säk ne ha fatto richiesta e ha già detto che naturalmente la asseconderà in tutto ciò che abbia qualche rilievo per la sicurezza del paese.»

«Cosa pensi di fare?» domandò Wadensjöö sospettoso.

«Lasciatemi costruire uno scenario» disse Nyström. «Forse possiamo semplicemente spiegargli con garbo cosa deve fare se vuole evitare che la sua carriera abbia una brusca fine.»

«È il terzo punto a essere un vero problema» disse Gullberg. «La polizia non ha trovato la relazione di Björck per conto suo... l'ha avuta da un giornalista. E i media, come tutti voi capite, sono un problema in questo contesto. *Millennium*.»

Nyström aprì il suo blocnotes.

«Mikael Blomkvist» disse.

Tutti i presenti avevano sentito parlare dell'affare Wennerström e conoscevano il nome di Mikael Blomkvist.

«Dag Svensson, il giornalista che è stato ucciso, lavorava per *Millennium*. Stava mettendo insieme un'inchiesta sul trafficking. È così che è arrivato a Zalachenko. È stato Mikael Blomkvist a trovarlo morto. Inoltre lui conosce Lisbeth Salander e ha sempre creduto alla sua innocenza.»

«Come diavolo fa a conoscere la figlia di Zalachenko... sembra essere una coincidenza un po' eccessiva.»

«Non crediamo che si tratti di una coincidenza» disse Wadensjöö. «Crediamo che Lisbeth Salander in qualche modo sia l'anello di congiunzione fra tutti quanti, anche se non sappiamo spiegare esattamente come. È l'unica ipotesi ragionevole.»

Gullberg restò in silenzio, disegnando cerchi concentrici sul suo blocco. Alla fine alzò gli occhi.

«Devo rifletterci sopra un momento. Vado a fare una passeggiata. Ci incontriamo di nuovo fra un'ora.»

La passeggiata di Gullberg durò più del previsto. Camminò per circa dieci minuti prima di trovare un bar che serviva una quantità infinita di tipi di caffè, uno più stravagante dell'altro. Ordinò un normalissimo caffè americano e si sedette a un tavolino d'angolo accanto all'entrata. Il suo cervello lavorava alacremente spulciando i diversi aspetti del problema. A intervalli regolari annotava qualche parola chiave su un'agendina.

Dopo un'ora e mezza il piano aveva cominciato a prendere forma.

Non era eccelso, ma dopo aver girato e rigirato tutte le possibilità si era reso conto che doveva essere drastico.

Per fortuna le risorse umane erano disponibili. Il piano era attuabile.

Uscì e trovò una cabina telefonica dalla quale chiamò Wadensjöö.

«Dobbiamo posticipare di un po' la riunione» esordì. «Ho da fare una commissione. Possiamo trovarci alle due in punto?»

Quindi scese a Stureplan e fece cenno a un taxi. Non avrebbe potuto permettersi un simile lusso con la sua magra pensione da funzionario statale, ma aveva un'età in cui non c'era più motivo di risparmiare. Diede al tassista un indirizzo di Bromma.

Una volta sceso a quell'indirizzo, tornò indietro a piedi di un isolato verso sud e suonò alla porta di una villetta. Venne ad aprirgli una donna sulla quarantina.

«Buon giorno. Cerco Fredrik Clinton.»

«Chi devo dire?»

«Un vecchio collega.»

La donna annuì e lo fece accomodare in soggiorno, dove Fredrik Clinton si alzò lentamente da un divano. Aveva solo sessantotto anni ma sembrava considerevolmente più vecchio. Il diabete e i problemi vascolari avevano lasciato segni evidenti.

«Gullberg» disse Clinton stupefatto.

Si guardarono un lungo momento. Poi le due vecchie spie si abbracciarono.

«Credevo che non ti avrei più rivisto» disse Clinton. «Suppongo sia stato quello a tirarti fuori dalla tana.»

Indicò la prima pagina di un quotidiano della sera con un'immagine di Ronald Niedermann e il titolo *Caccia in Danimarca all'assassino dell'agente.*

«Tu come stai?» disse Gullberg.

«Male» disse Clinton.

«Lo vedo.»

«Se non ricevo un rene nuovo, morirò presto. E le probabilità che lo riceva sono piuttosto scarse.»

Gullberg annuì.

La donna comparve sulla soglia del soggiorno e chiese a Gullberg se gradiva qualcosa.

«Caffè, grazie» disse lui. Quando la donna fu di nuovo fuori, si rivolse a Clinton. «Chi è?»

«Mia figlia.»

Gullberg annuì. Era affascinante che, a dispetto dell'intimo contatto per così tanti anni alla Sezione, quasi nessuno dei collaboratori si fosse frequentato fuori dall'ufficio. Gullberg conosceva ogni minimo tratto del carattere di ognuno, potenzialità e debolezze, ma aveva solo un'idea molto vaga della loro vita privata. Clinton era stato forse il suo più stretto collaboratore per vent'anni. Sapeva che era sposato e che aveva dei figli, ma non il nome della figlia né quello della ex moglie, come non sapeva dove Clinton trascorresse abitualmente le ferie. Era come se ciò che stava al di fuori della Sezione fosse sacro e non lo si dovesse toccare.

«Cosa vuoi?» domandò Clinton.

«Posso chiederti cosa pensi di Wadensjöö?»

Clinton scosse la testa.

«Non voglio immischiarmi.»

«Non è questo che ti ho chiesto. Tu lo conosci. Ha lavorato con te dieci anni.»

Clinton scosse di nuovo la testa.

«È lui a dirigere la Sezione oggi. Quello che penso io non è importante.»

«Ma è all'altezza?»

«Non è un idiota.»

«Però...?»

«Analitico. Molto bravo nei rompicapo. Con un buon fiuto. Eccellente amministratore, capace di far quadrare il bilancio, e in un modo che non credevamo possibile.»

Gullberg annuì. Il dato importante era la qualità che Clinton non menzionava.

«Sei pronto a tornare in servizio?»

Clinton fissò Gullberg. Esitò.

«Evert... io passo nove ore ogni due giorni attaccato a un apparecchio per la dialisi all'ospedale. Non posso fare le scale senza che mi manchi il respiro. Non ho forze. Non ho più forze.»

«Ho bisogno di te. Un'ultima operazione.»

«Non posso.»

«Sì che puoi. E puoi passare le tue nove ore in dialisi. Puoi prendere l'ascensore anziché fare le scale. Posso fare in modo che qualcuno ti porti avanti e indietro in barella, se occorre. Io ho bisogno del tuo cervello.»

Clinton sospirò.

«Racconta» disse.

«In questo preciso momento ci troviamo in una situazione estremamente complicata, in cui sono indispensabili degli interventi operativi. Wadensjöö ha solo un cucciolo, Jonas Sandberg, che costituisce tutta la divisione operativa. Non credo che abbia le palle per fare quello che occorre. Sarà anche un mago del budget, ma ha paura di prendere decisioni operative e ha paura di invischiare la Sezione in quel lavoro sul campo che è necessario.»

Clinton annuì. Fece un pallido sorriso.

«Gli aspetti dell'operazione sono due. Una parte riguarda Zalachenko. Devo convincerlo a ragionare e credo di sapere come muovermi. L'altra parte deve essere curata qui a Stoccolma. Il problema è che non c'è nessuno alla Sezione in grado di farlo. Ho bisogno che tu assuma il comando. Un ultimo contributo. Ho già un piano. Jonas Sandberg e Georg Nyström fanno il lavoro di manovalanza. Tu dirigi l'operazione.»

«Non capisco cosa mi stai chiedendo.»

«Sì invece... lo capisci benissimo. E devi decidere da solo se vuoi prestarti o no. Ma o noi vecchi interveniamo e facciamo la nostra parte, o fra un paio di settimane la Sezione avrà cessato di esistere.»

Clinton puntò il gomito sul bracciolo del divano e appoggiò la testa sulla mano. Rimase a riflettere per un paio di minuti.

«Illustrami il tuo piano» disse alla fine.

Evert Gullberg e Fredrik Clinton parlarono a lungo.

Wadensjöö sbarrò gli occhi quando Gullberg ritornò alle due meno tre minuti con Fredrik Clinton al seguito. Clinton pareva uno scheletro. Sembrava avere difficoltà a camminare e a respirare, e si appoggiava con una mano alla spalla di Gullberg.

«Che diamine...» disse Wadensjöö.

«Riprendiamo la nostra riunione» tagliò corto Gullberg.

Si sedettero di nuovo intorno al tavolo nell'ufficio di Wadensjöö. Clinton sprofondò in silenzio nella poltroncina che gli fu offerta.

«Conoscete tutti Fredrik Clinton» disse Gullberg.

«Sì» rispose Wadensjöö. «La domanda è: che ci fa qui?»

«Clinton ha deciso di ritornare in servizio attivo. Dirigerà la divisione operativa finché la crisi attuale non sarà superata.»

Gullberg sollevò una mano e bloccò la protesta di Wadensjöö prima ancora che questi avesse il tempo di formularla.

«Clinton è stanco. Avrà bisogno di assistenza. Deve recarsi regolarmente all'ospedale per la dialisi. Wadensjöö, scegli tu due assistenti personali che lo aiutino in tutte le faccende pratiche. Ma dev'essere ben chiaro: per quanto riguarda questa faccenda, è Clinton che prende tutte le decisioni operative.»

Tacque e aspettò. Non arrivò nessuna protesta.

«Ho un piano. Credo che possiamo condurre in porto la cosa, ma è necessario che ci muoviamo rapidamente in modo che le occasioni non ci sfuggano» disse. «Si tratta di quanto siete determinati qui alla Sezione, ora.»

Wadensjöö ebbe la sensazione che nelle parole di Gullberg ci fosse una sfida.

«Parla.»

«La polizia l'abbiamo già sistemata. Facciamo esattamente come abbiamo detto. Nel seguito dell'inchiesta cerchiamo di isolarli su un binario laterale nella caccia a Niedermann. Di questo si occuperà Georg Nyström. Qualsiasi cosa succeda, Niedermann non è importante. Faremo in modo che Faste sia incaricato di investigare su Lisbeth Salander.»

«Probabilmente non è così complicato» disse Nyström. «Posso fare molto semplicemente un discorsetto discreto al procuratore Ekström.»

«Se lui si mostra recalcitrante...»

«Non credo che succederà. È un carrierista e bada a ciò che gli giova. E comunque riuscirò a trovare una leva se dovesse essere necessario. Lui detesterebbe essere coinvolto in uno scandalo.»

«Bene. Il secondo passo riguarda *Millennium* e Mikael Blomkvist. È per quello che Clinton è tornato in servizio. Lì occorrono misure straordinarie.»

«Questo probabilmente non mi piacerà» disse Wadensjöö.

«Probabilmente, ma non possiamo manipolare *Millennium* con la stessa facilità. La minaccia da parte loro si fonda però su un unico elemento, ossia l'inchiesta di Björck del 1991. Allo stato attuale, mi sembra di capire che il rapporto è almeno in due posti. È stata Lisbeth Salander a trovarlo ma in qualche modo Mikael Blomkvist ne è entrato in possesso. Ciò significa che c'era un qualche contatto fra Blomkvist e Lisbeth Salander quando lei era in fuga.»

Clinton sollevò un dito e pronunciò le sue prime parole da quando era arrivato.

«Questo dice anche qualcosa sul carattere del nostro avversario. Blomkvist non ha paura di correre dei rischi. Pensate all'affare Wennerström.»

Gullberg assentì.

«Blomkvist ha passato la relazione al suo caporedattore, Erika Berger, che a sua volta l'ha fatta avere a Bublanski. Ciò significa che anche lei l'ha letta. Scommetto che ne hanno fatto una copia per sicurezza, e che ce n'è una anche in redazione.»

«Sembra plausibile» disse Wadensjöö.

«*Millennium* è un mensile, il che significa che non pubblicheranno niente domani. Abbiamo a disposizione del tempo. Ma dobbiamo assolutamente mettere le mani su queste copie. E qui non possiamo passare attraverso l'ufficio del pubblico ministero.»

«Capisco.»

«Si tratta dunque di dare inizio all'attività operativa compiendo un'effrazione a casa di Blomkvist e alla redazione di *Millennium*. Sei in grado di organizzarla, Jonas?»

Jonas Sandberg guardò di sottecchi Wadensjöö.

«Evert, devi capire che... noi non facciamo più questo genere di cose» disse Wadensjöö. «Sono cambiati i tempi, ci occupiamo piuttosto di pirateria informatica, telesorveglianza e cose del genere. Non abbiamo risorse per un'attività operativa.»

Gullberg si allungò sul tavolo.

«Allora dovrai tirare fuori altre risorse alla velocità della luce. Prendi gente da fuori. Assolda una banda di teppisti dalla mafia jugoslava, che spacchino la testa a Blomkvist, se necessario. Ma quelle due copie devono essere recuperate. Se non hanno le copie, non hanno nessuna documentazione e dunque non possono provare un fico secco. Se non riuscite a sistemare questa faccenda, potete starvene qui con le mani in mano ad aspettare che la commissione costituzionale bussi alla porta.»

Gli sguardi di Gullberg e Wadensjöö si incontrarono.

«Posso occuparmene io» disse Jonas Sandberg all'improvviso.

Gullberg guardò con la coda dell'occhio il novellino.

«Sei sicuro di farcela a organizzare un'operazione del genere?»

Sandberg annuì.

«Bene. A partire da questo momento Clinton è il tuo capo. È da lui che prenderai ordini.»

Sandberg annuì.

«Si tratterà di fare parecchia sorveglianza. La divisione operativa deve ricevere rinforzi» disse Nyström. «Io ho qualche nome da proporre. Abbiamo un ragazzo nell'organizzazione esterna, lavora al servizio scorte della Säk, si chiama Mårtensson. È un tipo promettente, ha coraggio. È da tanto che penso di portarlo qui all'organizzazione interna. Ho perfino valutato se fare di lui il mio successore.»

«Suona bene» disse Gullberg. «Ma decide Clinton.»

«C'è un'altra cosa» disse Nyström. «Temo che possa esistere una terza copia.»

«Dove?»

«Nel pomeriggio sono venuto a sapere che Lisbeth Salander adesso ha un avvocato. Il suo nome è Annika Giannini. È la sorella di Mikael Blomkvist.»

Gullberg annuì.

«Hai ragione. Blomkvist ha dato a sua sorella una copia. Sarebbe assurdo il contrario. In altre parole dobbiamo metterli tutti e tre, Berger, Blomkvist, Giannini, sotto la lente d'ingrandimento per un po' di tempo.»

«Di Erika Berger non credo che ci dobbiamo preoccupare. È uscito oggi un comunicato stampa secondo cui sarà il nuovo caporedattore dello *Svenska Morgon-Posten*. Non ha più niente a che fare con *Millennium*.»

«Okay. Ma tienila comunque sotto controllo. Per quanto riguarda *Millennium* dobbiamo poter intercettare le loro telefonate, sia a casa che ovviamente in redazione. Dobbiamo controllare la loro posta elettronica. Dobbiamo sapere chi incontrano e con chi parlano. E ci sarebbe molto utile conoscere i loro piani. E soprattutto dobbiamo poter mettere le mani sul rapporto. Un bel po' di cose, in altre parole.»

Wadensjöö pareva titubante.

«Evert, tu ci stai chiedendo di svolgere un'attività operativa nella redazione di un giornale. È una delle cose più pericolose che si possano fare.»

«Non hai scelta. O ti rimbocchi le maniche, oppure è ora che qualcun altro prenda il posto di direttore qui dentro.»

La minaccia rimase sospesa come una nube oscura sopra il tavolo.

«Credo di poter gestire *Millennium*» disse Jonas Sandberg alla fine. «Ma nulla di tutto ciò risolve il problema di base. Che ne facciamo del tuo Zalachenko? Se parla, tutti questi sforzi diventano vani.»

Gullberg assentì lentamente.

«Lo so. Quella è la mia parte. Credo di avere un argomento che convincerà Zalachenko a restarsene zitto. Ma occorrono un po' di preparativi. Andrò giù a Göteborg questo pomeriggio stesso.»

Tacque e si guardò intorno nella stanza. Poi puntò gli occhi su Wadensjöö.

«Clinton prende le decisioni operative in mia assenza» disse.

Dopo un momento Wadensjöö annuì.

Solo la sera di lunedì la dottoressa Helena Endrin giudicò, d'accordo con il suo collega Anders Jonasson, che le condizioni di Lisbeth Salander erano abbastanza stabili da permetterle di ricevere visite. Le prime persone che andarono a trovarla furono due ispettori di polizia cui vennero concessi quindici minuti per delle domande. Lei guardò i due poliziotti in silenzio quando entrarono nella sua stanza e presero le sedie.

«Salve. Mi chiamo Marcus Erlander. Sono un ispettore della sezione reati contro la persona qui alla polizia di Göteborg. Questa è la mia collega Sonja Modig della polizia di Stoccolma.»

Lisbeth Salander non salutò. Rimase impassibile. Riconobbe Sonja come una degli sbirri del gruppo di Bublanski. Erlander le rivolse un sorriso tiepido.

«Mi è sembrato di capire che non parla mai volentieri con le autorità. Vorrei subito chiarire che non le sarà chiesto di dire alcunché. Ma le sarei grato se potesse almeno ascoltare. Abbiamo diverse questioni e non molto tempo per trattarle, oggi. Ci saranno altre occasioni in futuro.»

Lisbeth Salander non fece commenti.

«Come prima cosa, il suo amico Mikael Blomkvist ci ha comunicato che un certo avvocato di nome Annika Giannini è disposta ad assisterla ed è al corrente del caso. Blomkvist dice di averle già fatto il nome dell'avvocato Giannini. Io ho bisogno che lei mi confermi che è così e se desidera che l'avvocato Giannini venga qui a Göteborg per assisterla.»

Lisbeth Salander non disse nulla.

Annika Giannini. La sorella di Mikael Blomkvist. Le aveva parlato di lei in un messaggio. Lisbeth non aveva riflettuto sul fatto che aveva bisogno di un avvocato.

«Mi dispiace, ma devo pregarla di rispondere a questa domanda. Basta un sì o un no. Se dice sì, il procuratore qui a Göteborg prenderà contatto con l'avvocato Giannini. Se dice no, il tribunale le procurerà un difensore d'ufficio. Cosa sceglie?»

Lisbeth Salander valutò la proposta. Suppose che effettivamente le occorresse un avvocato, ma avere come difensore la sorella di *Kalle Dannatissimo Blomkvist* era pesante. A lui avrebbe fatto piacere. D'altro lato uno sconosciuto difensore d'ufficio non sarebbe di certo stato meglio. Alla fine aprì la bocca e cacciò fuori un'unica parola.

«Giannini.»

«Bene. La ringrazio. Ho da farle anche una domanda. Non è tenuta a dire una sola parola senza che il suo avvocato sia presente, ma questo, come può capire, non riguarda lei. La polizia sta dando la caccia a un cittadino tedesco di trentacinque anni, Ronald Niedermann, che è ricercato per l'omicidio di un agente.»

Lisbeth corrugò le sopracciglia. Questa era una novità. Non aveva idea di cosa fosse accaduto dopo che aveva calato l'accetta sul cranio di Zalachenko.

«Noi di Göteborg vogliamo catturarlo il più presto possibile. La mia collega di Stoccolma vuole inoltre interrogarlo in relazione ai tre omicidi dei quali lei in precedenza era stata sospettata. Le chiediamo un aiuto. La nostra domanda è se ha una qualche idea... se può darci una mano a localizzare quell'uomo.»

Lisbeth spostò lo sguardo da Erlander a Sonja Modig e viceversa, sospettosa.

Non sanno che è mio fratello.

Poi si domandò se voleva vedere Niedermann in catene o no. Più di ogni altra cosa avrebbe voluto portarlo davanti a una fossa scavata nel bosco di Gosseberga e seppellircelo. Alla fine alzò le spalle. Cosa che non avrebbe dovuto fare, dal momento che un dolore lancinante le trafisse immediatamente la spalla sinistra.

«Che giorno è oggi?» chiese.

«Lunedì.»

Lisbeth meditò un attimo.

«La prima volta che ho sentito il nome di Ronald Niedermann era giovedì della settimana scorsa. Ho seguito le sue tracce fino a Gosseberga: non ho la più pallida idea di dove si trovi o di dove possa avere cercato rifugio. La mia ipotesi è che proverà rapidamente a mettersi al sicuro all'estero.»

«Perché crede che voglia fuggire all'estero?»

Lisbeth rifletté.

«Perché, mentre Niedermann era fuori a scavare una fossa per me, Zalachenko ha detto che c'era un po' troppa attenzione su di lui e che era già in programma che se ne andasse all'estero per un po'.»

Così tante parole Lisbeth Salander non le aveva più scambiate con un poliziotto da quando aveva dodici anni.

«Zalachenko... che dunque è suo padre.»

Questo in ogni caso l'hanno scoperto. Kalle Dannatissimo Blomkvist, probabilmente.

«Allora devo informarla che suo padre ha sporto denuncia dichiarando che lei ha cercato di ucciderlo. La questione è sul tavolo del procuratore che si esprimerà su un'eventuale incriminazione, ma ciò che è già deciso è che lei è in stato di fermo per lesioni aggravate. Ha colpito Zalachenko in testa con un'accetta.»

Lisbeth non disse nulla. Ci fu un lungo silenzio. Poi Sonja Modig si chinò in avanti e parlò con voce sommessa.

«Volevo solo dirle che noi della polizia non diamo grande credito alla storia di Zalachenko. Parli con il suo avvocato, così poi potremo riprendere l'argomento.»

Erlander annuì. I due poliziotti si alzarono.
«Grazie dell'aiuto per Niedermann» disse Erlander.

Lisbeth era stupita che i poliziotti si fossero comportati correttamente e quasi gentilmente. Meditò sull'ultima frase di Sonja Modig. Dev'esserci sotto un secondo fine, pensò.

7.
Lunedì 11 aprile - martedì 12 aprile

Alle sei meno un quarto di lunedì sera Mikael Blomkvist chiuse il suo iBook e si alzò dal tavolo della cucina della sua casa in Bellmansgatan. Si infilò una giacca e raggiunse a piedi gli uffici della Milton Security a Slussen. Prese l'ascensore fino al terzo piano e fu subito indirizzato a una sala riunioni. Vi entrò alle sei in punto e fu l'ultimo ad arrivare.

«Salve Dragan» disse, stringendogli la mano. «Grazie per aver gentilmente ospitato questa piccola riunione informale.»

Si guardò intorno nella stanza. A parte lui e Dragan Armanskij, erano presenti Annika Giannini, Holger Palmgren e Malin Eriksson. Per la Milton partecipava anche l'ex ispettore Sonny Bohman, l'uomo che su incarico di Armanskij aveva seguito l'inchiesta Salander fin dal primo giorno.

Holger Palmgren era alla sua prima uscita dopo l'ictus. Il suo medico, il dottor Sivarnandan, era stato tutt'altro che entusiasta all'idea, ma Palmgren aveva insistito. Aveva usufruito del servizio di trasporto per anziani e disabili ed era accompagnato dalla sua infermiera personale, Johanna Karolina Oskarsson, trentanove anni, il cui stipendio veniva pagato da un fondo misterioso che era sta-

189

to creato per offrire a Palmgren la migliore assistenza possibile. Karolina Oskarsson aspettava seduta a un tavolino fuori dalla sala riunioni. Si era portata un libro. Mikael chiuse la porta.

«Per voi che non la conoscete, Malin Eriksson è il nuovo caporedattore di *Millennium*. L'ho pregata di partecipare a questa riunione perché quello che andremo a discutere influirà anche sul suo lavoro.»

«Okay» disse Armanskij. «Eccoci qui. Io sono tutto orecchie.»

Mikael si piazzò davanti alla lavagna bianca di Armanskij e prese un pennarello. Si guardò intorno.

«Questa è probabilmente la cosa più pazza in cui sia mai stato coinvolto» disse. «Quando sarà tutto finito fonderò un'associazione. La chiamerò I cavalieri della tavola balorda, e il suo scopo sarà di organizzare una cena annuale in cui parlare male di Lisbeth Salander. Voi sarete tutti membri onorari.»

Fece una pausa.

«Ecco come si presenta la realtà» disse, e cominciò a scrivere sulla lavagna. Parlò per circa trenta minuti. La discussione successiva durò quasi tre ore.

Evert Gullberg si sedette vicino a Fredrik Clinton dopo che la riunione si fu formalmente conclusa. Parlarono sottovoce per qualche minuto, poi Gullberg si alzò. I vecchi compagni d'armi si strinsero la mano.

Gullberg tornò all'Hotel Freys in taxi, recuperò le sue cose, saldò il conto e prese un treno per Göteborg. Scelse di viaggiare in prima classe ed ebbe un intero scompartimento tutto per sé. Mentre passavano sul ponte di Årstabron tirò fuori una biro e un blocco di carta da lettere. Si concentrò un momento e attaccò a scrivere. Riempì circa mezza pagina prima di interrompersi e di strappare il foglio dal blocco.

La falsificazione di documenti non era la sua specialità, ma in questo caso particolare il compito era semplificato dal fatto che le lettere che stava mettendo insieme sarebbero state firmate da lui stesso. Non una sola delle parole che avrebbe scritto, però, sarebbe stata vera.

All'altezza di Nyköping aveva scartato una notevole quantità di abbozzi, ma cominciava a farsi un'idea generale di come dovessero essere formulate le lettere. All'arrivo a Göteborg ne aveva dodici di cui essere soddisfatto. Fece in modo che le sue impronte digitali fossero chiaramente impresse sulla carta.

Alla stazione centrale di Göteborg riuscì a trovare una fotocopiatrice e fece una copia di tutte le lettere. Quindi acquistò buste e francobolli e imbucò le lettere in una cassetta che sarebbe stata svuotata alle nove.

Poi prese un taxi per il City Hotel in Lorensbergsgatan dove Clinton gli aveva già prenotato una stanza. Lo stesso albergo in cui Mikael Blomkvist aveva passato la notte qualche giorno prima. Salì subito nella sua stanza e si lasciò cadere sul letto. Era infinitamente stanco e si rese conto di aver mangiato solo due fette di pane in tutta la giornata. Eppure ancora non aveva fame. Si spogliò e si stese sul letto addormentandosi quasi all'istante.

Lisbeth si svegliò di soprassalto sentendo aprire la porta. Capì immediatamente che non era uno degli infermieri di notte. Aprì gli occhi in due sottili fessure e vide una figura con le stampelle nel vano della porta. Zalachenko stava immobile a guardarla alla luce che filtrava dal corridoio.

Senza muoversi Lisbeth girò gli occhi in modo da vedere l'orologio digitale, che segnava le tre e dieci.

Spostò lo sguardo di qualche millimetro e inquadrò il bicchiere dell'acqua sul comodino. Fissò il bicchiere e calcolò la distanza. Sarebbe riuscita giusto giusto a raggiungerlo senza dover muovere il corpo.

Le sarebbe bastata una frazione di secondo per allungare il braccio e con un movimento deciso spaccare la parte alta del bicchiere contro il comodino. E mezzo secondo per ficcare il vetro acuminato nella gola di Zalachenko se si fosse chinato sopra di lei. Cercò di immaginare un'alternativa ma si rese conto che quella era l'unica arma di cui poteva disporre.

Si rilassò e attese.

Zalachenko rimase sulla soglia per due minuti senza muoversi.

Poi richiuse piano la porta. Lisbeth sentì il rumore raschiante delle sue stampelle allontanarsi dalla sua stanza.

Dopo cinque minuti si alzò sul gomito, si allungò verso il bicchiere e bevve una lunga sorsata. Portò le gambe giù dal letto e si staccò gli elettrodi dalle braccia e dal torace. Si mise in piedi traballando, e vacillò. Le occorse qualche minuto per avere il controllo del proprio corpo. Si avvicinò zoppicando alla porta e si appoggiò alla parete per riprendere fiato. Sudava freddo. Poi si sentì pervadere da una gelida furia.

Al diavolo, Zalachenko. Vediamo di porre fine a questa storia.

Le occorreva un'arma.

Un attimo dopo udì un rumore veloce di tacchi nel corridoio.

Diavolo. Gli elettrodi.

«Cosa diamine ci fa in piedi?» esclamò l'infermiera di notte.

«Dovevo... andare... in bagno» disse Lisbeth Salander con il fiatone.

«Torni immediatamente a letto.»

L'infermiera la aiutò a tornare a letto. Poi andò a prendere una padella.

«Quando ha bisogno di andare in bagno ci deve chiamare. È a questo che serve quel pulsante lì» disse l'infermiera.

Lisbeth non disse nulla. Si concentrò per cercare di spremere fuori qualche goccia.

Il martedì Mikael Blomkvist si svegliò alle dieci e mezza, fece la doccia, preparò il caffè e poi si sedette davanti al suo iBook. Dopo l'incontro della sera prima alla Milton Security era andato a casa e aveva lavorato fino alle cinque di mattina. Sentiva che finalmente l'inchiesta sta va prendendo forma. La biografia di Zalachenko era ancora imprecisa – tutto quello su cui poteva basarsi erano le informazioni che era riuscito a estorcere a Björck e i dettagli che Holger Palmgren aveva potuto aggiungere. Ma il pezzo su Lisbeth Salander era praticamente pronto. Spiegava passo dopo passo come fosse rimasta vittima di una banda di agenti della guerra fredda dell'Rps/Säk che l'avevano fatta chiudere in una clinica psichiatrica perché non infrangesse il segreto su Zalachenko.

Era soddisfatto del testo. Aveva un'inchiesta che era una cannonata e che avrebbe ribaltato le edicole, creando per di più seri problemi nelle alte sfere della burocrazia statale.

Accese una sigaretta mentre rifletteva.

C'erano ancora due grosse lacune da colmare. Una era gestibile. Bisognava cominciare a occuparsi di Peter Teleborian e non vedeva l'ora di farlo. Quando avesse finito con Teleborian, il noto psichiatra infantile sarebbe stato uno degli uomini più detestati di tutta la Svezia. Questo era il primo problema.

Il secondo era considerevolmente più complicato.

La congiura contro Lisbeth Salander – Mikael pensava a chi vi era implicato come a un Club Zalachenko – partiva dall'interno dei servizi segreti. Conosceva un nome, Gunnar Björck, ma non era possibile che lui fosse il solo responsabile. Doveva esistere un gruppo, una sezione di qualche genere. Dovevano esserci dei capi, dei responsabili, e un budget. Il problema era che non aveva la più pallida idea di come muoversi per riuscire a identificare queste persone. Non sapeva da che parte cominciare. Aveva solo un'immagine approssimativa di come fosse configurata l'organizzazione della Säpo.

Nel corso della giornata di lunedì aveva dato inizio alla ricerca mandando Henry Cortez in una serie di librerie di Södermalm con il compito di acquistare tutti i libri che in qualche modo trattassero dei servizi segreti. Cortez era tornato a casa di Blomkvist alle quattro del pomeriggio con sei libri.

Mikael guardò la pila sul tavolo. Tra gli altri titoli, *Il capo della Säpo negli anni 1962-70* di Per Gunnar Vinge e un libro di Thomas Whiteside sull'affare Wennerström. Quello degli anni sessanta ovviamente, non il suo affare Wennerström di due anni prima.

Mikael aveva trascorso la maggior parte della notte fra lunedì e martedì a leggere o almeno a sfogliare i libri che Henry Cortez aveva scovato. Poi fece alcune considerazioni. Anzitutto la maggior parte di quei libri sembrava essere uscita alla fine degli anni ottanta. Una ricerca in Internet rivelò che non esisteva in materia una letteratura più recente degna di nota.

In secondo luogo, non esisteva nessuna descrizione comprensibile dell'attività della polizia segreta nel corso degli anni. Lo si poteva anche capire, se si pensava che molti casi erano secretati e che dunque era molto difficile scriverne, ma non aveva trovato una singola istituzione, un singolo ricercatore o mezzo d'informazione che avesse esaminato criticamente la Säpo.

Notò anche il fatto singolare che non esisteva nessuna bibliografia in nessuno dei libri recuperati da Cortez. Le note a piè di pagina consistevano invece spesso in rimandi ad articoli apparsi sui quotidiani o a interviste private con qualche funzionario della Säpo in pensione.

Il libro *Poteri segreti*, del 1991, era affascinante ma riguardava la seconda guerra mondiale e il periodo immediatamente precedente. Le memorie di P.G. Vinge parvero a Mikael una propaganda scritta per autodifesa da un ex capo della Säpo molto criticato. *An Agent in Place*, sull'affare Wennerström, conteneva già nel primo capitolo così tante bizzarrie sulla Svezia che lo lasciò semplicemente cadere nel cestino della carta straccia. Gli unici libri con l'ambizione dichiarata di descrivere il lavoro dei servizi segreti erano *Lotta di potere per il controllo della Säpo* di Erik Magnusson e *Spionaggio in Svezia* di Mikael Rosquist. Lì c'erano dati, nomi. Il primo, in particolare, gli sembrò molto leggibile. Anche se non offriva risposta ad alcune delle sue domande, dava un'idea della Säpo e di ciò di cui si era occupata nel corso dei decenni precedenti.

La grande sorpresa fu tuttavia *Un incarico* di Carl Lidbom, che descriveva i problemi con cui l'ex ambasciatore a Parigi aveva avuto a che fare quando per incarico del governo aveva investigato sulla Säpo dopo l'omicidio Palme. Mikael non aveva mai letto nulla di Carl Lidbom, e fu sorpreso dal linguaggio ironico che si mescolava a osservazioni acutissime. Ma nemmeno quel libro lo avvicinò a una risposta alle sue domande, anche se cominciava a farsi un'idea di ciò contro cui avrebbe dovuto lottare.

Dopo avere riflettuto un momento prese il cellulare e chiamò Henry Cortez.

«Ciao Henry. Grazie per il lavoro di ieri.»

«Mmm. Cosa vuoi?»

«Una piccola aggiunta.»

«Micke, io ho un lavoro da svolgere qui. Sono diventato segretario di redazione.»

«Un ottimo passo avanti.»

«Cosa vuoi?»

«Nel corso degli anni sono state condotte diverse inchieste pubbliche sulla Säpo. Carl Lidbom ne fece una, e dovrebbero essercene altre dello stesso genere.»

«Aha.»

«Portami tutto quello che riesci a trovare dal Parlamento, bilanci, investigazioni ufficiali del governo, interpellanze e via dicendo. E richiedi le relazioni annuali della Säpo degli anni passati fin dove riesci ad arrivare.»

«Sì padrone.»

«Bene. E, Henry...»

«Sì?»

«... non mi servono prima di domani.»

Lisbeth Salander dedicò la giornata a meditare su Zalachenko. Sapeva che era due stanze più in là, che di notte se ne andava in giro per il corridoio e che era venuto nella sua stanza alle tre e dieci del mattino.

Aveva seguito le sue tracce fino a Gosseberga per ucciderlo. Aveva fallito, con la conseguenza che Zalachenko era vivo e si trovava a meno di dieci metri da lei. Era nella merda. Quanto, non riusciva esattamente a capirlo, ma supponeva che sarebbe dovuta fuggire all'estero, se non voleva rischiare di essere nuovamente chiusa in qualche manicomio con Peter Teleborian come custode.

Il problema era ovviamente che quasi non aveva la forza sufficiente per mettersi a sedere sul letto. Però notava dei miglioramenti. Il mal di testa c'era ancora, ma arrivava a ondate anziché essere costante. Ma il dolore alla spalla era sempre in agguato ed esplodeva ogni volta che cercava di muoversi.

Sentì un rumore di passi e vide un'infermiera aprire la porta e far entrare una donna in pantaloni neri, camicetta bianca e giacca scura. Era minuta e graziosa, con i capelli neri tagliati corti. Emanava una soddisfatta fiducia nelle proprie capacità. Teneva in mano una cartella nera. Lisbeth notò immediatamente che aveva gli stessi occhi di Mikael Blomkvist.

«Salve Lisbeth. Sono Annika Giannini» disse. «Posso entrare?»

Lisbeth la fissò senza espressione. Tutto d'un tratto non aveva la benché minima voglia di incontrare la sorella di Mikael Blomkvist e si pentì di aver accettato che diventasse il suo avvocato.

Annika Giannini entrò e si chiuse la porta alle spalle. Poi avvicinò una sedia. Rimase seduta in silenzio per qualche secondo studiando la sua cliente.

Lisbeth Salander era veramente malridotta. La sua testa era un pacco di bende. Aveva enormi lividi violacei intorno a tutti e due gli occhi, che erano iniettati di sangue.

«Prima di cominciare a discutere di alcunché devo sapere se vuoi veramente che io sia il tuo avvocato. Di solito mi occupo soltanto di cause civili nelle quali assisto vittime di stupri o di violenze. Non sono un avvocato penalista. Però mi sono addentrata nei dettagli del tuo caso, e sarei molto contenta di assisterti se me lo consentissi. Voglio anche informarti che Mikael Blomkvist è mio fratello, ma questo credo tu lo sappia già, e che lui e Dragan Armanskij provvederanno alla parcella.»

Aspettò un momento ma non ottenendo nessuna reazione dalla sua potenziale cliente continuò.

«Se mi vorrai come tuo avvocato lavorerò per te. Voglio che sia chiaro che non lavoro per mio fratello o per Armanskij. Per la parte penale avrò anche l'appoggio del tuo vecchio tutore, Holger Palmgren. È un tipo tosto, si è trascinato fuori dal suo letto di infermo per aiutarti.»

«Palmgren?» disse Lisbeth Salander.

«Sì.»

«L'hai incontrato?»

«Sì. Sarà il mio consigliere.»

«Come sta?»

«È incavolato nero ma curiosamente non sembra preoccupato per te.»

Lisbeth fece un sorriso storto. Era il primo da quando era approdata al Sahlgrenska.

«E tu come ti senti?» chiese Annika.

«Come un sacco di merda.»

«Okay. Allora mi vuoi come difensore? Armanskij e Mikael pagheranno la mia parcella e...»

«No.»

«Come sarebbe?»

«Pago io. Non voglio un centesimo da Armanskij e Kalle Blomkvist. Però non posso pagarti se non ho accesso a Internet.»

«Capisco. Risolveremo la questione a suo tempo, e in ogni caso lo stato pagherà la maggior parte delle spese. Vuoi che ti assista?»

Lisbeth Salander fece un breve cenno affermativo.

«Bene. Allora comincerò col trasmetterti un messaggio da parte di Mikael. È un po' criptico ma lui dice che tu capirai.»

«Aha?»

«Dice che mi ha raccontato quasi tutto. Nel quasi tutto ci sono le qualità che ha scoperto a Hedestad.»

Mikael sa che ho un'ottima memoria fotografica... e che sono un hacker. Io non l'ho mai detto a nessuno.

«Okay.»

«Quello di cui non ha parlato è un cd. Io non so a cosa si riferisca, ma lui dice che è una cosa che devi essere tu a decidere se raccontare o no. Capisci a cosa si riferisce?»

Il cd con il video di Bjurman che mi violenta.

«Sì.»

«Okay.»

Tutto d'un tratto Annika si fece esitante.

«Sono un po' irritata con mio fratello. Benché mi abbia affidato l'incarico, mi racconta solo quello che gli pare. Anche tu hai intenzione di nascondermi delle cose?»

Lisbeth rifletté.

«Non lo so.»

«Dovremo parlarci un bel po'. Adesso però non posso fermarmi a chiacchierare con te perché devo incontrare il procuratore Agneta Jervas fra tre quarti d'ora. Avevo solo bisogno di avere da te la conferma che veramente mi vuoi come tuo avvocato. Devo anche darti delle istruzioni...»

«Sì?»

«Si tratta di questo. Se io non sono presente, non dovrai dire una sola parola alla polizia, di qualsiasi cosa si tratti. Anche se ti provocano e ti accusano di questo o quest'altro. Me lo prometti?»

«Senza nessuna fatica» disse Lisbeth.

Evert Gullberg era completamente esausto dopo lo sforzo del lunedì e non si svegliò che alle nove, ossia quasi quattro ore più tardi del consueto. Andò in bagno a lavarsi. Si soffermò a lungo a osservare il proprio viso allo specchio prima di spegnere la luce e tornare in camera a vestirsi. Scelse dalla borsa marrone l'unica camicia pulita che gli era rimasta e si mise una cravatta a disegni scuri.

Scese nella sala ristorante dell'albergo e fece colazione con una tazza di caffè nero, una fetta di pane tostato con formaggio e un cucchiaio di marmellata di arance. Bevve anche un bicchiere di acqua minerale.

Poi andò nella hall e chiamò Fredrik Clinton al cellulare.

«Sono io. Situazione?»

«Alquanto agitata.»

«Fredrik, sei sicuro di farcela?»

«Sì, è come ai vecchi tempi. Peccato soltanto che Hans von Rottinger non ci sia più. Lui era migliore di me nel programmare le operazioni.»

«Tu e lui eravate allo stesso livello. Avreste potuto darvi il cambio in qualsiasi momento. Cosa che in effetti vi capitò spesso di fare.»

«Si tratta di sensibilità epidermica. Lui era sempre un po' più acuto.»

«Come siete messi?»

«Sandberg è più intelligente di quanto credessimo. Abbiamo tirato dentro un aiuto esterno, un certo Mårtensson. È solo un galoppino, ma può tornare utile. Abbiamo messo sotto controllo il telefono di casa e il cellulare di Blomkvist. In giornata ci occuperemo di quelli di Annika Giannini e della redazione di *Millennium*. Stiamo esaminando adesso le planimetrie di uffici e appartamenti. Ci entreremo quanto prima.»

«Come prima cosa devi localizzare dove si trovano tutte le copie...»

«Questo l'ho già fatto. Abbiamo avuto una fortuna incredibile. Annika Giannini ha telefonato a Blomkvist stamattina alle dieci. Gli ha domandato quante ce ne sono in circolazione. Blomkvist ha l'unica copia. Erika Berger ne aveva fatta una ma l'ha passata a Bublanski.»

«Bene. Non c'è tempo da perdere.»

«Lo so. Ma dobbiamo fare tutto in un colpo solo. Se non recuperiamo tutte le copie del rapporto di Björck contemporaneamente, falliremo.»

«Lo so.»

«È un po' complicato, dal momento che Annika Giannini è partita stamattina per Göteborg. Le ho messo alle calcagna un team di collaboratori esterni. Sono in volo proprio adesso.»

«Bene.»

A Gullberg non venne in mente nient'altro da dire. Restò in silenzio.

«Grazie, Fredrik» disse alla fine.

«Grazie a te. È più divertente che starsene lì seduti ad aspettare un rene nuovo.»

Si salutarono. Gullberg pagò il conto dell'albergo e uscì in strada. Ognuno aveva cominciato a fare la sua parte. Adesso si trattava soltanto di fare in modo che la coreografia risultasse perfetta.

Raggiunse a piedi il Park Avenue Hotel dove chiese di poter utilizzare il fax. Non aveva voluto farlo nell'albergo dove alloggiava. Inviò le copie delle lettere che aveva scritto in treno il giorno prima. Poi uscì sull'Avenyn e cercò un taxi. Si fermò a un cestino dei rifiuti, stracciò le copie e le buttò.

Annika Giannini parlò con il procuratore Agneta Jervas per quindici minuti. Voleva sapere quali accuse aveva intenzione di sollevare contro Lisbeth Salander, ma capì ben presto che Agneta Jervas era incerta su ciò che avrebbe fatto.

«Per il momento mi limito ad arrestarla per tentato omicidio, o in subordine per lesioni aggravate. Mi riferisco ai colpi d'accetta che Lisbeth Salander ha inferto a suo padre. Suppongo che lei tirerà in ballo la legittima difesa.»

«Forse.»

«Ma, detto francamente, in questo momento la mia priorità è l'assassino del poliziotto, Ronald Niedermann.»

«Capisco.»

«Sono in contatto con il pm. Sta decidendo se passare tutte le incriminazioni contro la sua cliente a un unico procuratore, a Stoccolma, agganciandole a quanto successo lì.»

«Da parte mia richiedo che sia trasferito tutto a Stoccolma.»

«Bene. In ogni caso devo avere la possibilità di interrogare Lisbeth Salander. Quando lo si potrebbe fare?»

«Ho una dichiarazione del suo medico, Anders Jonasson. Lisbeth Salander non sarà in condizione di sostenere interrogatori ancora per parecchi giorni. A prescindere dalle lesioni fisiche, è sotto l'effetto di dosi massicce di analgesici.»

«Anch'io ho avuto una comunicazione dello stesso tipo. E forse può capire quanto frustrante sia per me. Comunque le ripeto che la mia priorità al momento è Ronald Niedermann. E la sua cliente afferma di non sapere dove possa nascondersi.»

«La qual cosa corrisponde alla verità. Lei non conosce

Niedermann. È solo riuscita a identificarlo e a rintracciarlo.»

«Okay» disse Agneta Jervas.

Evert Gullberg aveva dei fiori in mano quando entrò nell'ascensore del Sahlgrenska insieme a una donna dai capelli corti che indossava una giacca scura. Le tenne gentilmente aperta la porta e le diede la precedenza all'accettazione del reparto.

«Mi chiamo Annika Giannini. Sono un avvocato e devo incontrare di nuovo la mia cliente Lisbeth Salander.»

Evert Gullberg voltò la testa e guardò stupefatto la donna che era salita con lui in ascensore. Poi spostò lo sguardo sulla sua cartella mentre l'infermiera controllava i documenti e consultava un elenco.

«Stanza 12» disse l'infermiera

«Grazie. Ci sono già stata, ci so arrivare da sola.»

Prese la cartella e sparì dal campo visivo di Gullberg.

«Posso aiutarla?» fece l'infermiera.

«Sì grazie, vorrei lasciare questi fiori per Karl Axel Bodin.»

«Il paziente non può ricevere visite.»

«Lo so, volevo solo lasciargli i fiori.»

«Ci penseremo noi.»

Gullberg aveva portato con sé i fiori per avere un pretesto. Voleva farsi un'idea di come fosse disposto il reparto. Ringraziò e si avviò verso l'uscita. Lungo il percorso passò davanti alla porta di Zalachenko, stanza 14 a quanto aveva detto Jonas Sandberg.

Aspettò fuori sulle scale. Attraverso il vetro della porta vide l'infermiera avviarsi con i fiori che lui aveva appena lasciato e sparire nella stanza di Zalachenko. Mentre ritornava al proprio posto, Gullberg aprì la porta, si diresse velocemente alla stanza 14 e ci si infilò dentro.

«Salve Alexander» disse.

Zalachenko guardò stupefatto il suo visitatore inatteso.

«Credevo che fossi morto, ormai» disse.

«Non ancora» disse Gullberg.

«Cosa vuoi?» domandò Zalachenko.

«Tu cosa credi?»

Gullberg prese una sedia e si sedette.

«Probabilmente vedermi morto.»

«Sì, non sarebbe un'idea da disprezzare. Come hai potuto essere tanto imbecille? Ti abbiamo dato una vita completamente nuova e tu finisci così.»

Se Zalachenko fosse stato in grado di sorridere l'avrebbe fatto. I servizi segreti svedesi a suo parere erano composti da dilettanti. Fra questi metteva anche Evert Gullberg e Sven Jansson, alias Gunnar Björck. Per non parlare di un completo idiota come l'avvocato Nils Bjurman.

«E adesso, ancora una volta, ci tocca togliere le castagne dal fuoco.»

L'espressione non piacque a Zalachenko, che portava su di sé per sempre i segni delle gravi ustioni subite.

«Risparmiami le tue paternali. Piuttosto vedi di tirarmi fuori di qui.»

«Era proprio quello di cui volevo discutere con te.»

Si mise la cartella sulle ginocchia, tirò fuori un bloc-notes nuovo e lo aprì a una pagina bianca. Poi guardò Zalachenko con espressione indagatrice.

«Una cosa sono curioso di sapere: davvero ci bruceresti dopo tutto quello che abbiamo fatto per te?»

«Tu cosa credi?»

«Dipende da quanto sei pazzo.»

«Non chiamarmi pazzo. Io faccio quello che devo fare per sopravvivere.»

Gullberg scosse la testa.

«No, Alexander, tu fai quello che fai perché sei malvagio e marcio dentro. Volevi un messaggio dalla Sezione. Io sono qui per portartelo. Non alzeremo un dito per aiutarti, stavolta.»

Per la prima volta, Zalachenko apparve insicuro.

«Non hai scelta» disse.

«C'è sempre una scelta» disse Gullberg.

«Io farò...»

«Tu non farai proprio niente.»

Gullberg respirò profondamente, infilò la mano nello scomparto esterno della sua cartella marrone e tirò fuori una Smith & Wesson 9 mm con il calcio placcato d'oro. L'arma era un dono che gli avevano fatto i servizi segreti britannici venticinque anni prima – un segno di riconoscenza per un'informazione di inestimabile valore che aveva ricavato da Zalachenko e trasformato in valuta pesante, il nome di uno stenografo dell'Mi-5 che in perfetto spirito philbyano lavorava per i russi.

Zalachenko assunse un'aria stupefatta. Poi scoppiò a ridere.

«E cosa pensi di fare con quella? Spararmi? Passeresti il resto della tua miserabile vita in galera.»

«Non credo» disse Gullberg.

Tutto d'un tratto Zalachenko era incerto se Gullberg stesse bluffando o no.

«Scoppierebbe uno scandalo di proporzioni enormi.»

«Non credo neppure questo. Qualche titolo sui giornali, forse. Ma nel giro di una settimana nessuno si ricorderebbe più del nome Zalachenko.»

Gli occhi del russo si ridussero a due fessure.

«Maledetto bastardo» disse Gullberg con un gelo tale nella voce che Zalachenko restò impietrito.

Premette il grilletto e piazzò il colpo nel centro della fronte del russo proprio nell'attimo in cui Zalachenko si allungava per afferrare la sua protesi. Zalachenko fu scagliato all'indietro contro il cuscino. Il suo corpo fu percorso da qualche spasmo e poi restò immobile. Gullberg vide che sulla parete dietro la testata del letto si era formata una rosa di schizzi di sangue. Lo sparo gli aveva fatto fischiare le orecchie. Si massaggiò automaticamente il condotto uditivo con l'indice libero.

Poi si alzò e si avvicinò a Zalachenko, gli appoggiò la canna della pistola alla tempia e premette il grilletto ancora due volte. Voleva essere sicuro che il bastardo fosse veramente morto.

Lisbeth Salander balzò a sedere sul letto al primo sparo. Avvertì un dolore intenso trafiggerle la spalla. Quando furono esplosi i due colpi successivi cercò di portare le gambe giù dal letto.

Annika Giannini stava parlando con Lisbeth solo da qualche minuto quando si udirono gli spari. All'inizio rimase come paralizzata, cercando di indovinare da dove arrivassero quelle secche detonazioni. La reazione di Lisbeth le fece capire che stava succedendo qualcosa.

«Resta lì ferma» gridò Annika. Le mise automaticamente la mano contro il petto, e senza riguardi la spinse giù sul letto con tanta energia che Lisbeth rimase senza fiato.

Poi attraversò rapida la stanza e aprì la porta. Vide due infermiere che andavano di corsa due porte più in là lungo il corridoio. La prima si fermò di botto sulla soglia. Annika la sentì gridare: «No, si fermi!» Poi la vide arretrare e scontrarsi con l'altra infermiera.

«È armato! Scappa!»

Annika vide le due infermiere aprire la porta della stanza vicina a quella di Lisbeth e rifugiarvisi dentro.

L'attimo successivo vide l'uomo anziano con la giacca a quadretti bianchi e neri uscire nel corridoio. Aveva in mano una pistola. Annika lo identificò come quello con cui era salita in ascensore solo qualche minuto prima. I loro sguardi si incrociarono. L'uomo sembrava confuso. Lo vide puntare l'arma nella sua direzione e muovere un passo in avanti. Ritirò subito la testa e richiuse la porta con un colpo secco, guardandosi disperatamente intorno. Nella stanza c'era un tavolo. Lo trascinò fino alla porta incastrando il piano sotto la maniglia.

Sentì un rumore e girando la testa vide che Lisbeth stava per trascinarsi di nuovo fuori dal letto. La raggiunse e la cinse con le braccia sollevandola. Le strappò gli elettrodi, la trasportò nel bagno e la mise seduta sul coperchio del wc e chiuse a chiave la porta. Quindi frugò nella tasca della giacca alla ricerca del cellulare, lo tirò fuori e compose il 112.

Evert Gullberg raggiunse la stanza di Lisbeth Salander e cercò di abbassare la maniglia. Era bloccata da qualcosa. Non riusciva a muoverla di un millimetro.

Per un momento restò fermo davanti alla porta, indeciso. Sapeva che Annika Giannini era lì dentro e si chiese se magari avesse nella cartella una copia del rapporto di Björck. Ma non poteva entrare nella stanza e non aveva l'energia di forzare la porta.

Però questo non faceva parte del piano. Della minaccia costituita da Annika Giannini si sarebbe occupato Clinton. Il suo lavoro riguardava soltanto Zalachenko.

Gullberg si guardò intorno nel corridoio e si rese conto che era osservato da infermieri, pazienti e visitatori che facevano capolino dalle diverse stanze. Sollevò la pistola ed esplose un colpo contro un quadro appeso alla fine del corridoio. Il suo pubblico sparì come per incanto.

Diede un'ultima occhiata alla stanza di Lisbeth, quindi ritornò a passo deciso in quella di Zalachenko, chiudendosi la porta alle spalle. Si sedette e fissò il disertore russo che per così tanti anni era stato una parte così intima della sua stessa esistenza.

Rimase seduto per quasi dieci minuti prima di sentire del movimento nel corridoio. Si rese conto che era arrivata la polizia. Non pensava a nulla in particolare.

Sollevò la pistola un'ultima volta, se la puntò alla tempia e premette il grilletto.

Tentare il suicidio all'ospedale Sahlgrenska comportava dei rischi. Evert Gullberg fu trasferito a razzo in rianimazione dove il dottor Anders Jonasson lo ricevette e mise subito in atto una serie di procedure per il mantenimento delle funzioni vitali.

Per la seconda volta in meno di una settimana Jonasson eseguì un intervento chirurgico d'urgenza per rimuovere una pallottola da un tessuto cerebrale umano. Dopo cinque ore di operazione le condizioni di Gullberg erano critiche. Ma lui era ancora vivo.

Le lesioni erano tuttavia molto più gravi di quelle che aveva subito Lisbeth Salander. Per diversi giorni Evert Gullberg restò in bilico fra la vita e la morte.

Mikael Blomkvist si trovava al Kaffebar di Hornsgatan quando sentì dal notiziario radiofonico che un uomo di sessantasei anni ancora non identificato, sospettato di tentato omicidio ai danni di Lisbeth Salander, era stato ucciso a colpi d'arma da fuoco all'ospedale Sahlgrenska a

Göteborg. Mise giù la tazza del caffè, afferrò la borsa del computer e si affrettò verso la redazione in Götgatan. Attraversò Mariatorget e stava svoltando in St. Paulsgatan quando il suo cellulare cominciò a suonare. Rispose senza fermarsi.

«Blomkvist.»

«Ciao, sono Malin.»

«Ho sentito il notiziario. Sappiamo chi è stato a sparare?»

«Non ancora. Henry si sta informando.»

«Io sono per strada. Arrivo fra cinque minuti.»

Mikael si scontrò sulla porta della redazione con Henry Cortez che stava uscendo.

«Ekström terrà una conferenza stampa alle tre» disse Henry. «Io vado giù a Kungsholmen.»

«Cosa sappiamo?» gli gridò dietro Mikael

«Malin» disse Henry, sparendo.

Mikael si diresse verso l'ufficio di Erika... errore, di Malin. Lei stava parlando al telefono e prendendo febbrilmente appunti su dei post-it gialli. Gli fece cenno di aspettare. Mikael andò nel cucinino e versò del caffè con un goccio di latte in due tazze con il logo della Kdu, Gioventù democratico-cristiana, e della Ssu, Lega giovanile socialdemocratica. Quando tornò nell'ufficio di Malin lei stava chiudendo la conversazione. Le passò la tazza della Ssu.

«Okay» disse Malin. «Zalachenko è stato ucciso all'una e un quarto di oggi.»

Guardò Mikael.

«Ho appena parlato con un'infermiera del Sahlgrenska. Dice che l'assassino è un uomo anziano, sui settant'anni, che era andato a portargli dei fiori qualche minuto prima dell'omicidio. L'uomo ha esploso diversi colpi contro Zalachenko e quindi ha rivolto l'arma contro se stesso. Zalachenko è morto. L'omicida è ancora vivo e in questo momento lo stanno operando.»

Mikael tirò il fiato. Da quando aveva sentito la notizia al Kaffebar aveva avuto il cuore in gola e un senso di panico al pensiero che a impugnare l'arma fosse stata Lisbeth. Sarebbe stata una complicazione.

«Abbiamo il nome dell'uomo che ha sparato?» domandò.

Malin scosse la testa proprio mentre il telefono cominciava a squillare di nuovo. Era un free-lance di Göteborg che Malin aveva mandato al Sahlgrenska. Mikael le fece un cenno di saluto e se ne andò nel suo ufficio, dove si lasciò cadere sulla sedia.

Gli pareva di essere tornato al lavoro per la prima volta dopo tante settimane. Sul suo tavolo c'era una montagna di posta inevasa che spinse da una parte. Telefonò a sua sorella.

«Giannini.»

«Ciao. Sono Mikael. Hai sentito quello che è successo al Sahlgrenska?»

«Si può ben dire.»

«Dove sei?»

«Al Sahlgrenska. Quel bastardo ha puntato la pistola anche contro di me.»

Mikael restò ammutolito per diversi secondi prima di capire ciò che aveva detto sua sorella.

«Che diavolo... tu eri lì?»

«Sì. È stata l'esperienza più brutta che mi sia capitata in tutta la vita.»

«Sei ferita?»

«No. Ma lui ha cercato di entrare nella camera di Lisbeth. Io ho bloccato la porta e ci siamo chiuse a chiave nel bagno.»

Mikael ebbe la sensazione che il mondo perdesse l'equilibrio. Sua sorella era quasi...

«Come sta Lisbeth?» chiese.

«Sta bene. Nel senso che non ha riportato danni nel dramma di oggi.»

Lui tirò un po' il fiato.

«Annika, sai qualcosa dell'assassino?»

«Niente di niente. Era un uomo di una certa età, vestito in maniera impeccabile. Mi è sembrato che avesse un'aria confusa. Non l'avevo mai visto, ma sono salita in ascensore con lui qualche minuto prima dell'omicidio.»

«Ed è certo che Zalachenko sia morto?»

«Sì. Io ho sentito tre spari e, da quanto sono riuscita a cogliere al volo qui, tutti e tre erano colpi alla testa. Ma c'era il caos qui dentro, una gran quantità di agenti. Hanno evacuato un reparto di pazienti in gravi condizioni. Quando è arrivata la polizia c'è stato qualcuno che voleva interrogare Lisbeth prima di capire quanto sia malconcia. Ho dovuto usare un tono autoritario.»

L'ispettore Marcus Erlander vide Annika Giannini nella stanza di Lisbeth Salander. L'avvocato aveva il cellulare premuto contro l'orecchio e lui aspettò che finisse di parlare.

Due ore dopo l'omicidio, nel corridoio regnava un caos organizzato. La stanza di Zalachenko era sigillata. I medici avevano tentato di prestargli soccorso immediatamente dopo gli spari ma avevano presto rinunciato. Zalachenko era al di là di ogni possibile aiuto. Il suo cadavere era stato trasferito in una cella in attesa dell'autopsia e si stava procedendo all'esame della scena del crimine.

Il cellulare di Erlander suonò. Era Fredrik Malmberg dell'investigativa.

211

«Abbiamo identificato l'omicida» esordì Malmberg.
«Si chiama Evert Gullberg e ha settantotto anni.»
Settantotto anni. Un assassino attempato.
«E chi cavolo è Evert Gullberg?»
«Pensionato. Residente a Laholm. Avvocato d'affari.
Hanno telefonato dall'Rps/Säk per informare che hanno
avviato un'indagine nei suoi confronti.»
«Quando e perché?»
«Quando, non lo so. Perché, aveva la cattiva abitudine
di spedire lettere deliranti e minatorie a personaggi pub-
blici.»
«Per esempio?»
«Al ministro della Giustizia.»
Marcus Erlander sospirò. Un pazzo, dunque.
«Nel corso della mattinata la Säpo è stata chiamata da
diversi giornali che avevano ricevuto lettere da Gullberg.
Anche il ministero della Giustizia si è fatto vivo dopo che
questo Gullberg aveva espressamente minacciato di mor-
te Karl Axel Bodin.»
«Voglio una copia delle lettere.»
«Dalla Säpo?»
«Sì, per l'inferno. Va' su a Stoccolma e prendile, mate-
rialmente se necessario. Le voglio sulla mia scrivania quan-
do torno alla centrale. Il che succederà fra un'oretta.»
Rifletté un momento, quindi aggiunse una domanda.
«È stata la Säpo a chiamarti?»
«Te l'ho appena detto.»
«Voglio dire, sono stati loro a telefonare a te e non il
contrario?»
«Sì. Esatto.»
«Okay» disse Marcus Erlander, e chiuse la comunica-
zione.
Si domandò cosa fosse saltato in testa alla Säpo, che tut-

to d'un tratto aveva deciso di prendere contatto di propria iniziativa con i servizi ufficiali. Nei casi normali era quasi impossibile avere anche solo un minimo cenno da loro.

Wadensjöö spalancò bruscamente la porta della stanza in cui Fredrik Clinton si ritirava per riposarsi. Clinton si mise cautamente a sedere.

«Che diavolo sta succedendo?» sbraitò Wadensjöö. «Gullberg ha ammazzato Zalachenko, dopo di che si è sparato in testa.»

«Lo so» disse Clinton.

«Tu lo sapevi?» sbottò Wadensjöö.

Wadensjöö era paonazzo e aveva l'aria di uno che sta per avere un ictus.

«Ma ha cercato di spararsi, cazzo. Ha tentato di suicidarsi. È impazzito?»

«È ancora vivo?»

«Sì, ma ha danni estesi al cervello.»

Clinton sospirò.

«Che peccato» disse con voce addolorata.

«Peccato?!» esclamò Wadensjöö. «Gullberg è matto da legare. Non capisci cosa...»

Clinton lo interruppe.

«Gullberg ha il cancro, ormai gli ha invaso stomaco, intestino e vescica. Sono mesi che è moribondo, nel migliore dei casi gli rimanevano solo un paio di mesi.»

«Cancro?»

«Era da sei mesi che si portava dietro quell'arma. Era fermamente deciso a usarla quando il dolore fosse diventato insopportabile, prima di diventare un povero pacco postale umiliato. Così ha avuto anche l'occasione di rendere un ultimo servizio alla Sezione. Se n'è andato in grande stile.»

213

Wadensjöö era rimasto quasi senza parole.

«Tu sapevi che aveva intenzione di uccidere Zalachenko.»

«Ovviamente. Il suo compito era di fare in modo che Zalachenko non avesse la possibilità di parlare. E, come sai, minacciarlo o farlo ragionare non era proprio possibile.»

«Ma non capisci che scandalo può scoppiare? Ti sei rimbecillito anche tu come Gullberg?»

Clinton si alzò a fatica. Guardò Wadensjöö dritto negli occhi e gli passò dei fax.

«Era una decisione operativa. Piango il mio amico, ma probabilmente lo seguirò presto. Quanto allo scandalo... Un ex fiscalista ha scritto lettere deliranti a giornali, polizia e ministero della Giustizia. Quei fax sono alcuni esempi. Gullberg accusa Zalachenko di ogni crimine possibile e immaginabile, dall'omicidio Palme al tentativo di avvelenare il popolo svedese con il cloro. Le lettere sono palesemente demenziali e sono state scritte con una grafia a tratti illeggibile e con abbondanza di maiuscole, sottolineature e punti esclamativi. Mi piacciono.»

Wadensjöö lesse con crescente stupore. Si mise una mano sulla fronte. Clinton lo osservava.

«Qualsiasi cosa succeda, la morte di Zalachenko non avrà nulla a che fare con la Sezione. A esplodere i colpi è stato un pensionato demente.»

Fece una pausa.

«L'importante è che a partire da questo momento tu ti adegui.»

Fissò lo sguardo su Wadensjöö. D'improvviso c'era un bagliore d'acciaio negli occhi del malato.

«Quello che devi capire è che la Sezione è la punta di lancia della difesa svedese. Noi siamo l'estrema risorsa. Il nostro lavoro è di vegliare sulla sicurezza del paese. Tutto il resto non conta.»

Wadensjöö fissava Clinton con occhi carichi di perplessità.

«Noi non esistiamo. Siamo quelli che nessuno ringrazia. Siamo quelli che devono prendere le decisioni che nessun altro riesce a prendere... men che meno i politici.»

Nel pronunciare l'ultima parola aveva messo del disprezzo nella voce.

«Fa' come dico e forse la Sezione sopravviverà. Ma perché questo accada dovremo essere determinati e usare le maniere forti.»

Wadensjöö sentì crescere il panico.

Henry Cortez aveva annotato febbrilmente tutto ciò che era stato detto sul podio durante la conferenza stampa alla centrale della polizia a Kungsholmen. Fu il procuratore Richard Ekström ad aprire la conferenza. Spiegò che al mattino era stato deciso che l'inchiesta riguardante l'uccisione dell'agente a Gosseberga, per la quale era ricercato un certo Ronald Niedermann, avrebbe fatto capo a un procuratore del distretto di Göteborg, ma che le altre inchieste riguardanti Niedermann sarebbero state gestite da lui stesso. Niedermann era sospettato dell'omicidio di Dag Svensson e Mia Bergman. Nessun cenno all'avvocato Bjurman. Ekström si sarebbe inoltre occupato dell'incriminazione di Lisbeth Salander per una lunga serie di reati.

Il procuratore spiegò che aveva deciso di diffondere quelle informazioni dopo quanto era successo a Göteborg nel corso della giornata. Il padre di Lisbeth Salander, Karl Axel Bodin, era stato ucciso a colpi d'arma da fuoco. Il motivo della conferenza stampa era di smentire notizie già

diffuse dai media, sulle quali aveva già dovuto rispondere a diverse interrogazioni.

«In base ai dati attualmente disponibili, posso dire che
la figlia di Karl Axel Bodin, che è in stato di fermo per
tentato omicidio ai danni del padre, non ha niente a che
fare con gli accadimenti di questa mattina.»

«Chi è l'assassino?» gridò un reporter del *Dagens Eko*.

«L'uomo che all'una e un quarto ha esploso i colpi mortali contro Karl Axel Bodin e quindi ha tentato di suicidarsi è stato identificato. Si tratta di un pensionato di settantotto anni in cura da parecchio tempo per un male in-
curabile e per problemi psichici a esso collegati.»

«L'uomo ha qualche legame con Lisbeth Salander?»

«No. Questo possiamo smentirlo. I due non si sono mai
incontrati e non si conoscono. L'anziano è una figura tra-
gica che ha agito di propria iniziativa in base a false con-
vinzioni personali di natura palesemente paranoica. I servizi segreti avevano da poco avviato un'indagine su di lui,
dopo che aveva scritto un gran numero di lettere deliranti
a noti politici e mass-media. Perfino questa mattina ne sono state recapitate a quotidiani e autorità, con minacce di
morte a Karl Axel Bodin.»

«Perché la polizia non ha dato protezione a Bodin?»

«Le lettere che lo riguardavano sono state spedite ieri
sera e sono arrivate praticamente nello stesso momento
in cui l'omicidio veniva commesso. Non c'era nessun margine per intervenire.»

«Come si chiama l'uomo?»

«Non vogliamo rendere pubblico questo dato prima
che i suoi parenti più prossimi siano stati informati.»

«Che passato ha?»

«Da quanto ho capito, ha lavorato come revisore e fiscalista. È in pensione da quindici anni. L'inchiesta è an-

cora in corso ma, come potete capire dalle lettere che ha mandato, si tratta di una tragedia che forse si sarebbe potuta evitare se la società fosse stata maggiormente all'erta.»

«Ha minacciato altre persone?»

«Pare di sì, ma non conosco i dettagli.»

«Cosa significa tutto questo per Lisbeth Salander?»

«Per il momento nulla. Contro di lei abbiamo la testimonianza resa alla polizia dallo stesso Karl Axel Bodin e solide prove.»

«Che ci dice delle voci secondo cui Bodin avrebbe cercato di uccidere la figlia?»

«Questo è ancora oggetto di indagine, ma esistono fondati sospetti che corrisponda al vero. Per quanto ne sappiamo, si tratta di profondi contrasti in seno a una famiglia divisa.»

Henry Cortez aveva un'aria pensierosa. Si grattò l'orecchio. Notò che i colleghi prendevano appunti altrettanto febbrilmente.

Gunnar Björck provò un panico quasi ingestibile quando sentì la notizia degli spari al Sahlgrenska. La schiena gli faceva un male tremendo.

Rimase seduto per oltre un'ora incapace di reagire. Poi alzò la cornetta e cercò il suo antico protettore Evert Gullberg a Laholm. Non ottenne risposta.

Ascoltò il notiziario e apprese quanto era stato detto alla conferenza stampa della polizia. Zalachenko ucciso da un pazzo di settantotto anni.

Santo cielo. Settantotto anni.

Cercò nuovamente di chiamare Evert Gullberg, invano.

Alla fine il panico prese il sopravvento. Non poteva più rimanere nella casa di Smådalarö. Si sentiva accerchiato. Aveva bisogno di tempo per pensare. Riempì una valigia con indumenti, analgesici e articoli da toeletta. Non voleva usare il proprio telefono, per cui raggiunse zoppicando una cabina presso la locale cooperativa alimentare e telefonò a Landsort per prenotare una stanza nella vecchia torre di avvistamento dei piloti. Landsort era in capo al mondo e poche persone sarebbero andate a cercarlo lì. Prenotò per due settimane.

Sbirciò l'orologio. Doveva sbrigarsi se voleva fare in tempo a prendere l'ultimo traghetto. Tornò a casa alla velocità che gli consentiva la sua schiena dolente. Andò direttamente in cucina e controllò che la macchina del caffè fosse spenta. Poi andò nello sgabuzzino a recuperare la valigia. Casualmente diede un'occhiata verso il soggiorno e si fermò stupefatto.

All'inizio non capì ciò che stava vedendo.

In qualche modo misterioso, il lampadario era stato tolto dal suo gancio e appoggiato sul tavolino del salotto. Al suo posto c'era una corda, con sotto lo sgabello che di solito stava in cucina.

Björck guardò il cappio senza capire.

Poi percepì un movimento alle spalle e si sentì piegare le ginocchia.

Si voltò lentamente.

Erano due uomini sui trentacinque anni. Gli sembrò che avessero un aspetto sudeuropeo. Non fece in tempo a reagire quando lo afferrarono gentilmente sotto le ascelle e sollevatolo lo condussero verso lo sgabello. Cercò di opporre resistenza, ma il dolore gli trafisse la schiena come un pugnale. Era quasi paralizzato quando lo misero sullo sgabello.

Jonas Sandberg era accompagnato da un uomo di quarantanove anni di nome Falun che in gioventù era stato ladro d'appartamenti di professione e col tempo si era riciclato in fabbro. Hans von Rottinger della Sezione lo aveva ingaggiato nel 1986 per un'operazione che prevedeva di forzare la porta di casa del capo di un'associazione anarchica. In seguito, Falun era stato utilizzato in altre occasioni fino a metà degli anni novanta, quando le operazioni di quel genere erano cessate. Fu Fredrik Clinton che di buon mattino ripristinò il collegamento e gli fece un contratto per un incarico. Avrebbe guadagnato diecimila corone in nero per circa dieci minuti di lavoro. In cambio, Falun si sarebbe impegnato a non rubare nulla dall'appartamento oggetto dell'operazione; nonostante tutto, quella della Sezione non era un'attività criminale.

Falun non sapeva esattamente chi rappresentasse Clinton, ma supponeva che avesse qualcosa a che fare con i militari. Aveva letto Guillou. Non fece domande. Ma trovava piacevole essere di nuovo in pista dopo tanti anni di silenzio da parte del committente.

Il suo lavoro consisteva nell'aprire la porta. Era un esperto in fatto di effrazioni e aveva con sé una pistola a grimaldello. Eppure gli occorsero cinque minuti per forzare la serratura dell'appartamento di Mikael Blomkvist. Poi aspettò fuori sulle scale, mentre Jonas Sandberg entrava.

«Sono dentro» disse Sandberg nel microfono.

«Bene» rispose Fredrik Clinton nel suo auricolare. «Con calma e con cautela. Descrivimi cosa vedi.»

«Mi trovo nell'ingresso, ci sono un guardaroba sulla destra e il bagno sulla sinistra. L'appartamento è un unico grande locale di circa cinquanta metri quadrati. C'è un angolo cottura sulla destra.»

«C'è un tavolo da lavoro o...»

«A quanto sembra lavora al tavolo della cucina o sul divano del soggiorno... aspetta.»

Clinton aspettò.

«Sì. C'è un raccoglitore sul tavolo della cucina con dentro il rapporto di Björck. Sembra l'originale.»

«Bene. C'è qualcos'altro di interessante sul tavolo?»

«Libri. Le memorie di Vinge. *Lotta di potere per il controllo della Säpo* di Erik Magnusson. Una mezza dozzina di libri di questo tipo.»

«Un computer?»

«No.»

«Una cassetta di sicurezza?»

«No... non per quanto possa vedere.»

«Okay. Fai pure con calma. Passa l'appartamento metro per metro. Mårtensson dice che Blomkvist è ancora in redazione. Hai i guanti, vero?»

«Ovvio.»

Marcus Erlander entrò nella camera di Lisbeth Salander e tese la mano ad Annika Giannini presentandosi. Poi salutò Lisbeth e le chiese come stava. Lei non disse nulla. L'ispettore si rivolse ad Annika.

«Devo chiederle di poterle fare qualche domanda.»

«Aha.»

«Può raccontarmi cosa è successo?»

Annika Giannini descrisse quello che aveva visto e fatto fino al momento in cui si era barricata nel bagno con Lisbeth Salander. Erlander aveva un'aria pensierosa. Guardò con la coda dell'occhio Lisbeth e quindi riportò lo sguardo sul suo avvocato.

«Lei dunque crede che l'uomo si sia avvicinato a questa stanza.»

«L'ho sentito mentre cercava di abbassare la maniglia.»

«Ne è sicura? È facile immaginarsi cose quando si è spaventati o eccitati.»

«Io l'ho sentito. Lui mi ha vista. E mi ha puntato contro la pistola.»

«Crede che volesse uccidere anche lei?»

«Non lo so. Ho ritirato la testa e ho bloccato la porta.»

«Saggia decisione. E ancor più saggio l'aver portato la sua cliente nel bagno. La porta è talmente sottile che probabilmente l'avrebbe bucata se avesse sparato. Quello che cerco di capire è se voleva colpire proprio lei oppure ha solo reagito al fatto che lo stava guardando. Lei era la persona più vicina nel corridoio.»

«Esatto.»

«Le è sembrato che la conoscesse o che magari la riconoscesse?»

«No.»

«Può averla vista sui giornali. Lei è stata citata a proposito di diversi casi famosi.»

«È possibile. Ma non ci posso giurare.»

«E lei non l'aveva mai visto prima?»

«L'ho visto in ascensore quando sono arrivata qui.»

«Questo non lo sapevo. Vi siete parlati?»

«No. Io l'ho guardato forse per mezzo secondo. Aveva dei fiori in una mano e una cartella nell'altra.»

«I vostri sguardi si sono incontrati?»

«No. Lui guardava dritto davanti a sé.»

«Nell'ascensore è entrato prima o dopo di lei?»

Annika rifletté.

«Siamo entrati più o meno insieme.»

«Sembrava agitato o...»

«No. Stava lì immobile con i suoi fiori.»

«Cosa è successo poi?»

«Sono uscita dall'ascensore. Lui è uscito più o meno

contemporaneamente. Io sono venuta dalla mia cliente.»

«È venuta direttamente qui?»

«Sì... anzi, no. Sono passata dall'accettazione e ho detto chi ero. Il procuratore ha disposto il divieto di ricevere visite per la mia cliente.»

«Dove si trovava l'uomo in quel momento?»

Annika esitò.

«Non ne sono del tutto sicura. Dietro di me, suppongo. Sì, aspetti... È uscito dall'ascensore per primo, ma si è fermato e mi ha tenuto aperta la porta. Non ci posso giurare, ma credo che anche lui sia andato all'accettazione. Forse sono stata solo più veloce di lui.»

Un cortese pensionato assassino pensò Erlander.

«Sì, è andato all'accettazione» confermò. «Ha parlato con l'infermiera e ha lasciato i fiori. Questo lei non l'ha visto?»

«No. Non ne ho nessun ricordo.»

Marcus Erlander rifletté un momento ma non gli venne in mente nient'altro da chiedere. Un senso di frustrazione lo rodeva. Aveva già sperimentato quella sensazione in precedenza e imparato a interpretarla come un segnale del suo istinto.

L'omicida era stato identificato come Evert Gullberg, settantotto anni, già revisore e consulente societario e fiscalista. Un uomo anziano. Un uomo nei confronti del quale la Säpo aveva avviato un'indagine preliminare perché era un pazzo che scriveva lettere minatorie a personaggi noti.

La sua esperienza era che di matti ce n'erano in giro tanti, gente patologicamente ossessionata che perseguitava i vip e cercava amore piantando le tende nei boschetti fuori dalle loro ville. E quando non era ricambiato, l'amore poteva rapidamente trasformarsi in odio implacabile. C'erano persone che venivano fin dalla Germania o dall'Italia per insidiare e corteggiare la cantante ventunenne di un noto gruppo pop e poi si arrabbiavano perché lei non voleva avere una relazione con loro. E pazzi che rimuginavano su ingiustizie vere o presunte e potevano comportarsi in modo molto minaccioso. E veri e propri psicopatici, ossessionati teorici della cospirazione, capaci di scoprire messaggi occulti che sfuggivano alla gente normale.

C'era anche abbondanza di esempi di come questi pazzi potevano passare dalla fantasia all'azione. L'omicidio di Anna Lindh non era stato forse proprio la conseguenza dell'impulso di uno di questi svitati? Forse. O forse no.

Ma all'ispettore Marcus Erlander non andava affatto a genio l'idea che un malato di mente ex fiscalista, o quel che era, potesse entrare al Sahlgrenska con dei fiori in una mano e una pistola nell'altra e giustiziare un uomo che era oggetto di una vasta indagine – la sua indagine. Un uomo che nei registri ufficiali si chiamava Karl Axel Bodin ma che secondo Mikael Blomkvist in realtà si chiamava Zalachenko ed era un maledetto agente segreto russo, disertore e assassino.

Nel migliore dei casi Zalachenko era un testimone e nel peggiore era coinvolto in una lunga serie di omicidi. Erlander aveva avuto la possibilità di effettuare due brevi interrogatori con lui e in nessuna delle due occasioni aveva creduto per un solo secondo alle sue proteste di innocenza.

E il suo assassino aveva mostrato interesse per Lisbeth Salander o almeno per il suo avvocato. Aveva cercato di introdursi in quella stanza.

Dopo di che aveva tentato di suicidarsi sparandosi in testa. Secondo i medici era così malridotto che si poteva dire fosse riuscito nel suo intento, nonostante il corpo non si fosse ancora reso conto che era ora di chiudere. Molto probabilmente Evert Gullberg non sarebbe mai comparso di fronte a un giudice.

A Marcus Erlander la situazione non piaceva. Neanche un po'. Ma non aveva nessuna prova che gli spari di Gullberg fossero stati qualcosa di diverso da ciò che parevano essere. In ogni caso decise di andare sul sicuro. Guardò Annika Giannini.

«Ho disposto che Lisbeth Salander sia trasferita in un'altra stanza. Ce n'è una nel braccio di corridoio a destra dell'accettazione che sotto il profilo della sicurezza è decisamente migliore di questa. La porta è visibile giorno e notte dall'accettazione e dalla stanza degli infermieri. Ho disposto anche il divieto di visita, tranne che per lei. Nessuno può entrare da Lisbeth Salander senza permesso o senza essere un medico o un infermiere conosciuto qui al Sahlgrenska. E provvederò affinché la camera sia sorvegliata ventiquattr'ore su ventiquattro.»

«Crede che sia in pericolo?»

«Non ho elementi per confermare l'ipotesi. Ma non voglio correre rischi.»

Lisbeth ascoltava con attenzione la conversazione fra il suo avvocato e il poliziotto. Era impressionata dal modo preciso e dettagliato in cui Annika rispondeva. Ed era ancora più impressionata dalla sua capacità di agire freddamente anche sotto stress.

Per il resto aveva un mal di testa pazzesco da quando Annika l'aveva trascinata fuori dal letto portandola al sicuro nel bagno. Istintivamente voleva avere a che fare il meno possibile con il personale. Non le piaceva dover chiedere aiuto o dare segni di debolezza. Ma il mal di testa era così opprimente che le rendeva troppo difficile pensare con chiarezza. Allungò la mano e suonò per chiamare un infermiere.

Annika Giannini aveva pianificato la visita a Göteborg come il prologo di un lavoro che l'avrebbe occupata a lungo. Voleva fare la conoscenza di Lisbeth Salander, informarsi delle sue reali condizioni e tracciare un primo abbozzo della strategia che lei e Mikael Blomkvist avevano messo insieme in vista del futuro procedimento giudiziario, ma pensava di ritornare a Stoccolma già in serata. I drammatici sviluppi al Sahlgrenska però avevano fatto sì che ancora non avesse avuto il tempo per un colloquio vero e proprio con la sua assistita. Lisbeth era in uno stato considerevolmente peggiore di quanto avesse pensato quando i medici avevano dichiarato che le sue condizioni erano stabili. Al momento era anche tormentata da un forte mal di testa e dalla febbre. Una dottoressa di nome Helena Endrin le aveva prescritto forti analgesici, antibiotici e riposo. Non appena la sua cliente fu trasferita nella nuova stanza e un poliziotto si fu piazzato lì fuori di guardia, Annika fu cacciata.

Borbottò qualcosa tra sé e guardò l'ora: erano già le quattro e mezza. Esitò. Poteva tornare a casa a Stoccolma, rischiando di essere costretta a ripetere il viaggio già il giorno dopo. Oppure poteva fermarsi per la notte, rischiando che la sua cliente stesse troppo male per affrontare una visita anche il giorno dopo. Non aveva prenotato una stanza, ed era in ogni caso un avvocato a basso budget che assisteva donne emarginate senza grandi risorse economiche perciò di regola evitava di appesantire la parcella con costosi conti d'albergo. Telefonò prima a casa e poi a Lilian Josefsson, una collega membro della Rete delle donne e vecchia compagna di studi. Non si vedevano da due anni e chiacchierarono vivacemente un bel po' prima che Annika le spiegasse il motivo della chiamata.

«Sono a Göteborg» disse. «Avevo pensato di tornare a casa stasera ma oggi sono successe delle cose che mi costringono a fermarmi per la notte. Ti andrebbe se venissi a impormi come ospite da te?»

«Fantastico. Sì, ti prego, vieni a impormi la tua presenza! È un secolo che non ci vediamo.»

«Sicura che non disturbo?»

«No, naturalmente. Mi sono trasferita. Adesso abito in una traversa di Linnégatan. Ho anche una stanza per gli ospiti. E stasera possiamo uscire a divertirci.»

«Se ne avrò la forza» disse Annika. «A che ora ti va bene?»

Si accordarono per le sei.

Annika prese l'autobus per Linnégatan e trascorse l'ora successiva in un ristorante greco. Aveva una fame da lupi, ordinò uno spiedino e un'insalata. Rimase a lungo seduta a riflettere sugli avvenimenti della giornata. Si sentiva un po' traballante ora che l'adrenalina si era stabilizzata, ma era soddisfatta di sé. Nel momento del pericolo aveva agito senza esitazione, con efficienza e compostezza. Aveva fatto la scelta giusta senza nemmeno pensarci. Ed era una sensazione piacevole quella che provava nel dare questo giudizio su se stessa.

Tirò fuori la sua agenda filofax dalla cartella e la aprì nella parte del blocnotes. Lesse concentrata. Era piena di dubbi di fronte a ciò che suo fratello le aveva spiegato. Allora il piano le era sembrato logico, ma in realtà mostrava delle grosse falle. Tuttavia non aveva intenzione di tirarsi indietro.

Alle sei pagò e si avviò verso l'abitazione di Lilian Josefsson in Olivedalsgatan. Giunta davanti al portone digitò il codice di apertura che le era stato fornito dall'amica. Entrò nell'androne e stava cercando l'ascensore quando l'attacco arrivò all'improvviso. Era del tutto impreparata. Qualcuno la spinse brutalmente contro la parete di mattoni appena dentro il portone. Batté la testa contro il muro e avvertì un forte dolore.

L'attimo dopo sentì un rumore di passi che si allontanavano rapidamente e il portone che si apriva e si richiudeva. Si rimise in piedi, portò la mano alla fronte e vide che era sporca di sangue. Che cavolo... Si guardò intorno confusa, poi uscì in strada. Intravide una schiena che svoltava all'angolo di Sveaplan. Restò ferma per qualche minuto, esterrefatta.

Poi si rese conto che la sua cartella non c'era più e che l'avevano appena rapinata. Le occorse qualche secondo prima che il significato di quanto era successo si sedimentasse nella sua coscienza. No. Il fascicolo Zalachenko. Sentì lo choc diffondersi dal diaframma e mosse qualche passo esitante verso l'uomo in fuga. Ma si fermò quasi subito. Era inutile. Lui era già chissà dove.

Si sedette lentamente sul marciapiede.

Poi balzò in piedi e frugò nella tasca della giacca. La filofax! Grazie, buon dio. L'aveva infilata in tasca anziché nella cartella quando aveva lasciato il ristorante. La bozza della sua strategia per il caso Salander era lì dentro, punto per punto.

Tornò di corsa verso il portone e digitò nuovamente il codice. Entrò, salì le scale fino al quarto piano e si mise a martellare coi pugni la porta di Lilian Josefsson.

Erano già quasi le sei e mezza quando Annika, essendosi ripresa, fu in grado di fare una telefonata. Aveva un occhio nero e un taglio sul sopracciglio. Lilian Josefsson l'aveva disinfettato e ci aveva messo sopra un cerotto. No, Annika non voleva andare all'ospedale. Sì, avrebbe preso volentieri una tazza di tè. Solo dopo cominciò a pensare di nuovo razionalmente. La sua prima mossa fu di chiamare il fratello.

Mikael Blomkvist era ancora in redazione, a caccia di informazioni sull'assassino di Zalachenko insieme a Henry Cortez e Malin Eriksson. Ascoltò con crescente sgomento il resoconto di Annika su quanto era accaduto.

«Tu stai bene?» chiese.

«Ho un occhio nero. Ma sto bene, ora che sono riuscita a calmarmi.»

«Una rapina?»

«Hanno preso la mia cartella con il fascicolo su Zalachenko che mi avevi dato tu. Ora non c'è più.»

«Nessun problema. Posso farne un'altra copia.»

Si interruppe. Sentì d'improvviso i peli rizzarsi sulla nuca. Prima Zalachenko. Poi Annika.

«Annika... ti richiamo.»

Chiuse il suo iBook e lo infilò nella borsa, lasciando di gran carriera la redazione senza una parola. Di corsa tornò a casa in Bellmansgatan e salì le scale.

La porta era chiusa.

Non appena entrò nell'appartamento vide che la cartella blu che aveva lasciato sul tavolo era sparita. Non si diede la pena di cercare. Sapeva esattamente dov'era quando lui era uscito di casa. Si lasciò cadere su una sedia accanto al tavolo della cucina mentre i pensieri gli si affollavano in testa.

Qualcuno era stato nel suo appartamento. Qualcuno stava cancellando tutte le tracce di Zalachenko.

Sia la sua copia che quella di Annika non c'erano più.

Ma Bublanski aveva ancora il rapporto.

O forse no?

Mikael si alzò e stava per prendere il telefono quando si fermò con la mano sul ricevitore. Qualcuno era stato nel suo appartamento. D'improvviso fissò il telefono con sospetto e si tastò la tasca della giacca alla ricerca del cellulare. Rimase fermo in piedi con il cellulare in mano.

Quanto facile poteva essere intercettare una conversazione telefonica da un cellulare?

Lo appoggiò lentamente accanto all'apparecchio fisso e si guardò intorno.

Tornò a sedersi al tavolo della cucina.

Guardò la borsa del computer.

Quanto difficile è leggere la posta elettronica altrui? Lisbeth Salander ci riusciva in cinque minuti.

Si soffermò a lungo a riflettere prima di tornare al telefono e chiamare la sorella a Göteborg. Fu molto attento a come si esprimeva.

«Ciao... allora come va?»

«Sono okay, Micke.»

«Raccontami quello che è successo da quando sei arrivata al Sahlgrenska a quando è avvenuta l'aggressione.»

Le occorsero dieci minuti per fargli una relazione sulla sua giornata. Mikael non discusse le implicazioni di quanto gli veniva raccontato, ma inserì qua e là delle domande finché non fu soddisfatto. Voleva sembrare un fratello preoccupato mentre il suo cervello lavorava su tutt'altro piano a ricostruire i punti fondamentali.

Annika aveva deciso di fermarsi a Göteborg alle quattro e mezza del pomeriggio, e aveva chiamato col cellulare la sua amica che le aveva fornito indirizzo e codice per aprire il portone. Alle sei il rapinatore era già in attesa nell'androne.

Il cellulare di Annika era sotto controllo. Era l'unica spiegazione possibile.

Il che poteva significare che anche lui aveva i telefoni sotto controllo.

Credere qualcosa di diverso sarebbe stato assurdo.

«Ma hanno preso il fascicolo su Zalachenko» ripeté Annika.

Mikael esitò un momento. Chi aveva rubato il fascicolo era già al corrente del furto. Era naturale raccontarlo a sua sorella al telefono.

«Hanno preso anche il mio» disse quindi.

«Cosa?»

Mikael spiegò che era tornato a casa di corsa e che la cartella blu che aveva lasciato sul tavolo della cucina era sparita.

«Okay» disse poi in tono cupo. «È una catastrofe. Il fascicolo su Zalachenko non c'è più. Era il pezzo più pesante delle nostre prove.»

«Micke... mi dispiace.»

«Anche a me» disse Mikael. «Diavolo! Ma non è tua la colpa. Avrei dovuto rendere pubblico il rapporto il giorno stesso che l'ho avuto in mano.»

«Cosa facciamo adesso?»

«Non lo so. Questa è la cosa peggiore che poteva capitare. Fa crollare tutta la nostra impostazione. Non abbiamo uno straccio di prova contro Björck e Teleborian.»

Parlarono per altri due minuti prima che Mikael chiudesse la conversazione.

«Voglio che tu venga su a Stoccolma domani» disse.

«Mi dispiace. Devo incontrare Lisbeth.»

«Incontrala in mattinata. Parti nel pomeriggio. Dobbiamo trovarci per riflettere sul da farsi.»

Quando ebbe concluso la telefonata, Mikael rimase seduto immobile sul divano, lo sguardo fisso davanti a sé. Poi un sorriso si diffuse sul suo viso. Chi aveva intercettato la conversazione adesso sapeva che *Millennium* aveva perso l'inchiesta di Gunnar Björck del 1991 e la corrispondenza fra Björck e quel pazzo del dottor Peter Teleborian. Sapeva che Mikael e Annika erano disorientati.

Dalle sue ricerche della notte precedente sulla storia dei servizi segreti, Mikael aveva imparato quanto meno che la disinformazione era la base di tutta l'attività spionistica. E aveva appena gettato il seme di una disinformazione che in prospettiva avrebbe potuto dimostrarsi preziosissima.

Aprì la borsa del computer e tirò fuori la copia dell'inchiesta che aveva fatto per Dragan Armanskij e che non aveva ancora avuto il tempo di consegnargli. Era l'unica rimasta. Non aveva nessuna intenzione di perderla. Ne avrebbe immediatamente fatte almeno altre cinque e le avrebbe piazzate nei posti giusti.

Diede un'occhiata all'orologio e telefonò alla redazione di *Millennium*. Malin Eriksson era ancora lì ma stava per chiudere.

«Perché sei scappato via di corsa?»

«Saresti così gentile da fermarti ancora un momento? Sto tornando lì e ho una cosa che devo discutere con te prima che te ne vada.»

Era da settimane che non faceva una lavatrice. Le camicie erano tutte nel cesto della biancheria sporca. Mise in una borsa il rasoio e *Lotta di potere per il controllo della Säpo* insieme all'ultima copia rimasta dell'indagine di Björck. Raggiunse a piedi Dressmann e comperò quattro camicie, due paia di pantaloni e dieci paia di mutande, e portò tutto in redazione. Malin Eriksson aspettò mentre si faceva una rapida doccia, chiedendosi cosa bollisse in pentola.

«Qualcuno si è introdotto in casa mia e ha rubato il rapporto su Zalachenko. Qualcuno ha aggredito Annika a Göteborg e ha rubato la sua copia. Ho le prove che il suo telefono è sotto controllo, la qual cosa probabilmente implica che anche il mio telefono e forse anche il tuo e tutti quelli della redazione siano infestati di cimici. E chi si è preso il disturbo di entrare nel mio appartamento sarebbe un idiota se non ne avesse approfittato per spargere cimici anche lì.»

«Aha» fece Malin con voce piatta. Sbirciò verso il suo cellulare che era appoggiato sulla scrivania davanti a lei.

«Continua a lavorare come al solito. Usa il cellulare ma non per passare informazioni. Domani dobbiamo avvisare anche Henry.»

«Okay. È andato via un'ora fa. Ha lasciato una pila di fogli sulla tua scrivania. Ma cosa ci fai tu...»

«Dormo qui stanotte. Oggi hanno ammazzato Zalachenko, rubato i rapporti e messo cimici nel mio appartamento, ma ci sono buone probabilità che siano appena entrati in azione e non abbiano ancora fatto in tempo a occuparsi della redazione. Di giorno c'è gente, ma non voglio che rimanga deserta di notte.»

«Tu credi che l'omicidio di Zalachenko... Ma l'assassino era un uomo di settantotto anni con problemi psichici.»

«Non credo neanche un po' a una simile coincidenza. Qualcuno sta cancellando le tracce di Zalachenko. Me ne infischio altamente di chi sia quel settantottenne e di quante lettere deliranti abbia scritto ai ministri. Per me era un sicario. È andato lì con l'intento di uccidere Zalachenko... e forse anche Lisbeth Salander.»

«Ma poi si è suicidato, o almeno ci ha provato. Quale sicario lo fa?»

Mikael rifletté un momento. Incontrò lo sguardo del caporedattore.

«Qualcuno che ha settantotto anni e forse non ha niente da perdere. Doveva essere coinvolto anche lui in questa faccenda, e quando avremo finito di scavare saremo in grado di dimostrarlo.»

Malin Eriksson studiò attentamente il viso di Mikael. Non l'aveva mai visto così freddamente irremovibile. Tutto d'un tratto rabbrividì. Mikael notò la sua reazione.

«Ancora una cosa. Siamo coinvolti in uno scontro non con una banda criminale ma con un'autorità statale. Sarà una bella impresa.»

Malin annuì.

«Non avevo pensato che si sarebbe arrivati così lontano. Malin, se vuoi tirarti indietro non hai che da dirlo.»

Lei esitò un momento. Si chiese cosa avrebbe detto Erika Berger. Poi scosse ostinatamente la testa.

Parte seconda

Hacker Republic
1 - 22 maggio

Una legge irlandese del 697 dopo Cristo proibisce alle donne di entrare nell'esercito – la qual cosa lascia intendere che le donne in precedenza erano state militari. Popoli che nel corso della storia si sono serviti in varie occasioni di donne soldato sono fra gli altri gli arabi, i berberi, i curdi, i rajputi, i cinesi, i filippini, i maori, i papuani, gli aborigeni australiani, i micronesiani e gli indiani d'America. Esistono molti racconti su temute donne guerriere nell'antica Grecia. Parlano di donne addestrate fin dall'infanzia all'arte della guerra, all'uso delle armi e alla sopportazione delle privazioni fisiche. Vivevano separate dagli uomini e andavano in guerra con reggimenti propri. Non di rado i racconti contengono elementi che lasciano intendere che sconfiggessero anche gli uomini sul campo di battaglia. Le amazzoni ricorrono nella letteratura greca, per esempio nell'*Iliade* di Omero, circa settecento anni prima di Cristo.

Furono i greci a coniare il termine "amazzoni". Il vocabolo significa letteralmente "senza seni". Lo si spiega con il fatto che, allo scopo di poter tendere più facilmente l'arco, veniva loro asportata la mammella destra. Anche se due dei medici greci più celebri, Ippocrate e Galeno, pare concordassero sul fatto che questa operazione aumentava la capacità di utilizzare l'arma, è tuttavia dubbio che tali interventi chirurgici venissero realmente effettuati. C'è inoltre un misterioso punto interrogativo linguistico – non è chiaro se il prefisso "a" in "amazzone" significhi veramente "senza", o non invece l'opposto e cioè che un'amazzone era una donna con i seni particolarmente sviluppati. Non esiste nessun esempio in nessun museo di raffigurazioni di donne prive della mammella destra. Ma se la leggenda della mutilazione avesse qualche fondamento, dovrebbe essere un motivo ricorrente.

8.
Domenica 1 maggio - lunedì 2 maggio

Erika Berger fece un respiro profondo prima di spingere con decisione la porta dell'ascensore e fare il suo ingresso nella redazione del quotidiano *Svenska Morgon-Posten*. Erano le dieci e un quarto del mattino. Era vestita elegantemente, pantaloni neri, golf rosso e giacca scura. Il tempo era splendido. Attraversando la città aveva constatato che il movimento dei lavoratori aveva cominciato a radunarsi e che lei non partecipava a un corteo di dimostranti da circa vent'anni.

Per un attimo si fermò appena fuori dall'ascensore, sola e invisibile. Primo giorno del nuovo incarico. Da lì vedeva buona parte della redazione con il bancone nel mezzo. Alzò un po' lo sguardo e vide anche le porte di vetro dell'ufficio del caporedattore che d'ora in avanti sarebbe stato il suo posto di lavoro.

Non era del tutto convinta di essere la persona giusta per guidare lo *Svenska Morgon-Posten*. Era un passo gigantesco, da *Millennium* a un quotidiano con ottanta giornalisti e altre novanta persone circa fra amministrazione, tecnici, grafici, fotografi, venditori di spazi pubblicitari, distribuzione. Inoltre c'erano anche una casa editrice, una società di produzione e una società di gestione. Complessivamente, circa duecentotrenta persone.

Per un istante si domandò se non fosse tutto un gigantesco errore.

Poi la più anziana delle due donne al centralino si accorse che era arrivata in redazione e le tese la mano.

«Signora Berger. Benvenuta all'*Smp*.»

«Mi chiamo Erika. Salve.»

«Beatrice. Benvenuta. Le mostro dov'è l'ufficio del caporedattore Morander... sì, del caporedattore uscente, dovrei dire.»

«Grazie, l'ho già visto nel gabbiotto di vetro là in fondo» disse Erika, e sorrise. «Credo di riuscire ad arrivarci da sola. Grazie comunque della gentilezza.»

Attraversò a passo spedito la redazione e notò che il brusio era calato un po' di tono. D'improvviso aveva tutti gli sguardi su di sé. Si fermò davanti al bancone e disse cortesemente: «Ci conosceremo come si conviene fra un momento.» Poi andò a bussare sullo stipite della porta di vetro.

Il caporedattore uscente Håkan Morander aveva cinquantanove anni e ne aveva trascorsi dodici nel gabbiotto alla redazione dell'*Smp*. Proprio come Erika, ai suoi tempi era stato scelto con cura all'esterno e un bel giorno aveva fatto la stessa prima passeggiata appena fatta da lei. Morander la guardò confuso, diede un'occhiata all'orologio e si alzò in piedi.

«Salve Erika» la salutò. «Credevo che avresti cominciato lunedì.»

«Non sopportavo di stare a casa con le mani in mano un solo giorno di più. Perciò eccomi qui.»

Morander tese la mano.

«Benvenuta. Sarà un grande sollievo passarti il testimone.»

«Come stai?» domandò Erika.

Lui alzò le spalle nell'attimo stesso in cui Beatrice entrava con caffè e latte.

«Mi sembra già di marciare a mezza velocità. Ma non ne voglio parlare. Uno se ne va in giro sentendosi giovane e immortale, e poi tutto d'un tratto gli rimane pochissimo tempo. Una cosa è certa, non ho nessuna intenzione di sprecarlo dentro questa gabbia di vetro.»

Si massaggiò il petto con un gesto inconscio. Aveva problemi cardiaci e vascolari, e questo era il motivo delle sue improvvise dimissioni e del fatto che Erika doveva cominciare prima di quanto previsto.

Erika si voltò e lasciò scorrere lo sguardo sulla redazione. Era semivuota. Vide un reporter e un fotografo che si avviavano verso l'ascensore, probabilmente per un servizio sul primo maggio.

«Se disturbo o se sei occupato posso andarmene.»

«Il mio lavoro per oggi è scrivere un articolo di fondo di quattromilacinquecento battute sulle dimostrazioni del primo maggio. Ne ho scritti talmente tanti che potrei farlo anche dormendo. Devo spiegare perché i socialdemocratici sbagliano a non volere la guerra con la Danimarca.»

«La Danimarca?» disse Erika, perplessa.

«Ma sì, una parte del messaggio in questa ricorrenza deve pur trattare del conflitto sulla questione dell'integrazione. E i socialdemocratici ovviamente hanno torto, qualsiasi cosa dicano.»

D'un tratto scoppiò a ridere.

«Suona piuttosto cinico.»

«Benvenuta all'*Smp*.»

Erika non aveva mai avuto nessuna opinione su Håkan Morander. Era un anonimo potente nell'élite dei capiredattori. Quando aveva letto i suoi articoli di fondo le era sembrato noioso e conservatore, un esperto di lamentele sulle tasse come ogni liberale propugnatore della libertà d'espressione. Ma non l'aveva mai incontrato prima né aveva mai avuto occasione di parlare con lui.

«Raccontami del lavoro» disse.

«Io termino a fine giugno. Funzioneremo in parallelo per un paio di mesi. Tu scoprirai cose positive e cose negative. Io sono un cinico, per cui vedo soprattutto quelle negative.»

Si alzò e si piazzò accanto a lei davanti al vetro.

«Anche tu finirai per avere un certo numero di oppositori là fuori, capiturno e veterani che si sono creati i loro piccoli imperi e hanno un loro club del quale tu non puoi entrare a far parte. Cercheranno di allargarsi e di portare avanti le loro rubriche e i loro punti di vista personali. Dovrai avere la mano molto ferma per non cedere.»

Erika annuì.

«Ci sono Billing e Karlsson... loro sono un capitolo a sé. Si detestano e grazie al cielo fanno turni separati, ma si comportano come se fossero entrambi direttori responsabili. C'è Anders Holm, il caposervizio dell'informazione con il quale avrai moltissimo a che fare. Di sicuro avrete qualche scontro. In realtà è lui che fa l'*Smp* ogni giorno. Hai qualche reporter che è un divo e altri che dovrebbero andare in pensione.»

«Bravi collaboratori non ce ne sono?»

Morander scoppiò a ridere.

«Certo. Ma dovrai decidere tu con quali andare d'accordo. Abbiamo alcuni reporter là fuori che sono molto molto in gamba.»

«La direzione?»

«Magnus Borgsjö è il presidente del consiglio d'amministrazione. È lui che ti ha reclutata. È un tipo affascinante, un po' della vecchia scuola e un po' innovatore, ma soprattutto è la persona che decide. Ci sono alcuni membri del consiglio d'amministrazione, soprattutto della famiglia dei proprietari, che sembrano per lo più scaldare la sedia, e altri che svolazzano intorno come professionisti della direzione.»

«Non sembri molto convinto del consiglio d'amministrazione.»

«C'è una divisione dei compiti. Tu pubblichi il giornale. Loro si occupano della parte economica e non devono intromettersi per quanto riguarda il contenuto. Ma si creano sempre delle frizioni. Detto onestamente, Erika, sarà una bella sfida.»

«Perché?»

«La tiratura è calata di quasi centocinquantamila copie dall'epoca d'oro degli anni sessanta e l'*Smp* comincia ad avvicinarsi al limite oltre il quale non renderebbe più. Abbiamo tagliato oltre centottanta posti di lavoro dal 1980. Siamo passati al formato tabloid, cosa che avremmo dovuto fare vent'anni fa. L'*Smp* è ancora uno dei grandi quotidiani, ma basterebbe poco perché cominciassero a considerarci come un giornale di serie B. Se già non succede.»

«Perché hanno scelto me?» disse Erika.

«Perché l'età media di quelli che leggono l'*Smp* è sopra i cinquanta e la crescita dei ventenni è quasi a zero. Bisogna rinnovare. E il ragionamento della direzione è stato di reclutare il caporedattore più improbabile che riuscissero a immaginarsi.»

«Una donna?»

«Non soltanto una donna. La donna che ha frantumato l'impero di Wennerström, che viene celebrata come la regina del giornalismo investigativo e ha fama di essere tosta come nessun altro. Prova a pensarci. È irresistibile.

Se non ci riesci tu a rinnovare il giornale, non lo può fare nessuno. L'*Smp* assume non soltanto Erika Berger ma soprattutto la sua fama.»

Quando Mikael Blomkvist lasciò il caffè Copacabana accanto al cinema Kvartersbio a Hornstull erano da poco passate le due del pomeriggio. Si mise gli occhiali da sole e svoltò in Berglunds Strand per raggiungere la metropolitana. Vide quasi subito la Volvo grigia parcheggiata appena dietro l'angolo. La superò senza rallentare e constatò che la targa era la stessa e che la macchina era vuota.

Era la settima volta che notava quell'automobile negli ultimi quattro giorni. Non sapeva se gli girasse intorno già da tempo o se il fatto di averla notata fosse solo un caso. La prima volta, l'auto era parcheggiata nelle vicinanze del suo portone in Bellmansgatan, la mattina di mercoledì, quando stava andando a piedi in redazione. Casualmente il suo sguardo si era posato sulla targa che cominciava con Kab, l'aveva notata perché gli aveva ricordato il nome della società fantasma di Alexander Zalachenko, la Karl Axel Bodin. Ma probabilmente non avrebbe riflettuto sulla cosa se non avesse rivisto la stessa targa solo qualche ora più tardi mentre andava a pranzo con Henry Cortez e Malin Eriksson in Medborgarplatsen. Stavolta la Volvo era parcheggiata in una laterale della via dove c'era la redazione di *Millennium*.

Si domandò se non stesse diventando paranoico. Ma nel pomeriggio era andato a trovare Holger Palmgren alla clinica di Ersta e la Volvo grigia era ferma nel parcheggio dei visitatori. Non poteva essere un caso. Mikael cominciò a stare all'erta. Non rimase sorpreso quando vide di nuovo l'auto il mattino seguente.

In nessuna occasione c'era un guidatore. Telefonando all'ufficio del registro automobilistico aveva saputo che la Volvo era registrata a nome di un certo Göran Mårtensson, quarant'anni, domiciliato in Vittangigatan a Vällingby. Dopo una breve ricerca, Mikael sapeva che Göran Mårtensson aveva il titolo di consulente aziendale ed era proprietario di una società domiciliata presso una casella postale in Fleminggatan a Kungsholmen. Mårtensson aveva un curriculum che nel contesto era di un certo interesse. A diciotto anni, nel 1983, aveva fatto il servizio militare nei reparti speciali costieri, dopo di che aveva preso servizio nelle forze armate. Era arrivato al grado di tenente quando, nel 1989, si era congedato e aveva cambiato settore, andando a studiare all'accademia di polizia a Solna. Fra il 1991 e il 1996 aveva lavorato alla polizia di Stoccolma. Nel 1997 aveva lasciato il servizio pubblico e nel 1999 aveva registrato la propria ditta.

Säpo, dunque.

Mikael si mordicchiò il labbro inferiore. Uno zelante giornalista investigativo avrebbe potuto diventare paranoico per molto meno. Trasse la conclusione che l'avevano messo sotto sorveglianza ma che la cosa veniva fatta in maniera così goffa che lui se n'era accorto.

Ma davvero si poteva parlare di goffaggine? L'unico motivo per cui aveva notato la macchina era la sua targa singolare che per pura coincidenza significava qualcosa per lui. Non fosse stato per quel Kab, non avrebbe degnato la Volvo grigia di una sola occhiata.

Nella giornata di venerdì della macchina non c'era stata traccia. Mikael non ne era del tutto sicuro, ma gli era parso di avere la compagnia di una Audi rossa quel giorno, anche se non era riuscito a vederne la targa. Il sabato tuttavia la Volvo era ricomparsa.

Venti secondi esatti dopo che Blomkvist aveva lasciato il Copacabana, Christer Malm sollevò la sua Nikon digitale e scattò una serie di dodici foto dalla sua postazione, un tavolino all'ombra del caffè Rosso, sull'altro lato della strada. Fotografò i due uomini che erano usciti dal locale subito dopo Mikael e si erano messi nella sua scia.

Uno era un tipo sulla quarantina, biondo di capelli. L'altro, anche lui biondo di capelli, aveva degli occhiali da sole scuri. Entrambi erano vestiti in jeans e giacca di pelle scura.

Accanto alla Volvo grigia si separarono. Quello con gli occhiali da sole aprì la portiera mentre l'altro continuò a seguire Blomkvist a piedi verso la metropolitana.

Christer Malm abbassò la macchina fotografica e sospirò. Non aveva la minima idea del perché Mikael gli avesse chiesto con insistenza di fare il giro dell'isolato intorno al Copacabana la domenica pomeriggio per scovare una Volvo grigia con un certo numero di targa. Gli aveva anche chiesto di piazzarsi in modo da poter fotografare la persona che molto probabilmente avrebbe aperto la portiera subito dopo le tre. Al tempo stesso avrebbe dovuto tenere gli occhi aperti per controllare se qualcuno lo pedinava.

Suonava come il preludio di un tipico pezzo alla Blomkvist. Christer Malm non sapeva decidere se Mikael fosse paranoico di natura oppure avesse facoltà paranormali. Dopo gli avvenimenti di Gosseberga, Mikael era ancora più chiuso e comunicare con lui era un'impresa. È pur vero che questo non era affatto insolito quando lavorava a qualche inchiesta intricata – aveva notato in lui la stessa chiusa ossessione e riservatezza ai tempi dell'affare Wennerström –, ma stavolta era più evidente che mai.

Christer non ebbe difficoltà a constatare che Mikael era

effettivamente pedinato. Si domandò quale nuovo casino stesse bollendo in pentola. Con ogni probabilità avrebbe impegnato tempo, forze e mezzi di *Millennium*. E non gli pareva una grande idea quella di andare a perdersi dietro Blomkvist quando il caporedattore del giornale aveva disertato per unirsi al "grande drago" e la stabilità faticosamente ricostruita di *Millennium* d'improvviso era minacciata.

Ma d'altro lato erano almeno dieci anni che non partecipava a un corteo di dimostranti, a eccezione del Gay Pride, e quella domenica 1 maggio non aveva niente di meglio da fare che accontentare Mikael. Si alzò e si mise sulle tracce dell'uomo che stava pedinando Mikael Blomkvist. La qual cosa non faceva parte delle istruzioni. D'altro canto lo perdette di vista già in Långholmsgatan.

Una delle prime misure adottate da Blomkvist quando si era reso conto che il suo telefono probabilmente era sotto controllo era stata di spedire Henry Cortez ad acquistare dei cellulari usati. Henry aveva recuperato gli avanzi di una partita di Ericsson T10 per una sciocchezza. Mikael comperò delle tessere prepagate della Comviq e distribuì i telefoni di riserva a Malin, Henry, Christer, Annika e Armanskij, oltre a prenderne uno per sé. Dovevano essere usati unicamente per chiamate che non dovevano assolutamente essere intercettate. Il normale traffico telefonico doveva avvenire sui soliti numeri. La qual cosa comportava che tutti dovevano portarsi dietro due cellulari.

Mikael andò dal Copacabana alla redazione, dove Henry era di turno per la giornata. Dopo l'omicidio di Zalachenko, Mikael aveva fatto in modo che ci fosse sempre qualcuno, anche di notte. Aveva coinvolto Henry,

Malin e Christer, non Lottie Karim, Monica Nilsson e il direttore marketing Sonny Magnusson, che non erano stati neppure interpellati al proposito. Lottie Karim aveva paura del buio e per nulla al mondo avrebbe accettato di dormire in redazione. Monica Nilsson non aveva la benché minima paura del buio, ma lavorava già come una matta ed era il tipo che al termine della giornata se ne va a casa. Sonny Magnusson aveva sessantun anni e non aveva niente a che fare con il lavoro redazionale; inoltre stava per andare in ferie.

«Qualcosa di nuovo?» chiese Mikael.

«Niente di particolare» rispose Henry. «Oggi le notizie sono tutte sul primo maggio.»

Mikael annuì.

«Mi fermo qui un paio d'ore. Va' pure a casa e torna stasera alle nove.»

Quando Henry fu sparito, Mikael andò alla scrivania e tirò fuori il cellulare anonimo. Telefonò al giornalista freelance Daniel Olofsson a Göteborg. Nel corso degli anni *Millennium* aveva pubblicato diversi testi di Olofsson, e Mikael aveva grande fiducia nella sua capacità giornalistica di raccogliere materiale.

«Salve Daniel. Sono Mikael Blomkvist. Sei libero?»

«Certo.»

«Mi occorre un lavoro di ricerca. Puoi fatturare cinque giorni, non voglio un pezzo. O meglio, se ti va di scrivere sull'argomento poi noi pubblichiamo, ma è solo la ricerca che ci interessa.»

«Spara.»

«È una questione un po' delicata. Non devi discuterne con nessuno tranne che con me, e puoi comunicare con me solo tramite Hotmail. Non devi dire neppure che stai svolgendo ricerche su incarico di *Millennium*.»

«Suona divertente. A cosa sei interessato?»

«A un reportage dall'ospedale Sahlgrenska. Lo chiameremo *Medici in prima linea*. Tratterà della differenza fra la realtà e la serie tv. Voglio che tu segua il lavoro del pronto soccorso e del reparto di terapia intensiva per un paio di giorni. Che parli con medici, infermieri, personale ausiliario, tutti quelli che ci lavorano. Come sono le condizioni di lavoro e così via. Foto, naturalmente.»

«Terapia intensiva?» si stupì Olofsson.

«Sì. Devi concentrarti sull'assistenza ai pazienti in gravi condizioni del corridoio 11C. Voglio sapere com'è organizzato il reparto, chi ci lavora, che aspetto hanno e da dove vengono.»

«Mmm» fece Olofsson. «Se non vado errato, all'11C è ricoverata una certa Lisbeth Salander.»

Il ragazzo non era mica stupido.

«Ma davvero?» fece Blomkvist. «Interessante. Scopri in quale stanza è, cosa c'è in quelle vicine, e tutto ciò che la riguarda.»

«Mi sa che questo reportage finirà per trattare di qualcosa di totalmente diverso» disse Olofsson.

«Come s'è detto... io voglio solo avere i risultati della tua ricerca.»

Si scambiarono gli indirizzi Hotmail.

Lisbeth Salander era stesa sul pavimento della sua stanza al Sahlgrenska quando l'infermiera Marianne aprì la porta.

«Mmm» fece Marianne, sottolineando in tal modo i propri dubbi sull'opportunità di stare stesi per terra in un reparto di terapia intensiva. Ma accettò il fatto che era l'unica palestra possibile per la paziente.

Lisbeth era sudata fradicia. Aveva dedicato trenta minuti a flessioni ed estensioni secondo le prescrizioni del suo fisioterapista. Si trattava di una lunga serie di movimenti che doveva fare ogni giorno per rinforzare la muscolatura della spalla e dell'anca, dopo l'intervento di tre settimane prima. Aveva il respiro pesante e si sentiva totalmente fuori forma. Si stancava in fretta e la spalla le doleva a ogni minimo sforzo. Ma era senza dubbio in via di miglioramento. Il mal di testa che l'aveva tormentata nei primi tempi dopo l'operazione si ripresentava sempre meno spesso.

Si rendeva conto che stava abbastanza bene da essere in condizione di lasciare l'ospedale, o almeno di svignarsela. Se fosse stato possibile. Ma non era così. Sia perché i medici non l'avevano ancora dichiarata completamente ristabilita, sia perché la porta della sua stanza era sempre chiusa a chiave e sorvegliata da un dannato energumeno della Securitas che se ne stava piazzato su una sedia fuori in corridoio.

Avrebbe potuto essere trasferita in un normale reparto di riabilitazione, ma la polizia e la direzione dell'ospedale avevano deciso di comune accordo che Lisbeth per il momento rimanesse nella stanza 18. Era facile da sorvegliare, c'era sempre qualcuno nelle vicinanze ed era alla fine di un corridoio a forma di L. Trattenerla nel corridoio 11C, dove dopo l'omicidio di Zalachenko il personale era sensibile al tema sicurezza e conosceva già le problematiche relative alla sua persona, era più semplice che trasferirla in un reparto nuovo con tutto ciò che questo avrebbe comportato.

Ma la sua permanenza al Sahlgrenska era in ogni caso questione di qualche altra settimana. Non appena i medici l'avessero dimessa, sarebbe stata trasferita al carcere di Kronoberg a Stoccolma in attesa del processo. E la persona che doveva decidere quando effettuare questo trasferimento era il dottor Anders Jonasson.

Erano trascorsi ben dieci giorni dagli avvenimenti di Gosseberga prima che il dottor Jonasson desse il permesso alla polizia di procedere a un interrogatorio, e agli occhi di Annika Giannini questa era un'ottima cosa. Purtroppo però Jonasson aveva messo i bastoni fra le ruote anche alle visite della stessa Annika alla sua assistita. E questo era fastidioso.

Dopo il tumulto seguito all'omicidio di Zalachenko, Jonasson aveva effettuato un'ampia valutazione delle condizioni di Lisbeth, senza trascurare che la ragazza era esposta a un forte stress essendo sospettata di gravi reati. Anders Jonasson non aveva la più pallida idea se fosse colpevole o innocente, e come medico non era nemmeno minimamente interessato a una risposta a quella domanda. Si limitava a dichiarare che Lisbeth Salander era esposta a un forte stress. Le avevano sparato tre volte, e una delle pallottole le aveva colpito il cervello, quasi uccidendola. La sua temperatura non voleva scendere e soffriva di acuti mal di testa.

Jonasson voleva andare sul sicuro. Sospettata di omicidio o meno era una sua paziente, e lui aveva il dovere di provvedere alla sua pronta guarigione. Aveva perciò vietato le visite, a prescindere dal divieto giuridicamente motivato imposto dal procuratore. E aveva prescritto dei farmaci e riposo totale.

Anders Jonasson riteneva che il completo isolamento fosse una punizione inumana, quasi una tortura, e che nessun essere umano avrebbe potuto trarre giovamento dall'essere totalmente separato dai propri amici, dunque pensò che l'avvocato Annika Giannini avrebbe potuto supplire a questa limitazione. Ma ebbe con lei un colloquio molto serio e le spiegò che le sarebbe stato concesso di stare con Lisbeth solo un'ora al giorno. In quell'ora avrebbe potuto parlare con lei o semplicemente stare lì seduta in silenzio a farle compagnia. Le loro conversazioni avrebbero però dovuto riguardare il meno possibile i problemi di Lisbeth e le sue imminenti battaglie giudiziarie.

«Lisbeth Salander si è presa una pallottola in testa» le spiegò. «Sono convinto che sia fuori pericolo, ma c'è sempre il rischio che si producano emorragie o insorgano complicazioni. Ha bisogno di riposare per guarire. Solo dopo potrà occuparsi dei suoi problemi con la giustizia.»

Annika aveva capito. Fece qualche discorso generico con Lisbeth e le accennò a come si configurava la strategia sua e di Mikael, ma nei primi tempi non ebbe alcuna possibilità di entrare nei dettagli. Lisbeth era così drogata di farmaci e così sfinita che spesso si addormentava nel bel mezzo della conversazione.

Dragan Armanskij esaminò la serie di fotografie scattate da Christer Malm ai due uomini che avevano seguito Mikael Blomkvist fuori dal Copacabana. Erano estremamente nitide.

«No» disse. «Non li ho mai visti prima.»

Mikael assentì. Si erano incontrati nell'ufficio di Armanskij alla Milton Security il lunedì mattina. Mikael era entrato dal garage.

«Il più vecchio è Göran Mårtensson, che è il proprietario della Volvo. Mi sta seguendo come la coscienza sporca almeno da qualche giorno, ma ovviamente può essere che la cosa vada avanti anche da più tempo.»

«E tu sostieni che è della Säpo.»

Mikael gli riferì i precedenti di Mårtensson che era riuscito a mettere insieme. Parlavano da soli. Armanskij esitava. Provava sensazioni contrastanti di fronte alle rivelazioni di Blomkvist.

Era un fatto che le polizie segrete statali facevano sempre delle figuracce. Era la condizione naturale delle cose non soltanto per la Säpo ma probabilmente per tutti i servizi segreti del mondo. Buon dio, i francesi avevano mandato in Nuova Zelanda una squadra di sommozzatori per far saltare in aria la Rainbow Warrior di *Greenpeace*. Probabilmente la più stupida operazione della storia mondiale, con l'eccezione forse del Watergate. Con degli ordini così non c'era da stupirsi che scoppiassero degli scandali. D'altra parte i successi non venivano mai riferiti. I media si gettavano sui servizi segreti quando succedeva qualcosa di indecente o di stupido o di malriuscito con tutta la saggezza che si può avere a posteriori.

Armanskij non aveva mai capito l'atteggiamento dei media nei confronti della Säpo.

Da un lato la consideravano una fonte eccellente, di un certo peso. Una qualunque stupidaggine provocava titoli vistosi. *La Säpo sospetta che...*

Dall'altro lato media e politici di vario colore si dedicavano a giustiziare con rara meticolosità i membri della polizia segreta che spiavano i cittadini svedesi, quando venivano scoperti. In tutto questo c'era qualcosa di tanto contraddittorio che Armanskij pensava che né i politici né i media avessero tutte le rotelle al loro posto.

Non aveva nulla in contrario all'esistenza della Säpo. Qualcuno doveva pur avere la responsabilità di evitare che gli imbecilli nazional-bolscevichi che avevano letto troppo Bakunin mettessero insieme una bomba di concime chimico e petrolio e la piazzassero in un furgone davanti a Rosenbad. Della Säpo c'era bisogno, e Armanskij era del parere che un po' di spionaggio non sempre fosse un male, se però lo scopo era di proteggere la tranquillità dei cittadini.

Ovviamente, un'organizzazione che ha per compito di spiare i cittadini dev'essere sotto il più rigido controllo pubblico e il più elevato controllo costituzionale. Il problema con la Säpo era che per i politici e i parlamentari era quasi impossibile metterci il naso, anche se il primo ministro avesse formalmente dato accesso a ogni documento. Armanskij si era fatto prestare il libro di Carl Lidbom, *Un incarico*, e l'aveva letto con crescente stupore. Negli Usa una decina di membri di primo piano dei servizi segreti svedesi sarebbero stati immediatamente arrestati e costretti a sfilare davanti a qualche commissione del Congresso. In Svezia erano apparentemente inavvicinabili.

Il caso Salander dimostrava che c'era del marcio all'interno dell'organizzazione, ma quando Blomkvist era arrivato lì e gli aveva dato un cellulare sicuro, come prima reazione aveva pensato che fosse paranoico. Solo dopo aver appreso i dettagli e aver studiato le fotografie di Christer Malm aveva dovuto ammettere controvoglia che i sospetti di Blomkvist erano motivati. La qual cosa non prometteva nulla di buono, anzi lasciava intendere che la congiura che quindici anni prima aveva avuto come oggetto Lisbeth Salander non era un caso.

C'erano semplicemente troppe coincidenze perché si trattasse di un caso. Ammettiamo pure che Zalachenko potesse essere stato ucciso da un pazzo. Ma non nello stesso momento in cui a Mikael Blomkvist e ad Annika Giannini veniva rubato il documento che costituiva la base dell'impianto probatorio. Era un bel guaio. E come se non bastasse il supertestimone Gunnar Björck si era pure impiccato.

«Okay» disse Armanskij, riordinando la documentazione di Mikael. «Siamo d'accordo che io parli di questa cosa con il mio contatto?»

«Si tratta di una persona della quale dici di fidarti.»

«So che è una persona di elevata moralità e di condotta molto democratica.»

«All'interno della Säpo» disse Mikael con palese perplessità nella voce.

«Dobbiamo essere d'accordo. Sia io che Holger Palmgren abbiamo accettato il tuo piano e collaboriamo con te. Ma io sostengo che non possiamo risolvere questa questione completamente da soli. Dobbiamo trovare degli alleati all'interno dell'apparato se non vogliamo che questa cosa vada a finire male.»

«Okay» disse Mikael controvoglia. «Sono abituato a chiudere un lavoro nell'attimo in cui *Millennium* va in stampa. Non mi è mai capitato di fornire informazioni su un'inchiesta prima che sia pubblicata.»

«Ma in questo caso l'hai già fatto. Hai già parlato con me, con tua sorella e con Palmgren.»

Mikael fece cenno di sì.

«E l'hai fatto perché anche tu ti rendi conto che questa faccenda va molto oltre un titolo sul tuo giornale. In questo caso tu non sei un reporter obiettivo, ma un attore che partecipa agli eventi.»

Mikael annuì.

«E come attore hai bisogno di aiuto per riuscire nel tuo scopo.»

Mikael annuì ancora una volta. In ogni caso non aveva raccontato tutta la verità né ad Armanskij né ad Annika. Aveva ancora dei segreti che condivideva solo con Lisbeth Salander. Strinse la mano ad Armanskij.

9.
Mercoledì 4 maggio

Tre giorni dopo che Erika Berger era entrata in servizio all'*Smp*, all'ora di pranzo il caporedattore Morander spirò. Era stato tutta la mattina chiuso nella sua gabbia di vetro mentre Erika insieme al segretario di redazione Peter Fredriksson aveva un incontro con la redazione sportiva per conoscere i collaboratori e capire come lavoravano. Fredriksson aveva quarantacinque anni ed era relativamente nuovo al giornale. Lavorava lì solo da quattro anni. Era un tipo taciturno, competente e piacevole, ed Erika aveva già deciso che in generale si sarebbe fidata delle intuizioni di quell'uomo quando avesse assunto il comando della barca. Dedicava buona parte del suo tempo a valutare quali fossero i collaboratori di cui fidarsi e con cui condividere da subito la sua nuova gestione. Fredriksson era senz'altro uno dei candidati. Quando fecero ritorno al bancone videro Håkan Morander alzarsi dalla scrivania e avvicinarsi alla porta.

Aveva un'espressione stupita.

Poi si piegò bruscamente in avanti afferrando lo schienale di una sedia per qualche secondo prima di cadere sul pavimento.

Era morto prima ancora che l'ambulanza avesse fatto in tempo ad arrivare.

Nel pomeriggio in redazione l'atmosfera era confusa. Il presidente del consiglio d'amministrazione Borgsjö arrivò alle due e radunò i collaboratori per una breve commemorazione. Ricordò come Morander avesse dedicato gli ultimi quindici anni della sua vita al giornale e parlò del prezzo che il giornalismo talvolta esige. Chiese un minuto di silenzio. Quando il minuto fu passato si guardò intorno incerto su come continuare.

Che la gente muoia sul posto di lavoro è insolito, anzi raro. Si dovrebbe avere la cortesia di mettersi in disparte, per morire. Di andare in pensione o in malattia e un bel giorno diventare oggetto di conversazione in mensa. *A proposito, hai sentito che il buon vecchio Karlsson è morto venerdì scorso? Sì, il cuore. Il sindacato manderà dei fiori per i funerali.* Morire sul posto di lavoro e sotto gli occhi dei collaboratori era diverso. Erika notò che la redazione era molto scossa. Il giornale era senza timone. Tutto d'un tratto si rese conto che diversi collaboratori stavano sbirciando nella sua direzione. La carta sconosciuta.

«Ho avuto a che fare con Håkan Morander solo per tre giorni. È un periodo molto breve, ma da quel poco che ho visto di lui posso dire onestamente che mi sarebbe piaciuto conoscerlo meglio.»

Fece una pausa quando con la coda dell'occhio vide che Borgsjö la stava guardando. Sembrava sorpreso del semplice fatto che lei avesse deciso di dire qualcosa. Fece un passo in avanti. *Non sorridere. Non devi sorridere. Ti mostreresti incerta.* Alzò leggermente il tono.

«La repentina scomparsa di Morander creerà dei problemi qui in redazione. Io avrei dovuto sostituirlo solo fra due mesi e confidavo di avere il tempo di fare tesoro della sua esperienza.»

Notò che Borgsjö apriva la bocca per dire qualcosa.

«Ora questo non accadrà e tutti noi dovremo passare attraverso un periodo di cambiamenti e adattamenti. Ma Morander era caporedattore di un quotidiano, che dovrà uscire anche domani. Mancano nove ore all'ultima stampa e quattro alla chiusura della prima pagina. Posso chiedervi... chi fra voi era il migliore amico di Morander, il suo confidente?»

Ci fu un breve silenzio mentre i collaboratori si sbirciavano l'un l'altro. Alla fine Erika sentì una voce da sinistra.

«Probabilmente io.»

Gunnar Magnusson, sessantun anni, segretario di redazione della prima pagina e al giornale da trentacinque anni.

«Qualcuno deve scrivere un necrologio per Morander, ma non posso farlo io... sarebbe presuntuoso da parte mia. Tu te la senti?»

Gunnar Magnusson esitò un attimo ma poi annuì.

«Me ne occupo io» disse.

«Usiamo tutta la prima pagina e aggiustiamo il resto.»

Gunnar annuì.

«Ci servono delle immagini...» Guardò a destra e notò il responsabile delle illustrazioni, Lennart Torkelsson. Che annuì.

«Dobbiamo metterci al lavoro. Forse nei primi tempi ci sarà qualche incertezza. Quando avrò bisogno di aiuto per prendere delle decisioni vi chiederò consiglio e mi affiderò alla vostra competenza e alla vostra esperienza. Voi sapete come si fa questo giornale. Io ho ancora davanti a me un po' di tempo sul banco di scuola.»

Si rivolse al segretario di redazione Peter Fredriksson.

«Peter, da quel che diceva, ho capito che Morander aveva grande fiducia in te. Dovrai essere il mio mentore e il mio consigliere in questi primi tempi e ti toccherà fare un po' più fatica del solito. Per te è okay?»

L'uomo fece cenno di sì. Che altro poteva fare?

Erika si voltò di nuovo verso gli editorialisti.

«Ancora una cosa... Morander stava scrivendo il suo articolo di fondo stamattina. Gunnar, puoi entrare nel suo computer e controllare se l'aveva finito? E anche se non è finito lo pubblichiamo comunque. È l'ultimo fondo di Håkan Morander e sarebbe un peccato e una vergogna che non uscisse. Il giornale che facciamo oggi è ancora il giornale di Håkan Morander.»

Silenzio.

«Se c'è qualcuno di voi che ha bisogno di una pausa per raccogliersi, se la prenda senza sentirsi in colpa. Sapete tutti quali deadline abbiamo.»

Silenzio. Erika notò che alcuni annuivano con un mezzo cenno d'approvazione.

«Al lavoro» disse a bassa voce.

Jerker Holmberg allargò le braccia disarmato. Jan Bublanski e Sonja Modig avevano un'espressione dubbiosa. Curt Svensson sembrava neutrale. Tutti e tre studiavano i risultati dell'indagine preliminare che Holmberg aveva concluso in mattinata.

«Niente?» disse Sonja. Era perplessa.

«Niente» confermò Holmberg, scuotendo la testa. «Il rapporto conclusivo del patologo è arrivato stamattina. Non c'è nulla che lasci pensare a qualcosa di diverso da un suicidio per impiccagione.»

Tutti spostarono lo sguardo sulle fotografie scattate nel soggiorno della casa di campagna di Smådalarö. Ogni cosa indicava che Gunnar Björck, capodivisione aggiunto della sezione stranieri dei servizi segreti, era salito di sua spontanea volontà su uno sgabello, aveva fissato un cappio al gancio del lampadario, se lo era infilato intorno al collo e quindi con grande determinazione aveva spinto con un calcio lo sgabello diversi metri lontano da sé. Il patologo era un po' incerto sull'ora esatta del decesso, ma l'aveva comunque collocato nel pomeriggio del 12 aprile. Björck era stato trovato il 17 aprile proprio da Curt Svensson, dopo che Bublanski aveva cercato ripetutamente di prendere contatto con Björck e alla fine, irritato, lo aveva mandato a prelevare.

A un certo punto, durante quei cinque giorni, il gancio del lampadario aveva ceduto al peso e il corpo di Björck era crollato sul pavimento. Svensson aveva scorto il cadavere da una finestra e aveva dato l'allarme. Bublanski e gli altri giunti sul posto avevano pensato che Björck fosse stato strangolato con una garrotta. Ma nel corso della giornata i tecnici della scientifica avevano trovato il gancio del lampadario. Jerker Holmberg era stato incaricato di indagare su come fosse morto Björck.

«Non c'è niente che lasci sospettare un delitto, o che Björck non fosse solo al momento dell'impiccagione» disse Holmberg.

«Il lampadario...»

«Sul lampadario ci sono le impronte digitali del proprietario della casa, che l'aveva appeso due anni fa, e di Björck stesso. Il che lascia supporre che sia stato lui a tirarlo giù.»

«Da dove viene la corda?»

«Dall'asta della bandiera nel cortile sul retro. Qualcuno ha tagliato circa due metri di corda. C'era un coltello con il fodero sul davanzale interno della finestra. Ma il proprietario della casa dice che il coltello è suo. Di solito è dentro la cassetta degli attrezzi sotto il lavello della cucina. Le impronte digitali di Björck sono sia sull'impugnatura sia sulla lama, oltre che sulla cassetta degli attrezzi.»

«Mmm» fece Sonja.

«Che nodi erano?» chiese Curt Svensson.

«Nodi normali, molto semplici. Il cappio stesso aveva solo un nodo scorsoio. Questo è l'unico dettaglio un po' strano. Björck era un velista esperto, sapeva fare i nodi. Ma chi lo sa quanto possa importare a uno che sta per suicidarsi.»

«Droghe?»

«Secondo il rapporto tossicologico Björck aveva tracce di un forte analgesico nel sangue. Ma si tratta di un medicinale che gli era stato prescritto. C'erano anche tracce di alcol ma non in quantità rilevanti. In altre parole, era praticamente sobrio.»

«Il patologo scrive che c'erano delle abrasioni.»

«Un graffio lungo tre centimetri sul lato esterno del ginocchio sinistro. Ci ho pensato su, ma può esserselo provocato in una dozzina di modi diversi... per esempio urtando contro una sedia o qualcosa del genere.»

Sonja sollevò una foto che mostrava il viso deformato di Björck. Il cappio era penetrato così a fondo che non si riusciva a vedere la corda tra le pieghe della pelle. Il viso era grottescamente gonfio.

«Probabilmente è rimasto appeso per parecchie ore, forse un giorno intero, prima che il gancio cedesse. Tutto il sangue è concentrato in parte nella testa, da dove il cappio ha impedito che defluisse, e in parte nelle gambe. Quando il gancio ha ceduto Björck è andato a sbattere con il torace contro il tavolo del soggiorno. L'urto ha causato una contusione, ma molto tempo dopo che lui era già morto.»

«Che modo orrendo di crepare» disse Curt Svensson.

«Non so. La corda era così sottile che dev'essere pene-

260

trata subito profondamente interrompendo il flusso sanguigno. Deve avere perso conoscenza in pochi secondi ed essere morto nel giro di uno o due minuti.»

Bublanski chiuse disgustato l'indagine preliminare con un colpo secco. Questa storia non gli piaceva. Non gli piaceva affatto che Zalachenko e Björck fossero morti probabilmente lo stesso giorno. Il primo ucciso a pistolettate da un pazzo, e il secondo suicidatosi. Ma nessuna speculazione al mondo poteva modificare il fatto che l'esame della scena del crimine non forniva il minimo supporto alla teoria che qualcuno avesse aiutato Björck a raggiungere l'aldilà.

«Era sotto pressione» disse Bublanski. «Sapeva che l'affare Zalachenko stava per essere portato alla luce, e che lui stesso rischiava di finire dentro per sfruttamento della prostituzione e di essere sbattuto in prima pagina sui giornali. Mi chiedo cosa gli facesse più paura. Era malato da molto tempo... Non so. Comunque lo avrei apprezzato se avesse lasciato una lettera o qualcosa.»

«Pochi di quelli che tentano il suicidio scrivono lettere di addio.»

«Lo so. Okay. Non abbiamo scelta. Mettiamo Björck agli atti.»

Erika Berger aveva delle remore a sistemarsi sulla sedia di Morander dentro il gabbiotto e a mettere da parte i suoi effetti personali. Si accordò con Gunnar Magnusson perché chiamasse la moglie e la pregasse di passare, quando l'avesse ritenuto opportuno, a prendere ciò che le apparteneva.

Intanto fece sgomberare una parte del bancone nel bel mezzo del mare della redazione, sistemò il suo portatile e assunse il comando. C'era una gran confusione.

Ma tre ore dopo che in tutta fretta aveva preso in mano il timone dell'*Smp* la pagina di apertura andò in stampa. Magnusson aveva messo insieme un articolo di quattro colonne su Håkan Morander. La pagina era costruita intorno a una sua foto, con il suo ultimo articolo di fondo sulla sinistra e una serie di immagini in basso. Dal punto di vista del layout era un po' disarmonica, ma produceva un impatto emozionale che rendeva accettabili i difetti.

Poco prima delle sei di sera, Erika stava dando una scorsa ai titoli della prima bozza e discutendo i testi con il responsabile della composizione quando Borgsjö le si avvicinò e la toccò sulla spalla. Lei alzò gli occhi.

«Possiamo fare due chiacchiere?»

Si avviarono verso il distributore automatico del caffè.

«Volevo solo dire che sono molto soddisfatto di come ha iniziato. Credo che ci abbia colti tutti di sorpresa.»

«Non avevo tanta scelta. Ma ci sarà un po' da zoppicare prima che io cominci a ingranare davvero.»

«Di questo siamo consapevoli.»

«Siamo?»

«Sia il personale sia la direzione. In particolare la direzione. Ma dopo quello che è successo oggi sono più che mai convinto che lei sia stata la scelta giusta. È arrivata qui all'ultimo momento ed è stata costretta a prendere il comando in una situazione molto difficile.»

Erika quasi arrossì. Non le capitava da quando aveva quattordici anni.

«Posso darle un buon consiglio...?»

«Naturalmente.»

«Ho sentito che ha avuto da discutere con Anders Holm, il caposervizio dell'informazione, su alcuni titoli.»

«Eravamo in disaccordo sul taglio da dare al pezzo sulla proposta fiscale del governo. Aveva aggiunto un commento. Quando si tratta di notizie, dobbiamo essere neutrali. I commenti vanno negli articoli di fondo. E già che siamo in argomento, io ne scriverò uno di tanto in tanto ma come ho già detto non sono politicamente attiva, dunque dobbiamo risolvere la questione di chi diventerà il responsabile di quella redazione.»

«Per il momento può occuparsene Magnusson» disse Borgsjö.

Erika alzò le spalle.

«Per me fa lo stesso. Ma dev'essere una persona che rappresenti chiaramente le idee del giornale.»

«Capisco. Quello che voglio dire è che dovrebbe dare a Holm un po' di spazio di manovra. È da tanto che lavora all'*Smp* ed è caposervizio da quindici anni. Sa quello che fa. Può essere scorbutico ma è praticamente indispensabile.»

«Lo so. Morander me lo diceva. Ma per quanto riguarda la politica del notiziario temo che dovrà conformarsi. In fin dei conti, mi avete assunta per rinnovare il giornale.»

Borgsjö annuì riflessivo.

«Okay. Risolveremo i problemi a mano a mano che si presenteranno.»

Annika Giannini era stanca e irritata quando la sera di mercoledì salì sul treno X2000 alla stazione centrale di Göteborg per fare ritorno a Stoccolma. Le sembrava che l'X2000 fosse stato la sua casa, nell'ultimo mese. La sua famiglia non aveva quasi avuto il tempo di vederla. Andò a prendersi un caffè nel vagone ristorante e tornò al proprio posto. Si sedette e aprì la cartella con gli appunti dell'ultimo colloquio con Lisbeth Salander. Che era anche la causa della sua stanchezza e della sua irritazione.

Mi sta nascondendo qualcosa, pensò Annika. *Non mi racconta la verità. E anche Mikael mi nasconde qualcosa. Dio solo sa cosa combineranno quei due.*

Pensò anche che, siccome suo fratello e la sua cliente non avevano comunicato fra loro di recente, la cospirazione – se poi di cospirazione si trattava – doveva derivare da un tacito accordo per loro naturale. Non capiva di cosa potesse trattarsi, ma supponeva che riguardasse qualcosa che Mikael riteneva di dover nascondere.

Temeva fosse una questione di morale, che era un po' il punto debole del fratello. Mikael era amico di Lisbeth Salander. Annika lo conosceva e sapeva che era leale oltre il limite della stupidità con le persone che considerava amiche, anche se avevano torto marcio. Mikael poteva accettare molte stupidaggini. Ma c'era un confine inespresso che non si poteva varcare con lui. Dove passasse esattamente questo confine sembrava dipendere da persona a persona, ma in qualche occasione Mikael aveva rotto definitivamente con amici che avevano fatto qualcosa che lui giudicava immorale o comunque inaccettabile. In tali circostanze diventava inflessibile. La rottura era totale, per sempre, e indiscutibile. Mikael non rispondeva neppure al telefono, anche se la persona in questione chiamava per chiedere perdono in ginocchio.

Ciò che succedeva nella testa di Mikael Blomkvist Annika lo capiva. Ma ciò che succedeva in quella di Lisbeth Salander le era completamente incomprensibile. Certe volte pensava che là dentro regnasse l'immobilità assoluta.

Da Mikael aveva saputo che Lisbeth era di umore capriccioso ed estremamente riservata. Ma fino a quando non l'aveva incontrata aveva creduto che sarebbe stato qualcosa di passeggero e che si sarebbe trattato solo di conquistare la sua fiducia. Dopo un mese di colloqui però doveva ammettere che – anche se le prime due settimane erano andate perdute perché Lisbeth non aveva la forza di parlare – la conversazione era stata in buona parte a senso unico.

Annika aveva anche notato che Lisbeth di tanto in tanto sembrava trovarsi in uno stato di profonda depressione e non mostrava il minimo interesse a risolvere la propria situazione e chiarire il proprio futuro. Sembrava semplicemente non capire o non curarsi del fatto che l'unica possibilità per Annika di fornirle una difesa adeguata dipendeva dalla possibilità di accedere a tutti i fatti. Annika non poteva lavorare al buio.

Lisbeth era scontrosa e di poche parole. Faceva lunghe pause di riflessione. Si esprimeva con precisione quando diceva qualcosa, ma spesso non rispondeva affatto, e a volte rispondeva improvvisamente a qualche domanda che Annika le aveva posto diversi giorni prima. In occasione degli interrogatori della polizia, era rimasta seduta sul letto in silenzio, lo sguardo fisso davanti a sé. Con un'unica eccezione, non aveva scambiato una sola parola con i poliziotti. Solo quando l'ispettore Erlander le aveva chiesto cosa sapesse di Ronald Niedermann lei l'aveva guardato e aveva risposto a ogni domanda. Non appena lui cambiava argomento, lei perdeva interesse e riprendeva a guardare fisso davanti a sé.

Annika era preparata al fatto che Lisbeth non avrebbe detto nulla alla polizia. Per principio non parlava con le autorità. E nel caso specifico questo era un bene. Benché formalmente Annika esortasse la sua cliente a rispondere alle domande della polizia, sotto sotto era molto soddisfatta del suo silenzio. Il motivo era semplice. Si trattava di un silenzio coerente. Non conteneva menzogne che potessero smascherarla né ragionamenti contraddittori che potessero fare un brutto effetto in tribunale.

Ma anche se era preparata al silenzio Annika si stupiva comunque che Lisbeth fosse così imperturbabile. Quando erano sole le aveva domandato più volte perché si rifiutasse in modo così evidente di parlare con la polizia.

«Perché stravolgerebbero le mie parole e le userebbero contro di me.»

«Ma se non ti spieghi finirai per essere condannata.»

«Allora che vada pure così. Non sono stata io a causare questo casino. Se vogliono condannarmi per questo, non è un problema mio.»

Lisbeth le aveva raccontato quasi tutto ciò che era accaduto a Stallarholmen, anche se Annika il più delle volte aveva dovuto cavarle le parole di bocca. Quasi tutto. Non le aveva spiegato come avesse fatto Magge Lundin a beccarsi una pallottola nel piede. Per quanto Annika chiedesse e brontolasse, Lisbeth si limitava a guardarla in maniera sfacciata e a fare il suo sorriso storto.

Lisbeth le aveva anche raccontato cosa era accaduto a Gosseberga. Ma non aveva detto niente del perché si fosse messa sulle tracce del padre. Era andata laggiù per ucciderlo – come sosteneva il procuratore – o per farlo ragionare? Dal punto di vista giuridico, la differenza era enorme.

Quando Annika tirava in ballo il suo ex tutore, l'avvocato Nils Bjurman, Lisbeth diventava ancora più silenziosa. La sua consueta risposta era che non era stata lei a sparargli e che nemmeno l'accusavano di averlo fatto.

Quando poi Annika affrontava il nocciolo stesso dell'intera catena degli eventi, il ruolo del dottor Peter Teleborian nel 1991, Lisbeth si chiudeva in un silenzio compatto.

Così non funziona pensò Annika. *Se Lisbeth non ha fiducia in me perderemo il processo. Devo parlare con Mikael.*

Lisbeth Salander era seduta sul letto e guardava fuori dalla finestra. Poteva vedere la facciata dell'edificio dall'altra parte del parcheggio. Era rimasta immobile e indisturbata per oltre un'ora dopo che Annika era balzata in piedi incollerita e se n'era andata sbattendo la porta. Aveva di nuovo mal di testa, un dolore soffuso e lontano. Ed era di cattivo umore.

Era arrabbiata con Annika Giannini. Da un punto di vista pratico poteva capire che il suo avvocato insistesse di continuo sui dettagli del suo passato. Da un punto di vista razionale poteva capire che insistesse per essere messa a parte di tutti i fatti. Ma lei non aveva il benché minimo desiderio di parlare dei propri sentimenti o delle proprie azioni. Riteneva che la sua vita fosse una questione privata. Non era colpa sua se suo padre era un sadico e un assassino psicopatico. Non era colpa sua se suo fratello era un pluriomicida. E grazie al cielo nessuno sapeva che Niedermann era suo fratello, altrimenti con ogni probabilità anche questo avrebbe pesato sulla valutazione psichiatrica che prima o poi sarebbe stata fatta. Non era stata lei a uccidere Dag Svensson e Mia Bergman. Non era stata lei a nominare un tutore che si era rivelato un porco e uno stupratore.

Eppure era la sua vita che sarebbe stata rivoltata come un guanto e lei sarebbe stata costretta a spiegarsi e a chiedere scusa per essersi difesa.

Voleva essere lasciata in pace. Alla fin fine era lei che doveva vivere con se stessa. Non si aspettava che qualcuno le fosse amico. *Annika Dannata Giannini* stava pro-

267

babilmente dalla sua parte, ma era un'amicizia professionale, era il suo avvocato. *Kalle Dannato Blomkvist* era là fuori da qualche parte – Annika era reticente riguardo al proprio fratello e comunque Lisbeth non le domandava mai niente. Non si aspettava che si sarebbe sbattuto più di tanto, quando l'omicidio di Dag Svensson fosse stato risolto e lui avesse avuto la sua inchiesta.

Si domandò cosa pensasse di lei Dragan Armanskij dopo tutto quello che era successo.

Si domandò cosa pensasse Holger Palmgren.

A detta di Annika si erano schierati entrambi dalla sua parte, ma erano soltanto parole. Non potevano fare nulla per risolvere i suoi problemi privati.

Si chiese quali sentimenti nutrisse Miriam Wu nei suoi confronti.

Si chiese cosa sentisse lei verso se stessa, e giunse alla conclusione che più che altro provava indifferenza verso tutta la propria vita.

D'un tratto fu disturbata dalla guardia della Securitas che infilò la chiave nella serratura e fece passare il dottor Anders Jonasson.

«Buona sera, signorina Salander. Allora, come andiamo oggi?»

«Okay» rispose lei.

Lui controllò la sua cartella clinica e constatò che era sfebbrata. Si era abituata alle sue visite un paio di volte alla settimana. Fra tutte le persone che la maneggiavano era l'unico verso il quale provasse un pizzico di fiducia. In nessuna occasione aveva avuto la percezione che la sbirciasse in modo strano. Veniva nella sua stanza, chiacchierava un po' e controllava lo stato di salute del suo corpo. Non faceva domande su Ronald Niedermann o Alexander Zalachenko, non le chiedeva se era pazza o perché la polizia la tenesse sotto chiave. Sembrava soltanto interessato a come funzionavano i suoi muscoli, a come procedevano le cose nel suo cervello e a come stava lei in generale.

Jonasson aveva letteralmente frugato dentro il suo cervello. E uno che aveva frugato dentro il suo cervello andava trattato con rispetto, le sembrava. Si rendeva conto con stupore di trovare le visite di Anders Jonasson perfino piacevoli, benché lui le impiegasse per palparla e per analizzare le sue curve febbrili.

«È okay se me ne accerto di persona?»

La sottopose alla consueta visita che consisteva nel guardarla nelle pupille, ascoltarle il respiro, controllarle il battito.

«Come sto?» gli chiese.

«Sei chiaramente in via di miglioramento. Ma devi lavorare di più con la ginnastica. E poi ti gratti la crosta che hai in testa. Cerca di non farlo.»

Fece una pausa.

«Posso farti una domanda personale?»

Lei lo guardò con la coda dell'occhio. Lui aspettò finché non annuì.

«Quel drago che hai tatuato... Non ho visto il tatuaggio per intero, ma mi sembra che sia molto esteso e che ti copra gran parte della schiena. Perché te lo sei fatto fare?»

«Non l'ha visto tutto?»

D'improvviso lui sorrise.

«Voglio dire che l'ho solo intravisto, ma mentre tu eri del tutto senza vestiti in mia compagnia io ero troppo occupato a fermare emorragie e a estrarre pallottole e cose del genere.»

«Perché vuole saperlo?»

«Per pura curiosità.»

Lisbeth rifletté. Alla fine lo guardò.

«Me lo sono fatto fare per una ragione privata della quale non voglio parlare.»

Anders Jonasson meditò sulla sua risposta e annuì pensieroso.

«Okay. Scusa se te l'ho chiesto.»

«Vuole vederlo?»

Lui assunse un'aria stupita.

«Certo. Perché no.»

Lisbeth voltò la schiena verso di lui e si tirò la camicia sopra la testa. Si mise in modo che la luce dalla finestra cadesse sul drago, che copriva tutta la parte destra. Cominciava sulla scapola quasi all'altezza della spalla e terminava con la coda un po' più in basso dell'anca. Era bello ed eseguito in modo professionale. Sembrava un'autentica opera d'arte.

Dopo un momento lei girò la testa.

«Contento?»

«È molto bello. Ma deve aver fatto un male d'inferno.»

«Sì» riconobbe lei. «Ha fatto male.»

Anders Jonasson lasciò la stanza di Lisbeth Salander un po' confuso. Era soddisfatto di come procedeva la sua riabilitazione fisica. Ma continuava a non capire quella strana ragazza. Non occorreva una laurea in psicologia per giungere alla conclusione che non stava particolarmente bene sul piano mentale. Il suo tono verso di lui era gentile, ma pieno di diffidenza. Gli era sembrato di capire che fosse gentile anche con il resto del personale, ma che non dicesse una parola durante le visite della polizia. Era chiusa ermeticamente dentro il suo guscio e manteneva le distanze con il mondo circostante.

La polizia l'aveva messa sotto chiave e un procuratore

aveva intenzione di incriminarla per tentato omicidio e lesioni aggravate. Era sconcertato che una ragazza così minuta avesse avuto la forza fisica necessaria per quel genere di rude violenza, per di più indirizzata contro uomini adulti.

Aveva chiesto del drago più che altro per avere un argomento personale di cui poter parlare con lei. In realtà non era affatto interessato al perché avesse voluto ornarsi in quella maniera così esagerata, ma se aveva scelto di caratterizzare il proprio corpo con un tatuaggio così grande la cosa per lei doveva avere un significato speciale. Dunque era un buon argomento con cui cominciare una conversazione.

Aveva preso l'abitudine di andarla a trovare un paio di volte alla settimana. Queste visite andavano al di là del protocollo, anche perché il medico curante di Lisbeth era la dottoressa Helena Endrin. Ma Jonasson era il direttore dell'unità di traumatologia e inoltre era immensamente soddisfatto dell'intervento che aveva compiuto la notte in cui Lisbeth era arrivata al pronto soccorso. Aveva preso la decisione giusta scegliendo di estrarre la pallottola, e per quanto poteva vedere la paziente non mostrava segni di conseguenze, vuoti di memoria, funzioni fisiche compromesse o altri handicap. Se le cose fossero andate avanti così, avrebbe potuto lasciare l'ospedale con una cicatrice sul cuoio capelluto ma senza altre complicazioni. Su quali cicatrici le fossero invece rimaste nell'anima il dottore non poteva pronunciarsi.

Raggiunse il suo studio e scoprì che un uomo in giacca scura stava appoggiato alla parete a fianco della sua porta. Aveva i capelli crespi e una barbetta ben curata.

«Il dottor Jonasson?»

«Sì.»

«Salve, mi chiamo Peter Teleborian. Sono primario alla clinica psichiatrica St. Stefan a Uppsala.»

«Certo, sì, ti riconosco.»

«Bene. Avrei bisogno di parlarti un momento in privato, se hai tempo.»

Anders Jonasson aprì la porta con la chiave.

«In cosa posso aiutarti?» domandò.

«Si tratta di uno dei tuoi pazienti. Lisbeth Salander. Ho bisogno di vederla.»

«Mmm. In tal caso devi chiedere il permesso al procuratore. È agli arresti, con divieto di ricevere visite. Inoltre dovresti comunicare in precedenza al suo avvocato...»

«Sì, sì, lo so. Pensavo che potessimo evitare di passare attraverso la burocrazia in questo caso. Sono un medico, potresti darmi accesso alla sua stanza per ragioni puramente mediche.»

«Sì, forse si potrebbe fare così. Ma non capisco di preciso il tuo scopo.»

«Sono stato per molti anni lo psichiatra di Lisbeth Salander quando era ricoverata alla St. Stefan a Uppsala. L'ho seguita fino al compimento dei diciotto anni, quando il tribunale ha deciso di mandarla fuori, libera, ancorché sotto tutela. Dovrei forse precisare che io ovviamente mi ero opposto. È stata abbandonata a se stessa, e il risultato lo stiamo vedendo oggi.»

«Capisco» disse Anders Jonasson.

«Provo ancora un forte senso di responsabilità nei suoi confronti e vorrei avere la possibilità di valutare quanto sono peggiorate le sue condizioni in questi anni.»

«Peggiorate?»

«Rispetto a quando, da adolescente, riceveva delle cure qualificate. Pensavo che si potesse trovare una soluzione conveniente, fra colleghi.»

272

«Stavo pensando... Forse tu puoi aiutarmi con una cosa che non riesco a capire. Fra colleghi, appunto. Quando è stata ricoverata qui al Sahlgrenska ho organizzato un'ampia valutazione medica della paziente. Un collega si è procurato la perizia psichiatrica. Era stata redatta da un certo dottor Jesper H. Löderman.»

«Esatto. Sono stato il relatore di Jesper quando ha preso il dottorato.»

«Capisco. Ma ho notato che questa perizia psichiatrica è molto vaga.»

«Aha.»

«Non contiene nessuna diagnosi, sembra essere più che altro uno studio accademico di un paziente muto.»

Peter Teleborian rise.

«Sì, non è una paziente facile. Come si evince dalla perizia, si rifiutò di parlare con Löderman. Con il risultato che lui fu costretto a esprimersi in modo vago. Il che fu perfettamente corretto, da parte sua.»

«Capisco. Ma la raccomandazione era comunque che lei fosse ricoverata.»

«Sulla base della sua storia personale. Nel complesso, abbiamo un'esperienza pluriennale del suo quadro clinico.»

«Ed è questo che non riesco a capire. Quando è stata ricoverata qui, abbiamo tentato di farci mandare la sua cartella clinica dalla St. Stefan. Ma non è ancora arrivata.»

«È stata secretata per decisione del tribunale. Mi dispiace,»

«Capisco. Ma come facciamo noi del Sahlgrenska a fornirle cure adeguate se non abbiamo accesso alla sua cartella clinica? Ora siamo noi ad avere la responsabilità medica della paziente.»

«Io mi sono occupato di lei da quando aveva dodici anni e non credo esista nessun altro medico in Svezia che possa vantare la stessa conoscenza del suo quadro clinico.»

«Che sarebbe...?»

«Lisbeth Salander soffre di un grave disturbo mentale. Come sai, la psichiatria non è una scienza esatta. Io preferisco non legarmi a una diagnosi precisa. Ma ha delle allucinazioni con evidenti tratti paranoici e schizofrenici. Nel quadro rientrano anche periodi maniaco-depressivi. E manca completamente di empatia.»

Anders Jonasson studiò il dottor Peter Teleborian per dieci secondi prima di allargare le braccia.

«Non starò a discutere la diagnosi con il dottor Teleborian, ma hai mai preso in considerazione una diagnosi molto più semplice?»

«Ossia?»

«Per esempio la sindrome di Asperger. Io ovviamente non ho fatto nessuna valutazione psichiatrica, ma se dovessi fare una supposizione punterei su una qualche forma di autismo. Spiegherebbe la sua incapacità di rapportarsi alle convenzioni sociali.»

«I pazienti affetti da sindrome di Asperger di solito non danno fuoco ai propri genitori. Credimi, non mi è mai capitato di incontrare un soggetto sociopatico così da manuale.»

«Io la vedo molto chiusa, ma non mi sembra un soggetto sociopatico e paranoico.»

«È un soggetto manipolatore» disse Peter Teleborian. «Ti mostra quello che crede tu voglia vedere.»

Anders Jonasson corrugò impercettibilmente le sopracciglia. Tutto d'un tratto Peter Teleborian andava brutalmente contro il giudizio complessivo su Lisbeth Salander che lui aveva maturato. Lui non la vedeva affatto come un soggetto manipolatore. Al contrario, Lisbeth era una persona che teneva in maniera inflessibile le distanze nei confronti del mondo circostante, e non mostrava nessuna emozione. Cercò di mettere insieme l'immagine riportata da Teleborian con quella che si era fatto personalmente.

«E tu l'hai vista per un breve periodo, nel corso del quale è stata passiva a causa delle ferite. Io ho visto i suoi scatti violenti e il suo odio irragionevole. Ho dedicato molti anni a cercare di aiutare Lisbeth Salander. È per questo che sono qui. Propongo una collaborazione fra Sahlgrenska e St. Stefan.»

«Di che genere di collaborazione stai parlando?»

«Tu ti occupi dei suoi problemi fisici, e sono convinto che siano le cure migliori che potrebbe ricevere. Ma io sono molto preoccupato per il suo stato mentale e vorrei poter intervenire in tempo. Sono pronto a offrirti tutto il mio aiuto.»

«Capisco.»

«Ho bisogno di vederla per fare anzitutto una valutazione delle sue condizioni.»

«Capisco. Purtroppo non ti posso aiutare.»

«Prego?»

«Come ti ho già detto, la paziente è agli arresti. Se vuoi iniziare un trattamento psichiatrico su di lei devi rivolgerti al procuratore Jervas, che ha il compito di decidere su questo genere di questioni, d'accordo con il suo avvocato Annika Giannini. E se si tratta di una perizia psichiatrica, dev'essere il tribunale a darti l'incarico.»

«Era proprio l'iter burocratico che volevo evitare.»

«Certo, ma io sono responsabile per lei, e se dovrà comparire davanti ai giudici in un futuro ormai prossimo voglio avere le carte in regola. Perciò dobbiamo seguire questo iter burocratico.»

«Posso confidarti che ho già ricevuto la richiesta del procuratore Richard Ekström di Stoccolma di procedere a una perizia psichiatrica. Sarà utilizzata al processo.»

«Ottimo. Il permesso di visita ti verrà accordato senza andare contro le regole.»

«Ma mentre noi ci occupiamo della burocrazia c'è il rischio che le sue condizioni peggiorino. Io sono solo interessato alla sua salute.»

«Anch'io» disse Anders Jonasson. «E, detto fra noi, non vedo nessun segno di infermità mentale. È malridotta, si trova in una situazione difficile. Ma non mi sembra affatto che sia schizofrenica o paranoica.»

Peter Teleborian provò ancora a indurre Anders Jonasson a tornare sui suoi passi. Quando però si rese conto che era inutile si alzò di scatto e si congedò.

Anders Jonasson restò a lungo seduto a fissare pensieroso la sedia che aveva occupato Teleborian. Per carità, non era insolito che altri dottori lo contattassero offrendo consigli o punti di vista sulle terapie. Ma la cosa riguardava quasi unicamente pazienti che erano in cura da quei colleghi. Non gli era mai capitato che uno psichiatra piombasse lì come un disco volante e insistesse per poter accedere, contro ogni regola, a un paziente che non seguiva da molti anni. Jonasson diede un'occhiata all'orologio e vide che erano quasi le sette di sera. Prese il telefono e chiamò Martina Karlgren, la psicologa che il Sahlgrenska offriva ai pazienti traumatizzati.

«Salve. Suppongo che tu abbia già finito per oggi. Disturbo?»

«Nessun problema. Sono a casa e non sto facendo nulla di particolare.»

«Sono un po' perplesso. Tu hai parlato con la nostra paziente Lisbeth Salander. Mi puoi dire che impressione ne hai avuto?»

«Mah, sono andata da lei tre volte proponendole un colloquio. Ha sempre rifiutato, cortesemente ma fermamente.»

«Qual è la tua impressione?»

«Dove vuoi arrivare?»

«Martina, lo so che non sei una psichiatra, ma sei una persona ragionevole. Che impressione hai avuto?»

Martina Karlgren esitò un attimo.

«Non so come rispondere a questa domanda. L'ho incontrata due volte quando era appena arrivata ed era talmente malconcia che non mi è stato possibile avere un vero contatto con lei. Poi sono tornata circa una settimana fa su richiesta di Helena Endrin.»

«Perché Helena ti ha chiesto di farle visita?»

«Lisbeth Salander è in via di guarigione. Eppure se ne sta quasi sempre stesa a fissare il soffitto. La dottoressa Endrin voleva che le dessi un'occhiata.»

«E cosa è successo?»

«Mi sono presentata. Abbiamo parlato un paio di minuti. Le ho chiesto come stava e se sentiva il bisogno di qualcuno con cui parlare. Mi ha detto di no. Le ho domandato se potevo esserle di qualche aiuto. Mi ha chiesto di portarle un pacchetto di sigarette di nascosto.»

«Era nervosa o ostile?»

Martina Karlgren rifletté un momento.

«No, non direi. Era tranquilla ma manteneva le distanze. La sua richiesta di portarle delle sigarette mi è sembrata più uno scherzo che una richiesta seria. Le ho domandato se voleva leggere qualcosa, se potevo portarle libri di qualche genere. Prima ha detto di no, ma poi mi ha chiesto se avevo qualche rivista scientifica che trattasse di genetica.»

«Di cosa?»

«Genetica.»

«Genetica?»

«Sì. Le ho detto che c'erano dei testi divulgativi sull'argomento nella biblioteca per i pazienti. Ma a quelli non era interessata. Aveva già letto cose simili, ne ha anche citate alcune che però non avevo mai sentito. Lei era interessata alla ricerca pura.»

«Ah sì?» disse Jonasson sbalordito.

«Le ho detto che probabilmente non avevamo testi così specifici in quella biblioteca, come sai c'è più Philip Marlowe che letteratura scientifica, ma le ho promesso che avrei fatto in modo di procurarle qualcosa.»

«E l'hai fatto?»

«Sono andata su a prendere in prestito qualche copia di *Nature* e del *New England Journal of Medicine*. Era contenta e mi ha ringraziato per essermi presa il disturbo.»

«Ma sono riviste piuttosto specialistiche, che contengono per lo più saggi e resoconti di esperimenti.»

«Lei le legge con grande interesse.»

Anders Jonasson rimase ammutolito per un attimo.

«Come giudichi il suo status mentale?»

«Chiuso. Non ha discusso assolutamente nulla di privato con me.»

«Ti sembra inferma di mente o depressa?»

«No, niente affatto. In tal caso lo avrei segnalato. È un soggetto singolare, certamente, ha grossi problemi e si trova in una condizione di stress. Ma è calma e concreta e sembra in grado di gestire la propria situazione.»

«Okay.»

«Perché queste domande? È successo qualcosa?»

«No, non è successo nulla. È solo che non riesco a inquadrarla.»

10.
Sabato 7 maggio - giovedì 12 maggio

Mikael Blomkvist mise da parte la cartella che aveva ricevuto dal free-lance Daniel Olofsson di Göteborg. Guardò pensieroso fuori dalla finestra e osservò la fiumana di gente in Götgatan. Era una delle cose che gli piacevano di più del suo ufficio. Götgatan era piena di vita a tutte le ore, e quando si sedeva accanto alla finestra non si sentiva mai veramente isolato o solo.

Era stressato, benché non avesse nessun impegno urgente. Aveva continuato ostinatamente a lavorare ai testi per il numero estivo di *Millennium*, ma alla fine si era reso conto che il materiale era talmente tanto che non sarebbe bastato nemmeno un numero speciale. Era la stessa situazione dell'affare Wennerström, e anche questa volta aveva deciso di pubblicare i testi in un libro. Aveva già circa centocinquanta pagine e calcolava che tutto il libro avrebbe potuto arrivare a trecentocinquanta pagine.

La parte più semplice era pronta. Aveva descritto gli omicidi di Dag Svensson e Mia Bergman e raccontato come fosse stato lui stesso a trovare i loro cadaveri. Aveva spiegato perché i sospetti fossero caduti su Lisbeth Salander. Un intero capitolo di trentasette pagine smontava ciò che i media avevano detto di Lisbeth, le teorie del procuratore Richard Ekström e indirettamente tutta l'inchiesta della polizia. In seguito aveva ammorbidito le critiche verso Bublanski e i suoi colleghi. L'aveva fatto dopo aver studiato il video della conferenza stampa di Ekström e aver notato che Bublanski era estremamente a disagio e scontento delle conclusioni affrettate del procuratore.

Mikael, dopo una drammatica introduzione, era andato indietro nel tempo fino all'arrivo di Zalachenko in Svezia, all'infanzia di Lisbeth Salander e agli avvenimenti che avevano condotto alla sua reclusione alla St. Stefan a Uppsala. Aveva dedicato molta attenzione a distruggere totalmente le figure del dottor Peter Teleborian e di Gunnar Björck. Aveva presentato l'analisi psichiatrica del 1991 e spiegato perché Lisbeth fosse diventata una minaccia per gli anonimi funzionari statali che si erano assunti il compito di proteggere il disertore russo. Aveva riportato ampie parti della corrispondenza fra Teleborian e Björck.

Ancora, aveva descritto la nuova identità di Zalachenko e la sua nuova attività come gangster a tempo pieno. E anche il suo collaboratore Ronald Niedermann, il rapimento di Miriam Wu e l'intervento di Paolo Roberto. Infine, aveva riassunto lo scontro finale a Gosseberga, quando Lisbeth era stata ferita a colpi d'arma da fuoco e sepolta viva, e aveva spiegato come mai un agente era morto del tutto inutilmente dopo che Niedermann era stato già catturato.

Poi però si era un po' impantanato. La ricostruzione presentava ancora delle notevoli lacune. Gunnar Björck non aveva agito da solo. Dietro tutto il corso degli eventi doveva esserci un gruppo più consistente e influente che aveva a disposizione notevoli risorse. Ogni altra ipotesi sarebbe stata assurda. Alla fine Mikael era giunto alla conclusione che il trattamento illegittimo di Lisbeth Salander non poteva essere stato disposto dal governo o dai servizi segreti. E a questa conclusione era giunto non per eccessiva fiducia nei poteri dello stato, ma per fiducia nella natura umana. Un'operazione di quel genere non avrebbe mai potuto rimanere segreta se ci fosse stato un aggancio politico. Qualcuno avrebbe avuto una questione da risolvere con qualcun altro e avrebbe chiacchierato, e i media avrebbero scovato l'affare Salander molti anni prima.

Mikael si immaginava il Club Zalachenko come un piccolo gruppo anonimo di agenti. Ma non era in grado di identificarne nessuno, tranne forse Göran Mårtensson, quarant'anni, poliziotto con mansioni segrete che si dedicava al pedinamento di Mikael Blomkvist.

Voleva che il libro fosse pronto per essere distribuito lo stesso giorno in cui sarebbe iniziato il processo contro Lisbeth Salander. Insieme a Christer Malm stava pianificando un'edizione tascabile da distribuire in allegato al numero estivo di *Millennium*. Aveva diviso i compiti fra Henry Cortez e Malin Eriksson, che avrebbero scritto dei pezzi sulla storia dei servizi segreti e simili.

Che ci sarebbe stato un processo contro Lisbeth Salander era ormai chiaro.

Il procuratore Richard Ekström l'aveva incriminata per lesioni aggravate ai danni di Magge Lundin e per tentato omicidio o in subordine lesioni aggravate ai danni di Karl Axel Bodin, alias Alexander Zalachenko.

Una data precisa non era ancora stata fissata, ma da alcuni colleghi Mikael aveva colto al volo l'informazione che Ekström pensava a luglio, in considerazione anche delle condizioni di salute di Lisbeth. E sapeva perché. Un processo in piena estate suscita sempre meno attenzione di un processo in altri periodi dell'anno.

Corrugò la fronte e guardò fuori dalla finestra del suo ufficio alla redazione di *Millennium*.

Non è ancora finita. La congiura contro Lisbeth va avanti. È l'unico modo per spiegare i telefoni sotto controllo, l'aggressione ad Annika, il furto del rapporto su Lisbeth del 1991. E forse anche l'omicidio di Zalachenko. Però gli mancavano le prove.

Insieme a Malin e Christer, Mikael aveva deciso che avrebbero pubblicato anche il libro di Dag Svensson sul trafficking in occasione del processo. Era meglio presentare l'intero pacchetto tutto in una volta, e non c'era motivo di indugiare con la pubblicazione. Il libro d'altra parte non avrebbe potuto destare pari interesse in nessun altro momento. Malin aveva la responsabilità della redazione finale del libro di Dag, mentre Henry Cortez aiutava Mikael con il libro sull'affare Salander. Lottie Karim e Christer Malm erano diventati con ciò segretari di redazione provvisori, e così Monica Nilsson era l'unica reporter disponibile. Il risultato era che tutta la redazione aveva la schiena piegata sotto l'accresciuto carico di lavoro, e Malin aveva dovuto contattare diversi free-lance. Sarebbe costato un bel po', ma non avevano scelta.

Mikael prese un appunto su un post-it giallo: doveva chiarire il problema dei diritti con la famiglia Svensson. Aveva scoperto che i genitori di Dag abitavano a Örebro ed erano gli unici eredi. Non aveva bisogno di nessun permesso per pubblicare il libro sotto il nome di Dag Svensson, ma aveva comunque intenzione di recarsi a Örebro e di incontrarli di persona per ottenere la loro approvazione. Aveva rimandato la visita solo perché aveva avuto troppe cose da fare, ma era decisamente ora che si occupasse di quel dettaglio.

Dopo di che rimanevano soltanto cento altri dettagli. Alcuni di questi riguardavano il modo in cui avrebbe dovuto trattare Lisbeth Salander nei testi. Per poter prendere una decisione definitiva doveva avere un colloquio personale con lei e ottenere la sua approvazione a raccontare la verità, o almeno una parte della verità. Ma quel colloquio gli era precluso, dal momento che Lisbeth era agli arresti con il divieto di ricevere visite.

A quel riguardo nemmeno Annika poteva essergli d'aiuto. Lei seguiva le regole e non aveva nessuna intenzione di diventare il fattorino di Mikael Blomkvist per la consegna di messaggi segreti. E non gli raccontava alcunché delle sue discussioni con Lisbeth, tranne ciò che concerneva la congiura per ricostruire la quale aveva bisogno dell'aiuto di Mikael. Frustrante ma corretto. Di conseguenza Mikael non aveva la minima idea se Lisbeth le avesse svelato che il suo ex tutore l'aveva stuprata e che lei si era vendicata tatuandogli sul ventre un messaggio che attirava l'attenzione. Finché Annika non tirava in ballo l'argomento, nemmeno Mikael lo poteva fare.

Ma soprattutto l'isolamento di Lisbeth Salander costituiva un altro problema. Lei era un'esperta di informatica e un hacker, cosa che Mikael sapeva ma Annika no. Mikael aveva promesso a Lisbeth che non avrebbe mai svelato il suo segreto, e aveva mantenuto la promessa. Ma adesso lui stesso avrebbe avuto un gran bisogno delle sue conoscenze in materia.

Dunque in qualche modo doveva stabilire un contatto con Lisbeth.

Sospirò, aprì di nuovo la cartella di Daniel Olofsson e tirò fuori due fogli. Uno era un estratto dal registro passaporti che riguardava un certo Idris Ghidi, nato nel

1950. Si trattava di un tizio con baffi, carnagione oliva-stra e capelli neri brizzolati sulle tempie.

L'altro foglio era il riassunto del passato di Idris Ghi-di, profugo curdo dall'Iraq. Olofsson era riuscito a sco-vare molte più informazioni su di lui che su qualsiasi al-tro dipendente. La spiegazione era che Idris Ghidi per un certo periodo aveva destato l'attenzione mediatica ed era dunque citato in diversi testi negli archivi dei media.

Nato nel 1950 nella città di Mosul nell'Iraq del Nord, era diventato ingegnere e aveva partecipato al grande bal-zo economico degli anni settanta. Nel 1984 aveva comin-ciato a lavorare come insegnante all'istituto tecnico edile di Mosul. Non era noto come attivista politico. Purtrop-po però era curdo, e dunque per definizione un poten-ziale criminale nell'Iraq di Saddam Hussein. Nell'ottobre del 1987 il padre fu arrestato come sospetto attivista cur-do. In cosa consistesse il suo crimine non fu mai precisa-to. L'uomo fu giustiziato come traditore della patria, pro-babilmente nel gennaio del 1988. Due mesi più tardi Idris Ghidi fu prelevato da agenti dei servizi segreti iracheni all'inizio di una lezione sulla teoria della resistenza nella costruzione dei ponti. Fu condotto in una prigione fuori Mosul dove per undici mesi fu sottoposto a torture nel tentativo di indurlo a confessare. Cosa ci si aspettava che confessasse, Idris Ghidi non riusciva a capirlo. Di conse-guenza le torture continuavano.

Nel marzo del 1989 uno zio pagò una somma corri-spondente a cinquantamila corone svedesi al capo locale del Partito baath, somma che fu considerata una suffi-ciente compensazione per il danno inferto allo stato ira-cheno da Idris Ghidi. Due giorni più tardi l'uomo fu li-berato e affidato alle cure dello zio. Pesava trentanove chili ed era incapace di camminare. In vista della liberazione gli era stata frantumata l'anca sinistra con un mazzuolo, in modo che in futuro non potesse correre in giro a combinare altri guai.

Idris Ghidi rimase sospeso tra la vita e la morte per diverse settimane. Quando si fu ripreso, lo zio lo trasferì in una fattoria a sessanta chilometri da Mosul. Durante l'estate si rimise in forze e imparò a camminare con le stampelle. Era consapevole che non sarebbe mai guarito completamente. Si chiedeva cosa avrebbe fatto in futuro. In agosto ricevette la notizia che i suoi due fratelli erano stati catturati dalla polizia segreta. Non li avrebbe rivisti mai più. Supponeva fossero stati sepolti sotto qualche mucchio di sabbia fuori Mosul. In settembre lo zio venne a sapere che il nipote era ancora ricercato dalla polizia di Saddam Hussein. Allora prese la decisione di rivolgersi a un anonimo parassita che dietro il versamento di una somma pari a trentamila corone condusse Idris Ghidi oltre il confine con la Turchia e, con l'aiuto di un passaporto falso, lo fece proseguire verso l'Europa.

Idris Ghidi sbarcò in Svezia il 19 ottobre 1989, ad Arlanda. Non sapeva una parola di svedese ma aveva ricevuto istruzioni per contattare la polizia di frontiera e chiedere immediatamente asilo politico, cosa che fece nel suo inglese stentato. Fu trasferito in un centro di accoglienza per profughi a Upplands-Väsby dove trascorse i successivi due anni, finché la direzione generale dell'immigrazione non decise che Idris Ghidi mancava dei requisiti necessari per ottenere il permesso di soggiorno.

A quel punto, Ghidi aveva imparato lo svedese e aveva ricevuto cure mediche per la sua anca maciullata. Era stato operato due volte ed era in grado di muoversi senza stampelle. Nel frattempo in Svezia c'era stato il dibattito sul caso Sjöbo, i centri di accoglienza per profughi erano stati oggetto di attentati e Bert Karlsson aveva fondato il partito populista di destra *Ny Demokrati*, Nuova democrazia.

Idris Ghidi figurava negli archivi dei media perché all'ultimo minuto un nuovo avvocato aveva spiegato la sua situazione ai giornali. Altri curdi in Svezia si erano dati da fare, anche alcuni della combattiva famiglia Baksi. Furono organizzate manifestazioni di protesta e formulate petizioni al ministro dell'Immigrazione Birgit Friggebo. La storia ottenne una tale attenzione mediatica che la direzione generale dell'immigrazione modificò la propria decisione e Ghidi ottenne il permesso di soggiornare e lavorare nel regno di Svezia. Nel gennaio del 1992 lasciò il centro di accoglienza di Upplands-Väsby come uomo libero.

Ma a quel punto gli si prospettarono altre complicazioni. Aveva bisogno di un lavoro ma anche della terapia riabilitativa per la sua anca offesa. Idris Ghidi scoprì presto che essere un ingegnere edile con alle spalle un curriculum pluriennale e buone valutazioni accademiche non significava un fico secco. Negli anni seguenti distribuì quotidiani e lavorò come lavapiatti, addetto alle pulizie e tassista. Dal primo di questi lavori fu costretto a licenziarsi. Non poteva andare su e giù per le scale al ritmo richiesto. Fare il tassista gli piaceva, con due eccezioni. Non aveva assolutamente nessuna conoscenza della rete stradale della provincia di Stoccolma e non poteva stare seduto più di un'ora di seguito senza che il dolore all'anca diventasse insopportabile.

Nel maggio del 1998 si trasferì a Göteborg. Un lontano parente si era impietosito e gli aveva offerto un impiego fisso presso un'impresa di pulizie. Ghidi non era in grado di lavorare a tempo pieno, così gli fu assegnato un part-time come capo di una squadra di addetti alle pulizie presso l'ospedale Sahlgrenska con il quale l'impresa aveva un contatto. Il lavoro era semplice, per sei giorni alla settimana doveva lavare i pavimenti di un certo numero di corridoi, fra cui l'11C.

Mikael Blomkvist lesse il riassunto di Olofsson e studiò la foto del passaporto di Idris Ghidi. Poi scaricò gli articoli dai quali era stato ricavato il riassunto. Li lesse con attenzione, quindi si soffermò a riflettere. Accese una sigaretta. Il divieto di fumare in redazione era stato rapidamente allentato dopo che Erika se n'era andata. Henry aveva perfino lasciato un posacenere bene in vista sulla propria scrivania.

Alla fine Mikael prese la relazione di Olofsson sul dottor Anders Jonasson. Lesse il testo con la fronte segnata da rughe profonde.

Mikael Blomkvist non riusciva a scorgere la macchina targata Kab e non aveva la sensazione di essere sorvegliato, ma preferì andare sul sicuro quando il lunedì percorse a piedi il tragitto fra la libreria Akademibokhandel e l'ingresso laterale dei grandi magazzini Nk, uscendo poi direttamente dall'entrata principale. Chi fosse stato capace di tenere sotto sorveglianza qualcuno lì dentro avrebbe dovuto essere sovrumano. Spense entrambi i cellulari e attraverso il centro commerciale Gallerian raggiunse Gustav Adolfs Torg, passò davanti al Parlamento ed entrò nella città vecchia. Per quanto poteva vedere, nessuno lo stava seguendo. Fece varie deviazioni lungo vicoli e stradine finché arrivò all'indirizzo giusto e bussò alla porta della casa editrice Svartvitt.

Erano le due e mezza del pomeriggio. Mikael non si era annunciato, ma il redattore Kurdo Baksi era in sede e si illuminò vedendolo.

«Ehilà» disse gioviale. «Perché non ti fai più vedere?»
«Lo sto facendo adesso, no?» disse Mikael.
«Sì, ma sono passati almeno tre anni.»
Si strinsero la mano.

Mikael Blomkvist conosceva Kurdo Baksi dagli anni ottanta. Lo aveva aiutato quando aveva iniziato a pubblicare il giornale *Svartvitt* fotocopiandolo nottetempo nella sede della federazione dei sindacati. Kurdo era stato sorpreso dal futuro cacciatore di pedofili Per-Erik Åström di *Save the Children*, in quegli anni segretario della federazione. Åström era entrato a notte fonda, e aveva trovato una pila di pagine del primo numero di *Svartvitt* insieme a un Kurdo Baksi palesemente abbacchiato. Dopo aver dato un'occhiata al pessimo layout della prima pagina, aveva detto che un giornale mica poteva presentarsi così. Quindi aveva disegnato il logo destinato a diventare la testata di *Svartvitt* per quindici anni, fino a quando il giornale cessò la pubblicazione trasformandosi nella casa editrice Svartvitt. A quell'epoca Mikael stava passando un periodo orribile come praticante alla federazione. Per-Erik Åström l'aveva convinto a leggere le bozze e dare una mano con la redazione. Da allora Kurdo Baksi e Mikael Blomkvist erano rimasti amici.

Mikael si accomodò sul divano mentre Kurdo andava a prendere due caffè al distributore automatico nel corridoio. Parlarono un attimo del più e del meno come si usa fare quando non ci si vede da un po', ma continuamente interrotti dal cellulare di Kurdo che conduceva brevi conversazioni in curdo o forse turco o arabo o qualche altra lingua che Mikael non comprendeva. Così era sempre stato, anche nelle precedenti visite alla casa editrice. La gente telefonava da tutto il mondo per parlare con lui.

«Caro Mikael, hai l'aria preoccupata. Cos'è che ti angustia?»

«Puoi spegnere il cellulare cinque minuti, così possiamo parlare tranquilli?»

Kurdo spense il cellulare.

«Okay... mi serve un favore. È un favore importante, ne ho un bisogno immediato e non se ne deve discutere fuori da qui.»

«Racconta.»

«Nel 1989 un rifugiato curdo di nome Idris Ghidi arrivò in Svezia dall'Iraq. Quando fu minacciato di essere estradato ricevette aiuto dalla tua famiglia, e alla fine ottenne il permesso di soggiorno. Non so se fu tuo padre o qualcun altro della famiglia Baksi ad aiutarlo.»

«Fu mio zio Mahmut Baksi. Conosco Idris. Che problema c'è?»

«Attualmente lavora a Göteborg. Mi serve il suo aiuto per un lavoro molto semplice. Sono pronto a ricompensarlo.»

«Di che lavoro si tratta?»

«Ti fidi di me, Kurdo?»

«Naturalmente. Siamo sempre stati amici.»

«Il lavoro che mi occorre è insolito. Molto insolito. Non voglio raccontarti in cosa consiste, ma ti garantisco che non è in alcun modo contrario alla legge e non creerà problemi né a te né a Idris Ghidi.»

Kurdo Baksi guardò Blomkvist con attenzione.

«Capisco. E non vuoi raccontarmi di cosa si tratta.»

«Meno persone lo sanno, meglio è. Mi serve il tuo aiuto affinché Idris sia disposto ad ascoltare ciò che ho da dirgli.»

Kurdo rifletté. Poi andò alla scrivania e aprì un'agenda. Cercò per qualche minuto prima di trovare il numero di telefono di Idris Ghidi. Alzò il ricevitore. La conversazione si svolse in curdo. Mikael capì che aveva cominciato con i consueti convenevoli. Poi si era fatto serio. Dopo un momento Kurdo si rivolse a Mikael.

«Quando lo vorresti incontrare?»

«Venerdì pomeriggio, se gli va bene. Chiedigli se può ricevermi a casa sua.»

Kurdo parlò ancora un po' prima di chiudere la conversazione.

«Idris Ghidi abita ad Angered» disse. «Hai l'indirizzo?»

Mikael annuì.

«Venerdì sarà a casa verso le cinque del pomeriggio. Sarai il benvenuto.»

«Grazie, Kurdo» disse Mikael.

«Lavora all'ospedale Sahlgrenska come addetto alle pulizie.»

«Lo so» disse Mikael.

«Ovviamente non ho potuto evitare di leggere sui giornali che sei coinvolto in quella storia di Lisbeth Salander.»

«È esatto.»

«Le hanno sparato.»

«Proprio.»

«Se non sbaglio è ricoverata al Sahlgrenska.»

«Anche questo è esatto.»

Nemmeno Kurdo Baksi era uno stupido.

Capiva che Mikael stava tramando qualcosa. Non erano mai stati amici intimi ma non erano nemmeno mai stati nemici, e Mikael si era sempre prestato quando Kurdo aveva avuto bisogno di un favore. Nel corso degli anni avevano bevuto una o due birre insieme quando era capitato che si incontrassero a una festa o in qualche locale.

«Finirò per essere coinvolto in qualcosa di cui dovrei essere a conoscenza?» chiese.

«Non sarai coinvolto. Mi hai solo fatto il favore di presentarmi a uno dei tuoi conoscenti. E te lo ripeto, non chiederò a Idris di fare qualcosa di illegale.»

Kurdo annuì. Questa assicurazione per lui era sufficiente. Mikael si alzò.

«Ti devo un favore.»

«Tutti noi siamo sempre reciprocamente debitori di favori» disse Kurdo Baksi.

Henry Cortez mise giù la cornetta e cominciò a tamburellare così rumorosamente con le dita sulla scrivania che Monica Nilsson alzò le sopracciglia e lo guardò in cagnesco. Era profondamente immerso nei suoi pensieri. Monica era infastidita ma decise di non scaricarsi su di lui.

Sapeva che Blomkvist parlottava con Henry e Malin e Christer del caso Salander, mentre ci si aspettava che lei e Lottie Karim facessero il lavoro di bassa manovalanza per il prossimo numero di un giornale che non aveva più una vera e propria direzione da quando Erika Berger aveva lasciato il suo posto. Malin era brava, certo, ma non era allenata e mancava del peso di Erika. E Cortez era solo un ragazzino.

Non che Monica si sentisse poco considerata o volesse fare il loro lavoro – anzi, quella era l'ultima cosa che desiderava. Lei doveva sorvegliare governo, Parlamento e istituzioni per conto di *Millennium*, ed era un lavoro che le piaceva e che conosceva alla perfezione. Inoltre era assorbita anche da altri impegni, come scrivere una colonna in un foglio sindacale tutte le settimane e fare volontariato per *Amnesty International* e altre organizzazioni. In questo quadro non rientrava però il ruolo di caporedattore a *Millennium* che comportava di sgobbare almeno dodici ore al giorno sacrificando anche feste e ferie.

Sentiva che qualcosa era cambiato a *Millennium*. Tutto d'un tratto il giornale le sembrava estraneo. Ma non riusciva a mettere a fuoco cosa fosse che non andava.

Mikael Blomkvist era come al solito misteriosamente irraggiungibile, andava e veniva a suo piacimento. Era socio, certamente, e poteva decidere da sé cosa gli andava di fare, ma un po' di senso di responsabilità avrebbe anche potuto averlo, per la miseria.

Christer Malm, l'altro socio rimasto, era d'aiuto più o meno come quando era in ferie. Una persona senza dubbio intelligente, in grado di sostituire Erika quando era in vacanza o aveva altri impegni, ma che più che altro sistemava ciò che altri avevano già deciso. Era brillante in materia di design e presentazioni grafiche, ma del tutto impreparato se si trattava di pianificare un giornale.

Monica corrugò la fronte.

No, era ingiusta. Ciò che la innervosiva era che in redazione era successo qualcosa. Mikael lavorava con Malin e Henry, e tutti gli altri erano tagliati fuori. Avevano costituito una cerchia ristretta e si erano chiusi nell'ufficio di Erika... cioè, di Malin, e quando ne uscivano erano muti come pesci. Ai tempi di Erika il giornale era un collettivo. Monica non capiva perché, ma capiva che la tenevano fuori.

Mikael lavorava all'inchiesta su Lisbeth Salander e non lasciava trapelare nulla. Il che non era insolito. Non aveva lasciato trapelare alcunché neppure sull'affare Wennerström – neanche Erika ne era al corrente. Questa volta però aveva Henry e Malin come confidenti.

In poche parole, Monica era infastidita. Aveva bisogno di una vacanza. Di allontanarsi per un po'. Vide Henry infilarsi la giacca di velluto.

«Esco a fare un giro» disse. «Puoi dire a Malin che starò via un paio d'ore?»

«Che sta succedendo?»

«Credo di aver fiutato una storia. Una storia veramente buona. Sui wc. Voglio controllare alcune cose, ma se andrà tutto bene avremo un buon pezzo per il numero di giugno.»

«Wc?» chiese Monica, seguendolo con lo sguardo.

Erika Berger strinse i denti e appoggiò sul tavolo la pagina sull'imminente processo contro Lisbeth Salander. Era un pezzo piuttosto breve, due colonne, destinato alla quinta pagina, quella delle notizie dall'interno. Lo fissò per un minuto e sporse le labbra. Erano le tre e mezza di giovedì. Lavorava all'*Smp* da dodici giorni. Alzò il telefono e chiamò il caposervizio dell'informazione Anders Holm.

«Salve, sono Erika. Per favore, trova Johannes Frisk e vieni immediatamente qui da me con lui.»

Mise giù il telefono e aspettò con pazienza finché Holm entrò flemmatico nel gabbiotto con il reporter al seguito. Erika diede un'occhiata all'orologio.

«Ventidue» disse.

«Eh?» fece Holm.

«Ventidue minuti. Ti ci sono voluti ventidue minuti per alzarti dal tavolo, fare quindici metri fino alla scrivania di Johannes Frisk e venire qui con lui.»

«Non avevi detto che c'era fretta. Io sono occupato.»

«Infatti non l'ho detto. Ho detto che dovevi prendere Johannes Frisk e venire immediatamente qui. Ho detto immediatamente e intendevo immediatamente, non stasera o la settimana ventura o quando ti saresti degnato di alzare il culo dalla tua sedia.»

«Senti, a me pare che...»

«Chiudi la porta.»

Aspettò finché Anders Holm ebbe chiuso la porta dietro di sé. Erika lo studiò in silenzio. Era senza dubbio un caposervizio molto competente e il suo ruolo era di fare in modo che ogni giorno le pagine dell'*Smp* fossero riempite con i testi giusti composti in maniera comprensibile e presentati nell'ordine e nello spazio decisi nella riunione del mattino. Anders Holm si destreggiava come un giocoliere con un numero incredibile di compiti ogni giorno. E lo faceva senza lasciar cadere neanche una palla.

Il problema era che ignorava sistematicamente le decisioni prese da Erika Berger. Per due settimane lei aveva cercato una formula per collaborare con lui. Ci aveva ragionato amichevolmente, aveva provato a impartirgli ordini diretti, l'aveva incoraggiato a riconsiderare le cose e in generale aveva fatto di tutto perché capisse come lei voleva che il giornale fosse concepito.

Non era servito a niente.

Il testo che lei aveva scartato al pomeriggio finiva comunque nel giornale alla sera, quando lei era già andata a casa. *È mancato un testo e si è creato un buco che sono stato costretto a riempire con qualcosa.*

Il titolo che lei aveva scelto veniva improvvisamente eliminato e sostituito con qualcosa di totalmente diverso. Non sempre la scelta era sbagliata, ma veniva fatta senza consultarla. In modo dimostrativo e provocatorio.

Si trattava sempre di piccole cose. La riunione di redazione delle due veniva spostata all'una e cinquanta senza che lei ne fosse informata e quando lei arrivava la maggior parte delle decisioni erano già state prese. *Scusa... nella fretta avevo dimenticato di avvisarti.*

Erika non riusciva proprio a capire perché Anders

Holm avesse assunto questo atteggiamento nei suoi confronti. Rimproveri morbidi e amichevoli reprimende non funzionavano. Finora non aveva affrontato una discussione di fronte ad altri collaboratori della redazione, aveva cercato di confinare la sua irritazione entro i limiti di conversazioni a quattr'occhi. Ma non aveva ottenuto nessun risultato. Dunque era tempo di esprimersi in maniera più chiara, questa volta di fronte al collaboratore Johannes Frisk, una garanzia che il contenuto del colloquio sarebbe stato diffuso in tutta la redazione.

«La prima cosa che ho detto quando ho iniziato a lavorare qui è stata che avevo un particolare interesse per tutto quanto aveva a che fare con Lisbeth Salander. Ho spiegato che volevo essere informata in anticipo di tutti gli articoli in programma e che volevo esaminare e approvare tutto quanto si intendesse pubblicare. Te l'ho ricordato in almeno una dozzina di occasioni, l'ultima volta alla riunione di redazione di venerdì scorso. Qual è la parte di questa direttiva che non capisci?»

«Tutti i testi in produzione o in programmazione si trovano nel promemoria del giorno nella rete interna. Vengono sempre inviati al tuo indirizzo. Tu sei costantemente informata.»

«Balle. Quando ho trovato l'*Smp* nella cassetta delle lettere stamattina avevamo tre colonne su Lisbeth Salander e sugli sviluppi di Stallarholmen bene in vista.»

«Era il pezzo di Margareta Orring. È una free-lance, l'ha consegnato ieri sera alle sette.»

«Margareta Orring ha telefonato proponendo l'articolo già alle undici di ieri mattina. Tu le hai dato l'incarico alle undici e mezza. E non hai fatto il minimo accenno alla riunione delle due.»

«C'è nel promemoria.»

«Ecco cosa c'è nel promemoria: Margareta Orring, intervista con il procuratore Martina Fransson, oggetto sequestro di droga a Södertälje.»

«Si trattava di un'intervista con Martina Fransson su un sequestro di steroidi anabolizzanti per cui era stato arrestato un membro del Motoclub Svavelsjö.»

«Esatto. Non una parola sul fatto che l'intervista si sarebbe concentrata su Magge Lundin e Stallarholmen e di conseguenza sull'inchiesta riguardante Lisbeth Salander.»

«Suppongo che sia venuto fuori nel corso dell'intervista...»

«Anders, non riesco a capire perché, ma ho l'impressione che tu mi stia mentendo spudoratamente. Ho parlato con Margareta Orring. Ha detto di averti spiegato chiaramente su cosa si sarebbe concentrata la sua intervista.»

«Mi dispiace, evidentemente non avevo capito che al centro ci sarebbe stata Lisbeth Salander. Ho ricevuto il testo la sera tardi. Cosa dovevo fare, sospendere tutto? Era un buon articolo.»

«Su questo siamo d'accordo. È un ottimo pezzo. Però hai detto la tua terza bugia nell'arco di pochi minuti. Margareta Orring infatti te l'ha consegnato alle tre e venti, dunque molto prima che io me ne andassi a casa alle sei.»

«Erika, il tuo tono non mi piace.»

«Bene. Ti informo che io non apprezzo né il tuo tono, né i tuoi sotterfugi, né le tue bugie.»

«Sembra quasi che tu sia convinta che ci sia una qualche congiura contro di te.»

«Non hai ancora risposto alla mia domanda. Inoltre oggi compare sulla mia scrivania questo testo di Johannes Frisk. Non ricordo di averne discusso alla riunione delle due. Come si spiega che uno dei nostri reporter ha impiegato la giornata a lavorare su Lisbeth Salander senza che io ne fossi al corrente?»

Johannes Frisk si muoveva nervosamente sulla sedia, ma saggiamente aveva scelto di rimanere in silenzio.

«Dunque... noi facciamo un giornale, ci saranno centinaia di articoli dei quali non sei al corrente. Abbiamo il nostro modo di lavorare, qui all'*Smp*. Io non ho né il tempo né la possibilità di trattare in modo particolare certi pezzi.»

«Io non ti ho chiesto di trattare in modo particolare certi pezzi. Ho solo preteso di essere informata su tutto quello che gravita intorno al caso Salander e di esaminare e approvare tutto quello che sarà pubblicato sull'argomento. Perciò, ancora una volta, qual è la parte di questa direttiva che non hai capito?»

Anders Holm sospirò e assunse un'espressione annoiata.

«Okay» disse Erika. «Allora mi esprimerò ancora più chiaramente. Non ho intenzione di polemizzare. Vediamo se capisci il messaggio. Se succederà ancora una volta, ti solleverò dall'incarico di caposervizio. Ci sarà un polverone, ma tu ti ritroverai a redigere la pagina per le famiglie o quella dei fumetti o qualcos'altro del genere. Non posso avere un caposervizio dell'informazione di cui non mi posso fidare o con cui non posso lavorare e che passa il tempo a boicottare le mie decisioni. È chiaro?»

Anders Holm allargò le braccia in un gesto che lasciava intendere che giudicava quelle accuse prive di senso.

«È chiaro? Sì o no?»

«Ho sentito quello che hai detto.»

«Ti ho chiesto se hai capito. Sì o no?»

«Credi veramente di riuscire a cavartela così? Questo giornale esce perché io e altri denti dell'ingranaggio sgobbiamo come somari. La direzione farà...»

«La direzione farà come dico io. Io sono qui per rinnovare il giornale. Il mio compito è stato formulato con precisione dopo essere stato negoziato e comporta che ho il potere di operare radicali cambiamenti redazionali anche a livello dirigenziale. Ho la facoltà di liberarmi dei pesi morti e di reclutare nuove forze dall'esterno, se lo voglio. E, Holm, tu cominci a essere un peso morto per me.»

Tacque. Anders Holm incrociò il suo sguardo. Aveva un'espressione furibonda.

«È tutto» disse Erika. «Ti suggerisco di meditare a fondo su ciò di cui abbiamo parlato oggi.»

«Non ho intenzione di...»

«Sta a te. È tutto. Ora va'.»

Anders Holm girò i tacchi e uscì dal gabbiotto. Erika lo vide dileguarsi attraverso il mare della redazione in direzione del cucinino. Johannes Frisk si alzò e accennò a seguirlo.

«Non tu, Johannes. Resta qui, siediti.»

Prese il suo testo e lo scorse rapidamente ancora una volta.

«Sei qui per una sostituzione, se ho ben capito.»

«Sì. Sono qui da cinque mesi e questa è la mia ultima settimana.»

«Quanti anni hai?»

«Ventisette.»

«Mi dispiace che tu sia finito nel mezzo della discussione fra me e Holm. Raccontami di questa inchiesta.»

«Ho avuto una segnalazione stamattina e l'ho comunicata a Holm. Lui mi ha detto di starci dietro.»

«Okay. Tu sostieni che la polizia sta verificando un sospetto e che Lisbeth Salander potrebbe essere coinvolta nella vendita di steroidi anabolizzanti. C'è qualche collegamento con il servizio di ieri da Södertälje?»

«Non che io sappia, ma è possibile. Questa cosa degli

anabolizzanti ha a che fare con il legame tra Lisbeth Salander e il mondo della boxe, Paolo Roberto e la sua cerchia.»

«Paolo Roberto fa uso di anabolizzanti?»

«Cosa... no, naturalmente no. È più dell'ambiente della boxe in generale che si tratta. Lisbeth Salander è solita allenarsi con un certo numero di personaggi loschi in un club di Söder. Ma questo è il punto di vista della polizia, non il mio. E lì da qualche parte è nata l'idea che Lisbeth potrebbe essere coinvolta nella vendita di anabolizzanti.»

«Perciò non c'è nessuna sostanza nell'inchiesta al di là di qualche diceria?»

«Non è una diceria il fatto che la polizia stia prendendo in considerazione questa possibilità. Se abbiano torto o ragione, io non lo so.»

«Okay, Johannes. Allora voglio che tu sappia che ciò di cui sto discutendo adesso con te non ha nulla a che fare con il mio rapporto con Anders Holm. Io ti giudico un ottimo reporter. Scrivi bene e hai occhio per i dettagli. Questo è, in poche parole, un buon articolo. Il mio problema è che non credo al suo contenuto.»

«Posso assicurarti che è assolutamente corretto.»

«E io ti spiegherò perché c'è un neo. Da dove è venuta la segnalazione?»

«Da una fonte all'interno della polizia.»

«Chi?»

Johannes Frisk esitò. Fu una reazione automatica. Proprio come ogni altro giornalista al mondo, era recalcitrante a fare nomi di fonti. D'altro lato Erika Berger era il caporedattore e quindi una delle poche persone che poteva pretendere da lui quell'informazione.

«Un poliziotto della sezione reati contro la persona. Si chiama Hans Faste.»

«È stato lui a chiamare te o lo hai chiamato tu?»

«Mi ha chiamato lui.»

Erika annuì.

«Perché credi che ti abbia telefonato?»

«L'ho intervistato un paio di volte durante la caccia a Lisbeth Salander. Mi conosce.»

«E sa che hai ventisette anni, sei un sostituto e sei utilizzabile quando ci sono da piazzare informazioni che il procuratore ha piacere vengano divulgate.»

«Sì, tutto questo lo capisco. Ma ricevo una segnalazione da Faste che si occupa delle indagini e vado a bere un caffè con lui e lui mi racconta questa cosa. Io lo cito correttamente. Cosa dovrei fare di diverso?»

«Sono convinta che tu citi correttamente. Quello che sarebbe dovuto succedere però è che tu avresti dovuto portare l'informazione ad Anders Holm che avrebbe dovuto bussare alla mia porta per spiegarmi la situazione, e insieme avremmo deciso il da farsi.»

«Capisco. Ma io...»

«Tu hai consegnato il materiale a Holm, il caposervizio dell'informazione. Hai agito correttamente. È stato Holm a sbagliare. Ma passiamo ad analizzare il tuo articolo. Anzitutto, perché Faste vuole che questa informazione trapeli?»

Johannes Frisk alzò le spalle.

«Significa che non lo sai o che non te ne importa?»

«Che non lo so.»

«Okay. Se io affermo che questa storia è falsa e che Lisbeth Salander non ha minimamente a che fare con gli steroidi anabolizzanti, tu cosa dici?»

«Che non posso dimostrare il contrario.»

«Esatto. Questo comporta che tu ritieni che noi dobbiamo pubblicare un articolo che forse è menzognero solo perché non abbiamo notizia del contrario.»

«No, noi abbiamo una responsabilità giornalistica. È un esercizio di equilibrio. Non possiamo astenerci dal pubblicare quando abbiamo una fonte che afferma espressamente qualcosa.»

«Filosofia. Possiamo chiederci perché la fonte voglia diffondere quella certa informazione. Lascia che ti spieghi come mai ho dato disposizione che tutto quello che tratta di Lisbeth Salander passi dalla mia scrivania. Io conosco l'argomento come nessun altro qui all'*Smp*. La redazione giudiziaria ne è informata, e sa anche che non posso discuterne con loro. *Millennium* pubblicherà un'inchiesta che sono impegnata per contratto a non rivelare all'*Smp*, benché lavori qui. Ho ricevuto informazioni in qualità di caporedattore di *Millennium* e in questo momento mi trovo fra due poltrone. Capisci cosa intendo?»

«Certo.»

«Quello che so da *Millennium* comporta che posso stabilire senza esitazione che questa informazione è menzognera e ha lo scopo di danneggiare Lisbeth Salander in vista dell'imminente processo.»

«È difficile danneggiare Lisbeth Salander se si pensa a tutte le rivelazioni che sono già state fatte su di lei...»

«Rivelazioni che in gran parte sono inconsistenti. Hans Faste è una delle fonti principali secondo cui Lisbeth Salander sarebbe una lesbica paranoica incline alla violenza e dedita al satanismo e al sesso sadomaso. E i media si sono bevuti la campagna di Faste semplicemente perché è una fonte all'apparenza seria e perché è sempre divertente scrivere di sesso. E lui continua a fare nuove rivelazioni che la metteranno ancor più in cattiva luce e che nelle sue intenzioni l'*Smp* dovrebbe diffondere. Mi dispiace, ma non con me qui.»

«Capisco.»

«Davvero? Bene. Allora riassumerò tutto quello che ho da dire in un'unica frase. Il tuo compito come giornalista è di mettere in discussione ed esaminare criticamente, non di ripetere acriticamente affermazioni provenienti da fonti anche ben posizionate all'interno delle istituzioni. Non dimenticartelo mai. Tu sei un ottimo scrittore, ma quel talento è del tutto privo di valore se ti dimentichi del tuo compito.»

«Sì.»

«Ho intenzione di cassare questa storia.»

«Okay.»

«Non regge. Non credo al suo contenuto.»

«Capisco.»

«Ciò non significa che non abbia fiducia in te.»

«Grazie.»

«Per questo penso di rimandarti alla tua scrivania con una proposta per un nuovo articolo.»

«Aha.»

«Io non posso rivelare quello che so della vicenda Salander. Ma al tempo stesso sono caporedattore di un giornale che rischia di scivolare malamente perché la redazione non ha le informazioni che ho io.»

«Mmm.»

«Così non possiamo andare avanti. La situazione è delicata, ma riguarda soltanto Lisbeth Salander. Per questo ho deciso di scegliere un reporter da avviare nella direzione giusta in modo che non rimaniamo in mutande quando *Millennium* uscirà con la sua storia.»

«Credi che *Millennium* pubblicherà qualcosa di notevole?»

«Io non lo credo. Lo so. *Millennium* ha in mano uno scoop, e mi fa impazzire di non poter uscire anch'io con qualcosa. Ma è semplicemente impossibile.»

«Però sostieni che vuoi scartare il mio pezzo perché sai che non è esatto... Ciò significa che c'è qualcosa nell'inchiesta che a tutti gli altri reporter è sfuggito.»

«Esatto.»

«Scusa, ma mi è difficile credere che tutti i media del paese siano finiti su una mina del genere...»

«Lisbeth Salander è stata oggetto di una battuta di caccia mediatica. In questi casi le regole normali cessano di esistere e sui giornali si può piazzare qualsiasi nonsenso.»

«Tu dici che non è quello che sembra.»

«Prova a pensare che sia innocente, che l'immagine di lei che hanno costruito i giornali sia solo spazzatura e che ci siano in movimento forze del tutto diverse da quelle comparse finora.»

«Sostieni che sia così?»

Erika annuì.

«Questo significa che ciò che ho appena cercato di far pubblicare è parte di una lunga campagna contro di lei.»

«Esatto.»

«Però non puoi dire quale scopo abbia l'inchiesta.»

«No.»

Johannes Frisk si grattò la testa. Erika aspettò che avesse finito di pensare.

«Okay... cosa vuoi che faccia?»

«Torna alla tua scrivania e comincia a riflettere su un altro pezzo. Non c'è bisogno di angosciarsi, però voglio poter uscire con un articolo subito prima che il processo cominci, forse un'intera doppia pagina, che esamini il contenuto di verità di tutto ciò che è stato detto su Lisbeth Salander. Comincia a leggerti tutti i ritagli stampa e metti insieme un elenco di ciò che è stato scritto su di lei, spuntando le affermazioni una per una.»

«Aha...»

«Pensa come un reporter. Indaga su chi diffonde le informazioni, sul perché vengono diffuse, su chi ne ricava qualche vantaggio.»

«Ma io probabilmente non sarò più all'*Smp* quando comincerà il processo. Questa è l'ultima settimana della mia sostituzione.»

Erika aprì una cartella di plastica che aveva preso da un cassetto della scrivania e mise un foglio davanti a Johannes Frisk.

«Ho già prolungato la tua sostituzione di tre mesi. Terminerai la settimana, e lunedì ti presenterai qui.»

«Aha...»

«Vale a dire, se ti va di continuare all'*Smp*.»

«Naturalmente.»

«Sei incaricato di svolgere un lavoro di ricerca al di fuori dell'ordinario lavoro redazionale. Sarai direttamente alle mie dipendenze. Seguirai in particolare il processo Salander per conto dell'*Smp*.»

«Il caposervizio dell'informazione forse avrà da ridire...»

«Non preoccuparti per Holm. Ho parlato con il responsabile della redazione giudiziaria e ho preso accordi perché non sorgano contrasti. Ma tu cercherai di lavorare senza metterti troppo in vista. Suona bene?»

«Benissimo.»

«Ottimo... allora è tutto a posto. Ci vediamo lunedì.»

Lo mandò fuori dal gabbiotto agitando la mano. Quando alzò gli occhi vide Anders Holm che la fissava dal bancone. Lui abbassò lo sguardo e finse di non vederla.

11.
Venerdì 13 maggio - sabato 14 maggio

Mikael Blomkvist controllò attentamente di non essere sorvegliato quando il venerdì mattina di buonora si recò a piedi dalla redazione di *Millennium* al vecchio indirizzo di Lisbeth Salander in Lundagatan. Doveva andare a Göteborg per incontrare Idris Ghidi. Il problema era individuare un mezzo di trasporto sicuro, che non desse nell'occhio e non lasciasse tracce. Dopo un'attenta valutazione aveva deciso di scartare il treno, perché non voleva usare la carta di credito. In casi del genere aveva l'abitudine di prendere in prestito l'automobile di Erika, ma ora non era più possibile. Aveva preso in considerazione l'idea di chiedere a Henry Cortez o a qualcun altro di noleggiare una macchina, ma comunque sarebbero rimaste tracce cartacee.

Alla fine arrivò alla soluzione più ovvia. Fece un prelievo consistente a un bancomat in Götgatan. Usò le chiavi di Lisbeth per aprire la sua Honda color vinaccia parcheggiata lungo il marciapiede. Sistemò il sedile e constatò che il serbatoio era mezzo pieno. Infine uscì in retromarcia e si diresse verso la E4 attraverso il ponte di Liljeholmen.

Alle due e cinquanta parcheggiava in una laterale dell'Avenyn a Göteborg. Consumò un tardo pranzo nel pri-

305

mo caffè che incontrò. Alle quattro e dieci prese il tram per Angered e scese in centro. Gli occorsero venti minuti per trovare l'indirizzo di Idris Ghidi. Era in ritardo di circa dieci minuti.

Ghidi zoppicava. Strinse la mano a Mikael Blomkvist e lo fece accomodare in un soggiorno arredato in modo spartano. Su un cassettone accanto al tavolo dove invitò Mikael a sedersi c'erano una dozzina di fotografie incorniciate che Mikael si soffermò a osservare.

«La mia famiglia» disse Idris Ghidi.

Parlava con un accento molto marcato. Mikael pensò che non avrebbe superato un test linguistico del Partito liberalpopolare.

«Sono i tuoi fratelli?»

«I miei due fratelli, lì in fondo a sinistra, sono stati assassinati da Saddam negli anni ottanta, così come mio padre, al centro. I miei due zii paterni sono stati assassinati da Saddam negli anni novanta. Mia madre è morta nel 2000. Le mie tre sorelle sono ancora vive. Abitano all'estero. Due in Siria e la minore a Madrid.»

Mikael annuì. Ghidi versò nelle tazze il caffè turco.

«Ti porto i saluti di Kurdo Baksi.»

Ghidi annuì.

«Ti ha spiegato cosa voglio da te?»

«Kurdo mi ha detto che vorresti affidarmi un lavoro, ma non di cosa si tratta. Lascia che ti dica da subito che io non faccio niente di illegale. Non posso permettermi di essere coinvolto in cose del genere.»

Mikael annuì.

«Non c'è nulla di illegale in quello che ti chiederò di fare, ma è una cosa insolita. Il lavoro durerà due settimane e dovrà essere portato a termine giorno per giorno. Ma basterà un solo minuto al giorno. Per tutto questo sono disposto a pagarti mille corone alla settimana. Il denaro passerà direttamente dalla mia tasca alle tue mani e io non lo denuncerò al fisco.»

«Capisco. Cos'è che dovrei fare?»

«Tu lavori come inserviente all'ospedale Sahlgrenska.»

Ghidi fece cenno di sì.

«Uno dei tuoi compiti consiste nel fare le pulizie tutti i giorni, o sei giorni alla settimana, se ho ben capito, nel corridoio 11C, nel reparto di terapia intensiva.»

Ghidi confermò.

«Ecco quello che vorrei tu facessi.»

Mikael Blomkvist si chinò in avanti e spiegò il motivo della sua visita.

Il procuratore Richard Ekström osservò il suo ospite con aria pensierosa. Era la terza volta che incontrava il commissario Georg Nyström. Vide un volto scavato incorniciato da corti capelli grigi. Nyström gli aveva fatto visita la prima volta nei giorni immediatamente successivi all'assassinio di Zalachenko. Gli aveva mostrato un tesserino di riconoscimento dell'Rps/Säk. Avevano avuto una conversazione lunga e sommessa.

«È importante che tu capisca che non cerco in nessun modo di influenzare le tue decisioni o la gestione del tuo lavoro» disse Nyström.

Ekström annuì.

«Tengo anche a sottolineare che in nessuna circostanza dovrai rendere pubblica l'informazione che ti sto dando.»

«Comprendo» disse Ekström.

A voler dire tutta la verità, Ekström avrebbe dovuto riconoscere che non afferrava fino in fondo di cosa si stesse parlando, ma non voleva apparire un idiota facendo troppe domande. Aveva capito che Zalachenko era un argomento da trattare con la massima cautela. Aveva anche capito che la visita di Nyström era assolutamente informale, ancorché collegata alle alte sfere dei servizi segreti.

«Si tratta di vite umane» aveva spiegato Nyström già al primo incontro. «Da parte dei servizi segreti, tutto quanto concerne la verità sull'affare Zalachenko è secretato. Posso confermare che era un ex agente disertore dello spionaggio militare sovietico, e uno dei personaggi chiave nell'offensiva dei russi contro l'Europa occidentale negli anni settanta.»

«Aha... è ciò che Mikael Blomkvist sostiene.»

«E in questo caso Mikael Blomkvist ha perfettamente ragione. È un giornalista ed è inciampato in una delle questioni più segrete della difesa svedese.»

«È intenzionato a pubblicare.»

«Naturale. Lui rappresenta i mass-media, con tutti i pro e i contro. Viviamo in una democrazia ed è ovvio che non possiamo interferire. Lo svantaggio in questo caso è ovviamente che Blomkvist conosce solo una frazione della verità su Zalachenko, e molto di quello che sa è errato.»

«Capisco.»

«Ciò che Blomkvist non capisce è che se la verità su Zalachenko diventasse di dominio pubblico, i russi potrebbero identificare i nostri informatori e le nostre fonti in Russia. Ciò significa che uomini che rischiano la propria vita per la democrazia corrono il rischio di essere uccisi.»

«Ma la Russia ormai non è una democrazia? Voglio dire, se tutto questo fosse successo nel periodo comunista...»

«Illusioni. Si tratta di gente che si è resa colpevole di spionaggio contro la Russia, e non esiste regime al mondo che lo accetterebbe. Anche se fosse successo molti an-

ni prima. E parecchie di quelle fonti sono tuttora attive...»
Agenti del genere non esistevano affatto, ma il procuratore Ekström non poteva saperlo. Doveva credere a Nyström sulla parola. Comunque si sentiva lusingato di avere accesso a informazioni che erano tra le più segrete che ci fossero in Svezia. Era vagamente sorpreso che i servizi segreti svedesi fossero riusciti a penetrare nella difesa russa così come Nyström lasciava intendere, e capiva da sé che questa era un'informazione da non diffondere assolutamente.

«Quando ho avuto l'incarico di prendere contatto con te, avevamo già provveduto a un'ampia valutazione della tua persona» disse Nyström.

Per sedurre qualcuno il trucco è sempre quello di scoprire i suoi punti deboli. Il punto debole del procuratore Ekström era la convinzione di essere importante e il fatto che, come tutti, apprezzava i complimenti. Si trattava di farlo sentire un eletto.

«Abbiamo constatato che sei una persona che gode di grande fiducia all'interno della polizia... e negli ambienti governativi, si capisce» aggiunse Nyström.

Ekström aveva un'aria soddisfatta. Se delle persone non meglio precisate negli ambienti governativi avevano fiducia in lui, poteva aspettarsi della riconoscenza se avesse giocato bene le sue carte. Era di buon auspicio per la sua carriera.

«Capisco... e cos'è che vuoi, di preciso?»

«Il mio compito, detto semplicemente, è di affiancarti nel modo più discreto possibile passandoti informazioni. Naturalmente capisci quanto questa faccenda sia diventata incredibilmente complicata. Da un lato c'è un'indagine preliminare che si svolge conformemente alla legge e di cui tu sei il responsabile. Nessuno, né il governo né i servizi segreti né nessun altro, può intromettersi in questa indagine preliminare. Il tuo lavoro consiste nell'individuare la verità e nell'incriminare i colpevoli. È una delle funzioni più importanti in uno stato di diritto.»

Ekström annuì.

«Dall'altro lato sarebbe una catastrofe nazionale di proporzioni difficilmente prevedibili se tutta la verità su Zalachenko dovesse trapelare.»

«Qual è lo scopo della tua visita?»

«Anzitutto renderti consapevole di questa delicata situazione. Non credo che la Svezia si sia più trovata in una posizione così esposta dopo la seconda guerra mondiale. Si può dire che il destino del paese in una qualche misura è nelle tue mani.»

«Chi è il tuo capo?»

«Mi dispiace, ma non posso rivelare i nomi delle persone che lavorano a questo caso. Lasciami soltanto dire che le mie istruzioni arrivano dalle più alte sfere possibili e immaginabili.»

Santo cielo. Quest'uomo agisce per conto del governo. Ma non lo si può dire apertamente perché sarebbe una catastrofe politica.

Nyström vide che Ekström aveva abboccato all'amo.

«Ciò che posso fare è esserti d'aiuto passandoti informazioni. Ho poteri molto ampi di farti partecipe, a mia discrezione, di materiali che sono fra i più segreti in questo paese.»

«Aha.»

«Ciò significa che quando avrai delle domande su qualcosa, di qualsiasi argomento si tratti, sarà a me che dovrai rivolgerti. Non dovrai parlare con nessun altro dei servizi segreti, ma solo ed esclusivamente con me. Il mio compito consiste nell'essere la tua guida in questo labirinto. Se si prospetteranno dei conflitti fra interessi diversi, ci aiuteremo a vicenda per trovare delle soluzioni.»

«Capisco. In tal caso devo proprio dire che sono grato a te e ai tuoi colleghi.»

«Vogliamo che la giustizia abbia il proprio corso nonostante la difficile situazione.»

«Bene. Ti garantisco che saprò essere estremamente discreto. Non è la prima volta che maneggio informazioni secretate...»

«No, lo sappiamo bene.»

Nel corso degli incontri precedenti Ekström aveva posto dozzine di domande a Nyström, che le aveva annotate con cura cercando poi di dargli alcune risposte. In questo terzo incontro Ekström ne ebbe altre. La più importante riguardava il rapporto di Björck del 1991.

«Quello è un vero cruccio» disse Nyström.

Aveva l'aria preoccupata.

«Forse dovrei cominciare spiegandoti che da quando quel rapporto è venuto a galla abbiamo un gruppo di analisi al lavoro quasi giorno e notte con il compito di scoprire esattamente cosa sia avvenuto. E solo ora ci stiamo avvicinando a delle conclusioni. E sono conclusioni molto sgradevoli.»

«Posso capire, quel rapporto rivela che la Säpo e quello psichiatra, Peter Teleborian, hanno congiurato per far chiudere Lisbeth Salander in manicomio.»

«Se fosse solo quello» disse Nyström, e sorrise lievemente.

«Solo?»

«Sì. Se fosse così, la faccenda sarebbe semplice. Sarebbe stato commesso un reato che potrebbe portare a un'incriminazione. Il problema è che quel rapporto non corrisponde a quello che c'è nei nostri archivi.»

«Cosa vorresti dire?»

Nyström tirò fuori una cartella blu e l'aprì.

«Questo è il rapporto che Gunnar Björck scrisse nel 1991. Con gli originali della corrispondenza fra lui e Teleborian. Il problema è che le due versioni non corrispondono.»

«Spiegati meglio.»

«Il guaio è che Björck si è impiccato. Probabilmente il suo suicidio è legato alle imminenti rivelazioni sulle sue scappatelle erotiche. *Millennium* aveva intenzione di denunciarlo. Questo l'ha condotto a una disperazione così profonda che ha preferito togliersi la vita.»

«Ah...»

«Il rapporto è un'indagine sul tentativo compiuto da Lisbeth Salander di uccidere suo padre, Alexander Zalachenko, con una bomba incendiaria. Le prime trenta pagine trovate da Blomkvist corrispondono all'originale. Ma non contengono nulla di notevole. È da pagina 33, quando Björck trae le sue conclusioni e fa le sue raccomandazioni, che le due versioni non corrispondono.»

«In che senso?»

«Nella versione originale Björck fa cinque chiare raccomandazioni. Non c'è bisogno di nasconderti che si tratta di minimizzare il caso Zalachenko con media e simili. Björck suggerisce che la riabilitazione di Zalachenko, che come saprai era rimasto gravemente ustionato, abbia luogo all'estero. E cose del genere. Suggerisce altresì che a Lisbeth Salander venga offerta la migliore assistenza psichiatrica possibile.»

«Aha...»

«Il problema è che alcune frasi sono state modificate in modo molto sottile. A pagina 34 Björck sembra proporre che la ragazza venga bollata come psicotica in modo da non risultare credibile se qualcuno dovesse cominciare a fare domande su Zalachenko.»

«E questo nel rapporto originale non c'è?»

«Esattamente. Gunnar Björck non suggerì mai niente del genere. Per giunta sarebbe stato illegale. Invece propone che la ragazza abbia le cure delle quali effettivamente ha bisogno. Nella copia di Blomkvist questa cosa è diventata una congiura.»

«Posso leggere l'originale?»

«Prego. Ma devo portare il rapporto con me quando vado via. E prima che tu lo legga permettimi di indirizzare la tua attenzione sull'allegato con la successiva corrispondenza fra Björck e Teleborian. È quasi completamente un falso. Qui non si tratta più di modifiche sottili ma di grossolane falsificazioni.»

«Falsificazioni?»

«Credo che nel contesto sia l'unica definizione adeguata. L'originale mostra che Peter Teleborian fu incaricato dal tribunale di procedere a una perizia psichiatrica. Niente di strano in questo. Lisbeth Salander aveva dodici anni e aveva cercato di uccidere suo padre con una bomba incendiaria. Sarebbe strano se questo *non* avesse portato a un'indagine psichiatrica.»

«Vero.»

«Se fossi stato tu il procuratore, suppongo che anche tu avresti richiesto sia un'indagine dei servizi sociali sia una perizia psichiatrica.»

«Certamente.»

«Teleborian era già allora uno psichiatra infantile noto e rispettato, e inoltre aveva lavorato nell'ambito della medicina legale. Ebbe l'incarico e condusse una normalissima indagine, giungendo alla conclusione che Lisbeth Salander era malata... non c'è bisogno di usare termini tecnici.»

«Okay...»

«Tutto questo Teleborian lo riportò in una relazione che inviò a Björck e che più tardi fu presentata al tribunale, che decise l'internamento della ragazza alla St. Stefan.»

«Capisco.»

«Nella versione di Blomkvist l'indagine fatta da Teleborian manca completamente. Al suo posto c'è una corrispondenza fra Björck e Teleborian che lascia intendere che Björck gli desse istruzioni per falsificare una perizia psichiatrica.»

«E tu mi stai dicendo che questo è un falso?»

«Senza dubbio.»

«Ma chi può avere avuto interesse a fare una cosa simile?»

Nyström mise da parte il rapporto e corrugò la fronte.

«Ora sei arrivato al nocciolo della questione.»

«E la risposta è...?»

«Non lo sappiamo. È proprio questa la domanda per dare risposta alla quale il nostro gruppo di analisi sta lavorando così duramente.»

«Può essere stato Blomkvist?»

Nyström rise.

«Be', è stato uno dei nostri primi pensieri. Ma non lo crediamo. Pensiamo che la falsificazione sia stata fatta molto tempo prima, probabilmente quando fu scritto il rapporto.»

«Ah sì?»

«E questo porta a conclusioni sgradevoli. Chi ha fatto il falso doveva essere molto addentro alla materia. E inoltre doveva avere accesso alla stessa macchina da scrivere che utilizzava Björck.»

«Vuoi dire che...»

«Non sappiamo *dove* Björck abbia scritto quelle pagine, se a casa sua o al lavoro o da qualche altra parte. Ma facciamo due ipotesi. O l'autore della falsificazione era qualcuno dell'ambiente psichiatrico o medico-legale che per qualche motivo voleva infangare Teleborian, o la falsificazione è stata realizzata per altri motivi da qualcuno dei servizi segreti.»

«Perché?»

«Tutto questo accadeva nel 1991. Può essere stato un agente russo all'interno dell'Rps/Säk che aveva rintracciato Zalachenko. Stiamo esaminando una gran quantità di vecchi file personali.»

«Ma se il Kgb aveva scoperto... allora questa cosa avrebbe dovuto trapelare molti anni fa.»

«Giusto. Ma non dimenticare che fu proprio in quel periodo che l'Unione Sovietica crollò e il Kgb fu sciolto. Non sappiamo però cosa andò storto. Magari era un'operazione già pianificata che poi non ebbe corso. Al Kgb erano maestri in fatto di falsificazioni di documenti e disinformazione.»

«Ma quale scopo poteva avere il Kgb...»

«Nemmeno questo sappiamo. Ma uno scopo potrebbe essere stato di infangare il governo svedese.»

Ekström si pizzicò il labbro inferiore.

«La valutazione medica di Lisbeth Salander è corretta?»

«Oh sì. Senza dubbio. Quella ragazza è matta da legare, detto volgarmente. Di questo non devi dubitare. La proposta di ricoverarla in un'istituzione chiusa era assolutamente corretta.»

«Wc» disse il caporedattore incaricato Malin Eriksson dubbiosa. Suonava come se pensasse che Henry Cortez si stesse prendendo gioco di lei.

«Wc» ripeté Henry Cortez, annuendo.

«Tu vorresti scrivere un pezzo sui wc per *Millennium*?»

Monica Nilsson scoppiò a ridere, ma fuori luogo. Aveva notato il malcelato entusiasmo di Henry quando era arrivato alla riunione del venerdì e sapeva riconoscere i segnali lanciati da un giornalista che aveva della carne al fuoco.

«Okay, spiega.»

«È molto semplice» esordì Henry. «La più grande industria svedese è quella edile. Ed è un'industria che non può trasferirsi all'estero, anche se la Skanska finge di avere un ufficio a Londra e via dicendo. Le case si costruiscono comunque in Svezia.»

«Aha, ma questa non è una novità.»

«No. Ma la mezza novità è che l'edilizia è un paio di anni luce indietro rispetto a qualsiasi altra industria svedese per quanto riguarda l'efficienza e la capacità di creare concorrenza. Se la Volvo costruisse le macchine con gli stessi criteri, ogni esemplare dell'ultimo modello costerebbe intorno a uno o due milioni di corone. Per tutta l'industria normale l'imperativo è contenere i prezzi. Per l'industria edile è l'opposto. Se ne fregano di contenere i prezzi, il che comporta che i costi al metro quadrato lievitano e lo stato improvvisa sovvenzioni con i proventi del gettito fiscale perché non si arrivi a livelli assurdi.»

«Dov'è l'inchiesta in tutto questo?»

«Aspetta. È complicato. Se, poniamo, l'evoluzione dei prezzi degli hamburger fosse stata simile a partire dagli anni settanta, oggi un Big Mac costerebbe circa centocinquanta corone o anche più. A quanto costerebbe con anche patatine e Coca-Cola non voglio nemmeno pensare, ma lo stipendio che prendo probabilmente non durerebbe granché. Quanti di quelli che sono intorno a questo tavolo andrebbero a un McDonald's a prendersi un hamburger per cento corone?»

Nessuno parlò.

«Molto saggio. Ma la Ncc per poco più di un container in Gåshaga a Lidingö chiede dieci dodicimila corone al mese di affitto. Quanti di voi potrebbero permettarselo?»

«Io no» disse Monica Nilsson.

«Okay, e tu abiti già in un bilocale a Danvikstull che tuo padre ti ha comperato vent'anni fa e per il quale prenderesti, diciamo, un milione e mezzo di corone se lo vendessi. Ma cosa fa un ventenne che vuole uscire di casa? I giovani proprio non se lo possono permettere. Quindi si sistemano in subaffitto o a casa da mammà fino a quando vanno in pensione.»

«E i wc?» domandò Christer.

«Ci sto arrivando. La questione è: perché le case sono così maledettamente costose? Perché chi le commissiona non sa come fare. Detto semplicemente, un'agenzia comunale per gli alloggi telefona a un'impresa edile tipo la Skanska e dice che vuole ordinare cento appartamenti e domanda quanto costano, e la Skanska fa quattro conti e risponde che costano circa cinquecento milioni di corone. Il che comporta che il prezzo al metro quadrato è di tot corone e che se vuoi andare ad abitarci ti costerà tot biglietti da mille al mese. Perché, diversamente da quello che puoi fare o non fare al McDonald's, non puoi decidere di non abitare da nessuna parte. Dunque devi pagare quello che ti chiedono.»

«Henry, per favore... vieni al dunque.»

«Ma per la miseria, è questo il dunque! Perché deve costare diecimila corone al mese andare ad abitare in quei maledetti casermoni di Hammarbyhamnen? Perché le im-

317

prese edili se ne fregano di contenere i prezzi. Il cliente deve pagare comunque. Uno dei costi più impegnativi è dato dai materiali. Il commercio dei materiali da costruzione passa attraverso grossisti che fanno i prezzi che vogliono. Siccome non esiste una vera e propria concorrenza, una vasca da bagno in Svezia costa cinquemila corone. La stessa vasca dello stesso produttore in Germania costa duemila corone. Non c'è nessun costo supplementare che giustifichi la differenza di prezzo.»

«Okay.»

«Molte notizie a questo proposito si possono leggere in un rapporto della commissione governativa per i costi edilizi, che era attiva alla fine degli anni novanta. Da allora non è successo granché. Nessuno negozia con le imprese edili sugli aspetti irragionevoli dei prezzi. I committenti pagano senza fiatare e alla fine i costi ricadono sugli inquilini o sui contribuenti.»

«Henry, i wc?»

«Il poco che è successo dopo la commissione per i costi edilizi è successo a livello locale, principalmente fuori Stoccolma. Ci sono committenti che si sono stancati dei costi elevati. Un esempio è la Karlskronahem che costruisce più a buon mercato di chiunque altro, acquistando direttamente i materiali. Inoltre si è messa di mezzo la camera di commercio. Ritengono che i prezzi dei materiali da costruzione siano assolutamente folli e cercano quindi di aiutare gli acquirenti a procurarsi prodotti equivalenti ma meno costosi. Ma questo ha portato a un piccolo scontro alla fiera dell'edilizia di Älvsjö un anno fa. La camera di commercio aveva portato qui un tizio dalla Thailandia, che vendeva wc a circa cinquecento corone l'uno.»

«E?»

«Il concorrente più prossimo era un grossista svedese che si chiama Vitavara e che vende autentici wc *made in Sweden* a millesettecento corone il pezzo. I comuni dotati di cervello cominciano a domandarsi perché debbano sborsare millesettecento corone quando possono avere un wc equivalente dalla Thailandia per cinquecento corone.»

«Forse perché la qualità è migliore?» azzardò Lottie.

«No. Prodotti di qualità equivalente.»

«Thailandia» disse Christer. «Puzza di lavoro minorile e cose del genere. Il che può spiegare il prezzo basso.»

«No» rispose Henry. «Lo sfruttamento del lavoro minorile in Thailandia riguarda soprattutto l'industria tessile e dei souvenir. E la pedofilia, si capisce. Questa qui è industria vera e propria. Le Nazioni Unite tengono d'occhio il lavoro minorile e io ho controllato l'azienda. Si comportano come si deve. Si tratta di una grande, moderna e rispettabile manifattura industriale che produce sanitari.»

«Aha... allora stiamo parlando di paesi a basso reddito, il che comporta che rischi di scrivere un articolo a favore del fatto che l'industria svedese sia messa fuori gioco dalla concorrenza thailandese. Licenziate i lavoratori svedesi e chiudete le aziende qui e importate dalla Thailandia. Non avrai successo con i sindacati.»

Un sorriso si allargò sul viso di Henry. Si appoggiò contro lo schienale e assunse un'aria sfacciatamente piena di sé.

«Niente affatto» disse. «Indovinate dove la Vitavara produce i suoi wc da millesettecento corone?»

Un profondo silenzio calò sulla redazione.

«Vietnam» continuò Henry.

«Non può essere» disse il caporedattore Malin Eriksson.

«Invece sì» fece Henry. «Sono almeno dieci anni che

producono i wc laggiù. I lavoratori svedesi hanno avuto il benservito già negli anni novanta.»

«Oh cavolo.»

«Ma qui viene il bello. Se li importassimo direttamente dalla fabbrica in Vietnam, il prezzo dei wc si aggirerebbe intorno alle trecentonovanta corone. Indovinate come si spiega la differenza fra Thailandia e Vietnam.»

«Non starai dicendo che...»

Henry annuì. Il suo sorriso era più largo della sua faccia.

«La Vitavara appalta il lavoro a qualcosa che si chiama Fong Soo Industries. Che è nell'elenco delle imprese che secondo le Nazioni Unite, almeno da un'indagine del 2001, impiegano forza lavoro minorile. E la maggior parte dei lavoratori sono detenuti.»

Tutto d'un tratto Malin sorrise.

«Questa sì che è roba buona» disse. «Veramente buona. Forse diventerai un bravo giornalista, da grande. In quanto tempo puoi avere l'inchiesta?»

«Due settimane. Ho un bel po' di controlli da fare. E poi abbiamo bisogno di un *cattivo*, per cui voglio controllare di chi è la Vitavara.»

«Potrebbe essere il numero di giugno?» domandò Malin speranzosa.

«No problem.»

L'ispettore Jan Bublanski guardò il procuratore Richard Ekström senza alcuna espressione. L'incontro era durato quaranta minuti e Bublanski provava un desiderio intenso di allungarsi, afferrare la copia del codice svedese appoggiata sulla scrivania di Ekström e calarla sulla testa del procuratore. Si domandò pacatamente cosa sarebbe accaduto se l'avesse fatto davvero. Di sicuro ci sarebbero stati dei titoloni sui giornali e probabilmente anche un'incriminazione per percosse. Scacciò il pensiero. La caratteristica dell'uomo socializzato era di non cedere a quel genere di impulsi, a prescindere da quanto potesse essere provocatorio l'atteggiamento della controparte. In effetti il più delle volte era proprio quando qualcuno cedeva a simili impulsi che l'ispettore Bublanski era chiamato a intervenire.

«Allora» disse Ekström. «Per me siamo d'accordo.»

«No, non siamo d'accordo» rispose Bublanski alzandosi. «Ma il responsabile delle indagini preliminari sei tu.»

Bublanski borbottava fra sé mentre svoltava nel corridoio diretto al proprio ufficio per radunare gli ispettori Curt Svensson e Sonja Modig che quel pomeriggio costituivano tutte le sue risorse di personale. Jerker Holmberg aveva deciso, poco opportunamente, di prendersi due settimane di ferie.

«Da me» disse Bublanski. «Portate del caffè.»

Quando si furono accomodati Bublanski aprì il blocnotes con gli appunti presi durante l'incontro con Ekström.

«La situazione al momento è che il nostro responsabile delle indagini preliminari ha ritirato tutte le incriminazioni contro Lisbeth Salander per le quali era ricercata. Lisbeth Salander non rientra dunque più nelle nostre indagini.»

«Nonostante tutto può essere considerato un passo avanti» disse Sonja.

Curt Svensson come al solito non disse nulla.

«Non ne sarei tanto sicuro» disse Bublanski. «Lisbeth è tuttora sospettata di gravi reati in relazione ai fatti di Stallarholmen e Gosseberga. Ma questo non rientra più nella nostra inchiesta. Noi dobbiamo concentrarci sulla caccia a Niedermann e sul cimitero di Nykvarn.»

«Capisco.»

«E adesso è chiaro che Ekström incriminerà Lisbeth Salander. Il caso è stato trasferito a Stoccolma ed è stata aperta un'inchiesta separata.»

«Ah sì?»

«E indovina chi si occuperà dell'inchiesta?»

«Temo il peggio.»

«Hans Faste è tornato in servizio. Sarà lui ad assistere Ekström.»

«Ma questo è folle. Faste è del tutto inadatto a investigare su Lisbeth.»

«Lo so. Ma Ekström ha una valida argomentazione. Faste era in malattia da... mmm, dal crollo di aprile, e questo è un buon caso, e semplice, sul quale concentrarsi.»

Silenzio.

«Dunque nel pomeriggio dovremo consegnare a lui tutto il materiale.»

«E quella storia di Gunnar Björck e della Säpo e dell'indagine del 1991...»

«Sarà gestita da Faste ed Ekström.»

«Tutto questo non mi piace» disse Sonja.

«Nemmeno a me. Ma Ekström è il capo e ha legami molto in alto. In altre parole il nostro lavoro è quello di trovare l'assassino. Curt, a che punto siamo?»

Svensson scosse la testa.

«Niedermann è ancora introvabile. Devo ammettere che in tutti gli anni passati nella polizia non ho mai visto un caso simile. Non abbiamo un solo informatore che lo conosca o che abbia un'idea di dove si trovi.»

«Una faccenda losca» disse Sonja. «Niedermann è ricercato per l'omicidio dell'agente a Gosseberga. Per lesioni gravi a un poliziotto, tentato omicidio ai danni di Lisbeth Salander e sequestro di persona ai danni di Anita Kaspersson. E per l'omicidio di Dag Svensson e Mia Bergman. Per tutti questi casi c'è un buon supporto di prove.»

«Basta e avanza. Come va con le indagini sull'esperto finanziario del Motoclub Svavelsjö?»

«Viktor Göransson e la sua convivente Lena Nygren. Abbiamo prove che portano a Niedermann. Impronte digitali e dna sul corpo di Göransson. Niedermann si è graffiato le nocche profondamente durante la colluttazione.»

«Okay. Qualcosa di nuovo sul Motoclub Svavelsjö?»

«Sonny Nieminen è subentrato come capo mentre Magge Lundin è agli arresti in attesa del processo per il rapimento di Miriam Wu. Circola voce che Nieminen abbia promesso una cospicua ricompensa a chiunque fornisca informazioni su dove possa trovarsi Niedermann.»

«La qual cosa rende ancora più strano che non sia stato trovato. La macchina di Göransson?»

«Dal momento che abbiamo trovato l'automobile di Anita Kaspersson a casa di Göransson, riteniamo che Niedermann abbia cambiato mezzo di trasporto. Ma non abbiamo nessuna traccia.»

«Perciò la domanda che dobbiamo porci è se Niedermann si nasconda ancora da qualche parte in Svezia, e in tal caso dove e presso chi, oppure se abbia già fatto in tempo a mettersi al sicuro all'estero. Cosa pensiamo?»

«Non abbiamo elementi che indichino che si sia rifugiato all'estero, ma è l'unica ipotesi logica.»

«In tal caso dove avrebbe lasciato la macchina?»

Sonja e Svensson scossero la testa. In nove casi su dieci il lavoro della polizia era poco complicato quando si trattava della ricerca di una persona specifica. Bisognava creare dei collegamenti logici e cominciare a seguirli. Chi sono i suoi amici? Con chi è stato in galera? Dove abita la sua ragazza? Con chi è solito uscire a bere? In quale zona è stato usato ultimamente il suo cellulare? Dov'è il suo mezzo di trasporto? Alla fine dei collegamenti si sarebbe trovato il ricercato.

Ma Ronald Niedermann non aveva amici, non aveva una ragazza, non era mai stato in galera e a quanto si sapeva non disponeva di un cellulare.

Buona parte delle indagini era stata di conseguenza indirizzata alla ricerca dell'automobile di Viktor Göransson, che si supponeva Niedermann stesse usando. Avrebbe fornito un'indicazione su dove continuare a cercare. Inizialmente ci si aspettava che la macchina sarebbe ricomparsa nel giro di qualche giorno, probabilmente in qualche parcheggio a Stoccolma. Nonostante le segnalazioni diffuse su tutto il territorio nazionale, del veicolo tuttavia non c'era ancora traccia.

«Se è all'estero... dov'è?»

«È cittadino tedesco, perciò sarebbe naturale che fosse tornato in Germania.»

«In Germania è ricercato. E non sembra che abbia avuto contatti con i suoi vecchi amici ad Amburgo.»

Svensson agitò la mano.

«Se il suo piano era di rifugiarsi in Germania... perché andare a Stoccolma? Non avrebbe dovuto piuttosto dirigersi verso Malmö e il ponte sull'Öresund o verso qualche traghetto?»

«Lo so. E Marcus Erlander a Göteborg si è mosso in quella direzione nei primi giorni. La polizia danese è stata informata, e possiamo dire con sicurezza che non ha preso nessun traghetto.»

«È andato a Stoccolma al Motoclub Svavelsjö, ha ammazzato il cassiere e si è dileguato con una somma imprecisata di denaro. Quale dovrebbe essere il passo successivo?»

«Deve uscire dalla Svezia» disse Bublanski. «E la via naturale sarebbe uno dei traghetti per le repubbliche baltiche. Ma Göransson e la sua convivente sono stati uccisi nella notte del 9 aprile. Ciò significa che Niedermann può aver preso il traghetto già il mattino successivo. Noi siamo stati allertati circa sedici ore dopo che erano morti e stiamo cercando la macchina solo da quel momento.»

«Se ha preso il traghetto alla mattina, la macchina di Göransson dovrebbe essere parcheggiata vicino a qualcuno dei moli dei traghetti» disse Sonja.

Svensson annuì.

«Può essere semplicemente che non abbiamo trovato la macchina di Göransson perché Niedermann ha lasciato il paese da nord via Haparanda? Sarebbe stata una lunga deviazione lungo il golfo di Botnia, ma in sedici ore avrebbe passato il confine con la Finlandia.»

«Certamente, ma poi avrebbe dovuto abbandonare la macchina da qualche parte, e a quest'ora i colleghi finlandesi avrebbero dovuto trovarla.»

Rimasero seduti in silenzio. Alla fine Bublanski si alzò e si piazzò accanto alla finestra.

«Contro la logica e il calcolo delle probabilità l'auto di Göransson ancora non è stata ritrovata. Niedermann può avere individuato un posto dove nascondersi, una casa di campagna o...»

«Difficilmente una casa di campagna. In questo periodo i proprietari le preparano per la stagione estiva.»

«E difficilmente qualche posto collegato con il Motoclub Svavelsjö. Sono gli ultimi in cui vorrebbe imbattersi, penso.»

«E con ciò tutto il mondo della malavita dovrebbe essere escluso... Qualche amica particolare di cui non siamo a conoscenza?»

Avevano parecchie congetture ma nessun fatto concreto su cui basarsi.

Quando Curt Svensson se ne fu andato a casa al termine della giornata, Sonja ritornò nell'ufficio di Bublanski e bussò sullo stipite della porta. Lui la chiamò dentro con un cenno della mano.

«Hai due minuti?»

«Per?»

«Salander.»

«Okay.»

«Questa impostazione con Ekström e Faste e un nuovo processo non mi piace. Tu hai letto l'indagine di Björck. Io pure. Nel 1991 lei è stata rovinata ed Ekström lo sa. Cosa sta succedendo?»

Bublanski si tolse gli occhiali da lettura e li infilò nel taschino.

«Non lo so.»

«Hai qualche idea?»

«Ekström sostiene che l'indagine di Björck e la corrispondenza con Teleborian sarebbero dei falsi.»

«Balle. Se fossero dei falsi, Björck l'avrebbe detto, quando l'abbiamo prelevato.»

«Ekström sostiene che Björck si rifiutò di parlarne perché era una faccenda secretata. Io sono stato criticato perché ho anticipato gli eventi.»

«Ekström mi piace sempre meno.»

«È fra l'incudine e il martello.»

«Non è una scusante.»

«Noi non abbiamo il monopolio sulla verità. Ekström dice di aver avuto le prove che il rapporto è un falso, che

non esiste nessuna indagine con quel numero di protocollo. Dice anche che la contraffazione è molto ben fatta e che il contenuto è una mescolanza di verità e inven-
zioni.»

«Quale parte era vera e quale inventata?»

«La cornice del racconto è grossomodo corretta. Zalachenko era il padre di Lisbeth Salander ed era un bastardo che maltrattava sua madre. Il problema è il solito,
la madre non ha mai voluto sporgere denuncia alla polizia e di conseguenza la cosa si è protratta per anni. Björck
ebbe l'incarico di investigare su ciò che accadde quando
Lisbeth cercò di uccidere suo padre con una bomba incendiaria. Entrò in corrispondenza epistolare con Teleborian, ma tutto quello che è arrivato a noi è un falso. Teleborian fece una normale perizia psichiatrica su Lisbeth
e constatò che era pazza, e il procuratore decise di non
portare avanti la causa contro di lei. Aveva bisogno di cure e le ricevette alla St. Stefan.»

«Se davvero si tratta di una falsificazione... chi l'avrebbe realizzata, e a che scopo?»

Bublanski allargò le braccia.

«Mi stai prendendo in giro?»

«Mi è parso di capire che Ekström abbia intenzione di
richiedere una nuova, ampia perizia psichiatrica su Lisbeth Salander.»

«Questo io non l'accetto.»

«Non è più affar nostro. Noi siamo stati sganciati dalla vicenda Salander.»

«E vi è stato agganciato Hans Faste... Jan, io mi rivol-
gerò ai media se quei bastardi daranno addosso a Lisbeth
ancora una volta...»

«No, Sonja. Tu non lo farai. Non abbiamo più accesso
al rapporto, quindi non potresti più provare le tue affer-

mazioni. Faresti la figura della paranoica e con ciò la tua carriera sarebbe finita.»

«Io il rapporto ce l'ho ancora» disse Sonja a bassa voce. «Ne avevo fatto una copia per Curt, che non sono mai riuscita a dargli, prima che il procuratore generale le ritirasse tutte.»

«Se diffonderai quelle informazioni non solo verrai sbattuta fuori ma ti renderai anche colpevole di grave negligenza in servizio e di aver lasciato trapelare il contenuto di un documento secretato.»

Sonja restò in silenzio un secondo a fissare il suo capo.

«Sonja, tu non farai niente. Promettimelo.»

Lei esitò.

«No, Jan, non te lo posso promettere. C'è qualcosa di morboso, in tutta questa storia.»

Bublanski annuì.

«Sì. È morbosa. Ma non sappiamo chi siano i nostri nemici in questo momento.»

Sonja piegò la testa di lato.

«E *tu* hai intenzione di fare qualcosa?»

«Non intendo discuterne con te. Fidati. È venerdì sera. Goditi il fine settimana. Va' a casa. Questa conversazione non ha mai avuto luogo.»

Era l'una e mezza di sabato quando la guardia della Securitas Niklas Adamsson alzò gli occhi dal libro di economia politica che stava studiando per un esame che avrebbe dovuto sostenere di lì a tre settimane. Sentì il rumore della lucidatrice e constatò che a spingerla era il turco che zoppicava. Salutava sempre con cortesia ma era molto taciturno e non rideva quasi mai le volte che cercava di scherzare con lui. Spruzzò il detergente sul bancone dell'accettazione e lo asciugò con uno straccio. Poi prese una scopa e la passò dove le spazzole della lucidatrice non erano arrivate. Niklas Adamsson infilò di nuovo il naso nel suo libro e andò avanti a leggere.

Passarono dieci minuti prima che l'inserviente arrivasse vicino ad Adamsson, in fondo al corridoio. Si salutarono con un cenno del capo. Adamsson si alzò e lasciò che l'inserviente si occupasse del pavimento intorno alla sedia fuori dalla porta di Lisbeth Salander. L'aveva visto praticamente ogni volta che era stato di turno fuori da quella stanza, ma non riusciva proprio a ricordare il suo nome. In ogni caso era un qualche nome da musonero. Ma non aveva bisogno di controllare il suo tesserino. Sia perché il musonero non sarebbe entrato a far pulizia nella stanza – lo facevano la mattina due inservienti donne –, sia perché non avvertiva alcuna minaccia in quello zoppo.

Quando ebbe passato tutto il corridoio, l'inserviente aprì la porta accanto a quella della stanza di Lisbeth. Adamsson lo guardò con la coda dell'occhio, ma nemmeno quello costituiva una variazione della routine. Lo sgabuzzino degli articoli per la pulizia era in fondo al corridoio. Nei cinque minuti successivi l'uomo vuotò il secchio, pulì le spazzole e rifornì il carrello di sacchetti di plastica per i cestini dell'immondizia. Infine trascinò l'intero carrello dentro lo sgabuzzino.

Idris Ghidi era consapevole della presenza della guardia fuori in corridoio. Era un ragazzo biondo sui venticinque anni che trovava lì due o tre giorni alla settimana e che leggeva libri di economia politica. Ghidi trasse la conclusione che lavorava part-time per la Securitas e nel contempo studiava, e che nei confronti del mondo circostante doveva avere più o meno lo stesso livello di attenzione di un mattone.

Ghidi si chiese cosa avrebbe fatto Adamsson se qualcuno avesse veramente cercato di introdursi nella stanza di Lisbeth Salander.

Si chiese anche di cosa Mikael Blomkvist fosse realmente in cerca. Scosse il capo. Ovviamente aveva letto del giornalista sui quotidiani e aveva fatto il collegamento con Lisbeth Salander, e si era aspettato che gli venisse chiesto di consegnare di nascosto qualcosa alla ragazza. In tal caso sarebbe stato costretto a rifiutare, dal momento che non gli era permesso accedere alla sua stanza e non l'aveva mai nemmeno vista. Ma qualsiasi cosa si fosse aspettato, non era quella la proposta che gli era stata fatta.

Non riusciva a vedere nulla d'illegale nell'incarico. Sbirciò attraverso lo spiraglio della porta e vide che Adamsson era tornato a sedersi fuori dalla porta e a leggere il suo libro. Era soddisfatto che nelle vicinanze non ci fosse assolutamente nessuno, come del resto succedeva quasi sempre, dal momento che lo sgabuzzino si trovava in un braccio senza uscita proprio in fondo al corridoio. Infilò la mano nella tasca e tirò fuori un cellulare nuovo. Aveva notato quel telefono in un annuncio pubblicitario, in commercio costava circa tremilacinquecento corone e aveva tutte le funzioni che si potessero desiderare in un cellulare.

Controllò che l'apparecchio fosse acceso e che segnale di chiamata e vibrazione fossero disattivati. Si alzò sulla punta dei piedi e svitò una placca bianca circolare che copriva una presa d'aria collegata con la stanza di Lisbeth. Nascose il cellulare dentro la presa d'aria, proprio come gli aveva detto di fare Mikael Blomkvist.

L'intera procedura aveva richiesto circa trenta secondi. Il giorno dopo ne sarebbero bastati dieci. Doveva tirare giù il cellulare e sostituire le batterie prima di rimetterlo di nuovo al suo posto. Quelle vecchie doveva portarsele a casa e ricaricarle durante la notte.

Era tutto quanto doveva fare.

Questo non avrebbe tuttavia aiutato Lisbeth. Dalla sua parte c'era una grata. Non sarebbe mai arrivata al cellulare, in qualsiasi modo avesse provato a farlo, a meno che non si fosse procurata una scala e un cacciavite a stella.

«Lo so» aveva detto Mikael. «Ma lei non dovrà toccarlo.»

Ghidi avrebbe dovuto ripetere la procedura ogni giorno, finché Blomkvist non gli avesse comunicato che non era più necessario.

E per quel lavoro Ghidi si sarebbe messo direttamente in tasca mille corone la settimana. Inoltre a lavoro finito avrebbe potuto tenersi il cellulare.

Scosse la testa. Intuiva naturalmente che Blomkvist sta va tramando qualcosa, ma non riusciva affatto a capire dove volesse parare. Mettere un cellulare in una presa d'aria in uno sgabuzzino chiuso, acceso ma non connesso, era un giochetto di cui Ghidi non riusciva a cogliere la finezza. Se Blomkvist voleva avere la possibilità di comunicare con Lisbeth Salander, sarebbe stato molto più utile corrompere uno degli infermieri e fargli portare il cellulare di nascosto. Così invece non c'era alcuna logica.

Ghidi scosse la testa. D'altro lato lui non aveva nulla in contrario a fare quel favore a Mikael Blomkvist finché gli pagava mille corone la settimana. E non aveva nessuna intenzione di fare domande.

Il dottor Anders Jonasson rallentò il passo quando vide un uomo sulla quarantina appoggiato al cancello della sua abitazione in Hagagatan. L'uomo aveva un'aria vagamente familiare e gli fece un cenno di saluto con il capo.

«Dottor Jonasson?»

«Sì, sono io.»

«Mi perdoni se la disturbo così, qui in strada davanti a casa sua. Ma non volevo cercarla al lavoro e avrei necessità di parlarle.»

«Di cosa si tratta, e chi è lei?»

«Mi chiamo Mikael Blomkvist. Sono un giornalista, lavoro per *Millennium*. Si tratta di Lisbeth Salander.»

«Ah, ora la riconosco. È stato lei a chiamare il pronto intervento quando l'hanno trovata... Per caso le aveva messo lei il nastro adesivo sulle ferite?»

«Sì, sono stato io.»

«Davvero un'ottima idea. Ma mi dispiace. Non posso parlare dei miei pazienti con i giornalisti. Dovrà rivolgersi al servizio stampa del Sahlgrenska come tutti gli altri.»

«Lei mi ha frainteso. Non volevo delle informazioni e sono qui per un motivo assolutamente privato. Non occorre che mi dica una sola parola. È esattamente il contrario. Sono io che voglio darle delle informazioni.»

Anders Jonasson alzò le sopracciglia.

«La prego» disse Mikael Blomkvist. «Non ho l'abitudine di importunare chirurghi per la strada, ma è molto importante che le possa parlare. C'è un caffè dietro l'angolo un po' più giù lungo la strada. Posso offrirle qualcosa?»

«Di cosa vorrebbe parlarmi?»

«Del futuro di Lisbeth Salander. Sono suo amico.»

Anders Jonasson esitò. Si rendeva conto che se non si fosse trattato di Mikael Blomkvist – se uno sconosciuto l'avesse avvicinato a quel modo – lo avrebbe allontanato. Ma il fatto che Blomkvist fosse un personaggio noto faceva sì che Anders Jonasson si sentisse abbastanza sicuro che non si trattava di un tranello.

«Non voglio essere intervistato e non discuterò della mia paziente.»

«Va benissimo» disse Mikael.

Alla fine, Jonasson annuì e andò con Mikael al caffè.

«Di cosa si tratta?» chiese in tono neutro quando ebbero davanti le loro tazze. «La ascolto ma non commenterò.»

«Lei ha paura che io la citi sul giornale. Lasci allora che le chiarisca fin dall'inizio che non accadrà mai. Per quanto mi riguarda, questa conversazione non sta nemmeno avendo luogo.»

«Okay.»

«Vorrei chiederle un favore. Ma prima devo spiegarle esattamente perché, così potrà decidere se per lei sarebbe moralmente accettabile farmelo.»

«Questa conversazione non mi va a genio.»

«Le basterà ascoltare. Come medico è suo compito badare alla salute fisica e mentale di Lisbeth Salander. Come amico è mio compito fare lo stesso. Io non sono un medico e di conseguenza non posso frugarle nel cervello per estrarre pallottole, ma ho un'altra competenza che è altrettanto importante per il suo benessere.»

«Aha.»

«Sono un giornalista e scavando ho portato alla luce la verità su ciò che le è capitato.»

«Okay.»

«Posso raccontarle in termini generici di cosa si tratta, così potrà giudicare lei stesso.»

«Aha.»

«Dovrei forse cominciare col dire che Annika Giannini è l'avvocato di Lisbeth Salander. Credo che l'abbia incontrata.»

Anders Jonasson annuì.

«Annika è mia sorella e sono io che la pago per difendere Lisbeth.»

«Capisco.»

«Che sia mia sorella lo può controllare all'anagrafe. Ma questo favore non posso chiederlo ad Annika. Lei non parla di Lisbeth con me. Anche lei è tenuta al segreto professionale, anche se è legata a un sistema di regole completamente diverso.»

«Mmm.»

«Suppongo che abbia letto di Lisbeth sui giornali.»

Jonasson annuì.

«È stata descritta come una lesbica psicotica pluriomicida. Sono tutte sciocchezze. Lisbeth Salander è sana di mente tanto quanto lei o me. E le sue preferenze sessuali non riguardano nessuno.»

«Se ho ben capito, adesso è quel tedesco a essere ricercato per gli omicidi.»

«Sì. Ronald Niedermann è colpevole ed è un assassino assolutamente privo di scrupoli. Però Lisbeth ha dei nemici. Nemici importanti, e cattivi. Alcuni fanno parte dei servizi segreti.»

Jonasson inarcò dubbioso le sopracciglia.

«Quando Lisbeth aveva dodici anni fu chiusa in una clinica psichiatrica infantile a Uppsala perché era inciampata in un segreto che la Säpo cercava a ogni costo di mantenere tale. Suo padre, quell'Alexander Zalachenko che è stato ucciso proprio al Sahlgrenska, era una spia russa che aveva disertato, un residuo della guerra fredda. Ed era anche un uomo violento che maltrattava la madre di Lisbeth. A dodici anni, Lisbeth rispose a suo modo cercando di uccidere Zalachenko con una bomba incendiaria. Fu per questo che venne chiusa in quella clinica.»

«Se ha cercato di uccidere suo padre forse c'era motivo di ricoverarla per sottoporla a una cura psichiatrica.»

«La mia inchiesta, che ho intenzione di pubblicare, sostiene che la Säpo sapeva ciò che era successo ma scelse di proteggere Zalachenko perché era una fonte importante di informazioni. Perciò falsificarono la diagnosi e fecero in modo che Lisbeth venisse rinchiusa.»

Jonasson aveva un'aria talmente dubbiosa che Mikael sorrise.

«Tutto quello che le sto raccontando lo posso documentare. E scriverò un testo completo e dettagliato giusto in tempo per il processo di Lisbeth. Mi creda, scoppierà un gran casino.»

«Capisco.»

«Smaschererò e colpirò molto duramente due medici che rendevano servigi alla Säpo e hanno aiutato a seppellire Lisbeth in manicomio. Li denuncerò senza pietà. Uno di loro è un personaggio molto noto e rispettato. E, come dicevo, ho tutta la documentazione che mi serve.»

«Capisco. Se un medico è stato coinvolto in qualcosa del genere, è una vergogna per tutta la categoria.»

«No, io non credo alla colpa collettiva. È una vergogna per le persone coinvolte. Lo stesso vale per la Säpo. C'è sicuramente della brava gente che ci lavora. Ma qui si tratta di un gruppo settario. Quando Lisbeth compì diciotto anni tentarono per la seconda volta di rinchiuderla. Non ci riuscirono, ma riuscirono comunque a metterla sotto tutela. Durante il processo proveranno ancora una volta a gettarle addosso tutto il fango possibile. Io, o per meglio dire io e mia sorella lotteremo perché Lisbeth sia scagionata e la sua dichiarazione di incapacità cancellata.»

«Okay.»

«Ma Lisbeth ha bisogno di munizioni. Sono i presupposti per questo gioco. Forse dovrei anche dire che ci sono dei poliziotti che in effetti stanno dalla parte di Lisbeth in questa battaglia. Ma lo stesso non può dirsi del responsabile delle indagini preliminari che l'ha incriminata.»

«Certo.»

«Lisbeth ha bisogno di aiuto in vista del processo.»

«Aha. Ma io non sono un avvocato.»

«No. Però è un medico, e può avvicinarla.»

Gli occhi di Anders Jonasson si restrinsero.

«Quello che ho intenzione di chiederle probabilmente può essere considerato una violazione della legge.»

«Davvero?»

«Ma è la cosa moralmente giusta da fare. I diritti di Lisbeth sono stati intenzionalmente violati da persone che dovrebbero rispondere della sua protezione.»

«Aha.»

«Posso farle un esempio. Come sa, Lisbeth non ha il diritto di ricevere visite e non può leggere i giornali o comunicare con il mondo esterno. Il procuratore ha inoltre disposto per il suo avvocato il divieto di fare dichiarazioni. Annika si è attenuta coraggiosamente al regolamento. Il procuratore stesso è tuttavia la principale fonte delle soffiate a quei giornalisti che continuano a gettare fango su Lisbeth Salander.»

«Veramente?»

«Questa per esempio.» Mikael tirò fuori un quotidiano vecchio di una settimana. «Una fonte interna all'inchiesta sostiene che Lisbeth è un'irresponsabile, e di conseguenza il giornale costruisce una sfilza di congetture sul suo stato mentale.»

«Ho letto l'articolo. È un cumulo di sciocchezze.»

«Lei non ritiene che Lisbeth sia pazza?»

«Su questo non posso esprimermi. So però che non è

stata fatta nessuna valutazione psichiatrica. Dunque l'articolo è robaccia.»

«Okay. Ma posso provare che è stato un poliziotto di nome Hans Faste che lavora per il procuratore Ekström a lasciar trapelare queste notizie.»

«Aha.»

«Ekström richiederà che il processo si svolga a porte chiuse, così nessun estraneo potrà valutare il materiale di prova contro di lei. Ma quel che è peggio... per il fatto che il procuratore l'ha messa in isolamento, Lisbeth non potrà fare le ricerche indispensabili a consentirle di preparare la propria difesa.»

«Se non sbaglio, questo dovrebbe essere il compito del suo avvocato.»

«Come certamente avrà ormai capito, Lisbeth è una persona molto speciale. Ha dei segreti dei quali io sono a conoscenza, che però non posso rivelare a mia sorella. Ma Lisbeth sì che potrebbe decidere di servirsene al processo.»

«Aha.»

«Ma per poterlo fare ha bisogno di questo.»

Mikael mise il Palm Tungsten T3 di Lisbeth Salander e un caricabatteria sul tavolino.

«Questa è l'arma più importante che Lisbeth ha nel proprio arsenale. Ne ha assoluto bisogno.»

Anders Jonasson guardò con sospetto il palmare.

«Perché non darlo al suo avvocato?»

«Perché è solo Lisbeth a sapere come arrivare al materiale probatorio.»

Anders Jonasson rimase a lungo in silenzio senza toccare il palmare.

«Lasci che le racconti del dottor Teleborian» disse Mikael, tirando fuori la cartella in cui aveva raccolto tutto il materiale più importante.

Rimasero seduti per oltre due ore a parlare in tono sommesso.

Erano quasi le otto di sabato sera quando Dragan Armanskij lasciò gli uffici della Milton Security e raggiunse a piedi la sinagoga di Söder in St. Paulsgatan. Bussò, si presentò e fu fatto entrare dal rabbino in persona.

«Mi sono accordato per incontrare un conoscente qui» disse Armanskij.

«Al piano di sopra. Le faccio strada.»

Il rabbino gli offrì uno zucchetto che Armanskij si mise con una certa titubanza. Era cresciuto in una famiglia musulmana, portare zucchetti e visitare sinagoghe non rientrava nei gesti quotidiani. Si sentiva a disagio con in testa l'insolito copricapo.

Anche Jan Bublanski indossava lo zucchetto.

«Salve Armanskij. Grazie di essere venuto. Ho preso in prestito una stanza dal rabbino, così possiamo parlare indisturbati.»

Armanskij si accomodò di fronte a Bublanski.

«Suppongo che lei abbia un buon motivo per tutta questa segretezza.»

«Verrò subito al sodo. So che lei è amico di Lisbeth Salander.»

Armanskij annuì.

«Voglio sapere cosa avete architettato lei e Blomkvist per aiutarla.»

«Perché crede che abbiamo architettato qualcosa?»

«Perché il procuratore Ekström mi ha chiesto una dozzina di volte fino a che punto voi della Milton Security eravate coinvolti nell'inchiesta Salander. Non me lo chiede per divertimento ma perché teme che lei metta in piedi qualcosa che possa avere contraccolpi mediatici.»

«Mmm.»

«E se Ekström è inquieto probabilmente è perché sa o teme che lei abbia qualcosa che bolle in pentola. O almeno posso supporre che abbia parlato con qualcuno che nutre quel timore.»

«Qualcuno?»

«Armanskij, non giochiamo a nascondino. Lei sa che Lisbeth Salander ha subito un sopruso nel 1991, e io temo che ne subirà un altro quando avrà inizio il processo.»

«Lei è un poliziotto in una democrazia. Se ha qualche informazione, dovrebbe agire.»

Bublanski annuì.

«Ho intenzione di farlo. La questione è come.»

«Dica quello che aveva in mente di dire.»

«Voglio sapere cosa avete architettato lei e Blomkvist. Suppongo che non ve ne stiate seduti a girarvi i pollici.»

«È complicato. Come faccio a sapere se posso fidarmi di lei?»

«C'è un documento del 1991 che Mikael Blomkvist aveva trovato...»

«Ne sono a conoscenza.»

«Io non ho più accesso a quel rapporto.»

«Nemmeno io. Entrambe le copie che Blomkvist e sua sorella possedevano sono andate perdute.»

«Perdute?» si stupì Bublanski.

«La copia di Blomkvist è stata rubata, c'è stato un furto nel suo appartamento, e quella di Annika Giannini è sparita nel corso di un'aggressione che ha subito a Göteborg. Tutto questo è successo lo stesso giorno in cui Zalachenko è stato assassinato.»

Bublanski rimase in silenzio.

«Perché noi non ne abbiamo saputo nulla?»

«Come ha detto Mikael Blomkvist, c'è solo un momento giusto per pubblicare e una serie infinita di momenti sbagliati.»

«Ma voi... cioè lui ha intenzione di pubblicare qualcosa?» Armanskij annuì brevemente.

«Un'aggressione a Göteborg e un furto qui a Stoccolma. Lo stesso giorno. Significa che i nostri avversari sono ben organizzati» disse Bublanski.

«Inoltre dovrei forse dire che abbiamo le prove che il telefono di Annika Giannini è sotto controllo.»

«C'è qualcuno che sta commettendo un bel numero di reati.»

«La questione è: chi sono i nostri avversari» disse Armanskij.

«È quello che penso anch'io. In ultima analisi è la Säpo ad avere interesse a insabbiare il rapporto di Björck. Ma, Dragan... stiamo parlando dei servizi segreti. Si tratta di un'autorità statale. Non posso credere che tutto questo sia stato autorizzato dalla Säpo. Non credo neppure che la Säpo abbia la competenza per fare qualcosa del genere.»

«Lo so. Anch'io ho qualche difficoltà a digerirlo. Per non parlare del fatto che qualcuno entra al Sahlgrenska e fa saltare le cervella a Zalachenko.»

Bublanski tacque. Armanskij infilzò l'ultimo chiodo.

«E al tempo stesso Gunnar Björck va pure a impiccarsi.»

«Dunque voi pensate che si tratti di omicidi organizzati. Conosco Marcus Erlander che ha condotto le indagini a Göteborg. Non ha trovato nulla che lasci supporre che l'omicidio sia stato qualcosa di diverso dal gesto impulsivo di una persona malata. E noi abbiamo investigato sulla morte di Björck minuziosamente. Tutto indica che si è trattato di suicidio.»

Armanskij annuì.

«Evert Gullberg, settantotto anni, malato di cancro allo stadio terminale, curato per depressione qualche mese prima dell'omicidio. Ho messo Fräklund a fare ricerche su tutto quello che si riesce a scoprire su Gullberg nella documentazione ufficiale.»

«Sì?»

«Ha fatto il servizio militare a Karlskrona negli anni quaranta, ha studiato giurisprudenza e col tempo è diventato consulente fiscale per l'imprenditoria privata. Ha avuto un ufficio qui a Stoccolma per circa trent'anni, basso profilo, clienti privati... quali che fossero. In pensione dal 1991. Nel 1994 si è trasferito nella sua città natale, Laholm... Niente che sia degno di nota.»

«Ma?»

«Ci sono alcuni dettagli che sconcertano un po'. Fräklund non riesce a trovare neanche un riferimento a Gullberg in nessun contesto. Non è mai stato citato su nessun giornale e non esiste nessuno che sappia chi fossero i suoi clienti. È come se non avesse mai avuto una vita professionale.»

«Cosa vorrebbe dire?»

«La Säpo è il collegamento evidente. Zalachenko era un disertore russo, e chi altri avrebbe potuto occuparsi di lui se non la Säpo. Inoltre abbiamo a che fare con qualcuno che ha fatto in modo che Lisbeth Salander venisse chiusa in manicomio nel 1991. Per non parlare di effrazioni, aggressioni e intercettazioni telefoniche quindici anni più tardi... Ma neppure io credo che dietro tutto questo ci siano i servizi segreti. Mikael Blomkvist lo chiama Club Zalachenko... un piccolo gruppo di reduci della guerra fredda che si nascondono in qualche oscuro corridoio dei servizi.»

Bublanski annuì.

«Cosa possiamo fare?»

12.
Domenica 15 maggio - lunedì 16 maggio

Il commissario Torsten Edklinth, capo dell'ufficio per la tutela della Costituzione della polizia segreta, si pizzicò il lobo dell'orecchio e fissò pensieroso l'amministratore delegato della nota azienda di vigilanza privata Milton Security, che di punto in bianco gli aveva telefonato insistendo per invitarlo nella sua casa di Lidingö. La moglie di Armanskij, Ritva, aveva servito un eccellente stufato e avevano pranzato conversando amabilmente. Ma Edklinth si chiedeva cosa volesse Armanskij. Dopo mangiato, Ritva si era ritirata sul divano davanti alla tv e li aveva lasciati soli al tavolo da pranzo. Armanskij aveva cominciato lentamente a raccontare la storia di Lisbeth Salander.

Edklinth fece roteare piano il vino rosso nel bicchiere.

Dragan Armanskij non era uno stupido. Lui lo sapeva bene.

Edklinth e Armanskij si conoscevano da dodici anni, da quando una parlamentare di sinistra aveva ricevuto una serie di minacce di morte anonime. La personalità politica in questione aveva denunciato la cosa al capogruppo del partito al Parlamento, dopo di che ne era stata informata la sezione sicurezza. Le minacce erano volgari e contenevano informazioni di un genere che lasciava intendere che l'autore avesse una certa conoscenza personale della donna. La storia diventò quindi oggetto dell'interesse della Säpo. Durante l'indagine, la parlamentare fu messa sotto protezione.

All'epoca, il servizio scorte era, sotto il profilo del budget, la squadra cenerentola della polizia segreta. Le risorse erano limitate. La sezione rispondeva della protezione della casa reale e del primo ministro, e in più di singoli ministri e dirigenti di partito secondo necessità. Ma assai spesso le necessità superavano le risorse e così la maggior parte dei politici svedesi mancava di qualsiasi forma di seria protezione personale. La parlamentare era dunque sotto scorta in occasione di apparizioni pubbliche, ma veniva abbandonata a se stessa alla fine della giornata lavorativa, vale a dire proprio nel momento in cui aumentavano le probabilità che un pazzo potesse colpire. La diffidenza della parlamentare nei confronti della Säpo aumentò rapidamente.

La donna abitava in una villa a Nacka. Tornando a casa tardi una sera, dopo una riunione della commissione finanza, scoprì che qualcuno si era introdotto in casa sua attraverso la portafinestra della terrazza, aveva scarabocchiato epiteti pesanti sulle pareti del soggiorno e compiuto atti di onanismo in camera da letto. Prese dunque il telefono e affidò alla Milton Security l'incarico di occuparsi della sua protezione personale. Non informò la Säpo di tale decisione, e quando il mattino successivo fece un'apparizione pubblica in una scuola di Täby si verificò una collisione frontale fra guardie del corpo statali e private.

All'epoca Torsten Edklinth era responsabile aggiunto pro tempore del servizio scorte. Istintivamente detestava che dei gorilla privati svolgessero quel compito al posto loro. Ma si rendeva anche conto che la parlamentare aveva buoni motivi per lamentarsi – se non altro, il suo letto insudiciato era una prova sufficiente dell'inefficienza statale. Invece di cominciare a mostrare i muscoli, Edklinth rifletté e propose un incontro al capo della Milton Security, Dragan Armanskij. Si dissero che la situazione forse era più grave di quanto la Säpo avesse inizialmente ritenuto, e che c'era motivo di rafforzare la protezione. Edklinth fu anche sufficientemente saggio da rendersi conto che i ragazzi di Armanskij non solo avevano la competenza richiesta, ma erano anche in possesso di un equipaggiamento tecnico migliore del loro. Risolsero il problema decidendo che Armanskij si sarebbe occupato della protezione e la Säpo dell'indagine vera e propria e di pagare il conto.

I due uomini scoprirono anche di essersi simpatici e di avere una certa facilità a collaborare, come ebbero modo di verificare in un paio di altre occasioni nel corso degli anni. Edklinth aveva grande rispetto per la competenza professionale di Dragan Armanskij, e se lui gli chiedeva un colloquio confidenziale era ben disposto ad ascoltarlo.

Non si aspettava però che Armanskij gli avrebbe messo in grembo una bomba con la miccia accesa.

«Se ho ben capito, tu sostieni che la Säpo esercita attività criminali.»

«No» disse Armanskij. «Mi hai frainteso. Intendevo dire che alcune persone all'interno della Säpo esercitano attività criminali. Non credo assolutamente che agiscano per ordine della direzione della Säpo o abbiano qualche forma di approvazione governativa.»

Edklinth osservò le fotografie fatte da Christer Malm dell'uomo che saliva su un'automobile con la targa che cominciava con Kab.

«Dragan... questo non è uno scherzo, vero?»
«Vorrei tanto che lo fosse.»
Edklinth rifletté un momento.
«E cosa diavolo ti aspetti che faccia io?»

Il mattino seguente Torsten Edklinth si pulì con cura gli occhiali mentre rifletteva. Era un uomo brizzolato con grandi orecchie e un viso energico. Al momento però il suo viso appariva più confuso che energico. Si trovava nel suo ufficio presso la centrale della polizia a Kungsholmen e aveva trascorso una parte considerevole della notte a riflettere su come avrebbe dovuto gestire l'informazione ricevuta da Dragan Armanskij.

Non erano state riflessioni piacevoli. La polizia segreta era in Svezia l'istituzione che tutti i partiti – quasi tutti – ritenevano indispensabile e della quale tutti al tempo stesso sembravano diffidare, circondandola di fantasiose teorie cospiratorie. Gli scandali erano stati innegabilmente parecchi, non ultimi quelli dei radicali negli anni settanta, quando si erano verificati non pochi... errori istituzionali. Ma dopo cinque inchieste della Säpo, duramente criticate, si era formata una nuova generazione di funzionari. Una scuola più giovane di agenti reclutati tra gli esperti di economia, armi e frodi della polizia – agenti che erano abituati a investigare su reati concreti e non su fantasie politiche.

La Säpo si era modernizzata, e l'ufficio per la tutela della Costituzione aveva assunto un ruolo di spicco. Il suo compito, così come era stato formulato dal governo, era di prevenire e smascherare le minacce contro la sicurezza interna della nazione, definite come *attività illecite che mirino, con violenza, minaccia o costrizione, a mutare lo stato della nostra nazione, inducendo organi politici o au-*

torità deliberanti a prendere decisioni in una certa direzione, o impedendo a singoli cittadini di esercitare le proprie libertà e i propri diritti sanciti dalla Costituzione.

Il compito dell'ufficio per la tutela della Costituzione era dunque di difendere la democrazia svedese da attacchi antidemocratici veri o presunti, per esempio di anarchici e nazisti. Gli anarchici perché si ostinavano a esercitare la disobbedienza civile sotto forma di incendi dolosi contro le pelliccerie. I nazisti perché erano nazisti e con ciò per definizione nemici della democrazia.

Dopo gli studi giuridici, Torsten Edklinth aveva lavorato come procuratore e quindi per la polizia segreta per ventun anni, all'inizio al servizio scorte, in seguito all'ufficio per la tutela della Costituzione con compiti che erano andati dall'analisi alla direzione. Col tempo era diventato capodivisione. In altre parole, nella polizia era il responsabile della difesa della democrazia svedese. Il commissario Edklinth si considerava un democratico. Era molto semplice: la Costituzione era stata sancita dal Parlamento e il suo compito era di fare in modo che non venisse violata.

La democrazia svedese si fonda su un'unica legge, la Ygl, la legge costituzionale sulla libertà d'espressione che sancisce il diritto inalienabile di dire, pensare e credere qualsiasi cosa. Questo diritto riguarda tutti i cittadini svedesi, dai nazisti agli anarchici che tirano le pietre, con tutti quelli che ci stanno in mezzo.

Tutte le altre leggi costituzionali, per esempio sulla forma di governo, sono soltanto decorazioni pratiche della libertà d'espressione. Quella della libertà d'espressione è la legge con cui una democrazia sorge e cade. Edklinth riteneva che il suo compito primario consistesse nel difendere il diritto dei cittadini svedesi a pensare e dire esattamente ciò che volevano anche quando lui non condivideva affatto il contenuto del loro pensiero o delle loro parole.

' Questa libertà non comporta però che tutto sia permesso, interpretazione che taluni fondamentalisti della libertà d'espressione, in particolare pedofili e razzisti, cercano di sostenere nel dibattito politico-culturale. Ogni democrazia ha i suoi limiti, e i limiti della Ygl sono stabiliti dalla Tf, la legge sulla libertà di stampa. Questa definisce in linea di principio quattro restrizioni. È proibito pubblicare pornografia infantile e rappresentazioni di violenze sessuali indipendentemente da quanto artistiche le ritenga l'autore. È proibito istigare ed esortare a commettere reati. È proibito diffamare o calunniare un'altra persona. Ed è proibito esercitare la persecuzione razziale.

Anche la Tf è stata emanata dal Parlamento e costituisce una limitazione socialmente accettabile della democrazia, vale a dire il contratto sociale che è la cornice di una società civilizzata. Il nocciolo della legge comporta che nessuno ha il diritto di perseguitare o umiliare un'altra persona.

Siccome la Ygl e la Tf sono leggi, occorre un'autorità che possa garantire la loro sopravvivenza. In Svezia tale funzione è affidata a due istituzioni, delle quali una, la procura generale, ha il compito di incriminare per reati contro la Tf.

A questo proposito Torsten Edklinth non era per nulla soddisfatto. Riteneva che la procura generale tradizionalmente fosse troppo indulgente nei confronti dei reati contro la Costituzione. Il procuratore generale usava rispondere che il principio della democrazia era talmente importante che bisognava intervenire e procedere a un'incriminazione solo in casi di estrema necessità. Questo atteggiamento aveva tuttavia cominciato a essere messo sempre più spesso in discussione negli ultimi anni.

L'altra istituzione era appunto la sezione della Säpo per la tutela della Costituzione, e il commissario Torsten Edklinth si era fatto carico di questo compito con la massima serietà. Era personalmente convinto che fosse la carica più bella e importante che un poliziotto svedese potesse mai coprire, e non avrebbe scambiato il proprio posto con nessun altro. Era molto semplicemente l'unico poliziotto in Svezia con funzioni di polizia politica. Si trattava di un compito delicato che richiedeva grande saggezza e preciso senso della giustizia: le esperienze di troppe altre nazioni dimostravano che una polizia politica poteva facilmente trasformarsi nella minaccia più grande contro la democrazia.

I media e i cittadini ritenevano di solito che l'ufficio per la tutela della Costituzione avesse principalmente il compito di tenere sotto controllo nazisti e vegani militanti. Era senz'altro vero che tutto questo era oggetto di una parte essenziale dell'attività della sezione, ma tra i suoi interessi rientravano anche un lungo elenco di altre istituzioni e manifestazioni. Se, per ipotesi, al re o al comandante supremo delle forze armate fosse saltato in testa che il parlamentarismo aveva esaurito il suo ruolo e il Parlamento doveva essere sostituito da una dittatura militare, il re o il comandante supremo sarebbero rapidamente diventati oggetto dell'interesse dell'ufficio per la tutela della Costituzione. E se un gruppo di poliziotti si fosse messo in testa di estendere l'applicazione delle leggi fino a calpestare i diritti individuali sanciti dalla Costituzione, anche in questo caso l'ufficio guidato da Edklinth sarebbe stato tenuto a reagire. In tali gravi evenienze l'indagine sarebbe spettata all'ufficio del pubblico ministero.

Ovviamente, l'ufficio per la tutela della Costituzione aveva quasi esclusivamente una funzione di analisi e controllo, e nessuna attività operativa. Per questo erano principalmente i servizi ufficiali o altre sezioni della Säpo a intervenire contro i nazisti.

Agli occhi di Edklinth questa situazione era fonte di profonda insoddisfazione. Quasi tutte le nazioni normali hanno una qualche forma di tribunale costituzionale autonomo, che fra le altre cose ha il compito di fare in modo che le autorità non attentino alla democrazia. In Svezia tale compito è svolto dal procuratore generale o dal commissario parlamentare per l'amministrazione giudiziaria e civile, che tuttavia devono solo adeguarsi alle decisioni di altri. Se la Svezia avesse avuto una corte costituzionale, l'avvocato di Lisbeth Salander avrebbe potuto immediatamente intentare una causa contro lo stato svedese per la violazione dei suoi diritti costituzionali. Il tribunale avrebbe potuto richiedere ogni documentazione e interrogare chiunque, compreso il primo ministro, finché la questione non fosse stata chiarita. Per come stavano invece le cose, l'avvocato poteva al massimo fare una denuncia al commissario parlamentare, che tuttavia non aveva l'autorità di andare dalla Säpo e pretendere che tirassero fuori la documentazione.

Torsten Edklinth era stato per molti anni un caldo sostenitore della creazione di una corte costituzionale. Allora sì che avrebbe facilmente potuto utilizzare le informazioni ricevute da Dragan Armanskij, sporgendo denuncia alla polizia e consegnando la documentazione al tribunale. Dopo di che si sarebbe messo in movimento un processo inarrestabile.

Ma Edklinth non aveva l'autorità di dare inizio a un'indagine preliminare.

Sospirò e si mise una presa di tabacco sotto il labbro. Se le informazioni di Armanskij corrispondevano al vero, un certo numero di agenti della polizia segreta in posizioni dirigenziali aveva chiuso un occhio su una serie di pesanti reati ai danni di una cittadina svedese che era finita in manicomio e aveva dato carta bianca a una ex spia russa di alto rango di dedicarsi al traffico d'armi, di droga e di esseri umani. Edklinth non voleva nemmeno cominciare a contare quante infrazioni della legge dovevano essere state commesse nel corso degli eventi. Per non parlare dell'effrazione in casa di Mikael Blomkvist, dell'aggressione all'avvocato di Lisbeth Salander e forse – cosa che si rifiutava di credere – della complicità nell'omicidio di Alexander Zalachenko.

Era un casino nel quale non avrebbe avuto il minimo desiderio di essere invischiato. Purtroppo però lo era stato nell'attimo stesso in cui Dragan Armanskij lo aveva invitato a pranzo.

La questione era come gestire la situazione. Formalmente la risposta era semplice. Se il racconto di Armanskij era vero, Lisbeth Salander era stata quanto meno privata della possibilità di esercitare i propri diritti costituzionali. Da un punto di vista costituzionale c'era poi il sospetto che organi politici o autorità deliberanti fossero stati indotti a prendere decisioni in una determinata direzione, e questo andava a toccare il nocciolo stesso dei compiti dell'ufficio per la tutela della Costituzione. Torsten Edklinth era un poliziotto a conoscenza di un reato e aveva perciò l'obbligo di contattare un pubblico ministero e sporgere denuncia. Ma sul piano informale la risposta non era esattamente così semplice. Detto senza mezzi termini, era anzi piuttosto complicata.

Nonostante il suo insolito cognome, l'ispettore Monica Figuerola era nata in Dalecarlia da una famiglia che risiedeva in Svezia almeno fin dai tempi di Gustav Vasa. Era una donna che di solito non passava inosservata. Ciò dipendeva da diversi fattori. Aveva trentasei anni, gli occhi azzurri ed era alta un metro e ottantaquattro. I capelli, biondi e naturalmente mossi, erano tagliati corti. Aveva un bell'aspetto e si vestiva in un modo che, lo sapeva, la rendeva attraente.

Ed era eccezionalmente atletica.

Da adolescente aveva praticato l'atletica leggera ad alto livello, fin quasi a qualificarsi per la squadra olimpica svedese a diciassette anni. Da allora aveva smesso, ma si allenava fanaticamente in palestra cinque sere la settimana. Faceva così tanto moto che le endorfine funzionavano come una droga che le procurava crisi di astinenza se sospendeva l'allenamento. Correva, sollevava pesi, giocava a tennis, faceva karate e per dieci anni aveva fatto body building. Questa variante estrema dell'esaltazione del corpo l'aveva però drasticamente ridotta due anni prima, quando aveva cominciato a dedicare due ore al giorno al sollevamento pesi. Adesso lo praticava solo per pochi minuti al giorno, ma tale era l'allenamento generale che, considerando i suoi muscoli, i colleghi maligni la chiamavano Signor Figuerola. Quando indossava camicette sbracciate o abiti estivi, nessuno poteva fare a meno di notare bicipiti e scapole.

La sua costituzione fisica non era comunque l'unica cosa a disturbare molti dei suoi colleghi maschi: Monica non era soltanto un bel faccino. Uscita dal liceo con il massimo dei voti, aveva frequentato la scuola di polizia e poi aveva prestato servizio per nove anni presso la polizia di Uppsala, studiando nel contempo giurisprudenza. Per puro piacere aveva anche dato alcuni esami di scienze politiche. Non aveva nessun problema a memorizzare e analizzare nozioni. Leggeva raramente polizieschi o altra letteratura d'evasione, ma sprofondava col massimo interesse nelle materie più disparate, dal diritto internazionale alla storia antica.

Nella polizia era passata dal servizio esterno di pattuglia all'incarico di ispettore, prima alla sezione reati contro la persona e poi alla sezione reati economici. Nel 2000 aveva fatto domanda per entrare nella Säpo a Uppsala e nel 2001 si era trasferita a Stoccolma. Aveva lavorato da principio al controspionaggio, ma quasi subito era stata selezionata per l'ufficio per la tutela della Costituzione da Edklinth, che conosceva il padre di Monica e aveva seguito la carriera della ragazza nel corso degli anni.

Quando alla fine Edklinth aveva deciso di dar corso alle informazioni ricevute da Armanskij, dopo una breve riflessione aveva alzato il telefono e convocato Monica Figuerola nel suo ufficio. Monica lavorava da meno di tre anni all'ufficio per la tutela della Costituzione, quindi era tuttora un agente vero e proprio più che un combattente da scrivania.

Quel giorno portava dei blue jeans attillati, sandali turchese con poco tacco, una giacca blu marino.

«Di cosa ti stai occupando in questo momento?» esordì Edklinth, invitandola ad accomodarsi.

«Stiamo seguendo gli sviluppi della rapina di due settimane fa ai danni di quel negozio di alimentari a Sunne.»

La polizia segreta non si occupava di rapine a negozi di alimentari, compito affidato esclusivamente ai servizi ufficiali. Monica Figuerola era a capo di una sezione composta da cinque collaboratori che analizzava i reati di natura politica. L'aiuto più valido era costituito da un certo numero di computer collegati alla centrale informatica della polizia. A grandi linee, ogni denuncia segnalata in ogni distretto di polizia veniva inoltrata anche ai computer della squadra di Monica. Un programma analizzava automaticamente ogni rapporto di polizia, reagendo a trecentodieci vocaboli specifici, per esempio musonero, skinhead, croce uncinata, immigrato, anarchico, saluto hitleriano, nazista, nazionaldemocrazia, traditore, antisemita, negro. Se una di queste parole chiave ricorreva in un rapporto di polizia, il computer lo segnalava e il rapporto in questione veniva recuperato ed esaminato. A seconda del contesto si poteva richiedere anche un'indagine preliminare per procedere a un ulteriore esame.

Fra i compiti dell'ufficio per la tutela della Costituzione rientrava anche la pubblicazione annuale del rapporto *Minacce contro la sicurezza della nazione*, che costituisce l'unica fonte statistica affidabile sulla criminalità politica. Le statistiche si basano esclusivamente sulle denunce alla polizia locale. Nel caso della rapina al negozio di alimentari di Sunne, il computer aveva reagito a tre parole chiave – immigrato, distintivo e musonero. Due giovani mascherati avevano rapinato impugnando delle pistole un negozio di alimentari di proprietà di un immigrato. Avevano portato via duemilasettecentottanta corone in contanti e una stecca di sigarette. Uno dei rapinatori indossava un giubbetto con una bandiera svedese sulla spalla. L'altro aveva dato ripetutamente del "maledetto musonero" al gestore del negozio, costringendolo a stendersi sul pavimento.

Tutto questo fu sufficiente perché i collaboratori di Monica Figuerola prendessero in mano il rapporto e cercassero di scoprire se i rapinatori avevano qualche collegamento con le bande neonaziste locali del Värmland, e se si poteva parlare di criminalità razzista. Se così fosse stato, la rapina avrebbe potuto benissimo costituire una voce della pubblicazione statistica dell'anno successivo, che poi sarebbe stata analizzata e inclusa nella statistica europea, compilata annualmente dagli uffici della Comunità Europea a Vienna. Poteva però anche risultare che i rapinatori erano scout che avevano comperato una giacca con la bandiera svedese e che per pura coincidenza il proprietario del negozio era un immigrato ed era stata pronunciata la parola "musonero". In questo caso, la sezione non avrebbe inserito la rapina nelle statistiche.

«Ho un incarico rognoso per te» disse Edklinth.

«Aha» fece Monica Figuerola.

«Può comportare che tu finisca in disgrazia e che la tua carriera ne venga danneggiata.»

«Capisco.»

«Se però riuscirai a svolgerlo e le cose andranno per il verso giusto, potrebbe seguirne un grosso passo avanti nella carriera. Ho intenzione di trasferirti all'unità operativa della tutela della Costituzione.»

«Scusami se te lo faccio notare, ma questo ufficio non ha nessuna unità operativa.»

«Invece sì» disse Edklinth. «Adesso questa unità esiste. L'ho creata giustappunto stamattina. Per ora è costituita da una sola persona. Tu.»

Monica pareva perplessa.

«Il compito dell'ufficio per la tutela della Costituzione è difendere la Costituzione dalle minacce interne, di solito nazisti o anarchici. Ma cosa facciamo se la minaccia contro la Costituzione viene dalla nostra stessa organizzazione?»

Edklinth impiegò la successiva mezz'ora a riportare per intero la storia che Dragan Armanskij gli aveva raccontato la sera prima.

«Chi è la fonte?» chiese Monica.

«In questo momento non è importante. Concentrati sulle notizie che ci ha dato l'informatore.»

«Mi domando se tu ritieni che la fonte sia attendibile.»

«Conosco questa fonte da molti anni e ritengo che abbia la massima attendibilità.»

«Tutto questo in effetti suona... non saprei come dire... incredibile è il minimo.»

Edklinth annuì.

«Come un romanzo di spionaggio» disse.

«Cosa ti aspetti che faccia?»

«A partire da questo momento sei sollevata da tutti gli altri incarichi. Hai un unico compito, verificare cosa c'è di vero in questa storia. Dovrai confermare o respingere ogni affermazione. Farai rapporto direttamente a me e a nessun altro.»

«Santo dio» disse Monica. «Ora capisco cosa intendevi quando dicevi che potrei finire in disgrazia.»

«Sì. Ma se la storia è vera... se solo una minima parte di questa storia è vera, siamo di fronte a una crisi istituzionale.»

«Da dove devo cominciare? Come devo comportarmi?»

«Comincia con la cosa più semplice. Leggi questo rapporto che Gunnar Björck ha scritto nel 1991. Poi identifica le persone che a quanto pare sorvegliano Mikael Blomkvist. Secondo la mia fonte, la macchina appartiene a un certo Göran Mårtensson, quarant'anni, poliziotto, residente in Vittangigatan a Vällingby. Quindi identifica la seconda persona che compare nelle foto scattate dal fotografo di Blomkvist. Il giovanotto biondo.»

«Okay.»

«Poi investiga sul passato di Evert Gullberg. Io non ho mai sentito parlare di lui, ma secondo la mia fonte dev'esserci un collegamento con i servizi segreti.»

«Dunque, qualcuno qui alla Säk dovrebbe aver commissionato l'omicidio di una spia a un vecchio di settantotto anni. Io non ci credo.»

«Ciò nondimeno bisognerà controllare. E l'indagine dovrà essere segreta. Prima di prendere qualsiasi provvedimento voglio che mi informi. E non voglio che restino tracce.»

«Quella che mi stai chiedendo è una cosa enorme. Come posso farcela da sola?»

«Tu farai solo un primo controllo. Se torni qui e mi dici che non hai trovato nulla, tutto bene. Se invece trovi qualcosa di sospetto, decideremo come andare avanti.»

Monica Figuerola dedicò la sua pausa pranzo a sollevare pesi nella palestra della centrale della polizia. Il pranzo consisté in caffè nero, un panino con la cotoletta e un'insalata di barbabietole che si portò nel suo ufficio. Chiusa la porta, sgomberò la scrivania e cominciò a leggere il rapporto di Björck mangiando il panino.

Lesse anche l'allegato con la corrispondenza fra Björck e il dottor Peter Teleborian. Annotò ogni nome e ogni fatto citato che si sarebbe potuto verificare. Dopo due ore si alzò e andò al distributore automatico a prendere dell'altro caffè. Uscendo dall'ufficio chiuse a chiave la porta, cosa normale all'Rps/Säk.

Quando rientrò, per prima cosa controllò il numero di protocollo. Telefonò all'addetto al registro e fu informata che non esisteva nessun rapporto con quel numero. Il suo secondo controllo consisté nel consultare gli archivi dei media. Questo diede risultati migliori. I due quotidiani della sera e un quotidiano del mattino avevano dato la notizia di una persona rimasta gravemente ustionata nell'incendio di un'automobile in Lundagatan quel certo giorno del 1991. La vittima della disgrazia era un uomo di mezza età di cui non si fornivano le generalità. Un giornale della sera riportava che, secondo un testimone, l'incendio era stato causato intenzionalmente da una ragazzina. Doveva dunque trattarsi della famosa bomba incendiaria che Lisbeth Salander aveva lanciato contro un agente russo di nome Zalachenko. Per lo meno il fatto sembrava avere avuto luogo.

Gunnar Björck, che figurava come autore del rapporto, era una persona realmente esistente. Un noto alto funzionario della sezione stranieri in malattia per un'ernia del disco, in seguito suicidatosi.

L'ufficio del personale non poteva tuttavia fornire dettagli su cosa avesse fatto Björck nel 1991. Le informazioni erano secretate anche per gli altri collaboratori della Säk. Era la prassi.

Che Lisbeth Salander abitasse in Lundagatan nel 1991 e avesse trascorso i successivi due anni nella clinica psichiatrica infantile St. Stefan era facile da verificare. In quelle parti del testo la realtà sembrava almeno non contraddire il contenuto del rapporto.

Peter Teleborian era un noto psichiatra che compariva spesso alla tv. Lavorava alla St. Stefan nel 1991 e oggi ne era il primario.

Monica si soffermò a riflettere sul significato del rapporto. Quindi telefonò al direttore aggiunto dell'ufficio del personale.

«Ho una domanda complicata» spiegò.

«Sarebbe?»

«Stiamo facendo un'analisi qui all'ufficio per la tutela della Costituzione. Si tratta di valutare la credibilità di una persona e il suo stato di salute mentale. Avrei bisogno di consultare uno psichiatra o qualche altro esperto che sia autorizzato a essere messo a parte di informazioni secretate. Mi è stato fatto il nome del dottor Peter Teleborian, vorrei sapere se posso rivolgermi a lui.»

Passò un po' di tempo prima che le venisse data una risposta.

«Il dottor Peter Teleborian è stato consulente esterno per la Säk in un paio di occasioni. È autorizzato a ricevere informazioni secretate, con lui puoi discutere in termini generali. Ma per farlo devi seguire la procedura. Il tuo capo deve presentare una richiesta formale.»

Monica si sentì sprofondare. Aveva avuto la conferma di un dato che non poteva essere noto al di fuori di una cerchia molto ristretta. Peter Teleborian aveva avuto a che fare con l'Rps/Säk. Con ciò la credibilità del rapporto si rafforzava.

Mise da parte il rapporto e si dedicò alla seconda parte dell'informazione che Edklinth le aveva fornito. Studiò le foto scattate da Christer Malm alle due persone che a quanto pareva avevano pedinato Mikael Blomkvist all'uscita del Copacabana l'1 maggio.

Consultò il registro automobilistico e constatò che Göran Mårtensson era una persona realmente esistente e possedeva una Volvo grigia con quel numero di targa. Ebbe conferma dall'ufficio del personale della Säpo che era alle dipendenze dell'Rps/Säk. Era il controllo più semplice che potesse fare, e anche questa informazione pareva corretta. Il peso sul suo cuore aumentò ancora un po'.

Mårtensson lavorava al servizio scorte. Era una guardia

del corpo. Faceva parte del gruppo che in diverse occasioni aveva avuto la responsabilità della sicurezza del primo ministro. Da qualche settimana era tuttavia in prestito temporaneo al controspionaggio. Il congedo era iniziato il 10 aprile, qualche giorno dopo l'arrivo al Sahlgrenska di Alexander Zalachenko e di Lisbeth Salander, ma quel genere di trasferimento temporaneo non era nulla d'insolito se c'era mancanza di personale per qualche incarico di emergenza.

Monica telefonò al direttore aggiunto del controspionaggio, un uomo che conosceva personalmente e per il quale aveva lavorato durante il suo breve periodo in quella sezione. Gli chiese se Mårtensson stesse lavorando a qualcosa d'importante o se lo si sarebbe potuto avere in prestito all'ufficio per la tutela della Costituzione per un'indagine.

Il direttore si dimostrò perplesso. Doveva essere stata male informata. Göran Mårtensson non era in prestito al controspionaggio. Spiacente.

Monica mise giù il telefono e rimase a fissarlo per due minuti. Al servizio scorte sostenevano che Mårtensson era stato dato in prestito al controspionaggio. Al controspionaggio sostenevano di non averlo affatto preso in prestito. Simili trasferimenti dovevano essere approvati dal capodivisione. Tese la mano verso il telefono per chiamarlo ma si trattenne. Se al servizio scorte avevano dato in prestito Mårtensson, il capodivisione doveva aver approvato la decisione. Ma Mårtensson al controspionaggio non c'era. Fatto del quale il capodivisione doveva essere a conoscenza. E se Mårtensson era stato dato in prestito a qualche sezione che sorvegliava Mikael Blomkvist, lui doveva essere a conoscenza anche di questo.

Edklinth le aveva detto di non lasciare tracce. Chiedere al capodivisione poteva equivalere di conseguenza a gettare un sasso enorme nello stagno delle anatre.

Erika Berger si sedette alla sua scrivania nel gabbiotto poco dopo le dieci e mezza del lunedì mattina e tirò il fiato. Aveva un gran bisogno della tazza di caffè che si era appena andata a prendere al distributore automatico. Aveva trascorso le prime ore di quella mattina spuntando dall'agenda due appuntamenti. Il primo era stato un incontro di un quarto d'ora in cui il segretario di redazione Peter Fredriksson le aveva illustrato le linee guida per il lavoro di quel giorno. Era costretta ad affidarsi sempre più al giudizio di Fredriksson in mancanza di un rapporto di fiducia con Anders Holm. Il secondo era stato un incontro di un'ora con il presidente del consiglio d'amministrazione Magnus Borgsjö, il direttore amministrativo Christer Sellberg e il responsabile di bilancio Ulf Flodin. Avevano discusso del declino del mercato pubblicitario e del calo delle vendite. Sellberg e Flodin erano d'accordo sulla necessità di prendere provvedimenti per diminuire il deficit del giornale.

«Quest'anno siamo riusciti a cavarcela nel primo trimestre grazie a una crescita marginale del mercato della pubblicità e grazie al fatto che due collaboratori sono andati in pensione e non sono stati sostituiti» disse Ulf Flodin. «Probabilmente usciremo da questo trimestre con un deficit marginale. Ma non c'è alcun dubbio che i quotidiani gratuiti *Metro* e *Stockholm City* si stanno mangiando il mercato pubblicitario a Stoccolma. L'unica previsione che possiamo fare è che il terzo trimestre di quest'anno si chiuderà con un deficit netto.»

«E come affrontiamo il problema?» domandò Borgsjö.

«L'unica alternativa possibile è fare dei tagli. È dal 2002

che non lo facciamo. Ho calcolato che prima della fine dell'anno si dovranno eliminare almeno dieci posti di lavoro.»

«E quali?» chiese Erika.

«Dobbiamo toglierne uno qua e uno là. La redazione sportiva conta sei posti e mezzo. Dovranno essere ridotti a cinque a tempo pieno.»

«Se ho ben capito, la redazione sportiva già adesso fa fatica. Questo significa che dovremo ridurre l'attenzione allo sport nel suo insieme.»

Flodin alzò le spalle.

«Ascolto volentieri proposte migliori.»

«Io non ho nessuna proposta migliore, ma il principio è che se tagliamo il personale facciamo un giornale meno ricco, e se facciamo un giornale meno ricco il numero dei lettori diminuisce e di conseguenza diminuisce il numero degli inserzionisti.»

«Un eterno circolo vizioso» disse Sellberg.

«Io sono stata assunta per far cambiare direzione a questo trend. Ma punterò tutto sul rinnovamento di questo giornale, rendendolo più attraente per i lettori. E non posso farlo se devo sfrondare il personale.»

Erika si rivolse a Borgsjö.

«Quanto può soffrire il giornale? Quanto può resistere prima che giri il vento?»

Borgsjö sporse le labbra.

«A partire dagli anni novanta si è mangiato buona parte delle risorse accantonate. Il portafoglio azionario ha perso circa il trenta per cento del suo valore rispetto a dieci anni fa. Una parte consistente di questi fondi è stata investita in strumenti informatici. Abbiamo avuto spese enormi.»

«Ho notato che l'*Smp* ha un suo programma di redazione dei testi, l'Atx. Quanto è costato?»

«Circa cinque milioni di corone.»

«Non capisco la logica. Sul mercato esistono programmi commerciali già pronti e poco costosi. Perché avete puntato sullo sviluppo di programmi propri?»

«Ecco... È meglio che risponda chi lo sa fare. Comunque è stato il nostro ex responsabile tecnico a convincerci. Diceva che alla lunga sarebbe stato più conveniente e che inoltre la licenza del programma avrebbe potuto essere venduta ad altri giornali.»

«E qualcuno l'ha mai acquistata?»

«Sì, in effetti. Un giornale locale in Norvegia.»

«Fantastico» disse Erika con voce asciutta. «Domanda successiva. Stiamo lavorando con dei pc che sono vecchi di cinque anni...»

«È escluso che si spendano soldi per nuovi computer almeno per un altro anno» disse Flodin.

La discussione era continuata, ma Erika cominciava a essere acutamente consapevole del fatto che Flodin e Sellberg non davano nessun pcso alle sue obiezioni. Per loro bastava fare dei tagli, il che però era ragionevole dal punto di vista di un responsabile di bilancio c di un direttore finanziario, ma inaccettabile da quello di un caporedattore appena entrato in carica. La irritava però che respingessero le sue argomentazioni con sorrisi indulgenti che la facevano sentire come una scolaretta durante un'interrogazione. Senza dire una sola parola scorretta, mantenevano nei suoi confronti un atteggiamento talmente classico da risultare quasi divertente. *Non sforzare il tuo cervellino con faccende così complicate, ragazzina.*

Borgsjö non era di grande aiuto, lasciava che gli altri esponessero fino in fondo le loro opinioni, ma non le sembrava che avesse nei suoi confronti lo stesso atteggiamento di superiorità.

Erika sospirò, collegò il suo laptop e aprì la posta elettronica. Aveva diciannove nuovi messaggi. Quattro erano spam da qualcuno che voleva 1) che comperasse del Viagra 2) offrirle cybersex con *The sexiest Lolitas on the net* al costo di soli quattro dollari americani al minuto 3) farle la proposta un po' più pesante di *Animal sex, the juicest horse fuck in the universe* e infine 4) offrirle un abbonamento alla newsletter *mode.nu* di un'azienda che inondava il mercato di offerte pubblicitarie e non smetteva mai di inviare la sua robaccia per quanto uno chiedesse espressamente di essere risparmiato. Altri sette erano "lettere-Nigeria" della vedova dell'ex governatore della banca centrale di Abu Dhabi che le offriva somme fantastiche se solo avesse voluto contribuire con un piccolo capitale fiduciario e sciocchezze simili.

Le mail restanti erano il promemoria del mattino, quello di mezzogiorno, tre messaggi del segretario di redazione Peter Fredriksson che la aggiornava sugli sviluppi dell'inchiesta del giorno, uno del suo commercialista che le chiedeva un incontro per sistemare le cose dopo il passaggio da *Millennium* all'*Smp*, e uno del suo dentista che le ricordava che era ora di fare un controllo. Annotò l'appuntamento nell'agenda elettronica e si rese subito conto che sarebbe stata costretta a spostarlo perché quel giorno aveva già una importante riunione di redazione.

Infine Erika aprì l'ultima mail che aveva per mittente centralred@smpost.se e per oggetto *Per conoscenza del caporedattore*. Appoggiò lentamente la tazza del caffè sulla scrivania.

Troia! Credi di essere chissà chi, brutta baldracca. Non pensare di poter venire qui a darti delle arie. Ti troverai con un cacciavite nel culo, troia! Prima sparisci e meglio sarà.

Erika alzò automaticamente lo sguardo e cercò il caposervizio dell'informazione Anders Holm. Non era al suo posto e non riusciva a vederlo da nessuna parte in redazione. Cercò il nome del mittente, poi alzò la cornetta e telefonò a Peter Fleming, il responsabile tecnico del giornale.

«Salve. Chi utilizza l'indirizzo centralred@smpost.se?»

«Nessuno. Qui da noi non esiste.»

«Ho appena ricevuto una mail con quel mittente.»

«È finto. Il messaggio contiene qualche virus?»

«No. O almeno l'antivirus non si è attivato.»

«Okay. L'indirizzo non esiste. Ma è molto facile servirsi di indirizzi all'apparenza reali. Ci sono siti in rete tramite i quali si può inviare posta.»

«È possibile risalire al vero mittente?»

«È quasi impossibile, anche se la persona in questione fosse tanto stupida da inviarla dal suo computer di casa. Ma forse puoi rintracciare il numero Ip del server, però se il mittente utilizza un account che ha aperto per esempio su Hotmail la traccia s'interrompe.»

Erika ringraziò per l'informazione. Rifletté brevemente. Non era certo la prima volta che riceveva un messaggio minaccioso o di qualche squilibrato. La mail si riferiva al suo nuovo lavoro di caporedattore all'*Smp*. Si domandò se fosse qualche pazzoide che aveva letto di lei in occasione della morte di Morander oppure se il mittente fosse lì dentro.

Monica Figuerola rifletté a lungo su come procedere con Evert Gullberg. Uno dei vantaggi offerti dal lavoro all'ufficio per la tutela della Costituzione era che aveva accesso praticamente a qualsiasi inchiesta di polizia in Svezia che si potesse pensare avesse qualcosa a che fare con reati di stampo razzista o politico. Alexander Zalachenko era un immigrato, e fra gli incarichi di Monica c'era anche quello di esaminare le violenze contro persone straniere di nascita e decidere se avessero motivazioni razziste o no. Di conseguenza aveva il diritto di esaminare l'inchiesta sull'assassinio di Zalachenko per stabilire se Evert Gullberg fosse in qualche modo collegato a un'organizzazione razzista o avesse espresso intenzioni razziste in occasione dell'omicidio. Fece dunque la relativa richiesta e lesse attentamente il rapporto. Trovò le lettere indirizzate al ministro della Giustizia e constatò che oltre a una serie di attacchi personali spregiativi contenevano anche le espressioni "amico dei musineri" e "traditore della patria".

Erano ormai le cinque. Monica chiuse a chiave tutto il materiale nella cassaforte del suo ufficio, ripose la tazza del caffè, spense il computer e timbrò il cartellino. Raggiunse a passo spedito una palestra a St. Eriksplan e dedicò l'ora successiva a fare un po' di allenamento.

Quando ebbe terminato andò a piedi fino al suo bilocale in Pontonjägargatan, fece la doccia e consumò una cena tardiva ma ben bilanciata. Valutò se telefonare a Daniel Mogren che abitava tre isolati più giù lungo la stessa strada. Daniel era falegname e culturista e per tre anni era stato di tanto in tanto suo partner negli allenamenti. Negli ultimi mesi si erano anche incontrati al di fuori della palestra ed erano andati a letto insieme.

Per carità, il sesso era soddisfacente quasi quanto una dura seduta di allenamento in palestra, ma a trent'anni e più, o meglio a quaranta e meno, Monica Figuerola aveva cominciato a chiedersi se nonostante tutto non dovesse cominciare a interessarsi a un uomo fisso e a una situazione più stabile. Magari addirittura con dei figli. Non con Daniel Mogren, però.

Dopo un momento di riflessione decise che in effetti non aveva voglia di vedere nessuno. Andò a letto con un libro di storia antica. Si addormentò poco prima di mezzanotte.

13.
Martedì 17 maggio

Monica Figuerola si svegliò alle sei e dieci il martedì mattina, andò a fare una lunga corsa intorno a Norr Mälarstrand, fece la doccia e alle otto e dieci timbrò il cartellino alla centrale della polizia. Dedicò la prima ora della mattinata a redigere un rapporto con le conclusioni che aveva tratto il giorno precedente.

Alle nove arrivò Torsten Edklinth. Gli diede venti minuti per controllare la posta del mattino e poi andò a bussare alla sua porta. Aspettò dieci minuti mentre il suo capo leggeva il rapporto. Lui lesse i quattro fogli due volte dall'inizio alla fine. Poi alzò gli occhi e la guardò.

«Il capodivisione» disse pensieroso.

Lei annuì.

«Deve aver approvato il prestito di Mårtensson. Di conseguenza deve sapere che Mårtensson non si trova al controspionaggio, dove invece dovrebbe essere secondo il servizio scorte.»

Edklinth si levò gli occhiali, prese un tovagliolino di carta e li pulì con cura. Rifletteva. Aveva incontrato il capodivisione Albert Shenke in moltissime occasioni, a riunioni e conferenze interne, ma non poteva affermare di conoscerlo bene. Era un uomo relativamente basso con sottili capelli biondorossicci e una circonferenza che con gli anni si era fatta sempre più debordante.

Sapeva che Shenke doveva avere circa cinquantacinque anni e aveva lavorato all'Rps/Säk per almeno venticinque anni, forse anche di più. Nell'ultimo decennio era stato capodivisione. Prima aveva lavorato come capodivisione aggiunto e aveva svolto altri incarichi all'interno dell'amministrazione. Shenke gli era sempre sembrato una persona piuttosto taciturna che all'occorrenza sapeva usare le maniere forti. Edklinth non aveva la minima idea di cosa facesse nel tempo libero, ma ricordava di averlo visto in qualche occasione nel garage della centrale della polizia in abbigliamento sportivo con delle mazze da golf sulla spalla. Una volta, molti anni prima, si era anche imbattuto in Shenke a teatro.

«C'è una cosa che mi ha colpito» disse Monica.

«Cosa?»

«Evert Gullberg. Ha fatto il servizio militare negli anni quaranta, è diventato esperto di diritto tributario e poi negli anni cinquanta è sparito nelle nebbie.»

«Sì?»

«Quando abbiamo ragionato su questa cosa abbiamo parlato di lui come di un assassino prezzolato.»

«So che suona un po' tirata per i capelli, ma...»

«Ciò che mi ha colpito è che c'è talmente poco sul suo passato che sembra quasi un falso. Sia Ib che Säk avviarono delle imprese fuori casa negli anni cinquanta e sessanta.»

Edklinth annuì.

«Mi chiedevo quando avresti pensato a quella possibilità.»

«Mi occorrerebbe l'autorizzazione a entrare nei file personali degli anni cinquanta.»

«No» disse Edklinth e scosse la testa. «Non possiamo entrare nell'archivio senza il permesso del capodivisione e non è il caso che attiriamo l'attenzione prima di avere in mano più carte.»

«Come pensi che dovremmo procedere?»

«Mårtensson» disse Edklinth. «Scopri di cosa si sta occupando.»

Lisbeth Salander stava studiando la presa d'aria nella sua stanza d'ospedale chiusa a chiave quando sentì la chiave girare nella serratura e vide entrare il dottor Anders Jonasson. Erano le dieci passate della sera di martedì. Il dottore interruppe l'elaborazione del suo piano di fuga dal Sahlgrenska.

Aveva misurato la presa d'aria e verificato che la sua testa poteva entrarci, e che non avrebbe avuto grossi problemi a farci passare anche il resto del corpo. Era al terzo piano, ma una combinazione di lenzuola tagliate a strisce e un cavo di tre metri recuperato da una lampada a terra avrebbe risolto il problema.

Aveva pianificato la fuga passo per passo. Il problema erano i vestiti. Aveva solo le mutande e la camicia da notte dell'ospedale e un paio di sandali di plastica che si era fatta prestare da un'inserviente. Ma aveva duecento corone in contanti che Annika Giannini le aveva dato perché potesse farsi portare le caramelle dal chiosco dell'ospedale. Sarebbero bastate per comperare un paio di jeans e una maglietta in qualche negozio di indumenti usati, purché fosse riuscita a localizzarne uno a Göteborg. Il resto le sarebbe servito per una telefonata a *Plague*. Poi tutto si sarebbe risolto. Aveva in programma di atterrare a Gibilterra qualche giorno dopo la fuga, e di costruirsi una nuova identità in qualche angolo del mondo.

Anders Jonasson le fece un cenno di saluto col capo e si sedette su una sedia. Lei si alzò a sedere sul letto.

«Salve Lisbeth. Scusa se non sono passato a trovarti in questi ultimi giorni, ma ho avuto dei problemi al pronto soccorso e in più mi hanno incaricato di istruire un paio di giovani medici.»

Lei annuì. Non si era aspettata che il dottor Jonasson le facesse delle visite speciali.

Lui prese la sua cartella clinica e studiò attentamente la curva della temperatura e le prescrizioni farmacologiche. Notò che la temperatura era fra trentasette e trentasette e due e che nel corso della settimana non aveva preso nessuna pastiglia per il mal di testa.

«Il tuo medico è la dottoressa Endrin. Vai d'accordo con lei?»

«La dottoressa Endrin è okay» rispose Lisbeth senza grande entusiasmo.

«Posso fare un controllo?»

Lei annuì. Lui tirò fuori dalla tasca una lampadina a penna, si chinò in avanti e le illuminò gli occhi per verificare come si restringevano e dilatavano le pupille. Le chiese di aprire la bocca e le esaminò la gola. Poi le mise con delicatezza le mani intorno al collo e le piegò la testa più volte avanti e indietro e sui due lati.

«Non hai nessun dolore al collo?» domandò.

Lei fece segno di no.

«Come va con il mal di testa?»

«Ogni tanto mi viene, ma poi passa.»

«Il recupero è ancora in corso. Ma il mal di testa comparirà sempre più raramente.»

Lisbeth aveva ancora i capelli così corti che al dottore bastò scostare un piccolo ciuffo per toccare la ferita sopra l'orecchio. Si stava cicatrizzando senza problemi ma c'era ancora una piccola crosta.

«Ti sei grattata di nuovo la ferita. Dovresti lasciarla stare.»

Lei annuì. Lui le prese il gomito sinistro e le sollevò il braccio.

«Riesci ad alzarlo da sola?»

Lei lo alzò.

«Hai qualche dolore o fastidio alla spalla?»

Lei scosse la testa.

«La senti rigida?»

«Un po'.»

«Dovresti esercitare un po' di più i muscoli della spalla.»

«È difficile quando si è sotto chiave.»

Lui le sorrise.

«Non durerà per sempre. Fai gli esercizi che ti ha prescritto il fisioterapista?»

Lei annuì.

Jonasson tirò fuori lo stetoscopio e se lo premette un attimo sul polso per scaldarlo. Si sedette sul letto, le sbottonò la camicia da notte e le auscultò il cuore. Le controllò il polso. Le chiese di piegarsi in avanti e le appoggiò lo stetoscopio sulla schiena all'altezza dei polmoni.

«Tossisci.»

Lisbeth tossì.

«Okay. Puoi abbottonarti. Dal punto di vista medico sei più o meno guarita.»

Lei annuì. Si aspettava che detto questo lui si alzasse promettendole di tornare di lì a qualche giorno, ma il dottore rimase seduto. Restò in silenzio, come riflettendo su qualcosa. Lisbeth aspettò pazientemente.

«Lo sai perché sono diventato un medico?» le domandò lui tutto d'un tratto.

Lei scosse la testa.

«Vengo da una famiglia modesta. Ma ho sempre voluto diventare medico. Da adolescente però pensavo di diventare psichiatra. Ero terribilmente intellettuale.»

Lisbeth lo guardò con improvvisa attenzione non appena pronunciò la parola "psichiatra".

«Ma non ero sicuro di riuscire a completare gli studi. Così, finito il liceo, feci un corso e lavorai come saldatore per qualche anno.»

Annuì, quasi a confermare che stava dicendo la verità.

«Pensavo che fosse una buona idea avere qualcosa a cui poter eventualmente tornare se gli studi di medicina fossero andati male. E il lavoro del saldatore non è poi così diverso da quello del medico. Si tratta di aggiustare questo o quest'altro. Infatti adesso che lavoro qui al Sahlgrenska aggiusto quelli come te.»

Lisbeth corrugò le sopracciglia e si chiese sospettosa se si stesse prendendo gioco di lei. Ma sembrava serissimo.

«Lisbeth... mi chiedevo...»

Tacque per un momento così lungo che Lisbeth stava quasi per domandargli cosa volesse. Ma si controllò e aspettò il seguito.

«Mi chiedevo se ti arrabbieresti se ti chiedessi il permesso di farti una domanda personale. Te la farei come Anders Jonasson. Non come medico. Non annoterei la tua risposta da nessuna parte e non la discuterei con nessuno. Non sei obbligata a rispondere, se non vuoi.»

«Allora?»

«Si tratta di una domanda indiscreta e personale.»

Lei incrociò il suo sguardo.

«Da quando sei stata ricoverata alla St. Stefan di Uppsala a dodici anni ti sei sempre rifiutata di rispondere anche solo a un saluto quando qualche psichiatra ha cercato di parlare con te. Come mai?»

Gli occhi di Lisbeth si incupirono leggermente. Fissò Jonasson con uno sguardo inespressivo. Rimase seduta in silenzio per due minuti.

«Perché vuole saperlo?» domandò alla fine.

«A essere onesti non ne sono proprio sicuro. Sto solo cercando di capire qualcosa.»

La bocca di lei si increspò lievemente.

«Non parlo con i dottori dei matti perché non ascoltano mai quello che dico.»

Anders Jonasson annuì e sorrise.

«Okay. Cosa pensi di Peter Teleborian?»

Anders Jonasson aveva buttato lì il nome così inaspettatamente che Lisbeth quasi sobbalzò. I suoi occhi si ridussero a due fessure.

«Cosa diavolo è questo? Il quiz del martedì sera? Cosa sta cercando?»

La sua voce sembrava tutto d'un tratto carta vetrata. Jonasson si chinò in avanti verso di lei fin quasi a invadere il suo territorio.

«Qual è l'espressione che hai usato... il dottore dei matti che si chiama Peter Teleborian, e che non è proprio uno sconosciuto nel nostro ambiente, ha insistito con me per venire a farti visita.»

Lisbeth avvertì un senso di gelo lungo la schiena.

«Il tribunale lo incaricherà di fare una perizia psichiatrica su di te.»

«E?»

«Peter Teleborian non mi piace. Gli ho negato l'accesso alla tua stanza. Ma l'ultima volta ha cercato di introdurcisi insieme a un'infermiera.»

Lisbeth strinse le labbra.

«La sua condotta è un po' strana, è un po' troppo inquieto per sembrare normale. Per questo vorrei sapere cosa pensi di lui.»

Stavolta toccò ad Anders Jonasson aspettare pazientemente che Lisbeth si decidesse a rispondere.

«Teleborian è un farabutto» disse lei alla fine.

«C'è qualcosa di personale fra voi?»

«Si può ben dire.»

«Ho anche avuto una conversazione con un'autorità che vorrebbe che lasciassi entrare Teleborian qui da te.»

«E?»

«Gli ho chiesto quale competenza medica avesse per giudicare le tue condizioni e l'ho mandato a quel paese. Anche se con una scelta di termini più diplomatica.»

«Okay.»

«Un'ultima domanda. Perché mi hai detto queste cose?»

«Perché me l'ha chiesto, no?»

«Certo. Ma io sono un medico e ho studiato anche psichiatria. Dunque perché parli con me? Forse perché hai una certa fiducia nei miei confronti?»

Lei non rispose.

«Allora scelgo di interpretarla proprio così. Voglio che tu sappia che il fatto che sei una mia paziente comporta che io lavoro per te e per nessun altro.»

Lei lo guardò con sospetto. Lui rimase un momento a fissarla in silenzio. Poi riprese in tono leggero.

«Sei praticamente guarita. Hai bisogno di qualche altra settimana di riabilitazione. Ma purtroppo stai benone.»

«Purtroppo?»

«Sì.» Le sorrise amabilmente. «Stai davvero fin troppo bene.»

«Cosa intende?»

«Significa che io non posso più tenerti isolata qui dentro e che il procuratore può farti trasferire in carcere a Stoccolma in attesa del processo che sarà fra sei settimane. Scommetto che la richiesta arriverà già la prossima settimana. Peter Teleborian avrà finalmente modo di esaminarti.»

Lei sedeva immobile sul letto. Anders Jonasson aveva un'aria svagata. Si chinò in avanti per sistemarle il cuscino. Parlava come se stesse riflettendo ad alta voce.

«Non hai più né mal di testa né febbre, per cui la dottoressa Endrin probabilmente ti dimetterà.»

Tutto d'un tratto si alzò in piedi.

«Grazie di aver parlato con me. Verrò a salutarti prima che ti trasferiscano.»

Era già arrivato alla porta quando lei parlò.

«Dottor Jonasson.»

Lui si voltò.

«Grazie.»

Il medico annuì prima di uscire e chiudere a chiave.

Lisbeth Salander rimase a lungo a fissare la porta chiusa. Infine si sdraiò e si mise a fissare il soffitto.

Fu allora che scoprì di avere qualcosa di duro sotto la nuca. Sollevò il cuscino e con infinito stupore scoprì un piccolo sacchetto di tela che prima non c'era. Lo aprì e fissò senza capire un palmare Palm Tungsten T3 e un caricabatteria. Guardò il palmare più da vicino e scoprì un graffietto sul bordo. Il suo cuore sobbalzò. *È il mio Palm. Ma come...* Esterrefatta, spostò di nuovo lo sguardo sulla porta. Anders Jonasson era pieno di sorprese. Era così eccitata. Accese immediatamente il computer e scoprì altrettanto immediatamente che era protetto da una password.

Fissò frustrata lo schermo che lampeggiava perentorio. *E come diavolo dovrei fare a...* Poi cercò dentro il sacchetto di tela e trovò sul fondo una strisciolina di carta ripiegata. Scosse il sacchetto per farla uscire, la spiegò e lesse il messaggio scritto a mano in bella grafia.

L'hacker sei tu. Scoprila!
Kalle B.

Lisbeth rise per la prima volta dopo molte settimane. Le aveva reso pan per focaccia. Rifletté qualche secondo. Poi prese la penna digitale e scrisse la combinazione 9277, che corrispondeva alle lettere *Wasp* sulla tastiera. Era il codice che *Kalle Dannatissimo Blomkvist* era stato costretto a scovare quando si era introdotto non invitato nel suo appartamento di Fiskargatan a Mosebacke attivando l'allarme.

Non funzionò.

Provò con 52553 che corrispondeva a *Kalle*.

Non funzionò neanche quello. Siccome *Kalle Dannatissimo Blomkvist* sapeva che lei avrebbe avuto fretta di usare il computer, doveva aver scelto una password abbastanza facile. Si era firmato *Kalle*, nomignolo che detestava. Lei fece qualche associazione. Rifletté un momento. Doveva essere una specie di offesa. Poi scrisse 74774, che corrispondeva a *Pippi*.

Il computer cominciò docilmente a funzionare.

Sullo schermo comparve uno smiley con un fumetto.

Vedi, non era poi così difficile. Ti suggerisco di cliccare su documenti.

Trovò subito il documento *Ciao Sally* in cima all'elenco. Lo aprì e lesse.

Anzitutto questa è una cosa fra te e me. Il tuo avvocato, ossia mia sorella Annika, non ha la minima idea che tu sia

*in possesso di questo computer. E deve continuare a non sa-
perlo.*

*Non so quanto tu possa capire di ciò che succede fuori
dalla tua stanza chiusa, ma stranamente (nonostante il tuo
caratteraccio) hai un certo numero di svitati che lavorano
per te. Quando tutto questo sarà finito, fonderò un'associazione e la chiamerò I cavalieri della tavola balorda. L'u-
nico scopo dell'associazione sarà di tenere una cena annuale durante la quale ci divertiremo a parlare male di te. (No,
tu non sarai invitata.)*

*Comunque. Per venire al punto, Annika sta cercando di
preparare al meglio il processo. Il problema a questo proposito è ovviamente che lavora per te e si attiene a tutte quelle
chiacchiere sulla privacy. Ciò significa che non racconta nemmeno a me ciò di cui tu e lei discutete, e in questo contesto
è un po' un handicap. Per fortuna accetta però informazioni.*

Dobbiamo parlarci, tu e io.

Non usare il mio indirizzo di posta elettronica.

*Forse sarò paranoico, ma ho fondati motivi per sospetta-
re di non essere l'unico a usarlo. Se vuoi farmi avere qualcosa, entra nel gruppo Yahoo Tavola Balorda. Identità Pippi. Password p9i2p7p7i.*

Mikael

Lisbeth lesse il messaggio di Mikael due volte e guardò
sconcertata il palmare. Dopo un periodo di totale nubi-
lato informatico aveva una crisi di astinenza esagerata. Si
domandò con che testa *Kalle Dannatissimo Blomkvist*
avesse pensato quando aveva deciso di farle arrivare di
contrabbando un computer dimenticando che le occorreva il suo cellulare per potersi collegare con la rete.

Era stesa sul letto a riflettere quando d'improvviso sentì
dei passi nel corridoio. Spense immediatamente il com-

puter e lo infilò sotto il cuscino. Quando sentì infilare la chiave nella serratura si rese conto che il sacchetto di tela e il caricabatteria erano ancora sul comodino. Allungò la mano e li tirò sotto le coperte cacciandosi il filo fra le gambe. Era stesa tranquilla e fissava il soffitto quando l'infermiera di notte entrò, la salutò gentilmente e le chiese come stava e se aveva bisogno di qualcosa.

Lisbeth disse che stava bene e che avrebbe voluto un pacchetto di sigarette. La richiesta fu respinta cortesemente ma fermamente. L'infermiera le portò un pacchetto di gomme da masticare alla nicotina. Mentre chiudeva la porta, Lisbeth fece in tempo a intravedere la guardia della Securitas appostata sulla sedia fuori in corridoio. Aspettò finché sentì i passi allontanarsi, poi tirò fuori di nuovo il palmare.

Lo accese e cercò di entrare in rete.

Fu una sensazione quasi scioccante quando il palmare tutto d'un tratto segnalò che aveva trovato un collegamento. *Contatto con la rete? Impossibile!*

Saltò giù dal letto così velocemente che avvertì una fitta di dolore all'anca ferita. Si guardò intorno stupefatta. Come? Fece lentamente il giro della stanza esaminando ogni angolo. *No, non c'è nessun cellulare qui dentro.* Eppure era collegata. Poi sul suo viso si diffuse un sorriso storto. Era Bluetooth che la metteva in contatto con un cellulare che doveva trovarsi nel raggio di una decina di metri. Il suo sguardo si fermò sulla bocchetta d'aereazione subito sotto il soffitto.

Quell'accidente di Kalle Blomkvist aveva piazzato un telefono appena fuori dalla sua stanza. Era l'unica spiegazione.

Ma perché non farle avere di contrabbando anche il telefono... *Naturalmente. Le batterie.*

Il suo Palm aveva bisogno di essere ricaricato ogni tre giorni o giù di lì. E un cellulare collegato, tramite il quale navigare, avrebbe consumato le batterie molto in fretta. Blomkvist, o più probabilmente qualcuno da lui incaricato che stava là fuori, avrebbe cambiato le batterie del cellulare a intervalli regolari.

Però le aveva fatto avere il caricabatteria del suo Palm. Quello doveva averlo a disposizione lei. Ma era più facile gestire un oggetto che non due. Non era poi così scemo, a conti fatti.

Lisbeth cominciò a pensare a un nascondiglio per il palmare. C'erano due prese della corrente nella stanza. Una era accanto alla porta, l'altra sul pannello alle spalle del letto forniva la corrente alla lampada notturna e all'orologio digitale e aveva uno spazio vuoto per la radio che era stata tolta. Sorrise. Il caricabatteria del palmare ci stava. Avrebbe potuto utilizzare quella presa per metterlo in carica.

Lisbeth Salander era felice, il suo cuore batteva forte. Per la prima volta dopo tanto tempo avviò il palmare e si collegò a Internet.

Navigare con un palmare dotato di uno schermo piccolissimo usando una penna digitale non era come navigare su un PowerBook con uno schermo da diciassette pollici. Ma era collegata. Dal suo letto al Sahlgrenska poteva raggiungere proprio tutto il mondo.

Cominciò col visitare una pagina privata che reclamizzava immagini poco interessanti di un fotografo dilettante sconosciuto e non particolarmente competente di nome Gill Bates, di Jobsville in Pennsylvania. Lisbeth una volta aveva controllato e constatato che una località di nome Jobsville non esisteva. Nonostante ciò, Bates aveva scattato oltre duecento foto dell'abitato e messo insieme una galleria di immagini. Lisbeth scaricò l'immagine numero centosessantasette e cliccò su ingrandimento. La foto rappresentava la chiesa di Jobsville. Portò il cursore sulla punta della guglia del campanile e cliccò. Immediatamente si aprì una finestra che chiedeva identità e password. Tirò fuori la penna digitale e scrisse *Remarkable* nello spazio dell'identità e *A(89)Cx#Magnolia* in quello della password.

Si aprirono una finestra con il testo *Error you have the wrong password* e un quadratino con *Ok try again*. Lisbeth sapeva bene che se avesse cliccato su *Ok try again* e immesso una nuova password sarebbe solo comparsa la stessa finestra –, a prescindere da quanti tentativi avesse fatto. Invece cliccò sulla lettera *o* di *Error*.

Lo schermo diventò nero. Quindi si aprì una porta animata e qualcosa che somigliava a Lara Croft spuntò fuori. Si materializzò un fumetto con il testo *Who goes there?*

Lei cliccò sul fumetto e scrisse *Wasp*. Ebbe immediatamente la risposta *Prove it or else...* mentre Lara Croft toglieva la sicura alla pistola. Lisbeth sapeva che non era una minaccia completamente fittizia. Se avesse scritto per tre volte di fila la password sbagliata, la pagina si sarebbe spenta e il nome *Wasp* sarebbe stato cancellato dalla lista dei membri. Scrisse la password *MonkeyBusiness*.

Lo schermo cambiò nuovamente aspetto e comparve uno sfondo blu con un testo.

Welcome to Hacker Republic, citizen Wasp. It is 56 days since your last visit. There are 10 citizens online. Do you want to 1) browse the forum 2) send a message 3) search the archive 4) talk 5) get laid?

Lei cliccò su *talk*, andò quindi sulla riga del menù *Who's online?* e ottenne un elenco con i nomi *Andy, Bam-*

bi, Dakota, Jabba, BuckRogers, Mandrake, Pred, Slip, Sister Jen, SixOfOne e *Trinity.*

Hi gang scrisse *Wasp.*

Wasp! That really U? scrisse *SixOfOne* immediatamente. *Look who's home.*

Dove sei stata? domandò *Trinity.*

Plague ha detto che hai qualche casino scrisse *Dakota.*

Lisbeth non ne era sicura, ma sospettava che *Dakota* fosse una donna. Gli altri cittadini online, compreso quello che si faceva chiamare *SisterJen*, erano uomini. *Hacker Republic* contava complessivamente, l'ultima volta che era stata collegata, sessantadue cittadini, quattro dei quali erano donne.

Salve Trinity scrisse Lisbeth. *Ciao a tutti.*

Perché saluti Trin? C'è in ballo qualcosa? Cosa abbiamo noi che non va? scrisse *Dakota.*

Ci siamo frequentati scrisse *Trinity. Wasp frequenta solo persone intelligenti.*

Ricevette subito cinque insulti.

Dei sessantadue cittadini, *Wasp* ne aveva incontrati due faccia a faccia. *Plague*, che stranamente non era online, e *Trinity*, che era inglese e viveva a Londra. Due anni prima l'aveva incontrato una volta, quando aveva aiutato lei e Mikael Blomkvist nella caccia a Harriet Vanger facendo un'intercettazione telefonica illegale nell'elegante sobborgo di St. Albans. Lisbeth armeggiò con la penna digitale desiderando una tastiera.

Sei sempre lì? chiese *Mandrake.*

Sorry. Ho solo un Palm. Ci vuole tempo.

Che è successo al tuo computer? chiese *Pred.*

Il computer è okay. Sono io che ho problemi.

Racconta scrisse *Slip.*

Lo stato mi ha messa sotto chiave.

Cosa? Perché? scrissero contemporaneamente in tre.

Lisbeth riassunse la sua situazione in cinque righe che furono accolte con preoccupazione.

Come stai? chiese *Trinity.*

Ho un buco in testa.

Io non noto la differenza scrisse *Bambi.*

Wasp ha sempre avuto aria in testa scrisse *SisterJen.* Fu seguito da una serie di ingiurie sulle facoltà intellettive di *Wasp.* Lisbeth sorrise. La conversazione riprese con un messaggio di *Dakota.*

Aspetta. Questo è un attacco contro un cittadino di Hacker Republic. Come dobbiamo rispondere?

Attacco nucleare contro Stoccolma suggerì *SixOfOne.*

No, sarebbe un po' esagerato scrisse *Wasp.*

Una bomba piccola piccola?

Piantala, SixOO.

Potremmo mettere al buio Stoccolma propose *Mandrake.*

Un virus che spegne il governo?

I cittadini di *Hacker Republic* non erano diffusori di virus. Al contrario, erano hacker e di conseguenza nemici giurati di quegli idioti che diffondevano virus all'unico scopo di sabotare la rete e mandare in avaria i computer. Erano maniaci dell'informazione e volevano una rete funzionante sulla quale poter intervenire.

Ma la proposta di spegnere il governo svedese non era una minaccia a vuoto. *Hacker Republic* costituiva un club molto esclusivo che radunava il meglio del meglio, un'élite che qualsiasi forza armata avrebbe pagato somme enormi per poter usare a scopi cyber-militari, sempre che fosse possibile indurre *the citizens* a nutrire quel genere di lealtà nei confronti di uno stato. Il che non era molto probabile.

Comunque erano tutti *computer wizards* e non proprio ignari dell'arte di confezionare virus informatici. Non si facevano nemmeno troppo pregare per condurre campagne speciali se la situazione lo esigeva. Qualche anno prima un *citizen* di *Hacker Republic*, che nel mondo civile era un programmatore californiano, si era visto soffiare un brevetto da una rampante società dot.com che per giunta aveva avuto la sfacciataggine di portarlo in tribunale. Come conseguenza, per sei mesi tutti i cittadini di *Hacker Republic* avevano dedicato una straordinaria energia a inserirsi abusivamente in ogni computer di proprietà di quella società, allo scopo di distruggerla. Ogni segreto commerciale e ogni mail – insieme ad alcuni documenti falsificati che provavano che l'amministratore delegato della società si dilettava di frode fiscale – furono messi in rete insieme a informazioni sull'amante segreta dell'amministratore delegato e a immagini di una festa a Hollywood con lo stesso che sniffava cocaina. La società era fallita nel giro di pochi mesi e anni dopo alcuni membri della *milizia popolare* di *Hacker Republic* erano ancora impegnati a tormentare l'ex amministratore delegato.

Se una cinquantina degli hacker migliori del mondo avesse deciso di sferrare un attacco congiunto contro uno stato, lo stato probabilmente sarebbe sopravvissuto ma non senza problemi. I costi si sarebbero calcolati in miliardi, se Lisbeth avesse fatto pollice giù. Rifletté un momento.

Non ora. Ma se le cose non vanno come voglio forse chiederò aiuto.

Non hai che da fare un fischio rispose *Dakota*.

È un bel pezzo che non litighiamo con un governo scrisse *Mandrake*.

Ho una proposta che mira a invertire il sistema di paga-

mento delle tasse. Un programma fatto su misura per un piccolo paese come la Norvegia scrisse *Bambi.*
Bene, ma Stoccolma sta in Svezia scrisse *Trinity.*
Fa lo stesso. Si può fare così...

Lisbeth si lasciò andare sul cuscino e seguì la conversazione con un sorriso storto. Si chiese perché proprio lei, che aveva tanta difficoltà a parlare di se stessa con le persone che incontrava faccia a faccia, riuscisse a rivelare i suoi più intimi segreti con la massima noncuranza a un'accolita di svitati perfettamente sconosciuti in Internet. Sta di fatto che se Lisbeth Salander aveva una famiglia, ebbene erano proprio questi pazzi scatenati. Nessuno di loro aveva la possibilità di aiutarla a risolvere i suoi problemi con lo stato svedese. Ma lei sapeva che all'occorrenza avrebbero dedicato tempo ed energia a dimostrazioni di forza adeguate. Attraverso la rete avrebbe potuto assicurarsi un nascondiglio all'estero. Era stato grazie ai contatti di *Plague* in rete che aveva potuto procurarsi un passaporto norvegese intestato a Irene Nesser.

Lisbeth non sapeva affatto quale aspetto avessero i cittadini di *Hacker Republic* e aveva solo una vaga idea di cosa facessero al di fuori della rete – erano notoriamente reticenti circa le loro identità. Per esempio *SixOfOne* sosteneva di essere un americano di colore di origine cattolica residente a Toronto. Ma poteva benissimo essere donna, bianca, luterana, residente a Skövde.

Quello che conosceva meglio era *Plague* – era lui che l'aveva introdotta nella famiglia, e nessuno diventava membro dell'esclusiva combriccola senza solide raccomandazioni. Comunque i nuovi membri dovevano conoscere di persona almeno un altro membro – nel suo caso, *Plague.*

In rete *Plague* era un cittadino intelligente e socialmente a posto. Nella realtà era un trentenne fortemente sovrappeso, con gravi problemi di socializzazione, in pensionamento anticipato, residente a Sundbyberg. Si lavava molto di rado e il suo appartamento puzzava come un letamaio. Lisbeth era piuttosto avara di visite. Le bastava frequentarlo in rete.

Mentre la chat andava avanti, *Wasp* scaricò i messaggi arrivati nella sua casella di posta privata presso *Hacker Republic*. Una mail veniva da *Poison* e conteneva una versione avanzata di Asphyxia 1.3 che era a disposizione di tutti i cittadini della repubblica nell'archivio. Asphyxia era un programma con il quale si potevano controllare altri computer tramite Internet. *Poison* spiegava che lo aveva utilizzato con successo e che la versione aggiornata comprendeva le ultime versioni di Unix, Apple e Windows. Lisbeth gli mandò una breve risposta ringraziandolo per l'upgrading.

Durante l'ora successiva, mentre negli Usa cominciava a far sera, un'altra mezza dozzina di *citizens* si era collegata e aveva dato il bentornata a *Wasp* inserendosi nel dibattito. Quando Lisbeth alla fine uscì dalla chat, la discussione verteva su come si potesse indurre il computer del primo ministro svedese a inviare messaggi cortesi ma completamente squilibrati ad altri capi di governo in giro per il mondo. Era stato creato un gruppo di lavoro per studiare la questione. Lisbeth concluse con un breve intervento.

Continuate pure a parlare ma non fate nulla senza il mio okay. Mi rifarò viva quando potrò collegarmi.

Tutti le mandarono baci e abbracci e la esortarono ad aver cura del suo buco in testa.

Quando fu uscita da *Hacker Republic*, Lisbeth andò su www.yahoo.com ed entrò in *Tavola Balorda*. Scoprì che il gruppo contava due membri: lei stessa e Mikael Blomkvist. La casella postale conteneva un'unica mail che era stata spedita due giorni prima. Aveva per titolo *Leggi prima questo*.

Ciao Sally,
la situazione al presente è questa.
1. La polizia non ha ancora scoperto dove abiti e non ha accesso al cd con Bjurman e lo stupro. Il cd costituisce una prova molto pesante ma non voglio consegnarlo ad Annika senza il tuo permesso. Ho anche le chiavi del tuo appartamento e il passaporto intestato a Irene Nesser.
2. La polizia ha però in mano lo zaino che avevi con te a Gosseberga. Non so se contenga qualcosa di compromettente.

Lisbeth rifletté un momento. No. Una caraffa termica di caffè mezza vuota, qualche mela e un cambio di indumenti. Tutto tranquillo.

Sarai incriminata per tentato omicidio, o in subordine per lesioni aggravate, ai danni di Zalachenko, e per lesioni aggravate ai danni di Carl-Magnus Lundin del Motoclub Svavelsjö a Stallarholmen, per avergli sparato al piede e avergli frantumato la mandibola con un calcio. Una fonte attendibile della polizia ha precisato tuttavia che le circostanze sono in entrambi i casi poco chiare.
Quanto segue è importante.
1. Prima di essere ucciso, Zalachenko ha negato tutto e ha detto che doveva essere stato Niedermann a spararti e a seppellirti nel bosco. Ti ha anche denunciata per tentato omicidio. Il pm calcherà sul fatto che era la seconda volta che cercavi di ucciderlo.
2. Né Magge Lundin né Sonny Nieminen hanno detto

una sola parola su ciò che è accaduto a Stallarholmen. Lundin è agli arresti per il rapimento di Miriam Wu. Nieminen è a piede libero.

Lisbeth valutò quelle parole e alzò le spalle. Tutte queste cose le aveva già discusse con Annika Giannini. Era una brutta situazione, ma questa non era una novità. Lei aveva già riferito ad Annika tutto ciò che era successo a Gosseberga, aveva omesso solo i dettagli su Bjurman.

Per quindici anni Zala è stato protetto, a prescindere da quello che combinava. Sull'importanza di Zalachenko si sono costruite delle carriere. In diverse occasioni fu aiutato mettendo ordine dopo il suo devastante passaggio. Tutto questo è criminale. Le autorità svedesi hanno dato una mano a insabbiare dei reati contro dei cittadini.

Se tutto questo si verrà a sapere, ne nascerà uno scandalo politico che andrà a toccare sia governi conservatori sia governi socialdemocratici. E un certo numero di personaggi importanti della Säpo verrà denunciato per favoreggiamento di attività criminali e immorali. Anche se i singoli reati sono ormai prescritti, lo scandalo ci sarà comunque. Si tratta di pezzi grossi che oggi sono in pensione o prossimi ad andarci. Faranno di tutto per minimizzare gli effetti negativi e tu diventerai ancora una volta una pedina del gioco. Stavolta però non si tratta di sacrificare un pedone, si tratta di limitare i danni personali. Dunque tu devi finire dentro.

Lisbeth si mordicchiò pensierosa il labbro inferiore.

Grossomodo è così. Loro sanno che non potranno mantenere il segreto su Zalachenko ancora per molto. Io sono a conoscenza della storia e sono un giornalista. Sanno che prima o poi la pubblicherò. Adesso però non ha più così tanta importanza dal momento che lui è morto. Ora combattono per la loro stessa sopravvivenza. Nel loro ordine del giorno ai primi posti ci sono i seguenti punti.

1. Devono convincere il tribunale (vale a dire l'opinione pubblica) che la decisione di chiuderti alla St. Stefan nel 1991 era legittima, che tu eri davvero malata di mente.

2. Devono separare la questione Lisbeth Salander dalla questione Zalachenko. Stanno cercando di sistemarsi in una posizione dalla quale poter dire che sì, certo, Zalachenko era un farabutto, ma questo non ha avuto niente a che fare con la decisione di rinchiudere sua figlia, che lei è stata ricoverata perché era malata di mente, mentre tutte le altre asserzioni sono fantasie morbose di giornalisti acidi, dato che loro non hanno mai appoggiato Zalachenko, sicché queste sono solo sciocchezze e fantasie di una ragazzina malata di mente.

3. Ovviamente, se verrai scagionata nell'imminente processo vorrà dire che il tribunale è del parere che non sei pazza il che sarà una prova del fatto che c'era qualcosa di losco nel tuo ricovero del 1991. Loro hanno bisogno di farti rinchiudere di nuovo, a ogni costo. Se il tribunale stabilirà che sei malata di mente, l'interesse dei media nei tuoi confronti andrà scemando. I media funzionano in questo modo.

Ci sei?

Lisbeth annuì fra sé. Tutto questo l'aveva già calcolato. Il problema era che non sapeva quali provvedimenti adottare.

Lisbeth, seriamente, questa battaglia finirà per essere decisa sui mass-media e non in tribunale. Purtroppo il processo, per ragioni di "riservatezza", si svolgerà a porte chiuse.

Il giorno stesso che hanno ucciso Zalachenko, c'è stato un furto nel mio appartamento. Sulla porta non ci sono segni di scasso e nulla è stato toccato o spostato, tranne una cosa. La cartella che era nella casa di campagna di Bjurman con il rapporto di Gunnar Björck del 1991 è sparita. Contemporaneamente, mia sorella è stata aggredita a Göteborg e la sua copia è stata rubata. Quel documento è la prova più importante.

Io ho agito come se avessimo perso quelle carte. In realtà ne avevo una terza copia che avrei dovuto dare ad Armanskij. Ne ho fatto diverse altre e le ho distribuite un po' qua un po' là.

I nostri avversari nelle persone di alcune autorità e di alcuni psichiatri si dedicano anch'essi ovviamente a preparare il processo, insieme al procuratore Ekström. Ho una fonte che mi fornisce un po' di informazioni su ciò che sta succedendo, ma sospetto che tu abbia migliori possibilità di scovare qualcosa di interessante... In tal caso, c'è una certa fretta.

Il procuratore cercherà di farti internare, aiutato dalla tua vecchia conoscenza Peter Teleborian.

Annika non potrà condurre una campagna mediatica analoga a quella del procuratore, che lascia filtrare le informazioni che gli fanno comodo. Lei ha le mani legate.

Io però non ho quel genere di limitazioni. Posso scrivere esattamente quello che voglio, e inoltre ho un intero giornale a mia disposizione.

Mi mancano però due importanti dettagli.

1. Anzitutto voglio qualcosa che dimostri che il procuratore Ekström collabora con Teleborian in modo scorretto e che lo scopo è ancora una volta di chiuderti in manicomio. Voglio poter andare al migliore talk-show della tv e tirare fuori una documentazione che distrugga le argomentazioni del procuratore.

2. *Per poter muovere una guerra mediatica contro la Sä-po devo poter discutere pubblicamente quelle che tu probabilmente ritieni essere tue questioni private. L'anonimato a questo punto non ha più molto senso, dopo tutto quello che è stato scritto su di te da Pasqua in poi. Devo poter costruire un'immagine di te completamente nuova anche se ai tuoi occhi questa fosse una violazione della tua privacy, e preferibilmente con la tua approvazione. Capisci cosa intendo?*

Lisbeth aprì l'archivio di *Tavola Balorda*. Conteneva ventisei documenti di varie dimensioni.

14.
Mercoledì 18 maggio

La mattina di mercoledì, Monica Figuerola si alzò alle cinque e fece un giro di corsa insolitamente breve prima di fare la doccia e vestirsi con jeans neri, camicetta bianca e giacca grigia di lino. Preparò del caffè che mise in una caraffa termica e dei panini imbottiti. Prese una fondina ascellare e la sua Sig Sauer dall'armadio delle armi. Poco dopo le sei avviò la Saab 9-5 bianca e si recò in Vittangigatan a Vällingby.

Göran Mårtensson abitava all'ultimo dei tre piani di un fabbricato del sobborgo. Nella giornata di martedì Monica aveva raccolto tutto quello che aveva potuto trovare su di lui negli archivi pubblici. Era scapolo, ma questo non escludeva che vivesse con qualcuno. Aveva la fedina penale pulita, non aveva un patrimonio di rilievo, non sembrava condurre una vita dissoluta. Era raramente in malattia.

Unico dato singolare: aveva la licenza per non meno di sedici armi da fuoco. Tre di queste erano fucili da caccia, le altre pistole di vario genere. Dato che aveva regolari licenze questo non costituiva ovviamente un reato, ma Monica nutriva un certo scetticismo nei confronti di chi accumulava una gran quantità di armi.

La Volvo con la targa che cominciava con Kab era parcheggiata a circa quaranta metri dal punto in cui si era fermata. Monica Figuerola si versò un po' di caffè nero in un bicchiere di carta e mangiò un panino con formaggio e insalata. Poi sbucciò un'arancia e ne succhiò a lungo ogni spicchio.

Al mattino Lisbeth Salander sembrava provata e lamentava un forte mal di testa. Chiese una pastiglia, che le fu data subito.

Dopo un'ora il mal di testa era peggiorato. Chiamò l'infermiera e chiese un'altra pastiglia. Nemmeno questo aiutò. All'ora di pranzo aveva così tanto mal di testa che l'infermiera chiamò la dottoressa Endrin che dopo una breve visita prescrisse degli analgesici molto forti.

Lisbeth mise le pastiglie sotto la lingua e le sputò non appena fu sola.

Alle due del pomeriggio vomitò. La cosa si ripeté alle tre.

Alle quattro il dottor Anders Jonasson salì in reparto poco prima che la dottoressa Endrin smontasse. Si consultarono brevemente.

«Sta male e ha un forte mal di testa. Le ho dato un forte analgesico. Non capisco cosa le stia succedendo... Stava andando così bene negli ultimi tempi. Può essere un'influenza...»

«Ha la febbre?» domandò il dottor Jonasson.

«No, solo trentasette e due un'ora fa. E nessuna sedimentazione sanguigna degna di nota.»

«Okay. La terrò d'occhio durante la notte.»

«Io vado in ferie per tre settimane» disse la dottoressa Endrin. «Sarete tu e Svantesson a dovervene occupare. Ma Svantesson non ha mai avuto granché a che fare con lei...»

«Okay. Mi registro io come suo medico mentre tu non ci sei.»

«Bene. Se ha una crisi e hai bisogno di aiuto, ovviamente mi puoi chiamare.»

Fecero insieme una breve visita a Lisbeth. Aveva le coperte fin sotto il mento e un'aria davvero malconcia. Anders Jonasson le appoggiò una mano sulla fronte e sentì che era umida.

«Credo che dovremo fare un piccolo controllo» disse.

Ringraziò la dottoressa Endrin e la salutò.

Alle cinque il dottor Jonasson constatò che la temperatura di Lisbeth era rapidamente salita a trentasette e otto, e lo annotò sulla sua cartella clinica. Andò a trovarla tre volte nel corso della serata. La temperatura rimaneva più o meno a trentotto – troppo alta per essere normale e troppo bassa per costituire un vero problema. Alle otto ordinò una radiografia della scatola cranica.

Quando ebbe le lastre le studiò attentamente. Non rilevò nulla di particolare, se non un'area più scura appena distinguibile nelle immediate vicinanze del foro d'ingresso della pallottola. Fece un'annotazione molto prudente sulla cartella clinica: «L'esame radiologico non offre elementi per conclusioni definitive, ma le condizioni della paziente sono peggiorate in modo molto rapido nel corso della giornata. Non si può escludere che sia in corso una piccola emorragia. La paziente deve essere tenuta a riposo e sotto stretta osservazione nelle prossime ore».

Erika Berger constatò di avere ricevuto ventitré messaggi, quando arrivò al giornale alle sei e mezza di mercoledì mattina.

Uno aveva per mittente redaktion-sr@sverigesradio.com. Il testo era breve. Un'unica parola.

Troia.

Erika sospirò e alzò l'indice per eliminare la mail. Ma all'ultimo momento cambiò idea. Percorse a ritroso l'elenco della posta in arrivo e aprì un messaggio di due giorni prima. Il mittente era centralred@smpost.se. *Mmm. Due mail con la parola troia e un mittente inesistente che rimanda al mondo dei media.* Creò una cartella che chiamò *MediaPazzo* e vi spostò entrambe le mail. Poi passò a esaminare il promemoria del mattino.

Göran Mårtensson lasciò la propria abitazione alle sette e quaranta. Salì sulla sua Volvo, si diresse verso il centro, svoltò in Stora Essingen e attraverso Gröndal entrò in Södermalm. Percorse Hornsgatan e si portò in Brännkyrkagatan e poi in Bellmansgatan. Svoltò a sinistra in Tavastgatan all'altezza del Bishop's Arms Pub e parcheggiò esattamente all'angolo.

Monica Figuerola ebbe una fortuna sfacciata. Proprio mentre arrivava davanti al Bishop's Arms un furgone uscì sulla carreggiata lasciando libero un posto lungo il marciapiede. Aveva il muso esattamente all'incrocio fra Bellmansgatan e Tavastgatan. Da quella postazione aveva una visuale perfetta. Vedeva una piccola porzione del lunotto posteriore della Volvo di Mårtensson in Tavastgatan. Di fronte a lei, sulla ripida discesa verso Pryssgränd, c'era il numero 1 di Bellmansgatan. Vedeva la facciata laterale, non il portone, ma non appena qualcuno usciva in strada l'aveva sott'occhio. Non dubitava che l'obiettivo della visita di Mårtensson fosse il portone di Mikael Blomkvist.

Quell'area era difficile da sorvegliare. L'unico punto dal quale il portone poteva essere osservato direttamente era sulla passerella pedonale della parte alta di Bellmansgatan, dalle parti di Mariahissen e di Laurinska Huset. Ma lì non c'era posto per la macchina e l'osservatore sarebbe stato in vista come una rondine su un filo del telefono. Il posto all'incrocio fra Bellmansgatan e Tavastgatan dove aveva parcheggiato lei era praticamente l'unico dal quale era possibile avere sott'occhio tutta la zona restando seduti in macchina. Però una persona attenta avrebbe potuto facilmente scorgerla dentro l'automobile.

Voltò la testa. Non voleva lasciare la macchina e cominciare a gironzolare per il quartiere; sapeva di non passare inosservata. Nel suo ruolo di poliziotta, il suo aspetto era uno svantaggio.

Mikael Blomkvist uscì dal portone alle nove e dieci. Monica annotò l'ora. Mikael controllò la passerella in Bellmansgatan. Poi si avviò lungo la salita andando dritto verso di lei.

Monica aprì il vano portaoggetti e spiegò una carta di Stoccolma che sistemò sul sedile del passeggero. Poi prese un blocnotes e una penna dalla tasca della giacca, e finse di parlare al cellulare. Teneva la testa piegata in modo che la mano che reggeva il cellulare le nascondesse parzialmente la faccia.

Vide che Mikael Blomkvist dava una rapida occhiata in Tavastgatan. Sapeva di essere sorvegliato e doveva aver notato l'automobile di Mårtensson, ma continuò a camminare senza mostrare alcun particolare interesse. *Agisce con freddezza. Un altro avrebbe spalancato la portiera e gli avrebbe dato una bella lezione.*

Un attimo dopo Mikael passò accanto alla sua macchina. Monica era occupatissima a rintracciare un indirizzo sulla carta di Stoccolma parlando al tempo stesso al cellulare, ma percepì che Blomkvist la guardava mentre la superava. *Sospettoso verso tutto quanto gli sta intorno.* Osservò la sua schiena nello specchietto retrovisore mentre proseguiva scendendo verso Hornsgatan. L'aveva visto un paio di volte in tv ma era la prima volta che lo vedeva dal vivo. Indossava blue jeans, una T-shirt e una giacca grigia. Portava una borsa a tracolla e si muoveva a passi lunghi e agili. *Un gran bell'uomo.*

Göran Mårtensson comparve all'angolo del Bishop's Arms e seguì Mikael Blomkvist con lo sguardo. Aveva un borsone sportivo sulla spalla e stava giusto finendo di parlare al cellulare. Monica si aspettava che si sarebbe messo a pedinare Blomkvist, ma con stupore vide invece che attraversava la strada proprio davanti alla sua macchina e svoltava a sinistra. Poco dopo un uomo in tuta blu passò accanto alla macchina di Monica e si unì a Mårtensson. *Ehi, e tu da dove spunti?*

I due si fermarono davanti al portone di Blomkvist. Mårtensson digitò il codice di apertura e insieme sparirono all'interno. *Hanno intenzione di perquisire l'appartamento. Dilettanti allo sbaraglio. Cosa credono di fare?*

Monica alzò lo sguardo, e sobbalzò quando d'un tratto vide di nuovo Blomkvist nello specchietto retrovisore. Stava tornando indietro, era a circa dieci metri da lei, proprio alla distanza giusta per poter seguire Mårtensson e il suo compare che scendevano verso Bellmansgatan 1. Monica studiò il suo viso. Non stava guardando lei. Ma aveva visto Mårtensson sparire dentro il portone. Dopo un attimo Blomkvist girò i tacchi e riprese a camminare verso Hornsgatan.

Monica rimase seduta immobile per trenta secondi. *Sa di essere sorvegliato. Tiene sotto controllo quello che gli sta intorno. Ma perché non agisce? Una persona normale farebbe fuoco e fiamme... sta architettando qualcosa.*

Mikael Blomkvist mise giù il ricevitore e fissò pensieroso il blocnotes sulla scrivania. Il registro automobilistico gli aveva appena comunicato che la macchina con la bionda che aveva notato in cima a Bellmansgatan apparteneva a una certa Monica Figuerola, nata nel 1969 e residente in Pontonjägargatan a Kungsholmen. Siccome dentro la macchina c'era una donna, Mikael suppose che si trattasse della stessa Figuerola.

La donna stava parlando al cellulare e intanto consultava una carta sul sedile del passeggero. Mikael non aveva nessun motivo di presumere che avesse a che fare con il Club Zalachenko, ma ormai registrava ogni variazione nel suo ambiente e in special modo nei paraggi della sua abitazione.

Alzò la voce e chiamò Lottie Karim.

«Chi è questa tizia? Tira fuori foto del passaporto, posto di lavoro e tutto quello che riesci a trovare sul suo passato.»

«Okay» disse Lottie, ritornando alla propria scrivania.

Il direttore amministrativo Christer Sellberg appariva quasi esterrefatto. Mise da parte il foglio con i nove punti che Erika Berger aveva presentato alla riunione settimanale. Il responsabile di bilancio, Ulf Flodin, aveva un'aria preoccupata. Il presidente del consiglio d'amministrazione Borgsjö invece aveva un'espressione neutra, come sempre.

«È impossibile» disse Sellberg con un sorriso cortese.

«Perché?» chiese Erika.

«La direzione non approverà mai. È contro ogni buon senso.»

«Vogliamo riprendere dal principio?» suggerì Erika. «Io sono stata assunta per far tornare l'*Smp* in attivo. Per poterlo fare, devo avere qualcosa su cui lavorare. O no?»

«Certamente, ma...»

«Non posso creare come per magia un quotidiano standdo seduta in una gabbia di vetro a covare desideri.»

«Tu non ti rendi conto della situazione economica.»

«È possibile. Ma so come si fa un giornale. E la realtà è che negli ultimi quindici anni il personale dell'*Smp* è diminuito di centodiciotto unità. Ammettiamo pure che per la metà fossero grafici sostituiti dalle nuove tecnologie, e via dicendo. Il numero dei reporter comunque è diminuito di ben quarantotto unità.»

«Sono stati tagli necessari. Se non li avessimo fatti, il giornale avrebbe chiuso da un pezzo.»

«Aspettiamo a dire cosa è necessario e cosa non lo è. Negli ultimi tre anni sono spariti diciotto posti da reporter. Inoltre, adesso ben nove posti sono vacanti, parzialmente e temporaneamente coperti da sostituti. La redazione sportiva è a corto di personale. Dovrebbero essere in nove e da più di un anno ne mancano due.»

«Si tratta di risparmiare denaro. *Tutto qui.*»

«Alla redazione culturale mancano tre persone. A quella economica una. La redazione giudiziaria in pratica non esiste... il caporedattore prende in prestito i reporter dalla redazione generale. E via dicendo. L'*Smp* non ha una copertura seria su pubblica amministrazione e istituzioni pubbliche da almeno otto anni. Lì dipendiamo completamente da free-lance e dall'agenzia di stampa Tt... e come sai la Tt ha chiuso molti anni fa la redazione che se ne occupava. In altre parole, non c'è una sola redazione in Svezia che tenga d'occhio questo settore.»

«Il settore giornalistico è in una posizione molto esposta.»

«La realtà è che l'*Smp* non può far altro che chiudere se la direzione non decide di fare uno sforzo offensivo. Abbiamo troppo pochi giornalisti che producono troppo pochi articoli, che in ogni caso risultano banali e superficiali e poco credibili. Dunque la gente smette di leggere l'*Smp*.»

«Tu non capisci...»

«Sono stufa di sentirti dire che non capisco. Non sono una ragazzina che è qui per una settimana di orientamento professionale e va in qualche modo intrattenuta.»

«Ma la tua è una proposta folle.»

«E perché?»

«Stai proponendo che il giornale non renda più.»

«Stammi a sentire, Sellberg. Nel corso di quest'anno tu distribuirai una grossa somma sotto forma di dividendi ai ventitré azionisti del giornale. A ciò si aggiungerà una distribuzione di premi assolutamente assurda, che costerà al giornale quasi dieci milioni di corone, a nove persone che fanno parte del consiglio d'amministrazione. Tu ti sei assegnato un premio di quattrocentomila corone per aver amministrato i tagli all'*Smp*. Per carità, niente di paragonabile a quello che hanno arraffato certi direttori della Skandia, ma ai miei occhi non meriti un solo centesimo. Il premio avrebbe un senso se avessi fatto qualcosa per rafforzare il giornale. I tuoi tagli invece l'hanno indebolito e hanno aggravato la situazione.»

«Questo è ingiusto. La direzione ha approvato ogni misura che ho proposto.»

«La direzione ha approvato le tue misure perché hai garantito un certo dividendo ogni anno. È questo che deve finire, adesso.»

«Tu dunque proponi che il consiglio d'amministrazione sospenda premi e dividendi. Come credi che potranno approvare una cosa del genere gli azionisti?»

«Io propongo un sistema a zero utili per un anno. Ciò comporterebbe un risparmio di quasi ventun milioni di corone e la possibilità di rafforzare il personale e il patrimonio del giornale. Propongo anche una riduzione di stipendio per i capi. Io ho un mensile di ottantottomila corone, il che è assolutamente folle per un giornale che non può nemmeno coprire i posti della redazione sportiva.»

«Dunque vorresti ridurre anche il tuo stipendio? È una specie di comunismo quello di cui ti fai portavoce?»

«Non diciamo cazzate. Tu hai uno stipendio di centododicimila corone al mese, se si calcola anche il premio. È demenziale. Se il giornale fosse stabile e avesse profitti vertiginosi, sarebbe ragionevole. Ma non è certo il caso che ti aumenti il tuo premio quest'anno. Propongo invece di dimezzare tutti gli stipendi dei dirigenti.»

«Quello che non capisci è che i nostri azionisti sono tali perché vogliono guadagnare dei soldi. Questa cosa si chiama capitalismo. Se gli chiedi di perdere soldi, non vorranno più essere azionisti, ecco tutto.»

«Io non gli chiedo di perdere soldi, ma potrebbe anche succedere. La proprietà comporta anche delle responsabilità. Come tu stesso hai sottolineato, si tratta di capitalismo. I proprietari dell'*Smp* vogliono averne un profitto, ma le regole sono fatte in modo tale che è il mercato a decidere se ci sarà un profitto o una perdita. Tu vorresti che le regole del capitalismo fossero valide per i dipendenti ma non per gli azionisti e per te.»

Sellberg sospirò e alzò gli occhi al cielo. Cercò disperatamente Borgsjö con lo sguardo. Borgsjö stava studiando concentrato il programma in nove punti di Erika Berger.

Monica Figuerola dovette attendere quarantanove minuti prima che Göran Mårtensson e lo sconosciuto in tuta blu uscissero dal portone di Bellmansgatan 1. Quando si mossero verso di lei lungo la salita alzò la sua Nikon con teleobiettivo 300 mm e scattò due foto. Ripose la macchina fotografica nel vano portaoggetti e stava giusto ricominciando a trafficare con la carta di Stoccolma quando casualmente diede un'occhiata all'ascensore di Mariahissen. Spalancò gli occhi. Nella parte alta di Bellmansgatan, proprio accanto alla porta dell'ascensore, c'era una donna con i capelli scuri che, armata di videocamera digitale, filmava Mårtensson e il suo compare. *Che diavolo... c'è un congresso sullo spionaggio oggi in Bellmansgatan?*

Mårtensson e lo sconosciuto si separarono in cima alla salita senza dirsi nulla. Mårtensson raggiunse la sua automobile in Tavastgatan. Avviò il motore e uscì dal parcheggio sparendo dal campo visivo di Monica Figuerola.

Lei spostò lo sguardo sullo specchietto retrovisore dove vide la schiena dell'uomo in tuta blu. Alzò gli occhi e vide che la donna con la videocamera aveva smesso di filmare e stava venendo nella sua direzione.

Testa o croce? Sapeva già chi fosse Göran Mårtensson e che lavoro facesse. L'uomo in tuta blu e la donna con la videocamera invece erano carte sconosciute. Ma se abbandonava la macchina rischiava di farsi notare dalla donna.

Rimase seduta immobile. Nello specchietto vide l'uomo in tuta voltare a sinistra in Brännkyrkagatan. Aspettò finché la donna non arrivò all'incrocio di fronte a lei, ma invece di seguire l'uomo in tuta la donna scese verso Bellmansgatan 1. Era sui trentacinque anni. Aveva i capelli scuri tagliati corti e indossava jeans scuri e giacca nera. Quando ebbe percorso un tratto della discesa, Monica aprì veloce la portiera della macchina e corse giù verso Brännkyrkagatan. Ma non riuscì a scorgere l'uomo in tuta blu. Nello stesso istante un furgone Toyota si staccò dal marciapiede. Monica vide l'uomo di profilo e memorizzò il numero di targa. E anche se non l'avesse fatto, avrebbe potuto comunque rintracciarlo. Sulla fiancata del furgone c'era la pubblicità del fabbro Lars Faulsson Servizio chiavi e serrature, con tanto di numero telefonico.

Non fece nessun tentativo di tornare di corsa alla propria auto per seguire il furgone. Tornò sui suoi passi camminando tranquillamente. Arrivò in cima alla salita giusto in tempo per vedere la donna con la videocamera sparire dentro il portone di Mikael Blomkvist.

Si infilò in macchina e annotò il numero di targa e quello di telefono del fabbro Lars Faulsson. Poi si grattò la testa. C'era un gran traffico all'indirizzo di Mikael Blomkvist. Alzò gli occhi e guardò il tetto del palazzo al numero 1 di Bellmansgatan. Sapeva che Blomkvist aveva un appartamento nella mansarda, ma dai disegni del catasto aveva rilevato che si trovava sull'altro lato della casa, con le finestre verso Riddarfjärden e Gamla Stan. Un indirizzo esclusivo nel quartiere intellettuale della città. Si chiese se fosse un neoricco spaccone.

Aspettò nove minuti prima che la donna con la videocamera uscisse dal portone. Invece di ritornare sui propri passi risalendo verso Tavastgatan, continuò lungo la discesa e girò a destra svoltando all'angolo con Pryssgränd. *Mmm.* Se aveva una macchina parcheggiata giù in Pryssgränd, Monica era perduta. Ma se era a piedi aveva solo una via di fuga – salire in Brännkyrkagatan all'incrocio con Pustegränd in direzione di Slussen.

Monica abbandonò la macchina e svoltò a sinistra in Brännkyrkagatan incamminandosi verso Slussen. Era quasi arrivata a Pustegränd quando la donna le sbucò proprio davanti. *Bingo.* La seguì passando davanti all'Hilton e uscendo in Södermalmstorg davanti allo Stadsmuseet. La donna camminava a passo spedito e deciso, senza guardarsi intorno. Monica si teneva a una distanza di circa trenta metri. La donna scese nella metropolitana a Slussen e Monica allungò il passo, ma si fermò quando la vide avvicinarsi all'edicola anziché attraversare la barriera.

La osservò mentre era in coda. Era alta circa un metro e settanta e sembrava relativamente atletica. Calzava scarpe da jogging. Quando si fermò con i piedi saldamente piantati davanti all'edicola, Monica ebbe la sensazione improvvisa che fosse una poliziotta. La donna comperò una scatoletta di tabacco e tornò fuori in Södermalmstorg prendendo a destra attraverso Katarinavägen.

Monica la seguì. Era quasi sicura di non essere stata notata. La donna sparì all'angolo del McDonald's e Monica si affrettò a seguirla, a una distanza di circa quaranta metri.

Quando girò l'angolo, della donna non c'era più traccia. Monica Figuerola si fermò stupefatta. *Diavolo.* Passò lentamente davanti ai portoni. Poi il suo sguardo cadde su una targa. *Milton Security.*

Annuì fra sé e fece ritorno in Bellmansgatan.

Raggiunse in macchina Götgatan, dove c'era la redazione di *Millennium*, e impiegò la mezz'ora successiva a girare per le strade lì intorno. Non vide l'automobile di Mårtensson. All'ora di pranzo ritornò alla centrale a Kungsholmen e passò l'ora seguente a sollevare pesi in palestra.

«Abbiamo un problema» disse Henry Cortez.

Malin Eriksson e Mikael Blomkvist alzarono gli occhi dal libro sul caso Zalachenko. Era l'una e mezza del pomeriggio.

«Siediti» disse Malin.

«Si tratta della Vitavara, l'azienda che produce wc in Vietnam per poi venderli a millesettecento corone al pezzo.»

«Aha. In cosa consiste il problema?» chiese Mikael.

«La Vitavara appartiene per intero alla SveaBygg.»

«Si tratta di una società molto grossa.»

«Sì. Il presidente del consiglio d'amministrazione si chiama Magnus Borgsjö ed è del mestiere. Fra l'altro è anche presidente del consiglio d'amministrazione dello *Svenska Morgon-Posten* e ne possiede circa il dieci per cento.»

Mikael fissò Henry Cortez con sguardo penetrante.

«Sei sicuro?»

«Altroché. Il capo di Erika è un farabutto che sfrutta il lavoro minorile in Vietnam.»

«Oops» fece Malin.

Il segretario di redazione Peter Fredriksson aveva l'aria di sentirsi a disagio quando bussò cautamente alla porta del gabbiotto di Erika verso le due del pomeriggio.

«Che c'è?»

«Ecco, è un po' imbarazzante. Ma una persona della redazione ha ricevuto una mail da te.»

«Da me?»

«Sì.»

«Di che si tratta?»

Fredriksson le passò le stampate di alcune mail indirizzate a Eva Carlsson, ventiseienne sostituta addetta alle pagine culturali. Secondo l'intestazione, il mittente era erika.berger@smpost.se.

Eva carissima,
ho voglia di accarezzarti e baciarti le tette. Sono calda di
eccitazione e non riesco più a controllarmi. Spero che tu ri-
cambi i miei sentimenti. Possiamo vederci?
Erika

Eva Carlsson non aveva risposto. Ma nei giorni immediatamente successivi le erano arrivati altri due messaggi.

Cara, adorata Eva,
ti prego di non respingermi. Sono pazza di desiderio. Vo-
glio averti nuda. Devo averti. Ti renderò felice. Non te ne
pentirai mai. Bacerò ogni singolo centimetro della tua pel-
le nuda, il tuo bel seno e la tua dolce grotta.
Erika

Eva,
perché non rispondi? Non devi avere paura di me. Non
respingermi. Non sei una verginella. Sai di cosa si tratta.
Voglio fare sesso con te e ti ricompenserò lautamente. Se
sarai gentile con me io sarò gentile con te. Hai chiesto un
prolungamento della tua sostituzione. Io ho il potere di pro-
lungarla e perfino di trasformarla in un impiego fisso. In-
contriamoci stasera alle nove alla mia macchina giù in ga-
rage.
Tua Erika

«Aha» disse Erika. «E adesso la ragazza si starà chie-
dendo se le farò altre proposte indecenti.»
«Non proprio... voglio dire... non importa.»
«Peter, parla chiaro.»
«Forse ha creduto un po' al primo messaggio, ma in
ogni caso l'ha lasciata perplessa. Poi comunque si è resa

conto che sarebbe davvero troppo e che questo non è esattamente il tuo stile e...»

«E?»

«Ecco, lo trova molto imbarazzante e non sa esattamente cosa fare. Bisogna anche tenere conto che è molto affascinata da te e che ti ammira molto... come capo, certo. Perciò è venuta da me a chiedere consiglio.»

«Capisco. E tu cosa le hai detto?»

«Le ho detto che c'è qualcuno che usa il tuo indirizzo per molestarla. O forse per molestarvi tutte e due. E le ho promesso che te ne avrei parlato.»

«Grazie. Puoi essere così gentile da mandarmela qui fra dieci minuti?»

Erika impiegò i dieci minuti a comporre un messaggio.

A scopo preventivo devo informare che un collaboratore dell'Smp ha ricevuto tramite posta elettronica un certo numero di messaggi che sembrano arrivare da me. I messaggi contengono pesanti allusioni sessuali. Io stessa ho ricevuto mail dal contenuto volgare da un mittente che si qualifica come "centralred" dell'Smp. Ma un indirizzo del genere, come tutti voi sapete, non esiste al giornale.

Ho consultato il nostro responsabile tecnico che mi ha spiegato che è molto facile falsificare il mittente di un messaggio. Io non saprei come, ma ci sono dei siti Internet dai quali è possibile farlo. Devo purtroppo trarre la conclusione che qualche persona malata si diverte con simili giochetti.

Voglio sapere se altri collaboratori hanno ricevuto strani messaggi e in tal caso voglio che contattino subito il segretario di redazione Peter Fredriksson. Se questa cosa dovesse continuare dovremo valutare l'ipotesi di sporgere denuncia alla polizia.

Erika Berger, caporedattore

Stampò una copia della mail e poi premette il tasto invio in modo che il messaggio arrivasse a tutti i collaboratori del gruppo Smp. Nello stesso istante Eva Carlsson bussò alla porta.

«Salve, accomodati pure» disse Erika. «Ho sentito che hai ricevuto posta da me.»

«Be', non credo che venga da te.»

«In ogni caso trenta secondi fa hai ricevuto una mail da parte mia. Questa l'ho scritta di mio pugno e l'ho mandata a tutti i collaboratori.»

Diede a Eva Carlsson la copia stampata.

«Okay. Capisco» disse la ragazza.

«Mi dispiace che qualcuno ti abbia scelta come bersaglio per questa spiacevole campagna.»

«Non c'è bisogno che ti scusi per una cosa architettata da uno svitato.»

«Voglio solo sincerarmi che tu non abbia nessun sospetto residuo che io possa avere a che fare con questi messaggi.»

«Non ho mai creduto che fossi stata tu a mandarmi quelle mail.»

«Okay, grazie» disse Erika e sorrise.

Monica Figuerola impiegò il pomeriggio a raccogliere informazioni. Cominciò col richiedere la foto del passaporto di Lars Faulsson per verificare che fosse la persona che aveva visto in compagnia di Göran Mårtensson. Quindi fece un controllo nel casellario criminale e trovò subito un riscontro.

Lars Faulsson, quarantasette anni, noto con il soprannome di Falun, aveva inaugurato la sua carriera a diciassette con un furto d'auto. Negli anni settanta e ottanta era stato arrestato due volte e incriminato per effrazione, furto e ricettazione. Era stato condannato la prima volta a una pena detentiva insignificante e la seconda a tre anni di galera. A quell'epoca era stato interrogato come sospettato per almeno altri tre furti con scasso, dei quali uno in un grande magazzino di Västerås. Finito di scontare la pena nel 1984, era rimasto tranquillo – o almeno non aveva commesso nessun reato che avesse comportato arresti e condanne. Dopo un corso di formazione per diventare fabbro – fra tutti i mestieri possibili –, nel 1987 si era messo in proprio fondando la ditta Lars Faulsson Servizio chiavi e serrature con sede a Norrtull.

Anche identificare la donna che aveva filmato Mårtensson e Faulsson si dimostrò più semplice di quanto Monica avesse immaginato. Chiamò il centralino della Milton Security e disse che cercava un'impiegata che aveva conosciuto anni prima ma della quale aveva dimenticato il nome. Era però in grado di darne una descrizione. Le dissero che doveva trattarsi di Susanne Linder e le passarono il suo interno. Quando Susanne Linder rispose al telefono, Monica si scusò e spiegò che doveva aver sbagliato numero.

Entrò nel sito dell'anagrafe e constatò che c'erano diciotto Susanne Linder nella provincia di Stoccolma. Tre erano sui trentacinque anni. Una abitava a Norrtälje, una a Stoccolma e una a Nacka. Richiese le loro foto del passaporto e identificò immediatamente la donna che aveva pedinato da Bellmansgatan come la Susanne Linder che risiedeva a Nacka.

Riassunse i fatti del giorno in un rapporto e andò da Torsten Edklinth.

Alle cinque Mikael Blomkvist chiuse il fascicolo con le ricerche di Henry Cortez e lo spinse da parte con disgusto. Christer Malm appoggiò sul tavolo il testo di Henry che aveva letto quattro volte. Henry era seduto sul divano nell'ufficio di Malin e aveva l'aria di sentirsi in colpa.

«Caffè?» disse Malin, alzandosi. Ritornò con quattro tazze e il bricco.

Mikael sospirò.

«È un'inchiesta fantastica», disse. «Ricerca di prima qualità. Documentazione completa. Perfetta drammaturgia, con un cattivo che truffa i cittadini svedesi servendosi del sistema, cosa perfettamente legale, ma che è così dannatamente avido e idiota da sfruttare un'industria in Vietnam dove lavorano dei bambini.»

«Inoltre, molto ben scritto» commentò Christer. «Il giorno dopo che lo avremo pubblicato, Borgsjö diventerà persona non gradita nel mondo dell'economia svedese. La tv abboccherà sicuramente e lui finirà in compagnia dei direttori della Skandia e di altri imbroglioni. Un autentico scoop da *Millennium*. Ben fatto, Henry.»

Mikael annuì.

«Ma questa cosa di Erika è il dettaglio che guasta la festa» disse.

Christer annuì.

«Perché dovrebbe essere un problema?» domandò Malin. «Non è mica Erika la farabutta. Avremo pure il diritto di fare le pulci a un potente, anche se si tratta del suo capo.»

«È questo il problema» disse Mikael.

«Erika non ha chiuso, qui» disse Christer. «Ha il trenta per cento delle quote e fa parte del consiglio d'amministrazione. Anzi ne è il presidente, finché non eleggeremo Harriet Vanger alla prossima riunione, il che non succederà prima di agosto. Ed Erika lavora all'Smp, fa parte anche lì del consiglio e il suo presidente sarà denunciato da noi.»

Cupo silenzio.

«Allora cosa diavolo facciamo?» chiese Henry Cortez. «Ci fermiamo?»

Mikael lo guardò dritto negli occhi.

«No, Henry. Non ci fermiamo. Non è così che lavoriamo, qui a *Millennium*. Ma questa faccenda richiede un certo lavoro di bassa manovalanza. Non possiamo semplicemente sbatterla in faccia a Erika da una locandina.»

Christer assentì e agitò un dito.

«Rischiamo di mettere Erika in una situazione molto imbarazzante. Dovrebbe scegliere se vendere la sua quota e lasciare immediatamente il consiglio d'amministrazione oppure, nel peggiore dei casi, essere licenziata in tronco dall'*Smp*. In ogni caso si troverebbe al centro di un conflitto di interessi spaventoso. Detto francamente, Henry... io sono d'accordo con Mikael, anch'io penso che sia giusto pubblicare, ma forse sarebbe meglio rimandare di un mese.»

Mikael annuì.

«Anche noi ci troviamo al centro di un conflitto di interessi» disse.

«Devo telefonarle?» disse Christer.

«No» disse Mikael. «La chiamo io e fisso un incontro. Magari stasera.»

Torsten Edklinth ascoltò con attenzione Monica Figuerola che gli raccontava sinteticamente quanto successo intorno all'abitazione di Mikael Blomkvist al numero 1 di Bellmansgatan. Sentì il pavimento ondeggiargli lievemente sotto i piedi.

«Un dipendente dell'Rps/Säk ha varcato il portone di Blomkvist in compagnia di un ex scassinatore riciclato in fabbro.»

«Esatto.»

«Cosa credi che abbiano fatto?»

«Questo non lo so. Ma sono stati dentro quarantanove minuti. Un'ipotesi è che Faulsson abbia aperto la porta e Mårtensson sia entrato nell'appartamento di Blomkvist.»

«E per fare cosa?»

«Non penso si sia trattato di installare cimici, dal momento che per quello è sufficiente un minuto. Forse Mårtensson ha frugato tra le carte di Blomkvist, o tra quel che diavolo tiene in casa.»

«Ma Blomkvist è già in guardia... hanno pur sempre rubato il rapporto di Björck dal suo appartamento.»

«Esatto. Sa di essere sorvegliato, e sorveglia quelli che lo sorvegliano. È freddo.»

«In che senso?»

«Ha un piano. Raccoglie informazioni per denunciare Göran Mårtensson. È l'unica spiegazione possibile.»

«E poi è spuntata quella Linder.»

«Susanne Linder, trentaquattro anni, residente a Nacka. È un'ex poliziotta.»

«Ex poliziotta?»

«Ha frequentato la scuola di polizia e ha lavorato per sei anni alla squadra mobile di Södermalm. Poi si è congedata all'improvviso. Non c'è niente nel suo curriculum che spieghi perché. È stata disoccupata per qualche mese prima di essere assunta alla Milton Security.»

«Dragan Armanskij» disse Edklinth pensieroso. «Quanto tempo è rimasta dentro?»

«Nove minuti.»

«E cosa ha fatto?»

«Forse, dato che stava filmando Mårtensson e Faulsson per strada, sta documentando le loro attività. Ciò potrebbe significare che la Milton Security lavora con Blomkvist e ha piazzato telecamere di sorveglianza nel suo appartamento o sulle scale. E che lei è entrata per scaricare i filmati delle telecamere.»

Edklinth sospirò. L'affare Zalachenko cominciava a farsi troppo complicato.

«Okay. Grazie. Va' pure a casa. Io devo riflettere su tutto questo.»

Monica Figuerola andò alla palestra di St. Eriksplan e si dedicò ai suoi esercizi.

Mikael Blomkvist usò il cellulare blu, quello anonimo, per fare il numero di Erika all'*Smp*. Interruppe una discussione con un paio di redattori sulla posizione del giornale in un articolo sul terrorismo internazionale.

«Ma che sorpresa, ciao... aspetta un secondo.»

Erika mise la mano sul ricevitore e si guardò intorno. «Abbiamo finito» disse dando ancora qualche istruzione su come voleva fosse fatto il lavoro. Rimasta sola nel gabbiotto, si portò di nuovo il ricevitore all'orecchio.

«Ciao Mikael. Scusa se non mi sono più fatta sentire. È solo che sono stracarica di lavoro e ci sono mille cose di cui devo occuparmi.»

«Nemmeno io sono stato esattamente a grattarmi la pancia» disse Mikael.

«Come va con la faccenda Salander?»

«Bene. Ma non è per questo che ti chiamo. Devo vederti. Stasera.»

«Mi piacerebbe, ma devo rimanere qui fino alle otto. E sono stanca morta. È da stamattina alle sei che sono in pista.»

«Ricky... non si tratta di farti divertire a letto. Ho bisogno di parlarti. È importante.»

Erika restò un attimo in silenzio.

«Di cosa si tratta?»

«Te lo dirò quando ci vedremo. Ma non è niente di piacevole.»

«Okay. Vengo a casa tua alle otto e mezza.»

«No, non a casa mia. È una storia lunga, comunque il mio appartamento non sarà agibile per un po'. Vieni al Samirs Gryta, così ci facciamo una birra.»

«Devo guidare.»

«Allora ci facciamo una birra leggera.»

Erika era vagamente nervosa quando fece il suo ingresso al Samirs Gryta alle otto e mezza. Aveva un po' di rimorsi per non essersi fatta viva con Mikael dal giorno in cui era entrata in servizio all'*Smp*. Ma non aveva mai avuto così tanto da fare.

Mikael alzò una mano da un tavolo d'angolo accanto a una finestra. Lei rallentò. Per un secondo le sembrò un perfetto estraneo, ed ebbe la sensazione di guardarlo con occhi nuovi. *E chi è quello? Dio, come sono stanca.* Poi lui si alzò e la baciò sulla guancia, e lei si rese conto del fatto che sentiva pazzescamente la sua mancanza. Era proprio come se il periodo all'*Smp* fosse stato un sogno e lei d'improvviso si fosse svegliata sul divano della redazione di *Millennium*. Le pareva tutto così irreale.

«Ciao, Mikael.»

«Ciao, caporedattore. Hai mangiato?»

«Sono le otto e mezza. Io non ho le tue disgustose abitudini alimentari.»

Poi si accorse di avere una fame da morire. Samir arrivò con il menù e lei ordinò una birra leggera e un piatto piccolo di calamari e patate. Mikael ordinò del couscous e una birra leggera.

«Come stai?» gli chiese Erika.

«È un momento molto interessante. Ho un sacco di cose da fare.»

«Come va con Lisbeth?»

«Lei è una parte dell'interessante.»

«Micke, non ho intenzione di scappare via con la tua inchiesta.»

«Scusa... ma non sto evitando di rispondere. In questa fase le cose sono un tantino confuse. Ti racconterei volentieri, ma ci vorrebbe metà notte. Com'è essere il capo all'*Smp*?»

«Non è esattamente come a *Millennium*.»

Tacque.

«Quando torno a casa mi addormento come un ciocco e quando mi sveglio mi vedo davanti agli occhi un mare di conti. Mi sei mancato. Non possiamo andare da te a dormire? Non me la sento di fare sesso, ma mi piacerebbe tanto rannicchiarmi a dormire fra le tue braccia.»

«Mi dispiace Ricky. Il mio appartamento non è un bel posto, di questi tempi.»

«Perché no? È successo qualcosa?»

«Be'... Dei tizi hanno messo delle cimici e ascoltano ogni parola che dico là dentro. E io ho fatto installare delle telecamere di sorveglianza nascoste che filmano ciò che succede quando non sono a casa. Credo che dovremmo risparmiare ai posteri il tuo fondoschiena nudo.»

«Stai scherzando?»

Lui scosse la testa.

«No. Ma non è per questo che dovevo assolutamente incontrarti.»

«Cosa è successo? Hai un'aria strana.»

«Ecco... tu hai cominciato a lavorare all'*Smp*. E noi a *Millennium* abbiamo per le mani del materiale che affosserà il tuo capo. Si tratta di sfruttamento di lavoro minorile e di prigionieri politici in Vietnam. Credo che siamo finiti nel bel mezzo di un conflitto di interessi.»

Erika mise giù la forchetta e fissò Mikael. Si rese conto immediatamente che non stava scherzando.

«Così stanno le cose» disse lui. «Borgsjö è presidente del consiglio d'amministrazione e azionista di maggioranza di una società che si chiama SveaBygg, che a sua volta ne possiede interamente una che si chiama Vitavara. Fabbricano wc presso un'azienda in Vietnam che è stata bollata dalle Nazioni Unite perché impiega manodopera minorile.»

«Racconta.»

Mikael le riferì nei dettagli quello che Henry Cortez aveva messo insieme. Aprì la borsa e tirò fuori una copia della documentazione. Erika lesse lentamente. Alla fine alzò gli occhi e incontrò quelli di Mikael. Avvertì un panico irragionevole misto a diffidenza.

«Come diavolo è possibile che la prima cosa che fa *Millennium* appena io me ne vado è un'indagine sull'*Smp*?»

«Le cose non stanno così, Ricky.»

Le spiegò come si fosse sviluppata l'inchiesta.

«E da quanto tempo è che sai queste cose?»

«Da oggi pomeriggio. E sono profondamente a disagio.»

«Cosa facciamo adesso?»

«Non lo so. Noi dobbiamo pubblicare. Non possiamo fare un'eccezione solo perché si tratta del tuo capo. Ma nessuno di noi vuole danneggiare te.» Allargò le braccia. «Siamo tutti desolati. Non ultimo Henry.»

«Io faccio ancora parte del consiglio d'amministrazione. Sono un socio... sarà vista come...»

«Lo so. Andrai in disgrazia all'*Smp*.»

Erika si sentì sopraffare dalla stanchezza. Strinse i denti e soffocò l'impulso di pregare Mikael di mettere a tacere la vicenda.

«Maledizione» disse. «Non c'è nessun dubbio sulla solidità dell'inchiesta?»

Mikael scosse la testa.

«Ho dedicato tutta la sera a esaminare la documentazione di Henry. Borgsjö è pronto per il macello.»

«Cosa farete?»

«Cosa avresti fatto tu se avessimo scovato questa storia due mesi fa?»

Erika osservò attentamente il suo amico e amante da più di vent'anni. Poi abbassò lo sguardo.

«Lo sai cosa avrei fatto.»

«Si tratta di una catastrofica coincidenza. Niente di tutto questo è rivolto contro di te. Ma io sono comunque terribilmente dispiaciuto. È per questo che ho insistito per vederti subito. Dobbiamo decidere come muoverci.»

«Noi?»

«Ecco... questo pezzo doveva entrare nel numero di giugno. Ma l'ho già sospeso. Sarà pubblicato non prima di agosto, e anche dopo se ne hai bisogno.»

«Capisco.»

La voce di Erika aveva un'intonazione amara.

«Propongo di non prendere nessuna decisione stasera. Tu ti porti a casa la documentazione e ci pensi su. E non fai nulla finché non abbiamo stabilito una strategia comune. Abbiamo un buon margine.»

«Strategia comune?»

«Dovrai lasciare il consiglio d'amministrazione con largo anticipo, o dovrai andartene dall'*Smp*. Non potrai occupare tutte e due le poltrone quando pubblicheremo.»

Erika annuì.

«Per quanto in anticipo io me ne vada, sono talmente legata a *Millennium* che nessuno crederà che non abbia a che fare con questa storia.»

«Un'alternativa c'è. Puoi portare il materiale all'*Smp*, affrontare Borgsjö e pretendere che sia lui ad andarsene. Sono convinto che Henry sarebbe d'accordo. Ma non fare assolutamente nulla prima che siamo tutti d'accordo.»

«La mia prima mossa sarà di fare in modo che la persona che mi ha scelta venga cacciata via.»

«Mi dispiace.»

«Lui non è cattivo.»

Mikael annuì.

«Ti credo. Però è avido.»

Erika annuì. Si alzò in piedi.

«Io vado a casa.»

«Ricky, io...»

Lei lo interruppe.

«Sono solo stanca morta. Grazie di avermi avvertita. Devo avere il tempo di capire cosa significa tutto questo.»

Mikael assentì.

Erika se ne andò senza dargli neanche un bacio sulla guancia, e lasciandogli il conto da pagare.

Aveva parcheggiato a duecento metri dal Samirs Gryta. Era arrivata a metà strada quando delle fortissime palpitazioni la costrinsero a fermarsi e ad appoggiarsi a un muro accanto a un portone. Stava male.

Rimase a lungo ferma a respirare l'aria fresca di maggio. D'un tratto si rese conto che era dal primo del mese che lavorava in media quindici ore al giorno. E ormai erano quasi tre settimane. Ma come si sarebbe sentita di lì a tre anni? Come si era sentito Morander quando era crollato a terra morto stecchito nel bel mezzo della redazione.

Dopo dieci minuti tornò verso il Samirs Gryta e incontrò Mikael proprio mentre stava uscendo dalla porta. Lui si fermò stupefatto.

«Erika...»

«Non dire niente, Mikael. La nostra amicizia è di così lunga data che nulla può rovinarla. Tu sei il mio migliore amico, e adesso è proprio come quando tu sei andato a Hedestad due anni fa, ma al contrario. Mi sento sotto pressione e infelice.»

Lui annuì e la abbracciò. Lei si accorse improvvisamente di avere gli occhi pieni di lacrime.

«Tre settimane all'*Smp* mi hanno annichilita» disse, e rise.

«Suvvia. Ci vuole un po' di più per annichilire Erika Berger.»

«Il tuo appartamento non va. E io sono troppo stanca per andare fino a casa a Saltsjöbaden. Mi addormenterei al volante e andrei a schiantarmi. Ho appena preso una decisione. Andrò giù allo Scandic Crown e prenderò una camera. Vieni?»

Lui annuì.

«Adesso si chiama Hilton.»

«Fa lo stesso.»

Percorsero a piedi il breve tratto di strada. Nessuno dei due parlò. Mikael le mise un braccio intorno alle spalle. Erika lo guardò con la coda dell'occhio e si rese conto che doveva essere stanco quanto lei.

Andarono alla reception, presero una doppia e pagarono con la carta di credito di Erika. Salirono nella stanza, si spogliarono, fecero una doccia e si infilarono a letto. Erika aveva i muscoli indolenziti come se avesse corso la maratona di Stoccolma. Si abbracciarono e piombarono nel sonno.

Nessuno dei due ebbe l'impressione di essere spiato. Non si erano accorti dell'uomo che li osservava nella hall dell'albergo.

15.
Giovedì 19 maggio - domenica 22 maggio

Lisbeth Salander dedicò gran parte della notte fra mercoledì e giovedì alla lettura degli articoli di Mikael Blomkvist e di quei capitoli del suo libro che erano già quasi pronti. Siccome il procuratore Ekström voleva il processo a luglio, Mikael aveva fissato la deadline per andare in stampa al 20 giugno. Questo significava che *Kalle Dannato Blomkvist* aveva a disposizione circa un mese per ultimare la stesura e tappare tutti i buchi.

Lisbeth non capiva come avrebbe potuto farcela, ma non era un problema suo. Il suo, di problema, era decidere come comportarsi con le domande che le aveva posto.

Prese il suo Palm Tungsten T3 e andò su *Tavola Balorda* per controllare se Mikael aveva scritto qualcosa di nuovo. Non l'aveva fatto. Aprì il documento *Questioni centrali*. Lo conosceva già a memoria ma lo lesse comunque ancora una volta.

Mikael delineava la strategia che Annika Giannini le aveva già illustrato. Quando Annika aveva parlato con lei, l'aveva ascoltata con interesse distratto, un po' come se la cosa non la riguardasse. Ma Mikael era a conoscenza di segreti su di lei di cui Annika non sapeva niente. Perciò era in grado di presentare la strategia in un modo più incisivo. Lisbeth andò al quarto punto.

L'unica persona che può decidere come sarà il tuo futuro sei tu. Non ha nessuna importanza quanto Annika si impegni per te o quanto io e Armanskij e Palmgren e altra gente ti possiamo appoggiare. Non ho intenzione di convincerti a fare qualcosa. Devi decidere da te come muoverti. O volgi il processo a tuo favore, oppure ti lasci condannare. Ma per vincere dovrai lottare.

Spense il computer e fissò il soffitto. Mikael le stava chiedendo il permesso di raccontare la verità nel suo libro. Non avrebbe parlato dello stupro e avrebbe detto che Bjurman aveva iniziato una collaborazione con Zalachenko che si era incrinata quando lui aveva perso la testa, tanto che Niedermann si era visto costretto a ucciderlo. Nessun dettaglio su Bjurman.

Kalle Dannatissimo Blomkvist le stava complicando la vita.

Rifletté a lungo.

Alle due del mattino prese di nuovo il palmare. Aprì un nuovo documento, tirò fuori la penna elettronica e cominciò a cliccare le lettere sulla tastiera digitale.

Il mio nome è Lisbeth Salander. Sono nata il 30 aprile 1978. Mia madre era Agneta Sofia Salander. Quando nacqui aveva diciassette anni. Mio padre era uno psicopatico violento e assassino di nome Alexander Zalachenko. In precedenza aveva lavorato come infiltrato nell'Europa occidentale per i servizi segreti militari sovietici, il Gru.

La scrittura procedeva lenta perché doveva selezionare una lettera alla volta. Formulava ogni frase nella mente prima di scriverla. Non fece una sola modifica nel testo. Lavorò fino alle quattro del mattino, poi spense il computer e lo mise in carica. Era riuscita a scrivere due pagine.

Erika si svegliò alle sette del mattino. Si sentiva ben lungi dall'essere riposata, ma aveva comunque dormito otto ore di fila. Diede un'occhiata a Mikael che era ancora profondamente addormentato.

Cominciò con l'accendere il cellulare e controllò se aveva ricevuto qualche messaggio. Suo marito l'aveva chiamata undici volte. *Merda. Mi sono dimenticata di avvertirlo.* Fece il numero e gli spiegò dove si trovava e perché non era tornata a casa la sera prima. Lui era arrabbiato.

«Erika, non fare mai più una cosa del genere. Sai bene che non ha nulla a che fare con Mikael, ma ero completamente fuori di me stanotte. Avevo una paura folle che ti fosse successo qualcosa. Devi telefonarmi e dirmelo, se non torni a casa. Non puoi dimenticarti una cosa del genere.»

Greger Backman era perfettamente al corrente che Mikael Blomkvist era l'amante di sua moglie. La loro storia andava avanti con il suo tacito consenso. Ma ogni volta che lei decideva di passare la notte con Mikael telefonava al marito per avvisarlo. Questa volta invece se n'era andata all'Hilton senza altro pensiero per la testa che dormire.

«Scusa» disse. «Ieri sono semplicemente crollata.»

Lui mugugnò qualcosa.

«Non essere arrabbiato, Greger. Non ce la farei a sopportare anche questo, adesso. Potrai rimproverarmi stasera.»

Lui mugugnò ancora qualcosa e le promise che l'avrebbe rimproverata quando l'avesse avuta davanti.

«Come sta Blomkvist?»

«Dorme.» D'un tratto Erika rise. «Che tu ci creda o no,

ci siamo addormentati in meno di cinque minuti. Non era mai successo prima.»

«È una cosa seria. Forse dovresti consultare un medico.»

Terminata la conversazione col marito chiamò il centralino dell'*Smp* e lasciò un messaggio per il segretario di redazione Peter Fredriksson. Gli spiegò che aveva avuto un contrattempo e che sarebbe arrivata un po' più tardi del solito. Lo pregò di annullare una riunione precedentemente programmata con i collaboratori delle pagine culturali.

Quindi cercò la sua borsa, tirò fuori lo spazzolino e andò in bagno. Poi tornò in camera e svegliò Mikael.

«Ciao» mormorò lui.

«Ciao» disse lei. «Sbrigati ad andare in bagno, fatti una doccia e lavati i denti.»

«Eh... cosa?»

Mikael si mise a sedere sul letto e si guardò intorno così confuso che Erika si sentì in dovere di spiegargli che si trovava all'Hilton di Slussen. Lui annuì.

«Ora fila in bagno.»

«Perché?»

«Perché appena torni voglio fare sesso con te.»

Erika diede un'occhiata all'orologio.

«Ho una riunione alle undici e ho bisogno almeno di mezz'ora per rifarmi il trucco. E poi vorrei fare in tempo a comperare della biancheria pulita andando al lavoro. Abbiamo solo un paio d'ore per recuperare un sacco di tempo perso.»

Mikael andò in bagno.

Jerker Holmberg parcheggiò la Ford di suo padre davanti all'abitazione dell'ex primo ministro Thorbjörn Fälldin a Ås, fuori Ramvik, nel comune di Härnösand. Scese dall'automobile e si guardò intorno. Era giovedì mattina. Cadeva una pioggia sottile e i campi erano di un bel verde deciso. A settantanove anni Fälldin non lavorava più la terra e Holmberg si domandò chi fosse a seminare e mietere. Sapeva di essere osservato dalla finestra della cucina. Faceva parte delle regole, in campagna. Lui stesso era cresciuto a Hälledal, lì vicino, a due passi da Sandöbron, uno dei posti più belli del mondo. A suo parere.

Raggiunse le scale della veranda e bussò alla porta.

L'ex leader del Partito di centro appariva invecchiato, ma ancora vigoroso.

«Salve. Mi chiamo Jerker Holmberg. Ci siamo già incontrati, ma è passato qualche annetto dall'ultima volta. Mio padre è Gustav Holmberg, che faceva parte della direzione del partito negli anni settanta e ottanta.»

«Salve. Sì, certo che mi ricordo di te, Jerker. Fai il poliziotto giù a Stoccolma, se non sbaglio. Devono essere passati dieci o quindici anni dall'ultima volta che ci siamo visti.»

«Credo anche di più. Posso entrare?»

Si sedette al tavolo della cucina mentre Fälldin versava il caffè.

«Mi auguro che tuo padre sia in buona salute. Non è per questo che sei venuto, vero?»

«No. Papà sta bene. È nella casa di campagna a sistemare il tetto.»

«Quanti anni ha adesso?»

«Ne ha compiuti settantuno due mesi fa.»

«Aha» disse Fälldin, e si sedette. «Allora a cosa devo questa tua visita?»

Jerker Holmberg guardò fuori dalla finestra della cucina e vide una gazza posarsi accanto alla sua macchina e studiare il terreno. Poi si rivolse a Fälldin.

«Sono venuto senza essere stato invitato e con un grosso problema. È possibile che a causa di questa conversazione mi caccino dal lavoro. Perché sono qui per lavoro ma il mio capo, l'ispettore Jan Bublanski della polizia di Stoccolma, non ne è al corrente.»

«Suona come una faccenda seria.»

«Verrei a trovarmi in una situazione molto delicata se i miei superiori venissero a sapere di questa visita.»

«Capisco.»

«Se non lo faccio, però, c'è il rischio che la giustizia, e per la seconda volta, commetta uno spaventoso abuso di potere.»

«Forse è meglio se ti spieghi.»

«Si tratta di un uomo di nome Alexander Zalachenko. Era una spia del Gru, ma disertò in Svezia nel giorno delle elezioni politiche del 1976. Ottenne asilo e cominciò a lavorare per la Säpo. Credo che lei conosca questa storia.»

Thorbjörn Fälldin guardò attentamente Jerker Holmberg.

«È una lunga storia» disse Holmberg, e cominciò a raccontare delle indagini in cui era stato coinvolto negli ultimi mesi.

Erika si rotolò sulla pancia e appoggiò la testa sulle mani. D'improvviso sorrise.

«Mikael, hai mai riflettuto sul fatto che noi due siamo matti da legare?»

«Perché?»

«Almeno per me è così. Ho una voglia insaziabile di te. Mi sembra di essere una ragazzina fuori di testa.»

«Aha.»

«E poi voglio tornare a casa e andare a letto con mio marito.»

Mikael rise.

«Conosco un bravo terapeuta» disse.

Lei gli pizzicò la pancia.

«Mikael, comincio a pensare che questa cosa dell'*Smp* sia stata un errore colossale.»

«Balle. Per te è una grandissima chance. Se qualcuno può riportare in vita quel cadavere, sei tu.»

«Sì, può darsi. Ma è proprio questo il problema. L'Smp mi sembra un cadavere. E poi ieri sera arrivi tu con quel bocconcino su Magnus Borgsjö. Non capisco cosa c'entro io.»

«Lascia che le cose si sistemino.»

«Va bene. Ma questa faccenda di Borgsjö non è piacevole. Non ho la più pallida idea di come gestirla.»

«Nemmeno io. Ma dobbiamo escogitare qualcosa.»

Erika tacque un momento.

«Mi manchi.»

Lui annuì e la guardò.

«Anche tu mi manchi» disse.

«Cosa ci vorrebbe per farti passare all'*Smp* come caposervizio dell'informazione?»

«Neanche morto. Non c'è già quel tale, come si chiama, Holm?»

«Sì. Ma è un idiota.»

«Su questo hai ragione.»

«Lo conosci?»

«Certo. A metà degli anni ottanta ho lavorato per tre mesi sotto di lui come sostituto. È un bastardo che semina zizzania. Inoltre...»

«Inoltre cosa?»

«Lascia stare. Non importa. Non voglio fare pettegolezzi.»

«Parla.»

427

«Una ragazza che si chiamava Ulla qualcosa, e che faceva anche lei una sostituzione, sosteneva che lui l'aveva molestata. Non so cosa ci fosse di vero in quella storia, ma i sindacati non mossero un dito e il contratto non le fu prolungato come invece sarebbe stato giusto.»

Erika guardò l'ora e sospirò, portò le gambe giù dal letto e sparì nella doccia. Mikael non si era ancora mosso quando lei tornò fuori asciugandosi e si rivestì.

«Io mi fermo ancora un momento» disse.

Lei lo baciò sulla guancia, agitò la mano in segno di saluto e sparì.

Monica Figuerola parcheggiò a venti metri dall'automobile di Göran Mårtensson in Luntmakargatan, vicino a Olof Palmes Gata. Vide Mårtensson percorrere a piedi circa sessanta metri fino al parcometro e pagare la sosta, e poi avviarsi in direzione di Sveavägen.

Monica se ne infischiò del parcometro. L'avrebbe perso se fosse andata a pagare. Seguì Mårtensson che stava salendo in Kungsgatan, dove svoltò a sinistra e sparì all'interno del caffè Kungstornet. Lei mugugnò, ma non aveva scelta. Aspettò tre minuti prima di seguirlo nel locale. Si era seduto al pianterreno e stava parlando con un uomo sui trentacinque anni, biondo, con un'aria molto atletica. Uno sbirro, pensò Monica Figuerola. Lo identificò come l'uomo che Christer Malm aveva fotografato fuori dal Copacabana l'1 maggio.

Monica ordinò un caffè e si sedette dall'altra parte del locale, fingendo di leggere il *Dagens Nyheter*. Mårtensson e il suo interlocutore discorrevano a bassa voce. Non riusciva a sentire una sola parola di ciò che dicevano. Tirò fuori il cellulare e finse di fare una telefonata – manovra inutile dal momento che nessuno dei due uomini la stava guardando – per scattare una foto, che sapeva sarebbe stata di pessima qualità però utilizzabile come prova del fatto che l'incontro aveva avuto luogo.

Dopo circa quindici minuti il biondo si alzò e lasciò il Kungstornet. Monica imprecò fra sé. Perché non si era fermata fuori? L'avrebbe riconosciuto quando fosse uscito dal caffè. Avrebbe voluto alzarsi e riprendere la caccia. Ma Mårtensson rimaneva tranquillamente seduto a finire il suo caffè. Non poteva attirarne l'attenzione alzandosi e seguendo il suo sconosciuto interlocutore.

Dopo circa quaranta secondi Mårtensson si alzò e andò in bagno. Non appena ebbe chiuso la porta, Monica balzò in piedi e si affrettò a uscire in Kungsgatan. Guardò a destra e a sinistra ma l'uomo biondo aveva fatto in tempo a dileguarsi.

Corse all'incrocio con Sveavägen. Non lo vide da nessuna parte. Scese nella metropolitana. Ma era un tentativo senza speranza.

Tornò al Kungstornet. Anche Mårtensson era sparito.

Erika reagì in maniera incontrollata quando fu di nuovo dove aveva parcheggiato la sua Bmw la sera prima, a due isolati dal Samirs Gryta.

La macchina c'era ancora. Ma durante la notte qualcuno aveva bucato tutte le gomme. *Maledetti bastardi* imprecò fra sé mentre ribolliva di rabbia.

Non aveva molte alternative. Chiamò il soccorso stradale. Non aveva tempo di fermarsi ad aspettarli, ma disse che avrebbe lasciato le chiavi nel tubo di scappamento così che gli uomini del carro attrezzi potessero aprire la macchina. Poi scese a Mariatorget e chiamò un taxi.

Lisbeth Salander entrò nel sito di *Hacker Republic* e constatò che *Plague* era connesso. Lo chiamò.

Salve Wasp. Com'è il Sahlgrenska?

Riposante. Mi serve il tuo aiuto.

Oddio.

Non pensavo che l'avrei mai fatto.

Dev'essere una faccenda seria.

Göran Mårtensson, residente a Vällingby. Ho bisogno di accedere al suo computer.

Okay.

Tutto il materiale dovrà essere trasferito a Mikael Blomkvist a Millennium.

Okay. Provvedo.

Il grande fratello controlla il telefono di Kalle Blomkvist e probabilmente anche la sua posta elettronica. Devi mandare tutto il materiale a un indirizzo Hotmail.

Okay.

Se io non fossi disponibile, Blomkvist potrebbe avere bisogno del tuo aiuto. Deve poterti contattare.

Mmm.

È un po' quadrato ma ti puoi fidare.

Mmm.

Quanto vuoi?

Plague tacque per qualche secondo.

Ha a che fare con la tua situazione?

Sì.

Può aiutarti?

Sì.

Allora offro io.

Grazie. Ma io pago sempre i miei debiti. E il tuo aiuto mi servirà fino al processo. Offro 30.000.

Te lo puoi permettere?

Posso.

Okay.

*Credo che avremo bisogno anche di Trinity. Pensi di riu-
scire a convincerlo a venire in Svezia?*

A fare che?

*Quello che sa fare meglio di tutti. Gli pago onorario stan-
dard più spese.*

Okay. Chi?

Lisbeth spiegò cosa avrebbero dovuto fare.

Il dottor Anders Jonasson aveva l'aria preoccupata il
venerdì mattina mentre guardava cortesemente un ispettore palesemente irritato di nome Hans Faste seduto dal-
l'altra parte della scrivania.

«Mi rincresce» disse Anders Jonasson.

«Io non capisco. Credevo che Lisbeth Salander fosse
guarita. Sono venuto giù a Göteborg per poterla interro
gare e per organizzare il suo trasferimento in una cella a
Stoccolma, dove dovrebbe stare.»

«Mi rincresce» ripeté nuovamente Anders Jonasson.
«Sarei ben felice di poterla dimettere, perché a essere sinceri non abbiamo abbondanza di posti letto. Ma...»

«Siamo sicuri che non stia simulando?»

Anders Jonasson rise.

«Non credo sia possibile. Vede, deve capire questo. Lisbeth Salander si è presa una pallottola in testa. Io l'ho
operata per estrarre il proiettile dal cervello e a quel punto era un terno al lotto se sarebbe sopravvissuta o no. È
sopravvissuta, e con una prognosi straordinariamente
soddisfacente... tanto che io e i miei colleghi ci prepara-
vamo a dimetterla. Poi però è intervenuto un netto peg-
gioramento. La paziente lamenta un forte mal di testa e
ha sviluppato una febbre che continua ad andare su e giù.
Ieri sera ha vomitato due volte e aveva la temperatura a

trentotto. Durante la notte è scesa. Era quasi sfebbrata, tanto che ho pensato che si fosse trattato di un episodio occasionale. Ma quando l'ho visitata stamattina era salita quasi a trentanove, il che è preoccupante. Anche se nel corso della giornata è scesa di nuovo.»

«Dunque qual è il problema?»

«Non lo so, ma il fatto che la temperatura sia incostante sta a indicare che non si tratta di un'influenza o di qualcosa del genere. Esattamente da cosa dipenda non sono tuttavia in grado di dirlo, potrebbe anche semplicemente essere allergica a qualche medicinale o a qualcos'altro con cui è venuta a contatto.»

Anders Jonasson fece comparire un'immagine sullo schermo del computer e la indicò a Hans Faste.

«Ho ordinato una radiografia. Come può vedere, c'è una zona più scura qui, nelle immediate vicinanze della ferita prodotta dall'arma da fuoco. Non posso stabilire di cosa si tratti. Può essere una cicatrizzazione, ma può anche essere una piccola emorragia. Finché non avremo scoperto qual è il problema non la dimetterò, per quanto urgente possa essere per voi.»

Hans Faste annuì rassegnato. Preferiva non discutere con i medici, dal momento che detenevano il potere sulla vita e sulla morte ed erano i sostituti più prossimi di Dio che esistessero in terra. Eccezion fatta forse per i poliziotti. In ogni caso lui non aveva la competenza per stabilire quanto fosse malmessa Lisbeth Salander.

«E cosa succede adesso?»

«Ho prescritto riposo totale e l'interruzione della terapia, con l'eccezione della fisioterapia di cui ha comunque bisogno per via delle lesioni provocate dagli spari alla spalla e all'anca.»

«Okay... devo contattare il procuratore Ekström a Stoccolma. Questa è stata una sorpresa. Cosa posso dirgli?»

«Due giorni fa ero pronto ad autorizzare il trasferimento forse già per la fine di questa settimana. Ma da come si presenta attualmente la situazione, dovrà passare ancora un po' di tempo. Può anticipargli che non prenderò nessuna decisione prima di una settimana e che forse dovranno passarne ancora un paio prima che possa essere trasferita in carcere a Stoccolma. Tutto dipende da come andranno le cose.»

«Il processo è stato fissato per luglio...»

«Se non ci saranno altri imprevisti, avrà tutto il tempo per ristabilirsi.»

L'ispettore Jan Bublanski guardò sospettoso la donna muscolosa dall'altra parte del tavolino del bar. Erano seduti all'aperto giù lungo Norr Mälarstrand e stavano bevendo un caffè. Era venerdì 20 maggio e l'aria era già estiva. La donna si era presentata come Monica Figuerola dell'Rps/Säk e l'aveva catturato al volo alle cinque, proprio mentre stava per andare a casa. Gli aveva proposto un colloquio privato davanti a una tazza di caffè.

Da principio Bublanski era stato recalcitrante e scontroso. Quando però l'aveva guardato negli occhi e gli aveva detto che lei non aveva nessun incarico ufficiale di interrogarlo e che ovviamente lui non era obbligato a dire nulla se non voleva, Bublanski le aveva chiesto quale fosse lo scopo della sua visita. Monica gli aveva spiegato con franchezza che era stata incaricata dal suo capo di farsi ufficiosamente un'idea di cosa ci fosse di vero e di falso nel cosiddetto affare Zalachenko, o affare Salander. Gli aveva detto anche che non era nemmeno del tutto sicura di avere il diritto di fargli delle domande, e che stava a lui decidere.

«Cosa vuole sapere?» domandò Bublanski alla fine.

«Mi racconti quello che sa di Lisbeth Salander, Mikael Blomkvist, Gunnar Björck e Alexander Zalachenko. Come si compongono i pezzi del puzzle?»

Parlarono per più di due ore.

Torsten Edklinth rifletté a lungo su come proseguire. Dopo cinque giorni di investigazioni, Monica Figuerola gli aveva fornito una serie di chiare indicazioni che qualcosa non andava all'interno dell'Rps/Säk. Edklinth si rendeva conto della necessità di agire con cautela finché non aveva in mano qualcosa di consistente. E allo stato attuale si trovava egli stesso in un certo impiccio istituzionale, dal momento che non aveva il potere di condurre indagini segrete sui suoi colleghi.

Doveva trovare una formula che rendesse legittime le sue misure. Quando una situazione si faceva critica, Edklinth si appoggiava al proprio distintivo e al fatto che era preciso dovere di un poliziotto investigare sui reati – ma ora la situazione era così delicata che molto probabilmente se avesse fatto un passo falso sarebbe stato cacciato. Trascorse la giornata di venerdì chiuso nel suo ufficio a riflettere.

La conclusione che ne ricavò fu che Dragan Armanskij aveva ragione, per quanto improbabile potesse sembrare. Era in corso una cospirazione all'interno dell'Rps/Säk, un certo numero di persone agiva al di fuori della legalità. E siccome tale attività andava avanti da parecchi anni – almeno dal 1976, quando Zalachenko era arrivato in Svezia – doveva essere organizzata e accettata dall'alto. Ma non aveva la più pallida idea del livello al quale la cospirazione avrebbe portato.

Scrisse tre nomi su un blocco.

Göran Mårtensson. Servizio scorte. Ispettore.
Gunnar Björck. Capodivisione aggiunto alla sezione stranieri. Deceduto. (Suicidio?)
Albert Shenke. Capodivisione. Rps/Säk.

Monica Figuerola aveva tratto la conclusione che almeno il capodivisione doveva aver retto le fila quando Mårtensson era stato trasferito al controspionaggio senza arrivarci. Mårtensson si dedicava a sorvegliare il giornalista Mikael Blomkvist, il che non aveva proprio nulla a che fare con le attività del controspionaggio.

All'elenco andavano aggiunti anche altri due nomi esterni all'Rps/Säk.

Peter Teleborian. Psichiatra.
Lars Faulsson. Fabbro.

Teleborian era stato utilizzato come consulente psichiatrico in alcune occasioni alla fine degli anni ottanta e agli inizi degli anni novanta. Per la precisione era successo tre volte. Edklinth aveva studiato attentamente i rapporti. La prima occasione era stata straordinaria: il controspionaggio aveva identificato un informatore russo all'interno dell'industria svedese delle telecomunicazioni, e il suo passato faceva temere che potesse suicidarsi se fosse stato smascherato. Teleborian aveva fatto un'analisi azzeccata dalla quale risultava che l'informatore poteva essere indotto a diventare un agente doppio. Le altre due volte che Teleborian era stato utilizzato si era trattato di valutazioni molto meno importanti, su un dipendente dell'Rps/Säk che aveva problemi di alcolismo e sul singolare comportamento sessuale di un diplomatico di un paese africano.

Ma né Teleborian né Faulsson – in special modo Faulsson – erano in servizio all'Rps/Säk. Eppure per via dei loro incarichi erano legati a... a cosa?

La cospirazione era connessa al defunto Alexander Zalachenko, l'operatore del Gru russo che a quanto pareva aveva disertato in Svezia il giorno delle elezioni politiche del 1976. E del quale nessuno aveva mai sentito parlare. *Com'era possibile?*

Edklinth cercò d'immaginarsi cosa sarebbe potuto accadere se lui stesso fosse stato uno dei capi dell'Rps/Säk nel 1976 quando Zalachenko aveva disertato. Come avrebbe agito? Segretezza assoluta. Sarebbe stato indispensabile. La diserzione doveva essere nota solo a una piccola cerchia esclusiva, perché l'informazione non rischiasse di trapelare e di arrivare alle orecchie dei russi e... Una cerchia quanto piccola?

Una sezione operativa?

Una sezione operativa segreta?

Se tutto fosse andato bene, Zalachenko sarebbe finito sotto l'ala del controspionaggio. O meglio ancora sotto quella dei servizi segreti militari. Ma loro non avevano né le risorse né la competenza per condurre quel genere di attività operativa. Dunque, la Säk.

Ma il controspionaggio non l'aveva mai avuto in carico. Björck era la chiave; era stato uno di quelli che avevano gestito Zalachenko. Ma non aveva mai avuto nulla a che fare con il controspionaggio. Björck era un mistero. Formalmente aveva avuto un impiego presso la sezione stranieri fin dagli anni settanta, ma in realtà non lo si era quasi mai visto prima degli anni novanta, quando tutto d'un tratto era diventato direttore aggiunto.

Eppure Björck era la fonte principale delle informazioni di Blomkvist. Come aveva fatto Blomkvist a convincere Björck a far esplodere una simile bomba?

Le puttane. Björck se la faceva con prostitute adolescenti e *Millennium* aveva intenzione di denunciarlo. Blomkvist doveva aver ricattato Björck.

Poi era entrata in ballo Lisbeth Salander.

Il defunto avvocato Nils Bjurman aveva lavorato alla sezione stranieri nello stesso periodo in cui ci aveva lavorato il defunto Björck. Erano stati loro a occuparsi di Zalachenko. Ma cosa ne avevano fatto?

Qualcuno doveva aver preso delle decisioni. Ma con un disertore di quel calibro gli ordini dovevano essere arrivati da molto in alto.

Dal governo. Doveva esserci stato un aggancio. Qualsiasi altra cosa era impensabile.

O no?

Edklinth avvertì brividi freddi di disagio. Tutto questo era plausibile. Un disertore del calibro di Zalachenko doveva essere trattato con la massima segretezza possibile. Era quello che avrebbe deciso lui stesso. Era quello che il governo Fälldin doveva aver deciso. Perfettamente plausibile.

Ma ciò che era accaduto nel 1991 non era plausibile. Björck si era servito di Peter Teleborian per chiudere Lisbeth Salander in una clinica psichiatrica infantile con il pretesto che era malata di mente. Questo era un reato. Un reato così grave che Edklinth avvertì una nuova ondata di brividi.

Qualcuno doveva aver preso quella decisione. Ma non poteva essere stato il governo... Il primo ministro era Ingvar Carlsson, e poi Carl Bildt. Ma nessun politico avrebbe osato arrivare nemmeno nelle vicinanze di una decisione di quel genere, che andava contro ogni legge e contro la giustizia e che avrebbe comportato uno scandalo catastrofico se mai se ne fosse saputo qualcosa.

Se il governo era coinvolto, allora la Svezia non era di un solo punto migliore di una qualsiasi dittatura al mondo. Non era possibile.

E poi gli avvenimenti del 12 aprile al Sahlgrenska. Zalachenko molto opportunamente ucciso da un malato di mente nell'attimo stesso in cui a casa di Blomkvist veniva compiuto un furto e Annika Giannini subiva un'aggressione. In entrambi i casi era stato rubato il rapporto di Björck del 1991. Ma queste erano informazioni che gli erano state passate da Armanskij in via del tutto ufficiosa. Non era stata fatta nessuna denuncia alla polizia.

E Björck andava a impiccarsi. La persona con la quale Edklinth avrebbe desiderato più che con chiunque altro di poter avere un colloquio molto serio.

Torsten Edklinth non credeva a un caso. L'ispettore Jan Bublanski non credeva a una coincidenza. Come pure non ci credeva Mikael Blomkvist. Edklinth prese in mano ancora una volta il pennarello.

Evert Gullberg. Settantotto anni. Fiscalista. ???

Chi diavolo era Evert Gullberg?

Edklinth valutò se telefonare al capo dell'Rps/Säk. Non lo fece per il semplice motivo che non sapeva quanto si fosse estesa la cospirazione all'interno dell'organizzazione. In breve, non sapeva di chi poteva fidarsi.

Dopo aver scartato la possibilità di rivolgersi a qualcuno dell'Rps/Säk, considerò quella di rivolgersi ai servizi ufficiali. Jan Bublanski era responsabile delle indagini su Ronald Niedermann e doveva ovviamente essere interessato a tutte le informazioni connesse. Ma sotto il profilo politico sarebbe stato impossibile farlo.

Edklinth si sentiva un gran peso sulle spalle.

Rimaneva solo un'alternativa costituzionalmente corretta, che forse sarebbe potuta anche diventare un paracadute nel caso fosse caduto in disgrazia. Edklinth doveva rivolgersi al capo e procurarsi un ancoraggio politico per ciò di cui si stava occupando.

Guardò l'ora. Quasi le quattro di venerdì pomeriggio. Alzò la cornetta e chiamò il ministro della Giustizia, che conosceva da molti anni e che aveva incontrato più volte al ministero. Lo ebbe dall'altra parte del filo nel giro di cinque minuti.

«Salve Torsten» lo salutò il ministro. «È un po' che non ci si vede. Di cosa si tratta?»

«Credo di voler sapere quanta credibilità ho presso di te.»

«Credibilità. Che domanda curiosa. Per quanto mi riguarda, hai una notevole credibilità. Ma cosa ti spinge a farmi una domanda del genere?»

«Una questione straordinaria e molto seria... Devo assolutamente avere un incontro con te e il primo ministro, ed è urgente.»

«Ohilà.»

«Preferirei aspettare di parlarne a quattr'occhi. Ma la cosa è così singolare da farmi ritenere che sia tu sia il primo ministro dobbiate esserne informati.»

«Suona come una faccenda seria.»

«Lo è.»

«Ha qualcosa a che fare con minacce terroristiche o...»

«No. È ancora più grave. Sto mettendo in gioco la mia reputazione e la mia carriera con questa telefonata e con questa richiesta. Non starei qui a parlare se non ritenessi la situazione così grave da renderlo necessario.»

«Capisco. Ed ecco spiegata la domanda sulla credibilità... Quanta fretta hai di incontrare il primo ministro?»

«Già stasera, se fosse possibile.»

«Ora comincio a preoccuparmi.»

«Purtroppo ne hai motivo.»

«Di quanto tempo pensi di aver bisogno?» Edklinth rifletté.

«Un'ora, per riassumere tutti i dettagli.»

«Ti richiamo fra un momento.»

Il ministro della Giustizia lo richiamò nel giro di un quarto d'ora e gli disse che il primo ministro lo avrebbe ricevuto nella propria abitazione quella sera stessa, alle nove e mezza. Quando mise giù la cornetta, Edklinth aveva le mani sudate. *Okay... domani mattina la mia carriera può essere finita.*

Prese di nuovo il telefono e chiamò Monica Figuerola.

«Salve Monica. Alle nove di stasera dovrai presentarti in servizio. Vestita come si deve.»

«Io sono sempre vestita come si deve.»

Il primo ministro fissò il capo dell'ufficio per la tutela della Costituzione con uno sguardo che poteva essere descritto come diffidente. Edklinth ebbe la sensazione che una ruota dentata stesse girando veloce dietro gli occhiali del capo del governo.

Il primo ministro spostò lo sguardo su Monica Figuerola che non aveva detto nulla durante tutta l'esposizione dei fatti. Vide una donna insolitamente alta e muscolosa che ricambiava il suo sguardo con un'espressione di cortese attesa. Poi guardò il ministro della Giustizia che era leggermente impallidito. Infine fece un respiro profondo, si tolse gli occhiali e fissò a lungo qualcosa di lontano.

«Credo che ci sia bisogno di un altro goccio di caffè» disse alla fine.

«Grazie, volentieri» disse Monica Figuerola.

Edklinth annuì e il ministro servì il caffè da una caraffa termica.

«Mi faccia riassumere in modo da essere assolutamente sicuro di aver capito bene» disse il primo ministro. «Lei sospetta che ci sia una cospirazione all'interno della polizia segreta, che agisce al di fuori dei suoi compiti istituzionali, e che questa cospirazione nel corso degli anni abbia condotto a qualcosa che può essere definito un'attività criminale.»

Edklinth annuì.

«Ed è venuto da me perché non ha fiducia nella direzione della Säpo?»

«Non proprio» rispose Edklinth. «Ho deciso di rivolgermi direttamente a lei perché questo genere di attività va contro la Costituzione ma io, non conoscendo lo scopo della cospirazione, potrei averne dato un'interpretazione errata. Potrebbe anche trattarsi di qualcosa di legittimo e approvato dal governo. Se agisco in base a informazioni scorrette o male interpretate rischio di svelare un'operazione segreta in corso.»

Il primo ministro guardò il ministro della Giustizia. Entrambi capivano che Edklinth stava cercando di coprirsi le spalle.

«Non ho mai sentito parlare di niente di simile. Tu ne sapevi qualcosa?»

«Assolutamente no» rispose il ministro della Giustizia. «Non c'è niente in nessun rapporto della Säk che io abbia visto che potrebbe far pensare a qualcosa del genere.»

«Mikael Blomkvist ritiene che si tratti di una frazione della Säpo. Lui lo chiama Club Zalachenko.»

«Non ho mai nemmeno sentito dire che la Svezia avesse accolto e mantenuto un disertore russo di questo calibro... Ha disertato sotto il governo Fälldin...»

«Mi è difficile credere che Fälldin abbia insabbiato una faccenda del genere» disse il ministro. «Una diserzione di questo tipo avrebbe dovuto essere una questione estremamente prioritaria da consegnare al governo successivo.»

Edklinth si schiarì la voce.

«Il governo conservatore ha ceduto il posto a Olof Palme. Non è un segreto che alcuni dei miei predecessori all'Rps/Säk avessero un'opinione singolare su Palme...»

«Vorrebbe dire che qualcuno si è dimenticato di informare il governo socialdemocratico...»

Edklinth annuì.

«Fälldin governò per due mandati. Entrambe le volte il governo andò in crisi. La prima cedette il posto a Ola Ullsten e al suo governo di minoranza nel 1979. La seconda si disgregò quando i moderati lo abbandonarono e Fälldin lo rimise insieme con i liberali. E in questi passaggi dev'esserci stato un gran caos. È perfino possibile che una faccenda come quella di Zalachenko sia rimasta una cosa per pochi e che il primo ministro Fälldin non ne fosse al corrente e dunque non avesse nulla da trasmettere a Palme.»

«Chi sarebbe il responsabile in tal caso?» chiese il primo ministro.

Tutti tranne Monica Figuerola scossero la testa.

«Suppongo che questa faccenda inevitabilmente arriverà ai media» disse il primo ministro.

«Mikael Blomkvist e *Millennium* sono intenzionati a pubblicare. In altre parole, abbiamo le mani legate.»

Edklinth fu molto attento a usare la prima persona plurale. Il primo ministro annuì. Capiva la gravità della situazione.

«Allora lasci che cominci col ringraziarla di essere venuto da me con tanta rapidità. Non è mia abitudine ricevere simili visite organizzate all'ultimo momento, ma il ministro della Giustizia mi ha detto che lei è una persona affidabile e che doveva essere successo qualcosa di veramente straordinario se mi voleva vedere al di fuori di tutti i canali normali.»

Edklinth tirò il fiato. Qualsiasi cosa fosse accaduta, l'ira del primo ministro non si sarebbe abbattuta su di lui.

«Ora non ci resta che decidere come gestire la faccenda. Ha qualche proposta?»

«Forse» rispose Edklinth esitante.

Restò così a lungo in silenzio che Monica si schiarì la voce.

«Posso dire una cosa?»

«Prego» disse il primo ministro.

«Se il governo non ne è a conoscenza, allora questa operazione è illegale. E il responsabile è un criminale, è un funzionario dello stato che ha oltrepassato le sue competenze. Se riusciamo a verificare tutte le affermazioni di Mikael Blomkvist, significa che un gruppo di persone che lavora all'interno della Säk si è dedicato ad attività criminose. E il problema si spacca in due.»

«Cosa intende?»

«Anzitutto bisogna chiedersi come tutto questo sia stato possibile. Di chi è la responsabilità? Come ha potuto svilupparsi una simile cospirazione all'interno di una consolidata organizzazione di polizia? Voglio ricordare che io stessa lavoro per l'Rps/Säk e che sono fiera di farlo. Come è potuta andare avanti così a lungo questa attività? Come ha potuto essere nascosta e finanziata?»

Il primo ministro annuì.

«Su questo si potrebbero scrivere libri interi» continuò

Monica. «Ma una cosa è chiara, deve esserci un finanziamento e deve ammontare a diversi milioni di corone l'anno. Ho dato un'occhiata al budget della Säpo e non ho trovato nulla che possa essere identificato come Club Zalachenko. Ma, come sa, esistono dei fondi occulti, dei quali il capodivisione e il responsabile di bilancio sono informati, ma io non posso esserlo.»

Il primo ministro annuì cupamente. Perché la Säpo doveva essere un tale incubo da amministrare?

«Ma poi bisogna chiedersi anche chi sono i personaggi coinvolti. O, più esattamente, chi dovrebbe essere arrestato.»

Il primo ministro sporse le labbra.

«Per me tutte queste domande sono subordinate alla decisione che lei prenderà nei prossimi minuti.»

Torsten Edklinth trattenne il fiato. Se avesse potuto tirare un calcio negli stinchi a Monica Figuerola l'avrebbe fatto. Aveva calpestato ogni cautela retorica e affermato che il primo ministro era personalmente responsabile. Anche lui sarebbe arrivato alla stessa conclusione, però solo dopo un lungo e diplomatico giro di parole.

«Quale decisione pensa che prenderò?» chiese il primo ministro.

«Abbiamo degli interessi in comune. Lavoro all'ufficio per la tutela della Costituzione da tre anni e ritengo che svolga un compito centrale nella democrazia svedese. E la polizia segreta si è comportata bene negli ultimi anni. Ovviamente non voglio che l'Rps/Säk sia coinvolta in uno scandalo. Per noi è importante sottolineare che in questo caso si tratta di attività criminose esercitate da singoli individui.»

«Attività di quel genere non sono assolutamente approvate dal governo» disse il ministro della Giustizia.

Monica annuì e rifletté qualche secondo.

«Per voi suppongo sia importante che lo scandalo non colpisca il governo, cosa che succederebbe se il governo cercasse di insabbiare la storia» disse.

«Il governo non usa insabbiare attività criminose» disse il ministro della Giustizia.

«No, ma supponiamo ipoteticamente che il governo voglia farlo. In tal caso lo scandalo assumerebbe proporzioni enormi.»

«Continui» disse il primo ministro.

«Al momento la situazione è complicata dal fatto che noi della tutela della Costituzione siamo costretti ad andare contro le regole anche solo per poter indagare su questa vicenda. Vorremmo invece che fosse tutto regolare sotto il profilo giuridico e costituzionale.»

«Lo vogliamo tutti» disse il primo ministro.

«In tal caso suggerisco che lei, nella sua veste di primo ministro, ordini all'ufficio per la tutela della Costituzione di sbrogliare al più presto questa matassa. Ci dia un ordine scritto e ci dia i poteri necessari.»

«Non sono sicuro che quello che propone sia legale» disse il ministro della Giustizia.

«Sì. Lo è. Il governo ha il potere di adottare misure eccezionali nel caso in cui la Costituzione sia minacciata. Se un gruppo di militari o poliziotti comincia a esercitare una politica estera autonoma, di fatto nel paese è avvenuto un colpo di stato.»

«Politica estera?» domandò il ministro.

Il primo ministro annuì.

«Zalachenko era un disertore di una potenza straniera» spiegò Monica. «Le informazioni che portò furono consegnate, a quanto dice Mikael Blomkvist, a servizi segreti stranieri. Se il governo non ne era informato, si è trattato di un colpo di stato.»

«Capisco il suo ragionamento» disse il primo ministro. «Ora lasciate che esponga il mio.»

Il primo ministro si alzò e fece un giro intorno al tavolo del soggiorno. Alla fine si fermò davanti a Edklinth. «Lei ha una collaboratrice intelligente. E molto diretta.»

Edklinth deglutì e fece un cenno di assenso. Il primo ministro si rivolse al ministro della Giustizia.

«Chiama il segretario di stato e il responsabile degli affari legali. Domani mattina voglio avere un documento che conferisca all'ufficio per la tutela della Costituzione il potere di agire in questo affare. L'incarico deve consistere nel verificare il contenuto di verità delle affermazioni che abbiamo discusso, nel raccogliere documentazione sulla sua estensione e nell'identificare le persone coinvolte.»

Edklinth annuì.

«Il documento non conferirà il potere di condurre un'indagine preliminare. Posso sbagliarmi, ma credo che solo il procuratore generale possa nominare un responsabile delle indagini preliminari in questo ambito. Io posso però affidare l'incarico di condurre un'indagine per scoprire la verità. Quello che faranno all'ufficio per la tutela della Costituzione sarà dunque un'investigazione ufficiale governativa. Capisce?»

«Sì. Io stesso sono un ex procuratore.»

«Mmm. Chiederemo al responsabile degli affari legali di dare un'occhiata a questa cosa e di stabilire con precisione cosa sia formalmente corretto. In ogni caso lei solo sarà responsabile di questa indagine. Sceglierà personalmente i collaboratori di cui avrà bisogno. Se troverà prove di attività criminose passerà le informazioni al procuratore generale che deciderà sulle incriminazioni.»

«Dovrò fare una relazione dettagliata di tutto questo,

ma credo che tu dovrai informarne il presidente del Parlamento e la commissione costituzionale... questa cosa farà presto a trapelare» disse il ministro della Giustizia.

«In altre parole dobbiamo muoverci velocemente» disse il primo ministro.

«Mmm» fece Monica.

«Sì?» disse il primo ministro.

«Rimangono ancora due problemi... La pubblicazione di *Millennium* può scontrarsi con la nostra indagine, e il processo contro Lisbeth Salander comincia fra poche settimane.»

«Possiamo scoprire quando *Millennium* ha intenzione di uscire con la storia?»

«Possiamo chiederlo» disse Edklinth. «L'ultima cosa che vogliamo fare è intrometterci nell'attività dei media.»

«Per quanto riguarda questa ragazza, Salander...» cominciò il ministro della Giustizia. Poi si fermò un attimo a riflettere. «Sarebbe spaventoso se fosse stata veramente esposta alle prevaricazioni denunciate da *Millennium*... davvero può essere stato possibile?»

«Temo di sì» disse Edklinth.

«In tal caso dobbiamo fare in modo che ottenga soddisfazione e soprattutto che non venga esposta ad altri soprusi» disse il primo ministro.

«E come?» domandò il ministro della Giustizia. «Il governo non può in nessuna circostanza intromettersi in un procedimento giudiziario in corso. Sarebbe un'infrazione della legge.»

«Possiamo parlare con il procuratore...»

«No» disse Edklinth. «Come primo ministro non può influenzare in nessun modo il corso di un processo.»

«In altre parole, Lisbeth Salander deve combattere la propria battaglia in aula» disse il ministro della Giustizia.

«Solo se perde il processo e fa ricorso il governo può intervenire per graziarla o per ordinare alla procura generale di verificare se sussistono i presupposti per un nuovo processo.»

Poi aggiunse una cosa.

«Ma questo vale solo se viene condannata al carcere. Se le impongono un trattamento psichiatrico il governo non può fare alcunché. Diventa una questione medica, e il primo ministro non ha competenza per stabilire se sia sana di mente o no.»

Alle dieci di venerdì sera Lisbeth Salander sentì il rumore della chiave nella serratura. Spense immediatamente il palmare e lo infilò sotto il cuscino. Quando alzò lo sguardo vide Anders Jonasson che chiudeva la porta.

«Buona sera, signorina Salander» la salutò. «Allora, come andiamo?»

«Ho un mal di testa da impazzire e mi sento la febbre» disse Lisbeth.

«Questo non va bene.»

Lisbeth non aveva l'aria di essere particolarmente tormentata né dal mal di testa né dalla febbre. Il dottor Anders Jonasson impiegò dieci minuti per visitarla. Constatò che la temperatura era di nuovo salita.

«Un vero peccato che sia successo proprio adesso che eri quasi guarita. Stando così le cose non ti posso dimettere per almeno due settimane ancora.»

«Due settimane dovrebbero bastare.»

Lui le diede una lunga occhiata.

La distanza fra Londra e Stoccolma via terra è di circa milleottocento chilometri, il che significa che in teoria occorrono circa venti ore a coprirla. In realtà c'erano volute circa venti ore solo per raggiungere il confine fra Germania e Danimarca. Il cielo era pieno di pesanti nuvole temporalesche, e quando il lunedì si trovò nel bel mezzo del ponte sull'Öresund cominciò a piovere a dirotto. L'uomo che si faceva chiamare *Trinity* ridusse la velocità e azionò i tergicristalli.

Trovava che fosse un inferno guidare in Europa dove ci si ostinava a stare sul lato sbagliato della strada. Aveva caricato il suo furgone il sabato mattina, preso il traghetto fra Dover e Calais, attraversato il Belgio via Liegi, passato il confine tedesco ad Aachen e preso l'autostrada in direzione nord verso Amburgo e la Danimarca.

Il suo compare, *Bob the Dog*, dormicchiava sul sedile posteriore. Si erano alternati alla guida, e a parte qualche sosta di un'oretta lungo la strada avevano tenuto una velocità costante di novanta chilometri all'ora. Il furgone era vecchio di diciott'anni e non era in grado di offrire prestazioni più brillanti.

C'erano modi più semplici per andare da Londra a Stoccolma, ma purtroppo era impensabile riuscire a far entrare circa trenta chili di materiale elettronico in Svezia con un volo regolare. Così invece, benché avessero passato sei confini di stato nel corso del viaggio, non erano stati fermati da un solo doganiere o addetto al controllo passaporti. *Trinity* era un appassionato sostenitore dell'Unione Europea, le cui regole semplificavano parecchio le sue visite sul continente.

Aveva trentadue anni ed era nato a Bradford, ma abitava nella parte settentrionale di Londra da quando era bambino. La sua istruzione era stata piuttosto povera, in una scuola professionale aveva ricevuto un attestato di tecnico delle telecomunicazioni. E dopo avere compiuto diciannove anni aveva lavorato per tre anni come installatore per la British Telecom. Ma la competenza elettronica e informatica che possedeva gli permetteva di discutere con qualsiasi professore snob in materia. Viveva con i computer da quando aveva dieci anni e ne aveva violato uno per la prima volta a tredici. La cosa gli aveva stuzzicato l'appetito, e a sedici anni era già talmente bravo che gareggiava con i migliori hacker del mondo. C'era stato un periodo in cui aveva trascorso davanti allo schermo ogni minuto di veglia, mettendo insieme programmi propri e piazzando trappole insidiose nella rete. Si era annidato presso la Bbc, presso il ministero della Difesa britannico e presso Scotland Yard. Era riuscito perfino, fuggevolmente, a prendere il comando di un sottomarino atomico britannico di pattuglia nel Mare del Nord. Per fortuna, *Trinity* apparteneva alla schiera dei pirati informatici curiosi più che a quella dei malvagi. E la sua curiosità si spegneva nell'attimo stesso in cui riusciva a ottenere l'accesso a un computer e a impadronirsi dei suoi segreti. Al massimo si divertiva a fare qualche scherzetto, per esempio dava istruzioni a un computer del sottomarino atomico per mandare a quel paese il capitano quando chiedeva un'indicazione di posizione.

Quest'ultimo incidente aveva dato origine a una serie di riunioni di crisi al ministero della Difesa, e *Trinity* aveva cominciato a rendersi conto che forse non era la più saggia delle idee vantarsi delle proprie conoscenze, se lo stato diceva sul serio quando minacciava di condannare gli hacker a molti anni di pena detentiva.

Aveva studiato da tecnico delle telecomunicazioni perché già sapeva come funzionava la rete telefonica, e dopo aver constatato che era irrimediabilmente antiquata era passato a fare il consulente privato. Installava sistemi d'allarme e sorvegliava i sistemi antieffrazione. A clienti

450

particolarmente scelti poteva anche offrire finezze come sorveglianza e intercettazioni telefoniche.

Trinity era uno dei fondatori di *Hacker Republic*. E *Wasp* ne era cittadino.

Quando lui e *Bob the Dog* giunsero nei pressi di Stoccolma erano le sette e mezza di domenica sera. Superata l'Ikea di Kungens Kurva a Skärholmen, *Trinity* aprì il suo cellulare e fece un numero che aveva memorizzato.

«*Plague*?» disse *Trinity*.

«Dove siete?»

«Mi hai detto di chiamare dopo l'Ikea.»

Plague descrisse la strada fino all'ostello di Långholmen dove aveva prenotato una stanza per i colleghi inglesi. Siccome *Plague* non lasciava quasi mai il suo appartamento, si accordarono per incontrarsi a casa sua alle dieci del mattino seguente.

Dopo un momento di riflessione, *Plague* decise di fare un grosso sforzo: lavare i piatti, passare lo straccio e cambiare l'aria prima che arrivassero gli ospiti.

Parte terza

Disc crash
27 maggio - 6 giugno

Lo storico Diodoro Siculo, che visse nel primo secolo avanti Cristo, descrive le amazzoni della Libia, a quell'epoca denominazione generica per tutta l'Africa del Nord a ovest dell'Egitto. Il loro regno era una ginecocrazia, ovvero soltanto le donne potevano rivestire cariche pubbliche, comprese quelle militari. Secondo la leggenda, erano guidate da una certa regina Myrina, che alla testa di trentatremila guerriere di cui tremila a cavallo imperversò attraverso l'Egitto e la Siria giungendo fino alle sponde del Mar Egeo e sconfiggendo una serie di eserciti di uomini lungo la strada.

Quando la regina Myrina cadde in battaglia, il suo esercito si disgregò. Ma lasciò delle tracce nella regione. Una volta le donne dell'Anatolia presero le armi per fermare un'invasione dal Caucaso dopo che gli uomini erano stati sterminati in massa. Queste donne venivano addestrate a usare ogni genere di arma, compresi arco, giavellotto, ascia e lancia, e portavano cotte di maglia di bronzo ed equipaggiamento copiati dai greci.

Le amazzoni rifiutavano il matrimonio come sottomissione. Per concepire dei figli veniva loro accordato un periodo di congedo durante il quale si accoppiavano con uomini scelti a caso nei villaggi vicini. Soltanto alle donne che avessero ucciso un uomo in combattimento era concesso di perdere la verginità.

16.
Venerdì 27 maggio - martedì 31 maggio

Mikael Blomkvist lasciò la redazione di *Millennium* alle dieci e mezza di venerdì sera. Scese le scale fino al pianterreno, ma invece di uscire in strada svoltò a sinistra e passando attraverso il seminterrato sbucò nel cortile interno e uscì su Hökens Gata dal portone dell'edificio adiacente. Incontrò un gruppo di giovani che scendevano da Mosebacke, ma nessuno lo degnò di uno sguardo. Se qualcuno lo stava sorvegliando, avrebbe creduto che come al solito si fosse fermato a dormire in redazione. Mikael aveva messo in atto quello schema già da aprile. In realtà era Christer Malm a essere di turno quella notte.

Trascorse quindici minuti passeggiando lungo le stradine intorno a Mosebacke prima di dirigersi verso il numero 9 di Fiskargatan. Aprì con il codice e salì le scale fino all'attico dove utilizzò le chiavi di Lisbeth per entrare. Disinserì l'allarme. Si sentiva confuso, come ogni volta che entrava nell'appartamento di Lisbeth, che contava un numero esorbitante di locali, solo tre dei quali arredati.

Cominciò col preparare del caffè e dei tramezzini, prima di entrare nello studio e avviare il PowerBook.

Dal giorno in cui era stato rubato il rapporto di Björck e si era reso conto di essere sotto sorveglianza, Mikael aveva stabilito il suo quartier generale privato nell'abitazione di Lisbeth Salander. Aveva trasferito tutta la documentazione essenziale sulla sua scrivania. Trascorreva diverse notti la settimana lì, dormiva nel suo letto e lavorava al suo computer. Lisbeth lo aveva svuotato di tutte le informazioni prima di partire per Gosseberga per la resa dei conti con Zalachenko, probabilmente senza alcuna intenzione di tornare. Aveva usato il suo disco di sistema per riportare il computer in condizione di funzionare.

Da aprile non si era nemmeno più collegato con il suo computer personale. Avviò Icq e chiamò l'account che lei aveva creato per lui comunicandoglielo su *Tavola Balorda*.

Ciao Sally.
Racconta.
Ho rielaborato i due capitoli di cui abbiamo discusso questa settimana. Ho messo la nuova versione su Yahoo. Tu come sei messa?
Diciassette pagine pronte. Le metto in Tavola Balorda adesso.
Pling.
Okay. Le ho. Lasciami leggere, poi ne parliamo.
Ho dell'altro.
Cosa?
Ho creato un altro gruppo Yahoo, I Cavalieri.
Mikael sorrise.
Okay. I cavalieri della tavola balorda.
Password yacaraca I 2.
Okay.
Quattro membri. Tu, io, Plague e Trinity.
I tuoi misteriosi amici della rete.
Prudenza.
Okay.

Plague ha copiato delle informazioni dal computer del procuratore Ekström. L'abbiamo violato in aprile.

Okay.

Se perdo il palmare ti tiene informato lui.

Bene. Grazie.

Mikael disattivò Icq ed entrò in *I Cavalieri*. Tutto ciò che trovò fu un link da *Plague* a un anonimo indirizzo che consisteva solo in numeri. Copiò l'indirizzo in Explorer e premette invio, entrando subito in una homepage da qualche parte in Internet contenente i sedici gigabyte che costituivano l'hard disk del procuratore Richard Ekström.

Evidentemente, *Plague* si era semplificato la vita copiando tutto l'hard disk di Ekström. Mikael impiegò oltre un'ora a smistarne il contenuto. Eliminò file di sistema, programmi e una quantità infinita di indagini preliminari che sembravano estendersi per diversi anni indietro nel tempo. Alla fine scaricò quattro cartelle. Tre le chiamò *IndPrel/Salander*, *Salander/Scarti* e *IndPrel/Niedermann*. La quarta cartella era una copia della posta elettronica del procuratore Ekström fino alle due del giorno prima.

Grazie Plague.

Mikael impiegò tre ore a esaminare l'indagine preliminare di Ekström e la sua strategia in vista del processo contro Lisbeth Salander. Come ci si poteva aspettare, era focalizzata sulla salute mentale dell'imputata. Ekström aveva richiesto un'ampia perizia psichiatrica e aveva inviato una gran quantità di messaggi che miravano a farla trasferire il più rapidamente possibile nella prigione di Kronoberg.

Mikael constatò che le ricerche del fuggitivo Niedermann sembravano essere a un punto morto. Il responsabile dell'inchiesta era Bublanski. L'ispettore era riuscito a stabilire un certo numero di prove contro Niedermann riguardo all'omicidio di Dag Svensson e Mia Bergman e a quello dell'avvocato Bjurman. Mikael stesso aveva contribuito, nel corso di tre lunghi interrogatori in aprile, con una buona percentuale di queste prove, e se Niedermann fosse mai stato catturato Mikael avrebbe dovuto testimoniare. Alla fine, il dna tratto da qualche goccia di sudore e da due capelli rinvenuti nell'appartamento di Bjurman aveva potuto essere messo a confronto con quello presente nella stanza di Niedermann a Gosseberga. Lo stesso dna era stato anche trovato in grande quantità sui resti dell'esperto finanziario del Motoclub Svavelsjö, Viktor Göransson.

Ekström aveva invece informazioni sorprendentemente scarse su Zalachenko.

Mikael accese una sigaretta, si mise accanto alla finestra e guardò fuori verso Djurgården.

Attualmente, Ekström conduceva due indagini preliminari che erano state separate l'una dall'altra. L'ispettore Hans Faste si occupava di tutto ciò che riguardava Lisbeth Salander. Bublanski si occupava soltanto di Niedermann.

Quando il nome di Zalachenko era comparso nell'indagine preliminare, il passo naturale da compiere sarebbe stato contattare il direttore generale della polizia segreta e interrogarlo su chi fosse in realtà Zalachenko. Nella posta di Ekström, così come nel protocollo o negli appunti, Mikael non riusciva tuttavia a trovare nessuna traccia di un contatto del genere. Ma era evidente che il procuratore era in qualche modo informato su Zalachenko. Fra gli appunti Mikael trovò diverse formulazioni criptiche.

Inchiesta Salander falso. Originale Björck non combacia con versione Blomkvist. Secretato.

Trovò anche una serie di annotazioni che asserivano che Lisbeth Salander era una schizofrenica e paranoica.

Corretto rinchiudere Salander 1991.

Il collegamento fra le inchieste Mikael lo trovò in *Salander/Scarti*, vale a dire tra le informazioni collaterali che il procuratore aveva giudicato irrilevanti per l'indagine preliminare e che di conseguenza non sarebbero state portate al processo o incluse nella serie di prove a carico di Lisbeth. A grandi linee, si trattava di tutto quello che aveva a che fare con il passato di Zalachenko.

L'indagine era assolutamente incompleta.

Mikael si domandò quanto di tutto questo fosse un caso e quanto fosse stato studiato a tavolino. Dove passava il confine? E il procuratore Ekström era consapevole del fatto che esisteva un confine?

Poteva essere che qualcuno avesse intenzionalmente fornito a Ekström informazioni attendibili ma fuorvianti?

Mikael entrò in Hotmail e utilizzò i successivi dieci minuti per controllare una mezza dozzina di account anonimi che aveva creato. Aveva controllato ogni giorno l'indirizzo Hotmail che aveva dato all'ispettore Sonja Modig, ma non aveva grandi speranze che si sarebbe fatta viva. Rimase perciò stupito quando aprì la posta in arrivo e trovò una mail da ressallskap9april@hotmail.com. Un'unica riga.

Café Madeleine, piano superiore, sabato ore 11.

Mikael Blomkvist annuì pensieroso.

Plague cliccò sul nome Lisbeth Salander a mezzanotte, interrompendola nel bel mezzo di una frase sulla sua vita con Holger Palmgren come tutore. Lei guardò irritata lo schermo.

Cosa vuoi?
Ciao Wasp, anche a me fa piacere sentirti.
Sì, sì. Cosa?
Teleborian.
Lisbeth balzò a sedere sul letto e guardò tesa lo schermo del palmare.
Racconta.
Trinity ce l'ha fatta a tempo di record.
Come?
Il dottore non sta mai fermo, va e viene fra Uppsala e Stoccolma, non possiamo fare un hostile takeover.
Lo so. Come?
Gioca a tennis due volte alla settimana. Circa due ore. Ha lasciato il computer in macchina in un'autorimessa.
Aha.
Trinity non ha avuto problemi a disinserire l'allarme della macchina e a prendere il computer. Gli sono bastati trenta minuti per copiare tutto con Firewire e installare Asphyxia.
Dove?
Plague trasmise l'indirizzo del server dove era conservato l'hard disk del dottor Peter Teleborian.
Per citare Trinity... This is some nasty shit.
?
Da' un'occhiata al suo hard disk.

Lisbeth Salander uscì dalla chat e andò in Internet a cercare il server che le aveva indicato *Plague*. Impiegò le successive tre ore a esaminare cartella dopo cartella l'hard disk di Teleborian.

460

Trovò la corrispondenza fra lui e una persona che aveva un indirizzo Hotmail e mandava mail criptate. Siccome aveva accesso alla chiave Pgp di Teleborian, non ebbe nessun problema a leggere i messaggi in chiaro. Il nome era Jonas, il cognome mancava. Jonas e Teleborian avevano un interesse malsano per Lisbeth Salander.

Yes... possiamo dimostrare che esiste una cospirazione.

Ma ciò che veramente suscitò l'interesse di Lisbeth furono quarantasette cartelle che contenevano ottomilasettecentocinquantasei immagini pedopornografiche hard. Aprì foto su foto che mostravano bambini di meno di quindici anni. Altre anche più piccoli. Ma la maggior parte delle foto era di bambine. Molte anche sado.

Trovò link per almeno una dozzina di persone sparse in diversi paesi che si scambiavano quella roba.

Lisbeth si mordicchiò il labbro inferiore. Per il resto il suo viso era senza espressione.

Ricordò le notti passate, a dodici anni, legata a un letto in una stanza priva di stimolazioni alla clinica psichiatrica infantile St. Stefan. Teleborian era entrato ripetutamente nella penombra di quella stanza fermandosi a osservarla alla luce notturna.

Lei sapeva. Lui non l'aveva mai toccata, ma lei aveva sempre saputo.

Maledisse se stessa. Avrebbe dovuto occuparsi di Teleborian molti anni prima. Ma l'aveva rimosso ignorando volutamente la sua esistenza.

Gli aveva permesso di continuare.

Dopo un momento chiamò Mikael Blomkvist su Icq.

Mikael trascorse la notte nell'appartamento di Lisbeth in Fiskargatan. Solo alle sei e mezza del mattino spense il computer. Si addormentò con quelle immagini hard negli occhi e si svegliò alle dieci e un quarto. Balzò giù dal letto di Lisbeth, fece la doccia e chiamò un taxi che passò a prenderlo davanti al Södra Teatern. Alle undici meno cinque scese in Birger Jarlsgatan e raggiunse a piedi il caffè Madeleine.

Sonja Modig lo aspettava davanti a una tazza di caffè nero.

«Salve» disse Mikael.

«Sto correndo un grosso rischio» disse lei senza salutare. «Perderei il posto e verrei incriminata se si dovesse sapere che l'ho incontrata.»

«Nessuno lo verrà mai a sapere da me.»

Sonja sembrava stressata.

«Un mio collega è appena andato a trovare l'ex primo ministro Thorbjörn Fälldin. L'ha fatto a titolo privato e anche il suo posto di lavoro è appeso a un filo.»

«Capisco.»

«Le chiedo l'anonimato per entrambi.»

«Non so nemmeno di quale collega stia parlando.»

«Le dirò il suo nome. Ma voglio che mi prometta di assicurargli la protezione che spetta alle fonti.»

«Ha la mia parola.»

Lei sbirciò l'orologio.

«Ha fretta?»

«Sì. Ho appuntamento con mio marito e i miei figli in Sturegallerian fra dieci minuti. Mio marito crede che io sia al lavoro.»

«E Bublanski non sa niente di tutto questo.»

«No.»

«Okay. Lei e il suo collega siete fonti e godete di protezione totale. Entrambi. Per sempre.»

«Il mio collega è Jerker Holmberg, quello che ha incontrato giù a Göteborg. Suo padre è membro attivo del

Partito di centro e Jerker conosce Fälldin fin da quando era bambino. È andato a trovarlo e gli ha chiesto di Zalachenko.»

«Capisco.»

D'improvviso il cuore di Mikael aveva cominciato a battere più in fretta.

«Fälldin sembra essere una persona seria. Holmberg gli ha detto di Zalachenko e gli ha chiesto cosa sapesse della sua diserzione. Fälldin non ha parlato. Poi Holmberg gli ha detto che sospettiamo che Lisbeth Salander sia stata chiusa in manicomio da quelli che proteggevano Zalachenko. Fälldin ne è rimasto molto turbato.»

«Capisco.»

«Ha detto a Holmberg che l'allora direttore della Säpo e un collega erano andati da lui poco dopo che era diventato primo ministro. Gli avevano raccontato una storia di spionaggio su un disertore russo che era venuto in Svezia. Lo avevano informato che si trattava del segreto militare più delicato di cui il paese fosse in possesso, che non esisteva nulla nella difesa svedese che avesse nemmeno lontanamente la stessa importanza.»

«Okay.»

«Fälldin ha detto che non sapeva come gestire la situazione. Era appena diventato primo ministro e il suo governo non aveva nessuna esperienza. I socialdemocratici erano stati al potere per oltre quarant'anni. Gli fu detto che aveva la responsabilità personale di prendere delle decisioni e che se avesse consultato i colleghi di governo la Säpo avrebbe declinato ogni responsabilità. La faccenda era molto spinosa e lui non sapeva come muoversi.»

«Okay.»

«Alla fine si vide costretto a fare come suggerivano gli

uomini della Säpo. Emanò una direttiva che conferiva alla Säpo l'incarico di gestire Zalachenko e si impegnò a non discutere la cosa con nessuno. Fälldin non venne mai a sapere nemmeno il nome del disertore.»

«Capisco.»

«Dopo di che Fälldin non ricevette più alcuna notizia in materia, durante tutti e due i suoi mandati. Fece però qualcosa di straordinariamente saggio. Insisté perché un segretario di stato fosse messo a parte del segreto e fungesse da intermediario fra la segreteria del governo e quelli che proteggevano Zalachenko.»

«Ah sì?»

«Il segretario di stato si chiama Bertil K. Janeryd e oggi ha sessantatré anni ed è console generale di Svezia ad Amsterdam.»

«Oh cazzo.»

«Quando Fälldin si è reso conto della gravità della situazione, ha scritto una lettera a Janeryd.»

Sonja spinse una busta sul tavolo.

Caro Bertil,
il segreto che entrambi abbiamo protetto quando ero a capo del governo è ora oggetto di interrogazioni molto gravi. La persona in oggetto è morta e non può più fare danni. Ma altre persone possono essere danneggiate.

È di grande importanza che otteniamo una risposta ad alcune domande inevitabili.

Il latore della presente lettera lavora in maniera non ufficiale ma ha la mia fiducia. Ti prego di ascoltare la sua storia e di rispondere alle domande che ti farà.

Usa la tua comprovata capacità di giudizio.
T.F.

«Nella lettera si riferisce a Jerker Holmberg.»

«No. Holmberg ha pregato Fälldin di non scrivere nessun nome. Gli ha detto che non sapeva chi sarebbe andato ad Amsterdam.»

«Vuole dire...»

«Io e Jerker ne abbiamo parlato a lungo. Noi ci stiamo già muovendo su un ghiaccio talmente sottile che ormai ci occorrono le pagaie più che i pattini. Non abbiamo la benché minima autorizzazione per andare ad Amsterdam a interrogare il console generale. Ma lei può farlo.»

Mikael ripiegò la lettera e stava per infilarla nella tasca della giacca quando Sonja gli afferrò la mano. La sua stretta era energica.

«Informazione per informazione» disse. «Vogliamo sapere quello che le racconterà Janeryd.»

Mikael annuì. Sonja si alzò.

«Aspetti. Ha detto che Fälldin ha ricevuto la visita di due persone della Säpo. Uno era il direttore. Chi era il collega?»

«Fälldin lo ha incontrato solo in quell'occasione. Non riesce a ricordare il suo nome e non ha nessuna annotazione. Era un uomo magro con i baffi sottili. Gli era stato presentato come il capo della Sezione speciale di analisi o qualcosa del genere. In seguito Fälldin controllò un organigramma della Säpo ma non riuscì a trovarne traccia.»

Il Club Zalachenko pensò Mikael.

Sonja Modig tornò a sedersi. Parve pesare le proprie parole.

«Okay» disse alla fine. «Col rischio di finire davanti al plotone d'esecuzione. C'era un documento al quale né Fälldin né i suoi visitatori pensarono.»

«Quale?»

«Il protocollo delle visite a Fälldin a Rosenbad.»
«E?»
«Jerker ha fatto richiesta di consultarlo. Si tratta di un atto pubblico.»
«E?»
Sonja esitò ancora una volta.
«Il protocollo riferisce solo che il primo ministro ha incontrato il direttore della Säpo e un collega per discutere questioni generali.»
«C'è qualche nome?»
«Sì. E. Gullberg.»
Mikael si sentì andare tutto il sangue alla testa.
«Evert Gullberg» disse.
Sonja Modig aveva un'espressione risoluta. Fece un cenno di assenso. Poi si alzò e se ne andò.

Mikael Blomkvist era ancora seduto al Madeleine quando accese il suo cellulare anonimo e prenotò un biglietto aereo per Amsterdam. Il volo partiva da Arlanda alle due e cinquanta. Raggiunse a piedi Dressmann in Kungsgatan e comperò una camicia e un cambio di biancheria, poi andò in farmacia e comperò uno spazzolino da denti e altri articoli da toeletta. Controllò attentamente di non essere sorvegliato quando corse a prendere l'Arlanda Express. Arrivò dieci minuti prima che chiudessero il volo.

Alle sei e mezza prendeva possesso di una stanza in un alberghetto del quartiere a luci rosse a circa dieci minuti a piedi dalla stazione centrale di Amsterdam.

Passò due ore a cercare di rintracciare il console generale di Svezia ad Amsterdam e ottenne un contatto telefonico alle nove. Mise in campo tutta la sua capacità di persuasione e sottolineò che aveva una questione di estrema importanza da discutere senza ulteriori indugi. Alla fine il console si arrese e acconsentì a incontrare Mikael alle dieci della domenica mattina.

Dopo di che Mikael uscì e consumò una cena leggera in un ristorante vicino all'albergo. Alle undici dormiva già.

Il console generale Bertil K. Janeryd fu poco loquace quando gli offrì il caffè nella sua residenza privata.

«Allora... Cosa c'è di tanto urgente?»

«Alexander Zalachenko. Il disertore russo che arrivò in Svezia nel 1976» disse Mikael, e gli consegnò il messaggio di Fälldin.

Janeryd aveva un'aria stupefatta. Lesse la lettera, poi la mise da parte con cura.

Mikael impiegò la successiva mezz'ora a spiegare quale fosse il problema e perché Fälldin avesse scritto la lettera.

«Io... io non posso discutere questo argomento» disse Janeryd alla fine.

«Sì, certo che può.»

«No, posso discuterlo solo di fronte alla commissione costituzionale.»

«E molto probabilmente sarà anche costretto a farlo. Ma la lettera la esorta a usare la sua capacità di giudizio.»

«Fälldin è una persona onesta.»

«Su questo non ho il minimo dubbio. E non sono a caccia né di lei né di Fälldin. Non occorre che mi racconti nessun segreto militare svelato da Zalachenko.»

«Io non sono a conoscenza di alcun segreto. Non sapevo nemmeno che si chiamasse Zalachenko... lo conoscevo solo con il nome di copertura.»

«Che era?»

«Lo chiamavano Ruben.»

«Okay.»

«Non posso discutere questa faccenda.»

«Sì, certo che può» ripeté Mikael, mettendosi comodo. «Succede infatti che tutta questa storia diventerà presto di dominio pubblico. E quando ciò accadrà i media finiranno o per crocifiggerla o per descriverla come un onesto funzionario statale che ha gestito al meglio una situazione spinosa. Era lei l'intermediario tra Fälldin e quelli che si occupavano di Zalachenko. Questo lo so già.»

Janeryd annuì.

«Racconti.»

Janeryd restò in silenzio per quasi un minuto.

«Non ricevetti mai nessuna informazione. Ero giovane... non sapevo come gestire la situazione. Li incontrai circa due volte all'anno finché la cosa andò avanti. Mi dicevano che Ruben... che Zalachenko era vivo e in buona salute, che collaborava e le sue rivelazioni erano di valore inestimabile. Non venivo mai a sapere i dettagli. Non avevo *bisogno* di sapere.»

Mikael aspettò.

«Il disertore aveva operato in altri paesi, non sapeva nulla della Svezia, per questo non diventò mai un problema importante per la nostra sicurezza. Io informai il primo ministro in un paio di occasioni, ma il più delle volte non c'era nulla da dire.»

«Okay.»

«Riferivano sempre che veniva trattato secondo l'uso e che le informazioni che forniva venivano elaborate dai nostri consueti canali. Cosa dovevo obiettare? Se facevo domande si limitavano a sorridermi e a dirmi che si trattava di informazioni segrete anche per me. Mi sentivo un idiota.»

«Non ha mai pensato che ci fosse qualcosa di irregolare nella procedura?»

«No. Non c'era niente di irregolare. Io ovviamente davo per scontato che la Säpo sapesse quel che faceva e avesse la necessaria esperienza. Ma non posso discutere la questione.»

A quel punto, Janeryd stava discutendo la questione già da parecchi minuti.

«Tutto questo è poco importante. Al momento c'è un'unica cosa essenziale.»

«Quale?»

«I nomi delle persone che incontrava.»

Janeryd guardò Mikael con aria interrogativa.

«Le persone che si occupavano di Zalachenko hanno superato di molto qualsiasi limite accettabile. Hanno esercitato attività gravemente criminose e devono essere oggetto di indagine. È per questo che Fälldin mi ha mandato qui da lei. Fälldin non ha i nomi. Era lei a incontrarli.»

Janeryd batté le palpebre e strinse le labbra.

«Lei incontrava Evert Gullberg... era lui il capo.»

Janeryd annuì.

«Quante volte lo vide?»

«Gullberg fu presente a tutti gli incontri tranne uno. In tutto ci furono una decina di incontri negli anni in cui Fälldin fu primo ministro.»

«Dove vi incontravate?»

«Nella hall di qualche albergo. Il più delle volte lo Sheraton, una volta l'Amaranten a Kungsholmen. Oppure al pub del Continental.»

«Partecipava qualcun altro agli incontri?»

Janeryd batté le palpebre rassegnato.

«È passato così tanto tempo... non ricordo.»

«Ci provi.»

«C'era un certo... Clinton. Come il presidente americano.»

«Nome?»

«Fredrik. Fredrik Clinton. Lui lo incontrai quattro o cinque volte.»

«Okay... altri?»

«Hans von Rottinger. Lo conoscevo tramite mia madre.»

«Sua madre?»

«Sì, mia madre conosceva la famiglia von Rottinger. Hans von Rottinger era una persona piacevole. Prima che comparisse d'improvviso a un incontro in compagnia di Gullberg non avevo la minima idea che lavorasse alla Säpo.»

«In effetti non ci lavorava» disse Mikael.

Janeryd impallidì.

«Lavorava per qualcosa che si chiamava Sezione speciale di analisi» disse Mikael. «Cosa venne a sapere di quel gruppo?»

«Nulla... voglio dire, erano quelli che si occupavano del disertore.»

«Certo. Ma è curioso che non ne esista traccia da nessuna parte nell'organigramma della Säpo.»

«Ma è assurdo...»

«Sì, vero? Come funzionava quando fissavate gli incontri? Telefonavano loro o era lei a farlo?»

«No... ogni incontro veniva fissato in occasione dell'incontro precedente.»

«Cosa accadeva se aveva bisogno di contattarli? Per esempio per spostare l'appuntamento.»

«Avevo un numero di telefono che potevo chiamare.»

«Che numero era?»

«Non me lo ricordo.»

«Chi rispondeva a quel numero?»

«Non lo so. Non lo utilizzai mai.»

«Okay. A chi passò le consegne?»

«A cosa si riferisce?»

«Quando Fälldin lasciò l'incarico chi prese il suo posto?»

«Non lo so.»

«Dovette consegnare un rapporto?»

«No, era tutto segreto. Non potevo nemmeno tenere un promemoria.»

«E non mise al corrente il suo successore?»

«No.»

«E?»

«Ecco... Fälldin lasciò l'incarico e lo passò a Ola Ullsten. A me dissero che dovevamo attendere fin dopo le successive elezioni. Quando Fälldin venne rieletto i nostri incontri ripresero. Poi ci furono le elezioni del 1982 e vinsero i socialdemocratici. Suppongo che Palme abbia scelto qualcuno al mio posto. Quanto a me cominciai a lavorare al ministero degli Esteri e divenni un diplomatico. Fui mandato in Egitto e poi in India.»

Mikael continuò a fargli domande ancora per qualche minuto, ma era convinto di avere già ottenuto tutto il possibile da Janeryd.

Tre nomi.

Fredrik Clinton.

Hans von Rottinger.

Ed Evert Gullberg – l'uomo che aveva ucciso Zalachenko.

Il Club Zalachenko.

Ringraziò Janeryd per le informazioni e prese un taxi per tornare alla stazione centrale. Solo quando fu sul taxi aprì la tasca della giacca e spense il registratore. Atterrò ad Arlanda alle sette e mezza di domenica sera.

Erika Berger guardò pensierosa l'immagine sullo schermo. Alzò gli occhi e scrutò la redazione semivuota fuori

471

dal gabbiotto. Anders Holm era di riposo. Non vide nessuno che mostrasse interesse per lei, né apertamente né di nascosto. Non aveva alcun motivo di sospettare che qualcuno in redazione le volesse del male.

La mail era arrivata un minuto prima. Il mittente era redax@aftonbladet.com. *Perché proprio l'Aftonbladet?* Il mittente era inesistente.

Il messaggio del giorno non conteneva nessun testo. C'era soltanto un'immagine Jpg che lei aprì con Photoshop.

L'immagine era pornografica. Una donna nuda con il seno eccezionalmente sviluppato e un guinzaglio intorno al collo, carponi, con qualcuno che la penetrava da dietro.

Il viso della donna era stato sostituito. Non era un ritocco ben fatto, il che probabilmente era intenzionale. Sull'originale era stato incollato il viso di Erika. L'immagine era quella del suo editoriale su *Millennium*, poteva essere facilmente scaricata dalla rete.

Sul margine inferiore era stata scritta una parola con la funzione spray di Photoshop.

Troia.

Era il nono messaggio anonimo che riceveva contenente la parola "troia", all'apparenza proveniente da un grande quotidiano svedese. Si era beccata un *cyber stalker*.

Rispetto alla vigilanza informatica, l'intercettazione telefonica era un capitolo più complicato. *Trinity* non ebbe nessuna difficoltà a localizzare il cavo del telefono di casa del procuratore Ekström; il problema era ovviamente che Ekström non usava quasi mai quello per conversazioni di lavoro. *Trinity* non provò nemmeno a intercettare il telefono del procuratore a Kungsholmen. Un intervento come quello andava oltre le sue possibilità. Invece, *Trinity* e *Bob the Dog* dedicarono buona parte della settimana a identificare e distinguere il telefono cellulare di Ekström sullo sfondo del brusio di circa duecentomila altri cellulari entro il raggio di un chilometro dalla centrale della polizia.

Trinity e *Bob the Dog* utilizzarono una tecnica chiamata Random Frequency Tracking System, Rfts. Era stata sviluppata dalla National Security Agency americana, la Nsa, ed era applicata in un numero imprecisato di satelliti che sorvegliavano minuziosamente zone di crisi e siti strategici in giro per il mondo.

La Nsa disponeva di enormi risorse e utilizzava questa rete per catturare contemporaneamente un immenso numero di conversazioni su telefonia mobile in una determinata regione. Ogni conversazione veniva separata e analizzata da computer programmati per reagire a determinate parole, per esempio terrorista o kalashnikov. Se passava un termine del genere, il computer segnalava automaticamente la telefonata e un operatore interveniva per giudicare se fosse interessante o no.

Più difficile era identificare un telefono cellulare specifico. Ogni cellulare ha una sua firma inconfondibile – una sorta di impronta digitale –, il numero telefonico. Con apparecchiature eccezionalmente sensibili, la Nsa poteva circoscrivere un'area specifica e distinguere e intercettare le conversazioni su cellulare. La tecnica era semplice, ma non sicura al cento per cento. Le chiamate in uscita erano particolarmente difficili da identificare, mentre una chiamata in entrata risultava più facilmente identificabile perché era introdotta proprio da quell'impronta digitale che metteva il telefono in questione in grado di prendere il segnale.

La differenza fra le ambizioni di *Trinity* e quelle della Nsa in fatto di intercettazioni era di carattere economico. La Nsa aveva un budget di diversi miliardi di dollari l'anno e quasi dodicimila agenti a tempo pieno, e aveva accesso alla tecnologia più avanzata. *Trinity* aveva il suo furgone con a bordo circa trenta chili di materiale elettronico, buona parte del quale costituito da attrezzature fatte in casa che *Bob the Dog* aveva messo insieme. Con la sorveglianza satellitare globale, la Nsa era in grado di attivare antenne estremamente sensibili su un determinato edificio in qualsiasi parte del mondo. *Trinity* aveva un'antenna che gli aveva preparato *Bob the Dog* con un raggio effettivo di circa cinquecento metri. *Trinity* era costretto a parcheggiare in Bergsgatan, o in un'altra delle strade lì intorno e a calibrare faticosamente l'attrezzatura fino ad arrivare a identificare il numero di cellulare del procuratore Richard Ekström. Siccome non conosceva lo svedese, doveva poi dirottare la conversazione attraverso un altro cellulare verso *Plague*, che l'avrebbe ascoltata.

Per cinque giorni, un *Plague* con gli occhi sempre più infossati aveva ascoltato ventiquattr'ore su ventiquattro una gran quantità di telefonate da e per la centrale della polizia e gli edifici vicini. Aveva captato frammenti di indagini in corso, scoperto piani per incontri amorosi e registrato su nastro un'infinità di conversazioni che contenevano solo insulsaggini. Nella tarda serata del quinto giorno, *Trinity* inviò un segnale che fu immediatamente identificato come il numero di cellulare del procuratore Ekström. *Plague* fissò l'antenna parabolica sulla frequenza esatta.

La tecnica Rfts funzionava più che altro con le chiamate in entrata sul cellulare di Ekström. La parabola di

Trinity catturava il numero di cellulare di Ekström che veniva inviato nell'etere in tutta la Svezia.

Quando *Trinity* iniziò a registrare le conversazioni di Ekström, ottenne anche la sua traccia vocale, che *Plague* poté rielaborare.

Plague passò la voce digitalizzata di Ekström attraverso un programma chiamato Vprs, Voiceprint Recognition System. Individuò una dozzina di parole che ricorrevano frequentemente, per esempio "okay" e "Salander". Quando aveva cinque esempi separati di una parola, la classificava rispetto al tempo che occorreva a Ekström per pronunciarla, alla profondità della voce, all'estensione della frequenza, all'accentazione, e una dozzina di altri indicatori. Il risultato era una curva grafica. Con ciò *Plague* aveva modo di ascoltare anche delle chiamate in uscita fatte dal procuratore Ekström. La sua parabola tendeva co stantemente l'orecchio verso una conversazione in cui ricorresse proprio la curva grafica di Ekström per almeno uno di quella dozzina di termini ricorrenti. La tecnica non era perfetta. Ma più o meno la metà di tutte le chiamate che Ekström faceva al suo cellulare da qualche punto nelle immediate vicinanze della centrale della polizia veniva ascoltata e registrata su nastro.

Purtroppo la tecnica aveva un evidente svantaggio. Non appena Ekström lasciava la sede della polizia, non era più possibile intercettare il suo cellulare, a meno che *Trinity* non sapesse dove si trovava e riuscisse a parcheggiargli vicino il furgone.

Grazie agli ordini arrivati dall'alto, Torsten Edklinth era finalmente riuscito a organizzare una piccola ma legittima sezione operativa. Selezionò quattro collaboratori tra i giovani talenti con esperienza nei servizi ufficiali reclutati in tempi relativamente recenti all'Rps/Säk. Due avevano un passato nella sezione antitruffe e uno nella sezione reati contro la persona, uno veniva dalla finanza. Furono convocati nell'ufficio di Edklinth e informati sulla natura dell'incarico e sulla necessità di assoluta segretezza. Edklinth sottolineò che l'indagine nasceva su richiesta diretta del primo ministro. Monica Figuerola divenne il loro capo e prese in mano l'indagine con una forza che corrispondeva al suo aspetto esteriore.

Ma le cose procedevano a rilento, nessuno era sicuro di chi fossero i soggetti su cui indagare. In più di un'occasione Edklinth e Monica valutarono la possibilità di fermare Mårtensson e interrogarlo, ma ogni volta decidevano di temporeggiare. Un fermo avrebbe fatto pubblicità all'inchiesta.

Solo il martedì, undici giorni dopo l'incontro con il primo ministro, Monica bussò alla porta di Edklinth.

«Mi sa che abbiamo qualcosa.»

«Siediti.»

«Evert Gullberg.»

«Sì?»

«Uno dei nostri investigatori ha avuto un colloquio con Marcus Erlander che si occupa dell'inchiesta sull'omicidio di Zalachenko. Secondo Erlander l'Rps/Säk prese contatto con la polizia di Göteborg già due ore dopo l'omicidio passando informazioni sulle lettere minatorie di Gullberg.»

«Un intervento tempestivo.»

«Un po' troppo. L'Rps/Säk ha inviato via fax alla polizia di Göteborg nove lettere che sostiene siano state scritte da Gullberg. Ma c'è un piccolo problema.»

«E sarebbe?»

«Due delle lettere sono indirizzate al ministro della Giustizia e al ministro della Democrazia.»

«Aha. Questo già lo sapevo.»

«Certo, ma la lettera al ministro della Democrazia è stata protocollata solo il giorno dopo. È arrivata al ministero con la consegna successiva.»

Edklinth fissò Monica Figuerola. Per la prima volta provò un forte timore che tutti i suoi sospetti si dimostrassero fondati. Monica continuò implacabile.

«In altre parole, l'Rps/Säk ha girato alla polizia una lettera minatoria che non era ancora arrivata al destinatario.»

«Santo dio» disse Edklinth.

«È stato un collaboratore del servizio scorte a inviare i fax.»

«Chi?»

«Non credo che abbia a che fare con la faccenda. Ha trovato le lettere sulla sua scrivania la mattina e poco dopo l'omicidio è stato incaricato di contattare la polizia di Göteborg.»

«Chi gli ha dato l'incarico?»

«La segretaria del capodivisione.»

«Santo dio, Monica... Capisci cosa significa?»

«Certo.»

«Significa che l'Rps/Säk è coinvolta nell'omicidio di Zalachenko.»

«Non è detto. Ma senza dubbio alcune persone all'interno dell'Rps/Säk sapevano dell'omicidio prima che fosse commesso. La domanda è solo: quali?»

«Il capodivisione...»

«Sì. Ma comincio a sospettare che questo Club Zalachenko sia qualcosa di esterno.»

«Cosa vuoi dire?»

«Mårtensson. È stato trasferito dal servizio scorte e lavora per conto suo. L'abbiamo tenuto sotto sorveglianza a tempo pieno la scorsa settimana. Non ha avuto contatti con nessuno all'interno della centrale, a quanto ci risulta. Utilizza un telefono cellulare che non possiamo intercettare. Non è il suo telefono personale. Ha incontrato quell'uomo biondo che non siamo ancora riusciti a identificare.»

Edklinth corrugò la fronte. Nello stesso istante Anders Berglund bussò alla porta. Era il collaboratore reclutato per la neonata sezione operativa che in precedenza aveva lavorato alla finanza.

«Credo di aver trovato Evert Gullberg» disse Berglund.

«Entra» lo invitò Edklinth.

Berglund mise sulla scrivania una vecchia fotografia in bianco e nero. Edklinth e Monica Figuerola studiarono l'immagine. Raffigurava un uomo che entrambi riconobbero immediatamente. Veniva accompagnato a una porta da due robusti poliziotti in borghese. Il leggendario colonnello-spia Stig Wennerström.

«Questa foto viene dalla casa editrice Åhlén & Åkerlund, è stata pubblicata sul giornale *Se* nella primavera del 1964. È stata scattata in occasione del processo nel quale Wennerström è stato condannato all'ergastolo.»

«Aha.»

«Sullo sfondo potete vedere tre persone. A destra il commissario investigativo Otto Danielsson, che catturò Wennerström.»

«Sì...»

«Guardate l'uomo dietro a Danielsson sulla sinistra.»

Edklinth e Monica osservarono un tipo alto con i baffetti e il cappello. Ricordava vagamente lo scrittore Dashiell Hammett.

«E guardate quella del passaporto di Gullberg. Quando l'ha fatta aveva sessantasei anni.»

Edklinth corrugò la fronte.

«Non potrei giurare che si tratti della stessa persona...»

«Ma io sì» disse Berglund. «Gira la foto.»

Sul retro c'era un timbro che spiegava che l'immagine era di proprietà della casa editrice Åhlén & Åkerlund e che la fotografia era stata scattata da Julius Estholm. A matita c'era scritto: *Stig Wennerström fiancheggiato da due poliziotti entra in tribunale a Stoccolma. Sullo sfondo O. Danielsson, E. Gullberg e H.W. Francke.*

«Evert Gullberg» disse Monica Figuerola. «Lui lavorava all'Rps/Säk.»

«Mmm» fece Berglund. «Non è esatto. Almeno non per l'epoca in cui fu scattata la foto.»

«Ah sì?»

«L'Rps/Säk fu fondata solo quattro mesi più tardi. All'epoca di questa immagine lui faceva ancora parte della polizia segreta di stato.»

«Chi è H.W. Francke?» chiese Monica Figuerola.

«Hans Wilhelm Francke» disse Edklinth. «Morì agli inizi degli anni novanta, fu direttore aggiunto della polizia segreta di stato alla fine degli anni cinquanta e nei primi anni sessanta. Era un po' una leggenda, proprio come Otto Danielsson. Ho avuto occasione di incontrarlo un paio di volte.»

«Aha» fece Monica Figuerola.

«Lasciò l'Rps/Säk alla fine degli anni sessanta. Francke e P.G. Vinge non andarono mai d'accordo e lui fu quasi cacciato quando aveva una cinquantina d'anni. Dopo di che si mise in proprio.»

«In proprio?»

«Sì, divenne consulente per la sicurezza per l'industria privata. Aveva un ufficio a Stureplan, ma di tanto in tanto teneva anche lezioni alla scuola di formazione dell'Rps/Säk. Fu lì che lo conobbi.»

«Capisco. Su cosa litigavano Francke e Vinge?»

«Non erano in sintonia. Francke era un cowboy che vedeva agenti del Kgb dappertutto e Vinge era un burocrate della vecchia scuola. Vinge fu licenziato poco tempo dopo perché, ironia della sorte, credeva che Palme lavorasse per il Kgb.»

«Mmm» fece Monica Figuerola osservando la foto in cui Gullberg e Francke stavano fianco a fianco.

«Credo che sia ora di fare un'altra chiacchierata con il ministro della Giustizia» le disse Edklinth.

«*Millennium* è uscito oggi» disse Monica Figuerola.

Edklinth le diede un'occhiata penetrante.

«Non una parola sull'affare Zalachenko» disse lei.

«Ciò significa che abbiamo a nostra disposizione un mese, fino al prossimo numero. Buono a sapersi. Ma dobbiamo occuparci di Blomkvist. È come una bomba a mano senza sicura in mezzo a tutto questo pasticcio.»

17.
Mercoledì 1 giugno

Mikael Blomkvist non si aspettava di trovare qualcuno sull'ultima rampa delle scale che conducevano al suo appartamento al numero 1 di Bellmansgatan. Erano le sette di sera. Si fermò di botto vedendo una donna bionda con i capelli corti e ondulati seduta sull'ultimo gradino. La identificò subito come Monica Figuerola dell'Rps/Säk grazie alla foto che Lottie Karim gli aveva procurato dal registro passaporti.

«Salve Blomkvist» lo salutò lei tutta allegra, e chiuse il libro che stava leggendo. Mikael sbirciò la copertina e vide che era in inglese e trattava della concezione di dio nell'antichità. Sollevò lo sguardo sulla sua visitatrice inaspettata. Lei si alzò in piedi. Indossava un abito bianco con le maniche corte e aveva appoggiato una giacca di pelle color mattone sulla ringhiera delle scale.

«Avremmo bisogno di parlare con lei» disse.

Mikael Blomkvist la studiò. Era alta, più di lui, e l'impressione era rafforzata dal fatto che stava due gradini più in su. Osservò le sue braccia e le sue gambe, e si rese conto che aveva molti più muscoli di lui.

«Scommetto che lei fa un paio d'ore alla settimana di palestra» disse.

Lei sorrise e tirò fuori il suo tesserino di riconoscimento.

«Mi chiamo...»

«Si chiama Monica Figuerola, è nata nel 1969 e abita in Pontonjägargatan a Kungsholmen. È originaria di Borlänge ma ha lavorato come agente di polizia a Uppsala. Da tre anni è all'Rps/Säk, tutela della Costituzione. È una fanatica del fitness, è stata un'atleta, e per poco non è entrata nella squadra olimpica svedese. Cosa vuole da me?»

Lei rimase sorpresa, ma annuì e si riprese rapidamente.

«Bene» disse in tono leggero. «Allora sa chi sono e che non deve avere paura di me.»

«No?»

«Ci sono delle persone che hanno bisogno di parlare con lei con calma. Siccome il suo appartamento e il suo cellulare sembra siano sotto controllo e la discrezione in questi casi è essenziale, hanno mandato me a invitarla.»

«E perché dovrei andare da qualche parte con una persona che lavora alla Säpo?»

Lei rifletté un momento.

«Be'... potrebbe accettare un cortese invito personale. Oppure, se preferisce, posso ammanettarla e portarla via con me.»

Monica sorrise dolcemente. Mikael ricambiò il sorriso.

«Stia a sentire, Blomkvist... posso capire che non veda molti motivi per fidarsi di qualcuno che viene dall'Rps/Säk. Ma non tutti quelli che lavorano lì devono necessariamente essere suoi nemici. E ci sono ottimi motivi perché lei venga a parlare con i miei superiori.»

Lui attese.

«Allora, cosa preferisce? In manette o di sua spontanea volontà?»

«Sono già stato ammanettato una volta dalla polizia quest'anno. La mia parte l'ho fatta. Dove andiamo?»

Monica Figuerola aveva parcheggiato una Saab 9-5 nuova dietro l'angolo giù in Pryssgränd. Quando salirono in macchina lei prese il cellulare e chiamò un numero con la selezione rapida.

«Arriviamo tra un quarto d'ora» disse.

Chiese a Mikael di allacciare la cintura di sicurezza, e attraverso Slussen prese la direzione di Östermalm, dove parcheggiò in una laterale di Artillerigatan. Prima di scendere rimase seduta un momento a guardarlo.

«Blomkvist... questo è un invito amichevole. Non sta rischiando nulla.»

Mikael non replicò. Aspettava a giudicare, finché non avesse saputo di cosa si trattava. Monica digitò il codice per aprire il portone. Presero l'ascensore fino al quarto piano e si fermarono davanti a una porta con scritto *Martinsson* sulla targhetta.

«Abbiamo preso in prestito l'appartamento solo per questa riunione» disse lei aprendo la porta. «A destra, in soggiorno.»

La prima persona che Mikael vide fu Torsten Edklinth. E non fu una sorpresa, dal momento che la Säpo era coinvolta al massimo in quella storia ed Edklinth era il capo di Monica Figuerola. Ma il fatto che il capo dell'ufficio per la tutela della Costituzione si fosse dato il disturbo di mandarlo a prendere lasciava capire che qualcuno era preoccupato.

Poi vide accanto alla finestra una figura che si voltò verso di lui. Il ministro della Giustizia. Questo sì che era sorprendente.

Quindi sentì un rumore da destra e vide una persona molto molto nota alzarsi da una poltrona. Non aveva immaginato che Monica Figuerola l'avrebbe portato a una riunione segreta con il primo ministro.

«Buona sera, signor Blomkvist» lo salutò il capo del governo. «Scusi se l'abbiamo invitata a questa riunione con così poco preavviso, ma ne abbiamo discusso e abbiamo deciso che un colloquio con lei era necessario. Posso offrirle una tazza di caffè o qualcos'altro?»

Mikael si guardò intorno. Vide una credenza di legno scuro ingombra di bicchieri e tazze da caffè vuote e di ciò che restava di un vassoio di tramezzini. Gli altri dovevano essere lì già da qualche ora.

«Acqua minerale, grazie» disse.

Monica Figuerola gli servì una Ramlösa. Si sedettero sui divani con lei sullo sfondo.

«Mi ha riconosciuta e sapeva come mi chiamo, dove abito, dove lavoro e che sono una patita della palestra» disse Monica.

Il primo ministro diede una rapida occhiata a Edklinth e quindi guardò Mikael Blomkvist. Mikael si rese conto di colpo di occupare una posizione di forza. Il primo ministro aveva bisogno di qualcosa da lui e probabilmente non aveva la minima idea di quanto lui sapesse o non sapesse.

«Cerco solo di tenermi informato sugli attori di questo casino» disse Mikael a bassa voce.

Diavolo, sto per imbrogliare il primo ministro.

«E come faceva a conoscere il nome di Monica Figuerola?» chiese Edklinth.

Mikael guardò il capo dell'ufficio per la tutela della Costituzione con la coda dell'occhio. Non aveva la minima idea di cosa avesse indotto il primo ministro a organizzare un incontro segreto con lui in un appartamento preso in prestito a Östermalm, ma si sentiva ispirato. Non poteva essere andata in chissà quanti modi. Doveva essere stato Dragan Armanskij a dare il calcio d'inizio passando un'informazione a una persona di cui si fidava. Che doveva essere stata Edklinth o qualcuno a lui vicino. Mikael decise di rischiare.

«Un conoscente comune ha parlato con lei» disse a Edklinth. «Lei ha incaricato Monica Figuerola di scoprire cosa stava succedendo e Monica ha scoperto che alcuni agenti della Säpo effettuano illegalmente intercettazioni telefoniche, si introducono illegalmente negli appartamenti altrui e cose di questo genere. Dunque le ha confermato l'esistenza del Club Zalachenko. Lei ha provato un gran senso di inquietudine e il bisogno di andare avanti, ma è rimasto seduto per un po' senza sapere in quale direzione muoversi. Poi si è rivolto al ministro della Giustizia che a sua volta si è rivolto al presidente del consiglio. E adesso eccoci qui. Cosa volete?»

Mikael parlava con un tono che lasciava intendere che aveva una fonte piazzata in una posizione centrale e aveva seguito ogni passo di Edklinth. Seppe che il bluff era riuscito quando notò gli occhi sbarrati di Edklinth. Allora andò avanti.

«Il Club Zalachenko mi spia e io spio loro. Ma anche lei spia il Club Zalachenko. Il primo ministro è furibondo e anche preoccupato. Sa che c'è uno scandalo in agguato, al quale il suo governo forse non sopravviverà.»

Monica Figuerola fece un sorriso, ma lo nascose portandosi alle labbra un bicchiere d'acqua. Aveva capito che Blomkvist stava bluffando, e anche come aveva fatto a coglierla di sorpresa dandole a vedere di conoscere il suo nome e il suo numero di scarpe.

Mi ha vista in macchina in Bellmansgatan. È un tipo vigile. Ha preso il numero di targa e mi ha identificata. Ma il resto sono solo supposizioni.

Non disse nulla.

Il primo ministro sembrava angosciato.

«È questo che ci aspetta?» chiese. «Uno scandalo che farà cadere il governo?»

«Il governo non è un problema mio» disse Mikael. «Il mio compito consiste nello smascherare schifezze come il Club Zalachenko.»

Il primo ministro annuì.

«E il mio lavoro consiste nel guidare il paese in conformità con la Costituzione.»

«Il che significa che i miei problemi sono in larghissima misura anche problemi del governo. Ma non viceversa.»

«Possiamo smetterla con i giochi di parole? Perché crede che abbia organizzato questo incontro?»

«Per scoprire cosa so e cosa ho intenzione di fare.»

«Parzialmente corretto. Sarebbe più esatto dire che siamo in piena crisi istituzionale. Mi lasci dire anzitutto che il governo non ha assolutamente niente a che fare con questa storia. Siamo stati sorpresi nel sonno. Io non ho mai sentito parlare di questo... di questo che lei chiama Club Zalachenko. Il ministro della Giustizia non ha mai sentito una sola parola al proposito. Torsten Edklinth, che occupa un alto incarico nell'Rps/Säk e ha lavorato alla Säpo per molti anni, non ne ha mai sentito parlare.»

«Continua a non essere un problema mio.»

«Lo so. Quello che vogliamo sapere è quando pensa di pubblicare e possibilmente cosa pensa di pubblicare. La domanda che le pongo è questa. Non ha nulla a che fare con il controllo dei danni.»

«No?»

«Blomkvist, la cosa peggiore che potrei fare in questa situazione sarebbe cercare di influenzare la sua inchiesta. Io avevo in mente di proporle una collaborazione.»

«Si spieghi.»

«Dal momento che abbiamo avuto conferma di una cospirazione all'interno di una parte eccezionalmente sensibile dell'amministrazione pubblica, ho disposto un'indagine.» Il primo ministro si rivolse al ministro della Giustizia. «Puoi spiegare esattamente quali sono le disposizioni del governo?»

«È molto semplice. Torsten Edklinth ha avuto l'incarico di indagare. Ha il compito di raccogliere informazioni da consegnare al procuratore generale, il quale a sua volta ha il compito di giudicare se procedere con delle incriminazioni. Si tratta di disposizioni molto chiare.» Mikael annuì.

«Nel corso della serata Edklinth ci ha riferito come sta procedendo l'indagine e abbiamo avuto una lunga discussione su una serie di questioni costituzionali. Ovviamente vogliamo che sia tutto in regola.»

«Ovviamente» disse Mikael con un tono che lasciava intendere che non si fidava per nulla del primo ministro.

«L'indagine però è in una fase delicata. Non abbiamo ancora identificato con precisione i personaggi coinvolti. Ci occorre tempo per farlo. Ed è per questo che abbiamo mandato Monica Figuerola da lei per invitarla a questa riunione.»

«E l'ha fatto con impegno. Non ho avuto molta scelta.»

Il primo ministro corrugò le sopracciglia e guardò con la coda dell'occhio Monica Figuerola.

«Dimentichi quello che ho detto» disse Mikael. «La signora si è comportata in maniera esemplare. Cosa vuole?»

«Vogliamo sapere quando ha intenzione di pubblicare. L'indagine viene condotta con la massima segretezza, ma se lei agisce prima che Edklinth abbia finito manda tutto all'aria.»

«Mmm. E lei quando vorrebbe che pubblicassi? Dopo le prossime elezioni?»

«Sta a lei decidere. Io non posso influenzarla. Le chiedo solo di dirci quando intende pubblicare. Per poterci regolare.»

«Capisco. Ha parlato di una collaborazione...»

Il primo ministro annuì.

«In un caso normale non mi sarei mai sognato di chiedere a un giornalista di partecipare a una riunione come questa.»

«In un caso normale probabilmente avrebbe fatto di tutto per tenere i giornalisti lontani da una riunione del genere.»

«Sì. Ma mi è sembrato di capire che lei è spinto da motivazioni diverse. Come giornalista ha fama di non essere indulgente quando si tratta di corruzione. Dunque non rischiamo di scontrarci.»

«Davvero?»

«Davvero. O meglio, potranno esserci dei contrasti, ma di carattere giuridico, non relativi alle intenzioni. Se questo Club Zalachenko esiste davvero, non è solo un'associazione criminosa ma anche una minaccia per la sicurezza dello stato. Devono essere fermati e messi di fronte alle loro responsabilità. Su questo punto lei e io dovremmo essere d'accordo.»

Mikael annuì.

«Ho intuito che su questa storia lei sa più di chiunque altro. Le propongo di mettere a nostra disposizione quello che sa. Se si trattasse di una regolare inchiesta della polizia per un reato comune, il responsabile delle indagini preliminari potrebbe farla interrogare. Ma, come certamente capisce, questa è una situazione estrema.»

Mikael restò seduto in silenzio e valutò la situazione per un momento.

«E cosa ottengo in cambio, se collaboro?»

«Niente. Io non sto mercanteggiando con lei. Se vuole pubblicare domani mattina, lo faccia. Non ho intenzione di essere coinvolto in un pasticcio di dubbia costituzionalità. Quello che le chiedo è di collaborare con noi per il bene della nazione.»

«Anche niente può essere moltissimo» disse Mikael Blomkvist. «Lasci che le dica una cosa... io sono incazzato nero. Sono immensamente incazzato con lo stato e il governo e la Säpo e i suoi dannati bastardi, che senza alcuna ragione hanno fatto chiudere una ragazzina di dodici anni in manicomio e poi l'hanno fatta dichiarare incapace.»

«Lisbeth Salander è diventata una questione di stato» disse il primo ministro, e sorrise. «Mikael, personalmente sono molto turbato per ciò che è accaduto a quella ragazza. E deve credermi quando dico che le persone coinvolte verranno messe di fronte alle loro responsabilità. Ma prima di poterlo fare dobbiamo sapere chi sono, queste persone.»

«Questi sono problemi *suoi*. Il mio è che voglio vedere Lisbeth Salander libera e dichiarata giuridicamente capace.»

«In questo non posso aiutarla. Io non sono al di sopra della legge e non posso manovrare procuratori e tribunali. Lisbeth Salander dev'essere scagionata da un tribunale.»

«Okay» disse Mikael Blomkvist. «Lei vuole la mia collaborazione. Mi dia accesso all'indagine di Edklinth e io le dirò quando e cosa ho in mente di pubblicare.»

«Non posso farlo. Ma Torsten Edklinth può decidere di metterla a parte di ciò che rientra nel suo incarico.»

«Mmm» fece Mikael. «Voglio sapere chi era Evert Gullberg.»

Sul salotto scese il silenzio.

«Evert Gullberg probabilmente è stato per molti anni

il capo di quella frangia dell'Rps/Säk che lei chiama Club Zalachenko» disse Edklinth.

Il primo ministro gli diede un'occhiata tagliente.

«Credo che lo sappia già» disse Edklinth scusandosi.

«Esatto» disse Mikael. «Cominciò a lavorare alla Säpo negli anni cinquanta e diventò capo di qualcosa che si chiamava Sezione speciale di analisi negli anni sessanta. Fu lui a gestire l'intero affare Zalachenko.»

Il primo ministro scosse la testa.

«Lei sa più di quanto dovrebbe. Sarei tanto curioso di sapere come ha fatto a scoprirlo. Ma non ho intenzione di domandarglielo.»

«Ho dei buchi nella mia inchiesta» disse Mikael. «Vorrei tapparli. Passatemi le informazioni che mi servono e non vi farò nessuno sgambetto.»

«Come capo del governo non posso darle questo genere di informazioni. E anche Torsten Edklinth si troverà in bilico su una corda se deciderà di farlo.»

«Io so cosa volete voi. Lei sa cosa voglio io. Se mi passate quelle informazioni, vi tratterò come fonti, con tutta la garanzia dell'anonimato che questo comporta. Non mi fraintenda però, io racconterò la verità nel mio reportage. Se lei è coinvolto, lo rivelerò e farò in modo che non venga più rieletto. Ma allo stato attuale non ho motivo di pensare che sia così.»

Il primo ministro guardò Edklinth con la coda dell'occhio. Dopo un momento annuì. Mikael lo prese come un segno del fatto che il primo ministro aveva appena violato la legge – ancorché in modo più che altro accademico – e dato il suo tacito consenso a che Mikael fosse messo al corrente di informazioni secretate.

«Questa cosa si può risolvere in modo abbastanza semplice» disse Edklinth. «Io sono l'unico responsabile di questa indagine e decido da me quali collaboratori reclutare. Lei non può essere un collaboratore diretto, perché questo le comporterebbe l'obbligo di sottoscrivere un impegno al segreto professionale. Però può essere un consulente esterno.»

La vita di Erika Berger si era riempita di una serie interminabile di riunioni. Lavorava giorno e notte da quando era subentrata al defunto caporedattore Håkan Morander. E si sentiva costantemente impreparata e inadeguata, ed estranea.

Fu solo la sera di mercoledì, quasi due settimane dopo che Mikael Blomkvist le aveva passato il fascicolo con le ricerche di Henry Cortez sul presidente del consiglio d'amministrazione Magnus Borgsjö, che Erika ebbe il tempo di occuparsi della questione. Quando aprì il fascicolo si rese conto che il suo procrastinare era dipeso anche dal fatto che non aveva voglia di affrontarla. Sapeva già che, in qualsiasi modo l'avesse gestita, avrebbe finito per diventare una catastrofe.

Tornò a casa a Saltsjöbaden più presto del solito, alle sette, disinserì l'allarme e notò sorpresa che suo marito non era ancora tornato. Le venne in mente che quel mattino gli aveva dato un bacio un po' speciale perché era in partenza per Parigi per una serie di conferenze e non sarebbe tornato prima del fine settimana. Si rese conto di non avere la minima idea di dove e per chi il marito avrebbe tenuto le sue conferenze, né di quale sarebbe stato l'argomento.

Mi sono dimenticata di mio marito. Si sentiva come un personaggio di un libro del dottor Richard Schwartz, e si domandò se non le occorresse l'aiuto di uno psicoterapeuta.

Salì al piano di sopra, aprì i rubinetti della vasca da bagno e si spogliò. Prese con sé il fascicolo e trascorse la successiva mezz'ora a mollo leggendo quella storia. Quando ebbe terminato non poté fare a meno di sorridere. Henry Cortez sarebbe diventato un giornalista formidabile. Aveva ventisei anni e lavorava a *Millennium* da quattro, cioè da quando era uscito dalla scuola di giornalismo. Erika provava un certo orgoglio. Tutta l'inchiesta sui wc e su Borgsjö portava il sigillo di *Millennium* dall'inizio alla fine, e ogni singola riga era documentata.

Ma Erika si sentiva anche di malumore. Magnus Borgsjö era una brava persona, le piaceva. Era discreto, attento, aveva charme e non faceva pesare il proprio ruolo. Inoltre era il suo capo. *Dannato Borgsjö. Come hai potuto essere così maledettamente stupido.*

Si chiese se potessero esserci collegamenti alternativi o circostanze attenuanti, ma già sapeva che non esistevano giustificazioni.

Appoggiò il fascicolo sul davanzale interno della finestra e si allungò nella vasca da bagno, a pensare.

Che *Millennium* pubblicasse la storia era inevitabile. Se fosse stata ancora caporedattore non avrebbe esitato un solo secondo, il fatto che l'avessero informata del pezzo in anticipo era solo un segno di attenzione nei suoi confronti e dell'intenzione di ridurre al minimo il suo disagio. E anche se fosse successo il contrario – se l'*Smp* avesse scoperto una schifezza simile su di lei – non sarebbe stata indecisa se pubblicare o meno.

L'inchiesta avrebbe danneggiato Magnus Borgsjö seriamente. Il fatto grave non era che la Vitavara avesse commissionato wc a un'industria vietnamita che era sulla lista nera delle Nazioni Unite per lo sfruttamento del lavoro minorile – e in questo caso anche del lavoro di detenuti trattati come schiavi, molti dei quali probabilmente erano prigionieri politici. Il fatto grave era che Magnus Borgsjö ne era al corrente e tuttavia aveva scelto di continuare a commissionare wc alla Fong Soo Industries. Era un genere di avidità che, come per altri capitalisti gangster quali l'ex amministratore delegato della Skandia, il popolo svedese non apprezzava affatto.

Magnus Borgsjö probabilmente avrebbe sostenuto di non essere a conoscenza delle condizioni di lavoro presso la Fong Soo Industries, ma Henry Cortez aveva una buona documentazione al riguardo. Nell'attimo stesso in cui Borgsjö avesse tentato di giocare quella carta sarebbe stato smascherato. Nel giugno del 1997 infatti Magnus Borgsjö si era recato in Vietnam per sottoscrivere il primo contratto. In quell'occasione aveva trascorso dieci giorni nel paese visitando fra l'altro le fabbriche della Fong Soo. Se avesse detto di non avere capito che parecchi operai erano solo bambini di dodici o tredici anni, avrebbe fatto la figura dell'idiota.

La questione dell'eventuale ignoranza di Borgsjö sarebbe poi stata liquidata definitivamente dal fatto che Cortez poteva dimostrare che nel 1999 la commissione delle Nazioni Unite contro il lavoro minorile aveva incluso la Fong Soo Industries nell'elenco delle aziende che sfruttavano minori. Erano usciti diversi articoli sui giornali, e organizzazioni umanitarie contro il lavoro minorile, fra cui la prestigiosa International Joint Effort against Child Labour di Londra, avevano inviato una serie di lettere alle aziende che lavoravano con la Fong Soo. Non meno di sette lettere erano state mandate anche alla Vitavara. Due indirizzate personalmente a Magnus Borgsjö. L'organizzazione di Londra aveva passato con gioia la documentazione a Henry Cortez, sottolineando tra l'altro che la Vitavara non aveva mai risposto.

Magnus Borgsjö si era poi recato altre due volte in Vietnam, nel 2001 e nel 2004, per rinnovare il contratto. Questo avrebbe costituito la mazzata finale. Qualsiasi possibilità di invocare l'ignoranza dei fatti svaniva di fronte alla realtà.

L'attenzione mediatica che sarebbe seguita avrebbe potuto sortire un unico effetto. Se Borgsjö era saggio, avrebbe chiesto scusa e si sarebbe dimesso dai suoi incarichi dirigenziali. Se si fosse messo sulla difensiva sarebbe stato distrutto durante il processo.

Che Borgsjö fosse o meno amministratore delegato della Vitavara a Erika poco importava. La cosa importante per quanto la riguardava era che era anche amministratore delegato del gruppo Smp. La pubblicazione dell'inchiesta l'avrebbe costretto a dimettersi. In un momento in cui il giornale era sull'orlo dell'abisso e aveva dato inizio a un tentativo di rinnovamento, non poteva permettersi di avere un amministratore delegato dalla condotta ambigua. Il giornale ne avrebbe sofferto. Di conseguenza Borgsjö doveva andarsene.

Per Erika si prospettavano due linee d'azione alternative.

Poteva andare da Borgsjö, mettere le carte in tavola e mostrargli la documentazione, inducendolo a dare le dimissioni.

Oppure, se Borgsjö avesse fatto storie, lei avrebbe potuto convocare subito il consiglio d'amministrazione e mettere tutti al corrente della situazione, costringendoli a dargli il benservito. E se il consiglio d'amministrazione non l'avesse fatto, lei stessa sarebbe stata costretta a dimettersi con effetto immediato dal suo incarico di caporedattore dell'*Smp*.

Quando Erika giunse a questo punto delle sue riflessioni, l'acqua del bagno era ormai fredda. Fece la doccia, si asciugò e andò in camera da letto, dove si infilò una vestaglia. Poi prese il cellulare e chiamò Mikael Blomkvist. Non ottenne risposta. Allora scese al pianterreno per accendere la macchina del caffè e vedere, per la prima volta da quando aveva cominciato a lavorare all'*Smp*, se alla tv davano un film con il quale rilassarsi un po'.

Entrando in soggiorno avvertì un dolore pungente al piede e abbassando lo sguardo scoprì che stava sanguinando copiosamente. Fece ancora un passo e il dolore si diffuse a tutto il piede. Saltellò fino a una poltroncina e si sedette. Sollevò il piede e scoprì con terrore che una scheggia di vetro le si era infilata nel tallone. Si sentì impotente, ma si fece forza e afferrata la scheggia la estrasse dal piede. Sentì un male tremendo e il sangue cominciò a sgorgare a fiotti dalla ferita.

Con uno strattone aprì il cassetto di un mobile nel quale teneva sciarpe, guanti e berretti. Trovò un foulard che avvolse veloce intorno al piede annodandolo forte. Non bastava. Lo rinforzò con un altro bendaggio improvvisato. L'emorragia rallentò leggermente.

Guardò stupefatta il pezzo di vetro insanguinato. *Come è finito lì per terra?* Poi notò diverse altre schegge sul pavimento dell'ingresso. *Cosa diavolo...* Si alzò in piedi, diede un'occhiata in soggiorno e vide che la grande finestra panoramica con vista sul mare era stata sfondata e che tutto il pavimento era disseminato di schegge di vetro.

Arretrò fino alla porta e si infilò le scarpe che si era tolta entrando in casa. Ossia, infilò un piede in una delle scarpe e le dita di quello ferito nell'altra, dopo di che tornò in soggiorno saltellando, per valutare il disastro.

Poi trovò il mattone sul tavolo del soggiorno.

Raggiunse zoppicando la porta della terrazza e uscì in giardino.

Qualcuno aveva scritto con uno spray una parola sulla facciata della casa, con lettere alte circa un metro.

TROIA

Erano quasi le nove di sera quando Monica Figuerola aprì la portiera a Mikael Blomkvist. Poi girò intorno alla macchina e si sedette al posto di guida.

«La accompagno a casa o preferisce che la lasci da qualche altra parte?»

Mikael fissava qualcosa davanti a sé con lo sguardo vuoto.

«A essere sinceri... non so esattamente dove mi trovo. Non mi era mai capitato di fare pressione su un primo ministro.»

Monica rise.

«Ha giocato le sue carte molto bene» disse. «Non avevo idea che avesse un simile talento per il bluff.»

«Volevo dire ogni singola parola che ho detto.»

«Certo, ma ha finto di sapere molte più cose di quante ne sappia in realtà. L'ho capito quando mi sono resa conto di come mi aveva identificata.»

Mikael girò la testa e guardò il suo profilo.

«Ha preso il numero della mia targa mentre ero ferma sulla salita davanti alla sua abitazione.»

Lui annuì.

«Sembrava quasi che sapesse cosa era stato discusso nel gabinetto del primo ministro.»

«Perché non ha detto nulla?»

Lei gli diede una rapida occhiata e svoltò in Grev Turegatan.

«Le regole del gioco. Ho sbagliato a piazzarmi lì. Ma non c'era un altro posto dove parcheggiare. Lei tiene sotto stretto controllo tutto quanto la circonda, non è vero?»

«Era seduta con una piantina spiegata sul sedile del passeggero e stava parlando al telefono. Ho preso il numero di targa e ho fatto una ricerca. Controllo tutte le macchine che mi insospettiscono. Il più delle volte è un buco nell'acqua. Nel suo caso ho scoperto che lavora alla Säpo.»

«Stavo tenendo sotto controllo Mårtensson. Poi ho scoperto che lei lo controllava tramite Susanne Linder della Milton Security.»

«Armanskij l'ha incaricata di documentare tutto quanto succede intorno alla mia abitazione.»

«E siccome poi è sparita dentro il suo portone, suppongo che Armanskij abbia nascosto qualche telecamera di sorveglianza nel suo appartamento.»

«Esatto. Abbiamo un video di ottima qualità su come si introducono in casa mia e rovistano fra le mie carte. Mårtensson aveva con sé una fotocopiatrice portatile. Avete identificato l'uomo che era con lui?»

«È uno senza importanza. Un fabbro con un passato criminale che probabilmente è stato pagato per aprire la sua porta.»

«Nome?»

«Protezione delle fonti?»

«Ovviamente.»

«Lars Faulsson, quarantasette anni. Detto Falun. Condannato per furto, rapina e altre cosette negli anni ottanta. Ha un negozio a Norrtull.»

«Grazie.»

«Ma teniamo da parte i segreti per l'incontro di domani.»

La riunione si era conclusa con un accordo che comportava che Mikael Blomkvist avrebbe fatto visita all'ufficio per la tutela della Costituzione il giorno seguente per dare inizio a uno scambio di informazioni. Mikael rifletteva. Erano appena passati da Sergels Torg.

«Sa una cosa? Ho una fame da lupi. Ho pranzato in fretta alle due e pensavo di farmi un piatto di pasta quando sono tornato a casa, ma lei è venuta a prelevarmi. Lei ha mangiato?»

«È passata qualche ora.»

«Andiamo in un posto dove si possa avere del cibo decente.»

«Tutto il cibo è decente.»

Lui la guardò con la coda dell'occhio.

«Credevo che fosse una fanatica dei cibi macrobiotici.»

«No, io sono una fanatica della palestra. Se ci si tiene in forma, si può mangiare quel che si vuole. Entro limiti ragionevoli, s'intende.»

Sul Klarabergsviadukten rallentò e valutò le alternative. Invece di svoltare verso Södermalm continuò verso Kungsholmen.

«Non so come sono i ristoranti a Söder, ma conosco un ottimo locale bosniaco a Fridhemsplan. Fanno un *burek* fantastico.»

«Suona bene» disse Mikael.

Lisbeth Salander aveva messo insieme la sua relazione lettera dopo lettera, lavorando in media cinque ore ogni giorno. Si esprimeva con precisione. Prestava molta attenzione a omettere tutti i dettagli che avrebbero potuto essere usati contro di lei.

Il fatto che fosse chiusa lì dentro si era dimostrato una benedizione. Poteva lavorare tutto il tempo che era sola nella stanza e sapeva che doveva mettere via il computer tutte le volte che sentiva la chiave nella serratura.

Mentre stavo chiudendo la porta della casa di campagna di Bjurman a Stallarholmen, arrivarono Carl-Magnus Lundin e Sonny Nieminen in sella alle loro moto. Siccome mi stavano cercando da tempo su incarico di Zalachenko e Niedermann senza riuscire a trovarmi, rimasero stupiti nel vedermi in quel luogo. Magge Lundin smontò dalla moto e disse: «Credo che la lesbica abbia bisogno di un po' di uccello.» Erano così minacciosi che fui costretta a ricorrere alla legittima difesa. Lasciai Stallarholmen sulla moto di Lundin che poi abbandonai nei pressi della fiera di Älvsjö.

Rilesse e annuì soddisfatta. Non c'era motivo di raccontare anche che Magge Lundin l'aveva chiamata puttana e che lei allora si era chinata a raccogliere la P-83 Wanad di Sonny Nieminen e lo aveva punito sparandogli a un piede. Probabilmente la polizia avrebbe potuto immaginarlo, comunque stava a loro dimostrare che era andata così. Non aveva intenzione di ammettere qualcosa che avrebbe potuto comportare una pena detentiva per violenza aggravata.

Il testo era cresciuto fino a trentatré pagine e si stava avvicinando alla fine. In alcune parti era stata particolarmente avara di dettagli e aveva dedicato grande cura a non presentare alcuna prova a sostegno delle sue affermazioni. Arrivava perfino a oscurare prove palesi, agganciando direttamente un evento al successivo nella catena di ciò che era successo.

Rifletté un momento e tornò indietro per rileggere il

passaggio dove raccontava della brutale e sadica violenza compiuta dall'avvocato Nils Bjurman. Era il brano al quale aveva dedicato più tempo, e uno dei pochi che aveva riformulato parecchie volte prima di essere soddisfatta del risultato finale. Erano diciannove righe. Lisbeth riportava con obiettività come lui l'avesse picchiata, rovesciata a pancia in giù sul suo letto, ammanettata, e le avesse chiuso la bocca con del nastro adesivo. Quindi affermava che l'avvocato aveva compiuto su di lei ripetuti atti di violenza sessuale, che nel corso della nottata avevano compreso anche penetrazione anale e orale. Riportava poi come in un'occasione durante lo stupro le avesse avvolto intorno al collo un indumento – la sua stessa T-shirt – e l'avesse stretto per un momento così lungo che lei aveva perso temporaneamente conoscenza. Seguivano poi alcune righe nelle quali descriveva gli oggetti che lui aveva usato, tra cui una frusta, un vibratore anale, un altro vibratore di grosse dimensioni e degli spilli che le aveva infilato nei capezzoli.

Corrugò la fronte e studiò il testo. Alla fine sollevò la penna elettronica e aggiunse ancora qualche riga.

In un'occasione, mentre ancora avevo la bocca chiusa dal nastro adesivo, Bjurman commentò il fatto che avevo una quantità di tatuaggi e di piercing, fra cui un anellino al capezzolo sinistro. Mi chiese se mi piacesse essere bucata, poi lasciò la stanza per un attimo. Fece ritorno con uno spillo che mi infilò nel capezzolo destro.

Rilesse e annuì di nuovo con aria di approvazione. Il tono burocratico conferiva un'impronta così surreale che l'insieme finiva per sembrare una fantasia esagerata.

Molto semplicemente, la storia non sembrava credibile.

Il che era proprio ciò a cui Lisbeth Salander mirava.

In quell'attimo sentì il tintinnio delle chiavi della guardia della Securitas. Chiuse immediatamente il palmare e lo sistemò nella nicchia sul retro del comodino. Era Annika Giannini. Lisbeth corrugò la fronte. Erano le nove di sera, Annika non aveva l'abitudine di comparire a così tarda ora.

«Salve Lisbeth.»

«Salve.»

«Come va?»

«Non sono ancora pronta.»

Annika Giannini sospirò.

«Lisbeth... hanno fissato la data del processo per il 13 luglio.»

«È okay.»

«No, non è okay. Il tempo passa e tu non ti confidi con me. Comincio a temere che la decisione di assisterti sia stata un errore colossale. Se vogliamo avere una minima possibilità, devi fidarti di me. Noi dobbiamo collaborare.»

Lisbeth la studiò a lungo. Alla fine piegò la testa all'indietro e prese a fissare il soffitto.

«Adesso so cosa dobbiamo fare» disse. «Ho capito il piano di Mikael. Ha ragione lui.»

«Non ne sono tanto sicura» disse Annika.

«Ma io sì.»

«La polizia vuole interrogarti di nuovo. Un certo Hans Faste da Stoccolma.»

«Che mi interroghi pure. Io non dirò una sola parola.»

«Devi fare una dichiarazione.»

Lisbeth guardò Annika con un'espressione dura.

«Lo ripeto. Noi non diremo una sola parola alla polizia. Quando arriveremo in tribunale, il pubblico ministero non dovrà avere a disposizione nemmeno una parola a cui fare riferimento. Tutto quello che avranno sarà la memoria che sto preparando e che in larga parte sembrerà assurda. E la avranno in mano solo qualche giorno prima del processo.»

«E quando pensi di cominciare a scrivere questa memoria?»

«Te la farò avere fra poco. Ma dovrà essere recapitata al procuratore solo qualche giorno prima del processo.»

Annika pareva dubbiosa. Lisbeth le rivolse un inaspettato sorriso, timido e storto.

«Mi parli sempre di fiducia. Ma io posso fidarmi di te?»

«Naturalmente.»

«Okay, puoi portarmi di nascosto un palmare in modo che possa tenermi in contatto con il mondo via Internet?»

«No. Ovvio che no. Se lo si scoprisse, verrei incriminata e radiata dall'albo.»

«Ma se fosse qualcun altro a farmi avere di nascosto un computer del genere, tu lo denunceresti alla polizia?»

Annika inarcò le sopracciglia.

«Se non lo sapessi...»

«Ma se invece lo sapessi, come ti comporteresti?»

Annika rifletté.

«Chiuderei un occhio. Perché?»

«Quell'ipotetico palmare ti invierà presto un'ipotetica mail. Quando l'avrai letta voglio che torni qui da me.»

«Lisbeth...»

«Aspetta. La situazione è questa. Il procuratore sta usando un mazzo di carte segnate. Io sono in condizione di inferiorità in qualsiasi modo mi comporti, e lo scopo del processo è di farmi chiudere di nuovo in manicomio.»

«Lo so.»

«Se voglio sopravvivere devo servirmi anch'io di mezzi scorretti.»

Alla fine Annika annuì.

«Quando sei venuta da me la prima volta mi hai portato un messaggio di Mikael Blomkvist. Diceva che ti aveva raccontato tutto con qualche eccezione. Una delle eccezioni era quello che aveva scoperto di me quando eravamo a Hedestad.»

«Sì.»

«Si riferiva al fatto che sono dannatamente brava a maneggiare i computer. Tanto brava che posso leggere e copiare tutto quello che c'è dentro il computer del procuratore Ekström.»

Annika Giannini impallidì.

«Tu non puoi essere coinvolta in questa cosa. Non potresti utilizzare quel materiale al processo» disse Lisbeth.

«No, direi proprio di no.»

«Dunque tu non ne sai nulla.»

«Okay.»

«Ma qualcun altro, diciamo per esempio tuo fratello, può pubblicare parti scelte di questo materiale. Tu dovrai solo tenerne conto nel pianificare la tua strategia in vista del processo.»

«Capisco.»

«Annika, si tratta di essere più astuti di loro.»

«Lo so.»

«Io sono contenta di avere te come avvocato. Mi fido di te e ho bisogno del tuo aiuto.»

«Mmm.»

«Ma se ti opponi a che anch'io utilizzi metodi poco corretti perderemo il processo.»

«Sì.»

«E se è così voglio saperlo adesso. Perché dovrei trovarmi un altro avvocato.»

«Lisbeth, io non posso andare contro la legge.»

«Tu non violerai nessuna legge. Ma devi chiudere un occhio sul fatto che io lo stia facendo. Te la senti?»

Lisbeth attese pazientemente quasi un minuto prima che Annika facesse un cenno di assenso.

«Bene. Lascia che ti racconti a grandi linee cosa conterrà la mia memoria.»

Parlarono per due ore.

Monica Figuerola aveva ragione a dire che il *burek* del ristorante bosniaco era fantastico. Mikael Blomkvist la guardò di sottecchi quando tornò dalla toilette. Si muoveva con la grazia di una ballerina, ma aveva un corpo che... Mikael non poteva fare a meno di esserne affascinato. Soffocò l'impulso di allungare una mano e palparle i muscoli delle gambe.

«Da quanto tempo ti alleni?» le chiese.

«Da quando ero adolescente.»

«E per quante ore alla settimana?»

«Due ore al giorno. A volte tre.»

«Perché? Voglio dire, capisco perché la gente si tenga in forma, ma...»

«Ma pensi che sia esagerato.»

«Non so esattamente cosa penso.»

Lei sorrise. Non pareva affatto scocciata per le sue domande.

«Forse sei solo irritato dal fatto che una donna abbia i muscoli e trovi che sia poco femminile e poco attraente.»

«No. Niente affatto. In un certo senso ti stanno bene. Sei molto sexy.»

Lei rise.

«Sto cominciando a rallentare. Ma dieci anni fa facevo molto body building. Era divertente. Adesso però devo stare attenta a non gonfiarmi. Sollevo pesi una volta alla settimana e dedico il resto del tempo alla corsa, al badminton, al nuoto o a cose del genere. È più movimento che allenamento in senso stretto.»

«Okay.»

«Il motivo per cui faccio esercizio è che lo trovo piacevole. È un fenomeno comune tra i fanatici del training. L'organismo produce delle endorfine dalle quali si diventa dipendenti. Dopo un po' si va in crisi di astinenza se non si corre tutti i giorni. Dare il massimo procura un'enorme sensazione di benessere. Quasi quanto fare sesso come si deve.»

Mikael rise.

«Dovresti cominciare ad allenarti anche tu» disse Monica. «Stai mettendo su pancia.»

«Lo so» disse lui. «E mi sento in colpa. Ogni tanto mi do una mossa e comincio a correre e butto giù un paio di chili, ma poi m'impegno in qualcosa e non ho più il tempo di farlo per un mese o due.»

«Sei stato parecchio occupato in questi ultimi mesi.»

Lui si fece improvvisamente serio. Poi annuì.

«Ho letto un sacco di cose su di te nelle ultime due settimane. Hai dato parecchie lunghezze alla polizia quando hai rintracciato Zalachenko e identificato Niedermann.»

«Lisbeth Salander è stata più veloce.»

«Come hai fatto ad arrivare a Gosseberga?»

Mikael alzò le spalle.

«Una normale ricerca. Non sono stato io a trovarlo, è stata la nostra segretaria di redazione, ora caporedattore, Malin Eriksson, che è riuscita a rintracciarlo nel registro delle imprese. Era nel consiglio d'amministrazione della società di Zalachenko, la Kab.»

«Capisco.»

«Perché sei entrata nella Säpo?» chiese lui.

«Che tu ci creda o no, sono così antiquata da essere democratica. Credo che della polizia ci sia bisogno, e che una democrazia abbia bisogno di una protezione politica. Per questo sono molto orgogliosa di lavorare all'ufficio per la tutela della Costituzione.»

«Mmm» fece Mikael.

«La Säpo non ti piace, vero?»

«Non mi piacciono le istituzioni che sono al di sopra del normale controllo parlamentare. È un invito all'abuso di potere, indipendentemente da quanto buone possano essere le intenzioni. Perché sei interessata alla concezione di dio nell'antichità?»

Lei lo guardò perplessa.

«Stavi leggendo un libro che si intitolava più o meno così, sulle mie scale.»

«Ah sì, certo. È un argomento che mi affascina.»

«Aha.»

«Sono tante le cose che mi interessano. Ho studiato giurisprudenza e scienze politiche mentre ero nella polizia. E prima ho studiato filosofia.»

«Non hai nessun punto debole?»

«Non leggo romanzi, non vado mai al cinema e alla tv seguo soltanto i notiziari. E tu allora? Perché sei diventato giornalista?»

«Perché esistono istituzioni come la Säpo che si sottraggono al controllo parlamentare e che a intervalli regolari vanno smascherate.»

Mikael sorrise.

«Detto onestamente, di preciso non lo so. Comunque la risposta è simile alla tua. Credo in una democrazia costituzionale, e ogni tanto occorre difenderla.»

«Come hai fatto con il finanziere Hans-Erik Wennerström.»

«Qualcosa del genere.»

«Sei scapolo. Stai con Erika Berger?»

«Erika Berger è sposata.»

«Okay. Tutte le chiacchiere su di voi sono solo sciocchezze. Hai una ragazza?»

«Nessuna fissa.»

«Dunque la tua fama è meritata.»

Mikael alzò le spalle e sorrise di nuovo.

Il caporedattore Malin Eriksson fece le ore piccole al tavolo della cucina nella sua casa di Årsta. Sedeva china sul bilancio della casa editrice Millennium ed era così concentrata che il suo ragazzo, Anton, dopo un po' rinunciò a condurre una qualche conversazione con lei. Lavò i piatti, preparò dei tramezzini e del caffè. Quindi la lasciò in pace e andò a sedersi davanti alla tv a guardare una replica di *Csi*.

In tutta la sua vita Malin Eriksson non si era mai dedicata a un bilancio più complicato di quello domestico, ma era stata a fianco di Erika Berger quando lavorava a quelli mensili e ne aveva colto le regole. Diventando caporedattore aveva dovuto accollarsi anche quella responsabilità. Dopo mezzanotte decise che comunque fossero andate le cose avrebbe dovuto trovarsi un assistente. Ingela Oskarsson, che si occupava della contabilità una volta alla settimana, non aveva nessuna responsabilità di bilancio e non era di nessun aiuto quando si trattava di decidere quanto pagare un free-lance o se comperare una nuova stampante laser. Era una situazione ridicola – erano perfino in attivo, ma perché Erika aveva sempre fatto quadrare i conti anche a budget zero. Una cosa così semplice come una stampante da quarantacinquemila corone doveva diventare una stampante in bianco e nero da ottomila.

Per un attimo invidiò Erika. All'*Smp* per una spesa del genere sarebbero bastati gli spiccioli.

La loro situazione economica era parsa buona all'ultima assemblea annuale, ma l'eccedenza di bilancio era il frutto del libro di Mikael Blomkvist sull'affare Wennerström e si stava riducendo a una velocità allarmante. Una delle cause di ciò erano proprio le spese che Mikael aveva accumulato in relazione alla vicenda Salander. Non disponevano delle risorse necessarie per affrontare ogni genere di spesa relativa ad auto a noleggio, stanze d'albergo, taxi, materiale di ricerca, telefoni cellulari e via dicendo.

Malin scorse una fattura del free-lance Daniel Olofsson di Göteborg. Sospirò. Mikael aveva approvato una spesa di quattordicimila corone per una ricerca di una settimana per un'inchiesta che non sarebbe nemmeno stata pubblicata. Il compenso per un certo Idris Ghidi, sempre di Göteborg, rientrava nel capitolo delle retribuzioni a fonti anonime le cui generalità dovevano rimanere segrete, quindi il revisore avrebbe segnalato la mancanza di ricevute e la questione sarebbe passata al consiglio. Davano inoltre un compenso ad Annika Giannini, che certamente sarebbe stata pagata anche dallo stato, ma che in ogni caso aveva bisogno di contanti per i biglietti del treno e altre spese simili.

Mise giù la penna e osservò la somma a cui era arrivata. Mikael Blomkvist aveva bruciato sconsideratamente ben centocinquantamila corone per l'affare Salander, tutte al di fuori del budget. Così non si poteva andare avanti.

Sarebbe stata costretta a parlargli.

Erika Berger trascorse la serata al pronto soccorso dell'ospedale di Nacka anziché sul divano di casa davanti alla tv. Il pezzo di vetro era penetrato così in profondità che l'emorragia non si arrestava e nel corso della visita fu rilevato che un frammento era ancora conficcato nel tallone e doveva essere rimosso. Le fecero un'anestesia locale e le diedero tre punti di sutura.

Erika passò il tempo all'ospedale imprecando e cercando a intervalli regolari di telefonare ora a Greger ora a Mikael. Né il marito né l'amante si presero tuttavia la briga di rispondere. Alle dieci di sera aveva il piede stretto in un robusto bendaggio. Dovette farsi dare le stampelle e tornò a casa in taxi.

Ripulì il pavimento del soggiorno, zoppicando e appoggiandosi sulla punta del piede, dopo di che chiamò il servizio sostituzione vetri che era attivo ventiquattr'ore su ventiquattro. Ebbe fortuna. Era stata una serata tranquilla in città e gli uomini del servizio arrivarono nel giro di venti minuti. Ma ebbe anche sfortuna. La finestra del soggiorno era talmente grande che in magazzino non avevano un vetro adatto. Si offrirono di chiudere la finestra con del compensato, cosa che lei accettò con gratitudine.

Mentre sistemavano il compensato, chiamò anche la società di sorveglianza privata Nip, Nacka Integrated Protection, e domandò perché diavolo il costoso sistema d'allarme di cui era dotata la casa non fosse entrato in funzione quando qualcuno aveva lanciato un mattone attraverso la finestra più grande della villa di duecentocinquanta metri quadrati.

La Nip arrivò per dare un'occhiata e constatò che i tecnici che avevano installato l'allarme diversi anni prima avevano dimenticato di collegare i sensori della finestra del soggiorno.

Erika era allibita.

La Nip si offrì di fare qualcosa già il mattino dopo.

Erika rispose che potevano evitare di prendersi il disturbo. Telefonò invece al servizio notturno della Milton Security e spiegò la situazione, aggiungendo che voleva avere un nuovo sistema di allarme il più presto possibile.

«Sì, lo so che si deve fare un contratto, ma dite a Dragan Armanskij che ha chiamato Erika Berger e fate in modo che l'allarme sia installato domani in mattinata.»

Alla fine telefonò anche alla polizia. La informarono che non c'erano pattuglie disponibili che potessero raccogliere la denuncia. Le suggerirono di rivolgersi al commissariato di zona il giorno dopo. *Grazie. Al diavolo.*

Rimase seduta a ribollire per un po' prima che l'adrenalina si stabilizzasse. Solo allora si rese conto che avrebbe dovuto dormire da sola in una casa priva di allarme mentre qualcuno che la chiamava troia e mostrava tendenze violente nei suoi confronti si aggirava nei paraggi.

Valutò se trasferirsi in città e dormire in albergo, ma era una persona che non amava subire minacce e ancor meno piegarsi alle stesse. *Col cazzo che permetterò a qualche maledetto stronzo di sbattermi fuori da casa mia.*

Però mise in atto alcune semplici misure di sicurezza.

Mikael le aveva raccontato come Lisbeth avesse messo fuori gioco il serial killer Martin Vanger con una mazza da golf. Di conseguenza andò in garage e impiegò dieci minuti a cercare la sua sacca, che non usava da circa una quindicina d'anni. Scelse il ferro che aveva il miglior swing e se lo mise a portata di mano accanto al letto in camera sua. Sistemò un putter nell'ingresso e un altro ferro in cucina. Recuperò un martello dalla cassetta degli attrezzi in cantina e lo mise nel bagno della camera da letto.

Prese la sua bomboletta di gas lacrimogeno dalla borsa e la piazzò sul comodino. Infine si procurò un cuneo di gomma, chiuse la porta della camera e la bloccò. Sperò quasi che il maledetto idiota che la chiamava troia e infrangeva le sue finestre fosse così stupido da ritornare nel corso della notte.

Quando si sentì ben trincerata era ormai l'una di notte. Doveva essere al giornale per le otto. Consultò la sua agenda e vide che aveva quattro appuntamenti a partire dalle dieci. Il piede le faceva molto male e zoppicava. Si spogliò e si infilò nel letto. Non aveva camicie da notte e si chiese se non dovesse infilarsi una T-shirt o qualcosa del genere, ma siccome dormiva nuda da quando era ragazzina decise che un mattone non avrebbe avuto il potere di cambiare le sue abitudini private.

Poi naturalmente restò sveglia a riflettere.

Troia.

Aveva ricevuto dieci mail con quella parola, che all'apparenza arrivavano da mittenti diversi ma tutti del mondo dei media. La prima era arrivata dalla sua stessa redazione, ma il mittente era inesistente.

Scese dal letto e andò a prendere il suo nuovo portatile, che aveva ricevuto come fringe benefit quando aveva iniziato a lavorare all'*Smp*.

La prima mail – la più volgare, quella che minacciava che le avrebbero infilato un cacciavite in quel posto – era arrivata il 16 maggio.

La seconda due giorni dopo, il 18 maggio.

Poi c'era stata una pausa di una settimana prima che le mail ricominciassero ad arrivare, circa ogni ventiquattr'ore. Quindi l'attacco contro casa sua. *Troia.*

Anche Eva Carlsson, della redazione culturale, aveva ricevuto mail folli, che all'apparenza arrivavano dalla stessa Erika. E se era successo a Eva poteva essere successo anche ad altri. Altre persone potevano avere ricevuto posta da "lei" senza che lei ne sapesse nulla.

Era un pensiero sgradevole.

La cosa più preoccupante era tuttavia l'attacco contro la casa di Saltsjöbaden.

Significava che qualcuno si era preso la briga di andare fin lì, localizzare la sua abitazione e scagliare un mattone contro la finestra. L'attacco era stato preparato – l'esecutore si era portato dietro una bomboletta di vernice spray. Erika si sentì raggelare quando si rese conto che probabilmente doveva aggiungere un'altra voce all'elenco. Alla sua macchina erano state tagliate tutte e quattro le gomme mentre lei dormiva con Mikael Blomkvist all'Hilton di Slussen.

La conclusione era tanto sgradevole quanto evidente. Qualcuno la stava perseguitando.

Da qualche parte là fuori c'era una persona che per qualche motivo si dava da fare a tormentarla.

Che la casa di Erika fosse stata oggetto di un attacco era comprensibile – stava dove stava ed era difficile da nascondere o da spostare. Ma se la sua macchina era stata danneggiata mentre era parcheggiata in una strada di Södermalm scelta a caso, significava che il suo persecutore era sempre nelle sue immediate vicinanze.

18.
Giovedì 2 giugno

Erika fu svegliata alle nove e cinque dal trillo del cellulare.

«Buon giorno, signora Berger. Sono Dragan Armanskij. Mi è sembrato di capire che è successo qualcosa durante la notte.»

Erika gli spiegò cos'era accaduto e gli chiese se la Milton Security poteva prendere il posto della Nacka Integrated Protection.

«Quanto meno possiamo installare un allarme che funzioni» disse Armanskij con un certo sarcasmo. «Il problema è che di notte la nostra squadra più vicina è a Nacka centro. Interverremmo in circa trenta minuti. Se assumiamo l'incarico dobbiamo assegnare la sua casa a qualcun altro. Abbiamo un accordo con una ditta di sorveglianza locale, la Adam Säkerhet di Fisksätra, che interviene in dieci minuti se tutto funziona a dovere.»

«È sempre meglio della Nip che non arriva proprio.»

«Si tratta di un'azienda familiare, padre, due figli e un paio di cugini. Greci, brava gente, il padre lo conosco da molti anni. Offrono una copertura di circa trecentoventi giorni l'anno. Quando sono in ferie o simili, interviene la nostra squadra di Nacka.»

«Per me va bene.»

«Le manderò una persona in mattinata. Si chiama David Rosin. Farà un'analisi della situazione. Gli occorreranno le chiavi se lei non è in casa, e la sua autorizzazione per esaminarla da cima a fondo. Fotograferà l'edificio, il giardino e i dintorni.»

«Capisco.»

«Rosin ha molta esperienza. Avremo pronta una proposta completa nel giro di qualche giorno. Comprenderà un allarme antiaggressione, uno antincendio, un sistema di evacuazione e uno di protezione dalle intrusioni.»

«Okay.»

«Se succede qualcosa vogliamo anche che sappia cosa fare nei dieci minuti che la squadra impiega ad arrivare a casa sua.»

«Sì.»

«Già questo pomeriggio le installeremo il sistema di allarme. Dopo di che ci occuperemo del contratto.»

Immediatamente dopo la telefonata con Dragan Armanskij, Erika si rese conto di essersi svegliata tardi. Prese il cellulare e chiamò Peter Fredriksson spiegandogli che si era fatta male e pregandolo di annullare l'appuntamento delle dieci.

«Non ti senti bene?» si informò lui.

«Mi sono tagliata un piede» disse Erika. «Arriverò zoppicando non appena mi sarò messa in ordine.»

Cominciò con l'andare in bagno. Poi si infilò dei pantaloni neri e prese in prestito una pantofola del marito per il piede infortunato. Scelse una camicetta nera e ci mise sopra la giacca. Prima di rimuovere il cuneo di gomma da sotto la porta, si armò con la bomboletta di gas lacrimogeno.

Si mosse con circospezione attraverso la casa. Accese la macchina del caffè. Fece colazione al tavolo della cucina con le orecchie tese. Aveva appena guarnito una tartina quando David Rosin della Milton Security bussò alla porta.

Monica Figuerola raggiunse a piedi la centrale e chiamò i suoi quattro collaboratori per una riunione mattutina.

«Abbiamo una deadline adesso» disse. «Il nostro lavoro dev'essere pronto prima del 13 luglio, quando comincerà il processo contro Lisbeth Salander. Il che significa che abbiamo a disposizione poco più di un mese. Dobbiamo decidere quali sono le cose più importanti in questo momento. Chi vuole iniziare?»

Berglund si schiarì la voce.

«Il biondo che incontra Mårtensson. Chi è?»

Tutti annuirono.

«Abbiamo delle foto, ma nessuna idea di come rintracciarlo. Non possiamo emettere un avviso di ricerca.»

«E Gullberg? Ci dev'essere una traccia da seguire. Lo abbiamo in forza alla polizia segreta dai primi anni cinquanta al 1964, quando è stata fondata l'Rps/Säk. Poi è sparito.»

Monica annuì.

«Dobbiamo trarre la conclusione che il Club Zalachenko si è costituito nel 1964? Molto prima che Zalachenko arrivasse qui, dunque?»

«Lo scopo dev'essere stato qualcosa di diverso... un'organizzazione segreta all'interno dell'organizzazione.»

«Era subito dopo Wennerström. Tutti erano paranoici.»

«Una sorta di polizia segreta per le spie?»

«In effetti esiste qualcosa di simile all'estero. Negli Usa fu creato un gruppo speciale di cacciatori di spie nell'ambito della Cia negli anni sessanta. Era guidato da James Jesus Angleton e stava quasi per sabotare l'intera agenzia. Gli uomini di Angleton erano fanatici e paranoici, sospettavano ogni singola persona all'interno della Cia di essere un agente russo. L'attività dell'agenzia rimase per lungo tempo paralizzata.»

«Ma sono solo congetture...»

«Le vecchie documentazioni personali?»

«Gullberg non c'è. Ho già controllato.»

«E il budget? Un'operazione del genere deve pur essere finanziata in qualche modo...»

La discussione andò avanti fino all'ora di pranzo, quando Monica si scusò e andò in palestra per potersene stare in pace a riflettere.

Erika Berger fece il suo ingresso in redazione solo all'ora di pranzo, zoppicando. Il piede le faceva talmente male che non poteva appoggiarlo a terra. Saltellò fino al gabbiotto e si lasciò cadere con sollievo sulla poltrona. Peter Fredriksson la vide dalla sua postazione al bancone. Lei lo chiamò con un gesto.

«Cosa ti è capitato?» s'informò lui.

«Ho messo il piede su un pezzo di vetro che si è rotto e mi è rimasto conficcato dentro il tallone.»

«Brutta cosa.»

«Sì. Veramente. Peter, sai se è arrivato qualche altro messaggio a qualcuno?»

«Non che io sappia.»

«Okay. Tieni le orecchie aperte. Voglio sapere se succedono cose strane intorno al giornale.»

«Cosa vorresti dire?»

«Temo che ci sia in giro uno svitato che manda mail velenose e ha scelto me come vittima. Perciò se ti capita di fiutare qualcosa nell'aria lo voglio sapere.»

«Mail come quella di Eva Carlsson?»

«Qualsiasi cosa che sia fuori dall'ordinario. Io stessa ho

ricevuto mail deliranti che mi accusano di essere tante cose e ne suggeriscono tante altre che mi dovrebbero essere fatte.»

Fredriksson si rabbuiò.

«Da quanto tempo va avanti?»

«Un paio di settimane. Racconta adesso. Cosa ci sarà domani sul giornale?»

«Mmm.»

«Come sarebbe, mmm?»

«Holm e il responsabile della redazione giudiziaria sono sul piede di guerra.»

«Aha. E come mai?»

«Per via di Johannes Frisk. Hai prolungato la sua sostituzione e gli hai dato un incarico per un reportage, e lui non vuole dire di cosa si tratta.»

«Lui non deve dire di cosa si tratta. È un mio ordine.»

«È quello che dice. Il che significa che Holm e la redazione giudiziaria sono arrabbiati con te.»

«Capisco. Organizza una riunione con la redazione giudiziaria per le tre del pomeriggio così spiegherò la situazione.»

«Holm è alquanto scocciato...»

«Anch'io sono alquanto scocciata, per cui siamo pari.»

«È talmente scocciato che si è lamentato con la direzione.»

Erika alzò gli occhi. *Diavolo. Devo risolvere la questione Borgsjö.*

«Borgsjö verrà qui nel pomeriggio per avere un incontro con te. Sospetto che sia merito di Holm.»

«Okay. A che ora?»

«Alle due.»

Erika cominciò a occuparsi del promemoria di mezzogiorno.

Il dottor Anders Jonasson fece visita a Lisbeth Salander all'ora di pranzo. Lei allontanò il piatto con lo stufato di verdure che passava il convento. Come sempre lui la visitò, ma lei notò che aveva smesso di metterci l'anima.

«Stai bene» disse lui.

«Mmm. Deve fare qualcosa per il vitto.»

«Il vitto?»

«Non può farmi avere una pizza o qualcosa del genere?»

«Spiacente. Il budget non lo consente.»

«Lo sospettavo.»

«Lisbeth, domani faremo il punto sulle tue condizioni di salute...»

«Capisco. E a quanto pare sto bene.»

«Stai abbastanza bene da poter essere trasferita al carcere di Kronoberg a Stoccolma.»

Lei annuì.

«Potrei rimandare il trasloco ancora di una settimana, ma i miei colleghi comincerebbero a insospettirsi.»

«Non lo faccia.»

«Sicura?»

Lei fece un cenno d'assenso.

«Sono pronta. E prima o poi deve succedere.»

Lui annuì.

«Okay allora» disse Anders Jonasson. «Domani darò il via libera. Ti porteranno via di qui rapidamente.»

Lei annuì.

«Forse già nel fine settimana. La direzione dell'ospedale non gradisce la tua presenza qui.»

«Lo capisco.»

«Ehm... il tuo giocattolo...»

«Dietro il comodino.»

Glielo indicò.

«Okay.»

Restarono seduti in silenzio un lungo momento prima che Jonasson si alzasse per andarsene.

«Devo occuparmi di altri pazienti che hanno più bisogno del mio aiuto.»

«Grazie di tutto. Le devo un favore.»

«Ho fatto soltanto il mio lavoro.»

«No. Lei ha fatto molto di più. E io non lo dimenticherò.»

Mikael Blomkvist entrò nella centrale della polizia a Kungsholmen da Polhemsgatan. Monica Figuerola gli andò incontro e lo accompagnò nei locali dell'ufficio per la tutela della Costituzione. Si guardarono di sottecchi in silenzio mentre salivano in ascensore.

«È prudente che io mi faccia vedere in giro per la centrale?» domandò Mikael. «Qualcuno potrebbe insospettirsi.»

Monica annuì.

«Non ci saranno altri incontri qui. In futuro utilizzeremo un piccolo ufficio che abbiamo preso in affitto a Fridhemsplan. Sarà libero già domani. Ma per oggi è okay anche qui. Quella della tutela della Costituzione è un'unità piccola e quasi autonoma di cui nessun altro all'Rps/Säk si interessa. E a questo piano la Säpo non c'è.»

Mikael fece un cenno a Torsten Edklinth senza stringergli la mano e salutò i due collaboratori che evidentemente facevano parte della sua squadra. Si presentarono come Stefan e Anders, tralasciando i cognomi.

«Da dove cominciamo?» chiese Mikael.

«Che ne dite di cominciare con un po' di caffè? Monica?»

«Sì grazie.»

Mikael notò che il capo dell'ufficio per la tutela della

Costituzione aveva esitato un secondo prima di alzarsi per prendere il bricco e portarlo al tavolo, dove erano già pronte le tazze. Probabilmente aveva pensato che sarebbe stata Monica a servire il caffè. Mikael notò altresì che Edklinth stava sorridendo fra sé, e lo interpretò come un buon segno. Poi Edklinth tornò serio.

«Detto francamente, non so come gestire questa situazione. Credo sia la prima volta che un giornalista partecipa a una riunione di lavoro dei servizi segreti. Quelle di cui stiamo per discutere sono informazioni segrete.»

«Non sono interessato ai segreti militari. Mi interessa solo il Club Zalachenko.»

«Ma dobbiamo assolutamente trovare un equilibrio. Anzitutto, non dovrà citare i nostri collaboratori per nome.»

«Okay.»

Edklinth guardò sorpreso Blomkvist.

«In secondo luogo non dovrà parlare con nessuno, oltre a me e a Monica Figuerola. Siamo noi a decidere ciò che può esserle raccontato.»

«Se il suo elenco di richieste era così lungo, avrebbe dovuto parlarmene ieri.»

«Ieri non avevo ancora avuto il tempo di pensarci.»

«Allora le rivelerò una cosa. Questa probabilmente sarà la prima e unica volta nella mia carriera professionale in cui parlerò a un poliziotto di un'inchiesta non ancora pubblicata. Quindi, per citarla... detto francamente, non so come gestire questa situazione.»

Un breve silenzio si diffuse intorno al tavolo.

«Forse dovremmo...»

«Che ne dite se...»

Edklinth e Monica Figuerola avevano parlato insieme e insieme tacquero.

«Io voglio scovare il Club Zalachenko. Voi volete incriminare il Club Zalachenko. Atteniamoci a questo» disse Mikael.

Edklinth annuì.

«Cosa avete in mano voi?»

Edklinth spiegò ciò che avevano scoperto. Mostrò la foto di Evert Gullberg e del colonnello-spia Stig Wennerström.

«Bene. Voglio una copia di questa foto.»

«È nell'archivio della Åhlén & Åkerlund» disse Monica Figuerola.

«È sul tavolo davanti a me. Con il testo sul retro» disse Mikael.

«Okay. Dategliene una copia» disse Edklinth.

«Dunque Zalachenko è stato assassinato dalla Sezione.»

«Un omicidio, e il suicidio di un uomo che stava morendo di cancro. Gullberg è ancora vivo, ma i medici gli hanno dato al massimo qualche settimana. Ha danni cerebrali così estesi che in pratica è un vegetale.»

«E lui era il responsabile di Zalachenko.»

«Come fa a saperlo?»

«Gullberg incontrò il primo ministro Thorbjörn Fälldin sei settimane dopo la diserzione di Zalachenko.»

«È in grado di dimostrarlo?»

«Sì. Grazie al protocollo delle visite della cancelleria del governo. Gullberg ci andò insieme all'allora direttore dell'Rps/Säk.»

«Che ora è morto.»

«Ma Fälldin è ancora vivo, ed è disposto a raccontarlo.»

«Lei ha...»

«No, non ho parlato con Fälldin. Ma qualcun altro l'ha fatto. Non posso fare nomi. Protezione delle fonti.»

Mikael spiegò come Thorbjörn Fälldin avesse reagito

alle novità su Zalachenko e come lui stesso fosse andato in Olanda a parlare con Janeryd.

«Perciò il Club Zalachenko è in qualche angolo di questa casa» disse Mikael, e indicò la foto.

«In parte. Noi crediamo che si tratti di un'organizzazione all'interno dell'organizzazione. Il Club Zalachenko non potrebbe esistere senza l'appoggio di persone chiave qui dentro. Ma siamo convinti che la cosiddetta Sezione speciale di analisi si sia trasferita altrove.»

«Una persona può essere alle dipendenze della Säpo, ricevere uno stipendio dalla Säpo e però fare riferimento a un altro datore di lavoro?»

«Più o meno.»

«Chi aiuta il Club Zalachenko qui dentro?»

«Ancora non lo sappiamo. Ma abbiamo dei sospetti.»

«Mårtensson» suggerì Mikael.

Edklinth annuì.

«Mårtensson lavora per la Säpo, ma quando c'è bisogno di lui al Club Zalachenko viene sollevato dagli incarichi ordinari» disse Monica.

«Come può succedere?»

«Ottima domanda» rispose Edklinth, con un vago sorriso. «Non avrebbe voglia di venire a lavorare per noi?»

«Mai e poi mai» disse Mikael.

«Stavo solo scherzando. Ma quella è la domanda ovvia. Abbiamo un sospetto, non ancora suffragato da prove però.»

«Vediamo... deve trattarsi di qualcuno con poteri amministrativi.»

«Sospettiamo il capodivisione, Albert Shenke» disse Monica.

«E qui incontriamo il primo ostacolo» disse Edklinth.

«Le abbiamo dato un nome, ma l'informazione non è documentata. Come pensa di procedere?»

«Non posso pubblicare un nome sul quale non ho una documentazione. Se Shenke non c'entrasse finirebbe per denunciare *Millennium* per diffamazione.»

«Bene. Allora siamo d'accordo. Questa collaborazione deve basarsi sulla reciproca fiducia. Tocca a lei. Cos'ha in mano?»

«Tre nomi» disse Mikael. «I primi due erano membri del Club Zalachenko negli anni ottanta.»

Edklinth e Monica Figuerola aguzzarono subito le orecchie.

«Hans von Rottinger e Fredrik Clinton. Von Rottinger è morto. Clinton è in pensione. Ma tutti e due facevano parte della cerchia più vicina a Zalachenko.»

«E il terzo nome?» lo sollecitò Edklinth.

«Teleborian è collegato con qualcuno che si chiama Jonas. Non sappiamo che cognome abbia ma sappiamo che è membro del Club Zalachenko dal 2005... Abbiamo anche preso in considerazione l'ipotesi che possa essere lui l'uomo che è in compagnia di Mårtensson nelle foto del Copacabana.»

«E in quale contesto è comparso il nome di Jonas?»

«Lisbeth Salander ha violato il computer di Peter Teleborian. Siamo in grado di seguire la sua corrispondenza che mostra come cospiri con Jonas allo stesso modo in cui cospirò con Björck nel 1991. Jonas dà istruzioni a Teleborian. E qui incontriamo il secondo ostacolo» disse Mikael, sorridendo verso Edklinth. «Io posso documentare le mie affermazioni, ma se vi passassi la documentazione rivelerei una fonte. Potete solo credere a quello che dico.»

Edklinth aveva l'aria di riflettere.

«Qualche collega di Teleborian a Uppsala, forse» disse. «Okay. Cominciamo con Clinton e von Rottinger. Racconti quello che sa.»

Il presidente del consiglio d'amministrazione Magnus Borgsjö ricevette Erika Berger nel suo ufficio adiacente alla sala riunioni della direzione. Appariva preoccupato.

«Ho sentito che si è fatta male» disse, indicando il piede di Erika.

«Passerà» disse Erika, appoggiando le stampelle alla scrivania dopo essersi accomodata su una delle poltroncine.

«Sì, bene. Erika, lei è qui da un mese e volevo avere modo di fare una verifica con lei. Come sta andando?»

Devo discutere della Vitavara con lui. Ma come? E quando?

«Sto cominciando a orientarmi. Vedo due cose. Da un lato, l'*Smp* ha delle difficoltà economiche che stanno per strangolarlo. Dall'altro, in redazione c'è una quantità incredibile di rami morti.»

«E lati positivi non ce ne sono?»

«Certo che ce ne sono. Ci sono un sacco di bravi professionisti che sanno come va fatto un giornale. Il problema è che ci sono altri che non gli permettono di farlo.»

«Holm è venuto a parlare con me...»

«Lo so.»

Borgsjö inarcò le sopracciglia.

«Ha fatto diversi commenti su di lei. Quasi tutti negativi.»

«È okay. Anch'io ho una mia opinione su di lui.»

«Negativa? Se non riuscite a lavorare insieme...»

«Io non ho problemi a lavorare con lui. È lui che ha dei problemi con me.»

Erika sospirò.

«Mi fa impazzire. Holm ha esperienza ed è senza dubbio uno dei capiservizio più competenti che abbia mai conosciuto. Ma al tempo stesso è un bastardo. Mette le persone l'una contro l'altra. Lavoro nei media da venticinque anni e non mi sono mai imbattuta in una persona del genere in una posizione come la sua.»

«Deve avere le spalle robuste per fare il suo lavoro. Riceve pressioni da tutte le parti.»

«Le spalle robuste le ha. Ma non significa che debba comportarsi da idiota. Holm è una catastrofe, è uno dei responsabili del fatto che i collaboratori non portano avanti un lavoro di squadra. Sembra convinto che il suo compito consista nel famoso divide et impera.»

«Parole dure.»

«Gli do un mese per ricredersi. Poi lo sollevo dall'incarico di caposervizio dell'informazione.»

«Questo non lo può fare. Il suo compito non consiste nello sgretolare l'organizzazione interna del giornale.»

Erika tacque e studiò il presidente del consiglio d'amministrazione.

«Mi perdoni se glielo faccio notare, ma è esattamente quello per cui mi avete assunta. Abbiamo perfino firmato un contratto che mi dà mano libera quanto a modifiche redazionali. Il mio compito consiste nel rinnovare il giornale, e posso farlo solo intervenendo sull'organizzazione e sulle abitudini di lavoro.»

«Holm ha votato la sua vita all'*Smp*.»

«Certo. E ha cinquantotto anni e andrà in pensione fra sei e io non posso permettermi di averlo tra i piedi nel frattempo. Non mi fraintenda, Magnus. A partire dal momento in cui mi sono seduta nel gabbiotto laggiù, il mio obiettivo è stato quello di migliorare la qualità dell'*Smp* e di aumentarne la tiratura. Holm può scegliere se fare le cose a modo mio o fare qualcos'altro. Io passerò sopra a chiunque mi ostacoli o in altro modo danneggi il giornale.»

Dannazione... devo affrontare la faccenda della Vitavara. Borgsjö verrà cacciato.

D'improvviso Borgsjö sorrise.

«Mi sa che anche lei ha le spalle robuste.»

«Sì, le ho, ma non dovrebbe essercene bisogno. Il mio lavoro è quello di realizzare un buon giornale. Ma lo posso fare soltanto se ho una direzione efficace e dei collaboratori soddisfatti.»

Dopo l'incontro, Erika tornò zoppicando al gabbiotto. Si sentiva a disagio. Aveva parlato con Borgsjö per quarantacinque minuti senza portare il discorso sulla Vitavara. In altre parole, non era stata onesta con lui.

Quando aprì la posta, vide che aveva ricevuto una mail da MikBlom@millennium.nu. Siccome sapeva benissimo che quell'indirizzo era inesistente, immaginò che fosse il suo *cyber stalker* che si faceva di nuovo vivo. Aprì il messaggio.

Credi che Borgsjö potrà salvarti, troietta? Come va il piede?

Erika alzò gli occhi e guardò spontaneamente verso la redazione. Il suo sguardo cadde su Holm. Lui ricambiò l'occhiata. Poi le fece un cenno d'assenso e sorrise.

È qualcuno dell'Smp a scrivere i messaggi pensò Erika.

La riunione all'ufficio per la tutela della Costituzione si concluse solo alle cinque. Stabilirono che si sarebbero incontrati di nuovo la settimana successiva, e che Blomkvist avrebbe dovuto rivolgersi a Monica Figuerola se avesse avuto bisogno di mettersi in contatto con l'Rps/Säk prima di allora. Mikael prese il suo portatile e si alzò.

«Come faccio a uscire?» chiese.

«Non può andarsene in giro per conto suo» disse Edklinth.

«Lo accompagno io» disse Monica. «Solo qualche minuto. Devo prendere delle cose nel mio ufficio.»

Monica e Mikael attraversarono insieme Kronobergsparken verso Fridhemsplan.

«Allora, cosa succede adesso?» chiese Mikael.

«Ci teniamo in contatto» disse Monica.

«Comincia a piacermi, stare in contatto con la Säpo» disse Mikael, e le sorrise.

«Avresti voglia di cenare insieme stasera?»

«Ancora il ristorante bosniaco?»

«Naa, non posso permettermi di andare al ristorante ogni volta. Pensavo piuttosto a qualcosa di semplice a casa mia.»

Monica si fermò e gli sorrise.

«Lo sai cosa avrei voglia di fare in questo momento?» disse Monica Figuerola.

«No.»

«Avrei voglia di portarti a casa e di spogliarti.»

«La cosa rischia di complicarsi.»

«Lo so. Ma non ho intenzione di raccontarlo al mio capo.»

«Non possiamo prevedere gli sviluppi di questa faccenda. Potremmo finire uno da una parte della barricata e uno dall'altra.»

«Correrò il rischio. Vieni spontaneamente o devo ammanettarti?»

Lui annuì. Lei lo prese sottobraccio e si diresse verso Pontonjägargatan. Erano nudi trenta secondi dopo avere chiuso la porta dell'appartamento di lei.

David Rosin, consulente della Milton Security, stava aspettando Erika Berger quando lei tornò a casa alle sette di sera. Il piede le faceva molto male. Entrò zoppicando in cucina e si lasciò cadere sulla sedia più vicina. Lui aveva preparato il caffè e glielo servì.

«Grazie. Preparare il caffè fa parte dei servizi della Milton?»

Lui sorrise cortesemente. David Rosin era un uomo tondo sulla cinquantina con una barbetta rossa.

«Grazie per avermi consentito di usare la cucina.»

«Era il minimo che le potessi offrire. Com'è la situazione?»

«I nostri tecnici sono stati qui e hanno installato l'allarme. Dopo le mostro come funziona. Ho esaminato la sua casa dalla cantina alla soffitta e ho dato un'occhiata ai dintorni. Discuterò la sua situazione con i colleghi alla Milton, e fra qualche giorno avremo una proposta da sottoporle. Nel frattempo però ci sono diverse cose di cui dovremmo parlare.»

«Okay.»

«Anzitutto ci sono un po' di carte da firmare. Il contratto definitivo dipende dai servizi concordati, ma con questo intanto lei incarica la Milton Security di installare l'allarme che abbiamo già installato. È un contratto standard che comporta determinati impegni reciproci, il segreto professionale e cose del genere.»

«Impegni reciproci?»

«Sì. Un allarme è un allarme, non conta niente se c'è un pazzo armato in casa. Lei e suo marito dovrete adottare alcuni comportamenti. Li esamineremo insieme punto per punto.»

«Okay.»

«Non voglio anticipare niente, ma la situazione io la vedo così. Lei e suo marito abitate in una villa. Avete un accesso al mare sul retro e qualche altra villa nelle immediate vicinanze. La casa è abbastanza isolata.»

«Esatto.»

«Ciò significa che un intruso ha buone possibilità di non essere visto.»

«I vicini sulla destra sono via per buona parte dell'anno, e sulla sinistra abita una coppia di anziani che va a dormire piuttosto presto.»

«Già. Inoltre le due case si mostrano il fianco che in più ha poche finestre. Ci vogliono solo cinque secondi dalla strada per raggiungere il retro della casa dove non si corre più il rischio di essere visti. C'è una siepe molto folta, e poi il garage e un grande edificio indipendente.»

«È l'atelier di mio marito.»

«Un artista, a quanto mi è parso di capire.»

«Esatto. Altro?»

«Chi ha rotto la finestra e ha scritto con lo spray sulla facciata ha potuto agire indisturbato. Al massimo qualcuno avrebbe potuto sentire il rumore dei vetri infranti, ma i suoni sono attutiti dalla distanza.»

«Aha.»

«L'altro punto è che la casa è grande, circa duecentocinquanta metri quadrati, senza contare soffitta e cantina. Undici locali su due piani.»

«Sì, questa casa è un mostro. Era dei genitori di Greger, poi è passata a lui.»

«C'è un'infinità di modi per entrarci. Dalla porta d'ingresso, dalla terrazza sul retro, da quella al primo piano e dal garage. Inoltre ci sono le finestre al pianterreno, e le sei della cantina che non erano nemmeno collegate all'allarme. Infine ci sono le scale antincendio sul retro e la botola della soffitta che è chiusa solo con un gancio.»

«A quanto pare è come se ci fossero delle porte girevoli per entrare qui dentro. Cosa si può fare?»

«L'allarme che abbiamo installato oggi è provvisorio. Dovremo tornare la prossima settimana e installare un impianto come si deve, con sensori su ogni finestra. Questo è solo una protezione contro eventuali intrusioni in vostra assenza.»

«Okay.»

«Ma la situazione contingente si è creata perché lei si è trovata esposta a una minaccia diretta da parte di un individuo specifico. La faccenda è considerevolmente più seria. Non abbiamo la minima idea di chi possa essere quella persona, non sappiamo che motivazione la spinga e dove sia disposta ad arrivare, ma possiamo comunque trarre delle conclusioni. Se si trattasse solo di lettere minatorie anonime il rischio sarebbe più basso, ma in questo caso si tratta di una persona che effettivamente si è presa la briga di venire a casa sua, ed è un bel pezzo di strada fino a Saltsjöbaden. E questo è di pessimo auspicio.»

«Concordo.»

«Ho parlato con Armanskij nel corso della giornata e siamo d'accordo nel ritenere che la minaccia è chiara e inequivocabile.»

«Aha.»

«Finché non ne sappiamo di più, dobbiamo procedere con i piedi di piombo.»

«Il che significa...»

«Primo. L'allarme che abbiamo installato oggi comprende due componenti. Un normale allarme antintrusione, attivo quando non siete in casa, e un allarme volumetrico per il pianterreno, da inserire quando siete al primo piano di notte.»

«Okay.»

«Sarà una scocciatura, perché dovrete disattivarlo ogni volta che vorrete scendere al pianterreno.»

«Capisco.»

«Secondo. Oggi abbiamo sostituito la porta della sua camera da letto.»

«Sostituito la porta?»

«Sì. Con una porta blindata. Non si preoccupi, è dipinta di bianco e ha tutto l'aspetto di una normalissima porta da camera da letto. La differenza è che si blocca automaticamente quando viene chiusa. Per aprirla dall'interno basta abbassare la maniglia come con qualsiasi altra porta. Ma per aprirla dall'esterno occorre digitare un codice di tre cifre sulla maniglia.»

«Okay.»

«Se viene molestata qui in casa ha una stanza dentro la quale barricarsi. I muri sono solidi e occorre del tempo per abbattere quella porta, anche avendo gli attrezzi giusti. Terzo. Installeremo un sistema di videosorveglianza. Potrete vedere ciò che accade sul retro e al pianterreno dalla camera da letto. Sarà attivo in settimana come i rilevatori di movimento all'esterno.»

«A quanto pare, la camera da letto non sarà più un posto granché romantico in futuro.»

«Si tratta solo di un piccolo monitor. Possiamo inserirlo in un guardaroba o in un cassettone in modo che non sia in vista.»

«Okay.»

«Sempre in settimana sostituiremo le porte dello stu-

531

dio e anche di una stanza qui sotto. Se succederà qualcosa, potrà mettersi rapidamente al sicuro dietro una porta blindata in attesa di soccorso.»

«Sì.»

«Se dovesse far scattare l'allarme antintrusione per errore, dovrà telefonare immediatamente alla centrale di pronto intervento della Milton per bloccare la squadra in uscita. Per farlo dovrà essere in grado di fornire la sua password. Se non ricorda la password dobbiamo comunque intervenire e addebitarle il costo della chiamata.»

«Capisco.»

«Quarto. Adesso c'è un allarme antiaggressione sistemato in quattro punti della casa. Qui in cucina, nell'ingresso, nel suo studio al piano di sopra e nella vostra camera da letto. Sono due pulsanti da premere contemporaneamente per tre secondi. Può farlo anche con una sola mano, ma non deve farlo per sbaglio.»

«Aha.»

«Se l'allarme antiaggressione scatta, succedono tre cose. La Milton interviene con delle squadre che convergono qui. Quella più vicina fa capo alla Adam Säkerhet di Fisksätra. Sono due tipi grandi e grossi che possono essere qui nell'arco di una decina di minuti. Ma arriva anche una squadra della Milton da Nacka, nel migliore dei casi in venti minuti ma più probabilmente in venticinque. E l'allarme arriva automaticamente anche alla polizia. In altre parole, convergono sul posto diverse squadre a qualche minuto di distanza.»

«Okay.»

«L'allarme antiaggressione non può essere annullato, a differenza di quello antintrusione. Lei non può telefonare e dire che si è trattato di un errore. Anche se esce e dice che è stato un falso allarme, la polizia entra comunque in casa per assicurarsi che nessuno stia puntando una pistola alla testa di suo marito o qualcosa del genere. L'allarme antiaggressione va usato soltanto in caso di reale pericolo.»

«Capisco.»

«Non è necessario che si tratti di un'aggressione fisica. Può esserci qualcuno che cerca di introdursi in casa o che compare nel giardino o altro. Ogni volta che si sente minacciata può usare l'allarme, ma deve farlo con giudizio.»

«Promesso.»

«Ho notato che ci sono delle mazze da golf sparse per la casa.»

«Sì. Ho dormito sola stanotte.»

«Io sarei andato in albergo. Comunque, per noi non è un problema se lei prende delle precauzioni di sua iniziativa. Ma deve esserle chiaro che con una mazza da golf può facilmente mandare all'altro mondo un eventuale aggressore.»

«Mmm.»

«E se dovesse farlo verrebbe molto probabilmente incriminata per omicidio colposo. Se poi confermasse di aver disposto le mazze da golf in giro per la casa per usarle come arma potrebbe perfino essere accusata di omicidio volontario.»

«Perciò dovrei...»

«Non dica nulla. So cosa ha in mente.»

«Se qualcuno mi aggredisce, io ho tutte le intenzioni di rompergli la testa.»

«La capisco. Ma se si affida alla Milton Security è proprio per avere un'alternativa. Lei dovrà essere in grado di chiamare aiuto e soprattutto di non trovarsi nella situazione di dover rompere la testa a qualcuno.»

«Okay.»

«Fra parentesi, cosa fa con le mazze da golf se l'aggressore ha una pistola? Quello che fa la differenza è che lei sia sempre un passo avanti rispetto a chi la minaccia.»

«E cosa faccio se è uno *stalker* che mi perseguita?»

«Deve fare in modo di non dargli mai la possibilità di avvicinarla. Noi non saremo pronti prima di un paio di giorni, inoltre dovremo anche parlare con suo marito. Dev'essere consapevole della situazione tanto quanto lei.»

«Aha.»

«Nel frattempo sarebbe meglio che lei non restasse qui.»

«Non ho modo di trasferirmi altrove. Comunque mio marito sarà di ritorno fra un paio di giorni. Ma sia lui che io viaggiamo abbastanza spesso e ci capita di rimanere a casa da soli.»

«Capisco. Ma si tratta soltanto di pochi giorni, finché non avremo completato tutte le installazioni. Non ha qualche conoscente che la possa ospitare?»

Erika pensò per un attimo all'appartamento di Mikael Blomkvist ma si ricordò che non sarebbe stata una buona idea.

«Grazie... ma preferirei rimanere qui.»

«Come temevo. In tal caso voglio che ci sia qualcuno qui con lei per il resto della settimana.»

«Mmm.»

«Ha qualche conoscente che possa farlo?»

«Di sicuro. Ma non alle sette e mezza di sera e con un pazzo che potrebbe aggirarsi in giardino.»

David Rosin rifletté un momento.

«Okay. Avrebbe qualcosa in contrario se le facesse compagnia uno dei collaboratori della Milton? Posso sentire se una ragazza che si chiama Susanne Linder è libera stasera. Se lo fosse non avrebbe nulla in contrario a guadagnare qualche biglietto da cento fuori busta.»

«Quanto costerebbe?»

«Lo può concordare direttamente con lei. Non fa parte del pacchetto. Io però ci terrei veramente.»

«Non ho paura del buio.»

«Non ne dubito. Altrimenti non avrebbe dormito qui la notte scorsa. Ma Susanne Linder è un'ex agente di polizia. E poi sarebbe un'eccezione. Se dovessimo organizzare una vera e propria scorta sarebbe una faccenda completamente diversa, e parecchio costosa.»

Il tono serio di David Rosin la influenzò. Erika si rese conto d'improvviso che stava discutendo la possibilità che la sua vita fosse in pericolo. Stava esagerando? Avrebbe fatto meglio a minimizzare? E allora perché mai aveva telefonato alla Milton Security?

«Okay. La chiami pure. Vado a preparare la stanza degli ospiti.»

Fu solo verso le dieci di sera che Monica Figuerola e Mikael Blomkvist si alzarono dal letto, andarono in cucina e misero insieme una pasta con tonno e bacon e vari avanzi trovati in frigorifero. Accompagnarono il tutto con dell'acqua. Tutto d'un tratto Monica cominciò a ridacchiare.

«Che c'è?»

«Temo che Edklinth rimarrebbe un tantino scosso se ci vedesse in questo momento. Non penso che intendesse dire che dovevo fare sesso con te, quando mi ha chiesto di tenerti sotto stretto controllo.»

«Sei stata tu a cominciare. Io ho potuto solo scegliere se seguirti ammanettato o spontaneamente.»

«Lo so. Ma convincerti non è stato molto difficile.»

«Forse non ne sei consapevole, anche se credo di sì, comunque sprizzi sesso da tutti i pori. Quale uomo avrebbe potuto resistere?»

«Grazie. Però non credo di essere così sexy. E non faccio sesso così spesso.»

«Mmm.»

«È vero. Non ho l'abitudine di finire a letto con chi capita. Questa primavera sono stata un po' con un ragazzo. Ma poi è finita.»

«Come mai?»

«Era molto simpatico, e anche carino. Ma era diventato un logorante braccio di ferro. E io ero più forte di lui e lui non lo sopportava.»

«Okay.»

«Anche tu vorrai sfidarmi a braccio di ferro?»

«Vuoi sapere se per me è un problema che tu sia più in forma e fisicamente più forte di me? Non lo è.»

«Sinceramente. Ho notato che parecchi uomini sono interessati, ma poi cominciano a sfidarmi e cercano di trovare altri modi per dominarmi. Ancor più quando scoprono che sono uno sbirro.»

«Io non ho intenzione di fare a gara con te. Sono meglio di te in quello che faccio io. E tu sei meglio di me in quello che fai tu.»

«Bene. È un atteggiamento con il quale posso convivere.»

«Perché mi hai rimorchiato?»

«Mi piace seguire gli impulsi. E questo è stato un impulso.»

«Okay. Però sei un'agente della Säpo, e sei nel bel mezzo di un'indagine nella quale io sono coinvolto...»

«Vuoi dire che sono stata poco professionale? Hai ragione. Non avrei dovuto farlo. E avrei seri problemi se lo si sapesse. Edklinth andrebbe su tutte le furie.»

«Io terrò la bocca chiusa.»

«Grazie.»

Rimasero un attimo in silenzio.

«Non so dove porterà questa storia. Tu sei un tipo che ama i casini, da quanto ho capito. È una descrizione corretta?»

«Sì. Purtroppo. E non credo di essere in cerca di una relazione stabile.»

«Okay. Sono avvisata. Nemmeno io credo di essere in cerca di un uomo fisso. Possiamo restare sul piano dell'amicizia?»

«Preferibilmente. Monica, io non andrò a dire a nessuno che siamo stati insieme. Ma se le cose dovessero andare storte potrei trovarmi in conflitto con i tuoi colleghi.»

«Non credo. Edklinth è una persona onesta. E vogliamo veramente inchiodare questo Club Zalachenko. Se le tue teorie sono esatte, è proprio una faccenda pazzesca.»

«Vedremo.»

«Tu hai avuto anche una storia con Lisbeth Salander.»

Mikael alzò gli occhi e la guardò.

«Senti... io non sono un diario aperto che tutti possono leggere. La mia relazione con Lisbeth non riguarda nessuno.»

«Lei è figlia di Zalachenko.»

«Sì. E deve convivere con questo fatto. Ma lei non è Zalachenko. C'è una bella differenza.»

«Non era questo che volevo sapere. Mi interrogavo solo sul tuo coinvolgimento in questa storia.»

«Lisbeth è mia amica. Come spiegazione è più che sufficiente.»

Susanne Linder della Milton Security portava jeans, giacca di pelle nera e sneaker. Arrivò a Saltsjöbaden alle nove e ricevette istruzioni da David Rosin che la accompagnò a fare un giro d'ispezione della casa. Era armata di laptop, manganello, bomboletta di gas lacrimogeno, manette e spazzolino da denti, il tutto dentro una sacca militare verde che svuotò nella stanza degli ospiti. Erika intanto aveva preparato del caffè.

«Grazie. Ma non mi consideri un'ospite da intrattenere. Non lo sono affatto. Sono un male necessario che tutto d'un tratto è entrato nella sua vita, anche se solo per un paio di giorni. Sono stata agente di polizia per sei anni e da quattro lavoro per la Milton Security. Sono una guardia del corpo diplomata.»

«Aha.»

«Ci sono state delle minacce contro di lei e io sono qui per consentirle di dormire tranquilla, di lavorare, di leggere, di fare quello che ha voglia di fare. Se ha bisogno di parlare la ascolto volentieri. Altrimenti ho con me un libro.»

«Okay.»

«Quello che voglio dire è che lei deve continuare a fare la sua vita e non deve sentirsi in obbligo di intrattenermi. Diventerei un incomodo. La cosa migliore sarebbe che riuscisse a considerarmi come un'occasionale collega di lavoro.»

«Devo dire che non sono abituata a situazioni del genere. Sono già stata oggetto di minacce, quando ero caporedattore a *Millennium*, ma a livello professionale. Ora invece si tratta di una persona dannatamente molesta...»

«Che ha preso di mira proprio lei.»

«Qualcosa del genere.»

«Una vera e propria scorta le verrebbe a costare parecchio, e comunque dovrebbe parlarne con Dragan Armanskij. Perché ne valesse la pena, la minaccia dovrebbe essere molto chiara e specifica. Questo per me è solo un lavoretto extra. Prendo cinquecento corone a notte per dormire qui questi pochi giorni invece che a casa mia. È molto meno di quanto dovrei chiedere se lo facessi su incarico della Milton. Per lei può andar bene?»

«Benissimo.»

«Se succede qualcosa, voglio che si chiuda a chiave in camera sua e lasci che sia io a occuparmene. Il suo compito consisterà nell'azionare l'allarme antiaggressione.»

«Capisco.»

«Dico sul serio. Non voglio averla fra i piedi in un eventuale tafferuglio.»

Erika andò a dormire alle undici. Sentì il clic della serratura quando chiuse la porta della camera da letto. Si spogliò pensierosa e si infilò sotto le coperte.

Nonostante Susanne le avesse detto di non sentirsi obbligata a intrattenerla, Erika aveva passato due ore in cucina con lei. Aveva scoperto che andavano d'accordo e che stare in sua compagnia le veniva naturale. Avevano discusso di ciò che spinge certi uomini a perseguitare le donne. Susanne Linder aveva chiarito che la psicologia da strapazzo non la interessava. Secondo lei l'importante era fermarli, e il suo lavoro alla Milton Security le piaceva molto proprio perché il suo compito consisteva per lo più nel contrastare quegli svitati.

«Perché ha lasciato la polizia?» chiese Erika.

«Mi chieda piuttosto perché ci ero entrata.»

«Okay. Perché ci era entrata?»

«Quando avevo diciassette anni una mia amica fu rapinata e stuprata da tre uomini in una macchina. Sono entrata nella polizia perché avevo l'idea romantica che esistesse proprio per impedire crimini come quello.»

«Sì...»

«Non sono riuscita a impedire un fico secco. Come agente arrivavo sul posto sempre dopo che il crimine era stato commesso. Non ne potevo più del gergo presuntuoso della squadra. E ho imparato in fretta che su certi reati non si indaga. Lei è un tipico esempio. Ha chiamato la polizia?»

«Certo.»

«E la polizia è arrivata?»

«Non proprio. Sono stata invitata a sporgere denuncia al commissariato di zona.»

«Okay. Allora sa come vanno le cose. Adesso lavoro per Armanskij e lì posso fare qualcosa prima che il crimine venga commesso.»

«Crimini contro le donne?»

«Mi occupo un po' di tutto. Sicurezza, scorte, sorveglianza e cose del genere. Spesso si tratta di persone che sono state minacciate. Mi trovo molto meglio lì che nella polizia.»

«Okay.»

«Ovviamente c'è anche il rovescio della medaglia.»

«E sarebbe?»

«Forniamo aiuto soltanto a clienti che possono pagare.»

Quando fu a letto, Erika ripensò a ciò che aveva detto Susanne. Non tutti possono permettersi un sistema di sicurezza. Lei aveva accettato senza battere ciglio la proposta di David Rosin di sostituire diverse porte, di far intervenire degli artigiani, di installare un doppio sistema d'allarme e via dicendo. Il costo sarebbe ammontato a circa cinquantamila corone. Ma lei se lo poteva permettere.

Rifletté un momento sulla sua sensazione che chi la minacciava avesse a che fare con l'*Smp*. La persona in questione sapeva che si era ferita al piede. Pensò ad Anders Holm. Non le piaceva, e questo contribuiva a renderla diffidente nei suoi riguardi, ma la notizia che si era fatta male era circolata rapidamente da quando era entrata in redazione con le stampelle.

E poi doveva affrontare la questione Borgsjö.

Di colpo si mise a sedere sul letto perplessa, guardandosi intorno nella stanza. Dove aveva messo il fascicolo di Henry Cortez su Borgsjö e la Vitavara?

Erika si alzò, si infilò la vestaglia e prese una stampella. Aprì la porta della camera da letto e andò nel suo studio, dove accese la luce. No, non era più entrata lì dentro da... aveva letto il fascicolo nella vasca da bagno la sera prima. L'aveva appoggiato sul davanzale interno.

Andò in bagno. Il fascicolo non era più lì.

Restò immobile a riflettere.

Sono uscita dalla vasca e sono andata in cucina per preparare il caffè. Ho calpestato il pezzo di vetro e ho avuto altro a cui pensare.

Non ricordava di avere rivisto il fascicolo il mattino dopo. Non l'aveva spostato da nessun'altra parte.

D'improvviso si sentì raggelare. Impiegò i cinque minuti successivi a cercare in bagno e a ribaltare pile di carte e mucchi di giornali in cucina e in camera da letto. Alla fine fu costretta ad ammettere che il fascicolo era sparito.

Dopo che aveva messo il piede sulla scheggia di vetro e prima che David Rosin comparisse, qualcuno era entrato in bagno e aveva preso il materiale di *Millennium* sulla Vitavara.

La colpì il pensiero che aveva altri segreti in casa. Zoppicando, tornò in camera da letto e aprì il cassetto più basso del mobile accanto al letto. Si sentì venir meno. Tutte le persone hanno dei segreti. Lei raccoglieva i suoi nel cassettone in camera da letto. Erika non teneva regolarmente un diario, ma c'erano stati dei periodi in cui l'aveva fatto. E nel cassetto c'erano anche vecchie lettere d'amore che conservava dall'adolescenza. C'era una busta con delle foto che un tempo erano state divertenti, ma che comunque non erano adatte a essere rese pubbliche. A venticinque anni Erika faceva parte del club Xtreme che organizzava festini privati per gente alla quale piaceva giocare con pelle e vernice. C'erano foto in cui non aveva l'aria di essere del tutto sana di mente.

Ma la cosa più catastrofica era che nel cassetto c'era un video che era stato girato nel corso di una vacanza agli inizi degli anni novanta, quando lei e suo marito erano stati ospiti del maestro vetraio Torkel Bollinger nella sua casa in Costa del Sol. Durante quella vacanza Erika aveva scoperto che il marito aveva una chiara tendenza bisessuale, ed erano finiti entrambi a letto con Torkel. Era stata una vacanza meravigliosa. Le videocamere erano ancora uno strumento relativamente nuovo. Il video che avevano realizzato per gioco non sarebbe stato adatto ai bambini.

Il cassetto era vuoto.

Come ho potuto essere così stupida?

Sul fondo qualcuno aveva scritto con lo spray le cinque lettere ben note.

19.
Venerdì 3 giugno - sabato 4 giugno

Lisbeth Salander concluse la sua autobiografia alle quattro del venerdì mattina e ne spedì una copia a Mikael Blomkvist su *Tavola Balorda*. Poi si stese sul letto e rimase a fissare il soffitto.

La notte di Valpurga – il 30 aprile – aveva compiuto ventisette anni, ma non aveva nemmeno pensato che era il suo compleanno. Era prigioniera. La stessa esperienza della clinica psichiatrica infantile St. Stefan. E se le cose non fossero andate per il verso giusto avrebbe corso il rischio di passare diversi altri compleanni in qualche manicomio.

Non aveva intenzione di accettarlo.

La prima volta che era stata rinchiusa non era nemmeno adolescente. Adesso era adulta e aveva altre conoscenze e competenze. Si chiese quanto tempo le sarebbe occorso per scappare e mettersi al sicuro da qualche parte all'estero, costruendosi una nuova identità e una nuova vita.

Si alzò dal letto e andò in bagno. Si guardò allo specchio. Non zoppicava più. Si passò la mano sull'anca, dove la ferita era guarita lasciando una cicatrice. Ruotò il braccio e la spalla. Tirava un po', ma funzionava. Picchiettò sulla testa. Supponeva che il suo cervello non avesse subito grossi danni essendo stato bucato da una pallottola a mantello intero.

Aveva avuto una fortuna del diavolo.

Fino al momento in cui era tornata in possesso del suo palmare, aveva tenuto occupata la mente pensando a come scappare dall'ospedale Sahlgrenska.

Poi il dottor Anders Jonasson e Mikael Blomkvist avevano sconvolto i suoi piani facendole avere il palmare. Dopo aver letto i messaggi di Mikael aveva riflettuto, fatto un'analisi delle conseguenze, valutato il suo piano e le proprie possibilità. Per una volta, aveva deciso di fare come suggeriva lui. Avrebbe testato il sistema. Mikael l'aveva convinta che in effetti non aveva nulla da perdere offrendole la possibilità di scappare in tutt'altro modo. Se il piano fosse fallito, sarebbe stata semplicemente costretta a pianificare la sua fuga dalla St. Stefan o da qualche altro manicomio.

Ciò che in effetti l'aveva indotta a stare al gioco di Mikael era la sua sete di vendetta.

Non aveva perdonato nulla.

Zalachenko, Björck e Bjurman erano morti.

Ma Teleborian era ancora vivo.

E così pure suo fratello, Ronald Niedermann. Ma lui non era un suo problema. Aveva dato una mano a seppellirla, è vero, ma era una figura secondaria. *Se un giorno mi capiterà d'incontrarlo si vedrà, ma fino a quel momento lui è un problema della polizia.*

E Mikael aveva ragione a dire che anche altri dovevano avere contribuito a condizionare la sua vita. Lisbeth doveva scovare nomi e codici fiscali di questi altri.

Per questo aveva deciso di seguire il piano di Mikael. E aveva scritto la verità nuda e cruda sulla propria vita, un'asciutta autobiografia di quaranta pagine. Era stata molto precisa. Ogni frase era vera. Il ragionamento di Mikael funzionava, era stata sbattuta in prima pagina in modo così grottesco che un po' di autentica follia non avrebbe potuto danneggiare ulteriormente la sua reputazione.

La sua autobiografia era però un falso nella misura in cui non aveva raccontato *tutta* la verità su se stessa. Non aveva nessun motivo per farlo.

Ritornò a letto e si infilò sotto le coperte. Era in preda a un nervosismo che non riusciva a definire. Si allungò per prendere il blocnotes che aveva avuto da Annika Giannini, era quasi intonso. Lo aprì alla prima pagina dove aveva scritto un'unica riga.

$$x^3 + y^3 = z^3$$

L'inverno precedente aveva passato parecchio tempo ai Caraibi a scervellarsi sul teorema di Fermat. Quando era tornata in Svezia, prima di essere coinvolta nella caccia a Zalachenko, aveva continuato a gingillarsi con quell'equazione. Ora aveva l'irritante sensazione di avere intravisto una soluzione... di avere *sperimentato* una soluzione.

Ma di non essere in grado di ricordarla.

Non ricordare qualcosa era un fenomeno nuovo per Lisbeth Salander. Aveva messo alla prova se stessa andando in rete e prendendo qualche codice Html a casaccio che aveva letto in un lampo, memorizzato e quindi riprodotto esattamente.

Non aveva perso la sua memoria fotografica, che viveva come una maledizione.

Tutto era come al solito, nella sua testa.

A parte il fatto che credeva di aver visto una soluzione

del teorema di Fermat ma non riusciva a ricordare dove, come, quando.

La cosa peggiore era che non provava il benché minimo interesse. Il teorema di Fermat non la affascinava più. E questo non suonava bene. Perché era proprio così che funzionava di solito. Era affascinata da un enigma, ma non appena l'aveva risolto perdeva ogni interesse al riguardo.

Ed era proprio questo che provava, nei confronti di Fermat. Lui non era più un diavolo sulla sua spalla che esigeva insistentemente attenzione e stuzzicava il suo intelletto. Era diventato una formula piatta, qualche scarabocchio su un foglio di carta, e lei non provava più alcun desiderio di occuparsene.

Questo la preoccupava. Mise da parte il blocnotes.

Avrebbe dovuto dormire.

Invece tirò fuori di nuovo il palmare e andò in rete. Rifletté un attimo e poi entrò nell'hard disk di Dragan Armanskij, che non visitava da tempo. Armanskij collaborava con Mikael Blomkvist ma lei non aveva avuto nessuna necessità di controllare di cosa si stesse occupando.

Lesse distrattamente la sua posta elettronica.

Poi trovò il rapporto di David Rosin sull'abitazione di Erika Berger. Si fece attenta.

Erika Berger è perseguitata da uno stalker.

Trovò un promemoria della collaboratrice Susanne Linder che aveva passato la notte a casa di Erika Berger. Il messaggio era partito poco prima delle tre del mattino. Susanne Linder riferiva che Erika Berger aveva scoperto che diari, lettere, fotografie, oltre a un video di carattere estremamente personale, erano stati rubati dal cassetto di un mobile della sua camera.

Abbiamo discusso la cosa con la signora Berger e abbiamo concluso che il furto dev'essere avvenuto mentre la signora si trovava all'ospedale di Nacka, dopo aver calpestato la scheggia di vetro. C'è stato un intervallo di due ore e mezza, nel corso del quale la casa è rimasta incustodita. L'allarme, già carente, della Nip non era inserito. Per il resto del tempo o la signora Berger o David Rosin erano presenti in casa, fino a quando il furto non è stato scoperto.

Se ne conclude che il persecutore della signora Berger è rimasto nelle vicinanze della casa e ha visto che un taxi è venuto a prenderla e che lei camminava zoppicando. Quindi, ha approfittato per introdursi nell'abitazione.

Lisbeth uscì dall'hard disk di Armanskij e spense pensierosa il computer. Era in preda a sensazioni contrastanti.

Non amava Erika Berger. Ricordava ancora l'umiliazione che aveva provato quando l'aveva vista sparire in Hornsgatan in compagnia di Mikael Blomkvist, il giorno prima di capodanno, un anno e mezzo prima.

Era stato il momento più stupido della sua vita. Non si sarebbe mai più permessa quel genere di sensazioni.

Ricordava l'odio irrazionale che aveva provato, il desiderio di raggiungerli di corsa e di aggredire Erika.

Penoso.

Poi era guarita.

Ma, come si diceva, non amava Erika Berger.

Si domandò cosa potesse contenere quel video "di carattere estremamente personale". Lei stessa possedeva un video di carattere estremamente personale che mostrava *Nils Verme Bjurman* che le usava violenza. Adesso era nelle mani di Mikael Blomkvist. Si chiese come avrebbe reagito se qualcuno si fosse introdotto in casa sua e lo avesse rubato. Cosa che in effetti Blomkvist aveva fatto, anche se il suo scopo non era di danneggiarla.

Mmm.

Sconcertante.

Per Erika Berger era stato assolutamente impossibile dormire durante la notte di venerdì. Zoppicava avanti e indietro mentre Susanne Linder non la perdeva d'occhio. La sua angoscia gravava sulla casa come una nebbia pesante.

Alle due e mezza del mattino, Susanne Linder era riuscita a convincerla se non a dormire, almeno a stendersi sul letto a riposare. Aveva tirato un sospiro di sollievo quando Erika aveva chiuso la porta della propria camera. Allora aveva aperto il laptop e riassunto ciò che era accaduto in una mail che aveva inviato a Dragan Armanskij. Aveva appena finito di scriverla che la sua cliente era di nuovo in piedi.

Alle sette del mattino l'aveva convinta a chiamare il giornale e a mettersi in malattia per una giornata. Erika aveva concordato controvoglia che non sarebbe stata di grande utilità al lavoro con gli occhi che le si incrociavano. Poi si era addormentata sul divano del soggiorno, davanti alla finestra chiusa col compensato. Susanne Linder era andata a prendere una coperta e gliel'aveva messa addosso. Quindi si era preparata del caffè e aveva parlato al telefono con Dragan Armanskij, spiegandogli che era stato David Rosin a chiamarla.

«Neppure io ho chiuso occhio stanotte» disse Susanne.

«Okay. Resta lì. Va' a stenderti e dormi un paio d'ore» disse Armanskij.

«Non so come fatturare...»

«A questo penseremo poi.»

Erika dormì fino alle due e mezza del pomeriggio. Si svegliò e trovò Susanne Linder addormentata su una poltrona all'altro capo del soggiorno.

Il venerdì mattina Monica Figuerola dormì fino a tardi. Non aveva il tempo di fare la sua solita corsa prima di presentarsi al lavoro. Diede la colpa a Mikael Blomkvist, fece la doccia e lo buttò giù dal letto.

Mikael andò direttamente in redazione, dove tutti furono molto sorpresi nel vederlo in piedi così presto. Lui borbottò qualcosa, andò a prendersi un caffè e poi chiamò Malin e Henry nel suo ufficio. Impiegarono tre ore a rivedere i testi del numero speciale e a verificare come procedeva il libro di Dag Svensson.

«È andato in tipografia ieri» disse Malin. «Esce in formato tascabile.»

«Okay.»

«Il numero speciale si intitolerà *La storia di Lisbeth Salander*» disse Henry. «Forse la cambieranno, ma per ora la data del processo è fissata per il 13 luglio. Avremo il numero pronto per allora, il distributore lo riceverà a metà settimana. Decidi tu quando vuoi che esca.»

«Bene. Rimane solo il libro su Zalachenko, che al momento è un incubo. Il titolo sarà *La Sezione*. La prima metà sarà quello che pubblicheremo su *Millennium*. Il punto di partenza è l'omicidio di Dag Svensson e Mia Bergman. Poi la caccia a Lisbeth Salander. Poi Zalachenko e Niedermann. La seconda metà conterrà ciò che sappiamo della Sezione.»

«Mikael, anche se la tipografia fa di tutto per noi, dobbiamo comunque consegnare l'originale pronto per la stampa entro e non oltre il 30 giugno» disse Malin. «Christer ha bisogno di almeno un paio di giorni per il layout. Ci restano circa quattro settimane. Non capisco come potremo farcela.»

«Non faremo in tempo a portare alla luce tutta la storia» ammise Mikael. «Ma non sarebbe possibile farlo nemmeno avendo a disposizione un anno intero. Ciò che faremo sarà raccontare ciò che è successo. Se ci manca una fonte lo preciseremo. Se facciamo solo un'ipotesi lo preciseremo. Scriviamo quello che è successo e che possiamo documentare, e poi scriviamo quello che crediamo sia successo.»

«Alquanto barcollante» commentò Henry.

Mikael scosse la testa.

«Se dico che un agente della Säpo si è introdotto nel mio appartamento e sono in grado di documentarlo con un video è una notizia. Se dico che lo ha fatto su incarico della Sezione è una congettura, ma alla luce di tutte le altre rivelazioni che facciamo è una congettura plausibile. Chiaro?»

«Okay.»

«Non farò in tempo a scrivere tutto da solo. Henry, ho un elenco di pezzi che dovrai mettere insieme tu. Corrispondono a una cinquantina di pagine. Malin, tu aiuti Henry, proprio come con il libro di Dag. Tutti e tre i nostri nomi compariranno in copertina. È okay per voi?»

«Certo» disse Malin. «Ma abbiamo anche altri problemi.»

«Cioè?»

«Mentre tu ti affannavi con la faccenda di Zalachenko, noi abbiamo avuto un sacco da fare qui...»

«Vuoi dire che io non sono mai disponibile?»

Malin annuì.

«Hai ragione. Mi dispiace.»

«Lo sappiamo tutti che quando sei ossessionato da un'inchiesta per te non esiste nient'altro. Ma per noi non funziona. Non funziona per me. Erika aveva me per appoggiarsi. Io ho Henry e lui è un asso, ma lavora alla tua inchiesta tanto quanto te. Anche se ti calcoliamo, siamo comunque a corto di due persone in redazione.»

«Okay.»

«E io non sono Erika Berger. Lei aveva un'esperienza che io non ho. Sto imparando. Monica non si risparmia. E così pure Lottie. Ma nessuno ha il tempo di fermarsi un attimo a pensare.»

«Si tratta di una situazione provvisoria. Quando comincerà il processo...»

«No, Mikael. Non finirà. Quando comincerà il processo, sarà un inferno. Ricorderai come fu la volta dell'affare Wennerström. Per almeno tre mesi ti vedremo saltare da un talk-show all'altro.»

Mikael sospirò. Poi annuì lentamente.

«Cosa proponi?»

«Se vogliamo portare avanti *Millennium* dobbiamo assumere gente. Minimo due persone, forse anche di più. Non riusciamo a stare dietro a tutto...»

«E?»

«E io non sono sicura di volerlo fare.»

«Capisco.»

«Veramente. Come segretaria di redazione funziono bene, ma sarebbe un'altra cosa se ci fosse Erika come capo. Avevamo detto che avremmo fatto una prova... okay, l'abbiamo fatta. Io non sono un buon caporedattore.»

«Cazzate» disse Henry.

Malin scosse la testa.

«Okay» disse Mikael. «Capisco. Ma è una situazione estrema.»

Malin gli fece un sorriso.

«Considerala una lamentela del personale» disse.

L'unità operativa dell'ufficio per la tutela della Costituzione impiegò la giornata di venerdì a cercare di venire a capo delle informazioni ricevute da Mikael Blomkvist. Due dei collaboratori avevano traslocato in un ufficio provvisorio a Fridhemsplan, dove avevano raccolto tutta la documentazione. Il sistema informatico interno però era accessibile solo dalla centrale della polizia, il che comportava che dovevano fare avanti e indietro più volte nel corso della giornata. Anche se erano solo dieci minuti era fastidioso. Comunque già all'ora di pranzo avevano un'ampia documentazione del fatto che sia Fredrik Clinton sia Hans von Rottinger erano stati legati alla polizia segreta negli anni sessanta e agli inizi degli anni settanta.

Von Rottinger veniva dai servizi segreti militari e per molti anni aveva lavorato nell'ufficio che coordinava le forze armate e la polizia segreta. Fredrik Clinton aveva un passato nell'aeronautica e aveva cominciato a lavorare al controllo personale della Säpo nel 1967.

Entrambi avevano però lasciato l'Rps/Säk agli inizi degli anni settanta, Clinton nel 1971 e von Rottinger nel 1973. Clinton era passato all'industria privata come consulente e von Rottinger era stato incaricato come civile di svolgere delle indagini per conto dell'agenzia internazionale per l'energia atomica ed era stato trasferito a Londra.

Passò buona parte del pomeriggio prima che Monica Figuerola potesse bussare all'ufficio di Edklinth per spiegargli che i curricula di Clinton e von Rottinger molto probabilmente erano dei falsi. La carriera di Clinton era difficile da seguire. Essere un consulente per l'industria privata può significare qualsiasi cosa e non comporta nessun obbligo di rendere conto allo stato della propria attività. Dalla sua dichiarazione dei redditi si deduceva che guadagnava bene. La sua clientela però sembrava essere costituita principalmente da società anonime con sede in Svizzera o in paesi di quel tipo, dunque non era facile fare dei controlli.

Von Rottinger invece non aveva mai neanche messo piede nell'ufficio dove teoricamente avrebbe dovuto lavorare a Londra. Nel 1973 l'edificio era stato demolito per fare posto a un ampliamento della stazione di King's Cross. Probabilmente qualcuno aveva commesso un errore nel costruire la sua storia. Nel corso della giornata, la squadra di Monica Figuerola aveva interrogato diversi collaboratori in pensione dell'agenzia internazionale per l'energia atomica. Nessuno aveva mai sentito parlare di Hans von Rottinger.

«Ora ci manca solo di scoprire cosa facessero davvero» disse Edklinth.

Monica annuì.

«Come ci comportiamo con Blomkvist?»

«Cosa vuoi dire?»

«Gli abbiamo promesso di tenerlo informato su Clinton e von Rottinger.»

Edklinth rifletté.

«Okay. Finirebbe comunque per scoprirlo da solo. Meglio mantenersi in buoni rapporti con lui. Puoi dirglielo. Ma usa il buon senso.»

Monica annuì. Passarono qualche minuto a discutere su cosa fare nel fine settimana. Due dei collaboratori sarebbero andati avanti con il lavoro. Monica era libera.

Timbrò il cartellino e raggiunse la palestra di St. Eriksplan, dove passò due ore a recuperare furiosamente il tempo perso. Alle sette di sera era a casa. Fece la doccia, preparò una cena leggera e accese la tv per ascoltare il notiziario. Alle sette e mezza era già inquieta. Si infilò gli indumenti da jogging. Si fermò sulla porta e rifletté. *Dannato Blomkvist.* Aprì il cellulare e lo chiamò sul T10.

«Abbiamo qualche informazione su von Rottinger e Clinton.»

«Racconta» la esortò Mikael.

«Se fai un salto a trovarmi ti dico tutto.»

«Mmm» fece Mikael.

«Ho appena infilato la tuta da jogging per scaricare il surplus di energia» disse Monica Figuerola. «Devo uscire o ti aspetto?»

«È okay se passo dopo le nove?»

«Va benissimo.»

Alle otto del venerdì sera Lisbeth Salander ricevette la visita del dottor Anders Jonasson. Il dottore si sedette su una sedia e si lasciò andare contro lo schienale.

«Deve visitarmi?» chiese Lisbeth.

«No. Non stasera.»

«Okay.»

«Oggi abbiamo fatto una valutazione complessiva delle tue condizioni e abbiamo comunicato al procuratore che siamo pronti per dimetterti.»

«Capisco.»

«Volevano trasferirti in prigione a Göteborg già stasera.»

«Così in fretta?»

Lui annuì.

«Stoccolma evidentemente sta facendo pressione. Ho detto che ho ancora qualche test da farti e che non ti lascio andare prima di domenica.»

«E perché?»

«Non so. Sono molto infastidito dalla loro insistenza.»

Lisbeth sorrise. Se avesse avuto a disposizione qualche anno, avrebbe potuto fare del dottor Anders Jonasson un buon anarchico. In ogni caso, sul piano privato aveva già una simpatica tendenza alla disobbedienza civile.

«Fredrik Clinton» disse Blomkvist, fissando il soffitto sopra il letto di Monica Figuerola.

«Se accendi quella sigaretta, giuro che te la spengo nell'ombelico» disse Monica.

Mikael guardò stupefatto la sigaretta che aveva preso dalla tasca della giacca.

«Scusa» disse. «Posso uscire sul terrazzino?»

«Se dopo ti lavi i denti.»

Lui annuì e si avvolse in un lenzuolo. Lei lo seguì in cucina e riempì un bicchierone di acqua del rubinetto. Poi si appoggiò alla portafinestra che dava sul terrazzino.

«Fredrik Clinton.»

«È ancora vivo. È il collegamento con il passato.»

«È moribondo. Ha bisogno di un rene nuovo e passa la maggior parte del suo tempo in dialisi o comunque in ospedale.»

«Però è vivo. Potremmo contattarlo. Magari vuole parlare.»

«No» disse Monica. «È un'indagine preliminare, se ne occupa la polizia. Non c'è nessun "noi". E poi ti teniamo informato, come hai concordato con Edklinth, a condizione che tu non agisca in modo da disturbare l'indagine.»

Mikael la guardò e sorrise. Spense il mozzicone.

«Oh oh» disse. «La polizia segreta sta tirando il guinzaglio.»

Lei assunse improvvisamente un'aria pensierosa.

«Mikael, questo non è un gioco.»

Il sabato mattina, Erika Berger andò al lavoro con un nodo allo stomaco. Aveva cominciato ad avere un buon controllo degli ingranaggi del giornale, e aveva programmato di concedersi un fine settimana libero – il primo da quando aveva cominciato all'*Smp* –, ma il fatto che i suoi ricordi più intimi fossero spariti insieme al rapporto su Borgsjö le rendeva impossibile rilassarsi.

Dopo una nottata insonne passata in gran parte in cucina in compagnia di Susanne Linder, Erika si aspettava che *Penna Velenosa* colpisse ancora diffondendo qualche sua immagine tutt'altro che edificante. Internet era uno strumento straordinario per i codardi. *Buon dio, un dannato video in cui scopo con mio marito e con un altro uomo. Finirò sulle pagine dei quotidiani della sera di tutto il mondo.*

Aveva provato un senso di angoscia per tutta la notte.

Susanne Linder alla fine era riuscita a costringerla ad andare a letto, ma alle otto del mattino Erika si era alzata. Non poteva stare lontana dal lavoro. Se c'era una tempesta nell'aria, voleva affrontarla per prima.

Nella redazione semideserta del sabato era tutto normale. Il personale la salutò cordialmente quando passò davanti al bancone. Anders Holm era di riposo. Peter Fredriksson lo sostituiva.

«Buon giorno, credevo che oggi saresti rimasta a casa» la salutò.

«Anch'io. Ma ieri non me la sono sentita di venire e mi sono rimaste delle cose da fare. È successo qualcosa?»

«No, è una mattinata scarsa di notizie. Le più calde che abbiamo sono che l'industria del legno in Dalecarlia è in ripresa e che c'è stata una rapina a Norrköping nel corso della quale è stata ferita una persona.»

«Okay. Vado nel mio ufficio a lavorare un po'.»

Una volta seduta, appoggiò le stampelle alla libreria e si collegò in rete. Cominciò col controllare la posta. Aveva ricevuto diversi messaggi ma niente da *Penna Velenosa*. Corrugò le sopracciglia. Erano già passati due giorni dal furto e ancora non aveva approfittato di quella che era un'autentica miniera d'oro di possibilità. *Perché no? Ha intenzione di cambiare tattica? Vuole ricattarmi? Vuole tenermi sulle spine?*

In realtà non aveva niente su cui lavorare. Aprì il documento sulla sua strategia per l'*Smp* che stava preparando. Restò seduta un quarto d'ora a fissare lo schermo senza vedere le lettere.

Aveva cercato Greger più volte senza però trovarlo. Non sapeva nemmeno se il suo cellulare funzionasse all'estero. Naturalmente con qualche sforzo avrebbe potuto rintracciarlo, ma si sentiva totalmente priva di iniziativa. Era disperata. E paralizzata.

Telefonò a Blomkvist per informarlo che il fascicolo su Borgsjö era stato rubato, ma anche lui non rispose.

Alle dieci non era ancora riuscita a fare nulla di sensato, così decise di tornarsene a casa. Aveva appena allungato la mano per spegnere il computer quando sentì lo squillo di Icq. Guardò stupefatta il menù. Sapeva cos'era Icq ma chattava raramente e non aveva mai usato il programma da quando era venuta a lavorare all'*Smp*.

Cliccò esitante su rispondi.

Salve Erika.

Salve. Chi sei?

Privato. Sei sola?

Un trucco? Penna Velenosa? pensò Erika.

Sì. Chi sei?

Ci siamo incontrate in casa di Kalle Blomkvist quando lui era tornato da Sandhamn.

Erika fissò lo schermo. Le occorsero diversi secondi per fare il collegamento. Lisbeth Salander. Impossibile.

Sei ancora lì?

Sì.

Niente nomi. Sai chi sono io?

Come faccio a sapere che non è un bluff?

Io so come Mikael si è procurato la cicatrice sul collo.

Erika deglutì. Solo quattro persone al mondo sapevano come era successo. Lisbeth Salander era una di quelle.

Okay. Ma come fai a chattare con me?

Me la cavo piuttosto bene con i computer.

Lisbeth Salander è un genio con i computer. Ma come diavolo faccia a comunicare dal Sahlgrenska dove è in isolamento da aprile proprio non lo capisco pensò Erika.

Okay.

Posso fidarmi di te?

Cosa intendi?

Questa conversazione non deve trapelare.

Non vuole che la polizia sappia che ha accesso alla rete. Ovvio. Perciò chatta con il caporedattore di uno dei maggiori quotidiani svedesi pensò Erika.

Nessun problema. Cosa vuoi?

Pagare.

Cosa intendi?

Millennium mi ha dato una mano.

Abbiamo fatto il nostro lavoro.

Gli altri giornali non l'hanno fatto.

Tu non sei colpevole di quello di cui ti accusano.

Hai uno stalker che ti perseguita.

D'improvviso il cuore di Erika cominciò a battere forte. Esitò.

Cosa sai?

Video rubato. Effrazione.

Sì. Puoi aiutarmi?

Per Erika era difficile credere di avere scritto quella domanda. Era una follia. Lisbeth era al Sahlgrenska e aveva problemi fin sopra i capelli. Era la persona più improbabile cui Erika si potesse rivolgere.

Non so. Fammi provare.

Come?

Credi che il farabutto sia all'Smp?

Non posso dimostrarlo.

Perché lo credi?

Erika rifletté prima di rispondere.

Una sensazione. Ha cominciato quando sono venuta a lavorare qui. Altre persone dell'Smp hanno ricevuto mail sgradevoli di Penna Velenosa che all'apparenza venivano da me.

Penna Velenosa?

Il bastardo.

Okay. Perché proprio tu sei nel suo mirino?

Non so.

C'è qualcosa che indica che è un fatto personale?

Cosa intendi?

Quanti dipendenti ha l'Smp?

Circa duecentotrenta compresa la casa editrice.

Quanti ti conoscono di persona?

Non so. Negli anni ho conosciuto molti giornalisti e collaboratori.

Qualcuno con cui ti sei scontrata in precedenza?

No. Non specificamente.

Qualcuno che vuole vendicarsi di te?

Vendicarsi? Per cosa?

La vendetta è un motore potente.

Erika guardò lo schermo cercando di capire a cosa si riferisse Lisbeth.

Sei ancora lì?

Sì. Perché mi fai questa domanda?

Ho letto l'elenco di Rosin con tutti gli incidenti che colleghi a Penna Velenosa.

Perché non sono stupita? pensò Erika.

Non sembra uno stalker.

Cosa vuoi dire?

Uno stalker è spinto da un'ossessione sessuale. Questo sembra uno che imita uno stalker. Il cacciavite in quel posto... solo parodia.

Ah sì?

Ho avuto a che fare con degli autentici stalker. Sono molto più pervertiti, volgari, grotteschi. Esprimono amore e odio al tempo stesso. Questo non suona così.

Non trovi che sia abbastanza volgare?

No. La mail a Eva Carlsson era tutta sbagliata. È qualcuno che vuole fare casino.

Capisco. Non mi pareva.

Non è uno stalker. Ha qualcosa di personale contro di te.

Okay. Cosa suggerisci?

Ti fidi di me?

Forse.

Mi occorre un accesso alla rete informatica dell'Smp.

Frena.

Ora. Presto sarò trasferita e perderò Internet.

Erika esitò dieci secondi. Consegnare l'*Smp* a... a cosa? Una pazza scatenata? Lisbeth forse non era un'assassina ma era molto diversa dalle persone normali.

Però cosa aveva da perdere lei?

Come?

Devo inserire un programma nel tuo computer.

Abbiamo dei firewall.

Devi aiutarmi. Avvia Internet.

Già fatto.

Explorer?

Sì.

Ti scrivo un indirizzo. Copialo e incollalo in Explorer.

Fatto.

Ora vedi un elenco di programmi. Clicca su Asphyxia Server e scaricalo.

Erika seguì le istruzioni.

Fatto.

Avvia Asphyxia. Clicca su installa e scegli Explorer.

Ci vollero tre minuti.

Okay. Ora devi riavviare il computer. Perderemo il contatto per un po'.

Okay.

Quando lo riprenderemo trasferirò il tuo hard disk su un server in rete.

Okay.

Riavvia. Ci sentiamo fra un po'.

Erika Berger guardò affascinata lo schermo mentre il suo computer lentamente si riavviava. Si chiese se Lisbeth avesse tutte le rotelle al posto giusto. Poi Icq squillò.

Di nuovo ciao.

Ciao.

Va più in fretta se lo fai tu. Avvia Internet e copia l'indirizzo che ti spedisco.

Okay.

Ora vedi una domanda. Clicca su start.

Okay.

Ora ti viene chiesto di dare un nome all'hard disk. Chiamalo Smp-2.

Okay.

Prenditi un caffè. Ci vorrà un po' di tempo.

Monica Figuerola si svegliò alle otto del sabato mattina, circa due ore più tardi del solito. Si mise a sedere sul letto e guardò Mikael Blomkvist. Russava. *Bene. Nessuno è perfetto.*

Si chiese dove avrebbe portato la storia con Blomkvist. Non era un uomo fedele col quale si potesse pianificare una relazione duratura – questo l'aveva capito dal suo curriculum. Ma anche lei non era sicura di essere veramente alla ricerca di una relazione stabile con casa e figli e tutto il resto. Dopo una dozzina di tentativi falliti dall'adolescenza in avanti, era sempre più incline ad abbracciare la teoria che i rapporti stabili sono sopravvalutati. La sua relazione più lunga era stata una convivenza di due anni con un collega a Uppsala.

Però non era neanche un tipo da una notte, anche se riteneva che il sesso fosse sottovalutato come mezzo terapeutico contro ogni tipo di disturbo. E il sesso con Mikael Blomkvist era del tutto okay. Più che okay. Mikael era una brava persona. Stuzzicava l'appetito.

Storiella estiva? Innamoramento?

Era davvero innamorata?

Andò in bagno, si sciacquò la faccia, si lavò i denti, quindi infilò dei calzoncini da jogging e una giacca leggera e uscì in punta di piedi dall'appartamento. Fece stretching e poi una corsa di quarantacinque minuti passando davanti all'ospedale di Rålambshov e girando intorno a Fredhäll per ritornare attraverso Smedsudden. Alle nove era di nuovo a casa. Blomkvist stava ancora dormendo. Si chinò su di lui e gli mordicchiò l'orecchio finché lui aprì gli occhi confuso.

«Buon giorno tesoro. Ho bisogno di qualcuno che mi lavi la schiena.»

Lui la guardò e borbottò qualcosa.

«Che hai detto?»

«Non hai bisogno di fare la doccia. Sei già fradicia.»

«Ho fatto un giro di corsa. Dovresti venire anche tu.»

«Se cerco di tenere il tuo ritmo ti tocca telefonare al pronto intervento sanitario. Arresto cardiaco in Norr Mälarstrand.»

«Stupidaggini. Su adesso. È ora di svegliarsi.»

Lui le lavò la schiena e le spalle. E i fianchi. E la pancia. E il seno. Monica aveva perso completamente interesse per la doccia e lo trascinò di nuovo a letto. Fecero colazione al caffè di Norr Mälarstrand solo alle undici.

«Potresti diventare una cattiva abitudine» disse Monica. «Ci conosciamo solo da qualche giorno.»

«Sono molto attratto da te. Ma credo che questo tu lo sappia già.»

Lei annuì.

«Perché lo sei?»

«Spiacente. Non posso rispondere. Non ho mai capito perché d'improvviso sono attratto da una certa donna mentre un'altra non m'interessa affatto.»

Lei sorrise pensierosa.

«Io oggi sono libera» disse.

«Io no. Ho una montagna di lavoro da sbrigare prima che cominci il processo e ho passato le ultime tre notti con te anziché in redazione.»

«Peccato.»

Lui annuì e si alzò, dandole un bacio sulla guancia. Lei gli afferrò la manica della camicia.

«Blomkvist, vorrei tanto continuare a vederti.»

«Anch'io» disse lui con un cenno d'assenso. «Ma ci saranno un po' di alti e bassi finché non avremo concluso questa faccenda.»

Poi sparì in direzione di Hantverkargatan.

Erika Berger era andata a prendersi un caffè e ora fissava lo schermo. Per cinquantatré minuti non successe assolutamente nulla, a parte il fatto che il suo salvaschermo entrava in funzione a intervalli regolari. Poi Icq squillò di nuovo.

Finito. Hai un sacco di robaccia sul tuo hard disk. Fra cui anche due virus.

Mi dispiace. Qual è il prossimo passo?

Chi è l'administrator della rete dell'Smp?

Non so. Probabilmente Peter Fleming, il responsabile tecnico.

Okay.

Che devo fare?

Niente. Torna a casa.

Tutto qui?

Mi farò viva io.

Devo lasciare il computer acceso?

Ma Lisbeth Salander era già uscita da Icq. Erika fissò lo schermo frustrata. Spense il computer e andò a cercare un caffè dove poter stare seduta a riflettere in tutta tranquillità.

20.
Sabato 4 giugno

Mikael Blomkvist scese dall'autobus a Slussen, salì a Mosebacke con il Katarinahissen e raggiunse a piedi il numero 9 di Fiskargatan. Aveva comperato pane, latte e formaggio nel negozio di alimentari di fronte alla sede del consiglio regionale. Come prima cosa mise gli acquisti nel frigorifero. Poi accese il computer di Lisbeth Salander.

Dopo un momento di riflessione, accese anche il suo Ericsson T10 blu. Non accese l'altro cellulare perché in ogni caso non voleva parlare con nessuno che non avesse a che fare con l'affare Zalachenko. Vide che nelle ultime ventiquattr'ore aveva ricevuto sei chiamate, tre da Henry Cortez, due da Malin Eriksson e una da Erika Berger.

Henry si trovava a un caffè a Vasastan e aveva una serie di piccole cose da discutere ma niente di urgente.

Malin si era fatta viva solo per farsi viva.

Erika aveva la linea occupata.

Mikael aprì *Tavola Balorda* e trovò la versione definitiva dell'autobiografia di Lisbeth Salander. Annuì sorridendo, stampò il documento e cominciò subito a leggerlo.

Lisbeth stava trafficando con il suo Palm Tungsten T3. Ci aveva messo un'ora per entrare nella rete informatica dell'*Smp* con l'aiuto dell'account di Erika Berger. Non aveva usato l'account di Peter Fleming perché non aveva bisogno di tutte le facoltà dell'administrator. Quello che le interessava era avere accesso all'amministrazione e ai file del personale, e anche con l'account di Erika non avrebbe avuto difficoltà.

Se solo Mikael Blomkvist le avesse fatto avere il suo PowerBook con una vera tastiera e uno schermo da diciassette pollici anziché il palmare... Scaricò un elenco di tutti quelli che lavoravano all'*Smp* e cominciò a spuntarlo. Erano duecentoventitré persone, fra cui ottantadue donne.

Cominciò con l'eliminare tutte le donne. Non perché le ritenesse immuni da ogni forma di squilibrio mentale, ma perché statisticamente la maggioranza assoluta delle persone che molestavano donne erano uomini. Rimanevano centoquarantuno persone.

Le statistiche dicevano anche che la maggioranza delle penne velenose era in età adolescenziale o matura. Siccome l'*Smp* non aveva adolescenti fra i suoi collaboratori, tracciò una curva di età ed eliminò tutti quelli sopra i cinquantacinque e sotto i venticinque. Ne rimanevano centotré.

Si fermò un momento a riflettere. Aveva poco tempo. Forse meno di ventiquattr'ore. Prese una decisione. In un colpo solo eliminò tutti gli addetti alla distribuzione e alla pubblicità, i grafici e i tecnici, i custodi. Si concentrò sul gruppo dei giornalisti e sul personale di redazione e ottenne un elenco di quarantotto persone, tutti uomini fra i ventisei e i cinquantaquattro anni.

D'un tratto sentì il tintinnio del mazzo di chiavi. Spense immediatamente il palmare e lo sistemò sotto le coperte, fra le gambe. Il suo ultimo pranzo al Sahlgrenska era arrivato. Guardò rassegnata lo stufato di cavoli. Sapeva che dopo non avrebbe potuto lavorare per un po'. Mise il palmare dietro il comodino e aspettò che due inservienti eritree passassero l'aspirapolvere e rifacessero il letto.

Una delle ragazze nell'ultimo mese le aveva portato di nascosto qualche Marlboro Light. Le aveva anche procurato un accendino che teneva dietro il comodino. Lisbeth accettò con gratitudine due sigarette che avrebbe fumato durante la notte davanti alla finestra.

Solo alle due tutto tornò tranquillo. Lisbeth tirò fuori il palmare e si collegò in rete. Pensava di tornare immediatamente all'*Smp*, ma ancora non sapeva di avere anche dei problemi personali da gestire. Fece il solito controllo quotidiano. Cominciò con l'entrare in *Tavola Balorda*. Constatò che Mikael Blomkvist non metteva in rete nulla di nuovo da tre giorni e si chiese di cosa si stesse occupando. *Il maledetto sarà sicuramente in giro a spassarsela con qualche bambolona dalle tette grosse.*

Passò a *I Cavalieri* e controllò se *Plague* avesse aggiunto qualcosa. Niente.

Poi controllò l'hard disk del giudice Richard Ekström – corrispondenza di scarso interesse sull'imminente processo – e del dottor Peter Teleborian.

Ogni volta che entrava nell'hard disk di Teleborian aveva la sensazione che la temperatura corporea le scendesse di qualche grado.

Trovò la perizia psichiatrica su di lei che il dottore aveva già formulato anche se non l'aveva ancora visitata. La prosa era molto migliorata, ma nel complesso non c'era niente di nuovo. Scaricò la perizia e la girò a *Tavola Balorda*. Controllò la posta elettronica di Teleborian delle ultime ventiquattr'ore scorrendo una mail dopo l'altra. Stava quasi per trascurare un breve messaggio.

Sabato ore 15. Galleria stazione centrale.
Jonas

Maledizione. Jonas. Compare in un sacco di mail indirizzate a Teleborian. Usa un account Hotmail non identificabile.

Lisbeth spostò lo sguardo sull'orologio digitale. Le due e ventotto. Chiamò l'Icq di Blomkvist. Nessuna risposta.

Mikael Blomkvist aveva stampato le duecentoventi pagine già pronte. Poi aveva spento il computer e si era seduto al tavolo della cucina di Lisbeth armato di matita.

Era soddisfatto della sua inchiesta. Ma c'era ancora da tappare il buco più grosso. Come avrebbe fatto a trovare il resto della Sezione? Malin aveva ragione. Era impossibile. Il tempo stringeva.

Lisbeth imprecò e chiamò l'Icq di *Plague*. Nessuna risposta. Guardò l'ora. Le due e mezza.

Si sedette sul letto e richiamò alla memoria gli account Icq. Provò prima con Henry Cortez e poi con Malin Eriksson. Nessuna risposta. *Sabato. Tutti liberi.* Diede un'altra occhiata all'ora. Le due e trentadue.

Provò a raggiungere Erika Berger. Niente. *Le ho detto di andare a casa. Merda.* Due e trentatré.

Avrebbe potuto mandare un sms al cellulare di Mikael Blomkvist... ma era sotto controllo. Si mordicchiò il labbro inferiore.

Alla fine si voltò disperata verso il comodino e suonò per chiamare un infermiere. Erano le due e trentacinque quando la chiave girò nella serratura e un'infermiera sulla cinquantina di nome Agneta mise dentro la testa.

«Salve. Qualche problema?»

«Il dottor Anders Jonasson è in reparto?»

«Non si sente bene?»

«No, sto bene. Ma avrei bisogno di scambiare due parole con lui. Se fosse possibile.»

«L'ho visto un attimo fa. Di cosa si tratta?»

«Devo proprio parlargli.»

Agneta corrugò le sopracciglia. La paziente Lisbeth Salander non aveva mai chiamato gli infermieri se non quando aveva un forte mal di testa o qualche altro problema urgente, non si era mai lamentata di niente e non aveva mai chiesto di parlare con un medico in particolare. Tuttavia Agneta aveva notato che Anders Jonasson dedicava volentieri del tempo alla paziente agli arresti, che altrimenti mostrava una chiusura totale verso il mondo esterno. Era possibile che il dottore avesse stabilito un qualche contatto con lei.

«Okay. Sento se ha tempo» disse Agneta con gentilezza, e chiuse la porta. A chiave. In quel preciso momento l'orologio passò dalle due e trentasei alle due e trentasette.

Lisbeth si alzò dal letto e andò alla finestra. A intervalli regolari dava un'occhiata all'orologio. Due e trentanove. Due e quaranta.

Alle due e quarantaquattro sentì dei passi nel corridoio e il tintinnio del mazzo di chiavi della guardia della Securitas. Anders Jonasson diede a Lisbeth Salander un'occhiata interrogativa e colse il suo sguardo disperato.

«È successo qualcosa?»

«Sta succedendo qualcosa proprio adesso. Ha con sé un cellulare?»

«Eh?»

«Un cellulare. Ho bisogno di fare una telefonata.»

Jonasson guardò esitante verso la porta.

«Anders... Ho bisogno di un cellulare. Subito!»

Anders Jonasson sentì la disperazione nella sua voce.

Infilò una mano in una tasca interna e tirò fuori il suo Motorola. Lisbeth glielo strappò letteralmente di mano. Non poteva telefonare a Mikael Blomkvist perché le sue chiamate venivano intercettate dal nemico. Il problema era che non le aveva dato il numero del suo cellulare anonimo. Non l'aveva ritenuto necessario. Non si sarebbe mai aspettato che lei lo chiamasse dal suo isolamento. Lisbeth esitò una frazione di secondo, quindi compose il numero del cellulare di Erika Berger. Dopo tre squilli Erika rispose.

Erika era sulla sua Bmw a un chilometro dalla sua casa di Saltsjöbaden quando ricevette una chiamata che non si aspettava. D'altra parte Lisbeth Salander l'aveva già sorpresa quella mattina.

«Berger.»

«Salander. Non ho tempo di spiegarti. Hai il numero del telefono anonimo di Blomkvist? Quello che non è sotto controllo.»

«Sì.»

«Chiamalo. *Subito!* Teleborian incontra Jonas alla galleria della stazione centrale alle tre.»

«Cosa...»

«Sbrigati. Teleborian. Jonas. Galleria stazione centrale. Tre. Ha un quarto d'ora di tempo.»

Lisbeth chiuse subito la conversazione per evitare che Erika sprecasse secondi preziosi con domande inutili. Guardò l'orologio. Era appena passato alle due e quarantasei.

Erika parcheggiò lungo la strada. Si allungò verso la borsa. Prese l'agenda e trovò il numero che Mikael le aveva dato la sera che erano andati al Samirs Gryta.

Mikael Blomkvist sentì il trillo. Si alzò dal tavolo, tornò nello studio di Lisbeth e prese il cellulare dalla scrivania.

«Sì?»

«Erika.»

«Ciao.»

«Teleborian incontrerà Jonas alla galleria della stazione centrale alle tre. Hai pochi minuti.»

«Come? Cosa?»

«Teleborian...»

«Ho sentito. Come fai a saperlo?»

«Smettila di discutere e corri.»

Mikael guardò l'ora. Le due e quarantasette.

«Grazie. Ciao.»

Afferrò la borsa del computer. Prese le scale invece di aspettare l'ascensore. Mentre correva fece il numero del T10 blu di Henry Cortez.

«Cortez.»

«Dove sei?»

«In libreria. Alla Akademibokhandel.»

«Teleborian incontrerà Jonas alla galleria della stazione centrale alle tre. Io sto arrivando ma tu sei più vicino.»

«Accidenti. Corro.»

Mikael fece Götgatan a tutta velocità fino a Slussen. Guardò con la coda dell'occhio l'orologio solo quando col fiatone raggiunse Slussplan. Forse Monica Figuerola non aveva tutti i torti quando gli diceva che avrebbe dovuto allenarsi a correre. Le due e cinquantasei. Non sarebbe arrivato in tempo. Si guardò intorno in cerca di un taxi.

Lisbeth restituì il cellulare ad Anders Jonasson.

«Grazie» disse.

«Teleborian?» domandò Jonasson. Non aveva potuto fare a meno di sentire il nome.

Lei annuì e incrociò il suo sguardo.

«Teleborian è una persona davvero molto brutta. Non può immaginare quanto.»

«No. Ma posso immaginare che proprio adesso sta succedendo qualcosa che ti ha agitata più di quanto sia mai successo in tutto il tempo che ti ho avuta in cura. Spero che tu sappia quello che fai.»

Lisbeth gratificò Jonasson del suo sorriso storto.

«Credo che avrà una risposta a questa domanda in un futuro molto prossimo» disse.

Henry Cortez corse fuori dall'Akademibokhandel come un razzo. Attraversò Sveavägen sul viadotto di Mäster Samuelsgatan e proseguì dritto verso Klara Norra dove svoltò sul Klarabergsviadukten superando Vasagatan. Attraversò Klarabergsgatan tra un autobus e due macchine che gli strombazzarono ed entrò alla stazione centrale esattamente alle tre.

Prese le scale mobili verso l'atrio centrale facendo tre gradini alla volta e passò di corsa davanti al Pocketshop prima di rallentare l'andatura per non attirare l'attenzione. Fissava concentrato la gente in galleria.

Non riusciva a scorgere né Teleborian né l'uomo che Christer Malm aveva fotografato fuori dal Copacabana e che pensavano potesse essere Jonas. Guardò l'ora. Le tre e un minuto. Era affannato come se avesse corso la maratona di Stoccolma.

Tentò la sorte. Attraversò l'atrio uscendo su Vasagatan. Si fermò e si guardò intorno, esaminando ogni persona fin dove arrivava il suo sguardo. Niente Peter Teleborian. Niente Jonas.

Fece dietrofront e tornò velocemente dentro. Le tre e tre. In galleria non si vedeva nessuno.

Poi alzò gli occhi e colse il profilo arruffato di Teleborian che passava davanti all'edicola dall'altra parte dell'atrio. L'attimo dopo si materializzò al suo fianco l'uomo delle foto di Christer Malm. Jonas. Attraversarono l'atrio centrale e uscirono su Vasagatan.

Henry Cortez tirò il fiato. Si asciugò il sudore dalla fronte con la mano e cominciò a seguire i due uomini.

Mikael Blomkvist arrivò alla stazione centrale in taxi alle tre e sette. Si affrettò a raggiungere l'atrio centrale ma non riuscì a scorgere né Teleborian né Jonas. E neppure Henry Cortez.

Tirò fuori il suo T10 per chiamare Henry nell'attimo stesso in cui cominciava a suonargli in mano.

«Li ho localizzati. Sono seduti al pub Tre Remmare in Vasagatan, all'altezza della stazione della metropolitana di Akalla.»

«Grazie Henry. Tu dove sei?»

«Al bancone del bar. Mi bevo una birra. Me la sono guadagnata.»

«Okay. Mi possono riconoscere, per cui mi tengo alla larga. Non hai nessuna possibilità di sentire quello che dicono, immagino?»

«Nessuna. Di Jonas vedo la schiena, e quel dannato di Teleborian borbotta quando parla per cui non posso nemmeno leggergli le labbra.»

«Capisco.»

«Ma potremmo avere un problema.»

«Quale?»

«Jonas ha appoggiato il portafoglio e il cellulare sul tavolino. E ha messo le chiavi di un'auto sul portafoglio.»

«Okay. Ci penso io.»

Il cellulare di Monica Figuerola fece partire una suoneria polifonica che riproduceva il tema di *C'era una volta il West*. Monica mise da parte il libro sulla concezione di dio nell'antichità che non era ancora riuscita a finire.

«Ciao. Sono Mikael. Cosa fai?»

«Sono a casa con le foto dei miei vecchi amanti. Sono stata piantata stamattina.»

«Scusa. La macchina è nelle vicinanze?»

«L'ultima volta che ho controllato era ancora parcheggiata qui fuori.»

«Bene. Hai voglia di farti un giretto in città?»

«Non particolarmente. Cosa succede?»

«Peter Teleborian sta bevendo una birra con Jonas giù in Vasagatan. E siccome io collaboro con la burocrazia da Stasi della Säpo ho pensato che magari eri interessata ad aggregarti.»

Monica si era già alzata dal divano e stava prendendo le chiavi della macchina.

«Non stai scherzando, vero?»

«Non direi. E Jonas ha messo le chiavi di una macchina davanti a sé sul tavolino.»

«Arrivo.»

Malin Eriksson non rispondeva al telefono, ma Mikael ebbe comunque fortuna e riuscì a trovare Lottie Karim che era ai grandi magazzini Åhléns alla ricerca di un regalo di compleanno per il marito. Le ordinò di fare uno straordinario e di raggiungere al più presto Henry. Poi richiamò Henry.

«Il piano è questo. Fra cinque minuti sarò sul posto in macchina. Parcheggeremo in Järnvägsgatan fuori dal pub.»

«Okay.»

«Lottie sarà lì da te fra qualche minuto.»

«Bene.»

«Quando lasciano il pub tu agganci Jonas. Lo segui a piedi e mi tieni informato. Appena lo vedi avvicinarsi a una macchina me lo dici. Lottie aggancia Teleborian. Se non facciamo in tempo ad arrivare, prendi il numero di targa.»

«Okay.»

Monica parcheggiò davanti al Nordic Light Hotel, vicino alla stazione dell'Arlanda Express. Mikael Blomkvist aprì la portiera un minuto dopo che era arrivata.

«Dove sono?»

Mikael le spiegò tutto.

«Devo chiamare rinforzi.»

«Non preoccuparti. Sono sotto controllo. Troppi cuochi rischiano di incasinare il piatto.»

Monica lo guardò sospettosa.

«E tu come hai fatto a sapere che ci sarebbe stato questo incontro?»

«Spiacente. Protezione delle fonti.»

«Avete i vostri dannati servizi segreti, a *Millennium*?» sbottò lei.

Mikael aveva l'aria soddisfatta. Era sempre divertente battere la Säpo sul suo stesso terreno.

In realtà lui non aveva la più pallida idea di come Erika avesse potuto telefonargli informandolo che Teleborian e Jonas si sarebbero incontrati. Dall'8 aprile non era più al corrente del lavoro redazionale di *Millennium*. Sapeva di Teleborian, ovviamente, ma Jonas era comparso sulla scena a maggio, dunque Erika non poteva sapere che esisteva e ancor meno che aveva attirato l'attenzione sia di *Millennium* sia della polizia segreta.

Avrebbe dovuto fare quanto prima una bella chiacchierata con Erika Berger.

Lisbeth Salander sporse le labbra e osservò lo schermo
del suo palmare. Dopo la telefonata fatta con il cellulare del
dottor Anders Jonasson aveva messo da parte tutti i pensieri sulla Sezione e si era concentrata sul problema di
Erika. Aveva eliminato tutti gli uomini sposati. Sapeva che
stava andando a caso, che alla base di quella scelta non
c'era un ragionamento. *Penna Velenosa* poteva essere un
buon marito con cinque figli e un cane. Poteva essere un
custode. Poteva perfino essere una donna, anche se Lisbeth non lo pensava.

Semplicemente, voleva ridurre il numero dei nomi, e
con quest'ultima mossa lo aveva portato da quarantotto
a diciotto. Constatò che erano rimasti per lo più reporter
di una certa importanza, capi e vicecapi dai trentacinque
anni in su. Se non avesse trovato niente di interessante fra
quelli, sarebbe tornata ad ampliare l'elenco.

Alle quattro del pomeriggio entrò nella homepage di
Hacker Republic e passò il tutto a *Plague*. Lui la chiamò
dopo qualche minuto.

Diciotto nomi. Cosa?

Un piccolo progetto collaterale. Consideralo un esercizio.

Okay.

Uno dei nomi è quello di un farabutto. Trovalo.

Secondo quale criterio?

Devi lavorare in fretta. Domani mi staccano la spina.
Dobbiamo trovarlo prima.

Lisbeth spiegò a *Plague* la situazione di Erika.

Okay. C'è da guadagnarci qualcosa?

Lisbeth rifletté un secondo.

Certo. Che non verrò a dar fuoco alla tua casa.

Lo faresti?
Ogni volta che ti chiedo di fare qualcosa per me ti pago.
Stavolta non è per me. Considerala una tassa.
Cominci a mostrare segni di competenza sociale.
Allora?
Okay.
Lisbeth uscì da Icq e inserì il codice di accesso alla redazione dell'*Smp*.

Erano già le quattro e venti quando Henry Cortez telefonò.
«Stanno per muoversi.»
«Okay. Noi siamo pronti.»
Silenzio.
«Si sono separati fuori dal pub. Jonas va verso nord. Lottie segue Teleborian verso sud.»
Mikael alzò un dito e indicò Jonas che passava in Vasagatan. Monica annuì. Qualche secondo dopo, Mikael vide anche Henry Cortez. Monica avviò il motore.
«Attraversa Vasagatan e prosegue in direzione di Kungsgatan.»
«Resta a distanza in modo che non ti scopra.»
«C'è un sacco di gente in giro.»
Silenzio.
«Va verso nord lungo Kungsgatan.»
«Verso nord lungo Kungsgatan» ripeté Mikael.
Monica ingranò la marcia e uscì in Vasagatan. Dovette fermarsi un attimo al semaforo rosso.
«Dove siete ora?» domandò Mikael quando svoltarono in Kungsgatan.
«All'altezza dei magazzini Pub. Cammina veloce. Ecco, ora svolta in Drottninggatan in direzione nord.»
«Drottninggatan direzione nord» ripeté Mikael.

«Okay» disse Monica e fece una svolta vietata in Klara Norra Kyrkogatan per portarsi verso Olof Palmes Gata. Frenò davanti alla Sif Huset. Jonas attraversò Olof Palmes Gata e risalì verso Sveavägen. Henry lo seguiva dall'altra parte della strada.

«Va verso est...»

«Okay. Vi vediamo entrambi.»

«Svolta in Holländargatan... Pronto!... macchina, un'Audi rossa.»

«Macchina» disse Mikael e annotò la targa che Cortez gli aveva rapidamente dettato.

«Come è parcheggiato?» domandò Monica.

«Muso a sud. Esce davanti a voi in Olof Palmes Gata... ora.»

Monica era già in movimento. Passò davanti a Drottninggatan. Suonò il clacson facendo spostare un paio di pedoni che cercavano di attraversare con il rosso.

«Grazie, Henry. Adesso ci pensiamo noi.»

La Audi rossa si diresse verso sud uscendo in Sveavägen. Monica la seguì prendendo al tempo stesso il cellulare con la sinistra e componendo un numero.

«Puoi controllare una targa? È di un'Audi rossa» disse, e dettò il numero.

«Jonas Sandberg, nato nel 1971. Come hai detto? Helsingörsgatan, Kista. Grazie.»

Mikael annotò le informazioni.

Seguirono la Audi rossa da Hamngatan fino a Strandvägen e poi su in Artillerigatan. Jonas Sandberg parcheggiò a un isolato dall'Armémuseum. Attraversò la strada e sparì dentro il portone di un edificio fine Ottocento.

«Mmm» fece Monica, guardando Mikael con la coda dell'occhio.

Lui annuì. Jonas Sandberg era entrato in una casa che si trovava a un isolato da quella in cui il primo ministro aveva preso in prestito un appartamento per una riunione privata.

«Bel lavoro» disse Monica.

In quel momento chiamò Lottie Karim e riferì che il dottor Peter Teleborian era salito in Klarabergsgatan con le scale mobili dalla stazione centrale e di lì aveva proseguito a piedi fino alla centrale della polizia a Kungsholmen.

«La centrale? Alle cinque di sabato?» domandò Mikael.

Monica e Mikael si scambiarono un'occhiata dubbiosa. Monica rifletté per qualche secondo. Poi prese il cellulare e chiamò l'ispettore Jan Bublanski.

«Salve. Monica, Rps/Säk. Ci siamo incontrati in Norr Mälarstrand un po' di tempo fa.»

«Cosa vuoi?» disse Bublanski.

«Hai qualcuno di reperibile?»

«Sonja Modig» disse Bublanski.

«Avrei bisogno di un favore. Sai se è alla centrale?»

«Ne dubito. Il tempo è magnifico ed è sabato sera.»

«Okay. Avrei bisogno che qualcuno facesse una commissione per me nel corridoio del procuratore Richard Ekström. Vorrei sapere se c'è riunione da lui.»

«Riunione?»

«Non ho tempo di spiegarti. Ho solo bisogno di sapere se in questo momento è con qualcuno. E se sì, con chi.»

«Vuoi che vada a spiare un procuratore, che è anche il mio superiore?»

Monica inarcò le sopracciglia. Poi alzò le spalle.

«Sì» disse.

«Okay» disse l'ispettore, e mise giù il telefono.

Sonja Modig si trovava più vicino alla centrale di quanto Bublanski avesse immaginato. Era seduta con suo marito a bere il caffè sulla terrazza di un'amica che abitava a Vasastan. Erano liberi e allegri dal momento che i genitori di Sonja si erano fatti carico dei bambini per una settimana di vacanza, e stavano programmando qualcosa di antiquato, come mangiare un boccone da qualche parte e poi andare al cinema.

Bublanski le spiegò di cosa si trattava.

«E quale pretesto dovrei addurre per piombare nell'ufficio di Ekström?»

«Gli avevo promesso un aggiornamento su Niedermann ieri, ma ho dimenticato di consegnarglielo prima di andare a casa. È sulla mia scrivania.»

«Okay» disse Sonja.

Poi guardò suo marito e la loro amica.

«Devo fare un salto alla centrale. Prendo la macchina, con un po' di fortuna sarò di ritorno fra un'ora.»

Il marito sospirò. L'amica sospirò.

«Sono reperibile» si giustificò Sonja.

Parcheggiò in Bergsgatan e salì nell'ufficio di Bublanski a recuperare i tre fogli che costituivano il magro risultato delle indagini su Ronald Niedermann, ricercato per l'omicidio di un agente di polizia.

Non è certo granché.

Poi uscì sulle scale e salì di un piano. Si fermò nel corridoio. La centrale era quasi deserta in quella sera d'estate. Sonja non si muoveva di soppiatto, semplicemente camminava senza fare rumore. Si fermò fuori dalla porta chiusa di Ekström. Sentì delle voci e si mordicchiò il labbro inferiore.

All'improvviso le mancava il coraggio. In una situazione normale avrebbe bussato alla porta, l'avrebbe aperta e avrebbe esclamato: *Ah, sei ancora qui!*, e sarebbe entrata con disinvoltura. Questa volta le sembrava che avrebbe avuto una nota falsa.

Si guardò intorno.

Perché Bublanski le aveva telefonato? Cosa c'entrava la riunione?

Guardò con la coda dell'occhio il corridoio. Di fronte all'ufficio di Ekström c'era una sala riunioni per una decina di persone. Lei stessa era stata lì dentro in diverse occasioni.

Entrò nella sala riunioni e chiuse la porta senza fare rumore. Le veneziane erano abbassate e la parete di vetro verso il corridoio era oscurata dalle tende. La stanza era immersa nella penombra. Prese una sedia, si sedette e scostò una tenda quel tanto che bastava per sbirciare nel corridoio.

Si sentiva a disagio. Se qualcuno avesse aperto la porta, le sarebbe stato molto difficile spiegare cosa stava facendo lì dentro. Prese il cellulare e guardò l'ora. Pochi minuti alle sei. Tolse la suoneria e si appoggiò contro lo schienale della sedia, fissando la porta chiusa dell'ufficio di Ekström.

Alle sette di sera *Plague* chiamò Lisbeth Salander.

Okay. Sono l'administrator dell'Smp.

Dove?

Lui le passò un indirizzo.

Non ce la faremo in ventiquattr'ore. Anche se abbiamo la posta elettronica di tutti i diciotto ci vorranno giorni per violare i loro computer di casa. La maggior parte probabilmente non sarà nemmeno collegata di sabato sera.

Tu ti concentri sui loro computer di casa, io su quelli all'Smp.

Era quello che pensavo anch'io. Il tuo palmare è un po'
limitato. Qualcuno in particolare?
No. Uno qualsiasi.
Okay.
Plague?
Sì.
Se non troviamo nessuno entro domani voglio che con-
tinui.
Okay.
Nel qual caso ti pagherei.
Lascia stare. È solo un divertimento.

Lisbeth uscì da Icq e andò all'indirizzo dove *Plague*
aveva scaricato tutti i diritti dell'administrator dell'*Smp*.
Controllò se Peter Fleming fosse collegato. Non lo era.
Assunse le sue facoltà ed entrò nel server di posta del-
l'*Smp*. In tal modo era in grado di leggere tutto quello che
era passato per la posta, anche i messaggi già cancellati
dai singoli account.

Cominciò con Ernst Teodor Billing, quarantatré anni,
uno dei direttori di notte dell'*Smp*. Aprì la sua posta e cominciò a leggerla andando indietro nel tempo. Dedicava
circa due secondi a ogni messaggio, abbastanza per capire chi l'avesse mandato e cosa contenesse. Dopo qualche
minuto aveva imparato a distinguere posta ordinaria, promemoria, pianificazioni e altre cose di scarso interesse.
Cominciò a trascurare quel genere di messaggi.

Di messaggio in messaggio andò indietro nel tempo di
tre mesi. Poi cominciò a leggere solo l'oggetto dei messaggi e ad aprire solo quelli ai quali aveva in qualche modo reagito. Seppe che Ernst Billing frequentava una donna che si chiamava Sofia, con la quale usava un tono antipatico. D'altra parte Billing usava un tono antipatico
con la maggior parte di quelli ai quali scriveva qualcosa

di personale – reporter, addetti al layout e altri. Ciò nonostante, le sembrava degno di nota che un uomo apostrofasse la sua amichetta con espressioni come *dannata cicciona, testa di legno* e *brutta stronza*.

Arrivata ai messaggi di un anno prima si fermò. Passò all'Explorer di Billing e cominciò a studiare il suo modo di navigare. Notò che, come la maggior parte degli uomini della sua età, visitava regolarmente alcuni siti porno. Per il resto però navigava più che altro per lavoro. Constatò che aveva un interesse per le automobili e spesso visitava siti dove venivano presentati i nuovi modelli.

Dopo circa un'ora abbandonò Billing e lo depennò dall'elenco. Passò quindi a Lars Örjan Wollberg, cinquantun anni, reporter veterano della redazione giudiziaria.

Torsten Edklinth fece il suo ingresso alla centrale della polizia a Kungsholmen alle sette e mezza del sabato sera. Monica Figuerola e Mikael Blomkvist lo stavano aspettando. Si sedettero allo stesso tavolo da riunioni al quale Blomkvist era stato seduto il giorno prima.

Edklinth si stava muovendo su un terreno minato. Aveva infranto molte regole interne permettendo a Blomkvist di accedere al corridoio. Monica non aveva facoltà di invitarlo di propria iniziativa. Di solito nemmeno i coniugi potevano entrare nei corridoi segreti dell'Rps/Säk – dovevano aspettare pazientemente sulle scale. E per giunta Blomkvist era un giornalista. In futuro gli avrebbe permesso solo di accedere all'ufficio provvisorio di Fridhemsplan.

D'altro lato per i corridoi giravano spesso estranei con permessi speciali. Ospiti stranieri, ricercatori, accademici, consulenti occasionali... Edklinth piazzò Blomkvist nella casella dei consulenti occasionali. Tutte quelle chiacchiere sulla sicurezza erano, alla fin fine, solo parole. Qualcuno decideva che a una certa persona fosse assegnato un qualche livello di idoneità. Tutto lì. Edklinth aveva deciso che, se ce ne fosse stato bisogno, avrebbe detto che aveva assegnato lui stesso a Blomkvist l'idoneità.

Se non ci fossero stati problemi, ovviamente. Edklinth si sedette e guardò Monica.

«Come hai saputo dell'incontro?»

«Blomkvist mi ha telefonato alle quattro» rispose lei con un sorriso.

«E lei come ha saputo dell'incontro?»

«Da una fonte» disse Mikael Blomkvist.

«Devo concludere che lei in qualche modo sorveglia Teleborian?»

Monica scosse la testa.

«È stato il mio primo pensiero» disse con voce allegra, come se Mikael Blomkvist non ci fosse. «Ma non regge. Anche se qualcuno pedinasse Teleborian su incarico di Blomkvist, non avrebbe potuto sapere in anticipo che Teleborian avrebbe incontrato Jonas Sandberg.»

Edklinth annuì lentamente.

«Perciò... cosa resta? Intercettazioni illegali o cosa?»

«Posso assicurarvi che non sto intercettando le telefonate di nessuno e che non ho neppure sentito parlare di qualcosa di simile» disse Mikael per ricordare che c'era anche lui. «Siamo realistici... Le intercettazioni illecite sono la specialità di alcune istituzioni statali.»

Edklinth sporse le labbra.

«Dunque non vuole raccontarci come ha avuto l'informazione sull'incontro.»

«Al contrario. L'ho già raccontato. L'ho avuta da una fonte. E una fonte gode della protezione delle fonti. Che ne dite di concentrarci invece su ciò che possiamo ricavarne?»

«I cani sciolti non mi piacciono» disse Edklinth. «Ma okay. Cosa sappiamo?»

«L'uomo si chiama Jonas Sandberg» disse Monica. «Un sommozzatore d'assalto che ha frequentato la scuola di polizia nei primi anni novanta. Ha lavorato prima a Uppsala e poi a Södertälje.»

«Tu vieni da Uppsala.»

«Sì, ma non ci siamo incontrati per un pelo. Io ho cominciato proprio quando lui è passato a Södertälje.»

«Okay.»

«È stato reclutato per il controspionaggio dell'Rps/Säk nel 1998 e destinato a una missione segreta all'estero nel 2000. Secondo i nostri documenti ora dovrebbe essere all'ambasciata di Madrid. Ho controllato con l'ambasciata. Non hanno la minima idea di chi sia Jonas Sandberg.»

«Proprio come Mårtensson. Trasferito ufficialmente in un posto dove nessuno lo ha mai visto.»

«È solo il capodivisione che ha la possibilità di fare cose del genere e di farle funzionare.»

«In un caso normale si potrebbe pensare a un pasticcio nella gestione delle scartoffie. Noi ce ne accorgiamo perché andiamo a guardare i dettagli. Ma se qualcuno comincia a insistere si limitano a rispondere che è una questione segreta o che ha a che fare con il terrorismo.»

«Resta ancora da controllare il bilancio.»

«Il responsabile di bilancio?»

«Forse.»

«Okay. Altro?»

«Jonas Sandberg abita a Sollentuna. È scapolo ma ha avuto un figlio da un'insegnante di Södertälje. Nessun'altra annotazione. Licenza per due armi da fuoco. Diligente. Completamente astemio. L'unica cosa un po' fuori dall'ordinario è che sembra essere credente e che negli anni novanta ha fatto parte della chiesa *Livets Ord*, Parola di vita.»

«Come l'hai saputo?»

«Ho parlato con il mio vecchio capo a Uppsala. Ricorda Sandberg molto bene.»

«Okay. Un sommozzatore d'assalto cristiano con due armi e un figlio a Södertälje. Altro?»

«L'abbiamo identificato circa tre ore fa. Mi sembra che sia abbastanza.»

«Scusa. Cosa sappiamo della casa di Artillerigatan?»

«Non molto. Stefan sta cercando qualcuno del catasto. Abbiamo i disegni dell'edificio. Fine Ottocento. Sei piani per un totale di ventidue appartamenti più otto in una piccola dépendance sul retro. Abbiamo anche l'elenco degli inquilini, ma non ho trovato niente di interessante. Due hanno avuto delle condanne.»

«Chi?»

«Un certo Lindström, al primo piano. Sessantatré anni. Condannato negli anni settanta per una truffa ai danni di un'assicurazione. E un certo Wittfelt, al terzo piano. Quarantasette anni. Condannato due volte per maltrattamenti ai danni della ex moglie.»

«Mmm.»

«In generale ci abita una classe media ben assortita. C'è solo un appartamento che desta qualche interrogativo.»

«Quale?»

«Quello all'ultimo piano. Undici locali, un appartamento di rappresentanza. È di una società che si chiama Bellona.»

«E di cosa si occupano?»

«Questo lo sa il cielo. Fanno analisi di mercato e hanno un giro d'affari di circa trenta milioni di corone l'anno. Tutti i soci sono residenti all'estero.»

«Aha.»

«Cosa significa, aha?»

«Solo aha. Continua.»

In quell'attimo entrò il collaboratore che Mikael conosceva solo come Stefan.

«Salve capo» disse rivolto a Edklinth. «Questa è divertente. Ho controllato la storia della Bellona.»

«E?» chiese Monica.

«È stata fondata negli anni settanta e ha acquistato l'appartamento dagli eredi del precedente proprietario, una donna di nome Kristina Cederholm, nata nel 1917.»

«Aha?»

«La signora era sposata con Hans Wilhelm Francke, il cowboy che si scontrò con P.G. Vinge quando fu fondata l'Rps/Säk.»

«Bene» disse Torsten Edklinth. «Molto bene. Monica, voglio che l'edificio sia sorvegliato giorno e notte. Scopri che telefoni ci sono. Voglio sapere chi va e chi viene, che macchine si fermano a quell'indirizzo. Il solito.»

Edklinth guardò Mikael Blomkvist con la coda dell'occhio. Sembrava che avesse intenzione di dire qualcosa, ma si bloccò. Mikael assunse un'espressione perplessa.

«È soddisfatto del flusso di informazioni?» domandò Edklinth alla fine.

«Completamente. E lei è soddisfatto del contributo di *Millennium*?»

Edklinth annuì lentamente.

«È consapevole del fatto che potrei avere grossi problemi per questo?» disse.

«Non da parte mia. Io considero le vostre informazioni come provenienti da fonte protetta. Riporterò i fatti, ma non come li ho appresi. Prima di andare in stampa le farò un'intervista formale. Se non vorrà rispondere dirà: *Nessun commento.* O magari scriverà qualcosa su ciò che pensa della Sezione speciale di analisi. Deciderà lei.»

Edklinth annuì.

Mikael era soddisfatto. Nel giro di poche ore la Sezione aveva improvvisamente assunto una forma fisica. Quello era un vero risultato.

Sonja Modig constatò frustrata che la riunione nell'ufficio del procuratore Ekström stava andando per le lunghe. Aveva trovato una bottiglia di acqua minerale dimenticata sul tavolo da riunioni. Aveva telefonato due volte a suo marito dicendogli che avrebbe tardato e promettendogli di ricompensarlo con una piacevole serata non appena fosse riuscita a tornare a casa. Cominciava a essere impaziente, e si sentiva un'intrusa.

Solo alle sette e mezza la riunione ebbe termine. Sonja era del tutto impreparata quando la porta si aprì e Hans Faste uscì nel corridoio. Il poliziotto fu seguito immediatamente dal dottor Peter Teleborian. Quindi uscì un uomo anziano con i capelli grigi che Sonja Modig non aveva mai visto prima. Alla fine arrivò anche il procuratore Ekström, si infilò la giacca, spense la luce e chiuse a chiave la porta.

Sonja sollevò il cellulare e scattò delle foto al gruppo fuori dalla porta di Ekström. Passò qualche secondo prima che si muovessero lungo il corridoio.

Sonja trattenne il respiro quando passarono davanti alla sala riunioni dove lei stava acquattata. Si rese conto di essere madida di sudore freddo quando finalmente li sentì chiudere la porta delle scale. Si alzò, ma aveva le ginocchia che le tremavano.

Bublanski telefonò a Monica Figuerola poco dopo le otto di sera.

«Volevi sapere se Ekström ha incontrato qualcuno.»

«Sì» disse Monica.

«La riunione è terminata poco fa. Ekström ha incontrato il dottor Peter Teleborian e il mio ex collaboratore ispettore Hans Faste, oltre a una persona più anziana che non conosciamo.»

«Un attimo» disse Monica, mise una mano sul ricevitore e si rivolse agli altri. «La nostra intuizione ha dato i suoi frutti. Teleborian è andato da Ekström.»

«Sei ancora lì?»

«Scusa. Abbiamo qualche connotato del misterioso terzo uomo?»

«Ancora meglio. Abbiamo una foto. Te la mando.»

«Splendido. Ti devo un grosso favore.»

«Sarebbe ancora più bello sapere cosa sta succedendo.»

«Ci risentiamo.»

Edklinth, Monica e Mikael rimasero seduti in silenzio per qualche minuto intorno al tavolo da riunioni.

«Okay» disse Edklinth alla fine. «Teleborian incontra la Sezione dopo di che va dal procuratore Ekström. Darei non poco per sapere di cosa hanno parlato.»

«Può sempre chiedere a me» suggerì Mikael.

Edklinth e Monica Figuerola lo guardarono.

«Si sono incontrati per ritoccare i dettagli della strategia per inchiodare Lisbeth Salander al processo.»

Monica Figuerola lo fissò. Poi annuì lentamente.

«Questa è solo una congettura» disse Edklinth. «A meno che lei non abbia poteri paranormali.»

«Non è una congettura» disse Mikael. «Si sono incontrati per discutere i dettagli della perizia psichiatrica su Lisbeth Salander. Teleborian l'ha appena terminata.»

«Non ha senso. Lisbeth Salander non è nemmeno stata visitata.»

Mikael Blomkvist alzò le spalle e aprì la borsa del computer.

«Niente del genere ha mai fermato Teleborian. Ecco l'ultima versione della perizia. Come potete vedere, porta la data della settimana in cui comincerà il processo.»

Edklinth e Monica Figuerola fissarono il foglio che avevano davanti. Alla fine si guardarono lentamente e poi guardarono Blomkvist.

«E dove è andato a prenderlo questo?» chiese Edklinth.

«Spiacente. Protezione delle fonti» rispose Mikael.

«Blomkvist... dovremmo fidarci gli uni degli altri. Lei invece ci tace delle informazioni. Ha altre sorprese di questo genere?»

«Sì. È ovvio che ho dei segreti. Ma sono convinto che anche lei non mi abbia dato carta bianca su tutto qui alla Säpo. O sbaglio?»

«Non è la stessa cosa.»

«Invece sì. È esattamente la stessa cosa. L'accordo prevede una collaborazione. Proprio come dice lei, dovremmo fidarci gli uni degli altri. Io non nascondo nulla che possa contribuire alla sua indagine per tracciare una mappa della Sezione e dei reati che sono stati commessi. Vi ho consegnato il materiale che dimostra come Teleborian abbia commesso un reato insieme a Björck nel 1991 e vi ho anticipato che lo incaricheranno di fare la stessa cosa anche adesso. E questo è il documento che lo dimostra.»

«Però ha dei segreti.»

«Ovvio. Può interrompere la nostra collaborazione o accettare questa condizione.»

Monica alzò diplomaticamente un dito.

«Scusate, questo significa che il procuratore Ekström lavora per la Sezione?»

Mikael corrugò le sopracciglia.

«Questo non lo so. Ho piuttosto la sensazione che sia un utile idiota di cui la Sezione si serve. È un carrierista, ma a me sembra un tipo onesto, forse un po' stupido. Una fonte mi ha riferito che ha bevuto quasi tutto quello che Teleborian gli ha detto di Lisbeth Salander quando la caccia alla ragazza era ancora in corso.»

«Non occorre molto per manipolarlo, è questo che intende?»

«Esatto. E Hans Faste è un altro idiota convinto che Lisbeth Salander sia una satanista lesbica.»

Erika Berger era sola nella villa di Saltsjöbaden. Si sentiva paralizzata e incapace di concentrarsi su qualsiasi lavoro sensato. Aspettava solo che qualcuno le dicesse che in qualche sito Internet c'erano le sue foto.

Si sorprese a pensare più volte a Lisbeth Salander e si rese conto di avere investito troppo su di lei. Lisbeth era chiusa al Sahlgrenska. Le era proibito ricevere visite e non poteva neppure leggere i giornali. Però era una ragazza dalle risorse sorprendenti. Nonostante l'isolamento era riuscita a contattarla via Icq e poi anche al telefono. E due anni prima aveva distrutto da sola l'impero di Wennerström e salvato *Millennium*.

Alle otto di sera Susanne Linder bussò alla porta. Erika trasalì come se qualcuno avesse sparato un colpo di pistola.

«Salve. Cosa fai seduta al buio con quell'aria cupa?»

Erika annuì e accese la luce.

«Ciao. Vado a preparare il caffè...»

«No. Lascia che ci pensi io. È successo niente di nuovo?»

Certo. Lisbeth Salander si è fatta viva e ha preso il controllo del mio computer. E mi ha telefonato dicendo che Teleborian e qualcun altro che si chiama Jonas si sarebbero incontrati alla stazione centrale questo pomeriggio.

«No, niente di nuovo» disse. «Ma c'è un'ipotesi.»

«Okay.»

«Cosa ne pensi della possibilità che non sia uno *stalker* ma qualcuno della mia cerchia di conoscenze che vuole mettermi in difficoltà?»

«Dov'è la differenza?»

«Uno *stalker* è uno che non conosci e che si è fissato su di te. L'altra variante è uno che vuole vendicarsi di te o sabotare la tua vita per motivi personali.»

«Ipotesi interessante. Come ti è venuta?»

«Io... ho discusso la situazione con una persona, oggi. Non posso dire chi è, ma ha suggerito che le minacce di un vero *stalker* sono diverse. Soprattutto, uno *stalker* non avrebbe mai scritto le mail a Eva Carlsson. È una cosa che non c'entra per niente.»

Susanne Linder annuì lentamente.

«Può essere. Non ho mai letto quelle mail. Posso darci un'occhiata?»

Erika tirò fuori il suo laptop e lo sistemò sul tavolo della cucina.

Monica Figuerola scortò Mikael Blomkvist fuori dalla centrale della polizia alle dieci di sera. Si fermarono nello stesso punto di Kronobergsparken del giorno prima.

«Eccoci qui di nuovo. Hai intenzione di dileguarti per lavorare o di venire a casa mia a fare sesso?»

«Be'...»

«Mikael, non ho intenzione di farti pressione. Se hai bisogno di lavorare, fallo.»

«Ma lo sai, Figuerola, che dai una dannata dipendenza?»

«E tu non vuoi essere dipendente da nulla. È questo che vuoi dire?»

«No. Non in questo modo. Ma c'è una persona con cui devo parlare stanotte e ci vorrà un po' di tempo. Quando avrò finito, tu di sicuro ti sarai già addormentata.»

Lei annuì.

«Ci vediamo.»

Lui la baciò sulla guancia e salì verso la fermata dell'autobus di Fridhemsplan.

«Blomkvist» gli gridò dietro lei.

«Cosa?»

«Sono libera anche domani mattina. Vieni a fare colazione, se ce la fai.»

21.
Sabato 4 giugno - lunedì 6 giugno

Lisbeth Salander percepì una serie di vibrazioni di cattivo auspicio quando depennò il caposervizio dell'informazione Anders Holm. Aveva cinquantotto anni, avrebbe dovuto essere escluso, ma lei l'aveva incluso comunque, dal momento che lui ed Erika Berger avevano avuto più di uno scontro. Era un macchinatore, scriveva una mail a uno per dire che un altro aveva fatto un lavoro da schifo.

Ed Erika non gli piaceva. Holm dedicava parecchio spazio a interventi del tipo: *La befana ha detto così e ha fatto così.* Ma navigava esclusivamente su pagine di lavoro. Se aveva altri interessi, evidentemente li coltivava nel tempo libero su qualche altro computer.

Lisbeth lo tenne fra i candidati al ruolo di *Penna Velenosa*, ma come poco probabile. Si soffermò un attimo a riflettere sul perché non fosse realmente convinta che potesse essere lui e giunse alla conclusione che Holm era così maledettamente arrogante che non avrebbe avuto bisogno di mascherarsi dietro a dei messaggi anonimi. Se avesse voluto dare a Erika della troia, l'avrebbe fatto apertamente. E non sembrava neanche il tipo che si prende la briga di entrare di soppiatto in una casa nel cuore della notte.

Alle dieci fece una pausa ed entrò in *Tavola Balorda*, dove constatò che Mikael non si era ancora rifatto vivo. Provò un vago nervosismo. Si chiese cosa stesse combinando e se fosse riuscito ad arrivare in tempo da Teleborian.

Poi tornò al server dell'*Smp*.

Andò sul nome successivo, quello del segretario di redazione della pagina sportiva, Claes Lundin, ventinove anni. Aveva appena aperto la sua mail quando si bloccò e si mordicchiò il labbro inferiore. Uscì da Lundin e andò invece alla posta elettronica di Erika.

La scorse all'indietro. Era un elenco breve, dal momento che la sua casella di posta era stata aperta il 2 maggio. La prima mail era un promemoria inviato dal segretario di redazione Peter Fredriksson. Nel corso della giornata parecchie persone avevano scritto per darle il benvenuto all'*Smp*.

Lisbeth lesse attentamente ogni messaggio. Notò che già dal primo giorno c'era stato un vago tono di ostilità nella corrispondenza con il caposervizio dell'informazione Anders Holm. I due sembravano in disaccordo su tutto, e Holm cercava di rendere la vita difficile a Erika mandandole mail anche su cose da nulla.

Trascurò pubblicità, spam e promemoria. Si concentrò sulla corrispondenza personale. Trovò calcoli relativi a budget e marketing, uno scambio di messaggi con il direttore amministrativo Christer Sellberg durato una settimana che poteva essere descritto come uno scontro sui tagli del personale, commenti infastiditi del responsabile della redazione giudiziaria a proposito di un sostituto di nome Johannes Frisk che lavorava a un'inchiesta poco apprezzata. A parte le prime mail di benvenuto, si aveva l'impressione che non un solo membro della direzione vedesse qualcosa di positivo nelle proposte di Erika.

Lisbeth fece un rapido calcolo. Di tutti i grandi capi

dell'*Smp* che Erika aveva intorno, c'erano solo quattro
persone che non cercavano di minare la sua posizione. Il
presidente del consiglio d'amministrazione Borgsjö, il segretario di redazione Peter Fredriksson, il segretario di
redazione della prima pagina Gunnar Magnusson e quello delle pagine culturali Sebastian Strandlund.

*Non hanno mai sentito parlare delle donne all'Smp? Tut-
ti i capi sono uomini!*

La persona con cui Erika aveva meno a che fare era il
responsabile delle pagine culturali. Da quando lavorava
al giornale, aveva scambiato solo due mail con Sebastian
Strandlund. Le mail più gentili e più cordiali venivano da
Magnusson. Borgsjö era sempre conciso e secco. Tutti gli
altri capi si dedicavano apertamente a tenderle delle im-
boscate.

*Perché diavolo questo gruppo di maschi ha scelto Erika
Berger se la loro unica occupazione sembra essere quella di
farla a pezzettini?*

La persona con cui Erika sembrava avere più a che fare era il segretario di redazione Peter Fredriksson. Era
presente come un'ombra a tutti gli incontri. Preparava i
promemoria, sollevava Erika da svariati problemi, coordinava il lavoro.

Scambiava mail con Erika una dozzina di volte al giorno.

Lisbeth le radunò tutte e le lesse a una a una. In alcuni casi Fredriksson aveva avuto delle obiezioni su delle
decisioni di Erika. E le spiegava le sue ragioni. Erika sembrava avere fiducia in lui, dato che spesso accettava i suoi
consigli. Fredriksson non era mai ostile. Non c'era il minimo accenno ad alcuna relazione personale con Erika.

Lisbeth chiuse la posta di Erika Berger e rifletté un momento.

Poi aprì l'account di Peter Fredriksson.

Plague aveva trafficato tutta la sera senza grandi risultati con i computer di casa di diversi collaboratori dell'*Smp*. Era riuscito a entrare in quello del caposervizio dell'informazione Anders Holm, dal momento che aveva una linea aperta con l'ufficio in modo da potersi collegare in qualsiasi momento della giornata. Ma il computer privato di Holm era uno dei più noiosi che *Plague* avesse mai violato. E con tutti gli altri nomi dell'elenco che Lisbeth Salander gli aveva passato aveva fallito. Una delle cause era che nessuna delle persone che aveva cercato era online quel sabato sera. *Plague* aveva cominciato a stufarsi quando Lisbeth lo chiamò alle dieci e mezza.

Cosa?

Peter Fredriksson.

Okay.

Lascia perdere gli altri. Concentrati su di lui.

Perché?

Una sensazione.

Ci vorrà del tempo.

C'è una scorciatoia. Fredriksson è segretario di redazione e lavora con un programma che si chiama Integrator per poter controllare da casa quello che succede sul suo computer al giornale.

Non so niente di Integrator.

È un programmino uscito un paio di anni fa. Attualmente sparito. Ha un bug. C'è nell'archivio di Hacker Republic. Puoi girare il programma ed entrare nel suo computer privato da quello del lavoro.

Plague sospirò. Quella che un tempo era stata la sua allieva era diventata più brava di lui.

Okay. Provo.

Se trovi qualcosa, passalo a Kalle Blomkvist se io non sono più collegata.

Mikael Blomkvist tornò all'appartamento di Lisbeth Salander a Mosebacke poco prima di mezzanotte. Era stanco e cominciò col fare la doccia. Poi accese la macchina del caffè, avviò il computer di Lisbeth e chiamò il suo Icq.

Era ora.

Mi dispiace.

Dove sei stato negli ultimi giorni?

A fare sesso con un agente segreto. E a dare la caccia a Jonas.

Sei arrivato in tempo all'appuntamento?

Sì. Hai informato Erika???

Era l'unico modo per raggiungerti.

Furba.

Mi trasferiscono in carcere domani.

Lo so.

In rete ti aiuterà Plague.

Ottimo.

Resta solo il finale.

Mikael annuì fra sé.

Sally... faremo ciò che dovremo fare.

Lo so. Sei prevedibile.

Carina come sempre.

C'è altro che dovrei sapere?

No.

In tal caso ho ancora un po' di lavoro da sbrigare.

Okay. Stammi bene.

Susanne Linder fu svegliata di soprassalto da un segnale acustico nell'auricolare. Qualcuno aveva fatto scattare l'allarme volumetrico che era stato sistemato nell'ingresso del pianterreno nella villa di Erika Berger. Vide che erano le cinque e ventitré di domenica mattina. Scivolò silenziosamente fuori dal letto e si infilò jeans, T-shirt e scarpe da tennis. Prese la bomboletta di gas lacrimogeno e il manganello.

Senza far rumore, passò davanti alla porta della camera da letto di Erika e constatò che era chiusa e quindi bloccata.

Poi si fermò in cima alle scale e rimase in ascolto. D'improvviso sentì un vago tintinnio e dei movimenti dal pianterreno. Scese lentamente le scale e si fermò di nuovo nell'ingresso con l'orecchio teso.

Una sedia raschiò contro il pavimento in cucina. Con il manganello stretto saldamente in mano, raggiunse la porta della cucina e vide un uomo calvo con la barba lunga. Era seduto al tavolo con davanti un bicchiere di succo d'arancia e stava leggendo l'*Smp*. L'uomo percepì la sua presenza e alzò gli occhi.

«E lei chi diavolo è?» disse sorpreso.

Susanne Linder si rilassò e si appoggiò contro lo stipite.

«Greger Backman, suppongo. Salve. Mi chiamo Susanne Linder.»

«Aha. Vuole calarmi il manganello sulla testa oppure prendere un bicchiere di succo d'arancia?»

«Volentieri» rispose Susanne, mettendo da parte il manganello. «Vada per il succo» aggiunse.

Greger Backman si allungò per prendere un bicchiere dallo scolapiatti e le versò il succo da un tetrapak.

«Lavoro per la Milton Security» disse Susanne Linder. «Credo sia meglio che sia sua moglie a spiegarle il motivo della mia presenza.»

Greger Backman si alzò.

«È successo qualcosa a Erika?»

«Sua moglie sta bene. Ma c'è stato qualche inconveniente. Abbiamo cercato di contattarla a Parigi.»

«Parigi? Ma io ero a Helsinki!»

«Ah. Sua moglie pensava che fosse a Parigi.»

«Il mese prossimo.»

Greger andò verso le scale.

«La porta è bloccata. Ci vuole il codice per aprirla» disse Susanne Linder.

«Codice?»

Gli fornì le tre cifre che doveva digitare per poter aprire la porta della camera da letto. Lui corse al piano di sopra. Susanne Linder si allungò sul tavolo e prese l'*Smp*.

Alle dieci di domenica mattina il dottor Anders Jonasson entrò nella stanza di Lisbeth Salander.

«Ciao Lisbeth.»

«Salve.»

«Volevo solo avvisarti che la polizia sarà qui all'ora di pranzo.»

«Okay.»

«Non sembri particolarmente preoccupata.»

«No.»

«Ho un regalo per te.»

«Regalo? E perché?»

«Perché sei stata uno dei pazienti più simpatici da molto tempo a questa parte.»

«Aha» fece Lisbeth Salander in tono sospettoso.

«Mi è sembrato di capire che sei affascinata dalla genetica.»

«Chi è stato a spettegolare? Quella psicologa, suppongo.»

Anders Jonasson annuì.

«Se in prigione dovessi annoiarti... questo è l'ultimo grido in materia di dna.»

Le passò un mattone, *Spirals - Mysteries of Dna*, di un

certo professor Yoshito Takamura dell'università di Tokyo. Lisbeth lo aprì e studiò l'indice del contenuto.

«Bello» commentò.

«Un giorno mi piacerebbe sentire com'è che leggi cose come questa, che nemmeno io riesco a capire.»

Non appena Anders Jonasson ebbe lasciato la stanza, Lisbeth tirò fuori il palmare. Ultimo giro. Dall'organigramma dell'*Smp* Lisbeth aveva scoperto che Peter Fredriksson lavorava al giornale da sei anni. In quell'arco di tempo era stato in malattia per due periodi abbastanza lunghi. Due mesi nel 2003 e tre mesi nel 2004. Dal file personale Lisbeth seppe che in entrambi i casi si era trattato di un esaurimento nervoso. Il predecessore di Erika Berger, Håkan Morander, in un'occasione si era chiesto se Fredriksson fosse veramente in grado di fare il segretario di redazione.

Chiacchiere. Chiacchiere. Chiacchiere. Nulla di concreto a cui attaccarsi.

A mezzogiorno meno un quarto *Plague* la chiamò.

Cosa?

Sei ancora al Sahlgrenska?

Indovina.

È lui.

Sicuro?

Mezz'ora fa è entrato da casa nel suo computer al lavoro. Ne ho approfittato per entrare nel suo computer di casa. Ha delle foto di Erika Berger sull'hard disk.

Grazie.

Gran figa.

Plague.

Lo so. Cosa devo fare?

Ha messo le immagini in rete?

No, per quanto posso vedere.

Puoi minare il suo computer?

Già fatto. Se cerca di inviare immagini o mettere in rete qualcosa da più di venti kilobyte il suo hard disk andrà in pezzi.

Carino.

Vorrei dormire. Te la cavi da sola adesso?

Come sempre.

Lisbeth uscì da Icq. Diede un'occhiata all'orologio e si rese conto che era quasi ora. Scrisse rapidamente un messaggio che indirizzò a *Tavola Balorda*.

Mikael. Importante. Chiama subito Erika Berger. Dille che Peter Fredriksson è Penna Velenosa.

Nell'attimo stesso in cui lo inviò, sentì dei rumori nel corridoio. Alzò il suo Palm Tungsten T3 e ne baciò lo schermo. Poi lo spense e lo mise dietro il comodino.

«Salve Lisbeth» disse il suo avvocato Annika Giannini dalla porta.

«Salve.»

«La polizia verrà a prenderti fra un momento. Ho con me dei vestiti. Spero che la taglia sia giusta.»

Lisbeth guardò sospettosa una selezione di eleganti pantaloni scuri e camicette chiare.

Furono due donne in uniforme della polizia di Göteborg a prelevare Lisbeth Salander. Il suo avvocato la seguì.

Mentre passavano lungo il corridoio, Lisbeth notò che molti la guardavano curiosi. Lei salutò con un cenno del capo, e qualcuno ricambiò il saluto. Come per caso, Anders Jonasson era in piedi all'accettazione. Si scambiarono uno sguardo e annuirono. Prima ancora di avere girato l'angolo, Lisbeth notò che Jonasson si era mosso verso la sua stanza.

Durante tutto il tragitto all'interno dell'ospedale e poi sul mezzo che la portava in cella, Lisbeth Salander non rivolse una sola parola agli agenti.

Mikael Blomkvist aveva chiuso il suo iBook e smesso di lavorare alle sette della domenica mattina. Rimase seduto un momento alla scrivania di Lisbeth con lo sguardo fisso nel vuoto.

Poi andò nella sua camera e guardò il gigantesco letto matrimoniale. Dopo un attimo fece ritorno nello studio e chiamò Monica.

«Ciao. Sono Mikael.»

«Ciao. Sei già in piedi?»

«Ho finito di lavorare proprio ora e sto andando a dormire. Volevo solo darti un saluto.»

«Gli uomini che telefonano solo per dare un saluto hanno sempre qualche pensiero nascosto.»

Lui rise.

«Blomkvist, puoi venire qui a dormire, se vuoi.»

«Sarò una compagnia molto noiosa.»

«Ci farò l'abitudine.»

Mikael chiamò un taxi per Pontonjägargatan.

Erika trascorse la domenica mattina a letto con Greger, chiacchierando e dormicchiando. Al pomeriggio si vestirono e uscirono a fare una lunga passeggiata scendendo fino al pontile del vaporetto e facendo un giro del paese.

«L'*Smp* è stato un errore» disse Erika quando furono di nuovo a casa.

«Non dire così. In questo momento è una sfida, ma lo

sapevi. I contrasti si appianeranno quando ti sarai inserita.»

«Non si tratta del lavoro. Quello riesco a gestirlo. È l'atteggiamento.»

«Mmm.»

«Non mi trovo bene. Ma non posso andarmene dopo poche settimane soltanto.»

Si sedette con aria cupa al tavolo della cucina e fissò il vuoto davanti a sé. Greger Backman non aveva mai visto Erika così abbattuta.

L'ispettore Hans Faste incontrò per la prima volta Lisbeth Salander a mezzogiorno e mezza della domenica, quando un'agente della polizia di Göteborg la scortò nell'ufficio di Marcus Erlander.

«Sei stata un osso duro da catturare» disse Faste.

Lisbeth lo scrutò con una lunga occhiata e decise che lui era un idiota e che lei non aveva intenzione di dedicargli troppa attenzione.

«L'ispettore Gunilla Wäring vi accompagnerà a Stoccolma» disse Erlander.

«Aha» fece Faste. «Allora partiamo subito. Ci sono varie persone che vogliono parlare con te, Salander.»

Erlander si congedò da Lisbeth Salander. Lei lo ignorò.

Per praticità, avevano deciso di effettuare il trasferimento della detenuta con un'auto di servizio. Gunilla Wäring guidava. All'inizio Hans Faste, seduto al suo fianco, stava con la testa girata verso il sedile posteriore e cercava di fare conversazione con Lisbeth. All'altezza di Alingsås aveva cominciato ad avere il torcicollo e si era arreso.

Lisbeth osservava il paesaggio fuori dal finestrino. Sembrava che Faste nel suo mondo materiale non esistesse affatto.

Teleborian ha ragione. Questa qui è proprio ritardata pensava Faste. *Ma ci penseremo noi a farle cambiare atteggiamento a Stoccolma.*

A intervalli regolari Hans Faste guardava Lisbeth con la coda dell'occhio e cercava di farsi un'idea della donna cui aveva dato la caccia per così tanto tempo. Perfino lui tentennava nel vedere l'esile figura. Si domandò quanto pesasse. Poi ricordò a se stesso che era lesbica e di conseguenza non era una vera donna.

Però era anche possibile che quella storia del satanismo fosse un'esagerazione. Lisbeth Salander non aveva l'aria particolarmente satanica.

Si rendeva conto che avrebbe senz'altro preferito averla in consegna per i tre omicidi di cui era accusata in origine. Una pistola può maneggiarla anche una ragazza mingherlina. Ora invece era accusata di lesioni aggravate ai danni dei vertici del Motoclub Svavelsjö, reato per il quale c'erano prove incontrovertibili nel caso in cui lei avesse avuto intenzione di negare.

Monica Figuerola svegliò Mikael Blomkvist all'una del pomeriggio. Fino ad allora era stata seduta sul terrazzino a leggere il libro sulla concezione di dio nell'antichità e ad ascoltare Mikael che russava in camera da letto. Era tutto così tranquillo. Quando entrò e lo guardò, si rese conto che era attratta da lui più di quanto fosse mai stata attratta da un uomo.

Era una sensazione piacevole ma preoccupante. Mikael Blomkvist non aveva l'aria di poter essere un elemento stabile nella sua esistenza.

Quando si fu alzato scesero in Norr Mälarstrand a bere un caffè. Poi lei lo trascinò a casa e fecero sesso per il resto del pomeriggio. Lui la lasciò alle sette di sera. Monica cominciò a sentire la sua mancanza nell'attimo stesso in cui Mikael la baciò sulla guancia e chiuse la porta.

Alle otto di domenica sera Susanne Linder bussò alla porta di Erika Berger. Non avrebbe dormito alla villa dal momento che Greger era tornato a casa, la visita era assolutamente al di fuori dell'ambito del lavoro. Nei pochi giorni in cui era stata con Erika avevano fatto amicizia, durante le lunghe chiacchierate al tavolo della cucina. Susanne aveva scoperto che Erika le piaceva. Vedeva una donna disperata, che si truccava e andava impassibile al lavoro ma in realtà era un sacco ambulante di angoscia.

Susanne sospettava che l'angoscia non avesse soltanto a che fare con *Penna Velenosa*. Ma non era un'assistente sociale, e la vita e i problemi di Erika Berger non erano affar suo. Era passata solo per un saluto e per sapere se andava tutto bene. Trovò Erika e il marito in cucina, abbattuti. Ebbe l'impressione che avessero trascorso la domenica a discutere di faccende serie.

Greger Backman preparò il caffè e le lasciò sole. Susanne era lì da qualche minuto quando il cellulare di Erika cominciò a squillare.

Erika aveva risposto a tutte le telefonate della giornata come se la catastrofe fosse imminente.

«Berger.»

«Ciao Ricky.»

Mikael Blomkvist. Dannazione. Non gli ho ancora detto che il fascicolo di Borgsjö è sparito.

«Ciao Micke.»

«Lisbeth è in carcere.»

«Capisco.»

«Mi ha lasciato un... messaggio per te.»

«Aha?»

«È molto criptico.»

«Cioè?»

«Dice che *Penna Velenosa* è Peter Fredriksson.»

Erika rimase in silenzio per dieci secondi mentre una ridda di pensieri le attraversava la mente. *Impossibile. Peter non è così. Lisbeth deve essersi sbagliata.*

«C'è altro?»

«No. Il messaggio è tutto qui. Tu capisci di cosa si tratta?»

«Sì.»

«Ricky, cosa state combinando tu e Lisbeth? Lei ti ha chiamata perché mi passassi l'informazione su Teleborian e...»

«Grazie Micke. Ci sentiamo più tardi.»

Aveva chiuso la comunicazione. Guardava Susanne Linder con un'espressione sconvolta.

«Racconta» disse Susanne.

Susanne Linder era sconcertata. Erika era venuta improvvisamente a sapere che il suo segretario di redazione Peter Fredriksson era *Penna Velenosa*. Le parole le erano uscite come un fiume in piena. Poi Susanne le aveva chiesto *come* avesse scoperto che il suo molestatore era Fredriksson.

Tutto d'un tratto Erika era ammutolita. Susanne aveva notato i suoi occhi. Qualcosa era cambiato nel suo atteggiamento. Appariva totalmente disorientata.

«Non posso dirlo...»

«Come sarebbe?»

«Susanne, io so che Fredriksson è *Penna Velenosa*. Ma non posso dire come lo ho saputo. Che devo fare?»

«Se devo aiutarti, devi dirmi tutto.»

«Io... io non posso. Non puoi capire.»

Erika si alzò e si piazzò davanti alla finestra dando la schiena a Susanne. Poi si girò.

«Vado a casa di quel bastardo.»

«Neanche per sogno. Tu non vai da nessuna parte, e men che meno a casa di una persona che a quanto pare ti odia con tutte le sue forze.»

Erika appariva imbarazzata.

«Siediti. Racconta. Era Mikael Blomkvist al telefono, vero?»

Erika annuì.

«Io... ho chiesto a un hacker di controllare i computer privati del personale.»

«Aha. Probabilmente sei colpevole di pirateria informatica. E non vuoi dire chi sia questo hacker.»

«Lo ho promesso... Si tratta di altre persone. Qualcosa a cui Mikael sta lavorando.»

«Blomkvist è al corrente?»

«No, lui mi ha solo passato il messaggio.»

Susanne Linder piegò la testa di lato e studiò Erika. D'improvviso nella sua testa si creò un'associazione.

Erika Berger. Mikael Blomkvist. Millennium. Strani poliziotti che si introducono nell'appartamento di Blomkvist e lo riempiono di microspie. Blomkvist lavora come un matto a un'inchiesta su Lisbeth Salander.

Che Lisbeth Salander fosse una maga con i computer era cosa nota alla Milton Security. Nessuno sapeva come avesse acquisito quell'abilità e Susanne non aveva mai sentito dire che fosse un hacker. Ma Dragan Armanskij in un'occasione aveva detto che Lisbeth consegnava relazioni sorprendenti quando eseguiva indagini personali. Un hacker...

Ma Lisbeth Salander è in isolamento, accidenti!

Non aveva nessun senso.

«È di Lisbeth Salander che stiamo parlando?» domandò Susanne Linder.

Erika sembrava essere stata colpita da un fulmine.

«Non posso discutere la provenienza dell'informazione. Non una parola.»

D'improvviso Susanne Linder ridacchiò.

Lisbeth Salander. La conferma di Erika non avrebbe potuto essere più chiara. Erika è proprio scombussolata.

Ma è impossibile.

Cosa diavolo sta succedendo?

Durante il ricovero in ospedale, Lisbeth aveva scoperto chi era *Penna Velenosa*. Pura follia.

Susanne rifletteva intensamente.

Aveva incontrato Lisbeth Salander forse cinque volte negli anni in cui la ragazza aveva lavorato alla Milton Security e non aveva mai scambiato neanche una parola con lei su questioni personali. La trovava burbera e socialmente negata, chiusa in un guscio così duro che neanche un trapano avrebbe potuto bucarlo. Aveva anche notato che Dragan Armanskij aveva steso le sue ali sopra di lei. Siccome Susanne rispettava Armanskij, supponeva che il capo avesse buoni motivi per comportarsi così nei confronti dell'introversa fanciulla.

Penna Velenosa è Peter Fredriksson.

Poteva avere ragione? C'era qualche prova?

Susanne interrogò Erika per due ore su tutto quanto sapeva di Peter Fredriksson, qual era il suo ruolo al giornale, com'erano i loro rapporti da quando lei era caporedattore e così via. Le risposte non le chiarirono le idee.

Erika era incerta in maniera quasi frustrante. Oscillava fra la voglia di andare a casa di Fredriksson e metterlo di fronte alle sue responsabilità e il dubbio che non fosse vero. Alla fine Susanne l'aveva convinta. Non poteva piombare a casa di Fredriksson sparando accuse – se lui fosse stato innocente, lei avrebbe fatto la figura della completa imbecille.

Susanne aveva comunque promesso di dare un'occhiata alla faccenda. Cosa di cui si era pentita subito, dal momento che non aveva la più pallida idea di come muoversi.

Ora stava parcheggiando la sua Fiat Strada usata il più vicino possibile all'abitazione di Peter Fredriksson a Fisksätra. Chiuse le portiere e si guardò intorno. Non era del tutto sicura di cosa stesse facendo, ma supponeva di dover andare a bussare alla porta dell'uomo per cercare in qualche modo di indurlo a rispondere ad alcune domande. Era consapevole che si trattava di un intervento assolutamente al di fuori del suo lavoro per la Milton Security, e che Dragan Armanskij si sarebbe infuriato se avesse saputo cosa stava facendo.

Non era un buon piano. E in ogni caso andò a monte prima ancora che Susanne avesse fatto in tempo a metterlo in atto.

Nel momento stesso in cui si avviò verso l'abitazione di Peter Fredriksson, il portone si aprì. Susanne riconobbe immediatamente l'uomo grazie alla foto che corredava il suo file personale, quello che aveva studiato sul computer di Erika. Susanne proseguì. Si incrociarono. Lui andò verso il garage. Susanne si fermò esitante e considerò che mancava qualche minuto alle undici di sera e che Peter Fredriksson stava andando da qualche parte. Si domandò dove e tornò di corsa alla macchina.

Mikael Blomkvist rimase a lungo a fissare il cellulare dopo che Erika aveva chiuso la conversazione. Si chiese cosa stesse succedendo. Guardò frustrato il computer di Lisbeth, ma lei era in cella e non poteva dargli spiegazioni.

Aprì il suo T10 blu e telefonò a Idris Ghidi ad Angered.

«Salve. Mikael Blomkvist.»

«Salve» disse Ghidi.

«Volevo solo dirti che puoi interrompere il lavoro.»

Ghidi annuì in silenzio. Aspettava quella telefonata, dal momento che Lisbeth Salander era stata trasferita in carcere.

«Capisco» disse.

«Puoi tenerti il cellulare, come d'accordo. Ti mando il saldo del pagamento entro la settimana.»

«Grazie.»

«Sono io che devo ringraziarti.»

Avviò il suo iBook e cominciò a lavorare. Gli sviluppi degli ultimi giorni comportavano che una parte del testo doveva essere rivista e che doveva essere inserito un pezzo completamente nuovo.

Sospirò.

Alle undici e un quarto Peter Fredriksson parcheggiò a tre isolati dalla villa di Erika Berger. Susanne Linder aveva capito dov'era diretto e l'aveva mollato per non attirare la sua attenzione. Superò la sua macchina più di due minuti dopo che lui aveva parcheggiato. Constatò che era vuota. Superò anche la casa di Erika Berger e continuò ancora per un breve tratto, parcheggiando in modo da non essere notata. Aveva le mani sudate.

Aprì una scatoletta di tabacco e se ne mise una presa sotto il labbro.

Poi aprì la portiera e si guardò intorno. Non appena si era resa conto che Fredriksson si stava dirigendo verso Saltsjöbaden, aveva capito che l'informazione di Lisbeth Salander era esatta. Non sapeva come Lisbeth avesse fatto a scoprirlo, ma ormai non dubitava più che Fredriksson fosse *Penna Velenosa*. Suppose che non si fosse recato a Saltsjöbaden per divertimento, ma che avesse in mente qualcosa.

Sarebbe stato perfetto, se fosse riuscita a coglierlo in flagrante.

Recuperò un manganello telescopico dalla tasca della portiera e lo soppesò. Sbloccò il manico e fece uscire il pesante cavo d'acciaio elastico. Strinse i denti.

Era per quello che aveva lasciato la polizia.

Aveva avuto un'unica folle esplosione di collera in una sola occasione, quando la squadra per la terza volta in altrettanti giorni si era recata a un indirizzo di Hägersten dopo che la stessa donna aveva telefonato alla polizia gridando aiuto perché il suo uomo la stava picchiando. Come nelle due occasioni precedenti, la situazione si era normalizzata prima che gli agenti avessero fatto in tempo a intervenire.

Anche quella volta avevano portato l'uomo sulle scale e avevano interrogato la donna. *No, non volevo sporgere denuncia. No, si è trattato di un errore. No, lui è buono... in realtà la colpa è mia. L'avevo provocato...*

Per tutto il tempo il farabutto aveva sogghignato fissando Susanne Linder negli occhi.

Non sapeva spiegare perché l'avesse fatto. Ma tutto d'un tratto qualcosa si era rotto dentro di lei. Aveva preso il manganello e colpito l'uomo sulla bocca. Il primo colpo lo aveva dato senza energia. Comunque il labbro si era gonfiato e l'uomo si era accasciato. Nei successivi dieci secondi – fino a quando i colleghi non l'avevano afferrata e trascinata via con la forza – lo aveva colpito con una pioggia di manganellate sulla schiena, sui fianchi e sulle spalle.

Non c'era stata nessuna incriminazione. Lei si era licenziata la sera stessa, era andata a casa e aveva pianto per una settimana. Poi si era ricomposta e aveva bussato alla porta di Dragan Armanskij, raccontandogli cosa era successo e perché aveva lasciato la polizia. Gli aveva chiesto un lavoro. Armanskij era stato titubante, aveva detto che ci avrebbe pensato. Susanne aveva già perso la speranza quando lui le telefonò sei settimane dopo per dirle che era pronto per metterla alla prova.

Susanne fece una smorfia e infilò il manganello nella cintura, dietro la schiena. Controllò di avere la bomboletta di gas lacrimogeno nella tasca destra della giacca e i lacci delle scarpe da ginnastica ben stretti. Tornò a piedi verso la casa di Erika Berger ed entrò in giardino.

Sapeva che l'allarme esterno non era stato ancora installato. Si mosse silenziosamente sul prato, camminando lungo la siepe di confine. Non riusciva a scorgere l'uomo. Girò intorno alla casa e si fermò. D'improvviso lo vide come un'ombra nel buio accanto all'atelier di Greger Backman.

Non si rende conto di quanto è stupido. Non riesce proprio a tenersi alla larga.

Era accucciato e stava cercando di sbirciare attraverso una tenda un angolo del soggiorno. Poi si spostò e guardò attraverso la fessura di una veneziana abbassata accanto alla grande finestra panoramica ancora coperta di compensato.

D'improvviso Susanne Linder sorrise.

Attraversò di soppiatto il giardino fino all'angolo della casa mentre lui le dava la schiena. Si nascose dietro un paio di cespugli di ribes sul lato corto e attese. Riusciva a intravederlo attraverso i rami. Dalla sua postazione, Fredriksson probabilmente poteva vedere l'ingresso e parte della cucina. Aveva trovato qualcosa di interessante da guardare e passarono dieci minuti prima che tornasse a muoversi. Si avvicinò a Susanne Linder.

Quando girò l'angolo e le passò davanti, Susanne si alzò e disse a voce bassa: «Salve, Fredriksson.»

Lui si fermò di botto e girò su se stesso verso la voce.

Lei vide i suoi occhi luccicare nel buio. Non poteva distinguere la sua espressione, ma sentì che tratteneva il respiro per lo choc.

«Possiamo risolvere questa faccenda in modo semplice o complicato» gli disse. «Ora andiamo alla sua macchina e...»

Lui si voltò e cominciò a correre.

Susanne sollevò il manganello telescopico e gli assestò un colpo devastante sul ginocchio sinistro.

Lui cadde a terra con un grido soffocato.

Lei alzò il manganello per colpire ancora, ma si fermò. Si sentiva lo sguardo di Dragan Armanskij sulla nuca.

Si chinò, lo voltò sulla pancia e gli puntò un ginocchio contro i fianchi. Gli afferrò la mano destra, gliela portò sulla schiena e lo ammanettò. Era debole, non fece resistenza.

Erika Berger spense la luce del soggiorno e salì zoppicando al piano di sopra. Non aveva più bisogno delle stampelle, ma la pianta del piede le doleva ancora quando ci appoggiava sopra il peso. Greger spense la luce in cucina e seguì la moglie. Non aveva mai visto Erika così infelice. Niente di ciò che le diceva sembrava tranquillizzarla o mitigare l'angoscia che provava.

Lei si spogliò e si rannicchiò sotto le coperte voltandogli la schiena.

«Non è colpa tua, Greger» disse quando lo sentì infilarsi nel letto.

«Non stai bene» disse lui. «Voglio che tu rimanga a casa per qualche giorno.»

Le mise un braccio intorno alle spalle. Lei non cercò di allontanarlo, ma era totalmente passiva. Greger la baciò piano sul collo, abbracciandola.

«Non c'è niente che tu possa dire o fare per addolcire la situazione. So di aver bisogno di una pausa. Mi sento come se fossi salita su un rapido e avessi scoperto di avere sbagliato binario.»

«Possiamo andare fuori in barca qualche giorno. Lontano da tutto quanto.»

«No. Io non posso andare via da tutto quanto.»

Si voltò verso di lui.

«La cosa peggiore che potrei fare in questo momento è fuggire. Devo risolvere i problemi. Dopo andremo via.»

«Okay» disse Greger. «Evidentemente non sono granché d'aiuto.»

Erika sorrise debolmente.

«No. Non lo sei. Ma grazie di essere qui. Ti amo alla follia, e lo sai.»

Lui annuì.

«Non riesco a credere che sia Peter Fredriksson» disse Erika. «Non ho mai avvertito la minima ostilità, in lui.»

Susanne Linder si stava domandando se suonare alla porta di Erika quando vide che le luci al pianterreno si spegnevano. Abbassò lo sguardo su Peter Fredriksson. L'uomo non aveva detto una parola. Era totalmente passivo. Lei rifletté prima di decidersi.

Si chinò, afferrò le manette e lo tirò su appoggiandolo contro il muro della casa.

«È in grado di stare in piedi?» gli chiese.

L'uomo non rispose.

«Okay, semplifichiamo le cose. Se opporrà la benché minima resistenza riceverà lo stesso identico trattamento sul ginocchio destro. Se continuerà le spezzerò le braccia. Capisce quello che le sto dicendo?»

Sentì che respirava affannosamente. Aveva paura?

Lo spinse davanti a sé fino alla strada e poi fino alla macchina che lui aveva lasciato tre isolati più in là. L'uomo zoppicava. Lei lo sosteneva. Quando arrivarono alla macchina incontrarono un nottambulo a spasso con il cane, che si fermò a guardare l'ammanettato Peter Fredriksson.

«È una faccenda della polizia» disse Susanne Linder con voce decisa. «Vada a casa.»

Spinse Fredriksson sul sedile posteriore e lo portò a casa a Fisksätra. Era mezzanotte e mezza, non incontrarono anima viva andando verso il suo portone. Susanne gli prese le chiavi di casa da una tasca e lo accompagnò su per le scale fino al suo appartamento al terzo piano.

«Non può entrare in casa mia» disse Fredriksson.

Era la prima volta che parlava da quando Susanne l'aveva ammanettato.

Lei aprì la porta dell'appartamento e lo spinse dentro.

«Non ha nessun diritto di farlo. Deve avere un mandato per...»

«Io non sono della polizia» disse lei a bassa voce.

Lui la fissò con sospetto.

Lei lo afferrò per la camicia e lo spinse davanti a sé nel soggiorno costringendolo a sedersi su un divano. L'appartamento era un ordinato trilocale. La camera da letto a sinistra del soggiorno, la cucina a destra, uno studiolo comunicante con il soggiorno.

617

Susanne guardò nello studio e tirò un sospiro di sollievo. *La pistola fumante.* Vide subito le foto di Erika Berger sparpagliate su un tavolo accanto a un computer o fissate al muro. Si guardò intorno perplessa. Erika Berger era davvero una bellissima donna. E aveva una vita erotica più divertente di quella di Susanne Linder.

Sentì Fredriksson muoversi e tornò in soggiorno. Lo fece alzare con uno strattone. Lo trascinò nello studio e lo spinse sul pavimento.

«Fermo lì, seduto» disse.

Andò in cucina e trovò un sacchetto di carta del supermercato Konsum. A una a una recuperò tutte le foto. Trovò anche l'album saccheggiato e i diari di Erika.

«Dov'è il video?» chiese.

Fredriksson non rispose. Susanne andò in soggiorno e accese la tv. Nel videoregistratore c'era un nastro, ma le occorse un momento prima di trovare il canale sul telecomando.

Estrasse il nastro e controllò che l'uomo non ne avesse fatto delle copie.

Trovò le lettere d'amore di Erika adolescente e il fascicolo su Borgsjö. Poi indirizzò il suo interesse sul computer di Peter Fredriksson. Vide che aveva uno scanner collegato a un pc. Alzò il coperchio dello scanner e trovò un'altra foto di Erika a una festa del club Xtreme. Capodanno 1986, a detta di un festone sulla parete.

Avviò il computer. Era protetto da una password.

«Qual è la password?»

Fredriksson era seduto ostinatamente immobile sul pavimento, e non le rispose.

D'improvviso Susanne Linder si sentì perfettamente calma. Sapeva che tecnicamente aveva commesso un reato dietro l'altro quella sera, compreso qualcosa che poteva essere definito costrizione illecita se non addirittura sequestro di persona. Ma non le importava. Al contrario, si sentiva quasi euforica.

Alzò le spalle, frugò in una tasca dei jeans e trovò un coltellino dell'esercito svizzero. Scollegò tutti i cavi del computer, voltò la parte posteriore verso di sé e usò il coltellino per aprirla. Le occorsero quindici minuti per smontare il computer ed estrarre l'hard disk.

Si guardò intorno. Aveva preso tutto, ma per sicurezza fece un controllo minuzioso di cassetti, scaffali e pile di carte. D'un tratto il suo sguardo cadde su un vecchio annuario scolastico appoggiato sul davanzale interno della finestra. Era del liceo di Djurholm, del 1978. *Erika Berger viene dall'alta borghesia di Djurholm...* Aprì l'annuario e cominciò a scorrerlo, classe dopo classe.

Trovò Erika Berger, diciotto anni, il berretto goliardico in testa, un sorriso solare sulle labbra, le fossette. Indossava un abito leggero di cotone bianco e teneva in mano un ramo fiorito. Era l'emblema dell'adolescente innocente con il massimo dei voti.

Susanne non afferrava il collegamento ma lo trovò alla pagina successiva. Non l'avrebbe mai riconosciuto dalla foto, ma la didascalia non lasciava spazio a dubbi. Peter Fredriksson. Aveva frequentato la stessa classe di Erika, ma in un'altra sezione. Susanne vide un ragazzo mingherlino dall'espressione seria che guardava l'obiettivo da sotto la visiera del berretto.

Alzò gli occhi e incontrò quelli di Peter Fredriksson.

«Era una troia già allora.»

«Affascinante» disse Susanne.

«Se li passava tutti, quelli della scuola.»

«Ne dubito.»

«Era una maledetta...»

«Cosa successe? Lei non riuscì a infilarsi sotto le sue mutandine?»

«Mi trattava come se fossi aria. Rideva di me. E quando ha cominciato a lavorare al giornale non mi ha nemmeno riconosciuto.»

«Sì sì» disse stancamente Susanne Linder. «Lei ha avuto un'adolescenza infelice. Vogliamo parlare seriamente, adesso?»

«Cosa vuole da me?»

«Io non sono della polizia. Sono una di quelle persone che si occupano dei tipi come lei.»

Aspettò, lasciò che la fantasia di Peter Fredriksson lavorasse.

«Voglio sapere se ha messo in Internet le foto di Erika.»

Lui scosse la testa.

«Sicuro?»

Lui fece cenno di sì.

«Sarà Erika Berger a decidere se denunciarla per molestie, minacce e turbativa della quiete domestica o chiudere la cosa in via amichevole.»

L'uomo non disse nulla.

«Ma anche se Erika decide di infischiarsene di lei, e io ritengo che sia più o meno l'unico sforzo del quale lei è degno, io continuerò a tenerla d'occhio.»

Gli mostrò il manganello telescopico.

«Se si farà vedere nei pressi della casa di Erika Berger o le manderà mail o in altro modo le darà fastidio, io tornerò a trovarla. E la ridurrò così male che perfino sua madre stenterà a riconoscerla. Ha capito?»

Lui rimase zitto.

«Ha la possibilità di scegliere almeno in parte come chiudere questa storia. È interessato?»

Lui annuì lentamente.

«In tal caso raccomanderò a Erika Berger di lasciar perdere. Non si dia l'incomodo di tornare al lavoro. È licenziato con effetto immediato.»

Lui annuì.

«Dovrà sparire dalla vita di Erika Berger e anche da Stoccolma. Me ne fotto di cosa farà e di dove andrà a finire. Si cerchi un lavoro a Göteborg o a Malmö. Si metta in malattia. Faccia come le pare. Ma lasci in pace Erika Berger.»

Lui annuì.

«Siamo d'accordo?»

Peter Fredriksson cominciò improvvisamente a piangere.

«Non avevo nessuna cattiva intenzione» disse. «Volevo soltanto...»

«Voleva soltanto trasformare la vita di Erika in un inferno e c'è riuscito. Ho la sua parola?»

Lui annuì.

Susanne si chinò in avanti, lo voltò a pancia in giù e gli tolse le manette. Poi prese il sacchetto con dentro la vita di Erika Berger e lasciò l'uomo sul pavimento.

Erano le due e mezza di lunedì mattina quando Susanne Linder uscì dal portone di Fredriksson. Valutò se rimandare tutto al giorno dopo, ma si rese conto che se si fosse trattato di lei avrebbe preferito esserne informata al più presto. Inoltre la macchina di Susanne era ancora parcheggiata a Saltsjöbaden. Chiamò un taxi.

Greger Backman aprì ancora prima che Susanne avesse fatto in tempo a suonare il campanello. Aveva un paio di jeans e l'aria assonnata.

«Erika è sveglia?» domandò Susanne.

Lui annuì.

«È successo qualcosa di nuovo?» chiese a sua volta.

Lei fece cenno di sì e sorrise.

«Entri. Eravamo in cucina a parlare.»

Susanne entrò.

«Salve Berger» disse Susanne Linder. «Devi imparare a dormire, di tanto in tanto.»

«Cosa è successo?»

Le tese il sacchetto del Konsum.

«Peter Fredriksson ha promesso che d'ora in avanti ti lascerà in pace. Lo sa il cielo se è il caso di fidarsi, ma se mantenesse la parola sarebbe più indolore che sporgere denuncia alla polizia e affrontare un processo. Decidi tu.»

«Allora era proprio *lui*?»

Susanne Linder annuì. Greger Backman servì il caffè, ma Susanne non lo prese. Ne aveva bevuto davvero troppo nelle ultime ventiquattr'ore. Si sedette e raccontò cos'era accaduto fuori dalla loro casa durante la notte.

Erika restò seduta in silenzio. Poi si alzò e andò al piano di sopra, tornando con la sua copia dell'annuario scolastico. Guardò a lungo il viso di Peter Fredriksson.

«Me lo ricordo» disse alla fine. «Ma non avevo idea che fosse quel Peter Fredriksson che lavorava al giornale. Non ricordavo nemmeno come si chiamasse.»

«Cosa successe?» chiese Susanne.

«Niente. Assolutamente niente. Lui era un ragazzo taciturno e non interessante che frequentava la mia stessa classe in un'altra sezione. Avevamo una materia in comune. Francese, mi pare.»

«Ha detto che lo trattavi come se fosse aria.»

Erika annuì.

«Probabilmente è vero. Non lo conoscevo, non faceva parte del mio giro.»

«Mobbing, o qualcosa del genere?»

«No, per l'amor di dio! Il mobbing non mi è mai piaciuto. Abbiamo fatto delle campagne contro il mobbing al liceo, e io ero presidente del consiglio degli studenti. Semplicemente non riesco a ricordare che mi abbia mai rivolto la parola o che io lo abbia mai fatto con lui.»

«Okay» disse Susanne. «In ogni caso è evidente che per lui sei una spina nel fianco. È stato in malattia per due lunghi periodi, per un esaurimento nervoso. Ma forse ci sono anche altri motivi che non conosciamo.»

Si alzò e si infilò la giacca di pelle.

«Il suo hard disk me lo tengo io. Tecnicamente si tratta di refurtiva, non deve stare in casa tua. Ma non preoccuparti, lo distruggo non appena sono a casa.»

«Aspetta, Susanne... Come potrò mai ringraziarti?»

«Be', potrai spalleggiarmi quando l'ira di Armanskij si abbatterà su di me come una tempesta dal ciclo.»

Erika la guardò con un'espressione seria.

«Sei nei guai per questa storia?»

«Non lo so... non lo so.»

«Possiamo ricompensarti per...»

«No. Ma forse Armanskij ti fatturerà anche questa notte. Spero che lo faccia, significherebbe che ha approvato il mio operato e ha deciso di non licenziarmi.»

«Farò in modo che me la fatturi.»

Erika si alzò e strinse Susanne in un lungo abbraccio.

«Grazie, Susanne. Se mai avrai bisogno di aiuto, sai che puoi contare su di me. Di qualsiasi cosa si tratti.»

«Grazie. Vedi di non lasciare in giro quelle fotografie. A proposito, la Milton Security può installare ottime cassette di sicurezza.»

Erika sorrise.

22.
Lunedì 6 giugno

Il lunedì mattina Erika si svegliò alle sei. Benché avesse dormito solo poco più di un'ora, si sentiva stranamente riposata. Suppose che si trattasse di un qualche genere di reazione fisica. Per la prima volta dopo diversi mesi si infilò gli indumenti da jogging e fece un giro fino al-
l'imbarcadero. Energico solo per un centinaio di metri,
fino a quando il tallone cominciò a farle male e fu costretta a rallentare. Godeva del dolore al piede a ogni passo che faceva.

Si sentiva rinata. Era come se il "tristo mietitore" fosse arrivato davanti alla sua porta e all'ultimo momento
avesse cambiato idea proseguendo verso un'altra casa.
Non riusciva a capacitarsi della sua enorme fortuna: Peter Fredriksson aveva avuto per le mani le sue foto per
quattro giorni e non ne aveva fatto niente. La foto nello
scanner lasciava intendere che avesse in mente qualcosa.
Ma non era arrivato al dunque.

Qualsiasi cosa fosse successa, avrebbe sorpreso Susanne Linder con un bel regalo di Natale quell'anno. Doveva pensare a qualcosa di speciale.

Alle sette e mezza, lasciando che Greger continuasse a
dormire, salì sulla sua Bmw e andò alla sede del giornale
a Norrtull. Parcheggiò nel garage, prese l'ascensore fino

alla redazione e si accomodò nel suo gabbiotto. La sua prima mossa fu di telefonare a uno dei custodi.

«Peter Fredriksson si è licenziato con effetto immediato» disse. «Si procuri uno scatolone e svuoti la sua scrivania di tutti i suoi effetti personali. Provveda a farglieli recapitare a casa già questo pomeriggio.»

Quindi guardò verso il bancone. Anders Holm era appena arrivato. Incrociò il suo sguardo e le fece un cenno di saluto.

Lei ricambiò con un cenno del capo.

Holm era un bastardo, ma dopo il loro scontro di qualche settimana prima aveva smesso di piantare grane. Se continuava a mostrare un atteggiamento positivo, forse sarebbe sopravvissuto come caposervizio dell'informazione. Forse.

Sentì che poteva ancora farcela a virare.

Alle otto e tre quarti intravide Borgsjö che usciva dall'ascensore e spariva su per le scale interne verso il suo ufficio al piano di sopra. *Dovrò fare una chiacchierata con lui oggi stesso.*

Andò a prendersi un caffè e dedicò qualche minuto al promemoria del mattino. Era una giornata povera di notizie. L'unico pezzo di un certo interesse era un trafiletto che informava seccamente che Lisbeth Salander era stata trasferita in carcere a Göteborg nella giornata di domenica. Mise il suo okay e girò la mail ad Anders Holm.

Alle otto e cinquantanove telefonò Borgsjö.

«Berger. Venga subito su da me.»

Magnus Borgsjö era bianco come un lenzuolo quando Erika aprì la porta. Era in piedi e si girò verso di lei sbattendo con forza un fascio di carte sulla scrivania.

«Cosa diavolo è questa roba?» sbraitò.

Erika si sentì mancare. Le bastò dare un'occhiata alla prima pagina per sapere cosa aveva trovato Borgsjö nella posta del mattino.

Fredriksson non aveva fatto in tempo a fare nulla con le foto. Ma aveva fatto in tempo a inviare l'inchiesta di Henry Cortez a Borgsjö.

Lei si sedette con calma di fronte a lui.

«È un pezzo di Henry Cortez, *Millennium* aveva programmato di inserirlo nel numero uscito la scorsa settimana.»

«Come diavolo si permette. L'ho portata all'*Smp* e la prima cosa che fa è tessere intrighi. Ma che razza di puttana mediatica è lei?»

Erika Berger ridusse gli occhi a due fessure e si sentì pervadere da una gelida calma. Ne aveva abbastanza di sentirsi dare della puttana.

«Crede veramente che a qualcuno importi qualcosa di tutto questo? Crede di potermi far cadere con delle maldicenze? E perché diavolo mandarmelo senza firmarsi?»

«Non è così che stanno le cose, Borgsjö.»

«Mi racconti come stanno, allora.»

«Chi le ha mandato questo testo è Peter Fredriksson. È stato licenziato dall'*Smp* ieri.»

«Di che diavolo sta parlando?»

«È una storia lunga. Avevo in mano l'inchiesta da più di due settimane e stavo pensando a come affrontare l'argomento con lei.»

«Ah, dietro c'è lei.»

«No, niente affatto. Henry Cortez ha svolto la ricerca e ha scritto il testo. Io non ne sapevo assolutamente nulla.»

«E pretende che io ci creda.»

«Non appena i miei colleghi di *Millennium* si sono resi conto che il suo nome compariva nell'inchiesta, Mikael Blomkvist ha bloccato la pubblicazione. Mi ha telefonato e me ne ha passato una copia. L'hanno fatto per un riguardo nei miei confronti. La copia però mi è stata rubata, ed è finita sul suo tavolo. *Millennium* voleva darmi la possibilità di parlargliene prima di pubblicarla. Cosa che succederà nel numero di agosto.»

«Non mi era mai capitato di incontrare un giornalista così privo di scrupoli.»

«Okay. Adesso che ce l'ha in mano, forse ci ha dato un'occhiata. Cortez ha un'inchiesta che tiene da cima a fondo. E lei lo sa.»

«Cosa diavolo dovrebbe significare?»

«Se lei sarà ancora presidente del consiglio d'amministrazione quando *Millennium* andrà in stampa, la cosa danneggerà l'*Smp*. Mi sono spaccata la testa per cercare di trovare una scappatoia, ma non ci riesco.»

«Cosa intende?»

«Deve dimettersi.»

«Sta scherzando? Io non ho fatto assolutamente nulla contro la legge.»

«Magnus, davvero non si rende conto della portata di queste rivelazioni? Mi eviti di convocare il consiglio d'amministrazione. Sarebbe solo imbarazzante.»

«Lei non convocherà un bel niente. Ha chiuso con l'*Smp*.»

«Mi dispiace. È solo il consiglio d'amministrazione che può buttarmi fuori. Sarà obbligato a riunirlo per farlo. Magari già questo pomeriggio.»

Borgsjö girò intorno alla scrivania e si piazzò così vicino a Erika che lei percepiva il suo respiro.

«Berger... lei ha ancora una possibilità di sopravvivere a questa storia. Dovrà andare dai suoi dannati compari di

Millennium e fare in modo che questa inchiesta non vada mai in stampa. Se saprà destreggiarsi abilmente potrò anche pensare di dimenticarmi di quello che ha fatto.»

Erika sospirò.

«Magnus, lei non afferra la gravità della situazione. Io non ho la benché minima possibilità di influenzare *Millennium*. Questa inchiesta diventerà pubblica qualsiasi cosa io faccia. D'altra parte l'unico aspetto che mi interessa è quello delle ripercussioni sull'*Smp*. Lei si deve dimettere.»

Borgsjö mise le mani sullo schienale della sedia e si chinò su di lei.

«I suoi amici di *Millennium* forse potrebbero ricredersi, se venissero a sapere che lei perderà il suo posto qui nell'attimo stesso in cui loro pubblicheranno queste stronzate.»

Si raddrizzò nuovamente.

«Devo andare a una riunione a Norrköping oggi.» La guardò e poi aggiunse con enfasi: «SveaBygg.»

«Aha.»

«Domani quando ritorno voglio che venga a informarmi che la questione è risolta. Ha capito?»

Si infilò la giacca. Erika lo guardava con gli occhi semichiusi.

«Sistemi tutto come si conviene e forse sopravviverà qui al giornale. E adesso sparisca.»

Lei si alzò e ritornò al suo gabbiotto, dove rimase seduta immobile sulla sua poltrona per venti minuti. Poi prese il telefono e chiese ad Anders Holm di raggiungerla. Aveva imparato la lezione. Comparve nel giro di un minuto.

«Accomodati.»

Anders Holm alzò le sopracciglia e si sedette.

«Allora, cos'ho fatto adesso di sbagliato?» domandò ironicamente.

«Anders, questo è il mio ultimo giorno di lavoro qui. Mi licenzio con effetto immediato. Convocherò il vicepresidente e il resto del consiglio per un pranzo di lavoro.»

Lui la fissò con genuina sorpresa.

«Raccomanderò te come caporedattore pro tempore.»

«Cosa?»

«Per te è okay?»

Anders Holm si lasciò andare contro lo schienale della sedia e la fissò.

«Io non ho mai voluto diventare caporedattore, per la miseria!» disse.

«Lo so. Ma sei un uomo di polso. E passeresti sul cadavere di tua madre pur di pubblicare una buona inchiesta. Vorrei solo che fossi più perspicace.»

«Si può sapere cos'è successo?»

«Io ho uno stile diverso dal tuo. Ci siamo scontrati tutto il tempo su quale taglio dare alle notizie. Non andremo mai d'accordo.»

«No» ammise lui. «Non succederà mai. Ma è possibile che il mio stile sia un po' antiquato.»

«Non so se antiquato sia il termine esatto. Tu sei dannatamente bravo nel tuo lavoro, ma ti comporti come un bastardo. In maniera del tutto inutile. Ci siamo scontrati soprattutto per la tua ostinata convinzione che come caposervizio dell'informazione non puoi permettere a considerazioni personali di influenzare l'atteggiamento del giornale.»

D'improvviso Erika fece un sorriso malvagio. Aprì la borsa e tirò fuori l'originale dell'inchiesta su Borgsjö.

«Allora, mettiamo alla prova la tua sensibilità quanto alla valutazione delle notizie. Ho qui un pezzo che ho ricevuto da Henry Cortez, un giornalista di *Millennium*. La mia decisione è che diventi l'articolo centrale dell'edizione di domani.»

Gettò il fascicolo in grembo a Holm.

«Tu sei il caposervizio dell'informazione. Mi interessa sapere se condividi la mia valutazione.»

Anders Holm aprì la cartella, cominciò a leggere e i suoi occhi si dilatarono. Si raddrizzò sulla sedia e fissò Erika. Poi abbassò lo sguardo e lesse il testo da cima a fondo. Andò alla documentazione e la lesse con cura. Gli occorsero dieci minuti. Poi mise lentamente da parte il fascicolo.

«Questa roba farà un bel botto.»

«Lo so. È per questo che oggi è il mio ultimo giorno di lavoro qui. *Millennium* voleva pubblicare l'inchiesta a giugno ma Mikael Blomkvist l'ha bloccata. Mi ha dato il testo perché potessi prima parlarne con Borgsjö.»

«E?»

«Borgsjö mi ha ordinato di mettere tutto a tacere.»

«Capisco. Perciò vuoi pubblicare l'inchiesta sull'*Smp* in segno di sfida.»

«No. Non è una sfida. È che non ho altra via d'uscita. Se sarà l'*Smp* a pubblicare l'articolo, avrà almeno una possibilità di venirne fuori a testa alta. Borgsjö deve andarsene. Ma anch'io non posso più rimanere.»

Holm rimase in silenzio due minuti.

«Diavolo, Berger... Non credevo che fossi così tosta. Non avrei mai pensato di dovertelo dire, ma se hai così pochi peli sulla lingua in effetti mi dispiace che te ne vai.»

«Tu puoi bloccare la pubblicazione, ma se diamo entrambi l'okay... Allora, pensi di pubblicare?»

«Diavolo se pubblichiamo. Finirebbe per trapelare comunque.»

«Esatto.»

Anders Holm si alzò e rimase fermo davanti alla sua scrivania, esitante.

«Va' a lavorare» disse Erika.

Erika aspettò cinque minuti dopo che Holm ebbe lasciato l'ufficio, quindi alzò la cornetta e chiamò Malin Eriksson.

«Ciao Malin. Hai Henry a portata di mano?»

«Certo. È seduto alla sua scrivania.»

«Puoi chiamarlo nel tuo ufficio e mettere il vivavoce? Dobbiamo fare una piccola riunione.»

Henry fu lì in quindici secondi.

«Cosa succede?»

«Henry, oggi ho fatto una cosa immorale.»

«Ah sì?»

«Ho dato la tua inchiesta sulla Vitavara ad Anders Holm, il caposervizio dell'informazione qui all'*Smp*.»

«Ah...»

«Gli ho detto di pubblicarla nell'edizione di domani. La firma è tua. E ovviamente riceverai il relativo compenso. Fai tu stesso il prezzo.»

«Erika... che cavolo sta succedendo?»

Lei gli riassunse ciò che era accaduto nelle ultime settimane e gli raccontò come Peter Fredriksson fosse quasi arrivato a distruggerla.

«Cazzo» disse Henry.

«So che questa è la tua inchiesta, Henry. Ma semplicemente non ho scelta. Puoi accettare questa soluzione?»

Henry rimase qualche secondo in silenzio.

«Grazie di avere telefonato, Erika. È okay, se lo pubblicate con la mia firma. Se Malin è d'accordo, ovviamente.»

«Per me va bene» disse Malin.

«Ottimo» disse Erika. «Potete informare voi Mikael? Suppongo che non sia ancora in ufficio.»

«Parlerò io con Mikael» disse Malin. «Ma, Erika, questo significa che a partire da oggi tu sei senza lavoro?»

Erika rise.

«Ho deciso che mi prenderò una vacanza fino alla fine dell'anno. Credetemi, qualche settimana all'*Smp* è stata più che sufficiente.»

«Non penso che sia il momento di pensare alle vacanze» disse Malin.

«E per quale motivo?»

«Puoi venire qui nel pomeriggio?»

«Perché?»

«Ho bisogno di aiuto. Se vuoi riprenderti il tuo posto di caporedattore qui, puoi cominciare già domani mattina.»

«Malin, tu sei il caporedattore di *Millennium*. Su questo non c'è da discutere.»

«Okay. Allora puoi cominciare come segretaria di redazione» replicò Malin ridendo.

«Stai parlando sul serio?»

«Dannazione, Erika, mi manchi così tanto che mi pare di morire. Ho accettato di lavorare per *Millennium* fra l'altro perché avrei avuto la possibilità di lavorare con te. Sei al giornale sbagliato.»

Erika restò in silenzio un minuto. Non aveva nemmeno fatto in tempo a riflettere sulla possibilità di ritornare a *Millennium*.

«Sarei davvero la benvenuta?» domandò lentamente.

«Tu cosa credi? Sospetto che cominceremmo con una festa, organizzata da me. E poi torneresti giusto in tempo per pubblicare quello che sai.»

Erika guardò l'orologio sulla sua scrivania. Le dieci meno cinque. Nell'arco di un'ora il suo mondo era stato di nuovo capovolto. D'improvviso sentì quanta incredibile nostalgia aveva di salire le scale di *Millennium*.

«Ho qualche faccenda da sbrigare qui all'*Smp* nelle prossime ore. È okay se passo verso le quattro?»

Susanne Linder guardava Dragan Armanskij negli occhi mentre gli raccontava ciò che era successo nel corso della nottata. L'unico dettaglio che omise fu il suo convincimento improvviso che la violazione del computer di Fredriksson avesse a che fare con Lisbeth Salander. Lo fece per due motivi. Perché riteneva che suonasse troppo irreale. E perché sapeva che Dragan Armanskij era profondamente coinvolto nell'affare Salander insieme a Mikael Blomkvist.

Armanskij ascoltò con molta attenzione. Una volta concluso il racconto, Susanne rimase seduta in silenzio aspettando la sua reazione.

«Greger Backman ha chiamato un'oretta fa» disse lui.

«Aha.»

«Lui ed Erika Berger passeranno in settimana per firmare il contratto. Mi hanno ringraziato per l'operato della Milton, ma soprattutto per il tuo.»

«Capisco. Fa piacere avere dei clienti soddisfatti.»

«Backman vuole anche una cassetta di sicurezza. La installeremo, e così completeremo il pacchetto.»

«Bene.»

«Vuole che fatturiamo anche quello che hai fatto durante il fine settimana.»

«Mmm.»

«In altre parole, sarà un conto piuttosto salato quello che riceveranno.»

«Aha.»

Armanskij sospirò.

«Susanne, sei consapevole del fatto che Fredriksson può andare alla polizia e denunciarti per un sacco di cose?»

Lei annuì.

«È vero che finirebbe in guai grossi anche lui, ma magari pensa che ne varrebbe la pena.»

«Non credo che abbia abbastanza palle per andare alla polizia.»

«Può essere, ma tu hai agito contro ogni mia disposizione.»

«Lo so» disse Susanne.

«Perciò cosa credi che dovrei fare?»

«Questo puoi deciderlo soltanto tu.»

«Ma tu come pensi che dovrei reagire?»

«Quello che penso io non importa. Tu puoi sempre licenziarmi, è ovvio.»

«Mica tanto. Non posso permettermi di perdere un collaboratore del tuo calibro.»

«Grazie.»

«Ma se farai un'altra volta una cosa del genere mi arrabbierò molto, ma proprio molto.»

Susanne Linder annuì.

«Cosa ne hai fatto dell'hard disk?»

«L'ho distrutto. Stamattina l'ho infilato in una morsa e l'ho ridotto in briciole.»

«Okay. Mettiamoci una pietra sopra.»

Erika Berger fece un giro di telefonate a tutti i componenti del consiglio d'amministrazione. Trovò il vicepresidente nella sua casa di campagna a Vaxholm e lo convinse a mettersi in macchina e a raggiungere a tutta velocità la redazione. Dopo pranzo si radunò un consiglio decimato. Erika impiegò un'ora a chiarire l'origine del fascicolo di Cortez e le sue conseguenze.

Quando ebbe finito di parlare arrivò la poco sorprendente proposta di tentare qualche soluzione alternativa. Erika spiegò che l'*Smp* aveva intenzione di pubblicare l'inchiesta nell'edizione del giorno dopo. Spiegò anche che quello sarebbe stato il suo ultimo giorno di lavoro e che la sua decisione era irrevocabile.

Erika indusse il consiglio d'amministrazione ad approvare e verbalizzare due decisioni. Magnus Borgsjö sarebbe stato invitato a mettere a disposizione la sua carica con effetto immediato e Anders Holm sarebbe stato nominato caporedattore pro tempore. Quindi si scusò e lasciò i membri del consiglio a discutere fra di loro.

Scese nell'ufficio del personale e fece preparare un contratto. Quindi salì alla redazione culturale e chiese di parlare con il caporedattore Sebastian Strandlund e con la reporter Eva Carlsson.

«Da quanto mi è parso di capire, voi ritenete che Eva sia una reporter competente.»

«Esatto» disse Strandlund.

«E negli ultimi due anni avete chiesto che la redazione sia rinforzata con almeno due nuovi collaboratori.»

«Sì.»

«Eva... pensando alla corrispondenza che hai ricevuto potrebbero spargersi voci poco piacevoli se io volessi proporti un impiego fisso. Sei ancora interessata?»

«È ovvio.»

«In tal caso, la mia ultima decisione come caporedattore dell'*Smp* è di firmare questo contratto di assunzione.»

«Ultima?»

«È una lunga storia. Comunque con oggi chiudo. Voi

due potreste essere così gentili da non dire nulla almeno per un'oretta?»

«Cosa...»

«Fra breve arriverà a tutti un promemoria.»

Erika firmò il contratto e lo spinse sul tavolo verso Eva Carlsson.

«Buona fortuna» disse, e sorrise.

«L'anziano sconosciuto che ha partecipato alla riunione nell'ufficio di Ekström sabato scorso si chiama Georg Nyström ed è un commissario» disse Monica Figuerola, mettendo le foto sulla scrivania di fronte a Torsten Edklinth.

«Commissario» borbottò Edklinth.

«Stefan l'ha identificato ieri sera. È andato all'appartamento di Artillerigatan in macchina.»

«Cosa sappiamo di lui?»

«Viene dai servizi ufficiali e lavora all'Rps/Säk dal 1983. Dal 1996 ha un incarico come investigatore con responsabilità propria. Fa controlli interni su casi che la Säk ha chiuso.»

«Okay.»

«Da sabato scorso, sei persone di un certo interesse sono passate attraverso quel portone. Oltre a Jonas Sandberg e a Georg Nyström, anche Fredrik Clinton. Stamattina è andato in ospedale per la dialisi con l'ambulanza.»

«Chi sono gli altri tre?»

«Un tale che si chiama Otto Hallberg. Negli anni ottanta ha lavorato all'Rps/Säk ma in realtà è legato allo stato maggiore della difesa. Fa parte della marina e dei servizi segreti militari.»

«Aha. Perché non sono sorpreso?»

Monica tirò fuori un'altra fotografia.

«Questo tizio non l'abbiamo identificato. È andato a pranzo insieme a Hallberg. Vediamo se riusciamo a farlo quando va a casa stasera.»

«Okay.»

«Il più interessante però è questo.»

Monica mise ancora un'altra foto sulla scrivania.

«Questo lo conosco» disse Edklinth.

«Si chiama Wadensjöö.»

«Esatto. Lavorava all'antiterrorismo una quindicina d'anni fa. Generale da scrivania. Era fra i candidati alla carica di gran capo qui alla Ditta. Non so cosa ne sia stato di lui.»

«Si è dimesso nel 1991. Indovina con chi ha pranzato un'ora fa?»

Monica mise sulla scrivania l'ultima foto.

«Il capodivisione Albert Shenke e il responsabile di bilancio Gustav Atterbom. Voglio che questi due siano tenuti d'occhio ventiquattr'ore su ventiquattro. Voglio sapere esattamente con chi si incontrano.»

«Non è fattibile. Ho a disposizione solo quattro uomini. E qualcuno di loro deve lavorare alla documentazione.»

Edklinth annuì e si pizzicò pensieroso il labbro inferiore. Dopo un momento alzò gli occhi e fissò Monica.

«Ci serve più gente» disse. «Puoi contattare con discrezione l'ispettore Bublanski per chiedergli se vuole cenare con me oggi dopo il lavoro? Diciamo alle sette.»

Edklinth allungò una mano per prendere il telefono e fece un numero che aveva in testa.

«Salve Armanskij. Sono Edklinth. Potrei ricambiare la piacevole cena che mi hai offerto di recente? No, insisto. Facciamo alle sette?»

Lisbeth Salander aveva trascorso la notte nella prigione di Kronoberg in una cella di circa due metri per quattro. L'arredamento non era un granché. Si era addormentata nel giro di cinque minuti dopo che l'avevano chiusa dentro. La mattina del lunedì si era svegliata di buonora e aveva eseguito diligentemente gli esercizi che il fisioterapista del Sahlgrenska le aveva prescritto. Poi aveva fatto colazione ed era rimasta seduta in silenzio sulla sua branda a fissare il vuoto.

Alle nove e mezza fu condotta nella stanza degli interrogatori all'altra estremità del corridoio. La guardia era un ometto pelato di una certa età con la faccia rotonda e gli occhiali con la montatura di corno. La trattava bonariamente e correttamente.

Annika Giannini lo salutò. Lisbeth ignorò Hans Faste. Poi per la prima volta incontrò il procuratore Richard Ekström. Trascorse la successiva mezz'ora seduta, lo sguardo ostinatamente fisso su un punto della parete un po' sopra la testa di Ekström. Non diceva una parola e non muoveva un muscolo.

Alle dieci Ekström interruppe l'interrogatorio. Era infastidito per non essere riuscito a ottenere da lei la benché minima reazione. Per la prima volta si sentì incerto nell'osservare la figura di Lisbeth. Com'era possibile che avesse malmenato Magge Lundin e Sonny Nieminen a Stallarholmen? I giudici ci avrebbero davvero creduto, anche in presenza di prove convincenti?

A mezzogiorno Lisbeth ricevette un pasto leggero. Impiegò l'ora successiva a risolvere a mente alcune equazioni. Poi si concentrò su un capitolo di un libro sull'astronomia sferica che aveva letto due anni prima.

Alle due e mezza la riportarono nella stanza degli interrogatori. Stavolta la guardia che l'accompagnava era una giovane donna. La stanza era vuota. Si sedette e riprese a riflettere su un'equazione particolarmente intricata.

Dopo dieci minuti la porta si aprì.

«Salve Lisbeth» la salutò cortesemente Peter Teleborian.

Sorrideva. Lisbeth Salander si sentì gelare. Gli elementi dell'equazione che aveva costruito nell'aria davanti a sé si sgretolarono a terra. Sentì numeri e segni colpire il pavimento e frantumarsi come se avessero avuto consistenza fisica.

Peter Teleborian restò immobile a fissarla per qualche minuto prima di mettersi a sedere di fronte a lei. Lisbeth continuò a fissare il muro.

Dopo un momento spostò lo sguardo e incontrò gli occhi di lui.

«Mi dispiace che tu sia finita in questa situazione» disse Teleborian. «Cercherò di aiutarti in ogni modo possibile. Spero che potremo avviare un rapporto di reciproca fiducia.»

Lisbeth esaminò ogni singolo centimetro di lui. I capelli arruffati. La barba. La piccola fessura tra gli incisivi. Le labbra sottili. La giacca scura. La camicia aperta sul collo. Udì la sua voce morbida e ingannevolmente gentile.

«Spero di poterti aiutare meglio dell'ultima volta che ci siamo incontrati.»

Mise un piccolo blocnotes e una penna sul tavolo davanti a sé. Lisbeth abbassò lo sguardo e osservò la penna. Era un tubicino acuminato color argento.

Analisi delle conseguenze.

Soffocò l'impulso di allungare la mano e afferrare la penna.

I suoi occhi cercarono il mignolo sinistro di lui. Vide una leggera linea biancastra dove quindici anni prima aveva affondato i denti stringendo le mascelle così forte che quasi gli aveva staccato il dito. Tre guardie avevano dovuto mettercela tutta per tenerla ferma e farle aprire la bocca.

Quella volta ero una bambina spaventata. Ora sono un'adulta. Posso ammazzarti quando voglio.

Puntò fermamente lo sguardo sulla parete alle spalle di Teleborian e raccolse i numeri e i segni che erano finiti sul pavimento, ricostruendo l'equazione.

Il dottor Peter Teleborian osservava Lisbeth Salander con un'espressione neutra. Era diventato uno psichiatra rispettato a livello internazionale perché conosceva gli esseri umani. Aveva una buona capacità di leggere sentimenti e stati d'animo. Sentiva che un'ombra fredda attraversava la stanza, ma lo interpretò come un segno che la paziente provava paura e vergogna sotto la sua superficie imperturbabile. Lo prese come un segnale positivo del fatto che lei, nonostante tutto, reagiva alla sua presenza. Era soddisfatto che non avesse cambiato atteggiamento. In tribunale si sarebbe impiccata con le proprie mani.

L'ultima cosa che Erika Berger fece fu sedersi nel gabbiotto e scrivere un promemoria per tutti i collaboratori dell'*Smp*. Era piuttosto nervosa. Scrisse addirittura due pagine nelle quali spiegava perché cessava di lavorare al giornale e cosa pensava di certe persone. Poi cancellò tutto e ricominciò da capo in modo più obiettivo.

Non nominò Peter Fredriksson. Se l'avesse fatto, tutto l'interesse si sarebbe concentrato su di lui e le sue vere motivazioni sarebbero affogate in un mare di titoli su molestie sessuali e simili.

Fornì invece due altre spiegazioni. La prima era che aveva incontrato una massiccia opposizione all'interno del consiglio alla sua proposta che dirigenti e proprietari si riducessero stipendi e dividendi. Il che significava che lei sarebbe stata costretta a inaugurare la sua collaborazione all'*Smp* con riduzioni cospicue del personale, e questo sarebbe stato in contrasto non solo con le prospettive che le erano state presentate quando aveva accettato il lavoro, ma anche con qualsiasi tentativo possibile di trasformazione e rafforzamento del giornale. L'altra spiegazione si rifaceva alle rivelazioni su Borgsjö. Erika riferì che le era stato ordinato di insabbiare la storia. Dato che questo non faceva parte del suo modo di lavorare, non aveva altra scelta se non quella di lasciare la redazione. La sua conclusione era che l'*Smp* non aveva un problema di personale ma di dirigenza.

Rilesse il promemoria ancora una volta, corresse un errore di battitura e lo girò a tutti i collaboratori del gruppo e in copia a una rivista professionale e al giornale del sindacato. Poi chiuse il suo laptop e andò da Anders Holm.

«Arrivederci, allora» disse.

«Arrivederci, Berger. È stato uno strazio lavorare con te.»

Si sorrisero.

«Ho un'ultima cosa» disse lei.

«Sarebbe?»

«Johannes Frisk ha lavorato a un'inchiesta su mio incarico.»

«E nessuno sa di cosa si tratti.»

«Dagli una mano. È già arrivato piuttosto in là, e io mi manterrò in contatto con lui. Lasciagli finire il lavoro. Ti assicuro che non te ne pentirai.»

Lui sembrò riflettere. Poi annuì.

Non si strinsero la mano. Lei mise il pass per la redazione sulla scrivania di Holm e scese in garage a recuperare la sua Bmw. Poco dopo le quattro parcheggiava nelle vicinanze della redazione di *Millennium*.

Parte quarta

Rebooting system
1 luglio - 7 ottobre

Nonostante la ricca fioritura di leggende sulle amazzoni, provenienti dall'antica Grecia, dall'America del Sud, dall'Africa e da altri luoghi, esiste un unico esempio storico documentato di donne guerriere, quello di un esercito delle popolazioni fon del Dahomey, l'attuale Benin. Queste donne guerriere non sono menzionate nella storia militare ufficiale, su di loro non è mai stato girato nessun film, e oggi ricorro no al massimo come sbiadite note a piè di pagina in qualche libro di storia. Su di loro è stato pubblicato un unico lavoro scientifico, *Amazons of Black Sparta*, dello storico Stanley B. Alpern (Hurst & Co. Ltd, Londra 1998). Eppure erano in grado di confrontarsi con qualsiasi esercito di soldati professionisti delle potenze d'occupazione del tempo.

Non si sa esattamente quando sia stato costituito questo esercito, ma alcune fonti lo fanno risalire al 1600. In origine era una guardia del corpo reale, ma con il tempo diventò un collettivo militare composto da seimila soldatesse con uno status semidivino. Il loro utilizzo non era affatto ornamentale. Per circa duecento anni costituirono la punta di lancia dei fon contro gli europei colonizzatori, temute dalle milizie francesi che furono battute in diverse occasioni. Solo nel 1892 questo esercito di donne poté essere sconfitto, dopo che la Francia aveva inviato per nave truppe di artiglieria e della legione straniera, un reggimento di fanteria e uno di cavalleria.

Non si sa quante di queste donne guerriere caddero in battaglia. Le sopravvissute continuarono per diversi anni a condurre la guerriglia, e veterane dell'esercito furono intervistate e fotografate fino agli anni quaranta.

23.
Venerdì 1 luglio - domenica 10 luglio

Due settimane prima del processo contro Lisbeth Salander, Christer Malm terminò il layout del libro di trecentosessantaquattro pagine che recava l'asciutto titolo *La Sezione*. La copertina era blu. Il titolo giallo. In basso, Christer Malm aveva sistemato sette ritratti in bianco e nero grandi come francobolli di primi ministri svedesi. Sopra svolazzava un'immagine di Zalachenko. Aveva usato la foto del passaporto e aumentato il contrasto in modo che solo le parti più scure si delineassero come un'ombra su tutta la copertina. Non era una copertina particolarmente sofisticata, ma faceva il suo effetto. Come autori comparivano Mikael Blomkvist, Henry Cortez e Malin Eriksson.

Erano le cinque e mezza del mattino e Christer aveva lavorato tutta la notte. Provava un vago malessere e avvertiva un disperato bisogno di andare a casa a dormire. Malin era stata con lui tutto il tempo per il controllo finale delle pagine che Christer aveva approvato e stampato. Ora dormiva sul divano della redazione.

Christer Malm raccolse il documento con le immagini e i caratteri in una cartella. Avviò il programma Toast e masterizzò due cd. Uno lo mise nella cassetta di sicurezza della redazione. L'altro lo consegnò a un assonnato Mikael Blomkvist che era arrivato poco prima delle sette.

«Va' a casa a dormire» gli disse Mikael.

«Ci sto andando» gli rispose Christer.

Lasciarono che Malin continuasse a dormire e uscendo inserirono l'allarme. Henry Cortez sarebbe arrivato alle otto per il turno successivo. Si separarono in strada.

Blomkvist raggiunse a piedi Lundagatan dove, di nuovo senza permesso, prese in prestito la Honda abbandonata di Lisbeth Salander. Portò di persona il cd a Jan Köbin, titolare della tipografia Hallvigs che aveva sede in un modesto edificio di mattoni lungo la ferrovia a Morgongåva, nei pressi di Sala. Era un compito che non voleva affidare alle poste.

Aveva guidato piano, tranquillo. Si fermò un momento, per assicurarsi che non ci fossero problemi con il cd e che il libro sarebbe stato pronto per il giorno del processo. Il problema non era la stampa ma la rilegatura, che poteva andare per le lunghe. Ma Jan Köbin gli promise che almeno cinquecento copie di una prima edizione di diecimila sarebbero state consegnate alla data stabilita. Il libro sarebbe stato realizzato in un formato tascabile un po' più grande del consueto.

Mikael si accertò anche che tutti fossero consapevoli della necessità di mantenere il massimo riserbo. Probabilmente la raccomandazione era superflua. Due anni prima, in circostanze analoghe, la Hallvigs aveva stampato il libro sul finanziere Hans-Erik Wennerström. Sapeva bene che i libri della piccola casa editrice Millennium erano qualcosa di speciale.

Poi Mikael tornò a Stoccolma, ancora a un'andatura più che moderata. Parcheggiò davanti a casa sua in Bellmansgatan e fece una puntatina nel suo appartamento per prendere una borsa con un cambio di indumenti, il rasoio e lo spazzolino da denti. Quindi raggiunse il molo di Stavnäs a Värmdö dove lasciò la macchina e prese il traghetto per Sandhamn.

Era la prima volta da Natale che andava nella sua casetta al mare. Aprì gli scuri e le finestre e fece entrare l'aria fresca mentre si beveva una Ramlösa. Come ogni volta che aveva completato un lavoro e il testo era in tipografia e nulla poteva più essere cambiato, Mikael si sentiva vuoto.

Impiegò un'ora a ramazzare, spolverare, pulire l'angolo doccia, mettere in funzione il frigorifero, controllare che l'impianto idraulico funzionasse e cambiare le lenzuola del letto sul soppalco. Poi andò a comperare tutto quello che gli sarebbe servito per il fine settimana. Al ritorno accese la macchina del caffè e si sedette fuori, fumando una sigaretta, senza pensare a nulla in particolare.

Poco prima delle cinque scese al pontile ad accogliere Monica Figuerola.

«Non credevo che saresti riuscita a liberarti» le disse, baciandola sulla guancia.

«Nemmeno io. Ma ho detto a Edklinth la verità. Ho lavorato senza sosta nelle ultime settimane e comincio a perdere efficienza. Mi occorrono un paio di giorni per ricaricare le batterie.»

«A Sandhamn?»

«Non gli ho detto dove avevo intenzione di andare» precisò, e sorrise.

Monica curiosò in giro per i venticinque metri quadrati che costituivano la casetta di Mikael Blomkvist. Sottopose a un esame critico angolo cottura, angolo doccia e soppalco prima di dare la sua approvazione. Si lavò e si infilò un abito leggero mentre Mikael arrostiva le costolette d'agnello in salsa di vino rosso e apparecchiava fuori. Mangiarono in silenzio osservando le barche a vela che entravano e uscivano dal porticciolo turistico di Sandhamn. Condivisero una bottiglia di vino.

«È un angolino meraviglioso. È qui che porti le tue conquiste?» domandò Monica all'improvviso.

«Non tutte. Solo le più importanti.»

«Erika Berger è stata qui?»

«Diverse volte.»

«E Lisbeth Salander?»

«Per un po', mentre scrivevo il libro su Wennerström e poi per le feste di Natale.»

«Perciò tutte e due sono importanti?»

«Erika è la mia migliore amica. Siamo amici da quasi un quarto di secolo. Lisbeth è tutt'altra storia. Lei è molto particolare, è la persona più asociale che abbia mai conosciuto. Mi ha fatto una grande impressione la prima volta che l'ho incontrata. Mi piace. È un'amica.»

«Ti fa pena?»

«No. Ha fatto un sacco di stronzate che le sono rimbalzate contro. Ma provo una grande simpatia per lei, e un senso di affinità.»

«Però non sei innamorato, né di lei né di Erika.»

Lui alzò le spalle. Monica fissò un Amigo 23 ritardatario con le luci accese, che passava con il fuoribordo scoppiettante diretto verso il porticciolo.

«Se amare significa che qualcuno ti piace molto, allora suppongo di essere innamorato di un sacco di gente» rispose.

«Anche di me?»

Mikael annuì. Monica lo scrutò.

«La cosa ti disturba?» domandò lui.

«Che tu abbia portato qui altre donne prima? No. Ma mi disturba di non sapere esattamente cosa sta succedendo fra noi. E non credo di poter avere una relazione con un uomo che scopa a destra e a sinistra come gli gira...»

«Non ho intenzione di scusarmi per la mia vita.»

«E io in qualche modo ho un debole per te perché sei come sei. È facile fare sesso con te perché non comporta tante storie. E con te mi sento tranquilla. Ma questa cosa è cominciata perché ho ceduto a un impulso irrazionale. Non mi succede molto spesso e non lo avevo programmato. E adesso siamo arrivati al punto che sono una delle donne da invitare qui.»

Mikael rimase in silenzio.

«Non eri obbligata a venire.»

«Sì invece. Ne avevo bisogno. Accidenti, Mikael...»

«Lo so.»

«Sono infelice. Non voglio innamorarmi di te. Mi farà troppo male, quando finirà.»

«Ho avuto questa casetta quando mio padre morì e mia madre tornò nel Norrland. Mia sorella si tenne l'appartamento e io mi presi questa. Ormai sono quasi venticinque anni che è mia.»

«Aha.»

«A parte qualche conoscenza occasionale agli inizi degli anni ottanta, sono esattamente cinque le ragazze che sono state qui prima di te. Erika, Lisbeth, la mia ex moglie con la quale stavo negli anni ottanta, una ragazza con cui ho avuto una storia molto seria alla fine degli anni novanta, e una donna un po' più vecchia di me che ho conosciuto due anni fa e che frequento di tanto in tanto. Sono casi un po' particolari...»

«Ah.»

«Tengo questa casetta per allontanarmi dalla città e starmene in pace. Quasi sempre ci vengo da solo. Leggo, scrivo e mi rilasso stando seduto fuori a guardare le barche. Non è il nido d'amore segreto di uno scapolo.»

Si alzò e andò a prendere la bottiglia di vino che aveva messo all'ombra.

«Non ho intenzione di fare promesse» disse. «Il mio matrimonio è fallito perché io ed Erika non riuscivamo a stare lontani.»

Riempì i bicchieri di vino.

«Ma tu sei la persona più interessante che abbia conosciuto da molto tempo. Il nostro rapporto è andato alla grande fin dal primo giorno. Credo di essermi invaghito di te già quando mi hai bloccato sulle mie scale. Da allora, le poche volte che ho dormito a casa mia mi sono svegliato nel cuore della notte con la voglia di averti. Non so se desidero proprio una relazione stabile, ma ho una paura folle di perderti.»

La guardò.

«Perciò cosa pensi che dovremmo fare?»

«Pensiamoci su» disse Monica. «Anch'io sono maledettamente attratta da te.»

«Qui la cosa comincia a farsi seria» disse Mikael.

Lei annuì e d'un tratto provò una grande malinconia. Poi tacquero entrambi. Quando si fece buio sparecchiarono e rientrarono in casa, chiudendo la porta.

Il venerdì della settimana precedente il processo, Mikael si fermò fuori dall'edicola di Slussen e guardò i titoli dei quotidiani del mattino. L'amministratore delegato e presidente del consiglio d'amministrazione dello *Svenska Morgon-Posten*, Magnus Borgsjö, aveva capitolato e aveva annunciato le sue dimissioni. Mikael comperò il giornale e raggiunse a piedi il caffè Java in Hornsgatan dove si sedette a fare colazione. Borgsjö adduceva ragioni di famiglia come causa delle sue dimissioni improvvise. Non voleva commentare le voci secondo cui erano dipese dal fatto che Erika Berger era stata costretta a lasciare il giornale dopo che lui le aveva intimato di insabbiare la storia della Vitavara. In un trafiletto si dava tuttavia la notizia che il presidente dell'associazione industriali aveva deciso di promuovere un'indagine sui rapporti tra le aziende svedesi e quelle del Sudest asiatico che impiegavano manodopera minorile.

D'improvviso Mikael Blomkvist scoppiò a ridere.

Poi ripiegò il giornale e aprì il suo Ericsson T10 per chiamare "la famosa" di Tv4, interrompendola nel bel mezzo del suo pranzo frugale.

«Ciao tesoro» disse. «Suppongo che tu non voglia uscire con me una di queste sere.»

«Ciao Mikael» rispose lei ridendo. «Spiacente, ma sei molto lontano dall'essere il mio tipo ideale. Però sei divertente.»

«Potresti almeno cenare con me stasera per parlare di lavoro?»

«Cos'hai per le mani?»

«Due anni fa Erika Berger ha fatto un accordo con te a proposito dell'affare Wennerström. Ha funzionato piuttosto bene. Vorrei fare un accordo simile.»

«Racconta.»

«Non prima che ci siamo chiariti sulle condizioni. Proprio come con Wennerström, abbiamo intenzione di pubblicare un libro in contemporanea con l'uscita di un numero speciale del giornale. E anche questa inchiesta sarà una bomba. Ti offro in esclusiva l'esame di tutto il materiale, a patto che tu non faccia trapelare nulla prima della pubblicazione, che in questo caso sarà piuttosto complicata perché dovrà avvenire in un giorno preciso.»

«Di che calibro è l'inchiesta?»

«Più grosso di quella su Wennerström» disse Mikael. «Sei interessata?»

«Stai scherzando? Dove ci incontriamo?»

«Che ne dici del Samirs Gryta? Ci sarà anche Erika Berger.»

«Cos'è questa storia su Erika? È tornata a *Millennium* dopo che l'hanno sbattuta fuori dall'*Smp*?»

«Non l'hanno sbattuta fuori. Si è licenziata per divergenze d'opinione con Borgsjö.»

«Lui sembra essere un autentico imbecille.»

«L'hai detto» confermò Mikael.

Fredrik Clinton ascoltava Verdi negli auricolari. Nella sua esistenza, la musica era praticamente l'unica cosa capace ancora di trasportarlo lontano dagli apparecchi per la dialisi e da un dolore crescente all'osso sacro. Non la accompagnava canticchiando. Con gli occhi chiusi, seguiva le note con la mano destra sollevata nell'aria, apparentemente dotata di vita propria accanto al suo corpo in disfacimento.

È così che succede. Nasciamo. Viviamo. Diventiamo vecchi. Moriamo. Lui la sua parte l'aveva fatta. Tutto ciò che rimaneva era la decomposizione.

Si sentiva curiosamente in pace con l'esistenza.

Pensava al suo amico Evert Gullberg.

Era sabato 9 luglio. Rimaneva meno di una settimana prima che il processo finalmente avesse inizio e la Sezione potesse cominciare a mettere agli atti tutta quella vicenda incresciosa. Aveva ricevuto la notizia quel mattino. Gullberg aveva resistito come pochi. Quando uno si spara un proiettile a mantello intero da nove millimetri contro la tempia, si aspetta di morire. Invece erano passati tre mesi prima che il corpo di Gullberg si arrendesse, il che forse era dipeso più dal caso che dalla testardaggine con cui il dottor Anders Jonasson si era rifiutato di considerare perduta la battaglia. Era stato il cancro, non la pallottola, che alla fine aveva deciso le cose.

La morte tuttavia era stata accompagnata dalla sofferenza, e questo rattristava Clinton. Gullberg non era più stato in grado di comunicare con il mondo esterno, ma a sprazzi era stato vagamente cosciente. Riusciva a percepire il mondo circostante. Gli infermieri notavano che sorrideva se gli accarezzavano una guancia e grugniva quando presumibilmente si sentiva a disagio. Ogni tanto cercava di formulare parole che nessuno riusciva a capire.

Non aveva parenti e nessuno dei suoi amici era mai andato a trovarlo. La sua ultima impressione della vita era stata un'infermiera di notte di origine eritrea che si chiamava Sara Kitama, che lo aveva vegliato e gli aveva tenuto la mano mentre si spegneva.

Fredrik Clinton si rendeva conto del fatto che presto avrebbe seguito le orme del suo antico compagno d'armi. Su questo non c'erano dubbi. Il trapianto di rene di cui aveva così disperatamente bisogno diventava ogni giorno più improbabile, mentre il suo corpo continuava a deperire. Le sue funzioni epatiche e intestinali a ogni visita risultavano peggiorate.

Sperava di arrivare a Natale.

Ma era soddisfatto. Provava una particolare soddisfazione nel constatare che i suoi ultimi giorni lo avevano portato di nuovo in servizio.

Era un privilegio che non si sarebbe mai aspettato.

Le ultime note di Verdi si affievolirono nell'attimo stesso in cui Birger Wadensjöö aprì la porta della piccola stanza al quartier generale della Sezione in Artillerigatan.

Clinton aprì gli occhi.

Aveva finito per rendersi conto che Wadensjöö era solo un peso. Come responsabile della punta di lancia della difesa svedese era assolutamente inadatto. Non riusciva a spiegarsi come lui stesso e Hans von Rottinger un tempo avessero fatto un tale errore di valutazione considerandolo l'erede naturale.

Wadensjöö era un guerriero che aveva bisogno del vento a favore. Nell'attimo della crisi era debole e incapace di prendere decisioni. Un marinaio da mare piatto. Un peso morto senza spina dorsale che, se fosse toccato a lui decidere, sarebbe rimasto bloccato mentre la Sezione andava in rovina.

Era molto semplice.

Alcuni erano capaci. Altri avrebbero mollato nell'attimo della verità.

«Volevi parlare con me?» disse Wadensjöö.

«Siediti» disse Clinton.

Wadensjöö si sedette.

«Ormai non ho più il tempo di tirarla per le lunghe, sicché vado subito al dunque. Quando tutto questo sarà finito voglio che lasci la direzione della Sezione.»

«Ah sì?»

Clinton mitigò il tono.

«Tu sei una brava persona, Wadensjöö. Ma purtroppo sei del tutto inadatto ad accollarti questa responsabilità. Non avremmo mai dovuto assegnartela. È stato un errore mio e di von Rottinger, non abbiamo affrontato efficacemente il problema della successione quando mi sono ammalato.»

«Io non ti sono mai andato a genio.»

«Su questo ti sbagli. Tu eri un eccellente amministratore quando io e von Rottinger dirigevamo la Sezione. Ci saremmo trovati con il culo per terra senza di te, e io ho una grande fiducia nel tuo senso della patria. È della tua capacità di prendere decisioni che non mi fido.»

D'improvviso Wadensjöö sorrise amaramente.

«Dopo queste parole non so se vorrò rimanere alla Sezione.»

«Ora che Gullberg e von Rottinger non ci sono più spetta a me fare queste scelte. Tu hai ostacolato ogni decisione che ho preso nei mesi passati.»

«E sono pronto a ripetere che hai agito in modo insensato. Sarà una catastrofe.»

«È possibile. Ma la tua mancanza di polso l'avrebbe garantita, la catastrofe. Ora invece abbiamo almeno una possibilità, e sembra funzionare. Abbiamo ridotto *Millennium* all'impotenza. Forse sospettano che esistiamo da qualche parte, ma non hanno nessuna documentazione e nessuna possibilità di trovare né la documentazione né noi. Abbiamo un controllo di ferro su tutto quello che intraprendono.»

Wadensjöö guardò fuori dalla finestra i tetti degli edifici del vicinato.

«L'unica cosa che rimane è la figlia di Zalachenko. Se qualcuno fruga nella sua storia e ascolta quello che ha da dire, può succedere di tutto. Ma il processo comincia fra qualche giorno. E poi sarà finita. Questa volta dobbiamo seppellirla così in profondità che il suo fantasma non possa più tornare a darci fastidio.»

Wadensjöö scosse la testa.

«Non capisco il tuo atteggiamento» disse Clinton.

«No. Non puoi capire. Hai appena compiuto sessantotto anni. Sei moribondo. Non sei lucido. Eppure a quanto sembra sei riuscito a incantare Georg Nyström e Jonas Sandberg. Ti obbediscono come se tu fossi Dio padre.»

«Io *sono* Dio padre per tutto quello che riguarda la Sezione. Stiamo lavorando secondo un piano. La nostra capacità decisionale ha dato alla Sezione una possibilità. Ed è con grande determinazione che io dico che la Sezione non dovrà trovarsi mai più così esposta. Quando tutto questo sarà finito, dovremo procedere a una revisione totale della nostra attività.»

«Capisco.»

«Il nuovo capo sarà Georg Nyström. È troppo vecchio, ma è l'unico possibile e ha promesso di rimanere almeno per altri sei anni. Sandberg è troppo giovane e, per via del tuo modo di fare, inesperto. A quest'ora avrebbe dovuto essere già un vero agente.»

«Clinton, non ti rendi conto di quello che hai fatto. Hai assassinato una persona. Björck lavorava per la Sezione da trentacinque anni e tu hai ordinato che fosse ucciso. Non capisci che...»

«Sai benissimo che era necessario. Ci aveva traditi e non sarebbe stato in grado di reggere la pressione quando la polizia avesse cominciato a metterlo alle strette.»

Wadensjöö si alzò.

«Non ho ancora finito.»

«Allora dovremo continuare più tardi. Ho un lavoro da fare mentre tu te ne stai sdraiato qui dentro a fantasticare sulla tua onnipotenza.»

Wadensjöö andò verso la porta.

«Se sei così moralmente turbato, perché non vai da Bublanski e confessi i tuoi crimini?»

Wadensjöö si voltò verso Clinton.

«In effetti ci avevo pensato. Ma, quale che sia la tua opinione, io difendo la Sezione con tutte le mie forze.»

Proprio mentre apriva la porta s'imbatté in Georg Nyström e Jonas Sandberg.

«Salve Clinton» disse Nyström. «Dobbiamo parlare.»

«Entra. Wadensjöö stava giusto andando via.»

Nyström aspettò fino a quando la porta fu chiusa.

«Fredrik, sono molto preoccupato» disse Nyström.

«E perché?»

«Sandberg e io abbiamo riflettuto. Stanno succedendo cose che non riusciamo a capire. Stamattina il suo avvocato ha consegnato al procuratore l'autobiografia di Lisbeth Salander.»

«*Cosa?*»

L'ispettore Hans Faste osservava Annika Giannini mentre il procuratore Richard Ekström versava il caffè da una caraffa termica. Ekström era stupefatto dal documento che gli era stato servito quando era arrivato in ufficio quel mattino. Insieme con Faste aveva letto quelle quaranta pagine. Avevano discusso a lungo del singolare documento. Alla fine Ekström si era sentito costretto a pregare Annika Giannini di raggiungerlo per un colloquio informale.

Si accomodarono a un piccolo tavolo da riunioni nell'ufficio di Ekström.

«Grazie di essere venuta» esordì Ekström. «Ho letto questo... mmm, memoriale che mi ha lasciato stamattina e sento la necessità di risolvere qualche punto interrogativo...»

«Sì?» disse Annika premurosamente.

«In effetti non so proprio da che parte cominciare. Forse dovrei innanzitutto dire che tanto io quanto l'ispettore Faste siamo proprio stupiti.»

«Ah sì?»

«Sto cercando di capire le sue intenzioni.»

«A cosa si riferisce?»

«Questa autobiografia, o come diavolo la si debba chiamare. Che scopo ha?»

«Mi sembra evidente. La mia cliente desidera raccontare la sua versione dei fatti.»

Ekström rise bonariamente. Si passò la mano sulla barba con un gesto ben noto dal quale Annika per qualche motivo aveva cominciato a essere irritata.

«Certo, ma la sua cliente ha avuto a disposizione diversi mesi per farlo e non ha detto una sola parola durante tutti gli interrogatori con Faste.»

«Per quanto ne so, non c'è una legge che la costringa a parlare quando garba all'ispettore Faste.»

«No, ma voglio dire... il 13 comincia il processo e all'ultimo minuto lei salta fuori con questa cosa. Io mi sento in qualche modo responsabile, anche al di là dei miei doveri di procuratore.»

«Aha?»

«Per nessun motivo mi esprimerei in qualsivoglia maniera che lei potesse interpretare come offensiva. Non è nelle mie intenzioni. Abbiamo un codice di procedura in questo paese. Ma, cara signora Giannini, lei è specializzata in diritto di famiglia e in precedenza non ha mai assistito un cliente in una causa penale. Io non ho incriminato Lisbeth Salander perché donna, ma perché ha commesso gravi reati contro la persona. Credo che anche lei abbia capito che la sua cliente è affetta da seri disturbi mentali e necessita di cure e aiuto da parte della società.»

«Lasci che le venga incontro» disse Annika in tono gentile. «Lei ha paura che io non sia in grado di fornire a Lisbeth Salander una difesa adeguata.»

«Non c'è nulla di offensivo in questo» disse Ekström. «Io non sto mettendo in discussione la sua competenza.

Sottolineo soltanto il fatto che lei non ha esperienza di cause penali.»

«Capisco. Allora mi consenta di dire che sono perfettamente d'accordo con lei. Sono molto inesperta in fatto di cause penali.»

«Eppure ha rifiutato l'aiuto che le è stato offerto da avvocati molto più competenti...»

«Questo è ciò che vuole la mia cliente. Lisbeth Salander vuole me come suo avvocato e io la assisterò in tribunale.»

Sorrise cortesemente.

«Okay. Ma mi domando se intenda seriamente presentare questo scritto alla corte.»

«È ovvio. È la storia di Lisbeth Salander.»

Ekström e Faste si guardarono di sottecchi. Faste inarcò le sopracciglia. Non capiva cosa stesse blaterando Ekström. Se Annika Giannini non si rendeva conto di essere sul punto di mandare a picco la propria cliente quello non era certo un problema del procuratore, per la miseria. C'era soltanto da ringraziare e chiudere il caso.

Sul fatto che Lisbeth Salander fosse matta da legare, lui non nutriva dubbi. Mettendo in campo tutta la sua abilità aveva cercato di indurla a dire almeno dove abitasse. Ma interrogatorio dopo interrogatorio la dannata ragazza era rimasta seduta muta come un pesce, lo sguardo fisso sul muro alle sue spalle. Non si era mossa di un millimetro. Aveva rifiutato le sigarette che lui le aveva offerto, così come il caffè e le bibite fresche. Non aveva reagito quando lui l'aveva implorata o in momenti di grande irritazione aveva alzato la voce.

Probabilmente si trattava dell'interrogatorio più frustrante che l'ispettore Hans Faste avesse mai condotto.

Sospirò.

«Signora Giannini» disse Ekström alla fine. «Mi rendo conto che per la sua cliente sarebbe meglio evitare il processo. È malata. Ho una perizia psichiatrica molto qualificata a cui fare riferimento. La ragazza avrebbe bisogno di ricevere le cure che per molti anni le sono mancate.»

«Suppongo che tutto questo lo ripeterà anche in aula.»

«Lo farò. Non ho il compito di insegnarle a impostare la sua difesa. Ma se questa è la linea che intende seguire, la situazione è assurda da cima a fondo. Questa autobiografia contiene accuse del tutto insensate e non confermate contro una serie di persone... non da ultimo contro l'ex tutore avvocato Bjurman e contro il dottor Peter Teleborian. Mi auguro che lei non creda veramente che la corte possa prendere in considerazione una storia che senza lo straccio di una prova getta l'ombra del sospetto su un professionista come Teleborian. Questo documento finirà per essere l'ultimo chiodo nella bara della sua cliente, se vuole scusare il paragone.»

«Capisco.»

«Durante il processo lei potrà negare che la sua cliente sia malata e richiedere una controperizia psichiatrica. Così la palla passerà all'ufficio del medico legale. Ma, detto onestamente, alla luce di questo resoconto non esiste dubbio alcuno che anche gli altri psichiatri giungerebbero alle stesse conclusioni di Peter Teleborian. Questo testo è una conferma del fatto che Lisbeth Salander è una paranoica schizofrenica.»

Annika Giannini sorrise gentilmente.

«Un'alternativa c'è» disse.

«Quale?» domandò Ekström.

«Be', che il suo resoconto sia assolutamente vero e che la corte scelga di crederci.»

Il procuratore Ekström assunse un'aria esterrefatta. Poi sorrise a sua volta passandosi la mano sulla barba.

Fredrik Clinton si era seduto al piccolo tavolo accanto alla finestra. Ascoltava attentamente Georg Nyström e Jonas Sandberg. Il suo viso era scavato ma gli occhi erano concentrati e vigili.

«Abbiamo il traffico telefonico e la posta elettronica dei collaboratori più importanti di *Millennium* sotto controllo da aprile» disse Clinton. «Abbiamo constatato che Blomkvist e Malin Eriksson e questo Cortez sono praticamente rassegnati. Abbiamo letto le bozze del prossimo numero di *Millennium*. A quanto pare, Blomkvist stesso ha fatto marcia indietro, anche lui ormai pensa che Lisbeth Salander sia pazza. Muove anche una critica sociale, argomenta che la ragazza non ha ricevuto quel sostegno che in realtà le sarebbe stato dovuto, e che perciò in qualche modo non è colpa sua se ha cercato di ammazzare il proprio padre... ma ovviamente si tratta di un punto di vista che non significa un fico secco. Non c'è una sola parola sull'effrazione nel suo appartamento o sull'aggressione alla sorella a Göteborg o sulla sottrazione dell'inchiesta. Sa di non poter provare alcunché.»

«È questo il problema» disse Sandberg. «Blomkvist dovrebbe avere capito che qualcosa non funziona. Ma non mette nessun punto interrogativo. Non sembra affatto il suo stile. Inoltre Erika Berger è tornata in redazione. Tutto questo numero di *Millennium* è talmente vuoto da sembrare piuttosto uno scherzo.»

«Vorresti dire... che è una finta?»

Jonas Sandberg annuì.

«Il numero estivo di *Millennium* sarebbe dovuto uscire già l'ultima settimana di giugno. Da quanto possiamo dedurre dalle mail di Malin Eriksson a Mikael Blomkvist, lo stampa una tipografia di Södertälje. Ma quando ho controllato, qualche ora fa, mi hanno detto che ancora non hanno ricevuto niente. A parte la richiesta di un preventivo, un mese fa.»

«Mmm» fece Clinton.

«In precedenza hanno stampato anche altrove?»

«Una tipografia di Morgongåva, la Hallvigs. Ho telefonato chiedendo a che punto erano con la stampa, ho finto di lavorare per *Millennium*. Il titolare della Hallvigs non ha voluto dirmi una parola. Avevo una mezza idea di andare là stasera, tanto per dare un'occhiata.»

«Capisco. Georg?»

«Ho controllato tutto il traffico telefonico accessibile dell'ultima settimana» disse Georg Nyström. «È curioso, nessuno dei dipendenti di *Millennium* parla mai di qualcosa che abbia a che vedere con il processo o con l'affare Zalachenko.»

«Niente?»

«No. Se non quando uno dei collaboratori discute con qualcuno che non ha a che fare con *Millennium*. Ascolta questo, per esempio. Mikael Blomkvist riceve la telefonata di un reporter dell'*Aftonbladet* che vuole sapere se ha qualche commento sull'imminente processo.»

Sandberg tirò fuori un registratore.

Non ho nessun commento.

Ma sei coinvolto in questa storia fin dal principio. Sei stato tu a trovare Lisbeth Salander giù a Gosseberga. E non hai ancora pubblicato una sola parola. Quando hai intenzione di farlo?

Quando sarà opportuno. Sempre che abbia qualcosa da pubblicare.

E ce l'hai?
Be', puoi comperare Millennium e scoprirlo da te.

Sandberg spense il registratore.

«Ho riascoltato le registrazioni e ho controllato che non parlano mai dell'affare Zalachenko se non in termini molto generali. Mikael non ne parla nemmeno con sua sorella, che è l'avvocato di Lisbeth Salander.»

«Forse non ha niente da dire.»

«E coerentemente si rifiuta di fare congetture. Però sembra che sia giorno e notte in redazione, non è mai a casa in Bellmansgatan. E se lavora ventiquattr'ore su ventiquattro lavora a qualcosa di meglio del prossimo numero di *Millennium*.»

«Proprio non abbiamo modo di mettere sotto controllo la redazione?»

«No» disse Jonas Sandberg. «C'è sempre qualcuno, giorno e notte. Anche questo è significativo.»

«Mmm?»

«Da quando siamo entrati nell'appartamento di Blomkvist c'è sempre qualcuno in redazione. Blomkvist ci sparisce dentro e la luce nel suo ufficio è sempre accesa. Se non è lui, è quel Cortez, o Malin Eriksson, o quel finocchio... sì, Christer Malm.»

Clinton si passò la mano sul mento. Rifletté brevemente.

«Okay. Conclusioni?»

Georg Nyström esitò un attimo.

«Be', se dovessi azzardare, direi che stanno recitando per noi.»

Clinton avvertì un brivido sulla nuca.

«Perché non ce ne siamo accorti prima?»

«Perché abbiamo ascoltato quello che veniva detto, non quello che veniva taciuto. Eravamo contenti di constatare che erano confusi. Blomkvist ha capito che qualcuno ha rubato il rapporto Salander del 1991, sia a lui che a sua sorella. Ma cosa cavolo può farci?»

«Nessuno dei due ha denunciato la cosa?»

Nyström scosse la testa.

«L'avvocato Giannini è stata presente agli interrogatori di Lisbeth Salander. È cortese ma non dice niente di importante. E Lisbeth non dice niente del tutto.»

«Questo torna a nostro vantaggio. Più tiene la bocca chiusa, meglio è. Cosa dice Ekström?»

«L'ho incontrato due ore fa. Poco dopo che aveva ricevuto il documento.»

Indicò la copia che Clinton aveva sulle ginocchia.

«Ekström era confuso. È una fortuna che la ragazza non sappia scrivere. Per un profano il tutto suona come un vaneggiamento su una cospirazione, con qualche coloritura pornografica. In realtà però Lisbeth Salander colpisce molto vicino al bersaglio. Riporta con precisione come andarono le cose quando fu chiusa alla St. Stefan, sostiene che Zalachenko lavorava per la polizia segreta e cose del genere. Ritiene che si tratti di un piccolo gruppo all'interno della Säpo, il che significa che sospetta l'esistenza di qualcosa come la Sezione. Nel complesso è una descrizione abbastanza precisa di noi. Ma, come si diceva, non è verosimile. Ekström è confuso, perché a quanto pare questa sarà anche la linea difensiva di Annika Giannini al processo.»

«Dannazione» sbottò Clinton.

Piegò la testa in avanti e rifletté concentrato per diversi minuti. Alla fine alzò gli occhi.

«Jonas, stasera vai a Morgongåva e verifichi se c'è qualcosa nell'aria. Se stanno stampando *Millennium*, voglio averne una copia.»

«Porto con me Falun.»

«Bene. Georg, nel pomeriggio tu vai da Ekström a tastargli il polso. Tutto è andato liscio come l'olio fin qui, ma non posso passare sopra a quello che mi avete detto.»

«Okay.»

Clinton rimase seduto in silenzio ancora un momento. «La cosa migliore sarebbe che non ci fosse nessun processo...» disse alla fine.

Alzò lo sguardo e fissò Nyström negli occhi. Nyström annuì. Sandberg annuì. Fra loro c'era un tacito accordo.

«Nyström, verifica quali possibilità ci sono.»

Jonas Sandberg e il fabbro Lars Faulsson, meglio noto come Falun, parcheggiarono a qualche distanza dalla ferrovia e attraversarono a piedi Morgongåva. Erano le nove di sera. C'era ancora troppa luce ed era troppo presto per un intervento, ma volevano comunque effettuare una ricognizione per farsi un'idea generale.

«Se l'edificio è protetto da un allarme non faccio niente» disse Falun.

Sandberg annuì.

«È meglio controllare da una finestra. Se c'è qualcosa, rompi un vetro con un sasso e prendi quello che devi, e poi gambe in spalla.»

«Va bene» disse Sandberg.

«Se è solo una copia del giornale che ti serve possiamo controllare se ci sono dei cassonetti per la spazzatura sul retro. Potrebbero esserci scarti, prove di stampa e roba del genere.»

La tipografia Hallvigs era ospitata in un basso edificio di mattoni. Si avvicinarono da sud sull'altro lato della strada. Sandberg stava giusto per attraversare quando Falun lo afferrò per un gomito.

«Tira dritto» disse.

«Eh?»

«Cammina, come se stessimo facendo una passeggiata serale.»

Passarono davanti alla Hallvigs senza fermarsi.

«Cosa c'è?» domandò Sandberg un po' perplesso.

«Devi imparare a tenere gli occhi aperti. Non c'è solo un allarme. C'era anche una macchina parcheggiata di fianco.»

«Vuoi dire che c'è dentro qualcuno?»

«È una macchina della Milton Security. La tipografia è sorvegliata, cazzo.»

«Milton Security» esclamò Fredrik Clinton. Si sentiva come se avesse preso un pugno nello stomaco.

«Se non fosse stato per Falun sarei finito dritto fra le braccia delle loro guardie» disse Jonas Sandberg.

«Sento puzza di bruciato» disse Georg Nyström. «Non c'è nessun motivo plausibile per cui una piccola tipografia di campagna sia sorvegliata dalla Milton Security.»

Clinton annuì. La sua bocca era una linea dritta. Erano le undici di sera e aveva bisogno di riposare.

«*Millennium* sta combinando qualcosa» disse Sandberg.

«L'ho capito» disse Clinton. «Okay. Analizziamo la situazione. Qual è il peggiore scenario possibile? Cosa possono sapere?»

Guardò Nyström con un'espressione perentoria.

«Deve trattarsi del rapporto Salander del 1991» disse. «Hanno chiamato la Milton dopo che abbiamo rubato le copie. Devono avere capito che sono sorvegliati. Nella peggiore delle ipotesi, hanno una copia del rapporto.»

«Ma Blomkvist diceva di essere disperato per la perdita del rapporto.»

«Lo so. Ma possono averci imbrogliati. Non dobbiamo chiudere gli occhi davanti a questa possibilità.»

Clinton annuì.

«Partiamo da questo presupposto. Sandberg?»

«Siamo a conoscenza di quella che sarà la linea difensiva di Lisbeth Salander. Ha raccontato la verità così come l'ha vissuta. Ho letto questa cosiddetta autobiografia ancora una volta. A quanto pare gioca proprio a nostro favore. Contiene accuse così grossolane di violenze e soprusi che finirà per essere considerata l'autobiografia di una mitomane.»

Nyström annuì.

«Inoltre la ragazza non può provare nessuna delle sue affermazioni. Ekström userà questo documento contro di lei. Distruggerà la sua credibilità.»

«Okay. La nuova perizia di Teleborian è eccellente. Ovviamente c'è la possibilità che Annika Giannini tiri fuori un suo esperto pronto a sostenere che Lisbeth Salander non è pazza. Così tutto finirebbe in mano all'ufficio del medico legale. Ma, a meno che non cambi tattica, Lisbeth si rifiuterà di parlare anche con loro e loro concluderanno che Teleborian ha ragione e che è matta. È lei il peggior nemico di se stessa.»

«Sarebbe comunque più tranquillizzante se non ci fosse nessun processo» ribadì Clinton.

Nyström scosse la testa.

«È praticamente impossibile. La ragazza è in cella a Kronoberg e non ha nessun contatto con gli altri detenuti. Ha un'ora d'aria al giorno sul tetto, ma non possiamo avvicinarla lì. E non abbiamo contatti fra il personale carcerario.»

«Capisco.»

«Se volevamo agire contro di lei, dovevamo farlo quando era al Sahlgrenska. Adesso la possibilità che il sicario venga preso è del cento per cento. E dove lo troviamo uno che accetta un lavoro del genere? E con così poco preavviso non è possibile neppure organizzare un suicidio o un incidente.»

«E i decessi improvvisi hanno la tendenza a originare dei sospetti. Okay, vediamo come va il processo. In concreto non è cambiato nulla. Ci siamo sempre aspettati che facessero una contromossa. Evidentemente è questa cosiddetta autobiografia.»

«Il problema vero è *Millennium*» disse Jonas Sandberg. Tutti annuirono.

«*Millennium* e Milton Security» disse Clinton pensieroso. «Lisbeth Salander ha lavorato per Armanskij, e Blomkvist ha avuto una storia con lei. Dobbiamo trarre la conclusione che si sono alleati?»

«L'ipotesi non sembra azzardata, dato che la Milton Security sorveglia la tipografia. Non può essere un caso.»

«Okay. Quando hanno intenzione di uscire col giornale? Sandberg, hai detto che sono in ritardo di circa due settimane. Se diamo per scontato che la Milton Security sorvegli la tipografia per impedire che qualcuno metta le mani in anticipo su *Millennium*, significa che stanno per pubblicare qualcosa che non vogliono bruciare e che probabilmente sono già in stampa.»

«Saranno pronti per l'inizio del processo» disse Jonas Sandberg. «È l'unica ipotesi plausibile.»

Clinton annuì.

«Cosa pubblicheranno? Qual è lo scenario peggiore?»

Tutti e tre rifletterono a lungo. Fu Nyström a rompere il silenzio.

«Nel peggiore dei casi, come si è detto, hanno ancora una copia del rapporto.»

Clinton e Sandberg annuirono. Erano giunti alla stessa conclusione.

«La domanda è: come possono servirsene? Il rapporto coinvolge Björck e Teleborian. Björck è morto. Andranno giù duro con Teleborian, ma lui può sempre sostenere di avere fatto una comunissima perizia psichiatrica. Sarà la sua parola contro la loro, e lui naturalmente si mostrerà indignato di fronte alle loro accuse» disse Sandberg.

«Come agiremo se pubblicano il rapporto?» domandò Nyström.

«Io credo che abbiamo in mano una carta vincente» disse Clinton. «Se scoppierà un putiferio, i riflettori saranno puntati sulla Säpo, non sulla Sezione. E quando i giornalisti cominceranno a fare domande, la Säpo tirerà fuori il rapporto dall'archivio...»

«E, ovviamente non si tratterà dello stesso documento» completò Sandberg.

«Shenke ha messo in archivio la versione modificata, quella che ha letto anche il procuratore Ekström. Le è stato dato un numero di protocollo. Noi possiamo avviare abbastanza rapidamente una campagna di disinformazione sui media... Abbiamo pur sempre l'originale mentre *Millennium* ha soltanto una copia. Possiamo mettere in giro voci che lascino intendere che Blomkvist stesso ha falsificato l'originale.»

«Bene. Cos'altro può sapere *Millennium*?»

«Sulla Sezione non possono sapere nulla. È impossibile. Quindi si concentreranno sulla Säpo, e Blomkvist apparirà come un teorico della cospirazione, e la Säpo sosterrà che è pazzo.»

«È un personaggio piuttosto noto» disse lentamente Clinton. «Da dopo l'affare Wennerström gode di una buona credibilità.»

Nyström annuì.

«È possibile minarla in qualche modo?» domandò Jonas Sandberg.

Nyström e Clinton si scambiarono un'occhiata. Poi entrambi annuirono. Clinton guardò Nyström.

«Credi di riuscire a procurarti... diciamo... cinquanta grammi di cocaina?»

«Forse dagli jugoslavi.»

«Okay. Fai un tentativo. Il tempo stringe. Il processo sta per cominciare.»

«Non capisco...» disse Jonas Sandberg.

«È un trucco vecchio come il mestiere. Ma ancora molto efficace.»

«Morgongåva?» domandò Torsten Edklinth perplesso. Era seduto sul divano di casa in vestaglia e stava leggendo per la terza volta l'autobiografia di Lisbeth Salander quando Monica Figuerola lo chiamò al telefono. Siccome era mezzanotte passata da un pezzo, suppose che fosse qualcosa di serio.

«Morgongåva» ripeté Monica Figuerola. «Sandberg e Lars Faulsson ci sono andati ieri sera. Curt Svensson, della squadra di Bublanski, li ha tenuti d'occhio per tutto il tragitto, grazie anche al gps nell'automobile di Sandberg. Hanno parcheggiato nelle vicinanze della vecchia stazione ferroviaria, hanno fatto un giro a piedi, sono tornati alla macchina e sono rientrati a Stoccolma.»

«Capisco. Si sono incontrati con qualcuno o...?»

«No. È questa la cosa strana. Sono scesi dalla macchina, hanno fatto un giro, sono tornati indietro e sono rientrati in città.»

«Aha. E perché mi chiami a mezzanotte e mezza per raccontarmelo?»

«C'è voluto un momento perché ci arrivassimo. Sono passati davanti a un edificio che ospita la Hallvigs. Ne ho parlato con Mikael Blomkvist. È lì che stampano *Millennium*.»

«Oh diavolo» disse Edklinth.

Si rese subito conto delle implicazioni.

«Siccome c'era anche Falun, suppongo che avessero intenzione di fare una visita alla tipografia, magari sul tardi. Però hanno interrotto la spedizione» disse Monica Figuerola.

«Perché?»

«Perché Blomkvist ha chiesto a Dragan Armanskij di sorvegliare la tipografia fino a quando *Millennium* non sarà distribuito. Probabilmente hanno visto la macchina della Milton Security. Pensavo che avresti voluto averla subito un'informazione come questa.»

«Hai ragione. Significa che cominciano a fiutare qualcosa...»

«Se non altro, i loro campanelli d'allarme devono aver cominciato a suonare. Sandberg ha fatto scendere Faulsson in centro e quindi è tornato all'indirizzo di Artillerigatan. Sappiamo che Fredrik Clinton è lì. Georg Nyström è arrivato quasi contemporaneamente. La domanda è: come agiranno?»

«Il processo comincia il 13... Puoi telefonare a Blomkvist per dirgli di rafforzare la sorveglianza? Per ogni eventualità.»

«Hanno un servizio piuttosto buono. E la tecnica con cui sono riusciti ad alzare una cortina di fumo intorno ai loro telefoni sorvegliati è da veri professionisti. Blomkvist è talmente paranoico che ha sviluppato dei sistemi per organizzare manovre diverse dai quali potremmo trarre ispirazione anche noi.»

«Okay. Ma chiamalo comunque.»

Monica Figuerola chiuse la comunicazione e appoggiò il cellulare sul comodino. Alzò lo sguardo e fissò Mikael Blomkvist, nudo nel letto, appoggiato contro la testata.

«Devo telefonarti per suggerirti di rafforzare la sorveglianza» gli disse.

«Grazie del suggerimento» disse lui secco.

«Parlo sul serio. Se cominciano a fiutare qualcosa, c'è il rischio che agiscano d'impulso. E che tentino di entrare.»

«Henry Cortez dorme lì stanotte. E abbiamo un allarme collegato direttamente con la Milton Security che è a tre minuti dalla redazione.»

Tacque per un secondo.

«Paranoico» borbottò poi.

24.
Lunedì 11 luglio

Erano le sei di lunedì mattina quando Susanne Linder della Milton Security chiamò Mikael Blomkvist sul suo T10 blu.

«Ma tu non dormi mai?» domandò Mikael assonnato.

Guardò con la coda dell'occhio Monica Figuerola che era già in piedi e si era infilata i calzoncini da jogging ma non ancora la T-shirt.

«Certo. Ma sono stata svegliata dalla guardia di turno. L'allarme silenzioso che abbiamo installato nel tuo appartamento è scattato alle tre.»

«Aha.»

«Così sono andata giù a controllare cos'era successo. È una faccenda un po' complicata. Puoi fare un salto alla Milton? È piuttosto urgente.»

«Si tratta di una faccenda seria» disse Dragan Armanskij.

Erano passate da poco le otto quando si ritrovarono davanti allo schermo di una tv in una sala riunioni della Milton Security. C'erano Armanskij, Mikael Blomkvist e Susanne Linder. Armanskij aveva convocato anche Johan Fräklund, sessantadue anni, un ex ispettore della polizia di Solna a capo dell'unità operativa della Milton, e l'ex ispettore Sonny Bohman, quarantotto anni, che aveva seguito il caso Salander fin dall'inizio. Susanne Linder aveva appena mostrato loro il video ripreso dalla telecamera di sorveglianza.

«Ciò che vediamo è Jonas Sandberg che apre la porta dell'appartamento di Mikael Blomkvist alle tre e diciassette di questa mattina. Usa le chiavi... Ricorderete che quel famoso fabbro, Faulsson, aveva fatto il calco delle chiavi di riserva di Blomkvist quando lui e Göran Mårtensson si erano introdotti nell'appartamento.»

Armanskij annuì corrucciato.

«Sandberg rimane all'interno dell'appartamento per circa otto minuti. In quell'arco di tempo fa quanto segue. Recupera un piccolo sacchetto di plastica in cucina. Lo riempie. Svita il retro di uno degli amplificatori che sono nel tuo soggiorno, Mikael. E ci sistema dentro il sacchetto.»

«Mmm» commentò Mikael Blomkvist.

«Il fatto che abbia preso il sacchetto dalla tua cucina è importante.»

«È un sacchetto del Konsum, c'erano delle piccole baguette» spiegò Mikael. «Li conservo per metterci il formaggio e roba del genere.»

«Faccio lo stesso anch'io. Il fatto è ovviamente che sul sacchetto ci sono le tue impronte digitali. Poi Sandberg va a prendere un vecchio numero dell'*Smp* nel contenitore della carta straccia e ne utilizza una pagina per avvolgere un oggetto che sistema sul ripiano più alto del tuo guardaroba.»

«Mmm» fece Mikael di nuovo.

«Anche qui il problema è lo stesso. Il giornale ha le tue impronte.»

«Capisco.»

«Sono andata al tuo appartamento alle cinque, e ho verificato che nell'altoparlante ci sono circa centottanta grammi di cocaina. Ho preso un campione di un grammo, che è qui dentro.»

Mise una bustina sul tavolo.

«Cosa c'è nel guardaroba?» chiese Mikael.

«Circa centoventimila corone in contanti.»

Armanskij fece segno a Susanne di spegnere la tv. Poi guardò Fräklund.

«Mikael Blomkvist sarebbe dunque coinvolto in un traffico di cocaina» disse Fräklund in tono bonario. «È evidente che cominciano ad avere qualche preoccupazione per ciò che sta facendo.»

«Questa è una contromossa» disse Mikael.

«Contromossa?»

«Hanno scoperto le guardie della Milton Security a Morgongåva ieri sera.»

Mikael riferì le informazioni di Monica Figuerola sulla gita di Sandberg a Morgongåva.

«Una piccola canaglia che si dà molto da fare» disse Sonny Bohman.

«Ma perché proprio adesso?»

«Chiaramente sono preoccupati per quello che potrà combinare *Millennium* una volta cominciato il processo» disse Fräklund. «Se Blomkvist venisse beccato per traffico di cocaina, la sua credibilità subirebbe un vero tracollo.»

Susanne Linder annuì. Mikael aveva un'aria perplessa.

«Allora, come dobbiamo gestire questa faccenda?» domandò Armanskij.

«Per il momento non facciamo nulla» suggerì Fräklund. «Abbiamo in mano una carta vincente. Possediamo un'eccellente documentazione di come Sandberg abbia piazzato materiale probatorio nel tuo appartamento,

Mikael. Lasciamo scattare la trappola. Saremo immediatamente in grado di dimostrare la tua innocenza e al tempo stesso avremo un'ulteriore prova del comportamento criminoso della Sezione. Mi piacerebbe tanto essere la pubblica accusa, con questi signori alla sbarra.»

«Non so» disse Mikael lentamente. «Il processo comincia dopodomani. *Millennium* uscirà venerdì, il terzo giorno. Se vogliono che sia incriminato per traffico di cocaina devono fare in modo che succeda prima di allora... ma io prima di allora non sarò in grado di spiegare com'è andata veramente. Rischio di finire agli arresti e di perdermi il processo.»

«In altre parole hai buone ragioni per renderti invisibile» suggerì Armanskij.

«Naa... ho un lavoro in sospeso con Tv4, e poi ci sono gli altri preparativi. Non posso...»

«Perché proprio adesso?» domandò Susanne tutto d'un tratto.

«Cosa vuoi dire?» chiese Armanskij.

«Hanno avuto a disposizione tre mesi per infangare Blomkvist. Perché entrano in azione proprio adesso? Qualsiasi cosa facciano, non riusciranno a impedire la pubblicazione di *Millennium*.»

Per un momento, intorno al tavolo rimasero tutti in silenzio.

«Può dipendere dal fatto che non sanno cosa pubblicherai, Mikael» disse lentamente Armanskij. «Sanno che hai qualcosa per le mani... ma forse credono che sia solo il rapporto di Björck.»

Mikael annuì un po' esitante.

«Non hanno capito che hai intenzione di smascherare l'intera Sezione. Se si trattasse solo di quello, sarebbe sufficiente screditare la tua persona. Le tue eventuali rivelazioni finirebbero in secondo piano se venissi preso e messo agli arresti. Grosso scandalo. Il noto reporter Mikael Blomkvist arrestato per traffico di stupefacenti. Da sei a otto anni di galera.»

«Posso avere due copie del video?» chiese Mikael.

«Cosa vuoi farne?»

«Una copia è per Edklinth. E poi fra tre ore devo incontrare quelli di Tv4. Credo che sia bene tenerci pronti a mostrare questa cosa in tv quando scoppierà la bomba.»

Monica Figuerola spense il lettore dvd e appoggiò il telecomando sul tavolo. Si erano incontrati nell'ufficio provvisorio a Fridhemsplan.

«Cocaina» disse Edklinth. «Giocano duro.»

Monica aveva un'espressione pensierosa. Guardò Mikael con la coda dell'occhio.

«Ho pensato che fosse meglio informare anche voi» disse lui con un'alzata di spalle.

«Questa storia non mi piace» disse Monica. «Lascia intuire una disperazione irrazionale. È facile capire che non ti farai chiudere tranquillamente nel supercarcere di Kumla se ti arresteranno per traffico di stupefacenti.»

«È vero» disse Mikael.

«E anche se ti condannano c'è sempre il rischio che la gente creda a quello che dici tu. E i tuoi colleghi di *Millennium* non se ne starebbero certo zitti.»

«Inoltre questa operazione ha un costo non indifferente» disse Edklinth. «Devono disporre di un budget che permette di sprecare senza battere ciglio centoventimila corone più il valore della cocaina.»

«Lo so» disse Mikael. «Ma il piano non è niente male. Fanno il conto che Lisbeth Salander finisca in manicomio e io scompaia in una nube di sospetti. E che tutta l'attenzione si concentri sulla Säpo, non sulla Sezione. Direi che la partenza è piuttosto buona.»

«Ma come faranno a convincere la sezione narcotici a effettuare una perquisizione in casa tua? Voglio dire, non basta certo una soffiata anonima perché qualcuno apra a calci la porta di un giornalista famoso. E perché questa cosa funzioni, devi essere messo sotto accusa nei prossimi giorni.»

«Be', noi non sappiamo niente del loro programma operativo» disse Mikael.

Si sentiva stanco e desiderava solo che tutto finisse. Si alzò.

«Dove stai andando?» domandò Monica. «Vorrei essere sempre informata dei tuoi spostamenti, nel prossimo futuro.»

«Ho un appuntamento con Tv4 all'ora di pranzo. E poi mangerò uno stufato d'agnello al Samirs Gryta alle sei in compagnia di Erika Berger. Dobbiamo dare il tocco finale al comunicato stampa che vogliamo divulgare. Per il resto della serata sarò in redazione, suppongo.»

Gli occhi di Monica si strinsero leggermente quando sentì nominare Erika Berger.

«Vorrei che ti tenessi in contatto con me nel corso della giornata. E in generale che lo facessi fino a quando il processo non sarà iniziato.»

«Okay. Magari potrei trasferirmi a casa tua per un paio di giorni» disse Mikael, sorridendo come se scherzasse.

Monica si rabbuiò. Diede una rapida occhiata a Edklinth.

«Monica ha ragione» disse lui. «Credo che sarebbe meglio se tu diventassi invisibile fino alla fine della storia. Se la narcotici ti beccasse, saresti costretto a tenere la bocca chiusa fino all'inizio del processo.»

«Tranquilli» disse Mikael. «Non ho intenzione di farmi prendere dal panico e di guastare qualcosa, arrivati a questo punto. Voi curate la vostra parte e io curerò la mia.»

"La famosa" di Tv4 ebbe difficoltà a nascondere la propria eccitazione davanti al materiale che Mikael le consegnò. Mikael sorrise davanti alla sua avidità. Per una settimana avevano sgobbato come somari per mettere insieme qualcosa di comprensibile sulla Sezione a uso di Tv4. Ora sia il produttore sia il responsabile dell'informazione di Tv4 si erano resi conto di quale scoop sarebbe diventata quella storia. Il programma sarebbe stato prodotto in gran segreto coinvolgendo solo pochissime persone. Avevano accettato la richiesta di Mikael che fosse mandato in onda la sera del terzo giorno del processo. Avevano deciso di farne un'edizione straordinaria del notiziario della durata di un'ora.

Mikael aveva fornito alla giornalista un gran numero di fotografie su cui lavorare, ma in tv nulla è paragonabile alle immagini in movimento. Un video nitidissimo che mostrava come un poliziotto con tanto di nome e cognome sistemava della cocaina nell'appartamento di Mikael Blomkvist la mandò quasi al tappeto.

«Questa sì che è tv» disse. «Didascalia: *Ecco come la Säpo mette la cocaina nell'appartamento di Mikael Blomkvist.*»

«Non la Säpo... la Sezione» la corresse Mikael. «Non commettere questo errore, non fare confusione.»

«Ma Sandberg lavora alla Säpo, per la miseria» protestò lei.

«Sì, ma è come se fosse un infiltrato. Mantieni ben netto il confine.»

«Okay. È la Sezione al centro dell'inchiesta, non la Säpo. Mikael, puoi spiegarmi come fai a essere sempre implicato in queste vicende sensazionali? Hai ragione. Questa cosa sarà ancora più grossa dell'affare Wennerström.»

«Puro talento, suppongo. E anche questa inchiesta è cominciata con un affare Wennerström. Stig Wennerström, la spia dell'Unione Sovietica smascherata negli anni sessanta.»

Alle quattro del pomeriggio Erika chiamò Mikael. Era in riunione con gli editori per spiegare il suo punto di vista sui tagli all'*Smp*, che avevano condotto a un aspro conflitto sindacale dopo che lei si era dimessa. Gli disse che sarebbe arrivata in ritardo al loro appuntamento al Samirs Gryta, non ce l'avrebbe fatta prima delle sei e mezza.

Jonas Sandberg aiutò Fredrik Clinton a passare dalla sedia a rotelle alla branda nella sua stanza al quartier generale della Sezione. Clinton era appena tornato dopo aver passato il pomeriggio in dialisi. Si sentiva decrepito e infinitamente stanco. Nelle ultime ventiquattr'ore non aveva quasi chiuso occhio e desiderava solo che tutto finisse in fretta. Si era appena sistemato sulla branda quando furono raggiunti da Georg Nyström.

Clinton cercò di raccogliere le forze.

«Fatto?» domandò.

Georg Nyström annuì.

«Ho appena incontrato i fratelli Nikolic» disse. «Cinquantamila.»

«Ce lo possiamo permettere» disse Clinton.

Diavolo, se si fosse ancora giovani.

Voltò la testa e studiò a turno Georg Nyström e Jonas Sandberg.

«Nessun ripensamento?» chiese.

Entrambi scossero la testa.

«Quando?» domandò Clinton.

«Entro ventiquattr'ore» disse Nyström. «È incredibilmente difficile sapere sempre dove si trova Blomkvist, ma nel peggiore dei casi agiranno fuori dalla redazione.»

Clinton annuì.

«Forse avremo una possibilità già stasera, fra due ore» disse Jonas Sandberg.

«Ah sì?»

«Erika Berger l'ha chiamato un attimo fa. Andranno a cena al Samirs Gryta. È un locale nelle vicinanze di Bellmansgatan.»

«Berger...» disse Clinton lasciando la frase in sospeso.

«Per l'amor di dio, spero che lei non...» disse Georg Nyström.

«Non sarebbe del tutto sbagliato» lo interruppe Jonas Sandberg.

Sia Clinton che Nyström lo guardarono.

«Siamo tutti d'accordo che Blomkvist costituisce la minaccia più forte contro di noi. È probabile che pubblichi qualcosa nel prossimo numero di *Millennium*, ma non possiamo impedirgli di farlo, dunque dobbiamo distruggere la sua credibilità. Se viene ucciso in un regolamento di conti all'interno della malavita e la polizia trova droga e denaro nel suo appartamento, l'inchiesta non potrà portare che a una conclusione. In ogni caso distrarrà l'attenzione dalle cospirazioni della polizia segreta.»

Clinton annuì.

«Erika Berger è l'amante di Blomkvist» disse Sandberg con enfasi. «È sposata e infedele. Se anche lei rimane uccisa ne possono derivare altre speculazioni.»

Clinton e Nyström si scambiarono un'occhiata. Sandberg era un talento naturale quando si trattava di alzare cortine di fumo. Imparava in fretta. Sia Clinton che Nyström ebbero però un attimo di esitazione. Sandberg era troppo incurante quando decideva della vita o della morte di qualcuno. Non andava bene. Il provvedimento estremo costituito dall'omicidio non era da attuare solo perché se ne presentava l'occasione. Non era una panacea, ma un rimedio da adottare quando non c'era alternativa.

Clinton scosse la testa.

Danni collaterali pensò. Tutto d'un tratto provò disgusto per l'intera situazione.

Dopo una vita intera al servizio del paese, eccoci qui a fare semplicemente i sicari. Zalachenko era stato necessario. Björck era... purtroppo Gullberg aveva ragione, Björck si sarebbe fatto incastrare. Blomkvist è... probabilmente necessario. Ma Erika Berger era solo uno spettatore innocente.

Guardò di sottecchi Jonas Sandberg. Si augurava che il giovanotto non diventasse uno psicopatico.

«Quanto sanno i fratelli Nikolic?»

«Niente. Su di noi niente. Io sono l'unico che li ha incontrati, ma ho usato un'identità falsa, non possono rintracciarmi. Gli ho fatto credere che si tratta di trafficking» rispose Nyström.

«Cosa faranno dopo?»

«Lasceranno immediatamente la Svezia» disse Nyström. «Proprio come dopo Björck. E quando l'indagine della polizia sarà conclusa potranno cautamente fare ritorno, diciamo fra qualche settimana.»

«E il piano?»

«Alla siciliana. Si avvicinano a Blomkvist, svuotano un caricatore e scappano.»

«Arma?»

«Hanno un'arma automatica. Non so di che tipo.»

«Spero che non abbiano intenzione di sventagliare su tutto il ristorante...»

«Nessun pericolo. Sono freddi e sanno cosa devono fare. Ma se Erika Berger è seduta allo stesso tavolo di Blomkvist...»

Danni collaterali.

«State a sentire» disse Clinton. «È importante che Wadensjöö non venga a sapere che siamo coinvolti in questa faccenda. In modo particolare se Erika Berger sarà una delle vittime. Già adesso è teso fino allo spasimo. Mi sa che dovremo mandarlo in pensione quando tutto questo sarà finito.»

Nyström annuì.

«Quando riceveremo la notizia che Blomkvist è stato assassinato, reciteremo un po'. Indiremo una riunione di crisi fingendoci esterrefatti per gli sviluppi degli eventi. Faremo congetture su chi possa esserci dietro il delitto, ma non menzioneremo né droga né altro prima che la polizia abbia trovato il materiale probatorio.»

Mikael Blomkvist si separò dalla giornalista di Tv4 poco prima delle cinque. Avevano impiegato tutto il pomeriggio a esaminare i punti poco chiari del materiale, quindi Mikael era stato truccato e sottoposto a una lunga intervista registrata.

A una domanda aveva avuto difficoltà a rispondere. Avevano dovuto riprovarci diverse volte.

Come è possibile che funzionari della pubblica amministrazione si spingano così in là da commettere degli omicidi?

Già prima che "la famosa" di Tv4 glielo domandasse Mikael ci aveva riflettuto su molto. Probabilmente la Sezione considerava Zalachenko un rischio eccezionale. Ma questa risposta non era soddisfacente. Così come non fu soddisfacente quella che diede alla fine.

«L'unica spiegazione che riesco a dare è che la Sezione nel corso degli anni ha finito per diventare una setta nel vero senso della parola. Si sono dati le loro leggi, per loro concetti come giusto e sbagliato hanno cessato di essere rilevanti. Si sono totalmente isolati dalla società normale.»

«Suona come una specie di malattia mentale.»

«Non è una descrizione del tutto sbagliata.»

Mikael prese la metropolitana per Slussen e pensò che era troppo presto per andare al Samirs Gryta. Restò un attimo fermo in Södermalmstorg. Era preoccupato, ma al tempo stesso gli sembrava che tutto procedesse sul binario giusto. Era stato solo quando Erika aveva fatto ritorno a *Millennium* che si era reso conto di quanto intensamente gli fosse mancata. Inoltre il suo riprendere in mano il timone non aveva creato nessun conflitto interno. Al contrario Malin, che era tornata a coprire il suo ruolo di segretaria di redazione, era quasi fuori di sé dalla contentezza per il fatto che la vita, come si era espressa lei stessa, era tornata all'ordine costituito.

Il ritorno di Erika aveva anche comportato che tutti si erano resi conto di quanto fossero stati a corto di personale negli ultimi tre mesi. Erika era ripartita in quarta e con Malin era riuscita a smaltire una parte del lavoro arretrato, ma aveva chiesto una riunione di redazione durante la quale era stato deciso che avrebbero assunto almeno uno o due nuovi collaboratori. Di come avrebbero fatto a pagarli non avevano tuttavia la benché minima idea.

Mikael andò a comperare i giornali della sera e bevve

un caffè al Java di Hornsgatan per ammazzare il tempo in attesa di incontrare Erika.

Il procuratore Ragnhild Gustavsson, della procura generale, appoggiò gli occhiali sul tavolo da riunioni e fece scorrere lo sguardo sui presenti. Aveva cinquantotto anni, il viso segnato ma le guance come due mele, i capelli corti spruzzati d'argento. Era procuratore da venticinque anni e lavorava alla procura generale dagli inizi degli anni novanta.

Erano passate solo tre settimane da quando era stata improvvisamente convocata nell'ufficio del procuratore generale per incontrare Torsten Edklinth. Quel giorno stava per concludere un lavoro di routine e iniziare una vacanza di sei settimane nella sua casetta di campagna a Husarö, nell'arcipelago. Invece aveva ricevuto l'incarico di condurre un'indagine su un gruppo di funzionari statali che venivano collettivamente denominati "la Sezione". Tutti i suoi programmi per le ferie erano stati frettolosamente accantonati. Le avevano fatto capire che quello sarebbe stato il suo incarico principale nel prossimo futuro. Le avevano dato libertà di organizzare a modo suo il lavoro e di prendere le decisioni necessarie.

«Questa è destinata a diventare una delle indagini più clamorose della storia svedese» aveva detto il procuratore generale.

Lei era incline a concordare.

Con crescente stupore aveva ascoltato Torsten Edklinth fare un resoconto di ciò che era successo e di ciò che aveva fatto su incarico del primo ministro. La sua indagine non era ancora conclusa, ma Edklinth riteneva di doverla presentare a un pubblico ministero.

Anzitutto Ragnhild Gustavsson si era fatta un'idea generale del materiale di Edklinth. Quando la situazione aveva cominciato a precisarsi, si era resa conto che tutte le decisioni che avrebbe preso sarebbero state lette nei futuri libri di storia. Da quel momento aveva dedicato ogni minuto a cercare di farsi un quadro preciso dell'insieme quasi inconcepibile di reati di cui doveva occuparsi. Il caso era unico nella storia giudiziaria svedese, si trattava di tracciare la mappa di una serie di illeciti che andavano avanti da almeno trent'anni. Si rendeva conto della necessità di organizzare al meglio il lavoro. Il suo pensiero andò ai funzionari statali italiani che negli anni settanta e ottanta erano costretti a condurre le indagini antimafia quasi clandestinamente. E capì perché Edklinth avesse dovuto lavorare in gran segreto. Non sapeva di chi poteva fidarsi.

Il suo primo provvedimento fu di convocare tre collaboratori della procura generale. Scelse persone che conosceva da molti anni. Quindi si rivolse a un noto storico, che lavorava alla prevenzione anticrimine, perché mettesse a disposizione la sua competenza per ricostruire le vicende della polizia segreta nel tempo. Infine nominò ufficialmente Monica Figuerola responsabile delle indagini.

Con ciò l'inchiesta sulla Sezione aveva ottenuto una forma costituzionalmente valida. Ora era da considerare come una qualsiasi inchiesta di polizia, anche se coperta dalla più totale segretezza.

Nelle due settimane precedenti, il procuratore Gustavsson aveva convocato un gran numero di persone per interrogatori formali ma molto discreti. Oltre a Edklinth e Monica Figuerola, aveva sentito gli ispettori Bublanski, Sonja Modig, Curt Svensson e Jerker Holmberg. Quindi aveva chiamato anche Mikael Blomkvist, Malin Eriksson, Henry Cortez, Christer Malm, Annika Giannini, Dragan

Armanskij, Susanne Linder e Holger Palmgren. A parte i rappresentanti di *Millennium*, che per principio non rispondevano a domande che potessero portare all'identificazione delle fonti, tutti gli altri avevano volonterosamente fornito relazioni dettagliate e documentate.

A Ragnhild Gustavsson non piaceva affatto che fosse stato *Millennium* a stabilire la tabella di marcia. Sarebbe stata costretta ad arrestare un certo numero di persone entro una certa data, pur ritenendo di avere bisogno di parecchi mesi per portare l'inchiesta a quello stadio. Non aveva però avuto scelta. Mikael Blomkvist era stato inflessibile. Lui non doveva sottostare ad alcun regolamento statale, e aveva intenzione di pubblicare la sua inchiesta esattamente il terzo giorno del processo contro Lisbeth Salander. Ragion per cui Ragnhild Gustavsson era stata costretta ad adeguarsi e ad agire di concerto, perché le persone sospettate e il materiale probatorio non rischiassero di sparire. Blomkvist aveva tutto l'appoggio di Edklinth e Monica Figuerola. Ma gradualmente anche il procuratore cominciò a rendersi conto che il suo piano offriva alcuni evidenti vantaggi. La procura avrebbe ottenuto il sostegno mediatico ben organizzato di cui aveva bisogno per condurre una tale azione giudiziaria. Inoltre tutto sarebbe andato avanti così in fretta che l'inchiesta non avrebbe fatto in tempo ad arrivare alle orecchie della Sezione.

«Per Blomkvist si tratta in primo luogo di riabilitare Lisbeth Salander. Inchiodare la Sezione è soltanto una conseguenza» disse Monica Figuerola.

Il processo contro Lisbeth Salander sarebbe iniziato il mercoledì, due giorni dopo. Quel lunedì avrebbero fatto un riesame completo di tutto il materiale a disposizione e avrebbero distribuito i compiti.

Alla riunione parteciparono tredici persone. Dalla procura generale Ragnhild Gustavsson aveva portato con sé due dei suoi collaboratori più stretti. Dall'ufficio per la tutela della Costituzione erano arrivati il responsabile delle indagini Monica Figuerola e i suoi collaboratori Stefan Bladh e Anders Berglund. Il capo, Torsten Edklinth, era lì come osservatore.

Ragnhild Gustavsson aveva tuttavia deciso che una questione di quel calibro non poteva essere limitata all'Rps/Säk. Perciò aveva convocato anche l'ispettore Jan Bublanski e il suo gruppo composto da Sonja Modig, Jerker Holmberg e Curt Svensson dei servizi ufficiali. Lavoravano al caso Salander da Pasqua ed erano perfettamente al corrente dell'intera faccenda. Inoltre aveva invitato il procuratore Agneta Jervas e l'ispettore Marcus Erlander da Göteborg. L'indagine sulla Sezione aveva un collegamento diretto con quella sull'omicidio di Alexander Zalachenko.

Quando Monica Figuerola disse che avrebbero dovuto chiamare a testimoniare l'ex primo ministro Thorbjörn Fälldin, gli agenti Jerker Holmberg e Sonja Modig si mossero inquieti.

Per cinque ore spulciarono a uno a uno tutti i nomi delle persone identificate come agenti della Sezione, dopo di che constatarono i reati e presero la decisione di emettere un ordine di cattura nei loro confronti. Complessivamente, erano state individuate sette persone collegate all'appartamento di Artillerigatan e altre nove che si riteneva avessero dei legami con la Sezione ma che non erano mai state viste in Artillerigatan. Lavoravano all'Rps/Säk a Kungsholmen, ma avevano incontrato qualche agente della Sezione.

«È tuttora impossibile dire quanto sia estesa la cospirazione. Non sappiamo in quali circostanze queste persone abbiano incontrato Wadensjöö o qualcuno degli altri. Può trattarsi di informatori o di gente che ha avuto l'impressione di lavorare per indagini interne o qualcosa del genere. C'è dunque una qualche incertezza sul loro coinvolgimento, che potremo sciogliere solo quando potremo ascoltarli. Inoltre, queste sono solo le persone che abbiamo osservato durante le settimane in cui si è svolta l'indagine. Possono essercene altre delle quali ancora non sappiamo niente.»

«Ma il capodivisione e il responsabile di bilancio...»

«Questi due possiamo affermare con sicurezza che lavorano per la Sezione.»

Erano le sei di lunedì sera quando Ragnhild Gustavsson decise una pausa di un'ora per la cena, dopo di che i lavori sarebbero ripresi.

Fu nell'attimo in cui tutti si alzarono e cominciarono a muoversi che il collaboratore di Monica Figuerola, Jesper Thoms, dell'unità operativa dell'ufficio per la tutela della Costituzione, richiamò l'attenzione per fare rapporto su ciò che era successo durante le ultime ore di sorveglianza.

«Clinton è stato in dialisi per gran parte della giornata ed è tornato in Artillerigatan verso le cinque. L'unico che ha fatto qualcosa di interessante è Georg Nyström, anche se non siamo ancora del tutto sicuri di cosa abbia fatto.»

«Aha» disse Monica.

«All'una e mezza di oggi, Nyström è andato alla stazione centrale e ha incontrato due persone. Hanno raggiunto a piedi l'Hotel Sheraton e hanno preso un caffè al bar. L'incontro è durato circa venti minuti, dopo di che Nyström è ritornato in Artillerigatan.»

«Aha. E chi erano le due persone?»

«Non lo sappiamo. Sono facce nuove. Due uomini sui

trentacinque anni che a giudicare dall'aspetto potrebbero essere originari dell'Est europeo. Ma il nostro agente purtroppo li ha perduti di vista quando sono scesi nella metropolitana.»

«Capisco» disse stancamente Monica.

«Ecco qui le foto» disse Thoms.

Lei guardò gli ingrandimenti di due facce che non aveva mai visto in precedenza.

«Okay, grazie» disse, mettendo le foto sul tavolo e alzandosi per andare a procurarsi qualcosa da mangiare.

Curt Svensson era lì accanto. Guardò le foto.

«Dannazione» disse. «I fratelli Nikolic hanno a che fare con questa storia.»

Monica Figuerola si bloccò.

«Chi?»

«Si tratta di due tipi veramente loschi» disse Svensson. «Tomi e Miro Nikolic.»

«Tu sai chi sono?»

«Certo. Due fratelli che stanno a Huddinge. Serbi. Li abbiamo tenuti sotto sorveglianza in parecchie occasioni quando avevano più o meno vent'anni, io lavoravo alla sezione criminalità organizzata. Miro Nikolic è il più pericoloso dei due. Fra parentesi, è ricercato da qualche tempo per violenza aggravata. Ma credevo che fossero tornati in Serbia tutti e due per darsi alla politica o qualcosa del genere.»

«Politica?»

«Sì. Hanno dato una mano a fare un po' di pulizia etnica. Lavoravano per Arkan, un capomafia che guidava una sorta di milizia privata. Avevano fama di essere due *shooters*.»

«*Shooters*?»

«Sì, assassini prezzolati, in pratica. Facevano avanti e

690

indietro fra Belgrado e Stoccolma. Un loro zio ha un ristorante a Norrmalm, dove hanno lavorato di tanto in tanto per avere una copertura. Abbiamo avuto diverse soffiate su di loro. Sarebbero coinvolti in almeno due omicidi, regolamenti di conti interni, la cosiddetta guerra delle sigarette fra gli jugoslavi. Ma non siamo mai riusciti a metterli dentro per qualcosa.»

Monica Figuerola scrutava muta le foto. Poi tutto d'un tratto impallidì. Fissò Torsten Edklinth.

«Blomkvist!» gridò con voce rotta dal panico. «Non si accontenteranno di infangarlo. Vogliono ucciderlo e lasciare che la polizia trovi la cocaina nel corso delle indagini e tragga le sue conclusioni.»

Edklinth ricambiò l'occhiata.

«Doveva incontrare Erika Berger al Samirs Gryta» disse Monica. Afferrò Curt Svensson per la spalla.

«Sei armato?»

«Sì...»

«Vieni con me.»

Monica uscì di volata dalla sala riunioni. Il suo ufficio era tre porte più in là lungo il corridoio. Aprì con la chiave e recuperò la sua arma di servizio dal cassetto della scrivania. Contro ogni regolamento lasciò la porta spalancata dirigendosi a tutta velocità verso gli ascensori. Curt Svensson rimase per qualche secondo indeciso.

«Seguila» gli disse Bublanski. «Sonja... va' con loro.»

Mikael Blomkvist entrò al Samirs Gryta alle sei e venti. Erika Berger era appena arrivata e aveva trovato un tavolo libero accanto al bancone del bar, vicino alla porta d'ingresso. Lui la baciò sulla guancia. Ordinarono tutti e due una birra grande ad alta gradazione e lo stufato d'agnello, e poco dopo ebbero davanti i loro bicchieri.

«Com'era "la famosa"?» chiese Erika.

«Gelida come al solito.»

Erika rise.

«Se non stai attento finirai per esserne ossessionato. Pensa, esiste una donna che non capitola davanti al fascino di Blomkvist.»

«In effetti sono diverse le ragazze che non hanno capitolato, nel corso degli anni» disse Mikael. «Come è stata la tua, di giornata?»

«Sprecata. Ma ho accettato di partecipare a un dibattito sull'*Smp* al club dei pubblicisti. Sarà il mio ultimo contributo alla questione.»

«Splendido.»

«È una tale meraviglia essere di nuovo a *Millennium*» disse lei.

«Non immagini quanto lo trovi meraviglioso io, che sei tornata. Sono ancora al settimo cielo.»

«È di nuovo bello andare al lavoro.»

«Mmm.»

«Sono felice.»

«E io devo andare alla toilette» disse Mikael alzandosi.

Fece qualche passo e si scontrò quasi con un uomo sui trentacinque anni che era appena entrato dalla porta. Mikael notò che aveva un'aria da europeo dell'Est e che lo fissava. Poi vide il mitra.

Mentre superavano Riddarholmen, Torsten Edklinth li chiamò dicendo che né Mikael Blomkvist né Erika Berger rispondevano al cellulare. Forse li avevano spenti per cenare in pace.

Monica imprecò e superò Södermalmstorg quasi a ottanta all'ora. Continuava a suonare il clacson. Svoltò in Hornsgatan facendo stridere le gomme. Curt Svensson fu costretto a tenersi con la mano alla portiera. Aveva tirato fuori l'arma di servizio e controllato che fosse carica. Sonja Modig, sul sedile posteriore, aveva fatto lo stesso.

«Dobbiamo chiedere rinforzi» disse Svensson. «I fratelli Nikolic non sono tipi con cui scherzare.»

Monica annuì.

«Facciamo così» disse. «Sonja e io entriamo al Samirs Gryta sperando che Mikael ed Erika siano dentro. Tu, Curt, che sei in grado di riconoscere i fratelli Nikolic, ti fermi fuori e tieni gli occhi aperti.»

«Okay.»

«Se tutto è tranquillo facciamo subito salire Mikael Blomkvist ed Erika Berger in macchina e li portiamo a Kungsholmen. Se abbiamo anche solo il minimo sospetto ci fermiamo all'interno del ristorante e chiediamo rinforzi.»

«Okay» disse Sonja.

Monica era ancora in Hornsgatan quando la radio della polizia sotto il cruscotto cominciò a gracchiare.

«A tutte le unità. Allarme sparatoria in Tavastgatan a Södermalm. Ristorante Samirs Gryta.»

Monica avvertì un crampo improvviso allo stomaco.

Erika Berger vide Mikael imbattersi in un uomo sui trentacinque anni mentre andava verso la toilette. Corrugò la fronte senza sapere perché. Vide che lo sconosciuto fissava Mikael con un'espressione sorpresa. Si domandò se fosse qualcuno che Mikael conosceva.

Poi vide l'uomo indietreggiare di un passo e mollare una borsa sul pavimento. Da principio non capì cosa stava vedendo. Restò seduta, paralizzata, mentre l'uomo sollevava un mitra contro Mikael.

Mikael reagì d'istinto. Fece scattare in avanti la mano sinistra e afferrò la canna del mitra puntandola contro il soffitto. Per una frazione di secondo la bocca dell'arma gli passò davanti alla faccia.

Il fragore del mitra fu assordante nel piccolo locale. Calcinacci e schegge di vetro dal lampadario piovvero su Mikael mentre Miro Nikolic esplodeva una raffica di undici colpi. Per un breve istante Mikael fissò l'uomo negli occhi.

Poi Miro Nikolic fece un lungo passo indietro e con uno strattone riprese il controllo dell'arma. Mikael era del tutto impreparato e lasciò andare la canna. D'un tratto si rese conto di essere in pericolo di vita. Senza pensarci si scagliò contro l'uomo invece di cercare di mettersi al riparo. Più tardi si rese conto che se avesse reagito diversamente, se si fosse abbassato o fosse indietreggiato, sarebbe stato falciato all'istante. Mikael riuscì di nuovo ad afferrare la canna del mitra. Usò il suo peso per schiacciare l'uomo contro il muro. Sentì partire altri sei o sette colpi e strattonò disperatamente il mitra per indirizzare la canna contro il pavimento.

Erika Berger si accucciò istintivamente quando partì la seconda raffica. Rotolò a terra e picchiò la testa contro una sedia. Si rannicchiò sul pavimento e alzando lo sguardo vide che tre fori di proiettile erano comparsi sul muro proprio alle spalle della sedia sulla quale era seduta fino a un attimo prima.

Sconvolta girò la testa e vide Mikael alle prese con Miro Nikolic vicino alla porta. Era scivolato in ginocchio e teneva il mitra con entrambe le mani, cercando di strapparlo alla presa dell'altro. Vide Miro Nikolic lottare per liberarsi e abbattere il pugno su Mikael.

Monica frenò di colpo, spalancò la portiera e si lanciò verso il Samirs Gryta. Aveva la sua Sig Sauer in mano e tolse la sicura non appena vide l'auto parcheggiata fuori dal locale.

Vide Tomi Nikolic al volante e gli puntò l'arma contro la faccia attraverso il finestrino.

«Polizia. Su le mani» intimò.

Tomi Nikolic alzò le mani.

«Esci dall'auto e stenditi a terra» gli urlò lei con voce carica d'ira. Si voltò e diede a Curt Svensson una rapida occhiata. «Il ristorante» disse.

Curt e Sonja attraversarono di corsa la strada.

Sonja Modig pensava ai suoi figli. Era contro tutte le regole della polizia fare irruzione in un edificio con le armi spianate senza adeguati rinforzi sul posto, senza giubbotti antiproiettile e senza un quadro preciso della situazione...

Poi sentì il frastuono di uno sparo esploso all'interno del ristorante.

Mikael Blomkvist aveva il dito medio infilato fra il grilletto e l'anello. Sentì dei vetri infrangersi alle sue spalle. Avvertiva un dolore tremendo quando l'uomo premeva sul grilletto schiacciandogli il dito, ma finché lo teneva lì l'arma non poteva sparare. I pugni continuavano ad abbattersi sulla sua testa. D'improvviso sentì di avere quarantacinque anni e di essere del tutto fuori allenamento.

Non ce la faccio più, deve finire presto.

Era il suo primo pensiero razionale da quando aveva visto l'uomo con il mitra.

Strinse i denti e cacciò il dito ancora più a fondo dietro il grilletto.

Poi fece leva con i piedi e premette la spalla contro il

corpo dell'uomo, costringendosi ad assumere di nuovo una posizione eretta. Mollò la presa della mano destra dal mitra e alzò il gomito per proteggersi dai pugni. Miro Nikolic allora cominciò a colpirlo alle costole. Per un secondo si fissarono negli occhi.

L'attimo dopo Mikael sentì che l'uomo veniva allontanato da lui con uno strattone. Avvertì un ultimo dolore lancinante al dito e vide l'imponente figura di Curt Svensson. L'agente alzò letteralmente di peso Miro Nikolic con una solida presa sul collo e gli sbatté la testa contro il muro accanto alla porta. Miro Nikolic rovinò a terra come un castello di carte.

Mikael sentì Sonja Modig urlare: «Polizia. Non ti muovere.»

Voltò la testa e la vide piazzata a gambe larghe con l'arma impugnata a due mani che cercava di fare un rapido esame della situazione. Alla fine alzò l'arma contro il soffitto e indirizzò lo sguardo verso Mikael Blomkvist.

«Sei ferito?» gli chiese.

Mikael la guardò stravolto. Sanguinava dalle sopracciglia e dal naso.

«Credo di essermi rotto un dito» disse, mettendosi a sedere sul pavimento.

Monica Figuerola ricevette rinforzi dalla squadra mobile di Södermalm meno di un minuto dopo che aveva costretto Tomi Nikolic a stendersi sul marciapiede. Si qualificò e lasciò agli agenti in uniforme il compito di occuparsi di lui, quindi corse verso il ristorante. Si fermò sulla porta e cercò di farsi un quadro della situazione.

Mikael Blomkvist ed Erika Berger erano seduti sul pavimento. Lui aveva il viso coperto di sangue e sembrava sotto choc. Monica tirò il fiato. In ogni caso era vivo. Poi corrugò la fronte quando Erika mise il braccio intorno alle spalle di Mikael.

Sonja era vicino a loro e stava esaminando la mano di Blomkvist. Curt Svensson stava ammanettando Miro Nikolic, che aveva l'aria di essere stato investito da un treno. Monica notò un mitra di quelli in dotazione all'esercito svedese sul pavimento.

Alzò gli occhi e vide il personale e i clienti sotto choc, e piatti rotti, e sedie e tavoli rovesciati, e ovunque i segni della distruzione provocata da una quantità di proiettili. Sentiva nell'aria l'odore della polvere da sparo. Ma non vedeva in giro né morti né feriti. Gli agenti della squadra di pronto intervento cominciarono ad affollare il locale con le armi in pugno. Lei allungò la mano e toccò Curt Svensson sulla spalla. Lui si alzò in piedi.

«Hai detto che Miro Nikolic era ricercato?»

«Esatto. Violenza aggravata circa un anno fa. Una rissa giù a Hallunda.»

«Okay. Facciamo così. Io sparisco subito di qui con Mikael Blomkvist ed Erika Berger. Tu rimani. La storia è che tu e Sonja siete venuti qui per cenare insieme e tu hai riconosciuto Nikolic. Quando hai cercato di bloccarlo lui ha tirato fuori l'arma e ha fatto tutto questo casino. Poi sei riuscito a renderlo inoffensivo.»

Curt Svensson assunse un'aria sbalordita.

«Ma non reggerà... ci sono dei testimoni.»

«I testimoni racconteranno che qualcuno ha fatto a pugni e ha sparato. Non occorre che regga oltre i giornali della sera di domani. La storia è che i fratelli Nikolic sono stati presi per pura combinazione perché tu li hai riconosciuti.»

Curt Svensson si guardò intorno nel caos. Poi annuì brevemente.

Monica Figuerola si fece largo attraverso la folla di poliziotti in strada e sistemò Mikael Blomkvist ed Erika Berger sul sedile posteriore della sua auto. Poi si rivolse al capo della squadra e gli parlò a bassa voce per trenta secondi. Accennò alla macchina dove erano seduti Mikael ed Erika. L'ufficiale aveva l'aria confusa ma alla fine annuì.

Monica guidò fino a Zinkensdamm. Parcheggiò e poi si voltò.

«Quanto malridotto sei?»

«Mi sono beccato qualche ceffone. I denti sono ancora al loro posto. Mi sono fatto male al medio.»

«Andiamo al pronto soccorso del St. Görans.»

«Cosa è successo?» domandò Erika. «E lei chi è?»

«Scusate» disse Mikael. «Erika, lei è Monica Figuerola. Lavora alla Säpo. Monica, lei è Erika Berger.»

«L'avevo capito» disse Monica con voce neutra. Non guardò Erika Berger.

«Monica e io ci siamo conosciuti nel corso dell'indagine. Lei è il mio contatto alla Säk.»

«Capisco» disse Erika, e tutto d'un tratto prese a tremare. Lo choc aveva cominciato a farsi sentire.

Monica guardò Erika con un'espressione imperturbabile.

«Cosa è successo?» disse Mikael.

«Abbiamo interpretato male la mossa della cocaina» rispose Monica. «Pensavamo che avessero preparato una trappola per infangarti. In realtà volevano ucciderti e lasciare che la polizia trovasse la cocaina perquisendo il tuo appartamento.»

«Quale cocaina?» chiese Erika.

Mikael chiuse gli occhi un momento.

«Portami al St. Görans» disse.

«Presi?» sbottò Fredrik Clinton. Sentiva una specie di sfarfallio dalle parti del cuore.

«Riteniamo che sia tutto tranquillo» disse Georg Nyström. «Sembra che si sia trattato di una coincidenza.»

«Una coincidenza?»

«Miro Nikolic era ricercato per una vecchia rissa. Uno sbirro di quelli contro la violenza di strada l'ha riconosciuto per caso e l'ha bloccato al Samirs Gryta. Nikolic è stato preso dal panico e ha cercato di liberarsi facendo fuoco.»

«Blomkvist?»

«Non è coinvolto. Non sappiamo nemmeno se si trovasse dentro il ristorante quando è avvenuto l'arresto.»

«Dannazione, non ci posso credere» disse Clinton. «Cosa sanno i fratelli Nikolic?»

«Di noi? Niente. Credono che sia Björck che Blomkvist siano faccende legate al trafficking.»

«Ma sanno che il bersaglio era Blomkvist?»

«Ovviamente, ma è assai improbabile che dicano che erano lì per un omicidio su commissione. Terranno di sicuro la bocca cucita fino al processo. Finiranno dentro per possesso abusivo di armi e forse anche per resistenza a pubblico ufficiale.»

«Dannati imbecilli» disse Clinton.

«Sì, hanno fatto proprio una brutta figura. E Blomkvist l'ha scampata. Ma non è ancora detta l'ultima parola.»

Erano le undici di sera quando Susanne Linder e due marcantoni del servizio scorte della Milton Security andarono a prendere Mikael Blomkvist ed Erika Berger a Kungsholmen.

«Sei sempre tra i piedi, Erika» disse Susanne scherzosa.

«Mi dispiace» rispose Erika imbronciata.

Erika era stata colta da un forte choc in macchina mentre andavano all'ospedale St. Görans. Tutto d'un tratto si era resa conto che sia lei che Mikael avevano rischiato di morire.

Mikael trascorse al pronto soccorso un'ora, durante la quale gli fu medicato il viso e radiografato e ingessato il dito medio. L'ultima parte era schiacciata e probabilmente avrebbe perduto l'unghia. Il danno più grave c'era stato quando Svensson gli era andato in aiuto e gli aveva strappato di dosso Miro Nikolic. Il dito medio di Mikael era bloccato nell'anello del mitra e si era fratturato. Gli faceva un male d'inferno, ma in fondo non era niente di grave.

Per Mikael lo choc arrivò un paio d'ore più tardi, quando già era all'ufficio per la tutela della Costituzione all'Rps/Säk e faceva rapporto all'ispettore Bublanski e al procuratore Ragnhild Gustavsson. Era stato colto da brividi improvvisi, e si sentiva così stanco che stava per addormentarsi fra una domanda e l'altra.

Dopo di che la discussione si era animata.

«Non sappiamo cosa abbiano progettato» disse Monica Figuerola. «Non sappiamo se la vittima designata fosse soltanto Blomkvist o se anche Erika Berger dovesse seguirlo. Non sappiamo se abbiano intenzione di provarci di nuovo o se qualcun altro di *Millennium* sia in pericolo... E perché non ammazzare Lisbeth Salander che è la vera minaccia contro la Sezione?»

«Ho già fatto un giro di telefonate mentre Mikael veniva incerottato» disse Erika. «Tutti i collaboratori terranno un profilo molto basso finché *Millennium* non uscirà. In redazione non ci sarà nessuno.»

La prima reazione di Torsten Edklinth fu la proposta di affiancare immediatamente a Blomkvist e a Erika Berger delle guardie del corpo. Poi però sia lui sia Monica si resero conto che non sarebbe stata la mossa più astuta attirare l'attenzione contattando la polizia segreta.

Erika risolse il problema rifiutando. Prese il telefono e chiamò Dragan Armanskij spiegandogli la situazione. La qual cosa comportò che Susanne Linder a tarda ora fu richiamata in servizio.

Mikael Blomkvist ed Erika Berger furono sistemati al piano superiore di un'abitazione sicura subito dopo Drottningholm, sulla strada per Ekerö. Era una grande villa risalente agli anni trenta, con vista sul lago, immersa in un giardino imponente con dépendance e terreni. La tenuta era di proprietà della Milton Security ma ospitava Martina Sjögren, sessantotto anni, vedova di Hans Sjögren, un collaboratore della Milton che quindici anni prima era morto in servizio precipitando attraverso un pavimento marcio in un edificio abbandonato alle porte di Sala. Dopo i funerali, Armanskij aveva sistemato Martina Sjögren come governante e custode della proprietà. Abitava gratis in un'ala del pianterreno e teneva in ordine il piano superiore per le occasioni in cui, qualche volta all'anno, la Milton Security aveva bisogno con breve preavviso di sistemare qualche persona che per motivi reali o immaginari temeva per la propria sicurezza.

Monica Figuerola li accompagnò. Si lasciò cadere su una sedia in cucina e accettò il caffè che Martina Sjögren le aveva servito, mentre Mikael ed Erika si installavano al piano di sopra e Susanne Linder controllava l'allarme e le apparecchiature elettroniche di sorveglianza intorno all'edificio.

«Ci sono spazzolini da denti e articoli da toeletta nell'armadio fuori dal bagno» gridò Martina Sjögren su per le scale.

Susanne Linder e le due guardie del corpo della Milton Security si sistemarono al pianterreno.

«Sono in pista da stamattina alle quattro» disse Susanne. «Decidete voi i turni di guardia, ma lasciatemi dormire almeno fino alle cinque.»

«Puoi dormire anche tutta la notte, ce ne occupiamo noi» disse una delle guardie del corpo.

«Grazie» disse Susanne, e andò a letto.

Monica osservava distrattamente le due guardie, che inserirono l'allarme esterno e fecero a testa o croce per stabilire chi avrebbe fatto il primo turno. Quello che aveva perduto si preparò un tramezzino e si sedette davanti alla tv in una stanza a fianco della cucina. Monica studiò le tazze da caffè con decori floreali. Anche lei era in pista dalla mattina e si sentiva piuttosto provata. Stava giusto meditando di tornarsene a casa quando Erika scese in cucina, si versò una tazza di caffè e andò a sedersi dall'altra parte del tavolo.

«Mikael si è addormentato come un sasso non appena ha toccato il letto.»

«Reazione all'adrenalina» disse Monica.

«Cosa succederà adesso?»

«Voi due dovrete rimanere nascosti per qualche giorno. Nell'arco di una settimana tutto questo sarà superato, in qualsiasi modo vada a finire. Lei come sta?»

«Sì, ecco, sono ancora un po' scossa. Non mi succedono tutti i giorni cose come questa. Ho appena telefonato a mio marito. Gli ho raccontato perché non torno a casa stasera.»

«Mmm.»

«Sono sposata con...»

«Lo so con chi è sposata.»

Silenzio.

Monica si strofinò gli occhi e sbadigliò.

«Devo andare a casa a dormire» disse.

«Per l'amor di dio. Va' su a dormire con Mikael» disse Erika.

Monica la fissò.

«È così evidente?»

Erika annuì.

«Mikael ha detto qualcosa...»

«Non una parola. È sempre molto discreto quando si tratta delle sue amicizie femminili. Ma a volte è come un libro aperto. E tu sei così ostile quando mi guardi. State cercando di nascondere qualcosa.»

«È per via del mio capo» disse Monica.

«Il tuo capo?»

«Sì. Edklinth andrebbe su tutte le furie se sapesse che io e Mikael abbiamo...»

«Capisco.»

Silenzio.

«Non so cosa ci sia fra te e Mikael, ma non sono la tua rivale» disse Erika.

«Davvero?»

«Mikael ogni tanto viene a letto con me. Ma non sono sposata con lui.»

«Ho capito che avete un rapporto molto speciale. Mi ha detto di voi quando siamo stati a Sandhamn.»

«Dunque sei stata a Sandhamn con lui. Allora è una cosa seria.»

«Non prendermi in giro.»

«Monica... io spero che tu e Mikael... Cercherò di stare fuori dai piedi.»

«E se non ci riesci?»

Erika alzò le spalle.

«La sua ex moglie andò in tilt quando scoprì che Mikael la tradiva con me. Lo buttò fuori di casa. Fu colpa mia. Finché Mikael è single e disponibile non ho intenzione di farmi degli scrupoli. Ma ho giurato a me stessa che se si metterà seriamente con qualcuna io mi terrò in disparte.»

«Non so se rischiare e puntare su di lui.»

«Mikael è speciale. Tu ne sei innamorata?»

«Credo di sì.»

«Bene. Non scartarlo in anticipo. E adesso va' a dormire.»

Monica ci pensò su un momento. Poi salì al piano di sopra, si spogliò e si infilò nel letto accanto a Mikael. Lui mormorò qualcosa e le mise un braccio intorno alla vita.

Erika rimase seduta da sola in cucina e cominciò a riflettere. Tutto d'un tratto si sentiva profondamente infelice.

25.
Mercoledì 13 luglio - giovedì 14 luglio

Mikael Blomkvist si era sempre domandato come facessero gli altoparlanti dei tribunali a essere così sommessi e discreti. Ebbe qualche difficoltà a sentire la voce che annunciava che l'udienza della causa contro Lisbeth Salander sarebbe iniziata nell'aula 5 alle dieci. Era arrivato con largo anticipo e riuscì a piazzarsi proprio sulla porta dell'aula. Fu uno dei primi a essere ammessi all'interno, nello spazio riservato al pubblico. Scelse il lato sinistro, da dove avrebbe avuto la visuale migliore sul banco degli imputati. L'aula si riempì rapidamente. Con l'avvicinarsi del processo l'interesse dei media era aumentato sempre più, nell'ultima settimana il procuratore Ekström era stato intervistato quasi ogni giorno.

Ekström era stato diligente.

Lisbeth Salander era accusata di lesioni aggravate nel caso di Carl-Magnus Lundin, di minacce e tentato omicidio e lesioni aggravate nel caso del defunto Karl Axel Bodin alias Alexander Zalachenko, di violazione di proprietà (nella casa di campagna del defunto avvocato Nils Bjurman a Stallarholmen e nell'abitazione dello stesso a Odenplan), di furto (la Harley-Davidson di proprietà Lundin), di porto abusivo di armi (una bomboletta di gas lacrimogeno e una pistola elettrica e una P-83 Wanad di fabbricazione polacca che era stata rinvenuta a Gosseberga), di furto o sottrazione di materiale di prova (la formulazione era poco chiara ma si riferiva alla documentazione che Lisbeth aveva trovato nella casa di campagna di Bjurman), infine di una serie di reati minori. Nel complesso, doveva rispondere di sedici capi d'accusa.

Ekström aveva anche fatto trapelare informazioni che alludevano al precario stato mentale di Lisbeth Salander. I riferimenti erano alla perizia psichiatrica del dottor Jesper H. Löderman, redatta quando l'imputata aveva compiuto diciotto anni, e a una perizia redatta per decisione del tribunale dal dottor Peter Teleborian. Siccome la squilibrata, fedele alle sue abitudini, si era rifiutata categoricamente di parlare con lo psichiatra, quest'ultima perizia era stata condotta sulla base delle osservazioni effettuate dal momento in cui era arrivata nel carcere di Kronoberg a Stoccolma, un mese prima del processo. Teleborian aveva stabilito che Lisbeth Salander soffriva di un serio disturbo psichico. Aveva usato termini quali "psicopatia", "narcisismo patologico" e "schizofrenia paranoica".

I media avevano riportato che la polizia aveva tentato sette volte di interrogarla e che lei si era sempre rifiutata perfino di dire buon giorno agli agenti. I primi interrogatori erano stati condotti dalla polizia di Göteborg, gli altri presso la centrale della polizia a Stoccolma. Le registrazioni documentavano i molti tentativi di farla parlare utilizzando le maniere più gentili e ripetendo più volte le domande, e nessuna risposta. Nemmeno un piccolo schiarimento di voce. In qualche occasione si sentiva Annika Giannini che ribadiva che la sua cliente non intendeva rispondere alle domande. Il procedimento giudiziario contro Lisbeth Salander si sarebbe basato di conseguenza sulle prove indiziarie e sui fatti che l'indagine della polizia aveva potuto dimostrare.

Il silenzio di Lisbeth aveva talvolta messo il suo avvocato difensore in una posizione imbarazzante, dal momento che la aveva costretta a essere taciturna quasi quanto la sua assistita. Ciò che Annika Giannini e Lisbeth Salander discutevano a quattr'occhi doveva infatti restare confidenziale.

Ekström non faceva mistero del fatto che intendeva chiedere per Lisbeth Salander in primo luogo il ricovero psichiatrico coatto e in secondo luogo una pena detentiva di un certo rilievo. La procedura normale avrebbe previsto l'inverso, ma Ekström era del parere che nel caso di Lisbeth Salander si era in presenza di disturbi psichici così evidenti e di un parere medico-legale così chiaro da non lasciare spazio ad alternative. Sarebbe stato estremamente insolito che un tribunale fosse andato contro un parere medico-legale.

Il procuratore riteneva inoltre che la dichiarazione di incapacità di Lisbeth Salander non dovesse essere cancellata. In un'intervista aveva spiegato con espressione preoccupata che in Svezia non erano pochi i sociopatici affetti da disturbi psichici talmente gravi da rappresentare un pericolo per sé e per gli altri, e che anche la scienza non poteva fare altro che tenerli sotto chiave. Menzionò il caso di Anette la violenta, che negli anni settanta era stata la protagonista di un feuilleton sui mass-media e trent'anni più tardi era ancora ricoverata in un istituto psichiatrico. Qualsiasi tentativo di riduzione delle restrizioni avrebbe solo creato le condizioni per attacchi violenti ai danni dei parenti e del personale e per episodi di autolesionismo. Secondo Ekström, Lisbeth Salander soffriva di un'analoga forma di disturbo psicopatico.

L'interesse dei media era aumentato anche perché l'avvocato difensore di Lisbeth Salander, Annika Giannini, non aveva mai voluto rilasciare dichiarazioni. Coerentemente si era sempre rifiutata di lasciarsi intervistare. Non le interessava la possibilità di far sentire anche l'altra campana. I media si trovavano dunque in una posizione scomoda, tra una pubblica accusa che grondava di informazioni e una difesa che non aveva fornito nessuna anticipazione sulle condizioni di Lisbeth Salander e sulla propria strategia.

Un giurista incaricato di seguire il caso per conto di un giornale della sera aveva scritto che Annika Giannini era un avvocato rispettato, che però si occupava prevalentemente dei diritti delle donne. Mancava quindi del tutto di esperienza in questioni penali al di fuori di quell'ambito, ed era inadatta a difendere Lisbeth Salander. Da sua sorella Mikael Blomkvist era anche venuto a sapere che diversi famosi avvocati l'avevano contattata offrendole i loro servigi. Su richiesta della sua cliente, Annika Giannini aveva cortesemente rifiutato tutte le loro proposte.

In attesa che il processo avesse inizio, Mikael guardava con la coda dell'occhio gli altri spettatori, e scoprì Dragan Armanskij seduto nel posto più vicino all'uscita.

I loro sguardi si incontrarono per un istante.

Ekström aveva sul suo tavolo una considerevole pila di carte. Indirizzò cenni di saluto ad alcuni dei giornalisti.

Annika Giannini sedeva al suo tavolo di fronte a Ekström. Stava smistando delle carte e non guardava in nessuna direzione. A Mikael sembrava nervosa. Un attacco di febbre da palcoscenico, pensò.

Poi fecero il loro ingresso nell'aula il presidente della corte, il giudice a latere e i membri della giuria. Presidente della corte era il giudice Jörgen Iversen, un uomo di cinquantasette anni, capelli bianchi, viso magro, passo elastico. Mikael aveva studiato il suo curriculum, era un giudice molto esperto e corretto, e si era occupato di un gran numero di processi che avevano fatto scalpore.

Infine fu condotta in aula Lisbeth Salander.

Benché Mikael sapesse dell'abitudine di Lisbeth di vestirsi in modo provocatorio, fu sorpreso dal fatto che Annika le avesse permesso di comparire in aula indossando una minigonna di pelle nera con l'orlo sfrangiato e una maglietta nera con la scritta *I am irritated* che non copriva granché dei suoi tatuaggi. Il tutto completato da stivaletti, cintura borchiata e calze al ginocchio a righe nere e viola. Lisbeth aveva una decina di piercing su orecchie, labbra e sopracciglia. I capelli erano spuntoni neri di tre mesi, cresciuti dopo l'operazione al cervello. Lisbeth aveva anche un trucco insolitamente pesante. Rossetto grigio e più mascara nero di quanto Mikael le avesse mai visto addosso. All'epoca in cui si frequentavano, lei era piuttosto disinteressata al trucco.

Adesso aveva un'aria un po' volgare, per dirla in maniera diplomatica. Quasi gotica. Ricordava un vampiro di un film pop degli anni sessanta. Mikael notò che alcuni dei reporter fra il pubblico trattennero sorpresi il respiro e poi sorrisero divertiti quando fece la sua apparizione. Ora che finalmente potevano vedere la chiacchierata ragazza della quale tanto avevano scritto, la trovavano all'altezza delle aspettative.

Solo allora Mikael si rese conto che quello di Lisbeth era un travestimento. Di solito si vestiva senza cura e all'apparenza senza gusto. Mikael aveva sempre supposto che non lo facesse per seguire la moda ma per marcare la propria identità. Lisbeth Salander segnava la sua riserva personale come un territorio ostile. Mikael aveva sempre considerato le borchie della sua giacca di pelle un meccanismo di difesa, come gli aculei del riccio. Erano un segnale per il mondo. *Non cercate di accarezzarmi. Finireste per farvi male.*

Questa volta però aveva accentuato il suo stile fino a un'esagerazione quasi parodistica.

E Mikael aveva capito che non si trattava di un caso, ma di una parte della strategia di Annika.

Se Lisbeth fosse arrivata ben pettinata, con una camicetta e delle scarpe basse, sarebbe sembrata un'imbrogliona che cercava di vendere una storia alla corte. Era una questione di credibilità. Invece era arrivata come se stessa e nessun altro. Esagerando un po' per fugare ogni dubbio. Non fingeva di essere qualcuno che non era. Il suo messaggio alla corte era che non aveva nessun motivo di vergognarsi né di mascherarsi per loro. Se la corte aveva problemi con il suo aspetto esteriore, non erano affari suoi. La società l'aveva accusata di questo e quest'altro e il procuratore l'aveva trascinata in tribunale. Con quella sua semplice apparizione, lei aveva già sottolineato che intendeva respingere i ragionamenti del pubblico ministero come semplici sciocchezze.

Avanzò sicura di sé e andò a sedersi al suo posto, accanto al suo avvocato. Lasciò scorrere lo sguardo sul pubblico. Nei suoi occhi non c'era curiosità. Si aveva piuttosto l'impressione che stesse mentalmente registrando le persone che già l'avevano condannata sulle pagine della cronaca.

Era la prima volta che Mikael la vedeva dopo che l'aveva trovata come una bambola di pezza insanguinata sulla cassapanca della cucina di Gosseberga, ed era passato più di un anno e mezzo dall'ultima volta che l'aveva incontrata in circostanze normali. Se l'espressione "circostanze normali" si poteva usare con Lisbeth Salander. Per qualche secondo i loro sguardi si incrociarono. Lei si soffermò su di lui un attimo senza mostrare nessun segno di riconoscimento. Studiò invece i brutti ematomi che gli coprivano le guance e le tempie e il cerotto sul sopracciglio destro. Per un istante Mikael credette di scorgere nei suoi occhi l'accenno di un sorriso. Ma forse era solo l'immaginazione. Poi il giudice Iversen batté il martelletto e diede inizio all'udienza.

Gli spettatori rimasero nell'aula complessivamente trenta minuti. Poterono ascoltare l'esposizione introduttiva del caso nel corso della quale il pubblico ministero Ekström illustrò i vari punti che componevano l'incriminazione.

Tutti i reporter, tranne Mikael Blomkvist, prendevano appunti diligentemente, benché sapessero di cosa Ekström avesse intenzione di accusare l'imputata. Mikael aveva già scritto la sua inchiesta ed era andato in tribunale solo per sottolineare la sua presenza e incontrare lo sguardo di Lisbeth.

La relazione introduttiva di Ekström durò ventidue minuti. Quindi fu il turno di Annika Giannini. La sua replica durò trenta secondi. La sua voce era ferma.

«La difesa respinge tutti i capi d'accusa tranne uno. La mia cliente riconosce la propria responsabilità per il porto abusivo di una bomboletta spray di gas lacrimogeno. Per tutti gli altri la mia cliente nega ogni responsabilità. Dimostreremo che le affermazioni del pubblico ministero sono erronee e che la mia cliente è stata vittima di gravi soprusi. Richiederemo che Lisbeth Salander venga dichiarata innocente, che la sua dichiarazione di incapacità venga cancellata e che lei sia rimessa in libertà.»

Dai blocnotes dei reporter si udì un fruscio. La strategia dell'avvocato Giannini era stata finalmente svelata. E non era ciò che i giornalisti si erano aspettati. Le supposizioni più comuni erano state che avrebbe addotto l'infermità mentale della sua cliente utilizzandola a proprio vantaggio. Tutto d'un tratto Mikael sorrise.

«Aha» fece il giudice Iversen, e prese un appunto. Guardò Annika. «Ha finito?»

«Ho finito.»

«Il pubblico ministero ha qualcosa da aggiungere?» domandò Iversen.

Fu a quel punto che Ekström avanzò la richiesta che l'udienza continuasse a porte chiuse. Addusse il fatto che si trattava delle condizioni psichiche di una persona emarginata, oltre che di dettagli che potevano costituire un rischio per la sicurezza del paese.

«Suppongo che si riferisca alla cosiddetta vicenda Zalachenko» disse Iversen.

«Esatto. Alexander Zalachenko arrivò in Svezia come rifugiato politico e cercò asilo da una dittatura spaventosa. Alcuni aspetti della vicenda, legami personali e simili, sono ancora coperti da segreto anche se il signor Zalachenko è deceduto. Chiedo perciò che l'udienza si tenga a porte chiuse e che si imponga l'obbligo di riservatezza sulle parti più delicate del dibattimento.»

«Capisco» disse Iversen, corrugando la fronte.

«Inoltre buona parte dell'udienza riguarderà la tutela dell'imputata. Andrà a toccare questioni coperte da segreto. È anche per rispetto dell'imputata che richiedo lo svolgimento a porte chiuse.»

«Qual è la posizione dell'avvocato Giannini riguardo alla richiesta del pubblico ministero?»

«Per quanto ci riguarda non ha nessuna importanza.»

Il giudice Iversen rifletté brevemente. Consultò il giudice a latere, quindi comunicò, con grande irritazione dei reporter presenti, che accoglieva la richiesta del pubblico ministero. Di conseguenza Mikael Blomkvist abbandonò l'aula.

Dragan Armanskij aspettava Mikael Blomkvist in fondo allo scalone del tribunale. Il sole di luglio rendeva l'aria rovente e Mikael sentiva due macchie di sudore allargarsi sotto le ascelle. Le sue due guardie del corpo gli si affiancarono quando uscì dal tribunale. Salutarono con un cenno Armanskij, quindi fecero un giro di controllo nei paraggi.

«Fa una strana sensazione andare in giro con le guardie del corpo» disse Mikael. «Quanto costerà questa storia?»

«Offre la ditta» disse Armanskij. «Ho un interesse personale in tutto questo, e ho stanziato duecentocinquantamila corone pro bono.»

Mikael annuì.

«Caffè?» domandò, indicando il caffè italiano di Bergsgatan.

Armanskij annuì. Mikael ordinò un macchiato, Armanskij un espresso doppio con un cucchiaino di latte. Si sedettero fuori all'ombra. Le guardie del corpo si sistemarono al tavolino accanto e ordinarono due lattine di Coca-Cola.

«Porte chiuse» disse Armanskij.

«C'era da aspettarselo. E per noi è anche meglio, perché possiamo manovrare con più facilità il flusso delle informazioni.»

«Sì, non ha nessuna importanza, ma il procuratore Ekström mi piace sempre meno.»

713

Mikael concordò. Bevvero i loro caffè guardando il tribunale dove si sarebbe deciso il futuro di Lisbeth Salander.

«L'ultima battaglia» disse Mikael.

«Lei è ben preparata» lo consolò Armanskij. «E devo dire che sono impressionato da tua sorella. Quando ha cominciato a costruire la sua strategia pensavo che scherzasse, ma più ci penso più mi sembra intelligente.»

«Questo processo non si deciderà là dentro» disse Mikael.

Da mesi ripeteva quelle parole come un mantra.

«Verrai chiamato come testimone» disse Armanskij.

«Lo so. Sono pronto. Ma non succederà prima di dopodomani, o almeno noi contiamo su questo.»

Il pubblico ministero Richard Ekström aveva dimenticato a casa gli occhiali con le lenti bifocali, fu costretto ad alzare gli altri sulla fronte e a strizzare gli occhi per poter leggere un appunto scritto in piccolo. Si passò velocemente la mano sul pizzetto biondo prima di calare di nuovo gli occhiali sul naso e guardarsi intorno nell'aula.

Lisbeth Salander sedeva con la schiena dritta e fissava il pubblico ministero con sguardo imperscrutabile. Il suo viso e i suoi occhi erano immobili. Non sembrava essere realmente presente. Per il pubblico ministero era venuto il momento di interrogarla.

«Voglio ricordare alla signorina Salander che parlerà sotto giuramento» disse Ekström alla fine.

Lisbeth non batté ciglio. Ekström pareva aspettarsi una reazione. Attese qualche secondo.

«Dunque si ricordi che parlerà sotto giuramento» ripeté.

Lisbeth piegò la testa di lato. Annika era occupata a leggere qualcosa nel verbale delle indagini preliminari e non sembrava interessata al pubblico ministero. Ekström raccolse le proprie carte. Dopo un attimo di silenzio imbarazzato si schiarì la voce.

«Bene» disse in tono conciliante. «Allora andiamo direttamente a quanto accaduto nella proprietà di campagna del defunto avvocato Bjurman a Stallarholmen il 6 aprile di quest'anno, che è stato il punto di partenza della mia esposizione di questa mattina. Cercheremo di fare chiarezza su come sia successo che lei si è recata a Stallarholmen e ha sparato a Carl-Magnus Lundin.»

Ekström sollecitò Lisbeth con lo sguardo. Lei continuava a non battere ciglio. Il pubblico ministero assunse di colpo un'espressione rassegnata. Allargò le braccia e rivolse lo sguardo verso il presidente della corte. Il giudice Jörgen Iversen appariva pensieroso. Guardò con la coda dell'occhio Annika Giannini che era ancora immersa nello studio di alcune carte, del tutto ignara di ciò che le succedeva intorno.

Il giudice Iversen si schiarì la voce. Spostò lo sguardo su Lisbeth Salander.

«Dobbiamo interpretare il suo silenzio nel senso che non desidera rispondere alle domande?» chiese.

Lisbeth Salander girò la testa e incontrò lo sguardo del giudice.

«Io rispondo volentieri alle domande» disse.

Il giudice Iversen annuì.

«Allora forse può rispondere alla domanda che le ho fatto» si intromise Ekström. Lei rimase in silenzio.

«Può essere così gentile da rispondere?» disse il giudice Iversen.

Lisbeth si girò di nuovo verso il presidente della corte. La sua voce era limpida.

«Quale domanda? Finora quello lì» e accennò col capo verso Ekström «ha fatto una serie di affermazioni non confermate. Io non ho sentito alcuna domanda.»

Annika Giannini alzò gli occhi. Mise un gomito sul tavolo e appoggiò il viso sulla mano con sguardo improvvisamente interessato.

Ekström perse il filo per qualche secondo.

«Può essere così gentile da ripetere la domanda?» suggerì il giudice Iversen.

«Ho chiesto se... si è recata nella casa di campagna dell'avvocato Bjurman a Stallarholmen con l'intento di sparare a Carl-Magnus Lundin.»

«No, lei ha detto che voleva cercare di chiarire come fosse successo che ero andata a Stallarholmen e avevo sparato a Carl-Magnus Lundin. Non era una domanda. Era un'affermazione generale con la quale anticipava la mia risposta. Io non sono responsabile delle affermazioni che fa.»

«Non cavilli. Risponda alla domanda.»

«No.»

Silenzio.

«No cosa?»

«È la risposta alla sua domanda.»

Il pubblico ministero Richard Ekström sospirò. Sarebbe stata una lunga giornata. Lisbeth Salander lo guardava speranzosa.

«Forse è meglio che ricominciamo tutto da capo» disse. «Si trovava nella proprietà di campagna del defunto avvocato Bjurman a Stallarholmen il 6 aprile di quest'anno?»

«Sì.»

«Come ci era arrivata?»

«Sono andata in treno a Södertälje e poi ho preso l'autobus per Strängnäs.»

«Per quale motivo si era recata a Stallarholmen? Aveva un appuntamento con Carl-Magnus Lundin e con il suo amico Sonny Nieminen?»

«No.»

«Come mai sono comparsi laggiù?»

«Questo dovrebbe chiederlo a loro.»

«Ora lo sto chiedendo a lei.»

Lisbeth non rispose.

Il giudice Iversen si schiarì la voce.

«Suppongo che la signorina Salander non voglia rispondere perché lei sotto il profilo meramente semantico ha fatto di nuovo un'affermazione» disse cercando di essere d'aiuto.

Ad Annika Giannini scappò una risatina, ma tacque subito e abbassò di nuovo lo sguardo sulle sue carte. Ekström le diede un'occhiata infastidita.

«Perché crede che Lundin e Nieminen siano comparsi nella proprietà di campagna di Bjurman?»

«Non lo so. Posso immaginare che ci siano andati con l'intenzione di appiccare un incendio doloso. Lundin aveva un litro di benzina dentro una bottiglia di plastica nella sacca della sua Harley-Davidson.»

Ekström sporse le labbra.

«Perché si era recata nella casa di campagna dell'avvocato Bjurman?»

«Per cercare informazioni.»

«Che genere di informazioni?»

«Le stesse che secondo me Lundin e Nieminen erano lì per distruggere, e che potevano contribuire a portare chiarezza su chi avesse ucciso il bastardo.»

«Dunque ritiene che l'avvocato Bjurman fosse un bastardo? Ho capito bene?»

«Sì.»

«E si può sapere perché?»

«Era un sadico porco, un verme e uno stupratore, quindi un bastardo.»

Aveva citato il testo tatuato sul ventre del defunto avvocato Bjurman, riconoscendo con ciò, anche se indirettamente, di essere l'autrice del tatuaggio stesso. Questo tuttavia non rientrava fra le incriminazioni contro di lei. Bjurman non aveva mai sporto denuncia ed era impossibile provare se si fosse lasciato tatuare o se vi fosse stato costretto.

«In altre parole sostiene che il suo tutore avrebbe usato violenza contro di lei. Può raccontare quando avrebbero avuto luogo questi soprusi?»

«Esattamente martedì 18 febbraio 2003 e venerdì 7 marzo dello stesso anno.»

«Lei si è rifiutata di rispondere a tutte le domande dei poliziotti incaricati di interrogarla ogni volta che hanno cercato di parlare con lei. Perché?»

«Non avevo niente da dire a loro.»

«Ho letto la cosiddetta autobiografia che il suo avvocato ha improvvisamente consegnato qualche giorno fa. Devo dire che si tratta di un documento singolare, sul quale ritorneremo. Comunque, lei sostiene che l'avvocato Bjurman in una prima occasione l'avrebbe costretta a un rapporto orale e in una seconda l'avrebbe sottoposta per una notte intera a ripetuti stupri e torture.»

Lisbeth non rispose.

«È corretto?»

«Sì.»

«Denunciò mai queste violenze alla polizia?»

«No.»

«E perché no?»

«In precedenza la polizia non mi aveva mai ascoltata

quando avevo cercato di raccontare qualcosa. Perciò non avrebbe avuto nessun senso sporgere denuncia.»

«Ha mai parlato di questi soprusi con qualcuno di sua conoscenza? Un'amica, per esempio.»

«No.»

«Come mai?»

«Perché non riguardavano nessun altro.»

«Okay. Ha preso contatto con un avvocato?»

«No.»

«Si è rivolta a qualche medico per le lesioni che a suo dire le erano state procurate?»

«No.»

«E non si è rivolta a nessun centro per donne maltrattate.»

«Ha fatto di nuovo un'affermazione.»

«Mi scusi. Si è rivolta a qualche centro per donne maltrattate?»

«No.»

Ekström si rivolse al presidente della corte.

«Desidero attirare l'attenzione della corte sul fatto che l'imputata ha dichiarato che è stata oggetto di due abusi sessuali, il secondo dei quali particolarmente grave, e che l'uomo che si è reso colpevole di tali stupri era il suo tutore, il defunto avvocato Nils Bjurman. Al tempo stesso dovrebbero essere tenuti in considerazione i seguenti fatti...»

Ekström armeggiò con le sue carte.

«Nell'inchiesta condotta dalla sezione reati contro la persona nulla emerge nel passato dell'avvocato Bjurman che rafforzi la credibilità del racconto di Lisbeth Salander. Bjurman non è mai stato condannato per nessun reato. Non è mai stato denunciato alla polizia né è stato oggetto di indagini. È stato tutore o rappresentante fiduciario di diversi altri giovani, nessuno dei quali ha mai af-

719

fermato di essere stato esposto ad alcuna forma di abuso. Al contrario, tutti sostengono che Bjurman si è sempre comportato in maniera corretta e gentile nei loro confronti.»

Ekström voltò pagina.

«È inoltre mio compito ricordare che su Lisbeth Salander è stata fatta una diagnosi di schizofrenia paranoica. Si tratta di una giovane donna dalle comprovate inclinazioni violente che fin dalla prima adolescenza ha avuto seri disturbi di relazione. Ha trascorso diversi anni in una clinica psichiatrica infantile e dalla maggiore età è sotto tutela. Per quanto ciò possa essere duro, ha tuttavia una ragione. Lisbeth Salander è pericolosa per se stessa e per gli altri. È mia convinzione che non abbia bisogno di una pena detentiva. Ha bisogno di cure.»

Fece una pausa a effetto.

«Discutere delle condizioni mentali di una persona giovane è un compito che mi ripugna, tanto è offensivo che ciò divenga oggetto di interpretazioni. In questo caso abbiamo però l'immagine distorta del mondo di Lisbeth Salander stessa cui fare riferimento, come risulta con perfetta chiarezza da questa cosiddetta autobiografia. Non potremmo avere documentazione più evidente della sua mancanza di ancoraggio alla realtà. Abbiamo le sue stesse parole per valutare la credibilità delle sue affermazioni.»

Il suo sguardo cadde su Lisbeth. I loro occhi si incontrarono. Lei d'improvviso sorrise. Aveva un'espressione malvagia. Ekström corrugò la fronte.

«La signora Giannini ha qualcosa da aggiungere?» disse il giudice Iversen.

«No» rispose Annika. «Se non che le conclusioni del pubblico ministero Ekström sono solo sciocchezze.»

Nel pomeriggio si riprese con la deposizione di Ulrika von Liebenstaahl dell'ufficio del giudice tutelare, che Ekström aveva chiamato a testimoniare per cercare di chiarire se ci fossero mai state lagnanze nei confronti dell'avvocato Bjurman. La teste negò categoricamente e disse che simili affermazioni erano a dir poco offensive.

«C'è un controllo rigoroso su chi riceve incarichi di tutela. L'avvocato Bjurman ha svolto incarichi tali per conto dell'ufficio del Giudice tutelare per quasi vent'anni prima di essere ucciso in maniera così infame.»

La donna lanciò a Lisbeth uno sguardo assassino, benché Lisbeth non fosse accusata di avere ucciso Bjurman e fosse già stato chiarito che a farlo era stato Ronald Niedermann.

«In tutti questi anni non c'è mai stata nessuna lamentela nei confronti dell'avvocato Bjurman. Era una persona coscienziosa e profondamente impegnata con i suoi clienti.»

«Perciò lei non crede che possa aver commesso su Lisbeth Salander gravi abusi sessuali?»

«A mio parere si tratta di affermazioni assurde. Abbiamo i rapporti mensili dell'avvocato Bjurman e io l'ho più volte incontrato di persona per discutere del caso.»

«L'avvocato Giannini ha presentato richiesta che la tutela di Lisbeth Salander sia sospesa con effetto immediato.»

«Nessuno più di noi dell'ufficio tutorio ha ragione di rallegrarsi quando una tutela non si rende più necessaria. Le nostre responsabilità però ci impongono di seguire delle regole. La nostra condizione è che Lisbeth Salander sia dichiarata capace in base a una perizia psichiatrica prima che si possa parlare di una revisione della tutela.»

«Capisco.»

«Il che implica che la signorina Salander dovrebbe sottoporsi a una visita psichiatrica. Cosa che, come noto, si rifiuta di fare.»

L'interrogatorio di Ulrika von Liebenstaahl durò circa quaranta minuti, e fece riferimento anche alle relazioni mensili di Bjurman.

Annika Giannini pose un'unica domanda, proprio prima che l'interrogatorio si concludesse.

«Lei si trovava nella camera da letto dell'avvocato Bjurman la notte fra il 7 e l'8 marzo 2003?»

«Ovviamente no.»

«Dunque, in altre parole, lei non sa se ciò che dice la mia assistita sia vero o falso.»

«Le accuse contro l'avvocato Bjurman sono assurde.»

«Questa è una sua opinione. Lei è in grado di fornirgli un alibi o di documentare in altro modo che non ha usato violenza contro la mia assistita?»

«Naturalmente questo è impossibile. Ma la verosimiglianza...»

«Grazie. È tutto» disse Annika Giannini.

Mikael Blomkvist incontrò sua sorella negli uffici della Milton Security a Slussen alle sette di sera per fare il punto della giornata.

«È andata più o meno come ci aspettavamo» disse Annika. «Ekström ha bevuto l'autobiografia di Lisbeth.»

«Bene. Lei come si comporta?»

Annika scoppiò a ridere.

«Si comporta benissimo, da perfetta psicopatica. O forse si comporta solo in maniera naturale.»

«Mmm.»

«Oggi si è parlato principalmente di Stallarholmen. Domani si passerà a Gosseberga, con la testimonianza dei tecnici della scientifica e via dicendo. Ekström cercherà di dimostrare che Lisbeth ci andò per uccidere suo padre.»

«Okay.»

«Ma potremmo avere un problema. Nel pomeriggio Ekström ha chiamato a testimoniare una certa Ulrika von Liebenstaahl dell'ufficio del giudice tutelare, che ha cominciato a blaterare che io non avevo il diritto di assistere Lisbeth.»

«E perché?»

«Sostiene che, essendo sottoposta a tutela, Lisbeth non ha diritto di scegliersi da sola un avvocato.»

«Ah sì?»

«Io tecnicamente non posso essere il suo avvocato senza la preventiva approvazione dell'ufficio del giudice tutelare.»

«E?»

«Il giudice Iversen comunicherà la sua decisione al riguardo domani mattina. Ho parlato con lui al termine dell'udienza e penso che deciderà che io continui ad assisterla. Ho argomentato che l'ufficio del giudice tutelare ha avuto tre mesi di tempo per pensarci e che è un po' in ritardo per avanzare queste pretese.»

«Venerdì testimonierà Teleborian. Devi essere assolutamente tu a interrogarlo.»

Dopo avere studiato nella giornata di giovedì mappe e foto e avere ascoltato prolisse conclusioni tecniche su ciò che era avvenuto a Gosseberga, il pubblico ministero Ekström aveva stabilito che tutte le prove indicavano che Lisbeth Salander era andata in cerca del padre con l'intento di ucciderlo. L'anello più forte della catena delle prove era che aveva portato con sé a Gosseberga un'arma, una P-83 Wanad di fabbricazione polacca.

Che Alexander Zalachenko – secondo quanto riportato da Lisbeth Salander –, o forse Ronald Niedermann, già dichiarato responsabile della morte di un agente – secondo la testimonianza che Zalachenko aveva rilasciato prima di essere assassinato all'ospedale Sahlgrenska –, avessero a loro volta cercato di ucciderla e l'avessero sepolta viva in una fossa nel bosco non costituiva in nessun modo un'attenuante del fatto che l'imputata aveva seguito le tracce del padre fino a Gosseberga con il preciso proposito di ucciderlo. Ed era quasi riuscita nel suo intento quando gli aveva calato un'accetta sulla testa. Ekström chiedeva che Lisbeth Salander fosse condannata per tentato omicidio o in subordine per lesioni aggravate.

La versione di Lisbeth Salander però era che si era recata a Gosseberga per affrontare suo padre e costringerlo a confessare gli omicidi di Dag Svensson e Mia Bergman. Questa distinzione era fondamentale per la questione della premeditazione.

Quando Ekström ebbe terminato l'interrogatorio del testimone Melker Hansson della scientifica di Göteborg, l'avvocato Giannini pose alcune brevi domande.

«Signor Hansson, c'è un elemento qualsiasi, in tutta la sua indagine e in tutta la documentazione tecnica che lei ha messo insieme, che in qualche modo possa stabilire che Lisbeth Salander mente riguardo ai motivi della propria visita a Gosseberga? È in grado di dimostrare che l'imputata andò lì con l'intento di uccidere il proprio padre?»

Melker Hansson rifletté un momento.

«No» rispose alla fine.

«Dunque lei non è in grado di dire nulla sulle sue intenzioni?»

«No.»

«Le conclusioni del pubblico ministero Ekström, ancorché eloquenti, sono di conseguenza una mera congettura?»

«Suppongo di sì.»

«C'è qualche elemento che contraddica la dichiarazione di Lisbeth Salander secondo la quale portò con sé l'arma, una P-83 Wanad di fabbricazione polacca, per puro caso, semplicemente perché ce l'aveva nello zaino dopo che il giorno precedente l'aveva sottratta a Sonny Nieminen a Stallarholmen?»

«No.»

«Grazie» disse Annika Giannini, sedendosi. E fu tutto ciò che disse nell'ora che durò la testimonianza di Hansson.

Birger Wadensjöö lasciò l'edificio di Artillerigatan che ospitava la Sezione alle sei di giovedì sera, con la sensazione di essere circondato da nuvole scure e di andare verso un'imminente catastrofe. Ormai da parecchie settimane si era reso conto che la sua qualifica di capo della Sezione speciale di analisi era soltanto una formula senza senso. I suoi punti di vista, le sue proteste e le sue suppliche non avevano più nessun peso. Fredrik Clinton aveva assunto ogni potere decisionale. Se la Sezione fosse stata un'istituzione aperta, ciò non avrebbe avuto alcuna importanza – gli sarebbe bastato rivolgersi al superiore più prossimo esponendo le proprie ragioni.

Ma Birger Wadensjöö non aveva nessuno presso cui lamentarsi. Era solo ed esposto alla discrezione di un uomo che giudicava malato di mente. E la cosa peggiore era che l'autorità di Clinton era assoluta. Mocciosi come Jonas Sandberg e servitori fedeli come Georg Nyström – tutti di colpo sembravano essersi messi in fila per obbedire al minimo cenno di quel pazzo moribondo.

Wadensjöö ammetteva che Clinton era un capo che non lavorava per il proprio interesse. Poteva perfino arrivare a riconoscere che si spendeva per il bene della Sezione, o almeno per ciò che lui considerava il bene della Sezione. Ma era come se l'intera organizzazione fosse in caduta libera, in uno stato di suggestione collettiva in cui collaboratori veterani si rifiutavano di vedere che ogni mossa, ogni decisione presa e messa in atto li conduceva solo più vicino all'abisso.

Wadensjöö si sentiva oppresso da un peso sul petto mentre camminava lungo Linnégatan, dove quel giorno aveva trovato da parcheggiare la macchina. Disinserì l'allarme, prese le chiavi. Stava giusto per aprire la portiera quando avvertì un movimento alle spalle e si voltò. Strizzò gli occhi contro il sole. Gli occorse qualche secondo per riconoscere la figura sul marciapiede.

«Buona sera, signor Wadensjöö» disse Torsten Edklinth, capo dell'ufficio per la tutela della Costituzione. «Sono dieci anni che non scendo più in campo, ma oggi sentivo che la mia presenza sarebbe stata opportuna.»

Wadensjöö guardò confuso i due poliziotti in borghese che fiancheggiavano Edklinth. Erano Jan Bublanski e Marcus Erlander.

D'improvviso capì cosa stava per succedere.

«Ho il triste compito di comunicarle che il procuratore generale ha disposto il suo arresto per un elenco di reati talmente lungo che ci vorranno settimane per redigerlo correttamente.»

«Cosa significa?» disse Wadensjöö indignato.

«Significa che lei è in arresto per concorso in omicidio, ed è anche indagato per estorsione, concussione, intercettazione illegale, falsificazione di documenti, concorso in effrazione e violazione di domicilio, abuso di potere,

spionaggio e altre cosucce. Ora noi due andremo a Kungsholmen e stasera ci faremo una bella chiacchierata con
calma.»

«Io non ho commesso nessun omicidio» disse Wadensjöö col fiato sospeso.

«Questo sarà l'inchiesta a stabilirlo.»

«È colpa di Clinton. È tutta colpa sua» disse Wadensjöö.

Torsten Edklinth annuì soddisfatto.

Ogni poliziotto sa bene che esistono due modi di interrogare un sospettato. C'è il poliziotto cattivo e quello
buono. Quello cattivo minaccia, impreca, picchia il pugno sul tavolo e si comporta in maniera generalmente rude allo scopo di spaventare il fermato inducendolo alla
sottomissione e alla confessione. Quello buono, di prefe-
renza un soggetto di una certa età, offre sigarette e caffè,
ammicca e usa un tono ragionevole.

La maggior parte dei poliziotti – ma non tutti – sa anche che la tecnica di interrogatorio del poliziotto buono
è senz'altro la migliore dal punto di vista dei risultati. Il
criminale incallito non è per niente impressionato da
quello cattivo. E l'incerto dilettante, che per paura potrebbe essere indotto a confessare, avrebbe molto probabilmente confessato in ogni caso, indipendentemente dalla tecnica usata per interrogarlo.

Mikael Blomkvist ascoltava l'interrogatorio di Birger
Wadensjöö da una stanza attigua. La sua eventuale presenza era stata oggetto di una disputa interna, che Edklinth aveva concluso decidendo che le sue osservazioni
sarebbero state comunque utili.

Mikael constatò che Edklinth utilizzava una terza variante per l'interrogatorio, quella del poliziotto disinteressato, che in quel caso specifico sembrava funzionare

ancora meglio. Edklinth entrò nella stanza, servì il caffè in tazze di porcellana, accese il registratore e si poggiò contro lo schienale della sedia.

«Abbiamo già in mano ogni possibile prova contro di lei. La sua versione non ci interessa se non come semplice conferma di quello che già sappiamo. La domanda alla quale possibilmente vorremmo avere una risposta è: perché? Come avete potuto essere così pazzi da mettervi a liquidare persone in Svezia proprio come se fossimo nel Cile di Pinochet? Il registratore è acceso. Se vuole dire qualcosa, questa è l'occasione per farlo. Se non vuole lo spengo, le togliamo la cravatta e i lacci delle scarpe e la sistemiamo su in cella, in attesa degli avvocati, del processo e della condanna.»

Edklinth bevve un sorso di caffè e rimase seduto in perfetto silenzio. Passati due minuti senza che fosse stata detta una sola parola, allungò la mano e spense il registratore. Poi si alzò.

«La manderò a prendere fra un paio di minuti. Buona serata.»

«Io non ho ucciso nessuno» disse Wadensjöö quando Edklinth aveva già aperto la porta. Edklinth si bloccò sulla soglia.

«Non sono interessato a fare nessun ragionamento generale con lei. Se vuole spiegarsi, tornerò a sedermi e accenderò il registratore. Le autorità svedesi, non ultimo il primo ministro, sono ansiose di sentire cosa ha da dire. Se parla, posso andare dal primo ministro già stasera e trasmettergli la sua versione dei fatti. Se tace, sarà comunque incriminato e condannato.»

«Si sieda» disse Wadensjöö.

A nessuno sfuggì che si era rassegnato. Mikael tirò il fiato. Nella stanza con lui c'erano Monica Figuerola, il procuratore Ragnhild Gustavsson, il collaboratore senza cognome della Säpo, Stefan, e altri due personaggi. Mikael sospettava che almeno uno dei due rappresentasse il ministro della Giustizia.

«Io non ho avuto nulla a che fare con gli omicidi» esordì Wadensjöö quando Edklinth ebbe di nuovo acceso il registratore.

«Omicidi, al plurale» disse Mikael a Monica.

«Shhh» rispose lei.

«Sono stati Clinton e Gullberg. Io non avevo idea di quali fossero le loro intenzioni. Lo giuro. Sono rimasto scioccato nel sentire che Gullberg aveva sparato a Zalachenko. Non potevo capacitarmi che fosse vero... non riuscivo proprio a crederci. E quando ho saputo di Björck mi è sembrato che mi venisse un infarto.»

«Racconti dell'omicidio di Björck» disse Edklinth senza modificare il tono di voce. «Come andarono le cose?»

«Clinton assoldò qualcuno. Non so nemmeno come, ma si trattava di due jugoslavi. Serbi, se non mi sbaglio. Fu Georg Nyström a trovarli e a pagarli. Quando ne fui informato, capii che sarebbe stata una catastrofe.»

«Vogliamo riprendere la storia dal principio?» disse Edklinth. «Quando cominciò a lavorare per la Sezione?»

Una volta che ebbe iniziato a raccontare, Wadensjöö non si fermò più. L'interrogatorio si protrasse per cinque ore.

26.
Venerdì 15 luglio

Il dottor Peter Teleborian si atteggiò in modo da ispirare fiducia sul banco dei testimoni del tribunale il venerdì pomeriggio. Fu interrogato dal pubblico ministero Ekström per circa novanta minuti e rispose con tranquilla autorevolezza a tutte le domande. L'espressione del suo viso era ora preoccupata, ora divertita.

«Per riassumere...» disse Ekström scartabellando tra i suoi appunti «... la sua valutazione di psichiatra di lunga esperienza è che Lisbeth Salander soffra di schizofrenia paranoica?»

«Ho detto e ripetuto che è estremamente difficile formulare un'esatta valutazione delle sue condizioni. Com'è noto, la paziente è quasi autistica nei suoi rapporti con medici e autorità. Il mio giudizio è che soffre di una grave infermità mentale, ma allo stato attuale non sono in grado di fornire una diagnosi precisa. E non sono in grado di stabilire a quale stadio di psicosi sia giunta, essendo appunto impossibile studiarla in modo approfondito.»

«In ogni caso, non ritiene che l'imputata sia sana sotto il profilo psichico.»

«Tutta la sua storia è una prova lampante del fatto che non lo è.»

«Lei ha potuto leggere la cosiddetta autobiografia che

Lisbeth Salander ha redatto e consegnato al tribunale. Come vorrebbe commentarla?»

Peter Teleborian allargò le braccia e alzò le spalle.

«La giudica credibile?»

«No. È solo una serie di affermazioni su persone e situazioni, una più fantasiosa dell'altra. Nel complesso la sua autobiografia rafforza la convinzione che soffra di schizofrenia paranoica.»

«Può citare qualche esempio?»

«Il più evidente è ovviamente la descrizione del cosiddetto stupro del quale la signorina Salander ritiene si sia reso colpevole il suo tutore, l'avvocato Bjurman.»

«Può sviluppare questa affermazione?»

«La descrizione è straordinariamente dettagliata, un classico esempio del genere di fantasia proprio dei bambini. C'è un gran numero di precedenti in noti processi per incesto. Il bambino fornisce descrizioni assolutamente inverosimili in totale assenza di prove. Si tratta di fantasie erotiche cui possono dedicarsi anche bambini in età molto tenera... Più o meno come i film dell'orrore che vedono alla tv.»

«Però Lisbeth Salander non è una bambina, è una donna adulta» disse Ekström.

«Sì. Resta da stabilire quale sia la sua età mentale, ma lei ha ragione. È adulta, e probabilmente ci crede a quello che ha scritto.»

«Quindi secondo lei si tratta di una menzogna.»

«No, se uno crede a quello che dice non si tratta di una menzogna. Si tratta di una prova del fatto che non è in grado di distinguere la fantasia dalla realtà.»

«Dunque non è stata stuprata dall'avvocato Bjurman?»

«No. La sua credibilità può essere considerata nulla. La ragazza ha bisogno di cure qualificate.»

«Lei stesso compare nel racconto di Lisbeth Salander...»

«Sì, ed è anche una storia un po' piccante. Ma si tratta di nuovo di un'espressione della sua fantasia. A voler credere a quella povera ragazza, io sarei quasi un pedofilo...» Sorrise e continuò. «Ma è esattamente la conferma di ciò che ho sempre sostenuto. Dall'autobiografia di Lisbeth Salander veniamo a sapere che per gran parte del periodo che ha trascorso alla St. Stefan l'abbiamo torturata tenendola legata al letto con le cinghie, e che io entravo in camera sua di notte. Questo è un classico esempio della sua incapacità di interpretare la realtà, o per meglio dire è il suo modo di interpretare la realtà.»

«Grazie. Passo la parola alla difesa, se la signora Giannini ha delle domande.»

Siccome Annika Giannini quasi non aveva avuto domande o obiezioni nei primi due giorni del processo, tutti si aspettavano che ancora una volta avrebbe fatto solo qualche domanda pro forma. *La difesa sta proprio facendo una misera figura* pensava Ekström.

«Sì. Ne ho» disse Annika. «Ho parecchie domande, ci vorrà del tempo. Sono le undici e mezza. Proporrei di interrompere per il pranzo e di procedere al controinterrogatorio senza interruzioni nel pomeriggio.»

Il giudice Iversen decise di aggiornare la seduta.

Curt Svensson era in compagnia di due agenti in uniforme quando a mezzogiorno in punto mise la sua mano enorme sulla spalla di Georg Nyström fuori dal ristorante Mäster Anders in Hantverkargatan. Nyström alzò stupefatto lo sguardo su Curt Svensson che gli metteva sotto il naso il tesserino di riconoscimento.

«Buon giorno. Lei è in arresto per concorso in omicidio e tentato omicidio. I capi d'accusa le saranno comunicati dal procuratore generale questo pomeriggio. Le suggerisco di seguirci di sua spontanea volontà» disse Svensson.

Georg Nyström aveva l'aria di non capire. Ma Svensson era una persona di quelle che si seguono senza protestare.

L'ispettore Jan Bublanski era accompagnato da Sonja Modig e da sette agenti in uniforme quando, a mezzogiorno in punto, Stefan Bladh dell'ufficio per la tutela della Costituzione li fece entrare nel settore chiuso che costituiva il regno della polizia segreta a Kungsholmen. Percorsero a lunghi passi i corridoi, finché Stefan si fermò e indicò una porta. L'assistente del capodivisione assunse un'espressione perplessa quando Bublanski gli mostrò il tesserino.

«Per cortesia, non si muova. Questa è un'operazione di polizia.»

Bublanski avanzò deciso verso la porta interna e interruppe il capodivisione Albert Shenke nel bel mezzo di una telefonata.

«Cosa succede?» domandò Shenke.

«Sono l'ispettore Jan Bublanski. Lei è in arresto per reati contro la Costituzione. Nel pomeriggio le verrà comunicato un lungo elenco di capi d'imputazione specifici.»

«Ma tutto ciò è inaudito» disse Shenke.

«Sì, veramente» disse Bublanski.

Fece sigillare l'ufficio di Shenke e mise due agenti in uniforme di guardia fuori dalla porta con l'ordine di non lasciar passare nessuno. Se qualcuno avesse tentato di entrare con la forza, avevano facoltà di usare i manganelli e perfino le armi di servizio.

Dopo di che la processione ripartì lungo il corridoio, fino a quando Stefan indicò un'altra porta e la procedura si ripeté con il responsabile di bilancio, Gustav Atterbom.

Jerker Holmberg aveva la squadra di Södermalm in appoggio quando a mezzogiorno preciso bussò alla porta di un ufficio in affitto al terzo piano di un edificio di fronte alla redazione di *Millennium*, in Götgatan. Siccome nessuno veniva ad aprire Holmberg diede ordine alla polizia di Södermalm di scardinare la porta, ma prima che il piede di porco fosse messo in uso si aprì uno spiraglio.

«Polizia» disse Holmberg. «Uscite con le mani bene in vista.»

«Anch'io sono un poliziotto» disse l'ispettore Göran Mårtensson.

«Lo so. E hai anche il porto d'armi per un sacco di armi da fuoco.»

«Voglio dire che sono un poliziotto in servizio.»

«E chi se ne frega» disse Holmberg.

Mårtensson fu spinto contro il muro e privato dell'arma di servizio.

«Sei in arresto per intercettazione illegale, grave negligenza in servizio, violazione di domicilio ripetuta a casa del giornalista Mikael Blomkvist in Bellmansgatan e probabilmente anche per altri reati. Ammanettatelo.»

Jerker Holmberg fece un rapido giro d'ispezione nei locali e constatò che c'erano strumentazioni sufficienti per avviare uno studio di registrazione. Mise un agente di guardia nella stanza, con l'ordine di non muoversi di lì e di non toccare nulla per non lasciare impronte digitali.

Quando Mårtensson fu condotto attraverso il portone

del palazzo, Henry Cortez sollevò la sua Nikon digitale e scattò una serie di ventidue foto. È vero che non era un fotografo professionista e che la qualità avrebbe lasciato un po' a desiderare. Ma quelle foto furono vendute il giorno successivo a un quotidiano della sera per una somma esorbitante.

Fra i poliziotti che presero parte alla retata di quel giorno, Monica Figuerola fu l'unica a incappare in un incidente imprevisto. Aveva l'appoggio della squadra di Norrmalm e di tre colleghi dell'Rps/Säk quando a mezzogiorno preciso varcò il portone del palazzo di Artillerigatan e salì le scale fino all'appartamento all'ultimo piano di proprietà della società Bellona.

Non c'era stato il tempo di pianificare l'operazione. Non appena le forze di polizia si furono raccolte fuori dalla porta dell'appartamento, lei diede il via. Due robusti agenti della squadra di Norrmalm sollevarono una mazza d'acciaio da quaranta chili e abbatterono la porta con due colpi ben assestati. Dopo di che gli uomini della squadra, armati e muniti di giubbotti antiproiettile, occuparono l'appartamento nel giro di dieci secondi circa.

Stando alle informazioni trasmesse da chi sorvegliava il palazzo, a partire dall'alba cinque persone identificate come collaboratori della Sezione avevano varcato il portone d'ingresso. Tutte e cinque furono arrestate nel giro di pochi secondi e ammanettate.

Monica Figuerola indossava il giubbotto antiproiettile. Fece il giro dell'appartamento che a partire dagli anni sessanta era stato il quartier generale della Sezione aprendo una porta dopo l'altra. Pensò che ci sarebbe voluto un archeologo per classificare la quantità di carte che riempiva le stanze.

Quando aprì la porta in fondo all'appartamento scoprì che si trattava di una stanza da letto. Tutto d'un tratto si ritrovò faccia a faccia con Jonas Sandberg, che aveva costituito un punto interrogativo al momento di distribuire i compiti quella mattina. Nel corso della serata precedente, l'investigatore che doveva sorvegliare Sandberg l'aveva perso di vista. La sua automobile era parcheggiata a Kungsholmen e lui non era stato segnalato nella sua abitazione durante la notte. Al mattino nessuno aveva idea di come localizzarlo e fermarlo.

Avevano sempre qualcuno qui per ragioni di sicurezza. Ovviamente. E Sandberg stava dormendo dopo il turno di notte.

Jonas Sandberg aveva addosso solo le mutande e sembrava assonnato. Allungò la mano verso il comodino per prendere l'arma di servizio. Monica si chinò in avanti e fece volare l'arma sul pavimento.

«Jonas Sandberg, sei in arresto per concorso negli omicidi di Gunnar Björck e Alexander Zalachenko, e per concorso nel tentato omicidio di Mikael Blomkvist ed Erika Berger. Infilati i pantaloni.»

Sandberg fece partire un pugno contro Monica Figuerola. Lei lo parò istintivamente.

«Stai scherzando?» disse. Gli afferrò il braccio e gli torse il polso con tanta forza che Sandberg indietreggiò e si accasciò sul pavimento. Lei lo rovesciò sulla pancia e gli piantò un ginocchio nella schiena. Quindi lo ammanettò. Era la prima volta da quando lavorava all'Rps/Säk che usava le manette in servizio.

Lasciò Sandberg alle cure di un agente in uniforme e andò avanti. Alla fine aprì l'ultima porta dell'appartamento. Secondo i disegni del catasto, era un ripostiglio che dava verso il cortile interno. Si fermò sulla soglia e guardò lo spaventapasseri più emaciato che le fosse mai capitato di vedere. Neppure per un secondo dubitò di trovarsi di fronte a un uomo che stava per morire.

«Fredrik Clinton, lei è in arresto per concorso in omicidio, tentato omicidio e un lungo elenco di altri reati» disse. «Rimanga a letto senza muoversi. Un'ambulanza la trasferirà a Kungsholmen.»

Christer Malm si era piazzato subito fuori dal portone di Artillerigatan. A differenza di Henry Cortez, sapeva come usare la sua Nikon digitale. Utilizzò un teleobiettivo corto. Le immagini sarebbero state di livello professionale.

Mostrarono come i membri della Sezione fossero stati condotti a uno a uno attraverso il portone e caricati sulle auto della polizia, e come alla fine un'ambulanza fosse arrivata a prelevare Fredrik Clinton. I suoi occhi avevano incrociato l'obiettivo della macchina fotografica proprio nell'attimo in cui Christer scattava. Clinton aveva un'espressione inquieta e confusa.

Quell'immagine avrebbe vinto il premio per la miglior foto dell'anno.

27.
Venerdì 15 luglio

A mezzogiorno e mezza il giudice Iversen batté il martelletto e dichiarò che l'udienza veniva ripresa. Nel frattempo una terza persona era comparsa al tavolo di Annika Giannini. Holger Palmgren, su una sedia a rotelle.

«Salve Holger» disse il giudice Iversen. «Era da un pezzo che non la vedevo in un'aula di tribunale.»

«Buon giorno, giudice Iversen. Certe cause sono così complicate che i giovani hanno bisogno di un po' di assistenza.»

«Credevo avesse cessato la sua attività di avvocato.»

«Sono stato malato. Ma l'avvocato Giannini mi ha gentilmente chiesto di farle da assistente per questo caso.»

«Capisco.»

Annika Giannini si schiarì la voce.

«Il motivo è anche che per molti anni Holger Palmgren è stato il tutore di Lisbeth Salander.»

«Non ho intenzione di mettere in discussione la sua presenza» disse il giudice Iversen.

Fece cenno ad Annika Giannini di cominciare. L'avvocato si alzò in piedi. Non le era mai piaciuto il malvezzo svedese di condurre le udienze in modo informale, seduti intorno a un tavolo, come se si trattasse di una cena fra amici. Si sentiva molto più a suo agio quando poteva parlare stando in piedi.

«Comincerei dai commenti conclusivi che abbiamo sentito questa mattina. Dottor Teleborian, perché respinge sempre con tanta insistenza qualsiasi dichiarazione di Lisbeth Salander?»

«Perché sono sempre così palesemente non veritiere» rispose Peter Teleborian.

Era tranquillo e rilassato. Annika Giannini annuì e si rivolse al giudice Iversen.

«Signor giudice, Peter Teleborian asserisce che Lisbeth Salander mente e lavora di fantasia. Ora la difesa andrà a dimostrare che ogni singola parola dell'autobiografia di Lisbeth Salander è vera. Su questo presenteremo il dovuto materiale probatorio, documentale e testimoniale. Immagini, dichiarazioni, testimonianze. Il pubblico ministero ha esposto le linee principali della sua accusa. Sappiamo quali sono le accuse esatte che vengono mosse a Lisbeth Salander.»

Tutto d'un tratto Annika aveva la gola secca e le mani che le tremavano. Fece un respiro profondo e bevve un bicchiere d'acqua. Poi appoggiò le mani sullo schienale della sedia in modo che non rivelassero il suo nervosismo.

«Dall'esposizione del pubblico ministero possiamo trarre la conclusione che ha moltissime opinioni ma pochissime prove. È convinto che Lisbeth Salander abbia sparato a Carl-Magnus Lundin a Stallarholmen, che si sia recata a Gosseberga per uccidere il proprio padre, che sia una schizofrenica paranoica malata di mente in tutti i modi possibili e immaginabili. Ma ha costruito questa convinzione sulle informazioni che gli sono giunte da un'unica fonte, ossia dal dottor Peter Teleborian.»

Annika fece una pausa per riprendere fiato. E si impose di parlare più lentamente.

«Lo stato delle prove è tale per cui l'accusa del pubblico ministero poggia unicamente su Peter Teleborian. Se Teleborian ha ragione, è tutto a posto, la mia cliente deve assolutamente ricevere, per il suo bene, le cure psichiatriche che sia il dottore sia il pubblico ministero richiedono.»

Pausa.

«Ma se il dottor Teleborian si sbaglia, il quadro cambia completamente. Inoltre, se egli mente sapendo di mentire la mia cliente sta subendo un abuso, lo stesso che va avanti da molti anni.»

Annika si rivolse a Ekström.

«Ciò che faremo nel corso del pomeriggio sarà dimostrare che il suo testimone si sbaglia e che lei come pubblico ministero è stato indotto con l'inganno a prendere per buona questa falsa testimonianza.»

Peter Teleborian sorrise divertito. Allargò le braccia e annuì, in un gesto d'invito ad Annika Giannini. Lei si rivolse nuovamente a Iversen.

«Signor giudice, dimostreremo che la cosiddetta perizia psichiatrica di Peter Teleborian è falsa dall'inizio alla fine. Dimostreremo che egli mente consapevolmente su Lisbeth Salander. Dimostreremo che la mia cliente è stata oggetto di un grave abuso di potere. E dimostreremo che è sana di mente tanto quanto qualsiasi altra persona presente in quest'aula.»

«Mi scusi, ma...» cominciò Ekström.

«Un attimo.» Annika alzò un dito. «Io l'ho lasciata parlare senza disturbarla per due giorni. Adesso tocca a me.»

Si rivolse di nuovo al giudice Iversen.

«Non formulerei mai un'accusa così grave di fronte a una corte se non avessi solide prove a sostegno.»

«Prego, continui» disse Iversen. «Ma non voglio sentir parlare di teorie cospiratorie. Ricordi che può essere incriminata per diffamazione anche per affermazioni fatte qui in tribunale.»

«Grazie. Me ne ricorderò.»

Annika si rivolse a Teleborian, che sembrava ancora divertito dalla situazione.

«La difesa ha chiesto più volte di prendere visione della cartella clinica di Lisbeth Salander relativa al periodo in cui, appena adolescente, fu chiusa nel suo reparto alla St. Stefan. Perché questa cartella non ci è mai arrivata?»

«Perché un tribunale ha deciso che doveva essere secretata. La decisione è stata presa per tutelare Lisbeth Salander, ma se una corte di grado più alto dovesse annullarla sarà ovviamente mia premura consegnarle la cartella.»

«Grazie. Nei due anni che Lisbeth Salander trascorse alla St. Stefan quante volte fu legata al letto?»

«Così su due piedi non sono in grado di rispondere.»

«La mia cliente sostiene che si è trattato di trecentottanta delle settecentottantasei notti che ha trascorso alla St. Stefan.»

«Non sono in grado di rispondere sul numero esatto delle notti, ma la sua è una palese esagerazione. Da dove vengono queste cifre?»

«Dalla sua autobiografia.»

«Lei vorrebbe dire che la sua cliente oggi ricorda con esattezza ognuna di quelle notti? È assurdo.»

«Davvero? Quante notti ricorda lei?»

«Lisbeth Salander era una paziente molto aggressiva, dovette essere chiusa in una stanza priva di stimolazioni in un certo numero di occasioni. Ma forse dovrei spiegare qual è lo scopo delle stanze prive di stimolazioni...»

«Grazie, non occorre. In teoria si tratta di stanze in cui

i pazienti non ricevono stimolazioni sensoriali che possano generare in loro inquietudine. Quante volte la tredicenne Lisbeth Salander fu costretta a trascorrere la notte legata a un letto in una di queste stanze?»

«Direi... a spanne una trentina di volte.»

«Trenta. È solo una piccola percentuale delle trecentottanta che Lisbeth Salander ricorda.»

«Senza dubbio.»

«Meno del dieci per cento.»

«Sì.»

«La sua cartella clinica potrebbe fornire dati più precisi?»

«È possibile.»

«Ottimo» disse Annika, tirando fuori un grosso fascicolo dalla sua cartella. «Allora chiedo di poter consegnare alla corte una copia della cartella clinica di Lisbeth Salander relativa al suo ricovero alla St. Stefan. Ho contato le annotazioni relative alle misure di contenzione e sono arrivata a trecentottantuno. Una in più di quelle che Lisbeth ricorda.»

Gli occhi di Teleborian si dilatarono.

«Stop... quelle sono informazioni coperte da segreto. Come si è procurata quel fascicolo?»

«L'ho ricevuto da un reporter di *Millennium*. Dunque non è poi così segreto se se ne sta a prendere polvere nella redazione di un giornale. Inoltre, estratti della cartella clinica sono sul numero di *Millennium* in uscita proprio oggi. Ritengo perciò che anche questa corte debba avere la possibilità di darvi un'occhiata.»

«Tutto questo è illegale...»

«No. Lisbeth Salander ha dato il suo consenso alla pubblicazione. La mia cliente non ha nulla da nascondere.»

«La sua cliente è stata dichiarata legalmente incapace e

non ha il diritto di prendere nessuna decisione del genere di testa propria.»

«Sulla questione della dichiarazione di incapacità torneremo più avanti. Ora analizzeremo ciò che accadde alla St. Stefan.»

Il giudice Iversen prese la cartella clinica che Annika Giannini gli stava porgendo.

«Non ho fatto copia di questo documento per il signor pubblico ministero, dato che ne ha già ricevuta una un mese fa.»

«Come?» si stupì Iversen.

«Il pubblico ministero Ekström ha ricevuto dal dottor Teleborian una copia di questa cartella clinica secretata nel corso di un incontro che ha avuto luogo nel suo ufficio a partire dalle cinque di sabato 4 giugno.»

«È corretto?» chiese Iversen.

Il primo impulso di Richard Ekström fu di negare. Poi pensò che Annika Giannini poteva avere delle prove.

«Ho richiesto di poter leggere parte della cartella clinica impegnandomi a mantenere il segreto professionale» riconobbe Ekström. «Avevo l'obbligo di accertarmi che Lisbeth Salander avesse alle spalle la storia che si dice abbia.»

«Grazie» disse Annika Giannini. «Abbiamo avuto conferma del fatto che il dottor Teleborian non solo non dice il vero, ma ha anche commesso un'infrazione alla legge consegnando ad altri una cartella clinica che egli stesso ha sostenuto essere stata secretata.»

«Ne prendiamo nota» disse Iversen.

Tutto d'un tratto il giudice Iversen era all'erta. Con una modalità alquanto insolita, Annika Giannini aveva appena sferrato un duro attacco a un testimone sbriciolando una parte importante dalla sua deposizione. *E sostiene anche di poter documentare tutto quello che afferma.* Iversen si aggiustò gli occhiali sul naso.

«Dottor Teleborian, in base a questa cartella clinica che lei stesso ha redatto è ora in grado di dirmi quante notti Lisbeth Salander trascorse legata al letto con le cinghie?»

«Non ricordavo che fossero state così tante, ma se è quello che riporta la cartella clinica ci devo credere.»

«Trecentottantuno. Non è un numero eccezionalmente elevato?»

«Sono insolitamente tante, sì.»

«Come reagirebbe lei se avesse tredici anni e qualcuno la legasse con delle cinghie a un letto e la lasciasse lì per oltre un anno? Come a una tortura?»

«Deve capire che la paziente era pericolosa per se stessa e per gli altri.»

«Okay. Pericolosa per se stessa. Lisbeth Salander si è mai procurata da sola delle lesioni?»

«C'era il rischio che...»

«Ripeto la domanda: Lisbeth Salander si è mai procurata da sola delle lesioni? Sì o no?»

«Come psichiatri dobbiamo imparare a interpretare il quadro d'insieme. Per quel che riguarda Lisbeth Salander, lei stessa può vedere per esempio sul suo corpo una quantità di tatuaggi e piercing, cosa che costituisce anch'essa un modo per procurare lesioni al proprio corpo. Può essere interpretata come un'espressione di odio verso se stessi.»

Annika Giannini si rivolse a Lisbeth.

«I tuoi tatuaggi sono un'espressione di odio verso te stessa?» chiese.

«No» rispose Lisbeth.

Annika Giannini tornò a rivolgersi a Teleborian.

«Secondo lei, io che porto gli orecchini e ho anche un tatuaggio in un punto molto privato del mio corpo costituisco un pericolo per me stessa?»

A Holger Palmgren scappò una risatina, ma riuscì a trasformarla in uno schiarimento di voce.

«No, non... i tatuaggi possono anche essere parte di un rituale sociale.»

«E per Lisbeth Salander l'ipotesi del rituale sociale non è da prendere in considerazione?»

«Può vedere lei stessa che i suoi tatuaggi sono grotteschi e coprono gran parte del suo corpo. Non sono una semplice decorazione o un'espressione di normale ricerca della bellezza.»

«Qual è la percentuale?»

«Prego?»

«Qual è la percentuale di corpo tatuato che fa sì che il tatuaggio cessi di essere ricerca estetica e passi a essere malattia mentale?»

«Lei manipola le mie parole.»

«Davvero? Come mai a suo parere è un aspetto di un rituale sociale del tutto accettabile quando si tratta di me o di altri ma da considerare malattia mentale quando si tratta delle condizioni psichiche della mia cliente?»

«In veste di psichiatra, come ho detto, devo guardare il quadro d'insieme. I tatuaggi sono solo un indicatore, uno dei molti indicatori che ho il dovere di tenere in considerazione quando valuto le condizioni di un paziente.»

Annika Giannini restò in silenzio per qualche secondo, fissando Peter Teleborian negli occhi. Poi riprese a parlare.

«Dottor Teleborian, lei ha cominciato a legare la mia cliente quando aveva dodici anni. A quell'epoca non aveva nessun tatuaggio, o mi sbaglio?»

Peter Teleborian esitò qualche secondo. Annika incalzò.

«O la legava al letto perché pronosticava che si sarebbe tatuata in futuro?»

«No, naturalmente no. I suoi tatuaggi non avevano a che fare con le sue condizioni nel 1991.»

«Con ciò torniamo alla mia domanda di prima. Lisbeth Salander si è mai procurata lesioni tali da poter giustificare il fatto che lei la tenne legata a un letto per oltre un anno? Si è mai tagliata con un coltello o una lametta o ha mai fatto qualcos'altro del genere?»

Peter Teleborian esitò un attimo.

«No, ma avevamo ragione di credere che fosse pericolosa per se stessa.»

«Ragione di credere. Vuole dire che la legò al letto perché immaginava che...»

«Noi facciamo delle valutazioni.»

«Ormai sono cinque minuti che continuo a riformulare la stessa domanda. Lei sostiene che il comportamento autodistruttivo della mia cliente fu la causa del fatto che la tenne legata al letto complessivamente per più di uno dei due anni che trascorse affidata alle sue cure. Può essere così gentile da fornirmi qualche esempio del comportamento autodistruttivo della mia cliente?»

«La ragazza era per esempio estremamente denutrita. E questo dipendeva dal fatto che rifiutava il cibo. Sospettavamo un principio di anoressia. In diverse occasioni fummo costretti ad alimentarla forzatamente.»

«E come mai?»

«Perché rifiutava il cibo, naturalmente.»

Annika Giannini si rivolse alla sua cliente.

«Lisbeth, è vero che rifiutavi il cibo alla St. Stefan?»

«Sì.»

«E perché?»

«Perché quello là lo mescolava a psicofarmaci.»

«Aha. Il dottor Teleborian voleva dunque somministrarti dei medicinali. Perché tu non volevi assumerli?»

«Le medicine che mi davano non mi piacevano. Mi rendevano fiacca. Non riuscivo a pensare, ero intorpidita per gran parte delle ore di veglia. Era sgradevole. E lui si rifiutava di dirmi cosa contenessero quegli psicofarmaci.»

«È per questo che ti rifiutavi di assumere medicinali?»

«Sì. Allora lui cominciò a mettere quella robaccia nel mio cibo. E io smisi di mangiare. Ogni volta che nel mio cibo era stato messo qualcosa, io mi rifiutavo di mangiare per cinque giorni.»

«Pativi la fame?»

«Non sempre. Molti degli infermieri mi portavano di nascosto dei panini. Uno per esempio mi portava da mangiare a notte fonda. È successo parecchie volte.»

«Vuoi dire che il personale infermieristico della St. Stefan capiva che eri affamata e ti dava da mangiare per non farti patire la fame?»

«Sì.»

«Dunque il tuo rifiuto del cibo aveva una motivazione razionale?»

«Sì.»

«Non dipendeva dal fatto che non volevi mangiare?»

«No. Spesso ero affamata.»

«È corretto affermare che nacque un conflitto fra te e il dottor Teleborian?»

«Si può ben dire.»

«Tu finisti alla St. Stefan perché avevi dato fuoco a tuo padre.»

«Sì.»

«Perché lo facesti?»

«Perché lui maltrattava mia madre.»

«Cercasti mai di spiegare questa cosa a qualcuno?»

«Certo.»

«A chi per esempio?»

«Lo dissi ai poliziotti che mi interrogarono, agli assistenti sociali, all'ufficio minori, ai medici, a un prete e anche al bastardo.»

«Con "il bastardo" ti riferisci a...?»

«A quello là.»

Lisbeth Salander indicò il dottor Peter Teleborian.

«Perché lo chiami bastardo?»

«Quando arrivai alla St. Stefan cercai di spiegargli ciò che era accaduto.»

«E cosa disse il dottor Teleborian?»

«Non mi volle ascoltare. Sosteneva che mi stavo inventando tutto. Decise che per punizione sarei stata legata al letto finché non avessi smesso di farlo, e cominciò a farmi ingoiare psicofarmaci.»

«Queste sono sciocchezze» disse Peter Teleborian.

«È per questo che ti rifiuti di parlare con lui?»

«Non gli ho più detto una sola parola dalla notte in cui ho compiuto tredici anni. Anche quella volta ero legata al letto. Fu il regalo di compleanno che feci a me stessa.»

Annika Giannini si rivolse di nuovo a Teleborian.

«Dottor Teleborian, a quanto pare la mia assistita rifiutava il cibo perché non accettava che lei le somministrasse psicofarmaci.»

«È possibile che lei la veda così.»

«E lei, invece, come la vede?»

«Io avevo una paziente eccezionalmente problematica. Affermo con decisione che il suo comportamento indicava che era pericolosa per se stessa. Possono esserci interpretazioni diverse, ma rimane il fatto che lei era violenta e aveva un comportamento psicotico. E che era pericolosa anche per gli altri. Com'è noto arrivò alla St. Stefan dopo aver cercato di ammazzare il proprio padre.»

«Ci arriveremo. Lei ebbe in cura la mia cliente per due anni. Per trecentottantuno di quei giorni la tenne legata a un letto. Può essere che usasse la contenzione come punizione perché la mia cliente non faceva ciò che voleva lei?»

«Questo è puro vaneggiamento.»

«Davvero? Noto che a detta della cartella clinica la stragrande maggioranza delle misure di contenzione fu messa in atto durante il primo anno... trecentoventi su trecentottantuno. Perché?»

«La paziente con il tempo maturò e divenne più tranquilla.»

«Non è piuttosto che i suoi metodi furono giudicati inutilmente brutali da altri operatori sanitari?»

«A cosa si riferisce?»

«Non è che il personale si espresse, fra le altre cose, contro l'alimentazione forzata di Lisbeth Salander?»

«Sono sempre possibili valutazioni diverse, non c'è niente di insolito. Il punto è che alimentarla forzatamente era diventato difficile perché lei opponeva una resistenza talmente violenta...»

«Perché si rifiutava di ingerire psicofarmaci che la rendevano passiva. Non aveva nessun problema a mangiare, quando non veniva drogata. Non sarebbe stato più ragionevole non impiegare simili misure coercitive?»

«Mi consenta, signora Giannini. Io sono un medico, sospetto che la mia competenza medica sia un tantino superiore alla sua. È compito mio decidere quali misure mediche sia opportuno adottare.»

«È vero che io non sono un medico, dottor Teleborian. Però non sono del tutto priva di competenza. Oltre alla laurea in giurisprudenza ho anche un diploma in psicologia conseguito presso l'università di Stoccolma. Nel mio lavoro è una disciplina che è necessario conoscere.»

Nell'aula scese un silenzio di tomba. Sia Ekström sia Teleborian fissavano stupefatti Annika Giannini. Lei continuò inesorabile.

«Non è forse vero che i metodi da lei impiegati nel trattamento della mia assistita portarono in seguito a un forte antagonismo tra lei e il suo capo, l'allora primario professor Johannes Caldin?»

«No... non è proprio così.»

«Johannes Caldin è morto da molti anni e non può testimoniare in questa sede. Ma oggi abbiamo qui in aula una persona che in diverse occasioni incontrò il professor Caldin. Parlo del mio assistente Holger Palmgren.»

Annika si girò verso l'anziano avvocato.

«Può raccontarci come si svolsero i fatti?»

Holger Palmgren si schiarì la voce. Soffriva tuttora dei postumi dell'ictus ed era costretto a concentrarsi per formulare le parole senza cominciare a farfugliare.

«Fui nominato tutore di Lisbeth quando sua madre fu maltrattata così pesantemente da suo padre che non poté più occuparsi di lei. La madre subì danni cerebrali permanenti.»

«Si riferisce ad Alexander Zalachenko?»

Ekström si chinò in avanti con un'espressione attenta.

«È esatto» disse Palmgren.

Ekström si schiarì la voce.

«Faccio notare che siamo entrati in un argomento coperto dalla massima segretezza.»

«Non è di certo un segreto che Alexander Zalachenko per molti anni maltrattò la madre di Lisbeth Salander» disse Annika Giannini.

Peter Teleborian alzò una mano.

«La questione non è proprio come la espone la signora Giannini.»

«In che senso?»

«È senza dubbio vero che Lisbeth Salander fu testimone di un dramma familiare, che ci fu qualcosa che scatenò un grave maltrattamento nel 1991. Ma non esiste nessuna documentazione che attesti che la situazione durava da molti anni. Può essersi trattato di una singola occasione, di un litigio che degenerò. Non esiste nessuna documentazione neanche del fatto che sia stato proprio il signor Zalachenko a maltrattare la madre dell'imputata. Si sa che faceva la prostituta, può essere stato anche un altro.»

Annika Giannini guardò esterrefatta Peter Teleborian. Per un attimo rimase senza parole. Poi il suo sguardo tornò a fuoco.

«Può sviluppare questo concetto?» chiese.

«Quello che voglio dire è che noi abbiamo solo le affermazioni di Lisbeth Salander su cui basarci.»

«E?»

«Anzitutto le figlie erano due. La sorella di Lisbeth, Camilla Salander, non ha mai fatto affermazioni simili. Anzi ha sempre negato che cose del genere siano mai successe. E c'è da notare che, se davvero si fossero verificati maltrattamenti quali quelli che la sua cliente descrive, se ne troverebbe traccia in qualche indagine dei servizi sociali e via dicendo.»

«Esiste qualche interrogatorio di Camilla Salander di cui possiamo essere messi a parte?»

«Interrogatorio?»

«Ha qualche documentazione che dimostri che Camilla Salander fu interrogata su ciò che succedeva in casa?»

Lisbeth cominciò ad agitarsi nel sentir menzionare la sorella. Guardò Annika di sottecchi.

«Suppongo che i servizi sociali abbiano svolto un'indagine...»

«Ha appena affermato che Camilla Salander non ha mai fatto alcuna dichiarazione circa i maltrattamenti che Alexander Zalachenko infliggeva a sua madre, e che anzi ha sempre negato la cosa. Era un'affermazione categorica. Da dove l'ha ricavata?»

Peter Teleborian rimase in silenzio per alcuni secondi. Annika vide che la sua espressione cambiava. Teleborian si era reso conto di avere commesso un errore. Aveva capito dove lei voleva andare a parare, ma non aveva modo di evitare la domanda.

«Mi sembra di averlo letto in un verbale della polizia» disse alla fine.

«Le sembra di ricordare... Io ho cercato col lanternino un qualsiasi documento della polizia su quello che successe in Lundagatan quando Alexander Zalachenko fu gravemente ustionato. L'unica documentazione accessibile è costituita dai rapporti dei poliziotti accorsi sul posto.»

«È possibile...»

«E vorrei anche sapere come mai lei ha avuto accesso a quell'indagine della polizia e la difesa no.»

«A questa domanda non posso rispondere» disse Teleborian. «Ebbi la possibilità di prendere conoscenza dell'indagine quando nel 1991 mi fu affidato l'incarico di redigere una perizia psichiatrica sulla ragazza dopo che aveva tentato di uccidere il padre.»

«Anche il pubblico ministero Ekström ha potuto prendere conoscenza di questa indagine?»

Ekström si agitò sulla sedia tirandosi il pizzetto. Si era

reso conto da un pezzo di avere sottovalutato Annika Giannini. Ma non aveva nessun motivo di mentire.

«Sì, ne ho preso conoscenza.»

«Perché la difesa non ha avuto accesso a quel materiale?»

«Non l'ho giudicato interessante ai fini del processo.»

«Può essere così gentile da dirmi come è venuto in possesso di quella indagine? Quando mi sono rivolta alla polizia mi è stato detto soltanto che un'indagine di quel genere non esisteva.»

«L'indagine fu svolta dalla polizia segreta. E fu secretata.»

«La Säpo ha investigato su un caso di maltrattamenti gravi e deciso di classificare l'indagine come segreta?»

«Per via di chi aveva commesso il fatto... Alexander Zalachenko. Era un rifugiato politico.»

«Chi fece quel rapporto?»

Silenzio.

«Non ho sentito niente. Che nome c'era sull'intestazione?»

«Il rapporto fu redatto da Gunnar Björck della sezione stranieri dell'Rps/Säk.»

«Grazie. È lo stesso Gunnar Björck che a quanto afferma la mia cliente ha collaborato con Peter Teleborian per falsificare la perizia psichiatrica su di lei nel 1991?»

«Suppongo di sì.»

Annika Giannini rivolse nuovamente l'attenzione a Peter Teleborian.

«Nel 1991 un tribunale di prima istanza decise di chiudere Lisbeth Salander in una clinica psichiatrica infantile. Perché il tribunale prese quella decisione?»

«Il tribunale fece un'accurata valutazione del modo di

agire e delle condizioni psichiche della sua cliente. Aveva comunque cercato di uccidere suo padre con una bomba incendiaria. Non è un passatempo cui i normali adolescenti si dedicano, a prescindere dal fatto che siano tatuati o no.»

Peter Teleborian sorrise cortesemente.

«E il tribunale su cosa basò la propria valutazione dei fatti? Se ho ben capito, avevano una sola perizia psichiatrica a disposizione redatta da lei e da un poliziotto di nome Gunnar Björck.»

«Questa è la teoria della signorina Salander, signora Giannini. Mi vedo costretto a...»

«Mi perdoni, non ho ancora formulato la domanda» disse Annika Giannini, rivolgendosi di nuovo a Holger Palmgren. «Holger, prima ho accennato al fatto che lei ha incontrato più volte l'allora primario del dottor Teleborian, il professor Caldin.»

«Sì. Ero stato nominato tutore di Lisbeth Salander, ma non l'avevo ancora incontrata, se non di sfuggita. Come tutti gli altri avevo avuto l'impressione che fosse affetta da una grave infermità mentale. Ma siccome rientrava nei miei compiti, andai comunque a informarmi del suo stato di salute generale.»

«E cosa le disse il professor Caldin?»

«La ragazza era paziente del dottor Teleborian, e il professor Caldin non le aveva dedicato nessuna particolare attenzione al di là di quella richiesta dalla routine. Fu solo dopo oltre un anno che cominciai a discutere con lui di come reinserirla nella società. Proposi una famiglia affidataria. Non so di preciso cosa fosse successo alla St. Stefan, ma quando Lisbeth si trovava lì già da un anno il professor Caldin cominciò a interessarsi al suo caso.»

«E questo come si manifestò?»

«Ebbi l'impressione che ne avesse fatto una valutazione diversa da quella del dottor Teleborian. In un'occasione mi raccontò che aveva deciso di modificare la cura della ragazza. Solo più avanti capii che aveva voluto riferirsi alla cosiddetta contenzione. Caldin decise semplicemente che non doveva più essere legata. A suo parere non c'erano motivi per farlo.»

«Dunque si mise contro il dottor Teleborian?»

«Queste sono soltanto voci» obiettò Ekström.

«No» disse Holger Palmgren. «Non solo. Io richiesi un parere su come Lisbeth Salander potesse essere di nuovo inserita nella società. E il professor Caldin scrisse quel parere. Lo conservo ancora.»

Passò un foglio ad Annika Giannini.

«Può dirci cosa c'è scritto?»

«Si tratta di una lettera del professor Caldin indirizzata a me. È datata ottobre 1992, dunque quando Lisbeth si trovava alla St. Stefan da quasi due anni. Il professor Caldin scrive, cito testualmente: "La mia decisione che la paziente non debba essere legata o alimentata forzatamente ha tra l'altro avuto l'effetto di tranquillizzarla. Non c'è necessità di somministrarle psicofarmaci. La paziente è tuttavia estremamente chiusa e ha bisogno di ulteriore sostegno". Fine della citazione.»

«Il professore scrive dunque esplicitamente che si è trattato di una decisione sua.»

«Esatto. E fu sempre il professor Caldin in persona a decidere che Lisbeth fosse reinserita nella società in una famiglia affidataria.»

Lisbeth annuì. Ricordava il professor Caldin così come ricordava ogni dettaglio della sua permanenza alla St. Stefan. Si era rifiutata di parlare anche con il professor Caldin, un altro dottore dei matti, un altro di una sfilza di camici bianchi che volevano frugare nella sua mente. Ma lui era stato gentile, affettuoso. Era rimasta nel suo studio e l'aveva ascoltato mentre le spiegava come vedeva la sua situazione.

Sembrava molto dispiaciuto che lei non volesse parlargli. Alla fine l'aveva guardato negli occhi e gli aveva spiegato il perché. «Non parlerò mai più né con lei né con nessun altro dottore. Voi non ascoltate quello che dico. Potete tenermi chiusa qui dentro finché crepo. La cosa non cambia. Io con voi non parlo.» Lui l'aveva guardata con occhi carichi di stupore. Poi aveva annuito come se avesse capito qualcosa.

«Dottor Teleborian... Lisbeth Salander è stata chiusa per due anni in una clinica psichiatrica per l'infanzia. Fu lei a fornire al tribunale la documentazione che costituì la loro unica fonte di informazione? È corretto?»

«È corretto in concreto. Ma io ritengo...»

«Avrà tutto il tempo di spiegare cosa ritiene. Quando Lisbeth Salander compì diciotto anni lei intervenne ancora una volta nella sua vita e ancora una volta cercò di farla chiudere in clinica.»

«Non fui io a redigere quella perizia psichiatrica...»

«No, fu un certo dottor Jesper H. Löderman. Che per pura combinazione all'epoca era un suo dottorando. Lei era il suo relatore. Fu dunque lei ad approvare la perizia.»

«Non c'era nulla di scorretto. Era stata eseguita a regola d'arte.»

«Ora Lisbeth Salander ha ventisette anni e per la terza volta ci troviamo in una situazione in cui lei cerca di convincere un tribunale che è malata di mente e che si deve procedere al suo ricovero coatto.»

Il dottor Peter Teleborian fece un respiro profondo. Annika Giannini era ben preparata. L'aveva sorpreso con una serie di domande insidiose ed era riuscita a distorcere le sue risposte. Non subiva il suo fascino e la sua autorità. Quando parlava lui era abituato a vedere la gente che annuiva.

Fino a dove è arrivata?

Guardò con la coda dell'occhio Ekström, ma si rese conto che non poteva aspettarsi nessun aiuto da quella parte. Doveva arrangiarsi da solo a uscire dalla tempesta.

Ricordò a se stesso che nonostante tutto lui era un'autorità.

Non ha nessuna importanza ciò che dice lei. È il mio giudizio quello che conta.

Annika Giannini raccolse la perizia psichiatrica dal tavolo.

«Diamo un'occhiata un po' più da vicino alla sua ultima perizia. Lei ha dedicato non pochi sforzi ad analizzare la vita interiore di Lisbeth Salander. Ha dato molto spazio alle sue interpretazioni della persona, delle azioni e delle abitudini sessuali della mia cliente.»

«Ho cercato di offrire una visione complessiva.»

«Bene. E da questa visione complessiva lei deduce che Lisbeth Salander è affetta da schizofrenia paranoica.»

«Non voglio legarmi a una diagnosi precisa.»

«A questa conclusione non è giunto attraverso colloqui con Lisbeth Salander. O sbaglio?»

«Lei sa molto bene che la sua cliente si rifiuta per principio di rispondere alle domande quando io o qualsiasi altra autorità cerchiamo di parlare con lei. Già questo atteggiamento è di per sé eloquente. Può essere interpretato nel senso che il tratto paranoico della paziente è così marcato che lei non è in grado di condurre una semplice conversazione con un'autorità. È convinta che tutti congiurino contro di lei e avverte ovunque minacce così forti da chiudersi in un guscio impenetrabile e diventare letteralmente muta.»

«Noto che si esprime con molta cautela. Dice che questo può essere interpretato nel senso che...»

«Sì, è corretto. Io mi esprimo con cautela. La psichiatria non è una scienza esatta, devo essere prudente nelle mie conclusioni. Al tempo stesso però non è che noi psichiatri facciamo delle ipotesi campate in aria.»

«Lei è molto attento a non esporsi. La realtà è che non ha più scambiato una sola parola con la mia cliente dalla notte in cui lei compì tredici anni, dato che Lisbeth Salander per principio si rifiuta di parlare con lei.»

«Non soltanto con me. Non riesce a condurre una normale conversazione con nessuno psichiatra.»

«Ciò significa, come scrive lei stesso, che le sue conclusioni si basano sull'esperienza e sull'osservazione della mia cliente.»

«È esatto.»

«Cosa è possibile ricavare dallo studio di una ragazza che sta seduta a braccia conserte e non parla?»

Peter Teleborian sospirò e assunse l'aria di uno che trova stancante dover spiegare e ripetere cose ovvie. Sorrise.

«Da un paziente che se ne sta seduto con la bocca cucita si può solo ricavare che si tratta di un paziente bravo a starsene seduto muto come un pesce. E già questo è un comportamento disturbato. Ma io non ho fatto le mie valutazioni solo sulla base di tale atteggiamento.»

«Chiamerò a deporre anche un altro psichiatra. Si chiama Svante Brandén ed è primario all'istituto di medicina legale e specialista in psichiatria legale. Lo conosce?»

Peter Teleborian si sentì di nuovo al sicuro. Sorrise. Aveva previsto che Annika avrebbe tirato in ballo almeno un altro psichiatra per cercare di mettere in discussione le sue conclusioni. Era una cosa alla quale era preparato. Avrebbe replicato senza problemi, parola per parola, a ogni contestazione. Sarebbe stato più facile gestire un battibecco accademico con un collega piuttosto che l'interrogatorio dell'avvocato Giannini che non aveva nessuna inibizione ed era pronta a farsi beffe delle sue parole.

«Sì. È uno psichiatra legale di indubbia capacità. Ma deve capire, signora Giannini, che un'analisi di questo genere è un procedimento scientifico. Lei può essere in disaccordo con me sulle mie conclusioni, e un altro psichiatra può interpretare un comportamento in maniera diversa dalla mia. Si tratta di punti di vista differenti, o forse addirittura di quanto bene un medico conosce il suo paziente. Magari lui arriverebbe a una conclusione totalmente diversa su Lisbeth Salander. Non è affatto insolito, in psichiatria.»

«Non è per questo che l'ho chiamato. Non ha mai incontrato Lisbeth Salander, e non trarrà nessuna conclusione sulle sue condizioni psichiche.»

«Ah...»

«L'ho pregato di leggere la sua perizia e tutta la documentazione che ha presentato su Lisbeth Salander e di dare un'occhiata alla cartella clinica relativa al periodo in cui la mia assistita era ricoverata alla St. Stefan. Gli ho chiesto di valutare se sotto il profilo meramente scientifico la sua perizia può trovare un qualche fondamento in quella cartella.»

Peter Teleborian alzò le spalle.

«Con tutto il rispetto... io credo di conoscere Lisbeth Salander meglio di qualsiasi altro psichiatra del paese. Seguo la sua evoluzione da quando aveva dodici anni, e purtroppo le mie conclusioni sono sempre state confermate dai fatti.»

«Bene» disse Annika Giannini. «Allora daremo uno sguardo alle sue conclusioni. Nella sua perizia scrive che le cure furono interrotte quando la ragazza a quindici anni fu collocata presso una famiglia affidataria.»

«È esatto. Fu un grave errore. Se avessimo potuto completare il trattamento, forse oggi non saremmo qui.»

«Vuole dire che se avesse avuto la possibilità di tenere la paziente legata al letto ancora per un anno forse sarebbe diventata più docile?»

«Questo mi sembra un commento davvero dozzinale.»

«Le chiedo scusa. Lei cita ampiamente l'analisi che il suo dottorando Jesper H. Löderman fece quando Lisbeth Salander stava per compiere diciotto anni. Scrive che "il suo comportamento autodistruttivo e asociale viene rafforzato dai vizi ai quali si è abbandonata da quando è stata dimessa dalla St. Stefan". Cosa intende con questo?»

Peter Teleborian rimase per qualche secondo in silenzio.

«Ecco... devo tornare un attimo indietro. Dopo che fu dimessa dalla St. Stefan, Lisbeth Salander, come io avevo previsto, ebbe problemi di abuso sia di alcol che di droghe. In ripetute occasioni fu fermata dalla polizia. Una indagine dei servizi sociali stabilì anche che si accompagnava a uomini molto più vecchi di lei e che verosimilmente esercitava la prostituzione.»

«Esaminiamo attentamente questa cosa. Lei parla di abuso di alcolici. Quante volte l'ha vista ubriaca?»

«Prego?»

«Si ubriacava tutti i giorni da quando fu dimessa a quando compì diciotto anni? Si ubriacava una volta alla settimana?»

«Ovviamente non sono in grado di rispondere.»

«Però ha affermato che la ragazza era dedita all'abuso di alcolici.»

«Era minorenne, e fu fermata dalla polizia in ripetute occasioni per ubriachezza.»

«È la seconda volta che usa l'espressione "fu fermata in ripetute occasioni". Con quale frequenza succedeva? Una volta alla settimana, una volta ogni quindici giorni?»

«No, non così spesso...»

«Lisbeth Salander fu fermata due volte per ubriachezza, a sedici e a diciassette anni. Una delle due volte era talmente sbronza che fu portata in ospedale. Queste sarebbero dunque le ripetute occasioni a cui fa riferimento. Si è ubriacata in altre occasioni oltre a queste?»

«Non lo so, ma si può supporre che il suo comportamento...»

«Mi scusi, ho sentito bene? Lei dunque non sa se si sia ubriacata più di due volte nel corso dell'adolescenza, ma suppone che fosse così. E sostiene che Lisbeth Salander è prigioniera dell'alcol e delle droghe?»

«Questi sono dati dei servizi sociali. Non miei. Si trattava del tipo di vita che Lisbeth Salander conduceva. D'altra parte c'era da aspettarselo, non aveva tante prospettive dopo che le cure erano state interrotte e la sua vita era diventata un circolo chiuso di alcol, fermi di polizia, promiscuità incontrollata.»

«Ha usato l'espressione "promiscuità incontrollata".»

«Sì... non aveva il controllo della sua vita. Aveva rapporti sessuali con uomini molto più vecchi di lei.»

«Non è un reato.»

«No, ma è un comportamento abnorme per una ragazza di sedici anni. Anche se si può discutere se lo facesse spontaneamente o forzatamente.»

«Lei ha sostenuto che si prostituiva.»

«Sì. Forse come naturale conseguenza del fatto che mancava di istruzione, non riusciva a riprendere gli studi e pertanto non poteva trovare un lavoro. È possibile che vedesse gli uomini di una certa età come delle figure paterne e che la ricompensa in denaro per i servigi sessuali forniti fosse soltanto un di più per lei. In ogni caso, io lo considero un comportamento nevrotico.»

«Vuole dire che le ragazze di sedici anni che fanno sesso sono nevrotiche?»

«Lei manipola le mie parole.»

«Lei sa se abbia mai ricevuto compensi in denaro per le sue prestazioni sessuali?»

«Diciamo che non è mai stata fermata per prostituzione.»

«Cosa che non sarebbe comunque potuta succedere, dal momento che la prostituzione non costituisce reato.»

«Ah sì, giusto. Comunque nel suo caso si trattava di un comportamento nevrotico.»

«Lei non ha esitato a trarre la conclusione che Lisbeth Salander è malata di mente, pur avendo come punto di partenza solo questo materiale inconsistente. Quando avevo sedici anni mi ubriacai con una mezza bottiglia di vodka che avevo rubato a mio padre. Secondo lei sarei malata di mente?»

«No, è ovvio che no.»

«Non è forse vero che a diciassette anni lei stesso partecipò a una festa alla quale si sbronzò così tanto che andò con gli altri suoi amici ubriachi a rompere vetrine in una piazza di Uppsala? Fu fermato dalla polizia e trattenuto finché non tornò sobrio, e fu richiamato per quanto successo.»

Peter Teleborian era rimasto a bocca aperta.

«O no?»

«Sì... a diciassette anni si fanno così tante sciocchezze. Ma...»

«Ma questo non la induce a trarre la conclusione di essere affetto da una grave infermità mentale.»

Peter Teleborian era nervoso. Quel maledetto... avvocato manipolava le sue parole e si accaniva sui dettagli. Si rifiutava di vedere l'immagine d'insieme. Tirava in ballo ragionamenti irrilevanti sul fatto che lui stesso si era ubriacato... *Come cazzo ha fatto a venire in possesso di quell'informazione?*
Si schiarì la voce e alzò il tono.
«I rapporti dei servizi sociali erano concordi e confermavano nella sostanza che Lisbeth Salander conduceva una vita che girava intorno ad alcol, droghe e promiscuità. I servizi sociali sostenevano anche che Lisbeth Salander si prostituiva.»
«No. I servizi sociali non hanno mai sostenuto che si prostituisse.»
«Fu fermata a...»
«No. Non fu fermata. Fu solo avvistata nel parco di Tantolunden. Aveva diciassette anni ed era in compagnia di un uomo più vecchio di lei. Nello stesso anno fu messa dentro per ubriachezza. Anche quella volta era in compagnia di un uomo più vecchio di lei. I servizi sociali supposero che si dedicasse alla prostituzione. Ma conferme di tale sospetto non ne sono mai emerse.»
«La sua cliente conduceva una vita sessuale molto dissoluta, si accompagnava con una quantità di persone di entrambi i sessi.»
«Nella sua stessa perizia, cito da pagina 4, lei si sofferma sulle abitudini sessuali di Lisbeth Salander. Sostiene che la relazione con l'amica Miriam Wu conferma i timori di una sua psicopatia sessuale. In che senso?»
Di colpo Peter Teleborian diventò muto.

«Spero vivamente che non intendesse sostenere che l'omosessualità è una malattia mentale. Sarebbe un'affermazione punibile.»

«No, ovviamente no. Io mi riferivo all'elemento di sadismo sessuale presente nel loro rapporto.»

«Secondo lei sarebbe dunque una sadica?»

«Io...»

«Abbiamo la testimonianza resa da Miriam Wu alla polizia. Non c'è traccia di violenza nella loro relazione.»

«Si dedicavano a pratiche sadomaso e...»

«Mi sa proprio che lei ha attinto un po' troppo dalle pagine dei giornali della sera. Lisbeth Salander e la sua amica Miriam Wu si dedicarono in qualche occasione a giochi erotici che comportavano che la mia cliente venisse legata e soddisfatta sessualmente. Non è cosa né insolita né proibita. È per questo che vorrebbe rinchiudere la mia assistita?»

Peter Teleborian scacciò la domanda con un gesto della mano.

«Se posso andare di nuovo sul personale, quando avevo sedici anni mi ubriacavo spesso, e ancora più spesso quando ero al liceo. Ho provato alcune droghe, marijuana e una volta perfino cocaina, vent'anni fa circa. Ho avuto il mio debutto sessuale con un compagno di classe a quindici anni e a venti avevo una relazione con un ragazzo che mi legava le mani alla testata del letto. A ventidue anni ho avuto una storia durata diversi mesi con un uomo di quarantasette. In altre parole sarei dunque malata di mente?»

«Signora Giannini... lei la sta mettendo sul ridicolo. E comunque le sue esperienze sessuali in questo caso sono irrilevanti.»

«E perché? Nella sua cosiddetta perizia psichiatrica su

Lisbeth Salander ho trovato diverse valutazioni valide anche per me. Perché io sono sana e Lisbeth Salander è una sadica pericolosa?»

«Non sono questi i dettagli decisivi. Lei non ha cercato per due volte di uccidere suo padre...»

«Dottor Teleborian, il punto è che non la riguarda con chi voglia andare a letto Lisbeth Salander. Non la riguarda di che sesso siano i suoi partner o come faccia sesso con loro. Eppure lei estrapola dettagli della sua vita e li usa come prove del fatto che è malata.»

«Fin dalla scuola materna, tutta la vita scolastica di Lisbeth Salander è una serie di annotazioni sulle sue cartelle personali a proposito di esplosioni immotivate di collera violenta contro insegnanti e compagni di classe.»

«Un attimo...»

Tutto d'un tratto la voce di Annika Giannini era diventata come un raschietto per il ghiaccio sul finestrino di un'auto.

«Guardate la mia cliente.»

Tutti guardarono Lisbeth Salander.

«La mia cliente è cresciuta in una situazione familiare terrificante, con un padre che per una lunga serie di anni si è dedicato sistematicamente al maltrattamento della madre.»

«Questo è...»

«Mi lasci finire. La madre di Lisbeth Salander aveva una paura folle di Alexander Zalachenko. Non osava parlare. Non osava andare dal dottore. Non osava neppure rivolgersi al servizio assistenza donne maltrattate. Alla fine fu percossa così selvaggiamente che ne riportò danni cerebrali permanenti. La persona che dovette assumersi la responsabilità di quella donna, l'unica persona che cercò di assumersi la responsabilità di quella famiglia prima ancora di essere arrivata all'adolescenza fu Lisbeth Salander. E quella responsabilità dovette prendersela da sola, perché la spia Zalachenko era più importante della madre di Lisbeth.»

«Io non posso...»

«Si creò una situazione tale per cui la società abbandonò la madre di Lisbeth e le sue figlie. È stupido che Lisbeth avesse problemi a scuola? La guardi. È mingherlina. È sempre stata la più minuta della classe. Era chiusa e bizzarra e non aveva amici. Lo sa come i compagni trattano i bambini che sono diversi dagli altri?»

Peter Teleborian sospirò.

«Posso prendere in mano le sue cartelle scolastiche personali e spuntare annotazione dopo annotazione» disse Annika Giannini. «Fu sempre in seguito a provocazioni che Lisbeth diventò violenta. Io riconosco benissimo i segni del mobbing. Lei ne sa qualcosa?»

«Eh?»

«Io ammiro Lisbeth Salander. È più tosta di me. Io, se fossi stata legata al letto per un anno a tredici anni, probabilmente sarei crollata. Lei invece ha risposto con l'unica arma che aveva a disposizione. Ossia il suo disprezzo. Per questo si rifiuta di parlare con lei.»

Annika Giannini aveva improvvisamente alzato il tono della voce. Tutto il suo nervosismo si era dissipato. Sentiva di avere il controllo della situazione.

«Nella sua precedente deposizione ha parlato parecchio di fantasie, per esempio asserendo che la descrizione fatta da Lisbeth Salander dello stupro subìto dall'avvocato Bjurman è solo una fantasia.»

«Esatto.»

«Su cosa si basa questa conclusione?»

«Sulla mia esperienza di come sia solita lavorare di fantasia.»

«La sua esperienza di come sia solita lavorare di fantasia... Come fa a stabilire quando sta solo fantasticando? Quando dice di essere stata legata al letto per trecentottanta giorni per lei dice una fantasia, benché la cartella clinica da lei stesso redatta dimostri che andò proprio così.»

«Ma qui si tratta di qualcosa di totalmente diverso. Non esiste l'ombra di una prova che Bjurman abbia commesso uno stupro ai danni di Lisbeth Salander. Voglio dire, spilli nei capezzoli, una violenza così brutale che avrebbe dovuto essere portata all'ospedale in ambulanza... È evidente che questo non può avere avuto luogo.»

Annika Giannini si rivolse al giudice Iversen. «Avevo chiesto un proiettore per una presentazione su cd...»

«È qui» disse Iversen.

«Possiamo chiudere le tende?»

Annika Giannini aprì il suo PowerBook e lo collegò al proiettore. Poi si rivolse alla sua assistita.

«Lisbeth, ora guarderemo un video. Sei preparata?»

«L'ho già vissuto sulla mia pelle» rispose secca Lisbeth.

«Mi autorizzi a mostrarlo in questa sede?»

Lisbeth annuì. Non abbandonava un attimo Peter Teleborian con lo sguardo.

«Puoi dire quando è stato realizzato?»

«Il 7 marzo 2003.»

«Chi l'ha girato?»

«Io. Ho utilizzato una videocamera nascosta, faceva parte dell'equipaggiamento standard alla Milton Security.»

«Un attimo» esclamò Ekström. «Questa storia comincia a somigliare a un numero da circo.»

«Cos'è che dovremmo vedere?» domandò il giudice Iversen in tono secco.

«Peter Teleborian sostiene che il racconto di Lisbeth Salander è pura fantasia. Io mostrerò una documentazione del fatto che al contrario è vero parola per parola. Il video dura novanta minuti, ma ne mostrerò solo alcuni spezzoni. Vi avverto che contiene parecchie scene molto sgradevoli.»

«Cos'è questo, un qualche tipo di trucco?» chiese Ekström.

«C'è un buon modo per scoprirlo» disse Annika, infilando il cd nel computer.

«Non hai nemmeno imparato a leggere l'ora?» disse aspro l'avvocato Bjurman aprendo la porta. E la videocamera entrò nel suo appartamento.

Nove minuti dopo, il giudice Iversen batté il martelletto nell'attimo stesso in cui l'avvocato Nils Bjurman con la forza infilava un vibratore nell'apertura anale di Lisbeth Salander. Annika Giannini aveva messo il volume piuttosto alto. Il grido semisoffocato di Lisbeth attraverso il nastro adesivo che le copriva la bocca si udì in tutta l'aula.

«Interrompa quel video» disse Iversen con voce molto alta e decisa.

Annika Giannini premette il tasto stop. La luce fu riaccesa. Il giudice Iversen era rosso in viso. Il pubblico ministero Ekström era pietrificato. Peter Teleborian era pallido come un morto.

«Avvocato Giannini, quanto ha detto che dura?» chiese il giudice Iversen.

«Novanta minuti. Lo stupro andò avanti a più riprese per circa cinque o sei ore, ma la mia cliente ha solo una vaga idea delle violenze delle ultime ore.» Annika Giannini si rivolse a Teleborian. «Però c'è la scena in cui Bjurman infila uno spillo nel capezzolo della mia cliente, che il dottor Teleborian sostiene essere solo un'espressione della sua sfrenata fantasia. Succede al settantaduesimo minuto, posso mostrarvelo anche subito.»

«Non ce n'è bisogno» disse Iversen. «Signorina Salander...»

Per un attimo perse il filo e non seppe come continuare. «Signorina Salander, perché realizzò questo video?»

«Bjurman mi aveva già esposta alle sue violenze un'altra volta, ma non gli era bastato. Ero stata costretta a succhiarglielo. Credevo che volesse il bis. Con un video avrei avuto in mano una documentazione così valida da consentirmi di costringerlo a tenersi lontano da me con il ricatto. Ma l'avevo giudicato male.»

«Perché non l'ha denunciato alla polizia per violenza aggravata dal momento che aveva in mano una documentazione così... convincente?»

«Perché io con la polizia non parlo» disse Lisbeth con voce piatta.

Tutto d'un tratto Holger Palmgren si alzò dalla sua sedia a rotelle, puntellandosi contro il tavolo. La sua voce era molto chiara.

«La nostra assistita per principio non parla con poliziotti o altre autorità e men che meno con psichiatri. Il motivo è semplice. Da quando era bambina ha cercato ripetutamente di parlare con poliziotti e assistenti sociali e autorità varie per spiegare che sua madre veniva maltrattata da Alexander Zalachenko. Ogni volta il risultato era che veniva punita perché dei funzionari statali avevano stabilito che Zalachenko era più importante di lei.»

Si schiarì la voce e continuò.

«Quando alla fine si è resa conto che nessuno l'avrebbe ascoltata, ha pensato che l'unico modo di salvare sua madre fosse quello di attaccare Zalachenko. E allora quel farabutto che si definisce dottore» indicò Teleborian «preparò una falsa perizia psichiatrica che faceva di lei una malata di mente e dava a lui la possibilità di tenerla legata al letto alla St. Stefan. Dannazione.»

Palmgren si sedette. Iversen appariva stupito per quella esternazione. Si rivolse a Lisbeth Salander.

«Vuole forse fare una pausa...»

«Perché?» domandò Lisbeth.

«Bene, allora procediamo. Avvocato Giannini, il video sarà esaminato, voglio una perizia tecnica che ne attesti l'autenticità. Ma adesso andiamo avanti con l'udienza.»

«Volentieri. Anch'io trovo che tutto questo sia molto sgradevole. Ma la verità è che la mia cliente è stata esposta ad abusi di natura fisica, psichica e giudiziaria. E la persona maggiormente imputabile per questo è Peter Teleborian. Ha tradito il suo giuramento e ha tradito la sua paziente. Insieme con Gunnar Björck, collaboratore di un gruppo illegale all'interno dei servizi segreti, fornì una perizia psichiatrica con l'intento preciso di togliere di mezzo un testimone scomodo. Io credo che questo caso sia unico nella storia giudiziaria del nostro paese.»

«Queste accuse sono inaccettabili» disse Peter Teleborian. «Io ho cercato di aiutare Lisbeth Salander nel migliore dei modi. Cercò di uccidere suo padre. È ovvio che doveva avere qualcosa che non andava...»

Annika Giannini lo interruppe.

«Voglio ora attirare l'attenzione della corte sulla seconda perizia psichiatrica del dottor Teleborian di cui si è parlato oggi in quest'aula. Io sostengo che si tratta di un falso, proprio come per quella del 1991.»

«Sì, ma...»

«Giudice Iversen, può ingiungere al testimone di non interrompermi?»

«Dottor Teleborian...»

«Starò zitto. Ma queste accuse sono inaccettabili. Non è così strano che sia indignato...»

«Dottor Teleborian, resti in silenzio finché non le verrà rivolta una domanda. Proceda, avvocato Giannini.»

«Questa è la perizia psichiatrica che il dottor Teleborian ha presentato alla corte. È basata su cosiddette osservazioni della mia cliente che dovrebbero aver avuto luogo dopo che è stata trasferita al carcere di Kronoberg.»

«Sì, questo è quanto ho capito anch'io» disse il giudice Iversen.

«Dottor Teleborian, è corretto dire che lei non ha avuto la possibilità di condurre né osservazioni né altro sulla mia cliente prima del 6 giugno? Precedentemente a quella data la mia cliente, com'è noto, era ricoverata in isolamento all'ospedale Sahlgrenska.»

«Sì» disse Teleborian.

«In due occasioni lei cercò di avere accesso alla stanza della mia cliente al Sahlgrenska. Tutte e due le volte le fu negato. È esatto?»

«Sì.»

Annika Giannini aprì di nuovo la sua cartella e tirò fuori un documento. Girò intorno al tavolo e lo consegnò al giudice Iversen.

«Aha» disse Iversen. «Questa è una copia della perizia del dottor Teleborian. Cosa dovrebbe dimostrare?»

«Chiedo di chiamare in aula due testimoni.»

«Chi sono questi due testimoni?»

«Sono Mikael Blomkvist, di *Millennium*, e il commissario Torsten Edklinth, capo dell'ufficio per la tutela della Costituzione alla Säpo.»

«Sono qui fuori?»

«Sì.»

«Li faccia entrare» disse il giudice Iversen.

«Questo è irregolare» disse il pubblico ministero Ekström che era rimasto a lungo muto.

Ekström si era reso conto traumaticamente che Annika Giannini stava facendo a pezzettini il suo testimone chiave. Il video era stato devastante. Iversen ignorò Ekström e fece cenno all'usciere di aprire la porta. Mikael Blomkvist e Torsten Edklinth entrarono in aula.

«Vorrei chiamare a deporre per primo Mikael Blomkvist.»

«Peter Teleborian si faccia da parte.»

«Avete finito con me?» disse Teleborian.

«No, neanche lontanamente» disse Annika Giannini.

Mikael Blomkvist prese il posto di Teleborian al banco dei testimoni. Il giudice Iversen sbrigò rapidamente le formalità e Mikael giurò di dire la verità.

Annika Giannini si avvicinò a Iversen. Si fece ridare la perizia psichiatrica e la passò a Mikael.

«Ha visto questo documento in precedenza?»

«Sì. Ne ho tre versioni. La prima l'ho ricevuta intorno al 13 maggio, la seconda il 19 maggio e la terza, che è questa, il 4 giugno.»

«Può dirci come è venuto in possesso di questa versione?»

«L'ho ricevuta in qualità di giornalista da una fonte che non intendo rivelare.»

Lisbeth Salander fissò Peter Teleborian. D'un tratto il dottore impallidì.

«Cosa ne ha fatto?»

«L'ho data a Torsten Edklinth dell'ufficio per la tutela della Costituzione.»

«Grazie, Mikael. Voglio ora chiamare a testimoniare Torsten Edklinth» disse Annika Giannini, riprendendo la perizia e riconsegnandola a Iversen, che la sollevò pensieroso.

La procedura del giuramento fu ripetuta.

«Commissario Edklinth, è corretto affermare che lei ricevette la perizia psichiatrica su Lisbeth Salander da Mikael Blomkvist?»

«Sì.»

«Quando la ricevette?»

«È stata protocollata all'Rps/Säk in data 4 giugno.»

«E si tratta dello stesso documento che io ho appena consegnato al giudice Iversen?»

«Se sul retro c'è la mia firma, allora si tratta dello stesso documento.»

Iversen girò la perizia e constatò che c'era la firma di Torsten Edklinth.

«Commissario Edklinth, può spiegarmi come sia potuto succedere che lei abbia avuto in mano una perizia psichiatrica di una persona che al momento era ancora in isolamento al Sahlgrenska?»

«Sì, posso farlo.»

«Racconti.»

«La perizia psichiatrica di Peter Teleborian è un falso che il dottore ha messo insieme di concerto con una persona di nome Jonas Sandberg, esattamente come aveva fatto nel 1991 con Gunnar Björck.»

«Questa è una menzogna» disse debolmente Teleborian.

«Una menzogna?» ribadì Annika Giannini.

«No, niente affatto. Forse dovrei precisare che Jonas Sandberg è una delle persone che sono state arrestate oggi per ordine della procura generale. È accusato di complicità nell'omicidio di Gunnar Björck. Fa parte di un gruppo illegale che operava all'interno dei servizi segreti e che ha protetto Alexander Zalachenko fin dagli anni settanta. Si tratta dello stesso gruppo che ha manovrato la decisione di rinchiudere Lisbeth Salander nel 1991. Abbiamo abbondanza di prove, e anche la confessione del capo di tale gruppo.»

Nell'aula scese un silenzio di tomba.

«Peter Teleborian, vuole commentare ciò che è stato appena detto?» domandò il giudice Iversen.

Teleborian scosse la testa.

«In tal caso le comunico che può essere incriminato per falsa testimonianza ed eventualmente per altri capi d'accusa» disse il giudice Iversen.

«Se volete scusare...» disse Mikael Blomkvist.

«Sì?» disse Iversen.

«Peter Teleborian ha anche un altro problema. Fuori dalla porta ci sono due poliziotti che lo aspettano per interrogarlo.»

«Vuole dire che dovrei invitarli a entrare?» disse Iversen.

«Sarebbe una buona idea.»

Iversen fece cenno all'usciere che lasciò entrare l'ispettore Sonja Modig e una donna che Ekström riconobbe immediatamente. Si chiamava Lisa Collsjö, era ispettore presso la sezione reati contro i minori e a sfondo sessuale.

«Per quale motivo siete qui?» chiese Iversen.

«Siamo qui per arrestare Peter Teleborian non appena avremo modo di farlo senza turbare l'andamento del processo.»

Iversen guardò di sottecchi Annika Giannini.

«Non avrei ancora finito con lui, ma lasciamo perdere.»

«Prego» disse Iversen.

Lisa Collsjö si avvicinò a Peter Teleborian.

«Lei è in arresto per grave violazione della legge sulla pedopornografia.»

Peter Teleborian era senza fiato. Annika Giannini notò che nel suo sguardo ogni luce si era spenta.

«Più precisamente per il possesso di più di ottomila immagini pedopornografiche salvate nel suo computer.»

Si chinò e prese la borsa del computer che Teleborian aveva con sé.

«Questa è sotto sequestro» disse.

Mentre veniva condotto fuori dall'aula del tribunale, Peter Teleborian sentiva lo sguardo di Lisbeth Salander che gli bruciava la schiena come fuoco.

28.
Venerdì 15 luglio - sabato 16 luglio

Il giudice Jörgen Iversen batté la penna sul tavolo per far cessare il mormorio seguito all'arresto di Peter Teleborian. Quindi rimase seduto in silenzio un lungo momento, apparentemente incerto su come continuare. Alla fine si rivolse al pubblico ministero Ekström.

«Ha qualcosa da aggiungere a ciò che è accaduto nel l'ultima ora?»

Richard Ekström non aveva la minima idea di cosa dire. Si alzò in piedi e guardò Iversen e Torsten Edklinth, prima di girarsi e di incontrare lo sguardo spietato di Lisbeth Salander. Capì che la battaglia era già perduta. Spostò lo sguardo su Mikael Blomkvist e si rese conto con improvviso terrore che lui stesso rischiava di finire sulle pagine di *Millennium*... il che sarebbe stato devastante.

Ma non capiva cosa fosse successo. Aveva iniziato il processo convinto di sapere cosa fosse cosa, in quella storia.

Sapeva dei delicati equilibri che era necessario rispettare per la sicurezza del paese, dopo le molte franche conversazioni con il commissario Georg Nyström. Sapeva che il rapporto Salander del 1991 era stato falsificato. Aveva saputo tutto ciò di cui aveva bisogno. Aveva posto domande – centinaia di domande – e ricevuto risposta a tutte. Un bluff. E Nyström era stato arrestato. Si era fidato di Peter Teleborian, gli era sembrato così... competente ed esperto, così convincente.

Santo dio. In che casino mi sono cacciato?

E poi.

Come diavolo posso fare a uscire da questo casino?

Si lisciò il pizzetto. Si schiarì la voce. Si levò lentamente gli occhiali.

«Ho l'impressione di essere stato male informato su una serie di punti essenziali di questo procedimento.»

Si domandò se provare a dare la colpa agli investigatori della polizia e d'un tratto si vide davanti agli occhi l'ispettore Bublanski. Bublanski non l'avrebbe mai appoggiato. Se avesse messo un piede in fallo, Bublanski avrebbe convocato una conferenza stampa. Per mandarlo a picco.

Ekström incontrò lo sguardo di Lisbeth Salander. Stava seduta in paziente attesa, con uno sguardo che rivelava curiosità e sete di vendetta al tempo stesso.

Niente compromessi.

Poteva ancora farla condannare per lesioni aggravate per i fatti di Stallarholmen. Forse poteva farla condannare per il tentato omicidio del padre a Gosseberga. Ma avrebbe dovuto modificare tutta la sua strategia così su due piedi mollando tutto quello che aveva a che fare con Peter Teleborian. Tutte le prove del fatto che Lisbeth Salander era una pazza psicopatica erano cadute. E anche la dichiarazione di incapacità sarebbe caduta, e con ciò...

E lei era in possesso di quel dannatissimo video che...

Poi fu colpito da un'illuminazione.

Santo cielo. Lei è innocente.

«Signor giudice... non so cosa sia accaduto, ma mi rendo conto che non posso più fare affidamento sulle carte che ho in mano.»

«Direi proprio» disse Iversen con voce secca.

«Credo di dover chiedere una pausa, o addirittura una sospensione del processo. Ho bisogno di tempo per scoprire esattamente cosa sia successo.»

«Signora Giannini?» disse Iversen.

«Chiedo che la mia assistita sia assolta riguardo a tutti i capi d'imputazione e messa in libertà con effetto immediato. Chiedo inoltre che il tribunale prenda posizione circa la dichiarazione di incapacità della signorina Salander. Ritengo che debba avere soddisfazione per tutti gli abusi che ha dovuto subire.»

Lisbeth Salander volse lo sguardo verso il giudice Iversen.

Niente compromessi.

Il giudice Iversen guardò l'autobiografia di Lisbeth Salander. Poi spostò lo sguardo sul pubblico ministero Ekström.

«Anch'io ritengo che sia una buona idea scoprire esattamente cosa è successo. Ma temo che lei non sia la persona adatta per farlo.»

Rifletté un momento.

«In tutta la mia carriera di giurista e di giudice non mi sono mai trovato davanti a nulla di simile. Devo riconoscere che sono imbarazzato. Non avevo mai nemmeno sentito raccontare del testimone principale dell'accusa arrestato davanti alla corte e di una prova convincente smascherata come un imbroglio. Onestamente non so cosa rimanga dei capi d'accusa del pubblico ministero, a questo punto.»

Holger Palmgren si schiarì la voce.

«Sì?» disse Iversen.

«In qualità di assistente della difesa non posso che condividere i suoi sentimenti. Talvolta occorre fare un passo indietro e lasciare che sia la saggezza a guidare la forma.

Vorrei far notare che lei come giudice ha visto soltanto l'inizio di un caso che scuoterà l'establishment di questo paese. Nel corso della giornata sono stati arrestati una decina di agenti dei servizi segreti. Saranno incriminati per omicidio e per una serie di altri reati così lunga che ci vorrà parecchio tempo per portare a termine l'inchiesta.»

«Suppongo di dover decidere per una pausa.»

«Se mi consente, credo che sarebbe una decisione infelice.»

«La ascolto.»

Per Palmgren non era facile formulare le parole. Ma parlò lentamente e non si inceppò.

«Lisbeth Salander è innocente. La sua fantasiosa autobiografia, come l'ha sommariamente definita con disprezzo il signor Ekström, è in effetti veritiera. E può essere documentata. La nostra assistita ha subito un'ingiustizia scandalosa. Come tribunale possiamo attenerci alla forma e portare avanti il processo per un certo periodo di tempo prima di giungere all'assoluzione. Ma l'alternativa è evidente. Lasciare che una nuova inchiesta inglobi tutto ciò che riguarda Lisbeth Salander. Tale inchiesta è già in corso come parte del garbuglio che il procuratore generale deve sbrogliare.»

«Capisco il suo intendimento.»

«La scelta spetta a lei. Ma l'unica cosa saggia da fare sarebbe respingere l'intera indagine preliminare del pubblico ministero ed esortarlo a rifare i compiti.»

Il giudice Iversen guardava Ekström pensieroso.

«La cosa giusta da fare sarebbe mettere la nostra assistita in libertà con effetto immediato. Lisbeth Salander merita anche delle scuse, ma la sua riabilitazione richiederà del tempo e sarà subordinata all'altra inchiesta.»

«Capisco le sue osservazioni, avvocato Palmgren. Ma

prima di poter dichiarare la sua assistita innocente devo aver chiara tutta la storia. E probabilmente ci vorrà un po' di tempo...»

Esitò e guardò Annika Giannini.

«Se decido per una pausa fino a lunedì e se vi vengo incontro stabilendo che non c'è motivo per cui la vostra cliente debba rimanere agli arresti, il che significa che in ogni caso non verrà condannata a una pena detentiva, può garantirmi che la vostra cliente si presenterà alle udienze successive quando verrà convocata?»

«Ovviamente» fu pronto a rispondere Palmgren.

«No» disse Lisbeth Salander con voce secca.

Gli sguardi di tutti si indirizzarono verso la persona che era la vera protagonista del dramma.

«Cosa intende dire?» chiese il giudice Iversen.

«Nell'attimo stesso in cui mi lascerà libera, io me ne andrò lontano. Non ho intenzione di dedicare un solo minuto in più del mio tempo a questo processo.»

Il giudice Iversen la guardò stupefatto.

«Si rifiuterà di presentarsi in tribunale in futuro?»

«Esatto. Se vuole che risponda ad altre domande dovrà tenermi in cella. Nell'attimo in cui mi lascerà andare, questa storia per quanto mi riguarda sarà chiusa e io non resterò a disposizione né per lei né per Ekström né per nessun poliziotto.»

Il giudice Iversen sospirò. Holger Palmgren appariva sconcertato.

«Io sono d'accordo con la mia cliente» disse Annika Giannini. «Sono lo stato e alcune istituzioni ad avere commesso dei crimini ai danni di Lisbeth Salander, non il contrario. Lisbeth Salander merita di poter uscire da quella porta con un'assoluzione e di potersi lasciare questa storia alle spalle.»

Niente compromessi.

Il giudice Iversen sbirciò il suo orologio.

«Sono passate da poco le tre. Lei mi costringe a tenere la sua assistita in carcere.»

«Se questa è la sua decisione, noi la accettiamo. Come avvocato di Lisbeth Salander chiedo che la corte la assolva dai reati per i quali il pubblico ministero Ekström la accusa. Chiedo che la rimetta in libertà senza restrizioni e con effetto immediato. E chiedo che la precedente dichiarazione di incapacità sia cancellata e che Lisbeth Salander possa rientrare in possesso dei suoi diritti civili.»

«Il procedimento relativo alla dichiarazione di incapacità sarà più lungo. Devo consultare dei medici. Non posso decidere così su due piedi.»

«No» disse Annika Giannini. «Questo non lo accettiamo.»

«Come sarebbe?»

«Lisbeth Salander dovrà avere gli stessi diritti civili di tutti gli altri cittadini svedesi. È stata vittima di un abuso. È stata dichiarata incapace in maniera fraudolenta. La decisione di metterla sotto tutela manca perciò di fondamento giuridico e dovrà essere cancellata senza condizioni. Non esiste nessuna ragione per cui la mia assistita debba sottoporsi a un'altra perizia psichiatrica. Nessuno è obbligato a dimostrare di non essere pazzo, quando l'abuso lo ha subito.»

Iversen rifletté.

«Signora Giannini» disse poi. «Mi rendo conto del fatto che questo è un caso eccezionale. Ora faremo una pausa di quindici minuti per sgranchirci le gambe e concentrarci un po'. Non ho nessun desiderio di trattenere la sua cliente agli arresti per un'altra notte se è innocente, ma ciò significa che questa giornata processuale andrà avanti finché non avremo concluso.»

«Suona bene» disse Annika Giannini.

Mikael Blomkvist baciò sua sorella sulla guancia durante la pausa.

«Com'è andata?»

«Con Teleborian sono stata brillante. L'ho distrutto.»

«L'avevo detto che saresti stata imbattibile in questo processo. A ben vedere, questa storia non tratta tanto di spie e gruppi deviati dei servizi segreti quanto di comune violenza contro le donne e di uomini che la rendono possibile. Dal poco che ho visto sei stata fantastica. Lisbeth sarà assolta.»

«Sì. Ormai non c'è più nessun dubbio.»

Dopo la pausa il giudice Iversen batté il martelletto.

«Può essere così gentile da ricapitolare questa storia dall'inizio alla fine in modo che possa farmi un'idea chiara di cosa è realmente successo?»

«Volentieri» disse Annika Giannini. «Cominciamo con la storia di un gruppo di agenti dei servizi segreti che si autodefinivano "la Sezione" e che dovevano occuparsi di un disertore sovietico a metà degli anni settanta? L'intera vicenda è riportata sul numero di *Millennium* in uscita oggi. E probabilmente sarà il titolo di testa di tutti i notiziari, stasera.»

Alle sei il giudice Iversen decise di mettere in libertà Lisbeth Salander e di annullare la sua dichiarazione di incapacità.

A una condizione, tuttavia. Lisbeth Salander si sarebbe sottoposta a un interrogatorio durante il quale avrebbe testimoniato formalmente su ciò che sapeva dell'affare Zalachenko. Lisbeth si rifiutò categoricamente di farlo. Il suo rifiuto causò un battibecco. A quel punto il giudice alzò la voce. Si chinò in avanti e le puntò gli occhi addosso.

«Signorina Salander, se io annullo la sua dichiarazione di incapacità lei avrà esattamente gli stessi diritti di tutti gli altri cittadini. Ma avrà anche i loro stessi doveri. Sarà suo dovere occuparsi dei suoi soldi, pagare le tasse, obbedire alla legge, dare il suo aiuto alla polizia. Dunque potrà essere chiamata a testimoniare come qualsiasi altro cittadino che sia in possesso di informazioni relative a un'indagine.»

La logica dell'argomentazione parve avere effetto su Lisbeth. Sporse il labbro inferiore e assunse un'aria scontenta, ma smise di discutere.

«Quando la polizia avrà raccolto la sua testimonianza, il responsabile delle indagini preliminari, in questo caso il procuratore generale, giudicherà se dovrà essere chiamata come testimone in un eventuale processo. Come ogni altro cittadino potrà rifiutarsi di presentarsi se lo vorrà. E come intende agire non mi riguarda. Si ricordi però che se si rifiuterà di presentarsi potrà essere condannata, come qualsiasi altra persona in possesso dei propri diritti civili, per intralcio alla giustizia o falsa testimonianza. Non sono previste eccezioni.»

Lisbeth si rabbuiò ulteriormente.

«Allora, cosa intende fare?» domandò Iversen.

Dopo un minuto di riflessione lei annuì appena.

Okay. Un piccolo compromesso.

Durante l'esame dell'affare Zalachenko, Annika Giannini attaccò duramente il pubblico ministero Ekström. A poco a poco Ekström ammise che le cose erano andate più o meno come le aveva descritte Annika. Nel corso dell'indagine preliminare aveva ricevuto l'aiuto del commissario Georg Nyström e accolto le informazioni fornite da Peter Teleborian. Nel caso di Ekström non si trattava di cospirazione. Aveva semplicemente fatto il gioco della Sezione in buona fede nella sua veste di responsabile delle indagini preliminari. Quando si rese conto della portata di quanto era successo, decise di ritirare la causa contro Lisbeth Salander. La decisione comportò che una gran mole di formalità burocratiche poté essere accantonata. Iversen parve sollevato.

Holger Palmgren era sfinito. Quello era stato il suo primo giorno in un'aula di tribunale dopo molti anni. Fu costretto a tornare al suo letto nella clinica di Ersta. Lo accompagnò una guardia della Milton Security. Prima di andare, mise la mano sulla spalla di Lisbeth Salander. Si guardarono. Dopo un attimo lei annuì e sorrise lievemente.

Alle sette di sera, Annika fece una rapida telefonata a Mikael per dirgli che Lisbeth era stata assolta da ogni accusa, ma che doveva trattenersi per qualche ora alla centrale della polizia per essere interrogata.

La notizia arrivò mentre tutti i collaboratori erano riuniti nella redazione di *Millennium*. I telefoni squillavano ininterrottamente da quando, all'ora di pranzo, erano arrivate le prime copie della rivista alle redazioni delle altre testate giornalistiche di Stoccolma. Nel corso del pomeriggio, Tv4 aveva trasmesso le prime edizioni straordinarie su Zalachenko e la Sezione. I media erano in fibrillazione.

Mikael si piazzò al centro della stanza, si mise due dita in bocca e fischiò.

«Ho appena saputo che Lisbeth è stata assolta da ogni accusa.»

Scoppiò un applauso spontaneo. Poi tutti continuarono a parlare ai rispettivi telefoni come se nulla fosse successo.

Mikael alzò gli occhi e fissò la tv accesa. Stava giusto iniziando il notiziario di Tv4. In apertura andò uno spezzone del video con Jonas Sandberg che sistemava la cocaina in casa sua.

Ecco come la Säpo mette la cocaina nell'appartamento di Mikael Blomkvist.

Poi sullo schermo comparve il conduttore del notiziario.

«Una decina di agenti dei servizi segreti sono stati arrestati nel corso della giornata per una serie di gravi reati fra cui anche l'omicidio. Benvenuti a questa edizione straordinaria del nostro notiziario.»

Mikael tolse l'audio quando sullo schermo comparvero "la famosa" e lui stesso seduto su una poltrona dello studio. Sapeva già cosa aveva detto. Spostò lo sguardo sulla scrivania che Dag Svensson aveva preso in prestito per lavorare. Ogni traccia del suo reportage sul trafficking era sparita e la scrivania aveva ripreso a essere utilizzata come piano d'appoggio per giornali e mucchi di carte non ancora smistate di cui nessuno aveva voglia di occuparsi.

Per quel che riguardava Mikael, era stato a quella scrivania che l'affare Zalachenko aveva cominciato a prendere forma. Se solo Dag avesse potuto viverne la conclusione... Qualche copia del suo libro sul trafficking fresca di stampa era in bella mostra in redazione insieme al libro sulla Sezione.

Questa cosa ti sarebbe piaciuta.

Il telefono nel suo ufficio stava squillando, ma Mikael non se la sentiva di rispondere. Chiuse la porta, andò da Erika e si lasciò cadere in una delle comode poltroncine accanto alla finestra. Erika era al telefono. Lui si guardò intorno. Era tornata da un mese ma non aveva ancora avuto il tempo di riempire di nuovo l'ufficio con tutti gli oggetti personali che aveva fatto sparire quando se n'era andata via in aprile. La libreria era ancora vuota e nessun quadro ornava le pareti.

«Come ti senti?» disse lei quando ebbe messo giù.

«Credo di essere felice» rispose lui.

Erika rise.

«*La Sezione* sarà un successone. Tutte le redazioni sono impazzite. Hai voglia di andare al notiziario delle nove?»

«Naa.»

«Lo sospettavo.»

«Avremo modo di parlare di questa faccenda per parecchi mesi. Non c'è nessuna fretta.»

Lei annuì.

«Che programmi hai per stasera?»

«Non so.»

Mikael si mordicchiò il labbro inferiore.

«Erika... io...»

«Figuerola» disse Erika, e sorrise.

Lui annuì.

«È una cosa seria?»

«Non lo so.»

«Lei è innamorata cotta di te.»

«Credo di essere innamorato anch'io» disse lui.

«Mi terrò in disparte finché non ne sarai sicuro.»

Lui annuì.

«Forse» aggiunse lei.

Alle otto Dragan Armanskij e Susanne Linder bussarono alla porta della redazione. Avevano pensato che l'occasione richiedesse dello champagne e avevano portato un cartone di bottiglie. Erika abbracciò Susanne e le fece visitare la redazione mentre Armanskij andava nell'ufficio di Mikael.

Tutti brindarono. Nessuno disse niente. Fu Armanskij a rompere il silenzio.

«Sai una cosa, Blomkvist? La prima volta che ci incontrammo per quella storia di Hedestad ti trovai veramente antipatico.»

«Ah sì?»

«Venisti da me per firmare il contratto con il quale incaricavi Lisbeth di fare delle ricerche.»

«Lo ricordo.»

«Ero geloso. La conoscevi solo da un paio d'ore. E lei già rideva con te. Io ho cercato per anni di essere amico di Lisbeth, ma non sono mai nemmeno riuscito a ottenere che stirasse la bocca in un accenno di sorriso.»

«Be'... nemmeno io ho avuto un gran successo.»

Tacquero per un momento.

«È bello che sia finita» disse Armanskij.

«Amen» disse Mikael.

Furono gli ispettori Jan Bublanski e Sonja Modig a condurre l'interrogatorio formale di Lisbeth Salander. Entrambi erano appena tornati a casa dalle rispettive famiglie dopo una giornata di lavoro particolarmente lunga quando erano stati costretti a ritornare immediatamente alla centrale.

Lisbeth Salander era assistita da Annika Giannini, che tuttavia non ebbe occasione di fare molti interventi. Lisbeth rispose con precisione a tutte le domande che Bublanski e Sonja Modig le rivolsero.

Mentì solo su due punti. Nel descrivere quanto era accaduto a Stallarholmen, sostenne che era stato Sonny Nieminen a sparare per sbaglio a Carl-Magnus "Magge" Lundin proprio mentre lei stava per immobilizzarlo con la pistola elettrica. E dove l'aveva presa, la pistola elettrica? L'aveva presa a Magge Lundin.

Bublanski e Sonja Modig assunsero un'aria dubbiosa. Ma non c'erano prove né testimoni che potessero contraddire quelle spiegazioni. Forse Sonny Nieminen avrebbe potuto dire qualcosa, ma non finché si rifiutava di parlare dell'incidente. Il fatto è che non aveva la più pallida idea di cosa fosse successo dopo che era stato messo ko dalla scarica della pistola elettrica.

Quanto alla sua trasferta a Gosseberga, Lisbeth spiegò che il suo scopo era quello di affrontare il padre per convincerlo a consegnarsi alla polizia.

Lisbeth mostrava un'aria innocente. Nessuno poteva stabilire se stesse dicendo la verità o no. Annika non aveva opinioni in merito.

L'unico che sapeva con certezza che Lisbeth era andata a Gosseberga con l'intento preciso di farla finita una volta per tutte con il padre era Mikael Blomkvist. Ma era stato escluso dal processo subito dopo la ripresa dell'udienza. Nessuno sapeva che lui e Lisbeth si erano fatti delle lunghe conversazioni notturne in Internet mentre lei era in isolamento al Sahlgrenska.

I media si persero la liberazione di Lisbeth Salander. Se l'ora fosse stata nota, una gran folla di giornalisti avrebbe occupato la centrale della polizia. Ma erano tutti esausti dopo il caos scoppiato quando *Millennium* era uscito e alcuni agenti dei servizi segreti erano stati arrestati da altri agenti dei servizi segreti.

"La famosa" di Tv4 era l'unica a sapere di cosa si trattasse. Il suo servizio di un'ora diventò un classico, e qualche mese più tardi avrebbe vinto il premio per il migliore programma di attualità della tv.

Sonja Modig condusse Lisbeth fuori dalla centrale della polizia portando semplicemente lei e Annika in macchina fino allo studio dell'avvocato, in Kungsholms Kyrkoplan. Lì Lisbeth salì sull'auto di Annika, che aspettò che Sonja sparisse prima di avviare il motore. Si diresse verso Södermalm. Quando furono all'altezza del Parlamento ruppe il silenzio.

«Dove?» chiese.

Lisbeth rifletté qualche secondo.

«Da qualche parte in Lundagatan.»

«Miriam Wu non c'è.»

Lisbeth guardò Annika con la coda dell'occhio.

«È partita per la Francia poco dopo essere uscita dall'ospedale. È dai suoi genitori, se vuoi sentirla.»

«Perché non me l'hai detto?»

«Perché non me l'hai mai chiesto.»

«Mmm.»

«Aveva bisogno di stare via per un po'. Mikael mi ha dato queste stamattina, dicendo che probabilmente le avresti volute indietro.»

Le passò un mazzo di chiavi. Lisbeth le prese senza parlare.

«Grazie. Da qualche parte in Folkungagatan, allora.»

«Non vuoi dire dove abiti nemmeno a me?»

«Non ora. Ora voglio starmene in pace.»

«Okay.»

Annika aveva acceso il cellulare quando avevano lasciato la centrale della polizia dopo l'interrogatorio. Cominciò a suonare mentre superavano Slussen. Lei diede un'occhiata.

«È Mikael. Nelle ultime ore ha chiamato più o meno ogni dieci minuti.»

«Non voglio parlargli.»

«Okay. Ma posso farti una domanda personale?»

«Sì?»

«Cosa ti ha fatto Mikael, che lo odi così tanto? Voglio dire, se non fosse per lui tu probabilmente saresti di nuovo chiusa in manicomio.»

«Io non odio Mikael. E non mi ha fatto proprio niente. Solo non lo voglio incontrare in questo momento.»

Annika guardò di sottecchi la sua cliente.

«Non ho intenzione di intromettermi, ma ti sei presa una cotta per lui, non è vero?»

Lisbeth guardò fuori dal finestrino senza rispondere.

«Mio fratello è un irresponsabile quando si tratta di relazioni sentimentali. Scopa a destra e a sinistra e non capisce quanto possa far male alle donne che lo vedono come qualcosa più di una semplice avventura.»

Lisbeth incrociò il suo sguardo.

«Non voglio parlare di Mikael con te.»

«Okay» disse Annika. Accostò subito prima di Erstagatan. «Può andar bene qui?»

«Sì.»

Rimasero sedute in silenzio un momento. Lisbeth non accennava ad aprire la portiera. Dopo un po' Annika spense il motore.

«Cosa succede adesso?» domandò Lisbeth alla fine.

«A partire da oggi non sei più sotto tutela. Puoi fare quel che ti pare. Ma, anche se oggi abbiamo tenuto duro in tribunale, rimangono ancora un bel po' di pratiche da sbrigare. Saranno aperte delle indagini all'interno dell'ufficio tutorio e saranno chiesti risarcimenti e via dicendo. E l'indagine penale andrà avanti.»

«Io non voglio nessun risarcimento. Voglio solo essere lasciata in pace.»

«Capisco. Ma quello che vuoi tu non ha grande importanza. Questo processo va oltre la tua persona. Ti suggerisco di trovarti un avvocato.»

«Tu non vuoi continuare a essere il mio avvocato?»

Annika si massaggiò gli occhi. Si sentiva vuota. Voleva solo andare a casa e farsi la doccia e farsi massaggiare la schiena da suo marito.

«Non lo so. Tu non ti fidi di me. E io non mi fido di te. Non ho nessuna voglia di essere coinvolta in un lungo processo e di trovarmi davanti solo un silenzio frustrante ogni volta che faccio una proposta o discuto qualcosa.»

Lisbeth esitò un momento.

«Io... io non ci so fare con il prossimo. Ma mi fido di te.»

Suonava quasi come una scusa.

«Può darsi. Ma non è un problema mio se non sai stare con gli altri. Lo diventa solo quando devo assisterti.»

Silenzio.

«Vuoi che continui a essere il tuo avvocato?»

Lisbeth annuì. Annika sospirò.

«Abito al 9 di Fiskargatan. Sopra Mosebacke Torg. Puoi portarmi fin là?»

Annika guardò la sua cliente con la coda dell'occhio. Avviò il motore. Seguì le indicazioni di Lisbeth fino a quell'indirizzo. Si fermarono poco lontano.

«Okay» disse Annika. «Facciamo un tentativo. Ti assisterò, ma a queste condizioni. Quando ho bisogno di contattarti, voglio che tu risponda. Quando ho bisogno di sapere come vuoi che mi muova, voglio avere risposte chiare. Se ti telefono e ti dico che devi incontrare un poliziotto o un procuratore o qualsiasi altra persona coinvolta nell'indagine, significa che l'ho giudicato necessario e che voglio che ti presenti all'appuntamento senza opporti. Pensi di potercela fare?»

«Okay.»

«E se cominci a fare storie ti mollo. Hai capito?»

Lisbeth annuì.

«Ancora una cosa. Non voglio finire in mezzo a nessun dramma fra te e mio fratello. Se hai dei problemi con lui, devi risolverli da te. Ma ricorda che lui non è tuo nemico.»

«Lo so. Farò anche questo. Ma ho bisogno di tempo.»

«Cosa pensi di fare adesso?»

«Non lo so. Puoi raggiungermi via mail. Prometto di rispondere, ma forse non controllerò la posta tutti i giorni...»

«Non diventi una schiava solo perché hai un avvocato. Per ora mi accontento di questo. Fuori dalla mia macchina adesso. Sono stanca morta e voglio andare a casa a dormire.»

Lisbeth aprì la portiera e scese sul marciapiede. Mentre stava per richiuderla si fermò. Aveva l'aria di voler dire qualcosa ma di non riuscire a trovare le parole. Per un istante Annika pensò che sembrava vulnerabile.

«È okay» disse Annika. «Va' a casa a dormire. E vedi di non combinare altri casini nel prossimo futuro.»

Lisbeth rimase ferma sul marciapiede e seguì Annika con lo sguardo finché i fanalini posteriori della sua macchina non sparirono dietro l'angolo.

«Grazie» mormorò alla fine.

29.
Sabato 16 luglio - venerdì 7 ottobre

Lisbeth trovò il suo Palm Tungsten T3 sul cassettone dell'ingresso. C'erano anche le chiavi della macchina e la borsa che aveva perso quando Magge Lundin l'aveva aggredita fuori dal portone in Lundagatan. E c'era posta aperta e non aperta che era stata ritirata dalla casella presso l'ufficio postale di Hornsgatan. *Mikael Blomkvist.*

Fece lentamente il giro della parte ammobiliata del suo appartamento. Dappertutto trovò tracce di lui. Aveva dormito nel suo letto e lavorato alla sua scrivania. Aveva usato la sua stampante, e nel cestino della carta trovò bozze di testi sulla Sezione, appunti, scarabocchi.

Ha comperato un litro di latte, pane, formaggio, e dieci confezioni di Billys Pan Pizza che ha messo in frigorifero.

Sul tavolo della cucina trovò una piccola busta bianca con il suo nome. Conteneva un biglietto. Il messaggio di Mikael era breve. Il suo numero di cellulare. Nient'altro.

Lisbeth seppe d'improvviso che adesso era lei ad avere la palla. Lui non aveva intenzione di contattarla. Aveva terminato la sua inchiesta e riconsegnato le chiavi dell'appartamento, e non intendeva farsi vivo con lei. Se voleva qualcosa, poteva chiamarlo. *Dannato testone.*

Preparò un bricco di caffè e quattro tramezzini e si sedette nel vano della finestra a guardare fuori verso

Djurgården. Accese una sigaretta e cominciò a riflettere.

Era tutto finito, eppure la sua vita le sembrava d'un tratto più soffocante che mai.

Miriam Wu era andata in Francia. *È colpa mia se hai rischiato di morire.* Temeva il momento in cui avrebbe dovuto incontrarla, ma aveva deciso che sarebbe stata la prima cosa da fare, una volta tornata libera. *E lei invece è andata in Francia.*

All'improvviso si sentiva in debito verso delle persone.

Holger Palmgren. Dragan Armanskij. Avrebbe dovuto chiamarli e ringraziarli. Paolo Roberto. E *Plague* e *Trinity.* Perfino i dannati ispettori Bublanski e Modig avevano preso le sue parti. Non le andava a genio di essere in debito con qualcuno. Si sentiva come una pedina di un gioco che non poteva controllare.

Kalle Dannatissimo Blomkvist. E forse perfino *Erika Stramaledettissima Berger* con le sue fossette e i suoi bei vestiti e quel suo fare disinvolto.

«È finita» aveva detto Annika Giannini quando avevano lasciato la centrale della polizia. Certo. Il processo era finito. Era finita per Annika Giannini. Ed era finita per Mikael Blomkvist che aveva pubblicato la sua inchiesta e sarebbe andato in tv e di sicuro avrebbe anche incassato qualche maledetto premio.

Ma non era finita per Lisbeth Salander. Quello era soltanto il primo giorno del resto della sua vita.

Alle quattro del mattino smise di pensare. Buttò il suo corredo da punk sul pavimento della camera da letto, andò in bagno e si mise sotto la doccia. Lavò via tutto il trucco che aveva addosso in tribunale e indossò comodi pantaloni di lino scuri, una camicetta bianca e una giacca leggera. Preparò una borsa leggera con un cambio di indumenti e della biancheria, infilò un paio di semplici scarpe da passeggio.

Prese il suo Palm e chiamò un taxi. Si fece andare a prendere in Mosebacke Torg e si fece portare ad Arlanda dove arrivò poco prima delle sei. Studiò il tabellone delle partenze e acquistò un biglietto per la prima località che le venne in mente. Usò il suo passaporto, quello vero. Si stupì quando nessuno alle prenotazioni e al check-in parve riconoscerla o anche solo reagire al suo nome.

Trovò posto sul primo volo per Malaga e atterrò in pieno giorno in un caldo soffocante. Era incerta. Alla fine andò verso una carta della Spagna. Cominciò a pensare a cosa avrebbe potuto fare. Dopo qualche minuto prese una decisione. Non aveva nessuna voglia di perdere tempo con pullman o mezzi di trasporto alternativi. Comperò un paio di occhiali da sole in una boutique dell'aeroporto, raggiunse il posteggio dei taxi e salì sul primo che trovò libero.

«Gibilterra. Pago con la carta di credito.»

Il tragitto durò tre ore lungo la nuova autostrada della costa sud. Il taxi la fece scendere al controllo passaporti al confine con la colonia britannica. Lisbeth salì a piedi fino al Rock Hotel in Europa Road, sulle pendici della rocca alta quattrocentoventicinque metri, e chiese se c'era una stanza libera. Avevano solo una doppia. La fissò per due settimane e lasciò il numero della carta di credito.

Salì nella sua stanza, fece la doccia e si sedette in terrazza avvolta nell'asciugamano, a guardare lo stretto di Gibilterra. C'erano delle navi da carico e qualche barca a vela. Attraverso la foschia riusciva vagamente a distinguere la costa del Marocco dall'altra parte. Nell'insieme era un panorama molto distensivo.

Dopo un momento tornò in camera, si mise a letto e si addormentò.

Il mattino dopo, Lisbeth si svegliò alle cinque e mezza. Si alzò, fece la doccia e scese al pianterreno a bere un caffè al bar dell'albergo. Alle sette uscì e andò a comperare un sacchetto di mango e di mele, prese un taxi fino a The Peak e andò dalle scimmie. Era talmente presto che c'erano pochissimi turisti. Era quasi sola con gli animali.

Gibilterra le piaceva. Era la sua terza visita a quella strana rupe con quella assurda città inglese densamente popolata in riva al Mediterraneo. Era un posto che non somigliava a nessun altro. La città era stata isolata per decenni, una colonia che si rifiutava risolutamente di unirsi alla Spagna. Gli spagnoli, com'è ovvio, protestavano contro l'occupazione. Lisbeth però era del parere che avrebbero dovuto tenere il becco chiuso finché loro stessi occupavano l'enclave di Ceuta in territorio marocchino dall'altra parte dello stretto. Era un posto curiosamente separato dal resto del mondo, una città che consisteva in una rupe bizzarra e circa due chilometri quadrati di superficie urbana con un aeroporto che cominciava e finiva sul mare. La colonia era così piccola che ogni centimetro quadrato era stato sfruttato e ogni altro tipo di espansione sarebbe potuto avvenire solo sul mare. Per poter entrare in città i visitatori erano costretti ad attraversare la pista d'atterraggio dell'aeroporto.

Gibilterra dava al concetto di *compact living* un nuovo contenuto.

Lisbeth vide un robusto esemplare maschio issarsi sul muro che costeggiava la passeggiata. La guardò in cagnesco. Era un *barbary ape*. Lisbeth non si sarebbe mai sognata di accarezzarlo.

«Salve amico» gli disse. «Sono tornata.»

La prima volta che era stata a Gibilterra non aveva mai nemmeno sentito parlare delle sue scimmie. Era salita in cima alla rocca solo per guardare il panorama ed era rimasta assolutamente esterrefatta quando, seguendo un gruppo di turisti, si era ritrovata d'improvviso in mezzo a un branco di scimmie che si arrampicavano e si dondolavano ai lati della strada.

Era una sensazione strana camminare lungo un sentiero e avere tutto d'un tratto una dozzina di scimmie intorno a sé. Lisbeth le guardò con molta diffidenza. Non erano aggressive. Però erano abbastanza forti da rifilare dei bei morsi se venivano stuzzicate o si sentivano minacciate.

Trovò uno dei guardiani e gli mostrò il sacchetto, chiedendo se poteva dare la frutta alle scimmie. Lui disse che era okay.

Lisbeth prese un mango e lo mise sul muro a una qualche distanza dal maschio.

«La colazione» gli disse, si appoggiò contro il muro e diede un morso a una mela.

La scimmia la fissò, mostrò un po' i denti e poi prese il mango tutta soddisfatta.

Alle quattro del pomeriggio, cinque giorni più tardi, Lisbeth Salander ruzzolò dalla sedia dell'Harry's Bar in una traversa di Main Street, a due isolati dal suo albergo. Da quando era scesa dalla rocca delle scimmie era costantemente ubriaca. La maggior parte delle bevute la aveva fatta da Harry O'Connell, il proprietario del bar che parlava con studiato accento irlandese benché in vita sua non avesse mai messo piede in Irlanda. Harry la osservò con un'espressione preoccupata.

Quando aveva ordinato il primo drink, il pomeriggio di quattro giorni prima, le aveva chiesto la carta d'identità perché sembrava molto più giovane di quanto diceva il suo passaporto. Sapeva che il suo nome era Lisbeth e la chiamava Liz. Di solito arrivava dopo pranzo, si sedeva su uno sgabello in fondo al bancone e si appoggiava contro la parete. Dopo di che si dedicava a buttare giù un ragguardevole numero di birre o di whisky.

Quando beveva birra non faceva caso al tipo o alla marca, prendeva quello che lui le metteva davanti. Ma quando ordinava whisky sceglieva sempre il Tullamore Dew. Solo una volta, dopo avere studiato le bottiglie dietro il bancone, aveva chiesto un Lagavulin. Quando ebbe davanti il bicchiere lo annusò, inarcò le sopracciglia e ne bevve un piccolissimo sorso. Poi lo mise giù e lo fissò per un minuto con un'espressione che lasciava intendere che ne considerava il contenuto un nemico minaccioso.

Alla fine aveva spinto il bicchiere lontano da sé, dicendo a Harry di darle qualcosa che non servisse per incatramare le barche. Lui le aveva versato il solito Tullamore Dew e lei se l'era scolato. In quei quattro giorni ne aveva consumato quasi una bottiglia. E il conto delle birre Harry non l'aveva neanche tenuto. Era a dir poco sorpreso che una ragazza così minuta riuscisse a bere così tanto, ma supponeva che se voleva bere l'avrebbe fatto comunque, nel suo locale o da qualche altra parte.

Beveva lentamente, non parlava con nessuno e non dava fastidio a nessuno. La sua unica occupazione, a parte bere, sembrava essere quella di stare seduta a giocare con un palmare che di tanto in tanto collegava a un telefonino. In qualche occasione lui aveva cercato di avviare una conversazione, ma aveva avuto in risposta solo un silenzio scontroso. La ragazza sembrava voler evitare qualsiasi compagnia. Quando il bar si affollava, lei si spostava all'aperto. Qualche volta era andata a cena in un ristorante italiano due numeri più in là, dopo di che era tornata da Harry per ordinare un altro Tullamore Dew. Di solito lasciava il locale verso le dieci e si avviava barcollando verso nord.

Quel giorno in particolare aveva bevuto di più e più in fretta del solito, e Harry aveva cominciato a tenerla d'occhio. Dopo il settimo Tullamore Dew nell'arco di due ore circa, Harry aveva deciso di non servirle altri alcolici. Ma prima di avere modo di mettere in atto la decisione sentì il rumore che Lisbeth fece ruzzolando dallo sgabello.

Mise giù il bicchiere che stava asciugando e girò intorno al bancone per aiutarla ad alzarsi. Sembrava scocciata.

«Credo che tu abbia bevuto abbastanza» le disse.

Lei lo guardò senza riuscire a metterlo a fuoco.

«E io credo che tu abbia ragione» rispose con voce sorprendentemente chiara.

Si afferrò al bancone con una mano e con l'altra frugò in un taschino per tirare fuori delle banconote. Poi si avviò barcollando verso l'uscita. Lui la prese dolcemente per la spalla.

«Aspetta un momento. Che ne diresti di andare in bagno a vomitare il bicchierino di troppo e di tornare a sederti qui per un po'? Non mi va di farti uscire in questo stato.»

Lei non protestò quando lui la accompagnò in bagno. Si mise due dita in gola e fece come le era stato suggerito. Quando tornò al bar, lui le aveva versato un bicchierone di selz. Lo bevve tutto e ruttò. Lui gliene versò un altro bicchiere.

«Domani ti sentirai uno straccio» disse Harry.

Lei annuì.

«Non sono affari miei, ma se fossi in te mi manterrei sobrio per un paio di giorni.»

Lei annuì nuovamente. Poi tornò in bagno a vomitare.

Si trattenne all'Harry's Bar ancora per un'oretta finché il suo sguardo si fu rischiarato quel tanto che bastava perché Harry se la sentisse di lasciarla andare via. Si allontanò su delle gambe malferme, scese all'aeroporto e seguì la spiaggia fino al porticciolo turistico. Camminò finché furono le otto e mezza e la terra cessò di ondeggiarle sotto i piedi. Solo allora fece ritorno in albergo. Salì nella sua camera e si lavò la faccia e i denti, si cambiò e scese al bar dell'albergo, dove ordinò un caffè nero e una bottiglia di acqua minerale.

Era seduta in disparte accanto a una colonna e studiava gli avventori del bar. Vide una coppia sulla trentina che conversava a voce bassa. La donna indossava un abito chiaro. L'uomo le teneva la mano sotto il tavolo. Due tavoli più in là era seduta una famiglia di colore, lui con le tempie brizzolate, lei avvolta in uno sgargiante vestito giallo, nero e rosso. Avevano due bambini sulla soglia dell'adolescenza. Studiò un gruppo di uomini d'affari in camicia bianca e cravatta che avevano appeso le giacche alle sedie. Bevevano birra. Vide una compagnia di pensionati, senza dubbio turisti americani. Gli uomini portavano berretti da baseball, magliette da tennis e pantaloni comodi. Le donne jeans firmati, top colorati e occhiali da sole appesi al collo. Vide un uomo in giacca di lino chiara, camicia grigia e cravatta scura che entrò da fuori e passò alla reception a prendere le chiavi prima di raggiungere il bar e ordinare una birra. Lisbeth era seduta a tre metri da lui. Lo mise a fuoco quando cominciò a parlare in tedesco a un cellulare.

«Ciao, sono io... tutto bene?... sì, io bene, abbiamo la

prossima riunione domani pomeriggio... no, credo che risolveremo... mi fermerò almeno cinque o sei giorni e poi andrò a Madrid... no, non sarò a casa prima del prossimo fine settimana... anch'io... ti amo... certo... ti chiamo... bacio.»

Era alto un metro e ottantacinque, cinquant'anni, forse cinquantacinque, biondo con una spruzzata d'argento, capelli più lunghi che corti, mento debole e girovita un po' eccessivo. Però abbastanza ben conservato. Leggeva il *Financial Times*. Quando ebbe finito la sua birra e si mosse verso l'ascensore, Lisbeth si alzò e lo seguì.

L'uomo premette il pulsante del sesto piano. Lisbeth prese posto accanto a lui e appoggiò la testa alla parete dell'ascensore.

«Sono ubriaca» disse.

Lui la guardò.

«Ah sì?»

«Sì. È stata una settimana pesante. Fammi indovinare. Tu sei un uomo d'affari di qualche specie, vieni da Hannover o da qualche altra parte della Germania del Nord. Sei sposato. Ami tua moglie. E devi fermarti qui a Gibilterra ancora qualche giorno. Questo è quanto sono riuscita a capire dalla tua conversazione telefonica giù al bar.»

Lui la guardò stupefatto.

«Quanto a me vengo dalla Svezia. E sento un impulso irrefrenabile di fare sesso con qualcuno. Me ne sbatto se sei sposato, non me ne frega niente del tuo numero di telefono.»

Lui inarcò le sopracciglia.

«Sto alla 711, un piano sopra il tuo. Adesso vado in camera, mi spoglio, faccio la doccia e mi infilo a letto. Se vuoi farmi compagnia bussa entro mezz'ora. Altrimenti mi addormento.»

«È una specie di scherzo?» domandò lui quando l'ascensore fu fermo.

«No. Sono troppo pigra per andare fuori in qualche locale a rimorchiare. O bussi tu da me o amen.»

Venticinque minuti più tardi Lisbeth sentì bussare alla porta. Aprì avvolta in un asciugamano.

«Entra» disse.

L'uomo entrò e si guardò intorno sospettoso.

«Ci sono solo io» disse lei.

«Quanti anni hai?»

Lei allungò la mano e prese il passaporto che era appoggiato su un mobile, e glielo diede.

«Sembri più giovane.»

«Lo so» disse, aprì l'asciugamano e lo buttò su una sedia. Poi si accostò al letto e tirò via il copriletto.

Lui fissava i suoi tatuaggi. Lei si diede un'occhiata dietro la spalla.

«Non è una trappola. Sono una ragazza, single, e sono qui per qualche giorno. Non faccio sesso da mesi.»

«Perché hai scelto proprio me?»

«Perché al bar eri l'unico che avesse l'aria di non essere in compagnia.»

«Sono sposato...»

«E io non voglio sapere chi è lei e nemmeno chi sei tu. E non voglio discutere di sociologia. Voglio solo scopare. Spogliati o tornatene in camera tua.»

«Solo così?»

«Perché no? Sei adulto, sai cosa mi aspetto da te.»

Lui rifletté trenta secondi. Aveva l'aria di uno che valuta se andarsene o no. Lei si sedette sul letto, in attesa. Lui si mordicchiò il labbro inferiore. Poi si levò i pantaloni e la camicia e rimase lì titubante in mutande.

«Tutto» disse Lisbeth Salander. «Non scopo con uno

che si tiene le mutande addosso. E dovrai usare il preservativo. Io so dove sono stata, ma non so dove sei stato tu.»

Lui si sfilò le mutande, si avvicinò e le mise una mano sulla spalla. Lisbeth chiuse gli occhi quando lui si chinò a baciarla. Aveva un buon sapore. Si lasciò stendere sul letto. Lui era pesante sopra di lei.

Jeremy Stuart MacMillan, avvocato, sentì i peli rizzarsi sulla nuca nell'attimo stesso in cui aprì la porta del suo ufficio a Buchanan House, sul Queensway Quay, sopra il porticciolo turistico. Sentì odore di fumo e una sedia che scricchiolava. Non erano ancora le sette del mattino e il suo primo pensiero fu che aveva sorpreso un ladro.

Poi avvertì un profumo di caffè dal cucinino. Dopo qualche secondo superò esitante la soglia e attraversò l'ingresso sbirciando dentro il suo spazioso ed elegante ufficio. Lisbeth Salander era seduta sulla sua poltrona con i piedi appoggiati al davanzale interno della finestra. Il computer sulla scrivania era acceso. Di sicuro non aveva avuto nessuna difficoltà a superare il blocco della password. Così come non aveva avuto nessuna difficoltà ad aprire la sua cassetta di sicurezza. Aveva sulle ginocchia una cartella contenente la sua corrispondenza e la sua contabilità personali.

«Buon giorno, signorina Salander» disse alla fine l'avvocato.

«Mmm» rispose lei. «Di là ci sono caffè appena fatto e croissant.»

«Grazie» disse lui, sospirando rassegnato.

Era pur vero che aveva acquistato l'ufficio con il suo denaro e su sua richiesta, ma non si aspettava che lei si materializzasse così senza preavviso. Inoltre non poteva non avere trovato e anche letto la rivista porno per omosessuali che lui teneva nascosta in un cassetto della scrivania.

Imbarazzante.

O forse no.

Lisbeth Salander sapeva essere caustica con chi le dava fastidio, ma non alzava nemmeno un sopracciglio di fronte alle umane debolezze. Lei sapeva che lui ufficialmente era eterosessuale ma aveva un oscuro segreto, quello di essere attratto dagli uomini. Quindici anni prima, dopo il divorzio, aveva cominciato a darsi da fare per concretizzare le sue fantasie più private.

Che strano. Con lei mi sento tranquillo.

Dal momento che si trovava a Gibilterra, Lisbeth aveva deciso di andare a trovare l'avvocato Jeremy MacMillan, che si occupava di gestire le sue finanze. Non era più stata in contatto con lui dall'inizio dell'anno, e voleva sapere se durante la sua assenza ne aveva approfittato per mandarla in rovina.

Ma non era una questione urgente, e non era neppure il motivo per cui era andata direttamente a Gibilterra dopo essere stata assolta. L'aveva fatto perché sentiva un bisogno intenso di allontanarsi da tutto, e da quel punto di vista Gibilterra era perfetta. Aveva trascorso quasi una settimana a ubriacarsi e poi alcuni giorni a fare sesso con un uomo d'affari tedesco che alla fine si era presentato come Dieter. Dubitava che fosse il suo vero nome, ma non aveva indagato. Lui passava le giornate in riunione e le serate a cena con lei. Dopo di che si ritiravano nella camera di uno dei due.

A letto non è affatto male. Forse un tantino inesperto, e qualche volta inutilmente brutale.

Dieter era stupito del fatto che lei avesse rimorchiato

un uomo d'affari tedesco sovrappeso e nemmeno in cerca di avventure. Era sposato e non era solito essere infedele durante i suoi viaggi di lavoro. Ma quando l'opportunità gli era stata offerta su un piatto d'argento nella figura di una gracile ragazza tatuata, non aveva saputo resistere alla tentazione. A suo dire.

Lisbeth Salander non si curava particolarmente di quello che diceva. Non si era aspettata altro che del sesso, ma fu sorpresa nel constatare che lui in effetti si impegnava per soddisfarla. Fu solo nel corso dell'ultima notte, la loro ultima insieme, che lui ebbe un attacco di panico e cominciò a lambiccarsi il cervello su cosa avrebbe detto a sua moglie. Lisbeth era del parere che avrebbe fatto meglio a tenere il becco chiuso.

Ma non gli disse ciò che pensava.

Era adulto e avrebbe potuto rifiutare il suo invito. Non era un problema suo se veniva colto dal rimorso e confessava qualcosa alla moglie. Era rimasta ad ascoltarlo per un quarto d'ora dandogli la schiena, poi aveva alzato gli occhi al cielo infastidita e si era girata mettendosi a cavalcioni sopra di lui.

«Puoi smetterla di angosciarti e farmi godere?» gli aveva chiesto.

Jeremy MacMillan era tutt'altra storia. Lui aveva zero sex appeal. Ed era un furfante. Ma dal punto di vista fisico era simile a Dieter. Quarantotto anni, era affascinante, leggermente sovrappeso, aveva i capelli ricci di un biondo scuro appena brizzolato pettinati all'indietro, la fronte alta, portava degli occhiali con una sottile montatura dorata.

Un tempo era stato avvocato d'affari a Londra, con un futuro promettente. Era stato socio di uno studio legale al quale si rivolgevano grosse imprese e yuppie che investivano nel mercato immobiliare. Aveva vissuto gli allegri anni ottanta frequentando neoricchi diventati famosi, ubriacandosi e sniffando cocaina insieme a gente con la quale in realtà non avrebbe voluto svegliarsi il mattino dopo. Non era mai stato incriminato, ma aveva perso la moglie e i due figli ed era stato buttato fuori dallo studio dopo che si era presentato ubriaco a un'udienza di riconciliazione.

Senza pensarci troppo si era dato una regolata ed era scappato da Londra per la vergogna. Perché avesse scelto proprio Gibilterra non lo sapeva, ma nel 1991 aveva aperto uno studio modesto insieme a un avvocato del posto, che ufficialmente si sarebbe dedicato a poco affascinanti inventari patrimoniali e atti testamentari. Un po' meno ufficialmente lo studio MacMillan & Marks si dedicava a mettere in piedi società di comodo e a fungere da cassetta della posta per diversi loschi figuri in giro per l'Europa. L'attività si era trascinata fino a quando Lisbeth Salander aveva scelto Jeremy MacMillan per amministrare i due miliardi e quattrocento milioni di corone che aveva sottratto all'impero in rovina del finanziere Hans-Erik Wennerström.

MacMillan era senza dubbio un furfante. Ma lei lo considerava il *suo* furfante, e lui aveva sorpreso se stesso comportandosi onestamente nei suoi confronti. Inizialmente gli aveva affidato un incarico piuttosto semplice. Dietro modesto compenso aveva costituito per lei una serie di società di comodo. Lisbeth l'aveva contattato per telefono, era stata solo una voce lontana. Lui non le aveva mai chiesto da dove venissero i soldi. Si era limitato a fare ciò che lei gli chiedeva e le aveva addebitato il cinque per cento. Poco dopo, lei gli aveva fatto arrivare una somma di denaro ancora più consistente, da utilizzare per costituire una società, la Wasp Enterprises, che avrebbe dovuto acquistare un immobile a Stoccolma. Il contatto con Lisbeth Salander era lucrativo, anche se per quanto lo riguardava si trattava pur sempre di spiccioli.

Due mesi dopo, lei tutto d'un tratto era arrivata a Gibilterra. Gli aveva telefonato e gli aveva proposto una cena privata nella sua stanza al Rock Hotel, che era se non il più grande quanto meno il più rinomato albergo sulla rocca. Non sapeva cosa aspettarsi, ma certo non che la sua cliente fosse una specie di bambolina adolescente. Pensò a uno scherzo.

Ben presto però dovette ricredersi. La singolare ragazza gli parlava con noncuranza senza mai sorridere o mostrare alcun calore umano. Né alcuna freddezza, se è per questo. MacMillan era rimasto come paralizzato quando lei nell'arco di qualche minuto aveva completamente raso al suolo la facciata di rispettabilità professionale che lui era così attento a conservare.

«Cosa vuoi?» le aveva chiesto.

«Ho rubato una grossa somma di denaro» aveva risposto lei con la massima serietà. «Ho bisogno di un furfante che sappia amministrarmela.»

Lui si era chiesto se avesse tutte le rotelle a posto, ma era stato al gioco. La ragazza era la vittima ideale per un rapido raggiro che avrebbe potuto fruttare un piccolo introito. Però quando lei gli aveva spiegato a chi aveva sottratto il denaro, come erano andate le cose e di quale somma si trattava, era rimasto come inchiodato. L'affare Wennerström era l'argomento di conversazione più scottante del momento nel mondo finanziario internazionale.

«Capisco.»

Il suo cervello aveva cominciato a elaborare le varie possibilità.

«Tu sei un bravo avvocato d'affari, hai fiuto. Se fossi un idiota non avresti mai ricevuto gli incarichi che invece hai ricevuto negli anni ottanta. Ma ti sei comportato come un idiota, e sei riuscito a farti sbattere fuori.»

Lui corrugò la fronte.

«In futuro io sarò la tua unica cliente.»

Lisbeth Salander l'aveva guardato con gli occhi più innocenti che Jeremy MacMillan avesse mai visto.

«A due condizioni. Una è che tu non commetta reati o venga coinvolto in affari che possano crearci problemi o richiamare l'attenzione delle autorità su di noi. L'altra è che tu non mi menta mai. Mai. Neanche una volta. Per nessuna ragione. Se mi menti il nostro rapporto d'affari si interrompe con effetto immediato. E se mi arrabbio oltre misura giuro che ti rovino.»

Lisbeth gli aveva versato un bicchiere di vino.

«D'altra parte non avrebbe senso che tu mi mentissi. Io della tua vita so già tutto quello che vale la pena sapere. So quanto guadagni in un mese in cui le cose vanno bene e quanto in un mese in cui vanno male. So quanto spendi. So che non riesci mai a farti bastare i soldi. So che hai centoventimila sterline di debiti, a lunga e a breve scadenza, e che devi continuamente rischiare e arraffare denaro con sotterfugi per cavartela. Ti vesti in maniera elegante e cerchi di mantenere la facciata, ma sei in decadenza e sono mesi che non ti comperi una giacca nuova. Anzi, due settimane fa hai mandato in sartoria una vecchia giacca per far riparare la fodera. Un tempo collezionavi libri rari ma un po' alla volta hai dovuto venderli tutti. Il mese scorso hai venduto una delle prime edizioni di *Oliver Twist* per settecentosessanta sterline.»

Tacque e lo fissò. Lui deglutì.

«La scorsa settimana hai fatto un affare. Un imbroglio

abbastanza ingegnoso ai danni di quella vedova che rappresenti. Hai arraffato seimila sterline delle quali lei difficilmente sentirà la mancanza.»

«Come diavolo fai a saperlo?»

«So che sei stato sposato, che hai due figli in Inghilterra che non vogliono incontrarti e che dopo il divorzio hai fatto outing e oggi hai principalmente relazioni omosessuali. Probabilmente te ne vergogni, dal momento che eviti di frequentare i club gay e di farti vedere in giro con qualcuno dei tuoi amichetti e spesso vai in Spagna, oltre il confine, per incontrare uomini.»

Jeremy MacMillan era ammutolito per lo choc. Ed era terrorizzato. Non aveva idea di come avesse fatto la ragazza a raccogliere tutte quelle informazioni. Aveva in mano abbastanza per distruggerlo.

«E questo te lo dirò solo una volta. Non mi importa un fico secco con chi fai sesso. Non sono affari miei. Voglio sapere chi sei, ma non userò mai quello che so. Non ti minaccerò, né ti ricatterò.»

MacMillan non era un idiota. Si rendeva ovviamente conto che le informazioni che Lisbeth aveva su di lui costituivano una minaccia. Il controllo della situazione lo aveva lei. Per un attimo aveva valutato la possibilità di prenderla di peso e gettarla giù dalla terrazza, ma era riuscito a trattenersi. Però in vita sua non era mai stato così terrorizzato.

«Cosa vuoi?» era riuscito a spiccicare.

«Voglio entrare in società con te. Tu abbandonerai tutti gli altri affari di cui ti occupi e lavorerai in esclusiva per me. Guadagnerai più di quanto tu abbia mai potuto sognare.»

Spiegò cosa voleva che facesse e come voleva che fosse configurata l'organizzazione.

«Voglio essere invisibile» chiarì. «I miei affari li curerai tu. Ma dovrà essere tutto in regola. I casini che combinerò per conto mio non toccheranno né te né i miei soldi.»

«Capisco.»

«Io sarò la tua unica cliente. Hai una settimana di tempo per tagliare i ponti con tutti gli altri tuoi clienti e chiudere con tutti i tuoi piccoli imbrogli.»

L'avvocato si rendeva conto del fatto che aveva ricevuto un'offerta che non si sarebbe mai più ripetuta. Aveva riflettuto sessanta secondi e poi aveva accettato. Le aveva fatto solo una domanda.

«Come fai a sapere che non ti fregherò?»

«Non lo fare. Te ne pentiresti per il resto della tua miserabile vita.»

In effetti non avrebbe avuto senso imbrogliarla. Lisbeth Salander gli aveva offerto un incarico con un margine di guadagno così ampio che sarebbe stato assurdo rischiare per degli spiccioli. Finché non avesse avanzato pretese e non avesse creato complicazioni avrebbe avuto il futuro assicurato.

MacMillan non aveva intenzione di fregare Lisbeth Salander.

Perciò era diventato onesto, o almeno onesto quanto poteva esserlo un avvocato che amministrava una refurtiva di proporzioni astronomiche.

Lisbeth era del tutto disinteressata a quello che lui avrebbe fatto con quei soldi. Il compito di MacMillan era di investirli e fare in modo che le carte di credito fossero coperte. Avevano discusso per diverse ore. Lei gli aveva spiegato come voleva che funzionasse la cosa. Lui doveva fare in modo che funzionasse.

Una parte del denaro sottratto era stata investita in fondi che avrebbero dovuto rendere Lisbeth economicamente autonoma per il resto della sua vita, anche se le fosse saltato in testa di condurre un'esistenza sregolata. Era da questi fondi che attingevano le sue carte di credito.

Con il resto dei soldi MacMillan poteva giocare, investendoli a proprio giudizio, a condizione che non li investisse in qualcosa che potesse in qualche modo comportare dei problemi con la polizia. Lisbeth gli proibì di dedicarsi a reati e truffe dozzinali che – se avesse avuto sfortuna – avrebbero potuto comportare delle indagini che a loro volta avrebbero potuto attirare l'attenzione su di lei.

Ciò che restava da definire era quanto avrebbe guadagnato lui dall'affare.

«Ti darò cinquecentomila sterline subito. Con quelle potrai saldare tutti i tuoi debiti, e ti avanzerà una bella somma. Poi costituirai una società con noi due come unici soci, e tratterrai per te il venti per cento dei profitti. Voglio che tu sia abbastanza ricco da non essere tentato di imbrogliare, ma non così ricco da non darti più da fare.»

L'avvocato cominciò il suo nuovo lavoro l'1 febbraio. Alla fine di marzo aveva estinto tutti i suoi debiti e stabilizzato la sua situazione economica. Lisbeth aveva insistito perché desse la priorità a questo, in modo da tornare a essere solvente. In maggio sciolse lo studio associato che aveva fondato con il suo alcolizzato collega George Marks, l'altra metà di MacMillan & Marks. Aveva qualche rimorso nei confronti dell'ex socio, ma coinvolgere Marks negli affari di Lisbeth Salander era escluso.

Discusse la cosa con Lisbeth stessa, quando lei ritornò a Gibilterra per una visita informale all'inizio di luglio e scoprì che MacMillan lavorava da casa anziché dall'ufficio dove in precedenza svolgeva la propria attività.

«Il mio ex socio è un alcolizzato, non sarebbe in grado di lavorare con me a questa cosa, anzi costituirebbe un enorme fattore di rischio. Ma quindici anni fa mi salvò la vita quando arrivai a Gibilterra prendendomi a lavorare con lui.»

Lei rifletté un paio di minuti mentre studiava il viso di MacMillan.

«Capisco. Sei un furfante leale. Il che forse è lodevole. Aprigli un piccolo conto sul quale possa trafficare un po'. Lasciagli guadagnare qualche biglietto da mille al mese in modo che se la cavi.»

«A te andrebbe bene?»

Lei aveva annuito e si era guardata intorno nel suo appartamento da scapolo. Abitava in un monolocale con angolo cottura in uno dei vicoli dalle parti dell'ospedale. L'unica cosa piacevole era la vista, che d'altra parte a Gibilterra era difficile da evitare.

«Ti servono un ufficio e un'abitazione più adeguati» gli disse.

«Non ho avuto il tempo di pensarci» rispose lui.

«Okay» disse lei.

Poi uscì e gli cercò un ufficio. Scelse uno spazio di centotrenta metri quadrati con una piccola terrazza verso il mare a Buchanan House, sul Queensway Quay, che a Gibilterra era quanto di più *upmarket*. Incaricò un architetto d'interni di rinnovare e arredare il tutto.

MacMillan si ricordò che mentre lui era occupato con le sue carte, Lisbeth aveva personalmente sorvegliato l'installazione del sistema d'allarme, delle attrezzature informatiche e della cassetta di sicurezza nella quale stava rovistando quando lui era entrato in ufficio quel mattino.

«Sono forse caduto in disgrazia?» chiese.

Lei mise giù il raccoglitore con la corrispondenza nella quale era immersa.

«No, Jeremy. Non sei caduto in disgrazia.»

«Bene» disse lui, e andò a prendere il caffè. «Tu hai la capacità di comparire quando uno meno se lo aspetta.»

«Negli ultimi tempi sono stata occupata. Volevo solo aggiornarmi sulle novità.»

«Se ho ben capito ti hanno dato la caccia per un triplice omicidio, ti hanno sparato in testa e ti hanno incriminata per una sfilza di reati. Ero molto in pensiero. Credevo che fossi dentro. Sei scappata?»

«No. Sono stata assolta da ogni accusa e rimessa in libertà. Cosa hai saputo esattamente?»

Lui esitò un secondo.

«Okay. Niente bugie pietose. Quando ho capito che eri nella merda ho incaricato un'agenzia di traduzioni di passare al setaccio i giornali svedesi e di aggiornarmi di continuo. Direi che sono piuttosto al corrente.»

«Se quello che sai è quello che hanno scritto i giornali, allora non sei affatto al corrente. Ma hai comunque scoperto un bel po' di segreti su di me.»

Lui annuì.

«Cosa succederà adesso?»

Lei lo guardò sorpresa.

«Niente. Continuiamo come prima. Il nostro rapporto non ha nulla a che fare con i miei problemi in Svezia. Raccontami cosa è successo mentre ero via. Ti sei comportato bene?»

«Non bevo più» disse lui. «Se è a questo che ti riferisci.»

«No. La tua vita privata non mi riguarda se non disturba i nostri affari. Voglio sapere se sei più ricco o più povero rispetto a un anno fa.»

Lui prese una sedia. Non aveva importanza che lei fosse seduta al *suo* posto. Non c'era motivo di farne una questione di prestigio, con lei.

«Mi hai fatto avere due miliardi e quattro di corone. Abbiamo investito duecento milioni in fondi per te.»

«Sì.»

«I fondi non si sono mossi molto. Ma posso cercare di migliorare i rendimenti se...»

«Non mi interessa.»

«Okay. È una somma irrisoria. Le uscite più consistenti sono state quelle per l'appartamento che ho comperato per tuo conto e per il fondo che hai istituito per l'avvocato Palmgren. Per il resto, le uscite sono state normali e le entrate interessanti. Sei più o meno in pareggio.»

«Bene.»

«L'anno scorso non abbiamo incassato grosse somme. Ero un po' arrugginito, ho impiegato del tempo a rientrare sul mercato. E abbiamo avuto delle spese. Ma quest'anno mentre eri al fresco abbiamo incamerato sette milioni. Di dollari.»

«Di cui il venti per cento tocca a te.»

«Di cui il venti per cento tocca a me.»

«Sei soddisfatto?»

«Ho guadagnato più di un milione in sei mesi. Sì. Sono soddisfatto.»

«Non cercare di strafare. Fermati, se sei soddisfatto. Ma continua a curare i miei affari.»

«Dieci milioni di dollari» disse lui.

«Eh?»

«Quando avrò messo insieme dieci milioni di dollari smetterò. È un bene che tu ti sia fatta viva. Abbiamo parecchie cose da discutere.»

«Parla.»

Lui allargò le braccia.

«Sono così tanti soldi che mi vengono i brividi. Non so

come gestirli tutti. Non so quale sia lo scopo di tutto questo, al di là del guadagnare altri soldi. A cosa serve questo denaro?»

«Non lo so.»

«Nemmeno io. Ma i soldi possono diventare un fine in sé, e anche malsano. È per questo che ho deciso che quando avrò raggranellato dieci milioni mi fermerò. Non voglio avere una responsabilità come questa ancora per molto.»

«Okay.»

«Prima di lasciare però voglio che tu decida cosa fare del tuo patrimonio in futuro. Devono esserci uno scopo, delle direttive, qualcuno a cui passare il tutto.»

«Mmm.»

«È impossibile dedicarsi agli affari in questo modo. Io ho suddiviso la somma in due parti. Una l'ho destinata a investimenti a lungo termine, immobili, titoli e cose del genere. Troverai un elenco completo nel computer.»

«L'ho già trovato.»

«L'altra l'ho destinata a delle speculazioni, ma si tratta di così tanti soldi da controllare che non riesco a starci dietro. Per questo ho costituito una società di investimenti a Jersey. Hai sei dipendenti a Londra. Due giovani e abili investitori e quattro persone che si occupano dell'ufficio.»

«La Yellow Ballroom Ltd? Mi domandavo giusto cosa diavolo fosse.»

«La nostra società. Qui a Gibilterra ho assunto una segretaria e un giovane e promettente avvocato... fra parentesi, arriveranno tra una mezz'ora.»

«Aha. Molly Flint, quarantun anni, e Brian Delaney, ventisei.»

«Vuoi conoscerli?»

«No. Brian è il tuo amante?»

«Cosa? No.»

MacMillan sembrava scioccato.

«Io non mescolo...»

«Bene.»

«Comunque... non sono interessato ai ragazzi giovani... inesperti, voglio dire.»

«No, tu sei attratto da uomini con un atteggiamento un po' più tosto di quello di un ragazzino. Ma anche questo non mi riguarda, Jeremy. Però...»

«Sì?»

«Cerca di essere prudente.»

Lisbeth aveva programmato di fermarsi a Gibilterra un paio di settimane, per recuperare la bussola. Tutto d'un tratto però scoprì di non avere idea di cosa fare o di dove andare. Si fermò dodici settimane. Controllava la posta una volta al giorno e rispondeva obbediente alle mail di Annika le rare volte che si faceva viva. Ma non le aveva detto dov'era. E agli altri messaggi non rispondeva nemmeno.

Continuò a frequentare l'Harry's Bar, ma ora ci andava solo per una birra la sera. Passava la maggior parte della giornata in albergo, o sulla terrazza o a letto. Ebbe un'altra relazione occasionale, con un ufficiale trentenne della marina britannica, ma durò solo una notte e fu poco interessante.

Si rendeva conto di essere annoiata.

All'inizio di ottobre, una sera cenò con Jeremy MacMillan. Durante la sua permanenza a Gibilterra si erano incontrati solo poche volte. Quella sera era già buio e loro stavano bevendo un vino bianco fruttato dopo avere parlato ancora un po' dei miliardi di Lisbeth. Tutto d'un tratto lui l'aveva sorpresa domandandole cosa la opprimesse.

Lei l'aveva guardato e aveva cominciato a riflettere. Poi altrettanto sorprendentemente gli aveva raccontato del suo rapporto con Miriam Wu, di come l'amica fosse stata picchiata e quasi uccisa da Ronald Niedermann. Era colpa sua. A parte un saluto tramite Annika Giannini, Lisbeth non aveva più avuto un solo cenno da Miriam. E adesso si era trasferita in Francia.

Jeremy MacMillan era rimasto in silenzio.

«Sei innamorata di lei?» le aveva chiesto a bruciapelo.

Lisbeth aveva riflettuto sulla risposta. Alla fine aveva scosso la testa.

«No. Non credo di essere il tipo che si innamora. Era un'amica. Ed era piacevole fare sesso con lei.»

«Nessun essere umano può evitare di innamorarsi» aveva replicato lui. «Tanti lo negano, ma l'amicizia probabilmente è la forma più comune di amore.»

Lei l'aveva guardato stupefatta.

«Ti arrabbi se vado sul personale?»

«No.»

«Va' a Parigi, per l'amor di dio.»

Lisbeth atterrò al Charles de Gaulle alle due e mezza del pomeriggio, prese l'autobus per l'Arc de Triomphe e girò per tre ore in cerca di una stanza. Poi si spostò verso sud, verso la Senna, e finalmente trovò posto nel piccolo Hotel Victor Hugo in Rue Copernic.

Fece la doccia e telefonò a Miriam Wu. Si incontrarono alle nove in un bar nei pressi di Notre Dame. Miriam portava una camicia bianca e una giacca. E aveva un aspetto magnifico. Lisbeth si sentì subito in imbarazzo. Si baciarono sulla guancia.

«Mi dispiace di non essermi più fatta viva e di non essere venuta al processo» disse Miriam.

«È okay. E comunque il processo si è svolto a porte chiuse.»

«Sono stata in ospedale tre settimane e quando sono tornata in Lundagatan era tutto un caos. Non riuscivo a dormire. Ero tormentata dagli incubi. Ho chiamato mia madre e le ho detto che volevo venire qui.»

Lisbeth annuì.

«Perdonami.»

«Non fare l'idiota. Sono *io* che sono venuta a chiedere perdono a *te*.»

«E perché?»

«Perché non ci ho pensato. Non mi è mai passato per la testa che ti avrei messa in pericolo lasciandoti il mio appartamento pur continuando a risultarci residente. È colpa mia se ti hanno quasi ammazzata. Se mi detesti, lo posso capire.»

Miriam era esterrefatta.

«Io non ci ho mai nemmeno pensato. È stato Ronald Niedermann che ha cercato di uccidermi. Non tu.»

Rimasero un momento in silenzio.

«Aha» disse Lisbeth alla fine.

«Sì» disse Miriam.

«Non sono venuta fin qui perché sono innamorata di te» disse Lisbeth.

Miriam annuì.

«Fare sesso con te è fantastico, ma non sono innamorata di te» sottolineò.

«Lisbeth... io credo...»

«Quello che volevo dire è che spero che... dannazione.»

«Cosa?»

«Io non ho molti amici...»

Miriam annuì.

«Mi fermerò a Parigi per un po'. I miei studi su a casa sono andati a gambe all'aria, così mi sono iscritta all'università qui. Mi fermerò almeno per un anno.»

Lisbeth annuì.

«Dopo non so. Ma a Stoccolma ci torno. Pago l'affitto in Lundagatan, vorrei tenere l'appartamento. Se per te è okay.»

«L'appartamento è tuo. Fanne quello che vuoi.»

«Lisbeth, tu sei molto speciale» disse Miriam. «Mi piacerebbe continuare a essere tua amica.»

Parlarono per due ore. Lisbeth non aveva niente da nasconderle. L'affare Zalachenko era noto a tutti quelli che leggevano i giornali svedesi, e Miriam aveva seguito tutta la vicenda con estremo interesse. Miriam a sua volta raccontò a Lisbeth nei particolari ciò che era successo a Nykvarn la notte in cui Paolo Roberto le aveva salvato la vita.

Poi andarono da Miriam Wu, nella sua stanza da studenti nei pressi dell'università.

Epilogo: inventario patrimoniale
Venerdì 2 dicembre - domenica 18 dicembre

Annika Giannini incontrò Lisbeth Salander al bar del Södra Teatern alle nove di sera. Lisbeth stava finendo il suo secondo bicchiere di birra ad alta gradazione.

«Scusa per il ritardo» disse Annika, dando una rapida occhiata all'orologio. «Ho avuto dei problemi con un altro cliente.»

«Aha» fece Lisbeth.

«Cosa stai festeggiando?»

«Niente. Ho solo voglia di sbronzarmi.»

Annika la guardò con aria scettica mentre si sedeva.

«Ce l'hai spesso questa voglia?»

«Non t'immagini come mi sono ubriacata quando sono stata liberata. Ma non ho nessuna propensione all'etilismo, se è questo che vuoi sapere. Mi è solo passato per la testa che per la prima volta in vita mia ho il diritto di ubriacarmi qui in Svezia.»

Annika ordinò un Campari.

«Okay» disse. «Preferisci bere da sola o in compagnia?»

«Da sola. Ma se non parli troppo puoi rimanere. Suppongo che tu non abbia voglia di venire a casa mia a fare sesso.»

«Scusa?» disse Annika.

«Ci avrei scommesso. Sei una di quelle persone assurdamente eterosessuali.»

D'improvviso Annika assunse un'aria divertita.

«È la prima volta che uno dei miei clienti mi fa una proposta.»

«Sei interessata?»

«Neanche un po'. Ma grazie lo stesso.»

«Cos'è che volevi, avvocato?»

«Due cose. O ti degni di rispondere al telefono quando ti chiamo, o rassegno le mie dimissioni qui e ora. Abbiamo già fatto questo discorso quando ti hanno rimessa in libertà.»

Lisbeth guardò Annika.

«È una settimana che cerco di contattarti. Telefonate, mail, sms.»

«Sono stata via.»

«Sei stata irraggiungibile per gran parte dell'autunno. Così non si può andare avanti. Ho accettato di essere il tuo rappresentante legale per tutto quello che ha a che fare con il tuo contenzioso con lo stato. Il che significa formalità e documenti da curare. Carte che devono essere firmate. Domande cui bisogna dare una risposta. Ho bisogno di poterti contattare, e non ho nessuna voglia di starmene lì come un'idiota senza sapere dove diavolo ti sei cacciata.»

«Capisco. Sono stata all'estero due settimane. Sono tornata a casa ieri e ti ho chiamata non appena ho saputo che mi avevi cercata.»

«Non basta. Devi farmi sapere dove sei e devi farti viva almeno una volta alla settimana, finché tutte le questioni relative al risarcimento e via dicendo non saranno risolte.»

«Me ne fotto del risarcimento. Voglio solo che lo stato mi lasci in pace.»

«Ma lo stato non ti lascerà in pace, per quanto intensamente tu lo possa desiderare. La tua liberazione avrà una lunga serie di conseguenze. Non si tratta soltanto di te. Peter Teleborian sarà incriminato per ciò che ti ha fatto. E tu dovrai testimoniare. Il procuratore Ekström è già oggetto di un'indagine per negligenza in atti d'ufficio e rischia di essere incriminato se risulterà che ha consapevolmente soprasseduto ai suoi doveri per incarico della Sezione.»

Lisbeth si fece attenta. Per un secondo parve quasi interessata.

«Non credo che si arriverà a un'incriminazione. È stato imbrogliato, non aveva niente a che fare con la Sezione. Ma la scorsa settimana un procuratore ha avviato un'indagine preliminare anche contro l'ufficio tutorio. E sono arrivate diverse denunce alla commissione parlamentare per la giustizia e la pubblica amministrazione, e una al procuratore generale.»

«Io non ho denunciato nessuno.»

«No. Ma è evidente che sono stati commessi dei gravi abusi d'ufficio e che la cosa va investigata. Tu non sei l'unica persona della quale la commissione è responsabile.»

Lisbeth alzò le spalle.

«La cosa non mi riguarda. Ma prometto di tenermi in contatto con te meglio di prima. Queste ultime due settimane sono state un'eccezione. Ho lavorato.»

Annika Giannini guardò la sua cliente con sospetto.

«E cosa fai?»

«Attività di consulenza.»

«Okay» disse. «L'altra cosa è che l'inventario patrimoniale è concluso.»

«Quale inventario patrimoniale?»

«Quello relativo all'eredità di tuo padre. L'avvocatura

dello stato ha preso contatto con me, dal momento che nessuno sapeva come mettersi in contatto con te. Tu e tua sorella siete le uniche eredi.»

Lisbeth fissò Annika senza battere ciglio. Poi attirò l'attenzione della cameriera e indicò il proprio bicchiere.

«Non voglio niente da mio padre. Fanne quel che diavolo ti pare.»

«Errore. *Tu* puoi farne quel che diavolo ti pare. Il mio lavoro è di fare in modo che tu abbia la possibilità di farlo.»

«Non voglio un centesimo da quel maiale.»

«Okay. Regala il denaro a *Greenpeace* o a chi ti pare.»

«Me ne fotto delle balene.»

La voce di Annika si fece improvvisamente seria.

«Lisbeth, adesso che sei in possesso della tua piena capacità giuridica devi anche comportarti di conseguenza. Me ne frego di quello che fai con i tuoi soldi, ma firma qui per ricevuta. Poi potrai sbronzarti in santa pace.»

Lisbeth sbirciò Annika da sotto la frangia e poi prese a fissare il tavolo. Annika suppose che fosse un gesto corrispondente a una scusa nel limitato registro mimico di Lisbeth.

«Okay. Di cosa si tratta?»

«Non proprio di briciole. Tuo padre aveva circa trecentomila corone investite in titoli. La vendita della proprietà di Gosseberga potrà fruttare intorno al milione e mezzo, c'è anche un pezzo di bosco. E ci sono altri tre immobili.»

«Immobili?»

«Sì. A quanto pare aveva investito un po' di soldi in immobili di modesto valore. Uno è una piccola palazzina a Uddevalla, sei appartamenti che danno una certa rendita. Ma la palazzina è in cattive condizioni, se ne fregava della manutenzione. È stata anche oggetto di un'indagine della commissione per il controllo degli affitti. Non ti farà arricchire, ma se la vendessi ne ricaveresti qualcosa. Poi c'è una casa di campagna nello Småland che vale circa duecentocinquantamila corone.»

«Aha.»

«E poi un capannone industriale in disuso dalle parti di Norrtälje.»

«Cosa diavolo se ne faceva di una cosa del genere?»

«Non ne ho la più pallida idea. A spanne l'eredità potrebbe fruttare sui quattro milioni, dedotte le tasse e così via, ma...»

«Sì?»

«Poi dovrà essere divisa fra te e tua sorella. Il problema è che nessuno sembra sapere dove si trovi.»

Lisbeth fissò Annika in silenzio, con uno sguardo inespressivo.

«Allora?»

«Allora cosa?»

«Dov'è tua sorella?»

«Non ne ho idea. Sono dieci anni che non la vedo.»

«I suoi dati sono coperti da segreto, ma sono riuscita a scoprire che risulta inesistente in Svezia.»

«Ah sì?» disse Lisbeth, con controllato interesse.

Annika sospirò rassegnata.

«Okay. Proporrei di liquidare il tutto e di depositare metà della somma in una banca, finché tua sorella non sarà localizzata. Posso procedere, se mi dai il via libera.»

Lisbeth alzò le spalle.

«Non voglio avere a che fare con i soldi di quello.»

«Lo capisco. Ma in ogni caso i conti vanno chiusi. Fa parte delle tue responsabilità di persona capace.»

«Vendi tutto allora. Deposita metà del ricavato in banca e regala il resto a chi ti pare.»

Annika la guardò perplessa. Aveva capito che Lisbeth aveva da parte dei soldi, ma non si era resa conto che la sua cliente fosse così ben messa da potersi permettere di ignorare un'eredità che ammontava a circa due milioni di corone, se non di più. Non aveva la più pallida idea della provenienza e della consistenza del patrimonio di Lisbeth. Ma in quel momento le interessava solo completare la procedura burocratica relativa all'eredità.

«Lisbeth, per favore... Puoi esaminare l'inventario patrimoniale e poi darmi l'okay, così ci liberiamo di questa incombenza?»

Lisbeth borbottò ancora qualcosa, ma alla fine si arrese e infilò la cartella nella sua borsa. Promise di leggere tutto e di dare istruzioni ad Annika. Poi tornò alla sua birra. Annika le tenne compagnia per un'ora bevendo quasi solo acqua minerale.

Fu solo diversi giorni più tardi, quando Annika la chiamò ricordandole l'inventario patrimoniale, che Lisbeth tirò fuori e lisciò i documenti spiegazzati. Si sedette al tavolo accanto alla finestra nell'appartamento di Mosebacke e lesse tutta la documentazione.

L'inventario comprendeva diverse pagine e conteneva informazioni su ogni cianfrusaglia – quali stoviglie c'erano negli armadietti di cucina a Gosseberga, quali indumenti negli armadi, che valore avevano le macchine fotografiche e altri effetti personali. Alexander Zalachenko non aveva lasciato niente di prezioso, e nessuno di quegli oggetti aveva il benché minimo valore affettivo per lei. Lisbeth rifletté un momento. Non aveva cambiato idea dopo avere incontrato Annika al bar. Vendi tutto e brucia i soldi. O qualcosa del genere. Era assolutamente convinta di non volere un solo centesimo dell'eredità paterna, ma nutriva anche il sospetto che le vere risorse di Zalachenko fossero nascoste da qualche altra parte, dove nessun esecutore testamentario sarebbe mai andato a cercare.

Lisbeth prese la trascrizione catastale relativa all'immobile industriale costituito da tre edifici per una superficie complessiva di ventimila metri quadrati nei pressi di Skederid, fra Norrtälje e Rimbo.

L'esecutore aveva fatto una rapida visita sul posto e constatato che si trattava di una fornace abbandonata, rimasta più o meno deserta dopo la cessazione dell'attività negli anni sessanta e ora utilizzata come deposito di legname. I locali erano "in pessime condizioni" e non erano adatti a essere restaurati per altri impieghi. Le pessime condizioni includevano fra l'altro che quello che veniva definito "edificio nord" era stato devastato dal fuoco ed era crollato. Alcune riparazioni erano state tuttavia eseguite nella "costruzione principale".

Ciò che fece sussultare Lisbeth fu però la storia di quella fornace. Alexander Zalachenko se l'era procurata per quattro soldi il 12 marzo 1984, ma chi aveva firmato le carte era Agneta Sofia Salander.

La madre di Lisbeth era stata dunque la legale proprietaria dell'immobile. Ma non lo era più già nel 1987, quando Zalachenko l'aveva liquidata con una somma di duemila corone. Quindi l'immobile sembrava essere rimasto inutilizzato per circa quindici anni. L'inventario patrimoniale diceva che il 17 settembre 2003 la società Kab aveva incaricato l'impresa edile NorrBygg di eseguire dei lavori di ristrutturazione, che comprendevano fra l'altro la sistemazione di pavimento e tetto e degli impianti idraulico ed elettrico. I lavori si erano protratti per circa due mesi, fino alla fine di novembre, dopo di che erano stati interrotti. La NorrBygg aveva inviato una fattura che era stata regolarmente pagata.

Di tutte le cose lasciate da suo padre, questa era l'unica che la lasciava perplessa. Lisbeth aggrottò le sopracciglia. Un capannone industriale avrebbe avuto un senso se suo padre avesse voluto far intendere che la Kab esercitava una qualche attività o possedeva delle risorse. E così avrebbe avuto un senso anche il fatto che aveva usato la madre come prestanome all'atto dell'acquisto e poco dopo aveva messo le mani sul contratto.

Ma perché diamine aveva sborsato quasi quattrocentoquarantamila corone nel 2003 per rinnovare una catapecchia che secondo l'esecutore non era più stata utilizzata in alcun modo?

Lisbeth era confusa ma non eccessivamente interessata. Richiuse il fascicolo e telefonò ad Annika Giannini.

«Ho letto l'inventario. La mia decisione non è cambiata. Vendi tutto e del ricavato fanne quello che vuoi. Io non voglio niente che venga da quell'uomo.»

«Okay. Farò in modo che metà della somma vada a costituire un fondo a favore di tua sorella. Poi ti farò qualche proposta su come destinare la tua parte.»

«Bene» disse Lisbeth, e chiuse la conversazione senza altre chiacchiere.

Andò a sedersi nel vano della finestra e accese una sigaretta guardando fuori verso il mare.

Lisbeth trascorse la settimana successiva ad assistere Dragan Armanskij in una faccenda urgente. Si trattava di identificare e rintracciare una persona sospettata di essere stata pagata per rapire un bambino nell'ambito di una controversia sulla tutela tra una svedese e un libanese che si erano separati. Il contributo di Lisbeth si era limitato a un controllo della posta elettronica di quello che si supponeva fosse il mandante. L'incarico però fu interrotto dalla riconciliazione della coppia.

Il 18 dicembre era la domenica prima di Natale. Lisbeth si svegliò alle sei e mezza del mattino e pensò che doveva comperare un regalo per Holger Palmgren. Si chiese se dovesse comperarne anche altri – forse uno per Annika Giannini. Ma non si fece fretta. Si alzò e fece la doccia. Poi fece colazione con caffè e pane tostato con formaggio e marmellata di arance.

Non aveva programmato niente di speciale per la giornata. Impiegò un minuto a sgomberare la scrivania da carte e giornali. Poi il suo sguardo cadde sul fascicolo con l'inventario patrimoniale. Lo aprì e andò alla pagina con la trascrizione catastale dell'immobile industriale a Norrtälje. Alla fine sospirò. *Okay. Devo sapere cosa diavolo stava combinando.*

Mise degli indumenti caldi e degli stivaletti. Erano le otto e mezza del mattino quando uscì con la sua Honda color vinaccia dal garage al numero 9 di Fiskargatan. Faceva molto freddo ma il tempo era bello, sole e cielo pastello. Superò Slussen e percorse Klarabergsleden, quindi imboccò la E18 in direzione Norrtälje. Non aveva nessuna fretta. Erano quasi le dieci del mattino quando si fermò a una stazione di servizio Ok fuori Skederid a chiedere indicazioni per la vecchia fornace. Stava per scendere dalla macchina quando si rese conto che non ce n'era bisogno.

Si trovava su una piccola altura con una buona visuale su una conca all'altro lato della strada. Sul lato sinistro della strada, verso Norrtälje, notò un magazzino di vernici e qualcosa che aveva a che fare con dei materiali da costruzione, oltre a un deposito di macchine scavatrici.

Sulla destra, ai margini della zona industriale, a circa quattrocento metri dalla strada principale, sorgeva un lugubre edificio di mattoni con una ciminiera. La vecchia fornace costituiva l'ultimo avamposto della zona industriale, un po' isolata, vicino a una strada e a un torrentello. Lisbeth osservò pensierosa l'edificio e si domandò cosa mai l'avesse indotta a dedicare la giornata a quella gita a Norrtälje.

Girò la testa e diede un'occhiata alla stazione di servizio, dove si era appena fermato un tir. Tutto d'un tratto si rese conto di trovarsi sulla strada per il porto di Kapellskär, da dove passava gran parte del traffico mercantile fra la Svezia e i Paesi Baltici.

Avviò il motore e ripartì alla volta della fornace abbandonata. Parcheggiò in mezzo al cortile e scese dalla macchina. La temperatura era sotto lo zero Si infilò un berretto nero e dei guanti di pelle nera.

L'edificio principale era a due piani. Al pianterreno tutte le finestre erano state chiuse con del compensato. Al primo piano notò un gran numero di finestre rotte. La fornace era una costruzione molto più grande di quanto si fosse immaginata. E sembrava tutta in rovina. Tracce di riparazioni non ne scorgeva. Non vedeva in giro anima viva, ma notò che qualcuno aveva gettato un preservativo usato nel bel mezzo del parcheggio e che una parte della facciata era stata oggetto di un attacco di graffitari.

Perché diavolo Zalachenko si era preso questo posto?

Girò intorno alla fornace e sul retro trovò l'ala bruciata. Constatò che tutte le porte dell'edificio principale erano chiuse con catene e lucchetti. Alla fine notò una porta sul lato corto. Su tutte le altre i lucchetti erano fissati con bulloni di ferro a prova di scasso, su quella c'erano solo dei grossi chiodi. *Oh, che diavolo. In fondo questo po-*

sto è mio. Si guardò intorno. Trovò un sottile tubo di ferro in un mucchio di ciarpame, e lo utilizzò come leva per forzare il lucchetto.

Entrò in un androne con un'apertura sul resto del pianterreno. Il buio era quasi totale per via delle finestre oscurate, solo qualche rara striscia di luce filtrava dai margini dei pannelli di compensato. Lisbeth rimase immobile per diversi minuti mentre i suoi occhi si abituavano all'oscurità. Dopo di che vide un mare di bancali abbandonati, vecchie parti di macchine e legname di vario tipo in un locale che più o meno era lungo quarantacinque metri e largo venti e aveva un soffitto che stava su grazie a dei massicci pilastri. Alcuni vecchi forni sembravano essere stati smontati e rimossi. I basamenti erano diventati delle vasche piene d'acqua, e c'erano grandi pozze d'acqua anche sul pavimento. Su tutto aleggiava un odore di muffa e di marcio. Lisbeth arricciò il naso.

Si voltò e salì per le scale. Il piano superiore era asciutto. Consisteva in due locali successivi, di circa venti metri per venti, alti almeno otto metri. Alte finestre si aprivano irraggiungibili subito sotto il tetto. Non lasciavano vedere niente, ma davano luce a tutto il piano. Come al pianterreno, anche qui c'era di tutto. Passò davanti a dozzine di casse da imballaggio alte un metro, accatastate l'una sull'altra. Ne toccò una. Non si muoveva. C'era scritto *Machine parts 0-A77* e qualcos'altro in russo. Su un lato del secondo locale c'era un montacarichi.

Un deposito di macchinari di qualche genere che difficilmente potevano costituire un gran patrimonio finché stavano lì ad arrugginire.

Lisbeth entrò nel secondo locale, e si rese conto che era lì che erano stati eseguiti i lavori di riparazione. Anche quel locale era pieno di tutto, c'erano altre casse da imballaggio ma anche vecchi mobili da ufficio buttati alla rinfusa. Una parte del pavimento però era libera e lì le vecchie assi erano state sostituite con altre di nuove. Lisbeth notò che i lavori di ristrutturazione sembravano essersi interrotti bruscamente. Una fresatrice, una segatrice, una pistola sparachiodi, un piede di porco, una leva di ferro e varie cassette degli attrezzi erano ancora lì. Lisbeth era perplessa. *Anche se ha dovuto interrompere il lavoro di colpo, perché l'impresa non ha recuperato le sue attrezzature?* Ma anche questa domanda trovò la sua risposta quando Lisbeth sollevò un cacciavite e constatò che la scritta sull'impugnatura era in russo. Zalachenko aveva importato gli attrezzi e forse anche la manodopera.

Si avvicinò alla fresatrice e girò l'interruttore. Una spia verde si accese. L'elettricità c'era. Girò nuovamente l'interruttore per spegnerla.

In fondo c'erano tre porte che davano su tre locali più piccoli, forse i vecchi uffici. Lisbeth provò ad abbassare la maniglia della prima porta. Chiusa a chiave. Guardò in giro. Tornò agli attrezzi e prese un piede di porco. Le bastò un attimo per forzare la porta.

La stanza era immersa in un buio totale e puzzava di muffa. Lisbeth tastò con la mano e trovò un interruttore che accendeva una lampadina nuda sul soffitto. Si guardò intorno stupefatta.

Il mobilio nel locale consisteva in tre letti con sudici materassi e altri tre materassi stesi sul pavimento. Lenzuola sporche erano sparse qua e là. Sulla destra c'erano una piastra elettrica e qualche pentola accanto a un rubinetto arrugginito. In un angolo c'erano un secchio di latta e un rotolo di carta igienica.

Qualcuno aveva abitato lì dentro. Diverse persone.

D'improvviso Lisbeth notò che da quella parte alla porta mancava la maniglia. Sentì un brivido freddo lungo la schiena.

In fondo alla stanza c'era un grande armadio. Lo aprì e trovò due valigie. Prese quella che stava sopra. Conteneva dei vestiti. Tirò fuori una gonna con l'etichetta in russo. Trovò una borsetta e ne rovesciò il contenuto per terra. Fra oggetti per il trucco e altre cianfrusaglie c'era un passaporto appartenente a una donna bruna sui vent'anni. Era un passaporto russo. Lisbeth credette di interpretare il nome come Valentina.

Lisbeth uscì lentamente dalla stanza. Aveva un'impressione di déjà-vu. Aveva fatto lo stesso esame della scena del crimine in una cantina di Hedeby due anni e mezzo prima. Degli indumenti femminili. Una prigione. Rimase immobile a riflettere. La inquietava il fatto che vestiti e passaporto fossero ancora lì. Stonava.

Tornò di nuovo agli attrezzi abbandonati e cercò finché non trovò una torcia tascabile. Controllò che ci fossero le batterie e scese al pianterreno, dirigendosi verso il locale più grande. L'acqua delle pozze le penetrava negli stivaletti.

Più si addentrava nel locale, più il puzzo di marcio diventava rivoltante. Al centro dello stanzone raggiungeva la sua massima intensità. Lisbeth si fermò accanto a uno dei basamenti dei vecchi forni. Era pieno d'acqua fino all'orlo. Illuminò con la torcia la superficie nera come la pece ma non riuscì a distinguere nulla, tranne delle alghe che formavano un muco verdastro. Si guardò intorno e trovò una barra di ferro lunga circa tre metri. La immerse nell'acqua, che non era molto profonda. Quasi subito la barra incontrò una qualche resistenza. Lisbeth dovette fare leva solo per qualche secondo perché il corpo affiorasse, il viso per primo, una maschera di morte e putrefazione. Respirando dalla bocca, Lisbeth lo osservò alla luce della torcia e vide che era di una donna, forse la stessa del passaporto trovato di sopra. Non aveva idea della velocità di decomposizione di un corpo immerso in dell'acqua fredda stagnante, ma aveva l'impressione che dovesse essere lì da un pezzo.

D'improvviso vide che qualcosa si muoveva sulla superficie dell'acqua. Larve.

Lasciò sprofondare il corpo e continuò a cercare con la barra di ferro. Verso il bordo urtò contro qualcosa che pareva essere un altro corpo. Lo lasciò dov'era e tirò fuori la barra di ferro abbandonandola sul pavimento. Poi rimase immobile lì accanto, a pensare.

Lisbeth Salander salì nuovamente al piano di sopra. Con l'aiuto del piede di porco forzò la porta di mezzo. La stanza era vuota e non c'erano tracce che fosse mai stata usata.

Si avvicinò all'ultima porta e mise il piede di porco in posizione, ma senza che dovesse forzarla si aprì da sola. Non era chiusa a chiave. La spinse con l'attrezzo e si guardò intorno.

Il locale misurava circa trenta metri quadrati, e aveva delle finestre ad altezza normale che davano sul cortile. Intravide la stazione di servizio Ok dove si era fermata. Nella stanza c'erano un letto, un tavolo e un lavello con delle stoviglie. Poi Lisbeth notò una borsa aperta sul pavimento. Vide delle banconote. Perplessa, mosse due passi in avanti prima di rendersi conto che nella stanza faceva caldo. Il suo sguardo fu attirato da un termosifone elettrico in mezzo al locale. C'era anche una macchina per il caffè. La spia rossa era accesa.

Qui dentro abita qualcuno. Non sono sola.

Si voltò di scatto e corse verso il secondo locale puntando all'uscita. A cinque passi dalle scale si fermò di botto quando vide che la porta del primo locale era stata chiusa con un lucchetto. Era prigioniera. Si voltò lentamente e si guardò intorno. Non riusciva a vedere nessuno.

«Salve, sorellina» disse una voce di lato.

Girò la testa e vide l'imponente figura di Ronald Niedermann materializzarsi a fianco di alcune casse contenenti parti di macchinari.

Aveva in mano una baionetta.

«Speravo proprio di rincontrarti» disse Niedermann. «L'ultima volta ci siamo visti un po' di fretta.»

Lisbeth si guardò intorno.

«Non serve» disse Niedermann. «Ci siamo solo tu e io, e l'unica via d'uscita è la porta che hai alle spalle.»

Lisbeth portò lo sguardo sul fratellastro.

«Come va la mano?»

Niedermann stava ancora sorridendo. La sollevò e gliela mostrò. L'indice non c'era più.

«Si era infettato. Sono stato costretto a tagliarlo.»

Ronald Niedermann era affetto da analgesia congenita, non poteva sentire il dolore. Lisbeth gli aveva colpito la mano con un badile a Gosseberga, poco prima che Zalachenko le sparasse in testa.

«Avrei dovuto mirare alla testa» disse Lisbeth con voce neutra. «Che diavolo ci fai qui? Credevo che ti fossi dileguato all'estero già diversi mesi fa.»

Lui le sorrise.

Anche se Ronald Niedermann avesse voluto rispondere alla domanda di Lisbeth non avrebbe saputo cosa dire. Non riusciva a spiegarlo neppure a se stesso.

Si era lasciato Gosseberga alle spalle con un senso di

liberazione. Dava per scontato che Zalachenko fosse morto e che avrebbe preso in mano lui le redini dell'azienda. Sapeva di essere un organizzatore eccellente.

Aveva cambiato macchina ad Alingsås cacciando la terrorizzata Anita Kaspersson nel bagagliaio, e si era diretto verso Borås. Non aveva un piano. Improvvisava. Non aveva pensato al destino di Anita Kaspersson. Che vivesse o morisse non lo riguardava, comunque sarebbe stato costretto a liberarsi di quella scomoda testimone. Ma da qualche parte nelle vicinanze di Borås si era reso conto d'improvviso che poteva essergli ancora utile. Si era diretto verso sud e aveva trovato una zona boschiva dalle parti di Seglora. Dopo averla legata, l'aveva abbandonata in un fienile. Calcolava che sarebbe riuscita a liberarsi nel giro di qualche ora, dopo di che avrebbe condotto la polizia sulle sue tracce verso sud. Se poi non fosse riuscita a liberarsi e fosse morta di fame o di freddo nel fienile, be', non era affar suo.

In realtà lui era tornato a Borås e si era diretto a est verso Stoccolma. Era andato dritto al Motoclub Svavelsjö, ma ne aveva evitato la sede. Era irritante che Magge Lundin fosse al fresco. Aveva cercato il sergente del club Hans-Åke Waltari a casa sua. Gli aveva chiesto appoggio e un posto dove nascondersi, e Waltari l'aveva mandato da Viktor Göransson, cassiere ed esperto finanziario del club. Lì tuttavia si era fermato solo per qualche ora.

In teoria Niedermann non aveva preoccupazioni economiche. È vero che si era lasciato dietro circa duecentomila corone a Gosseberga, ma aveva accesso a somme ben più ingenti investite in fondi all'estero. Però era terribilmente a corto di contanti. Göransson si occupava del denaro del Motoclub Svavelsjö e Niedermann si era reso conto che quello era proprio un caso fortunato. Era stato un affare da poco convincere Göransson a mostrargli la cassaforte nella stalla e procurarsi circa ottocentomila corone in contanti.

A Niedermann pareva di ricordare che ci fosse anche una donna in casa, ma non era sicuro di cosa ne avesse fatto.

Göransson aveva contribuito anche con un'auto non ancora ricercata dalla polizia. Niedermann si era diretto a nord. Aveva un vago progetto di raggiungere uno dei traghetti per Tallinn che partivano da Kapellskär.

Raggiunse dunque Kapellskär e si fermò nel parcheggio. Rimase mezz'ora seduto in macchina a studiare la zona. Pullulava di poliziotti.

Avviò nuovamente il motore e ripartì senza una meta precisa. Aveva bisogno di un nascondiglio dove tenersi in disparte per un po' di tempo. Subito fuori Norrtälje gli venne in mente la vecchia fornace. Non ci andava da più di un anno, da quando erano state fatte le riparazioni. Erano i fratelli Harry e Atho Ranta a utilizzarla come deposito di merci da e per il Baltico, ma i fratelli Ranta erano all'estero da quando il giornalista Dag Svensson di *Millennium* aveva cominciato a ficcare il naso nel traffico delle puttane. La fornace era vuota.

Aveva nascosto la Saab di Göransson in un capanno dietro la fornace ed era entrato. Era stato costretto a forzare una porta al pianterreno, ma una delle sue prime mosse era stata quella di predisporre un'uscita di emergenza rimuovendo un pannello di compensato sul lato corto dell'edificio e di sostituire il lucchetto rotto. Quindi si era sistemato nella confortevole stanza al piano di sopra.

Era passato un pomeriggio intero prima che cominciasse a sentire dei rumori attraverso le pareti. Da principio aveva creduto che si trattasse dei soliti spettri. Era stato all'erta per un'oretta, poi si era alzato di colpo ed era uscito nello stanzone. Non si sentiva niente. Aveva aspettato pazientemente, finché non si era sentito di nuovo un rumore raschiante.

Aveva trovato la chiave sul lavello.

Raramente Ronald Niedermann era rimasto tanto sorpreso come quando aveva aperto la porta e trovato le due puttane russe. Erano emaciate. Da quanto gli parve di capire, erano rimaste senza mangiare per diverse settimane dopo avere finito uno scatolone di riso. Erano vissute di acqua e di tè.

Una delle due era talmente sfinita che non aveva nemmeno la forza di alzarsi dal letto. L'altra stava un po' meglio. Parlava soltanto in russo, ma lui aveva sufficienti nozioni linguistiche per capire che ringraziava Dio e lui per averle salvate. Era caduta in ginocchio e gli aveva abbracciato le gambe. Ancora stupefatto, lui l'aveva allontanata con uno spintone e si era ritirato chiudendo a chiave la porta.

Non sapeva come comportarsi con quelle due. Con delle conserve trovate in cucina aveva preparato una zuppa che loro avevano mangiato mentre lui rifletteva. La più esausta delle due sembrava avere riacquistato un po' di forze. Niedermann aveva passato la serata a interrogarle. Gli era bastato un momento per rendersi conto del fatto che le due donne non erano puttane ma studentesse che avevano pagato i fratelli Ranta perché le portassero in Svezia. Gli erano stati promessi un lavoro e il permesso di soggiorno. Erano arrivate a Kapellskär a febbraio ed erano state condotte direttamente alla fornace dove erano state rinchiuse.

Niedermann si era incupito. Quei dannati fratelli Ranta avevano avuto un introito collaterale che avevano tenuto nascosto a Zalachenko. E poi si erano semplicemente dimenticati delle due donne, o forse le avevano consapevolmente abbandonate al loro destino quando avevano lasciato in tutta fretta la Svezia.

La questione era: cosa doveva farsene lui di quelle due? Non aveva motivo di fare loro del male. Ma non poteva lasciarle andare libere, considerato che con ogni probabilità avrebbero condotto la polizia alla fornace. Molto semplice. Non poteva rispedirle in Russia perché per farlo avrebbe dovuto andare giù a Kapellskär con loro. Ed era troppo rischioso. La bruna, il cui nome era Valentina, gli aveva offerto prestazioni sessuali in cambio di aiuto. Lui non era minimamente interessato a fare sesso con le donne, ma l'offerta aveva trasformato Valentina in una puttana. Tutte le donne erano puttane. Molto semplice.

Dopo tre giorni si era stancato delle preghiere, delle suppliche e dei colpi sulla parete. Non vedeva altra via d'uscita. Voleva solo starsene in pace. Di conseguenza aveva aperto la porta un'ultima volta e risolto velocemente il problema. Aveva chiesto scusa a Valentina prima di tendere le mani e spezzarle il collo fra la seconda e la terza vertebra con un'unica stretta. Poi era passato alla bionda, di cui non sapeva il nome. Lei era rimasta passiva, non aveva opposto resistenza. Niedermann aveva trasportato i corpi al pianterreno e li aveva nascosti in una vasca piena d'acqua. Finalmente aveva provato una sorta di pace.

Non era sua intenzione rimanere alla fornace. Pensava di fermarsi solo fino a quando il peggio fosse passato. Si era rasato il cranio e si era fatto crescere un centimetro di barba. Il suo aspetto era cambiato. Aveva trovato una tuta di un manovale della NorrBygg che era quasi della sua taglia. L'aveva indossata e, con un berretto a visiera con su scritto Beckers Färg e un metro a stecche infilato in una tasca dei pantaloni, era andato a fare la spesa alla stazione di servizio sull'altura dall'altra parte della strada. Aveva un bel po' di contante dopo la visita al Motoclub Svavelsjö. Era uscito verso sera. Sembrava un normale operaio che si ferma a fare acquisti sulla strada di casa. Nessuno gli aveva prestato attenzione. Andava a fare la spesa una o due volte alla settimana. Alla stazione di servizio Ok ormai lo conoscevano, e lo salutavano sempre con gentilezza.

Fin dall'inizio Niedermann aveva dedicato parecchio tempo a proteggersi dalle creature che popolavano l'edificio. Abitavano dentro i muri e uscivano fuori di notte. Le sentiva muoversi in giro per i locali.

Allora si barricava dentro la sua stanza. Dopo qualche giorno però ne ebbe abbastanza. Si armò di una baionetta che aveva trovato in un cassetto e uscì per affrontare i mostri. Quella storia doveva finire.

Fu allora che si accorse che i mostri si stavano ritirando. Per la prima volta in tutta la sua vita era lui a decidere della loro presenza. Quando lui si avvicinava, loro si allontanavano. Poteva vedere le loro code e i loro corpi deformi sgusciare dietro casse da imballaggio e armadi. Gli urlava contro. E loro scappavano.

Fece ritorno nella sua stanza accogliente e rimase sveglio tutta la notte in attesa che ricomparissero. Loro mossero un rinnovato attacco sul far del mattino e lui li affrontò ancora una volta. Si dileguarono.

Niedermann era in bilico fra panico ed euforia.

Per tutta la vita quelle creature gli avevano dato la caccia nel buio e ora per la prima volta sentiva che poteva controllare la situazione. Non faceva niente. Mangiava. Dormiva. Rifletteva. Una gran pace.

I giorni diventarono settimane e arrivò l'estate. Dalla radio a transistor e dai giornali sapeva che la caccia a Ronald Niedermann si era fatta sempre meno serrata. Il suo interesse fu destato dalla notizia dell'assassinio di Alexander Zalachenko. *Che ridere. Un pazzoide mette fine alla vita di Zalachenko.* E in luglio di nuovo dal processo contro Lisbeth Salander. Rimase esterrefatto quando la ragazza all'improvviso fu scagionata. Non andava bene. Lei era libera mentre lui era costretto a nascondersi.

Comperò *Millennium* alla stazione di servizio e lesse il numero speciale su Lisbeth Salander, Alexander Zalachenko e Ronald Niedermann. Un giornalista di nome Mikael Blomkvist lo aveva dipinto come un assassino psicopatico. Niedermann era perplesso.

Poi arrivò l'autunno, e lui non si era ancora messo in viaggio. Quando si fece più freddo comperò un termosifone elettrico alla stazione di servizio. Non riusciva a spiegarsi perché non si decidesse a lasciare la fornace.

In qualche occasione dei ragazzi avevano parcheggiato nel cortile della fornace, ma nessuno lo aveva disturbato o si era introdotto nell'edificio. In settembre era arrivata una macchina. Un uomo in giacca a vento blu aveva controllato le porte, girando per la proprietà e ficcando il naso di qua e di là. Lui l'aveva tenuto sotto controllo da una finestra del primo piano. A intervalli regolari l'uomo annotava qualcosa su un taccuino. Si era fermato venti minuti prima di guardarsi intorno un'ultima volta e rimettersi in macchina lasciando la zona. Niedermann aveva tirato il fiato. Non poteva sapere chi fosse e perché fosse lì, ma sembrava avere fatto un'ispezione dell'immobile.

Niedermann non aveva pensato che la morte di Zalachenko avrebbe comportato la necessità di fare un inventario patrimoniale.

Pensava parecchio a Lisbeth Salander. Non si aspettava di poterla incontrare di nuovo, ma quella ragazza lo affascinava e lo spaventava al tempo stesso. Ronald Niedermann non aveva paura dei vivi. Ma sua sorella – la sua sorellastra – gli aveva fatto un'impressione strana. Nessun altro l'aveva mai battuto come lei. Era tornata benché lui l'avesse sepolta. Era tornata e gli aveva dato la caccia. Sognava di lei tutte le notti. Si svegliava madido di sudore freddo e si rendeva conto che lei aveva sostituito i suoi soliti fantasmi.

In ottobre si decise. Non avrebbe lasciato la Svezia prima di aver trovato sua sorella e di averla tolta di mezzo per sempre. Non aveva un piano preciso, ma la sua vita ebbe di nuovo uno scopo. Però non sapeva dove fosse né come rintracciarla. Così trascorreva il tempo seduto nella sua stanza al piano di sopra della fornace, a fissare fuori dalla finestra, giorno dopo giorno, settimana dopo settimana.

Finché la Honda color vinaccia era comparsa proprio lì fuori. Con sua immensa sorpresa Niedermann aveva visto scendere Lisbeth Salander. *Dio è misericordioso* aveva pensato. Lisbeth Salander sarebbe andata a tenere compagnia alle due donne nella vasca al pianterreno. La sua attesa era finita. Finalmente il corso della sua esistenza sarebbe potuto ricominciare.

Lisbeth valutò la situazione e si rese conto che era tutt'altro che sotto controllo. Il suo cervello lavorava febbrilmente.

Clic, clic, clic. Stringeva ancora in mano il piede di porco, ma si rendeva conto del fatto che era un'arma misera contro un uomo che non poteva sentire il dolore. Era chiusa in uno spazio di circa mille metri quadrati in compagnia di un robot assassino uscito dall'inferno.

Quando Niedermann d'improvviso si mosse verso di lei, gli gettò contro il piede di porco. Lui si scansò tranquillo. Lisbeth prese la rincorsa. Appoggiò il piede su un bancale e si issò su una cassa da imballaggio arrampicandosi come un ragno sopra altre due casse. Si fermò e guardò in basso. Niedermann era circa quattro metri sotto di lei. Fermo, in attesa.

«Scendi» le disse con calma. «Non puoi fuggire. La fine è inevitabile.»

Lisbeth si domandò se avesse un'arma da fuoco. *Quello* sì che sarebbe stato un problema.

Lui si chinò a raccogliere una sedia e gliela lanciò contro. Lei la schivò.

Tutto d'un tratto Niedermann parve infastidito. Mise un piede sul bancale e cominciò ad arrampicarsi verso di lei. Lisbeth aspettò finché lui non la ebbe quasi raggiunta, poi prese la rincorsa e saltò oltre il corridoio lasciato libero fra due pile di casse atterrando su una qualche metro più in là. Saltò giù sul pavimento e recuperò il piede di porco.

Niedermann non era affatto goffo. Ma se saltava giù rischiava di fratturarsi un piede. Doveva scendere con cautela fino ad appoggiare i piedi sul pavimento. Era costretto a muoversi con lentezza e con metodo. D'altra parte era abituato a dominare il proprio corpo. Aveva quasi toccato terra quando sentì dei passi dietro le spalle ed ebbe appena il tempo di ruotare su se stesso per parare con la spalla il colpo del piede di porco. La baionetta gli cadde di mano.

Lisbeth mollò il piede di porco nell'attimo stesso in cui lo colpì. Non ebbe il tempo di raccogliere la baionetta ma la allontanò da lui con un calcio, poi scansò un rovescio della sua mano enorme e si arrampicò di nuovo in cima alle casse dall'altra parte del corridoio. Con la coda dell'occhio vide Niedermann allungarsi verso di lei. Fulmineamente tirò su i piedi. Le casse da imballaggio erano disposte su due file, accatastate a tre a tre verso il corridoio e a due a due dall'altra parte. Lei si lasciò cadere su una pila da due e con tutte le sue forze fece leva contro una cassa dell'altra fila che doveva pesare almeno duecento chili. Sentì che si muoveva e infine ruzzolava giù.

Niedermann vide la cassa cadere e fece appena in tempo a gettarsi di lato. Uno spigolo lo colpì sul petto ma lui se la cavò senza danni. Si fermò. *Fa davvero resistenza.* Si arrampicò per raggiungerla. Appena la sua testa spuntò sopra la terza cassa, lei gli tirò un calcio. Lo stivaletto lo colpì sulla fronte. Lui grugnì. Lisbeth saltò su un'altra pila di casse dall'altra parte del corridoio. Poi si lasciò cadere oltre e sparì dal suo campo visivo. Niedermann sentì il rumore dei suoi passi, e la vide passare nel secondo locale.

Lisbeth si guardò intorno e fece un rapido calcolo. *Clic.* Sapeva di non avere altre possibilità. Finché riusciva a evitare i pugni enormi di Niedermann e a tenersi a distanza poteva sopravvivere, ma non appena avesse commesso un errore – cosa che prima o poi sarebbe potuta succedere – sarebbe morta. Doveva tenerlo a distanza. A lui sarebbe bastato averla a portata di mano un'unica volta per chiudere per sempre la partita.

Le occorreva un'arma.

Una pistola. Un mitra. Una bomba anticarro. Una mina antiuomo.

Qualsiasi cosa.
Ma non c'era a disposizione nulla del genere.
Si guardò intorno.
Niente armi.
Solo attrezzi. *Clic.* Vide la segatrice, ma non sarebbe mai riuscita a stenderlo su quel banco. *Clic.* Vide una leva di ferro che avrebbe potuto essere usata come una lancia, ma per lei sarebbe stata troppo pesante da maneggiare. *Clic.* Diede un'occhiata attraverso la porta e vide che Niedermann era sceso dalle casse da imballaggio quindici metri più in là. Stava venendo di nuovo verso di lei. Lisbeth si allontanò dalla porta. Aveva a disposizione forse cinque secondi prima che Niedermann la raggiungesse. Diede un'ultima occhiata agli attrezzi.
Un'arma... o un nascondiglio. Di colpo si fermò.

Niedermann non aveva fretta. Sapeva che Lisbeth non aveva via di scampo, che prima o poi lui la avrebbe presa. Ma senza dubbio era pericolosa. Nonostante tutto era figlia di Zalachenko. E lui non voleva subire danni. Era meglio lasciare che la ragazza esaurisse da sola le proprie forze.

Si fermò sulla soglia e si guardò intorno nel caos di attrezzi, assi del pavimento non ancora posate e mobili. Lei era invisibile.

«So che sei qui dentro. E ti troverò.»

Ronald Niedermann rimase immobile, in ascolto. L'unica cosa che sentiva era il suo stesso respiro. Lei si era nascosta. Sorrise. Lo stava sfidando. La sua visita si era trasformata tutto d'un tratto in un gioco tra fratello e sorella.

Niedermann sentì un fruscio. Si girò, ma non riuscì a stabilire da dove venisse. Poi sorrise di nuovo. Proprio in mezzo al locale, distante dal resto del ciarpame, c'era un banco da falegname di legno lungo forse cinque metri, con sotto una fila di cassetti e ancora più sotto un lungo stipo chiuso da tre sportelli.

Niedermann si avvicinò al bancone e diede un'occhiata dietro, per assicurarsi che non fosse lì. Niente.

Si è nascosta dentro lo stipo. Che stupida.

Aprì di colpo lo sportello sulla sinistra.

Sentì subito il rumore di qualcuno che si spostava all'interno. Il rumore veniva dalla parte centrale. Fece due rapidi passi e spalancò lo sportello con un'espressione trionfante.

Poi sentì una serie di colpi secchi che sembravano spari. Il rumore era così veloce che da principio ebbe difficoltà a capire da dove provenisse. Girò la testa. Poi avvertì una strana pressione sul piede sinistro. Nessun dolore. Abbassò lo sguardo sul pavimento giusto in tempo per scorgere la mano di Lisbeth che spostava la sparachiodi sul suo piede destro.

È sotto lo stipo.

Niedermann restò come paralizzato nei secondi che le occorsero per sparare altri cinque chiodi da sette pollici attraverso il suo piede.

Poi cercò di muoversi.

Gli ci vollero alcuni secondi preziosi per rendersi conto che aveva i piedi inchiodati al pavimento di legno. La mano di Lisbeth portò di nuovo la sparachiodi sul piede sinistro. Sembrava un mitra che sparasse una serie di colpi in rapida sequenza. Lisbeth fece in tempo a spararne altri quattro prima che lui si decidesse a reagire.

Provò a chinarsi per afferrare la mano di Lisbeth ma perse subito l'equilibrio e riuscì a riacquistarlo solo puntellandosi contro lo stipo, mentre la sentiva sparare ancora. *Ta-tac, ta-tac, ta-tac.* Era tornata al suo piede destro.

Vide che gli stava sparando i chiodi attraverso il tallone.

Ronald Niedermann ruggì di collera improvvisa. Si allungò di nuovo verso la mano di Lisbeth.

Da sotto lo stipo, Lisbeth vide le gambe dei pantaloni di Niedermann alzarsi e capì che lui si stava chinando. Mollò la sparachiodi. Niedermann vide la sua mano ritrarsi fulminea sotto lo stipo proprio un istante prima che lui la raggiungesse.

Cercò di prendere la sparachiodi, ma nell'attimo stesso in cui la toccava con la punta delle dita Lisbeth tirò il filo sotto lo stipo.

Lo spazio fra il pavimento e lo stipo era di circa venti centimetri. Niedermann ribaltò il bancone. Lisbeth lo guardò con gli occhi sbarrati e un'espressione offesa. Sparò da una distanza di mezzo metro. I chiodi lo colpirono alla tibia.

Lisbeth mollò la sparachiodi e rotolò rapida lontano da lui mettendosi in piedi fuori dalla sua portata. Arretrò di due metri e si fermò.

Ronald Niedermann cercò di spostarsi e perse di nuovo l'equilibrio. Ondeggiò avanti e indietro con le braccia che fendevano l'aria. Ritrovò l'equilibrio e si chinò incollerito.

Questa volta riuscì a raggiungere la sparachiodi. La sollevò e la puntò contro Lisbeth Salander. Premette il grilletto.

Non accadde nulla. Niedermann guardò l'arma con un'aria perplessa. Poi alzò nuovamente lo sguardo su Lisbeth. Con un'espressione neutra, lei gli fece vedere la spina. Imbestialito, lui le lanciò contro la sparachiodi. Lisbeth si scansò fulminea.

Poi inserì di nuovo la spina nella presa della corrente. Niedermann incontrò lo sguardo freddo di Lisbeth e provò un improvviso stupore. Sapeva già di essere stato sconfitto. *È una creatura soprannaturale.* Istintivamente cercò di liberare i piedi dal pavimento. *È un mostro.* Riuscì a sollevarne uno di qualche millimetro prima che le capocchie dei chiodi glielo bloccassero. I chiodi si erano conficcati nella carne con diverse angolazioni e per potersi liberare avrebbe dovuto letteralmente lacerarsi i piedi. Nemmeno con la sua forza quasi sovrumana ce l'avrebbe fatta a staccarsi dal pavimento. Per qualche secondo ondeggiò avanti e indietro come se stesse per svenire. Non riusciva a liberarsi. Vide che fra le sue scarpe si andava lentamente formando una pozza di sangue.

Lisbeth gli si sedette di fronte su una sedia senza schienale, attenta a che i suoi tentativi di staccare i piedi dal pavimento non avessero successo. Per Niedermann, che non poteva sentire il dolore, riuscire a far passare i chiodi attraverso la carne era soltanto una questione di forza. Lisbeth restò seduta dieci minuti con lo sguardo fisso sui suoi piedi. Per tutto il tempo i suoi occhi rimasero privi di qualsiasi espressione.

Poi si alzò, gli girò intorno e gli appoggiò la sparachiodi contro la colonna vertebrale, subito sotto la nuca.

Lisbeth Salander rifletteva febbrilmente. L'uomo che aveva di fronte aveva importato, drogato, maltrattato e venduto innumerevoli donne. Aveva ammazzato almeno otto persone e grazie a lui Lisbeth era stata braccata attraverso tutta la Svezia come un cane rabbioso, accusata di tre degli omicidi da lui commessi.

Il suo dito poggiava saldamente sul grilletto.

Lui aveva assassinato Dag Svensson e Mia Bergman.

Insieme con Zalachenko aveva ucciso anche *lei* e l'aveva sepolta a Gosseberga. E adesso era tornato per ucciderla di nuovo.

Ci si poteva arrabbiare per molto meno.

Lisbeth non vedeva nessun motivo per lasciarlo vivere. Lui la odiava con un ardore che lei non capiva. Cosa sarebbe accaduto se l'avesse consegnato alla polizia? Un processo? Il carcere a vita? Quando gli sarebbe stato concesso il primo permesso? Quando sarebbe riuscito a scappare? Adesso che suo padre era finalmente uscito di scena, per quanti anni ancora avrebbe dovuto guardarsi alle spalle aspettando il giorno in cui suo fratello d'improvviso sarebbe ricomparso? Sentiva il peso della sparachiodi nella mano. Aveva la possibilità di chiudere la faccenda una volta per tutte.

Analisi delle conseguenze.

Si mordicchiò il labbro inferiore.

Lisbeth Salander non aveva paura di nulla, fossero esseri umani o cose. Si rendeva conto che mancava della fantasia necessaria – una prova come un'altra che c'era qualcosa che non andava nel suo cervello.

Ronald Niedermann la odiava e lei gli rispondeva con un odio altrettanto implacabile. Faceva parte del lungo elenco di uomini come Magge Lundin e Martin Vanger e Alexander Zalachenko e dozzine di altri farabutti che secondo lei non avevano nessuna scusa per trovarsi fra i vivi. Se avesse potuto radunarli tutti su un'isola deserta e sganciarci sopra una bomba atomica, l'avrebbe fatto.

Ma ammazzarlo? Valeva la pena? Cosa le sarebbe successo se l'avesse ucciso? Quante possibilità avrebbe avuto di non essere scoperta? Cosa era disposta a sacrificare per la soddisfazione di usare la sparachiodi ancora una volta?

Potrei appellarmi al diritto alla legittima difesa... No, non con i piedi di lui inchiodati al pavimento.

D'un tratto pensò a Harriet Vanger, anche lei vittima del padre e del fratello. Ricordava lo scambio di battute che aveva avuto con Mikael Blomkvist. Lei la aveva condannata con molta durezza. Era colpa di Harriet se suo fratello Martin aveva potuto continuare a uccidere.

Cosa faresti tu? le aveva domandato Mikael.

Lo ammazzerei come un cane aveva risposto lei con una convinzione che saliva dal profondo della sua anima fredda.

E adesso si trovava esattamente nella stessa situazione in cui si era trovata Harriet. Quante altre donne avrebbe ucciso Ronald Niedermann se lei lo risparmiava? Ora però lei era tornata a essere responsabile delle proprie azioni. Quanti anni della propria vita era disposta a sacrificare? Quanti anni era stata disposta a sacrificare Harriet Vanger?

Poi la sparachiodi divenne troppo pesante perché lei riuscisse a tenerla premuta contro la spina dorsale di lui, anche reggendola con entrambe le mani.

Abbassò l'arma e le sembrò di ritornare alla realtà. Si accorse che Ronald Niedermann mormorava frasi sconnesse. Parlava in tedesco, diceva di un diavolo che era venuto a prenderlo.

D'improvviso Lisbeth capì che non era con lei che stava parlando. Era come se si rivolgesse a qualcuno all'altra estremità del locale. Si voltò e seguì il suo sguardo. Non c'era nulla. Sentì che i capelli le si rizzavano sulla nuca.

Girò i tacchi, afferrò la leva di ferro e tornò nel primo locale, in cerca della borsa. Quando si chinò per raccoglierla vide la baionetta per terra. Aveva ancora addosso i guanti e la raccolse.

Esitò un secondo, poi la mise bene in vista nel corridoio

fra le casse da imballaggio. Con l'aiuto della leva impiegò tre minuti a spezzare il lucchetto che sbarrava l'uscita.

Per un po' restò seduta immobile nella sua auto, a riflettere. Alla fine prese il cellulare. In due minuti trovò il numero di telefono della sede del Motoclub Svavelsjö.

«Sì?» rispose una voce dall'altra parte.

«Nieminen» disse lei.

«Attenda.»

Dopo tre minuti Sonny Nieminen, presidente in carica del Motoclub Svavelsjö, rispose.

«Chi parla?»

«Questo non ti riguarda» disse Lisbeth a voce così bassa che lui quasi non riusciva a distinguere le parole. Non sarebbe nemmeno stato in grado di dire se a telefonare era stato un uomo o una donna.

«Aha. Cosa vuoi allora?»

«Tu vuoi delle dritte su Ronald Niedermann.»

«Davvero?»

«Falla finita. Vuoi sapere dove si trova sì o no?»

«Ti ascolto.»

Lisbeth descrisse la strada per la fornace abbandonata nei pressi di Norrtälje. Disse che il gigante sarebbe rimasto lì abbastanza a lungo perché Nieminen facesse in tempo a trovarlo, se si sbrigava.

Chiuse la comunicazione, avviò la macchina e raggiunse la stazione di servizio Ok sull'altro lato della strada. Parcheggiò in modo da avere la fornace proprio di fronte.

Dovette aspettare più di due ore. Era quasi l'una e mezza del pomeriggio quando notò un furgone che lentamente passava sulla strada sotto di lei. Il veicolo si fermò in un rientro, aspettò cinque minuti, tornò indietro e svoltò nella strada d'ingresso alla fornace. Cominciava a imbrunire.

Lisbeth aprì il vano portaoggetti, tirò fuori un binocolo Minolta 2×8 e lo puntò sul furgone che stava parcheggiando. Identificò Sonny Nieminen, Hans-Åke Waltari e altre tre persone che non riconobbe. *Forse hanno intenzione di riprendere le loro vecchie attività.*

Quando Sonny Nieminen e i suoi compari trovarono la porta aperta sul fianco dell'edificio, Lisbeth prese di nuovo il cellulare. Compose un messaggio e lo inviò alla centrale della polizia di Norrtälje.

L'assassino dell'agente, R. Niedermann, è nascosto nella fornace vicino alla stazione di servizio Ok di Skederid. Sta per essere ucciso da S. Nieminen e altri membri del Motoclub Svavelsjö. C'è una donna morta in una vasca al pianterreno.

Lisbeth non riusciva a distinguere nessun movimento nella fornace.

Aspettò con pazienza.

Nel frattempo estrasse la sim dal cellulare e la distrusse tagliuzzandola con un paio di forbici da unghie. Abbassò il finestrino e gettò via i pezzettini. Poi tirò fuori un'altra sim dal portafoglio e la inserì nel cellulare. Usava carte ricaricabili quasi impossibili da rintracciare. Chiamò Comviq e fece una ricarica da cinquecento corone sulla nuova carta.

Passarono undici minuti prima che una pattuglia a sirena spenta ma con la luce blu lampeggiante arrivasse dalla parte di Norrtälje. Parcheggiò all'imbocco della strada. Pochi minuti dopo fu raggiunta da altre due macchine della polizia. Gli agenti si dissero qualcosa, poi si avviarono insieme verso la fornace andando a parcheggiare accanto al furgone di Nieminen. Lisbeth alzò il binocolo.

Vide uno dei poliziotti dettare alla radio il numero di targa del furgone. Gli altri si guardavano intorno, ma restavano in attesa. Due minuti dopo un mezzo della polizia arrivò a gran velocità.

D'improvviso Lisbeth si rese conto che tutto era davvero finito.

La storia che era iniziata il giorno in cui era venuta al mondo era finita lì alla fornace.

Era libera.

Quando gli agenti tirarono fuori le armi di rinforzo, si infilarono i giubbotti antiproiettile e cominciarono a sparpagliarsi intorno, Lisbeth Salander entrò nella stazione di servizio e prese un caffè da asporto e un panino imbottito avvolto nella pellicola trasparente. Mangiò in piedi a un tavolino.

Quando tornò alla macchina era ormai buio. Proprio mentre apriva la portiera sentì due botti lontani che interpretò come colpi d'arma da fuoco all'altro lato della strada. Vide diverse sagome nere che dovevano essere poliziotti affollarsi in prossimità dell'entrata sul lato corto dell'edificio. Sentì l'urlo delle sirene di un'altra pattuglia che si avvicinava dalla parte di Uppsala. Alcuni curiosi avevano fermato le auto lungo la strada sotto di lei e stavano osservando lo spettacolo.

Lisbeth avviò la sua Honda color vinaccia, scese sulla E18 e puntò verso Stoccolma.

Erano le sette di sera quando Lisbeth con sua massima irritazione sentì suonare il campanello di casa. Era nella vasca da bagno, con l'acqua che ancora fumava. C'era soltanto una persona che poteva avere motivo di suonare alla sua porta.

All'inizio pensò di ignorarlo, ma alla terza scampanellata sospirò e si avvolse in un asciugamano. Sporse il labbro inferiore gocciolando acqua sul pavimento dell'ingresso.

«Ciao» disse Mikael Blomkvist quando lei aprì.

Lisbeth non rispose.

«Hai sentito il notiziario?»

Lei scosse la testa. «Pensavo che forse avresti voluto sapere che Ronald Niedermann è morto. È stato ucciso oggi da una banda del Motoclub Svavelsjö su a Norrtälje. Sembra si sia trattato di un regolamento di conti. È stato torturato e infilzato con una baionetta. Sul posto c'era una valigia contenente diverse centinaia di migliaia di corone.»

«Aha.»

«Quelli della banda sono stati catturati sul posto. Hanno anche opposto resistenza. C'è stato un conflitto a fuoco e la polizia ha dovuto chiamare rinforzi da Stoccolma. Hanno capitolato alle sei di stasera.»

«Aha.»

«Il tuo vecchio amico di Stallarholmen, Sonny Nieminen, ci ha lasciato le penne. È andato completamente fuori di testa e ha cercato di farsi largo sparando.»

«Bene.»

Mikael rimase in silenzio per alcuni secondi. Si guardarono di sottecchi attraverso la fessura della porta.

«Disturbo?» domandò lui.

Lei alzò le spalle.

«Stavo facendo il bagno.»

«Lo vedo. Vuoi compagnia?»

Lei gli diede un'occhiata tagliente.

«Non intendevo nella vasca. Ho con me delle ciambelle» disse sollevando un sacchetto. «E ho comperato del caffè da espresso. Dato che hai una Jura Impressa X7 in cucina, dovresti almeno imparare a usarla.»

Lei inarcò le sopracciglia. Non sapeva se doveva essere delusa o sollevata.

«Solo compagnia?» domandò.

«Solo compagnia» confermò lui. «Sono un buon amico che fa visita a una buona amica. Se sono il benvenuto, s'intende.»

Lei esitò qualche secondo. Per due anni si era tenuta il più lontano possibile da Mikael Blomkvist. Eppure lui sembrava non scollarsi dalla sua vita, come una gomma americana sotto la suola della scarpa, sia nella rete sia nella vita reale. Nella rete andava bene. Lì era soltanto elettroni e lettere dell'alfabeto. Nella vita reale, fuori dalla sua porta, invece, era ancora un uomo maledettamente attraente. Che conosceva i segreti di Lisbeth tanto quanto Lisbeth conosceva i suoi.

Lo guardò e constatò che non provava più nessun sentimento per lui. O almeno nessun sentimento di quel certo tipo.

Nell'ultimo anno lui era stato effettivamente suo amico.

Si fidava di lui. Forse. La irritava il fatto che una delle poche persone di cui si fidava fosse un uomo che lei continuava a evitare di incontrare.

Tutto d'un tratto si decise. Era ridicolo fingere che lui non esistesse. Vederlo non le faceva più male.

Aprì del tutto la porta e lo fece entrare di nuovo nella sua vita.

Stampato da
Grafica Veneta S.p.A., Trebaseleghe (PD)
per conto di Marsilio Editori® in Venezia

«Farfalle Marsilio»
Periodico mensile n. 141/2009
Direttore responsabile: Cesare De Michelis
Registrazione n. 1334 del 29.05.1999
Tribunale di Venezia
Registro degli operatori di comunicazione-ROC n. 6388

EDIZIONE

ANNO

10 9 8 7 6 5 4 3

2009 2010 2011 2012 2013

Stieg Larsson
Uomini che odiano le donne
traduzione di Carmen Giorgetti Cima
pp. 688

Il primo episodio della Millennium Trilogy

«*Un caso editoriale. Un libro che vi terrà svegli fino all'alba*»
YSTADS ALLEHANDA

Da anni Harriett, la nipote prediletta del potente industriale Henrik Vanger, è scomparsa senza lasciare traccia.
Quando, ormai vecchio, Vanger riceve un dono che riapre la vicenda, incarica Mikael Blomkvist, noto giornalista investigativo, di ricostruire gli avvenimenti e cercare la verità.
Aiutato da Lisbeth Salander, abilissima giovane hacker, Blomkvist indaga a fondo la storia della famiglia Vanger. E più scava, più le scoperte sono spaventose.

«*È nato un nuovo autore, una rivelazione.* Uomini che odiano le donne *è un vero e proprio tributo al poliziesco, che lascia il lettore senza fiato*» DAGENS NYHETER

Stieg Larsson
La ragazza che giocava con il fuoco
traduzione di Carmen Giorgetti Cima
pp. 768

Il secondo episodio della Millennium Trilogy

«*C'è qualcosa, anzi molto, di marcio nella perfetta Svezia. Dietro i travolgenti meccanismi del noir questo libro si legge volentieri anche per come squaderna una società*»
Irene Bignardi, VANITY FAIR

Mikael Blomkvist ha una nuova storia tra le mani. Due giornalisti intendono pubblicare un libro che svela nomi di personaggi di rilievo e retroscena di un losco e vasto traffico di prostituzione tra Svezia e paesi dell'Est. Nel corso dell'inchiesta, un triplice brutale omicidio scatena una vera e propria caccia all'uomo: l'attenzione di polizia e media nazionali si concentra proprio su Lisbeth Salander, che intende fare i conti con il proprio passato una volta per tutte. E Blomkvist decide di intraprendere un'indagine personale, a dispetto di quanto tutti sembrano credere.

«*Una conferma. Tutto quello che ha fatto di* Uomini che odiano le donne *un debutto eccezionale lo ritroviamo in questo secondo episodio: brillante caratterizzazione dei personaggi, dialoghi taglienti, critica sociale, umorismo e un intrigo di grande suspense*» SVENSKA DAGBLADET